insel taschenbuch 4911
Sheila O'Flanagan
Ein unvollkommener Ehemann

AF178474

Roxy und Dave sind seit zwanzig Jahren ein glückliches Paar, zwei fröhliche Kinder scheinen das Familienleben perfekt zu machen. Als Roxys Vater stirbt, eilt sie zu ihrer Mutter, um ihr in der schweren Zeit beizustehen. Aber als sie am Tag nach der Beerdigung nach Hause kommt, erwischt sie ihren Ehemann in flagranti mit der Nachbarin. Mit einem Schlag steht alles in Frage, was Roxy bislang für die Grundfesten ihres Lebens hielt.

Jetzt muss sie Entscheidungen treffen, die ihr Leben komplett verändern werden: Soll sie Dave verzeihen und ihrer Ehe noch eine Chance geben? Oder allein einen Neuanfang wagen? Schließlich hat sie sich lange genug nur um die anderen gekümmert. Und der neue Job als Chauffeurin macht nicht nur Spaß, sondern führt auch zu aufregenden Begegnungen ...

Sheila O'Flanagan arbeitete viele Jahre sehr erfolgreich als Börsenmaklerin in Dublin, bevor sie ihre Lust am Schreiben entdeckte. Mittlerweile hat sie zahlreiche Romane veröffentlicht und ist in England und Irland eine gefeierte Bestsellerautorin.

Susann Urban ist nach dem Studium der Germanistik, Anglistik und Politikwissenschaft und vielen lehrreichen Jahren im Buchhandel als Übersetzerin tätig u. a. von John Steinbeck, Nadifa Mohamed, Nuruddin Farah und Edwidge Danticat.

Sheila O'Flanagan

Ein unvollkommener Ehemann

Aus dem Englischen von Susann Urban

Insel Verlag

Die Originalausgabe erschien 2019 unter dem Titel *Her Husband's Mistake*
bei Headline Review, London

Erste Auflage 2022
insel taschenbuch 4911
Deutsche Erstausgabe
© der deutschsprachigen Ausgabe
Insel Verlag Anton Kippenberg GmbH & Co. KG, Berlin, 2022
Copyright © 2019 Sheila O'Flanagan
Translated from the English language: *Her Husband's Mistake*
First published in Great Britain by Headline Review,
an imprint of Headline Publishing Group
Alle Rechte vorbehalten. Wir behalten uns auch eine Nutzung des
Werks für Text und Data Mining im Sinne von § 44b UrhG vor.
Umschlaggestaltung: zero-media.net, München
Umschlagabbildungen: Getty Images, München
Satz: Satz-Offizin Hümmer GmbH, Waldbüttelbrunn
Druck: CPI books GmbH, Leck
Dieses Buch wurde klimaneutral produziert.
ClimatePartner.com/14438-2110-1001
Printed in Germany
ISBN 978-3-458-68211-0

www.insel-verlag.de

Ein unvollkommener Ehemann

1. Kapitel

Als ich am Morgen nach der Beerdigung meines Vaters heimkam, fand ich meinen Mann mit der Nachbarin im Bett vor.

Als ich sah, wie Julie Halpin auf Dave auf und ab hüpfte wie ein nacktes Cowgirl beim Rodeo, hätte ich das Ganze am liebsten ignoriert. Ich wollte mich auf Zehenspitzen aus dem Haus schleichen und so tun, als wäre ich gar nicht da gewesen. Eine beschämend schwache Reaktion für eine Frau, die sich für stark, unverwüstlich und krisenkompetent hält. Aber in diesem Augenblick fühlte ich mich kein bisschen stark und unverwüstlich. Zudem waren meine Beine so zittrig, dass sie mich ohnehin nicht aus dem Haus getragen hätten.

Hinter mir lagen schwere Zeiten. Es war mir gelungen, mich während Dads monatelanger Krankheit zusammenzureißen, als Mum sich hartnäckig weigerte, den Tatsachen ins Gesicht zu sehen, und mein Bruder zu aufgewühlt war, um eine Hilfe zu sein. Ich hatte Krankenhausbesuche koordiniert, mit dem Pflegepersonal gesprochen, dafür gesorgt, dass Dad nie lange allein war, und sogar sein Geschäft am Laufen gehalten. Stark und unverwüstlich, keine Frage. Sagten sowohl Mum als auch Aidan. Selbst Dad, schwach, wie er war, hatte meinen Arm gedrückt und mir für alles gedankt.

Für mich selbst war das eher normal, denn wenn es hart auf hart kommt, bin ich immer diejenige, die eine Lösung findet. Und ja, ich bin stolz auf meine Fähigkeit, Schwierigkeiten zu bewältigen.

Aber ich wusste nicht, wie ich mit dem Anblick von Dave und Julie in flagranti umgehen sollte. Weiß ich immer noch nicht.

Wenn ich diese Situation je im Geiste durchgespielt hätte, wozu es keinen Grund gab, denn ich lebte im Glauben, Dave wäre der Mann meines Lebens, der Mann, mit dem ich alt werden würde, hätte ich mich als Herrin der Lage gesehen, die Julies üppigen Hintern von meinem Mann herunter- und sie die Treppe hinunterzerrte – vielleicht gar an ihren Rauschgoldengellocken – und aus meinem Haus warf. Als Herrin der Lage hätte ich ihn ebenfalls aus dem Haus geworfen. Das wäre zwar hart geworden, aber ich hätte mich auf mein Leben nach Dave konzentrieren können.

Doch es ist anders gekommen. Ich bin innerlich wie erstarrt und völlig ratlos, was ich tun soll.

Ich habe Dave nämlich völlig vertraut. Wir waren Partner. Ein Team. Wir waren lange Zeit ein Team. Dave und Roxy. Mica und Tom. Er war der Manager. Ich der Coach. Doch dann holte er eine Auswechselspielerin aufs Feld und parkte mich auf der Ersatzbank. In dem Moment konnte ich es nicht glauben und wünsche mir immer noch, es wäre ein Irrtum. Aber es ist keiner. Ich muss das Geschehene akzeptieren, so weh es auch tut.

Das Gefühl, das mich überwältigte, als ich zusah, wie Julies chemisch aufgehellte Locken ihr um die Schultern wippten, und dabei das Quietschen der Bettfedern hörte, ist geblieben. Es heißt Bedauern. Bedauern, dass ich früh aufstand und heimfuhr mit nichts als einem leichten Mantel über meinem Seidenshorty, weil ich Dave überraschen wollte, ehe er zur Arbeit fuhr. Bedauern, dass ich nicht blieb, wo ich war, in meinem alten Jugendbett im Haus meiner Mutter, in wohliger Gewissheit, dass mein Mann ebenfalls allein im Bett lag und mich ebenso vermisste wie ich ihn. Wäre ich geblieben, befände ich mich weiterhin in seliger Unwissenheit und müsste jetzt nicht mein gesamtes Leben auf den Prüfstand stellen. Ich müsste die Trauer um den Tod meines Vaters bewältigen, mich um Mum kümmern und würde ansonsten mein altes Leben führen.

Doch jetzt ist alles anders.

An jenem Morgen war ich heimgefahren, weil ich mich nach all den stressigen Wochen, die hinter uns lagen, nach Normalität sehnte. Mir drehte sich noch immer der Kopf. Keine Sekunde lang bereue ich, dass ich so viel Zeit mit Dad und Mum verbracht habe. Natürlich nicht. Für meine Familie würde ich alles tun. Doch an diesem Morgen wollte ich einfach in meinem eigenen Bett liegen und ausnahmsweise einmal selbst umsorgt werden.

Natürlich ist das Blödsinn. Nicht zu ahnen, dass Dave mich betrog, wäre im Endeffekt sicher viel schlimmer gewesen. In den beiden Monaten, die seitdem vergangen sind, habe ich jede Menge Artikel über Menschen gelesen, die ihre Partner betrügen. Manche sind der Meinung, man wäre besser dran, wenn man es nicht wüsste. Aber ich glaube, dass man früher oder später unweigerlich dahinterkommt. Und dann fühlt man sich doppelt beschissen.

Wäre ich an diesem Morgen nicht um sechs Uhr heimgefahren, müsste ich mich nicht mit Dingen beschäftigen, die ich lieber ignorieren würde. Ich hätte in der irrigen Meinung dahingelebt, meine Ehe wäre in Stein gemeißelt und ich nicht gezwungen, Entscheidungen zu treffen, für die ich noch nicht bereit bin. Entscheidungen, bei denen es nicht nur um mich, sondern auch um Mica und Tom geht. Ich wäre immer noch die betrogene Ehefrau, aber nicht derart in meinen Grundfesten erschüttert wie jetzt.

Und ich würde mir keine Vorwürfe machen, meine gesamte Kraft in das Drama bei meinen Eltern gesteckt zu haben, so dass für die Krise im eigenen Haus keine Reserven mehr vorhanden sind.

Zum damaligen Zeitpunkt schien es eine gute Idee, einige Tage zu meiner Mutter zu ziehen. Sie brauchte Menschen um sich, und die Kinder waren eine willkommene Ablenkung. Auch Dave fand den Schritt richtig. Nur war mir nicht klar, dass ich damit zwar eine Front absicherte, eine andere jedoch entblößte.

Entblößt wie Julies runder und – so ungern ich es zugebe – ziemlich knackiger Arsch.

All das schoss mir beim Anblick der beiden durch den Kopf. Ich versuchte, ein Keuchen zu unterdrücken, vergeblich. Weshalb es für keinen von uns ein Entrinnen gab; Daves entsetzter Blick begegnete über Julies Lockenkopf hinweg meinem. Die Dinge hatten sich für immer verändert und wir uns mit ihnen. Und wir beide mussten damit zurechtkommen.

Alle haben eine Meinung, wie ich mit dieser Katastrophe umgehen soll. Meine Mum. Meine besten Freundinnen Debs, Alison und Michelle. Sogar die Frauen in meiner »Schlank siegt«-Whats-App-Gruppe. (Seit dem Vorfall bin ich bei keinem Treffen gewesen, aber sie schicken mir aufmunternde Nachrichten.) In der Beechgrove-Siedlung machen Neuigkeiten schnell die Runde, vor allem weil Becca Brophy von gegenüber, die größte der Menschheit bekannte Klatschbase, Julie aus unserem Haus rennen sah, die Unterhose in der Hand. Garantiert waren alle von ihr per SMS, WhatsApp oder einen anderen Messengerdienst informiert, noch ehe Julie ihre eigene Haustür erreicht hatte. Seitdem bekomme ich mehr Ratschläge, als ich je umsetzen könnte. Dennoch ist meine Sichtweise die Einzige, die zählt. Wenn ich bloß wüsste, welche Sichtweise ich habe. Wenn ich bloß wüsste, wie mit meinen Gefühlen umgehen.

Als ich »untreue Ehemänner« googelte, bekam ich über 32 Millionen Ergebnisse, aber ungeachtet aller Ratschläge gibt es nur zwei Möglichkeiten: vergeben und vergessen oder Schluss machen.

Der letzte Artikel, den ich mir zu Gemüte führte (momentan lese ich wie eine Verrückte), suggerierte, wenn jemand fremdgehe, habe dies nichts mit einem selbst zu tun, sondern der andere sei mit sich nicht glücklich. Ich glaube nicht, dass Dave mit sich nicht glücklich ist. Im Gegenteil, als ich ihn mit Julie entdeckte, wirkte er für meinen Geschmack höchst selbstzufrieden. Nein – er sah eine Gelegenheit und ergriff sie. Und hat mir das Herz gebrochen.

In den letzten Wochen schlafe ich mit dem Bild meines Mannes ein, auf dem meine Nachbarin herumhoppelt, und wache damit am Morgen auf. Ein Bild, das sich durch nichts verbannen lässt. Ich habe Meditationsmusik laufen lassen, um mich in den Schlaf zu wiegen. Ich habe mich an meinen Wohlfühlort zurückgezogen, doch das ist schwierig, denn das Schlafzimmer in Beechgrove Park hat seinen Wohlfühlstatus komplett eingebüßt. Manchmal, wenn ich in meinem alten Jugendzimmer liege, wandern meine Gedanken zu allen anderen Aufgaben, die es zu bewältigen gilt, und für fünf bis zehn herrliche Minuten vergesse ich die abgrundtiefe Demütigung, doch irgendwann bricht sich höhnisch die Erinnerung an Dave und Julie Bahn, wie sie in unserem Ehebett herumtollen, und erinnert mich daran, wie schnell ein geliebter Mensch einen zum Weinen bringen kann.

Ich liebe Dave McMenamin, seit ich sechzehn bin. Wir wohnten in derselben Siedlung im Dubliner Vorort Raheny und besuchten dieselbe Schule. Daves jüngerer Bruder Phil war mit meinem älteren Bruder Aidan befreundet. Lange Zeit nahm ich ihn zwar wahr, schenkte ihm aber keine große Beachtung. Ich hatte kurze Affären mit Jungs, die ein paar Wochen lang in meinem Leben die Hauptrolle spielten und dann geräuschlos in der Versenkung verschwanden. Ich schwärmte für Popstars und andere Promis und unerklärlicherweise auch für Dean Marinaro, den ziemlich süßen Nerd in meiner Klasse. Vielleicht hätte ich mich an Dean

Marinaro halten sollen, der (soweit ich weiß) noch nie mit einem Mädchen ausgegangen war. In dem Jahr, als ich sechzehn wurde, ging ich zur üblichen Halloween-Party im Gemeindezentrum, und zwar als ziemlich sexy Hexe. Dave kam als blutverschmierter Vampir. Wir küssten uns, während wir am Lagerfeuer standen, und damit war es besiegelt. Ich vergaß Promis, Popstars und Dean Marinaro. Ich war Dave McMenamins Mädchen und blieb es die restliche Schulzeit über und auch nachdem wir abgegangen waren und zu arbeiten anfingen. Dave und Roxy. Roxy und Dave. Ab jenem Abend sprach man von uns nur noch als Paar, was mir nichts ausmachte. Ich wollte, dass wir für immer zusammenblieben. Und glaubte fest daran.

Als Dave zwanzig und ich neunzehn war, bot man ihm eine Stelle als Klempner in den London Docklands an. Dave entstammt einer Klempnerfamilie, und er wollte nie einen anderen Beruf ausüben. Für viele ist Klempnerei bloß ein ordinäres Handwerk, doch Dave ist ein wahrer Künstler. Das Jobangebot in London war eine große Chance, die er keinesfalls ausschlagen wollte. Obwohl ich mitten in meiner Ausbildung zur Steuerfachangestellten steckte, ging ich mit nach England. Ich ertrug den Gedanken an eine Fernbeziehung nicht, dabei ist London eigentlich nicht so weit weg. Ohnehin war Steuerfachangestellte nicht mein Traumberuf, sondern lediglich eine Ausbildung, die mir hoffentlich zu einer Arbeitsstelle verhelfen würde. Doch die abgebrochene Lehre erwies sich nicht als Hindernis. Einige Tage nach unserer Ankunft ergatterte ich einen Job als Rezeptionistin bei einem Jaguar-Händler. Dank Dad kenne ich mich mit Autos ziemlich gut aus, auch wenn ich bis dahin noch nie einen Jaguar aus der Nähe gesehen hatte. Der Job erwies sich als ideal, ich kam gut mit Kollegen und Kunden aus und obwohl ich Heimweh hatte, fühlte ich mich wohl, das Leben in London war toll.

Wir blieben sechs wunderbare Jahre. Dann wurde Dave eine Stelle bei einem riesigen Bauprojekt daheim in Dublin angeboten. Wir dachten keine Sekunde lang nach. Zwar war ich in London sehr glücklich gewesen, doch die Heimkehr begeisterte mich hellauf. Wir hatten darüber gesprochen, Kinder zu bekommen, wollten sie aber nicht in London großziehen. Nichts gegen die Stadt, die gut zu uns gewesen war, aber eine Familie gründen wollte ich daheim in Irland.

Wir kauften ein Haus in Baldoyle, das mit dem Auto zehn Minuten von dem Ort entfernt lag, wo wir aufgewachsen waren. Zunächst wohnten wir einige Monate bei meinen Eltern, während Dave und seine Kumpel unser neues Heim renovierten. Ich glaube, ich wurde gleich in unserer ersten Nacht unterm eigenen Dach schwanger. Einige Monate nach Michaelas Geburt heirateten wir in prunkvollerem Rahmen, als wir uns angesichts der Riesensumme leisten konnten, die wir ausgegeben hatten, um das Haus in unser Traumhaus zu verwandeln.

»Bis dass der Tod uns scheidet, Babes«, sagte Dave in jener Nacht. »Deshalb ist es das wert.«

Oder bis Julie Halpin mit ihrem Knackarsch nebenan einzog.

Ich bin zehn Minuten vor dem Weckerklingeln wach, und schon wieder sehe ich die beiden vor meinem inneren Auge. Ich wache immer zehn Minuten vor dem Läuten auf, eine eher unnütze Gabe, aber immerhin kann ich mich so vor dem Aufstehen einige Minuten sammeln. Früher dachte ich in dieser Zeit über den vor mir liegenden Tag nach, empfand diesen Moment als höchst geschätzte Oase der Ruhe, ehe ich mich ins Getümmel stürzen musste. Jetzt scheinen diese zehn Minuten mit Bildern von Dave und Julie angefüllt zu sein und der Tatsache, dass sie obenauf war.

Ich wische mir die heißen Tränen aus den Augen, greife nach meinem Handy und stelle den Wecker aus, bevor er klingelt. Dann gehe ich auf Zehenspitzen aus meinem Zimmer über den Gang ins Badezimmer, vermeide sorgfältig das knarrende Dielenbrett, um niemand zu stören. Als ich Mum auf den neuesten Stand der Dinge brachte und fragte, ob wir eine Weile bei ihr wohnen könnten, schlug sie vor, ich solle in ihr Schlafzimmer ziehen, das über ein eigenes Bad verfügt. Das sei viel geeigneter, meinte sie. Aber meine Mutter aus ihrem Schlafzimmer zu vertreiben, kam überhaupt nicht in Frage. Ich bestand darauf, in mein altes Jugendzimmer zu ziehen, auch wenn das Einzelbett eine gewaltige Umstellung bedeutet, nachdem ich so lange Zeit mit Dave in einem gemütlich großen Doppelbett geschlafen hatte. Ich nahm an, in dem schmalen Bett würde ich ihn weniger vermissen. Leider vermisse ich ihn dort umso mehr.

Ich schließe die Badezimmertür hinter mir. Um Lärm zu vermeiden, schalte ich den Ventilator nicht ein, sondern öffne das Fenster, auch wenn gerade erst die Dämmerung am Horizont hochkriecht und die Morgenluft eher herbstlich als hochsommerlich ist. Aber Mum hat einen leichten Schlaf, und nach Dads monatelanger Krankheit braucht sie ihre Ruhe.

Bestimmt hätte sie gut darauf verzichten können, dass ich unerwartet zu ihrer Untermieterin mutiert bin, überdies mit den beiden Kindern im Schlepptau. Aber wohin hätte ich sonst gehen sollen? An wen mich wenden?

Ich zwirble mein Haar zu einem Knoten zusammen und stülpe mir eine Bademütze über. Mum unterstützt mich nach besten Kräften, aber ich kann hier nicht auf Dauer mein Lager aufschlagen. Für die Kinder ist das Intermezzo bei ihrer Großmutter Teil der Ferien, und sie kommen bisher gut damit zurecht. Aber ich merke, dass Mica sich langsam fragt, ob da mehr dahintersteckt als lediglich Granny Gesellschaft zu leisten. Ihre Fragen werden immer unverblümter. Tom ist weiterhin von unbekümmerter Wurschtigkeit. Ich bin immer noch völlig durch den Wind.

Ich drehe die Dusche auf und warte, bis das Wasser warm wird. Während es sich aufheizt, überlege ich, ob ich die Dusche daheim vielleicht mehr vermisse als meinen Mann. Unsere Nobeldusche gehört nämlich zum Besten, was die Sanitärwelt zu bieten hat, gewissermaßen Fitnesstraining für die Haut. Ein luxuriöses Badezimmer gehört zu den Vorteilen, wenn man mit einem Klempner verheiratet ist. Ein Nachteil ergibt sich, wenn es sich dabei um einen Klempner handelt, der einen belügt und betrügt.

Ich höre auf, mich mit meinem verpfuschten Leben zu quälen, seife mich ein und dusche mich ab. Beim Abtrocknen halte ich wie immer inne und betrachte meine zwei verblassten Kaiserschnittnarben. Beim zweiten Kind wurde ich mit Höchstgeschwindigkeit ins Krankenhaus gebracht und wusste, dass die Sache diesmal nicht komplikationslos verlaufen würde. Während wir auf den Krankenwagen warteten, tupfte Dave mit Lippenstift eine Linie auf meinen Riesenbauch und schrieb darüber: »Hier schneiden«. Obwohl ich krank vor Angst war, musste ich lachen. Dave hat mich immer zum Lachen gebracht. In meinen Augen ein Zeichen, dass wir einander guttaten.

Während ich vor dem Schminktisch sitze und mir das Haar zum üblichen Businesspferdeschwanz zusammenbinde, versuche ich, an gar nichts zu denken, tupfe mir getönte Feuchtigkeitscreme aufs Gesicht und perlgrauen Lidschatten auf die Augenlider. Mein übliches Make-up – Experimentieren liegt mir nicht. (Hat Dave es deshalb mit Julie Halpin getrieben? Sie ist viel mondäner als ich und schminkt ihre hohen Wangenknochen und den Schmollmund immer wieder anders.) Seit Teenagertagen benutze ich die gleiche dunkelbraune Wimperntusche. Es gibt keinen Grund, dies zu ändern.

Selbst Dave findet, dass meine Wimpern das Beste an mir sind. Sie sind lang und dicht, und ich wurde mehr als einmal gefragt, ob sie echt seien. Daher reicht meine Maybelline-Mascara völlig, die zusammen mit dem Lidschatten von Boots das kühle Blau meiner Augen unterstreicht. (Zu kühl, zu blau? Julies Augen sind intensiv schokoladenbraun und viel verführerischer.) Noch einen Hauch pfirsichfarbenes Rouge und korallenroten Lippenstift aufgelegt, dann schlüpfe ich in mein Arbeitsoutfit, eine weiße Baumwollbluse und einen dunkelblauen Hosenanzug. Ich lege ein Paar Goldstecker an, das zweite Paar Ohrlöcher wird nur geschmückt, wenn ich ausgehe, niemals aber zur Arbeit.

Ich mustere mich im Spiegel. Dave meint, in meinem Hosenanzug sähe ich aus wie Claire Danes in *Homeland*. *Homeland* gehört zu unseren Lieblingsserien, daher schmeichelt mir dieses Kompliment natürlich, auch wenn er unrecht hat. Ich bin lediglich ein blasses Abziehbild, bin weder Hollywoodschauspielerin noch Superspionin, sondern eine siebenunddreißigjährige Mutter zweier Kinder, die nicht weiß, welche Falten dem Alter, welche dem Kummer zuzuschreiben sind.

Julie Halpin hat keine Falten. Sie hat keine Kinder. Und auch keinen Mann mehr. Nach der Trennung von Doug zog sie nebenan ein, und ich gab mir Mühe, wenn auch eindeutig weniger als Dave, damit sie sich in der Nachbarschaft herzlich aufgenommen fühlte. Ich starre mein Spiegelbild an und überlege kurz, ob Botox oder Filler Dave davon abgehalten hätten, mich zu betrügen. Ich weiß es nicht, und die Roxy, die zurückstarrt, hat auch keine Antwort.

Entschlossen verdränge ich den Gedanken an meinen untreuen Mann und greife nach meiner Satchel Bag, in der sich Geldbeutel,

Kreditkarten und iPad befinden. Ich verlasse das Zimmer, in der Hand bequeme Schuhe mit Blockabsatz, und schleiche durch den Flur. An der ersten Tür bleibe ich stehen und öffne sie leise.

Tom, mein Siebenjähriger, hat sich freigestrampelt, die dünne Decke liegt zusammengeknüllt am Bettende. Das rotblonde Haar fällt ihm ins schlafgerötete Gesicht. Er rührt sich nicht, selbst als ich ihn flüchtig auf die Stirn küsse und »bis später« flüstere. Geräuschlos schließe ich die Tür hinter mir und gehe die steile Treppe zum Dachboden hoch, den Dad vor Jahren ausbaute, als Aidan und ich noch zu Hause wohnten. Ich wollte unbedingt dort einziehen, aber Aidan beharrte, dieses Recht stehe ihm als Älteren zu. Mein Argument, es sei doch dämlich, in ein Zimmer zu ziehen, wo er ständig mit dem Kopf gegen die Dachschräge knalle, stieß auf taube Ohren. Mein Bruder bekam das Dachzimmer, und ich blieb, wo ich war. Genau genommen ist mein Jugendzimmer völlig in Ordnung, und morgens strahlt herrlich die Sonne herein, aber ich war wochenlang untröstlich. Es änderte nichts. In unserem Haus herrschte Gleichberechtigung. An weinende Weibspersonen wurden keine Zugeständnisse gemacht. Daher hörte ich irgendwann mit jammern auf und fand mich damit ab.

So bin ich. Roxy, die sich mit allem abfindet. Die Dinge akzeptiert und weitermacht. Wobei es leichter ist, über ein Zimmer hinwegzukommen, als über das, was sich in einem Zimmer abgespielt hat, beispielsweise unserem Schlafzimmer.

Ich hatte mit einem kleinen Streit zwischen Mica und Tom wegen der Zimmeraufteilung gerechnet, aber Tom ist ein sehr gelassenes Kind und freute sich überdies so sehr über den längeren Aufenthalt bei seiner Granny, dass ihm egal war, wo er schlief. Mica (elf Jahre alt und auf der Schwelle, sich von meinem kleinen Mädchen in einen Teenager zu verwandeln) war völlig entzückt von ihrem Dachparadies, das viel netter ist als ihr Zimmer in Beechgrove Park. Doch ob es sie für den Verlust des Vaters entschädigen wird, wenn Dave und ich verkünden, dass unsere zeitweilige Trennung endgültig ist? Ohnehin ist ihr Aufenthalt im Dachzimmer nur vorübergehend, denn auf Dauer kann ich uns drei meiner Mutter unmöglich zumuten. Ich liebe meine Mum über alles, aber jede von uns führt ihr eigenes Leben.

Bald muss ich eine Entscheidung treffen. Mache ich auch. Ehrlich. Nur jetzt noch nicht.

Mica schläft ebenfalls tief, allerdings hat sie sich fest in die Bettdecke eingemummelt. Tom kommt ganz nach seinem Vater und dessen Wikingererbe, Mica hingegen ist eine Miniaturausgabe von mir: weizenblondes Haar, herzförmiges Gesicht und blaue Augen. Außerdem wacht sie wie ich leicht auf, bekommt daher nur einen Luftkuss.

»Hoffentlich bricht dir nie jemand das Herz, so wie dein Vater mir«, flüstere ich. »Schlaf schön, Kleines. Bis später.«

Dann schließe ich auch hier die Tür hinter mir und gehe leise nach unten.

»Herrje, weshalb bist du denn schon auf?« Mein Tonfall ist halb anklagend, halb gereizt, als ich meine Mutter am Tisch sitzen sehe, vor sich eine Tasse Kaffee und eine trockene Scheibe Ryvita-Knäckebrot. »Noch leiser kann ich nicht sein.«

»Ich wusste, dass du früh aufstehst«, antwortet sie. »Also bin ich aufgewacht. Tut mir leid. Macht der Gewohnheit.«

Sofort bereue ich meine Worte; meine Mutter ist immer noch weiß wie die Wand und hat tiefe Augenringe. »Das muss dir doch nicht leidtun. Ich bin diejenige, die sich entschuldigen muss. Ich bin diejenige, die im Weg ist.«

»Das stimmt nicht«, sagt sie, »du bist mir nie im Weg.«

»Das weiß ich doch«, beruhige ich sie, »andererseits sollte ich mich als erwachsene Frau, die selbst Familie hat, nicht wie ein Kind in die Arme meiner Mutter flüchten.«

»Bist du denn nicht immer noch mein Kind?« Mum lächelt mich an und bestreicht ihr Knäckebrot mit fettarmer Butter. »Es hätte mich getroffen, wenn du danach nicht zu mir gezogen wärst.«

Ob Dave meine Idee, während mein Vater im Hospiz war zu meiner Mutter zu ziehen, gut fand, weil er dadurch die Gelegenheit zu außerehelichen Aktivitäten mit Julie bekam? Ich würde mir gern einreden, dass dies nicht der Fall war, obwohl er das letzte Jahr viel Zeit bei ihr verbracht hat.

Allerdings brachte Julies Bruder Robbie, als er bei ihr einzog, weil seine eigene Miete ins Unbezahlbare gestiegen war, einen 75-Zoll-OLED-Fernseher mit. Daher nahm ich an, die beiden würden Fußball schauen. So lautete jedenfalls die Erklärung meines Mannes. Möglicherweise war das jedoch nur ein Vorwand, und ich bin völlig naiv.

»Die Kaffeemaschine ist noch an«, unterbricht Mum meine Gedanken. »Und im Kocher ist heißes Wasser. Willst du was, bevor du gehst?«

»Nur heißes Wasser mit Zitrone.« Auf der Arbeitsplatte liegen Zitronen; ich schneide mir eine dicke Scheibe ab und lasse sie in eine Tasse heißes Wasser plumpsen. »Ich trinke am Flughafen einen Kaffee, während ich auf Gina Hayes warte.«

»Mir war nicht klar, dass man den hirnrissigen Ideen der Menschen folgen muss, die man durch die Gegend chauffiert.«

»Wenn ich die Energie hätte, all ihren Ratschlägen zu folgen, wäre ich mittlerweile eine Elfe.« Ich fahre mit einem Finger innen den Hosenbund entlang. Allmählich setze ich Kummerspeck an, habe aber momentan nicht den Nerv für *Schlank siegt.* »Viele Leute trinken morgens heiße Zitrone«, schiebe ich hinterher. »Gut für die Verdauung. Das ist nicht allein auf Gina Hayes' Mist gewachsen.«

»Ein ordentliches Frühstück wäre besser.«

»Sagt die Frau mit der einsamen Knäckebrotscheibe auf ihrem Teller.«

Mum schaut kurz verlegen drein und lächelt dann. Sofort sieht sie um Jahre jünger aus. »Ertappt«, gibt sie zu. »Aber es ist erst halb sechs. Wenn die Kinder aufstehen, esse ich noch was.«

Schon halb sechs! Ich muss los. Ich trinke die heiße Zitrone (insgeheim wünschte ich, ich hätte mich doch für Kaffee entschieden) und sehe aus dem Fenster, während ich die Tasse ausspüle.

Mittlerweile ist es hell; der Himmel ist in zartgrauen Dunst gehüllt, der einen leichten Sommerregen mitgebracht hat.

»Pass auf dich auf«, sagt Mum. »Melde dich zwischendurch, wie es läuft.«

»Tut mir leid, dass ich dich mit den Kindern allein lasse«, sage ich. »Es ist ein langer Tag, ich weiß.«

»Du brauchst dich nicht zu entschuldigen. Ich mache es gern. Fahr vorsichtig, ja?«

Ich nehme die Autoschlüssel aus der Schüssel, die auf dem Küchentisch steht. Bereits im Gehen begriffen, drehe ich mich nochmals um. Mum sieht mich fragend an, und ich gehe zu ihr und umarme sie.

»Hab dich lieb.« Ich drücke sie so fest, dass man beinahe ihre Rippen knacken hört.

»Ich dich auch«, erwidert sie.

Und dann gehe ich.

2. Kapitel

Der silbergraue Mercedes steht in der Auffahrt neben meinem Auto, einem vier Jahre alten, roten Toyota. Mum besitzt ebenfalls einen Toyota, der einige Meter entfernt im Wendehammer parkt, in dem ihre Straße endet.

Ich schließe den Mercedes auf und rutsche auf den Fahrersitz.

Das satte Schließgeräusch der Tür ist ebenso tröstlich wie der intensive Ledergeruch der cremefarbenen Innenausstattung. Wenn ich einatme, fühlt es sich an, als säße mein Dad neben mir im Auto und passte auf mich auf, wie er das stets tat. Dad kaufte sich die luxuriöse E-Klasse-Limousine vor sechs Jahren, als er beschloss, sein Leben als Taxifahrer aufzugeben und selbstständiger Chauffeur zu werden. Er habe genug davon, in der Nacht herumzugondeln, teilte er uns mit, genug davon, dass Wildfremde ihm auf der Pelle hockten, genug davon, sich mit Leuten herumschlagen zu müssen, die besoffen seien oder unter Drogen stünden – Letzteres Menschen, die seiner Meinung nach lieber überhaupt nicht unterwegs sein sollten. »Fürs Taxi bin ich zu alt«, sagte er. »Aber die Wirtschaft zieht wieder an, und ich habe gute Kontakte zu etlichen Unternehmen in der Stadt, die einen etwas persönlicheren Fahrservice wünschen. Viele wollen lieber in einem Nobelschlitten als in einem Taxi herumkutschiert werden. Außerdem habe ich auch gute Beziehungen zu privaten Transportfirmen. Die Sache könnte ein Erfolg werden und ich dann mit fünfundsechzig in Rente gehen.«

Dieses Jahr wäre er fünfundsechzig geworden.

Ich atme langsam aus und lege den Rückwärtsgang ein. Leise rollt der Wagen aus der Einfahrt. Als Dad seine Diagnose bekam, erklärte ich mich bereit, während seiner Chemotherapie für ihn einzuspringen. Ich bin im Besitz eines Personenbeförderungsscheins, weil ich, nachdem wir aus England zurückgekehrt waren, eine Zeitlang Taxi fuhr. Wir brauchten das Geld, und ich übernahm die Morgenschicht, während Dad nach seinen Nachtfahrten ins Bett kroch. Mum passte so lange auf Mica und Tom auf. Ich bin schon immer gern Auto gefahren. Das gehört zu den Dingen, die meinen Vater und mich verbanden. Er vertraute mir seinen Mercedes an, und ich freute mich über sein Vertrauen.

Auch um seine Buchhaltung kümmerte ich mich. Die Erinnerung an meine Ausbildung zur Steuerfachangestellten war noch einigermaßen frisch, und außerdem bin ich gut mit Zahlen. Wann immer es nötig war, half ich Dad aus, daher war es nur logisch, dass ich während seiner Krankheit für ihn einsprang. Er sollte glauben, dass ich nur vorübergehend die Stellung hielt, sozusagen den Fahrersitz warm hielt, bis er selbst wieder hinters Steuer konnte. Dies würde nicht der Fall sein, das wussten wir beide, aber auf diese Weise kamen wir besser mit der Situation zurecht.

Er hinterließ mir das Auto. Ungefähr zehn Tage vor seinem Tod teilte er mir seinen Plan mit. Ich könne das Geschäft weiterführen oder auch nicht, aber der Mercedes sei so oder so ein ordentliches Sümmchen wert. Er solle sofort mit diesem Thema aufhören, brachte ich ihn zum Schweigen, das sei momentan so ziemlich mein letzter Gedanke.

Ich hatte nicht vor, das Geschäft nach seinem Tod weiterzuführen, zog aber auch nicht in Erwägung, das Auto zu verkaufen. Ehrlich gesagt hatte ich über beides kaum nachgedacht. Und dann erwischte ich Dave und Julie in flagranti, und alles änderte sich.

Mein unwillkürliches Aufkeuchen machte Dave auf meine An

wesenheit an der Schlafzimmertür aufmerksam. Er sah völlig entsetzt drein und stieß Julie so heftig von sich, dass sie beinahe vom Bett fiel.

»Was machst du denn hier?«, wollte er wissen. »Du solltest doch bei deiner Mutter sein.«

Ich brachte kein Wort heraus, sah zu, wie Julie sich ihr blaues Sommerkleid, das auf dem Boden lag, schnappte und über den Kopf streifte. Bei Dads Beerdigung hatte sie ein schwarzes Kleid getragen. Das eventuell etwas kurz war. Aber dem Ernst der Situation angemessen. Auch das blaue Sommerkleid war angemessen – für ein heimliches Date mit meinem Mann.

»Natürlich würde ich nicht … würden wir nicht …« Dave hielt die Augen auf mich gerichtet. »Es ist nicht so, wie du denkst.«

»Du willst mich wohl verarschen?« Ich fand meine Stimme wieder, auch wenn sie zitterte. »Es ist genau so, wie ich denke.«

Julie griff nach ihrer Handtasche (und ihrem Unterhöschen), schlüpfte in ein Paar mit Glitzersteinchen besetzte Flipflops und hastete wortlos aus dem Zimmer. Als ich zur Seite trat, um sie vorbeizulassen, stieg mir ein Hauch ihres Parfüms in die Nase, vermischt mit Daves vertrautem Geruch. Dann hörte ich die Haustür zuschlagen und war allein mit meinem untreuen, verlogenen Ehemann.

»Schatz, es tut mir leid«, sagte er. »Ich wollte das nicht.«

»Was genau?«, erkundigte ich mich. »Du wolltest niemand in unserem Haus bumsen oder du wolltest nicht, dass ich dich dabei ertappe?«

Wenn ich so darüber nachdenke, bin ich eventuell doch unverwüstlich. Oder klang zumindest so, denn in mir sah es ganz anders aus. Es kostete mich Mühe, nicht in Tränen auszubrechen.

»Ach, komm schon, Süße. Mach kein großes Drama daraus«, schmeichelte Daves Stimme. Als stellte ich unverschämte Ansprüche! Als wäre dies nicht das größte Drama meines Lebens, ihn nackt im Bett mit der Nachbarin anzutreffen.

»Wovon faselst du, verdammt noch mal?«, wollte ich wissen. »Du hast Julie Halpin gevögelt, und ich habe dich dabei erwischt. Wenn das kein Drama ist, dann weiß ich auch nicht. Du hast mich mit der Frau von nebenan betrogen, Herrgott. Du ... du ...« Ich schlug die Hände vors Gesicht, weinte aber immer noch nicht. Als hätte ich meinen gesamten Tränenvorrat für Dad aufgebraucht.

»Es ist einfach passiert«, behauptete Dave. »Es tut mir wirklich leid, ich wollte dir nicht wehtun, nichts liegt mir ferner. Als ich gestern Abend heimkam, kam Julie rüber und wollte wissen, wie es dir geht. Aber natürlich warst du noch bei deiner Mutter und bist fast schon eine Woche lang nicht zu Hause gewesen –«

»Fünf Tage!«, krächzte ich. »Es waren fünf poplige Tage, und du hast bereits eine andere in unser Bett eingeladen.«

»So war es doch gar nicht«, protestierte er. »Wenn du dich erinnerst, war ich damit beschäftigt, zwischen Krankenhaus und Beerdigungsinstitut, zwischen Kirche und weiß Gott noch wo hin und her zu flitzen. Auch für mich ist das alles nicht einfach. Als Julie klopfte, konnte sie sehen, dass ich durch den Wind war, und bestand darauf, mir einen Tee zu machen. Dann kamen wir ins Reden und –«

»Ich rede mit einer Menge Männer, aber die schleppe ich nicht heim und schlafe mit ihnen!« Plötzlich brach sich meine Wut Bahn, ein gutes Gefühl.

»Aber es war ein aufwühlender Tag«, sagte Dave. »Und ich grübelte über das Leben, den Tod und den ganzen Rest nach und wollte meine Gedanken mit dir teilen, aber du warst nicht da.«

»Du gibst *mir* die Schuld?« Ich starrte ihn fassungslos an. »Du hast mit Julie Halpin geschlafen und gibst *mir* die Schuld?«

»Nein. Du musstest deine Mutter unterstützen. Aber ich habe auch jemanden gebraucht. Die letzten Wochen waren hart.«

»Und *ob* du mir die Schuld gibst, ich fasse es nicht.« In meinem Hinterkopf kündigten sich pochend Kopfschmerzen an. »Du wirfst mir vor, ich sei nicht da gewesen und da dir nach Sex gewesen sei, hättest du dir daher die Nächstbeste schnappen müssen. Nicht dass Julie keine Mitschuld trägt«, fügte ich hinzu. »Sie stand vor der Kirche und sprach mir ihr Beileid aus. Und ein paar Stunden später schwingt sie sich auf meinen Mann.«

»Ich weiß, auf den ersten Blick sieht es nicht gut aus«, gab Dave zu. »Ich weiß, dass ich Scheiße gebaut habe. Aber du darfst das nicht überbewerten. Es war eine einmalige Sache, die den Umständen geschuldet ist, mehr nicht.«

»Und du meinst, damit ist jetzt alles in Butter?« Ich rieb mir die Augen. »Du hast mit Julie geschlafen, trotzdem sind wir weiterhin beste Nachbarn und du gehst samstags rüber, um mit Robbie Fußball zu gucken – wo war der eigentlich gestern Abend?«

»Wahrscheinlich auf ein paar Pints im Pub«, antwortete Dave.

Auf der Beerdigung hatte ich Julies Bruder nicht gesehen, aber er war bestimmt da gewesen. Die Kirche war brechend voll gewesen. Dad war sehr beliebt.

»Seit wann?«, fragte ich.

»Seit wann was?«

»Seit wann seid ihr scharf aufeinander?«

»Sie sieht gut aus«, sagte er. »Aber das ist mir vorher nie aufgefallen.«

»Ich geh nach unten«, ignorierte ich seine widersprüchliche Aussage. »Ich brauche einen Tee. Denk nicht mal im Traum daran, die Küche zu betreten.«

»Ich muss sowieso zur Arbeit«, sagte Dave, »ich komme ohnehin zu spät.«

Ich verschwendete kein weiteres Wort, ging die Treppe hinunter, wobei ich mich am Geländer festhielt, um nicht zu fallen. Dann ging ich durch die Hintertür in den Garten, wo ich blieb, bis Daves Lieferwagen unsere Einfahrt verließ.

Der Mercedes schnurrt die Straße entlang, und ich schalte das Radio ein, meinen Lieblingssender, der Unterhaltungsmusik bringt. Bei Stadtfahrten höre ich am liebsten Easy Listening; die Frühstückssendungen mit ihren unerträglich gutgelaunten Moderatoren sind nichts für mich. Sie erinnern mich an Mica und Tom, wenn sie zu viele Süßigkeiten gefuttert haben.

Von der Wohnsiedlung biege ich auf die Hauptstraße ab. Für einen Pendlerstau ist es noch zu früh, daher wird es eine entspannte Fahrt, auch wenn aufgrund des Regens später mit mehr Verkehr zu rechnen ist. Um das Haus meiner Kundin zu finden, brauche ich das Navi nicht, denn ich habe sie bereits einmal gefahren. Es handelt sich um Thea Ryan, die preisgekrönte Schauspielerin, die heute Morgen mit ihrem Mann nach London fliegt, um in verschiedenen Talkshows Werbung für ihre neue Fernsehserie zu machen. Desmond Ryan ist Dramatiker, und laut Ms Ryan (ich bringe es nicht fertig, sie mit Thea anzureden, obwohl sie mich darum gebeten hat) basiert die Serie auf einem Vorfall, der sich während des Spanischen Bürgerkriegs in einem abgelegenen Bauernhaus zutrug. Hört sich interessant an, ich freue mich darauf.

Thea, die ungefähr Mitte siebzig ist, gehörte zu Dads ersten Kunden. Die Firma, die letztes Jahr eine kleine Serie produzierte, bei der sie die Erzählerin sprach, hatte immer Dad als Fahrer gebucht, und danach fuhr sie lieber mit ihm als mit dem Taxi. Dad mochte Thea, die er eine »zähe alte Schachtel« nannte, woraufhin ich ihn zurechtwies, dies sei eine höchst sexistische Beschreibung jener Frau, die von der ganzen Nation verehrt werde. Dad verdrehte die Augen und meinte, ich solle von meinem hohen Feminismusross steigen. Da mussten wir beide lachen. Ich bin keine Feministin. Genau genommen verabscheue ich sämtliche »Ismen«.

Das Haus der Ryans liegt auf der anderen Seite des Flusses, deshalb muss ich quer durch die Stadt – um diese Uhrzeit kein Problem. Hoffentlich habe ich Thea und Desmond am Flughafen abgesetzt, bevor der Berufsverkehr einsetzt. Wenn es irgendwie geht, vermeide ich Dublin zur Rushhour. Stop-and-go ist enorm anstrengend. Wenn es jedoch verwaist ist, fahre ich gern durchs Zentrum. Ich bin durch und durch ein Stadtkind. Ich mag Straßen, Häuser, Läden und Gebäude in allen Erscheinungsformen. Ich mag das Gefühl, Menschen um mich zu haben. Ich mag den Trubel. Das Versprechen, dass alles möglich ist.

Nach fünfundzwanzig Minuten erreiche ich das alte rote Backsteinhaus in Rathgar. Normalerweise schicke ich dem Kunden eine Nachricht, dass ich vor der Tür stehe, doch kaum halte ich an der Bordsteinkante, geht die hell gestrichene Tür auf und Thea und ihr Mann stehen da, umrahmt vom Licht des Hausflurs.

Ich steige aus und hole aus dem Kofferraum einen Regenschirm, dessen wildes Palmen-und-Flamingomuster diesem grauen Morgen einen fröhlichen Farbklecks verleiht.

»Was machen Sie denn da?«, ruft Thea, als ich den geplätteltellen Weg zum Haus eile. »Wir kommen doch schon. Völlig unnötig, dass Sie nass werden.«

»Oder Sie«, erwidere ich und halte den Regenschirm über sie. »Das ist übrigens Ihrer. Den haben Sie letztes Mal vergessen, obwohl ich fragte, ob Sie alles haben«, füge ich hinzu, »und ich habe ihn nicht gesehen, weil er unter dem Sitz gerutscht war.«

»Was Schirme betrifft, bin ich ein hoffnungsloser Fall«, meint

Thea heiter. »Ständig lasse ich sie liegen. Aber heute hat Desmond seinen dabei.«

Desmond, ein großer Mann mit Patriziergesicht und erstaunlich vollem, fast weißem Haar schwenkt seinen schwarzen, in einem Kunstlederetui steckenden Taschenschirm.

»Also wirklich«, sage ich. »Ich bringe Sie beide jetzt zum Auto. Den Einsatz dieses Schirms sparen Sie sich besser für London auf, da wartet bestimmt noch genug Regen.«

Das sehen sie ein, auch wenn Desmond sich die Bemerkung nicht verkneifen kann, dass er mich beschirmen sollte und nicht umgekehrt.

»Roxy ist eine moderne Frau, die Karriere macht«, sagt Thea, nachdem sie im Auto sitzen. »Da braucht sie keinen Mann, der beschützend um sie herumscharwenzelt.«

Darüber muss ich unwillkürlich lächeln, obwohl bei mir von Karriere nicht die Rede sein kann. Die Chauffeurdienste mit dem Mercedes sind Therapie, keine Berufswahl. Zudem weiß ich nicht, wie lange ich das noch machen werde.

»Ausweis, Handy, Kreditkarten?« Diese Frage stelle ich immer auf Fahrten zum Flughafen. Man glaubt es nicht, wie viele Leute etwas vergessen.

»Alles dabei«, versichert Desmond, und dann fragt Thea, wie es Mum gehe. »Gut«, erwidere ich, was hoffentlich auch stimmt, trotz ihrer tiefen Augenringe heute Morgen.

Manche Kunden unterhalten sich gern, andere schweigen lieber. Thea fällt in die erste Kategorie. Wenn sie gelegentlich im Auto ein Drehbuch lesen muss, sagt sie, ich solle bitte nicht beleidigt sein, wenn sie mich heute ignoriere. Auf diese Idee käme ich nie. Thea Ryan war sehr lieb zu mir, als ich sie zum ersten Mal nach Dads Diagnose fuhr. Sie stellte viele Fragen zu seiner Behandlung, zur Prognose, was ich bei anderen eventuell aufdringlich gefunden hätte. Weil aber alle anderen sorgfältig vermieden, seine Krankheit zu erwähnen, war es erfrischend, wenn auch deprimierend, darüber reden zu müssen. Zur Beerdigung schickte sie einen gewaltigen Kranz. Mum war sehr gerührt.

»Bestimmt ist Ihre Mum noch sehr mitgenommen«, meint sie jetzt. »Trauern braucht Zeit und die gestehen wir uns heutzutage nicht zu. Wir kehren gern alles unter den Teppich und tun so, als ginge es uns in der Woche darauf bereits wieder blendend. Aber das stimmt nicht. Das ist eines unserer Probleme – wir lassen uns nicht die Zeit, uns von Schicksalsschlägen zu erholen. Verrückt.«

Ich bin ganz ihrer Meinung. Manchmal scheint es unwirklich, dass Dad für immer von uns gegangen ist. Ich betrete mein Elternhaus in der Erwartung, sein gut gelauntes »Hallo, Häschen« zu hören, über dem Küchenstuhl seine Jacke hängen zu sehen. Gleich darauf schneidet mir die Erkenntnis, dass es sich um einen Irrtum handelt, wie ein Messer durchs Herz.

Thea erkundigt sich nach meinem Befinden, und wieder antworte ich »gut«, obwohl das ganz offensichtlich gelogen ist. Dann wendet sie sich an Desmond und erkundigt sich nach dem genauen Tagesablauf. Lauter Interviews und andere Marketingaktionen für die neue Serie, die Desmond geschrieben hat und in der Thea die Hauptrolle spielt. Offenbar ist dies ihre erste Zusammenarbeit seit langem. Alles hört sich glamourös und aufregend an, es ist schön, dass diese prickelnde Atmosphäre für kurze Zeit auch den Mercedes erfüllt. Die meisten meiner Kunden sind schlipstragende Geschäftsleute, was so gar nicht glamourös oder aufregend ist.

»Wie immer pünktlichst«, sagt Thea, als ich in der Drop-off-Zone halte. »Vielen Dank.«

»Ich hole Sie nächsten Montagabend ab, richtig?«

»Ja.« Desmond nickt mir zu.

»Viel Glück in London.« Ich hole das Gepäck aus dem Koffer-raum und halte den Regenschirm über die beiden. »Ich halte in den Talkshows Ausschau nach Ihnen.«

Die Frau, die von der ganzen Nation verehrt wird, gibt mir ein Küsschen auf die Wange, was so gar nicht zur üblichen Kunden-verabschiedung gehört, aber bei Thea Ryan kommt es mir ganz normal vor.

»Sie sind ein Schatz«, sagt sie. »Wir sehen uns hier am Montag wieder. Passen Sie bis dahin gut auf meinen Schirm auf.«

»Mach ich. Sehen Sie bitte nochmals nach, ob Sie nichts ver-gessen haben.«

Sie seien startklar, versichern die beiden, und ich warte neben dem Mercedes, bis sie sich erfolgreich ins Flughafengebäude ge-schlängelt haben. Dann setze ich mich wieder hinters Steuer und lasse den Motor an.

Es hatte sich geschickt ergeben, dass ich gleich die nächste Kundin am Flughafen abholen kann, da Thea und Desmond je-doch vom Terminal 2 abfliegen und die Ernährungsberaterin und Starköchin Gina am Terminal 1 ankommt, muss ich einen gro-ßen Bogen zum Parkplatz fahren. Ginas Flug kommt ungefähr in einer Stunde an. Mum wohnt nur zehn Kilometer entfernt, doch mittlerweile ist das Verkehrsaufkommen garantiert so hoch, dass es sinnvoller ist, hierzubleiben und einen Kaffee zu trinken, auch wenn ich dadurch Tom und Mica erst später sehe. Ich mag es gar nicht, wenn ich morgens nicht für sie da bin, doch das lässt sich manchmal nicht ändern.

Im Terminal steuere ich direkt auf das Café bei den Ankunfts-gates zu. Ich brauche dringend Koffein und Zucker, denn ehrlich gesagt, so gesund eine heiße Zitrone am Morgen angeblich ist, einen dynamischen Tagesstart legt man damit nicht hin. Ich erinnere mich, einmal gelesen zu haben, ein warmes, deftiges Frühstück sei gut für Körper und Seele, was meine volle Zustimmung findet. Aber glauben kann ich es nicht, denn was mir schmeckt, steht normalerweise auf der Verbotsliste. Liebend gern äße ich jetzt ein großes Frühstück mit Spiegelei, Würstchen und gebratenem Speck, stattdessen bestelle ich Cappuccino und einen Muffin, was wahrscheinlich noch ungesünder ist. Jedenfalls reicht fast schon der Kaffeeduft allein, um mich richtig wach zu machen. Nach einem Schluck Cappuccino und einem Bissen Muffin öffne ich meinen iPad und scrolle durch meine Facebook-Chronik.

Bei einem Foto von Dave mit den Kindern, das ich vor einigen Monaten gepostet habe, bleibe ich hängen. Alle tragen Fußballklamotten, das Trikot des Ortsvereins, für den die Kinder kicken. Beide Mannschaften hatten das Turnier ihrer Altersgruppe gewonnen und ließen sich mit ihren Pokalen fotografieren. Tom steht vor Dave, einen Fuß auf dem Ball, in der Hand seine Siegertrophäe, neben ihm hält Mica ihre in die Höhe. Jemand, der eindeutig keine Ahnung hat, wie es um unsere Ehe steht, hat einen Kommentar hinterlassen, der den Eintrag in meiner Chronik nach oben geschoben hat. Mir tut das Herz weh, wenn ich daran denke, wie glücklich wir an diesem Tag waren. Ob wir wohl jemals wieder glücklich sein können? Übrigens sind Dave und ich auf Facebook immer noch befreundet, was möglicherweise wichtiger ist, als immer noch verheiratet zu sein. Was wir auf Facebook ebenfalls noch sind. Keiner von uns hat seinen Status auf »Es ist kompliziert« geändert. Aber es *ist* kompliziert, auch wenn Dave das anders sieht. In seinen Augen hat er einen Fehler gemacht, den er bereut. Ihm ist klar, dass es fatal war, sich inmitten des Fehlers erwischen zu lassen. Doch er findet, ich sollte ihm vergeben. Um seinetwillen. Um meinetwillen. Um der Kinder willen.

Vergeben und vergessen. Oder Schluss machen. Weiterhin

schwingt das Pendel zwischen diesen beiden Polen. Demnächst wird es stehen bleiben. Wo, ist ungewiss.

An jenem Tag kam Dave gleich nach Arbeitsschluss bei Mum vorbei, um sich bei mir richtig zu entschuldigen, wie er es formulierte. Ich wollte ihn nicht sehen, aber Mum sagte, das sei falsch. Mit den Worten, sie wolle zu McDonald's, scheuchte sie Tom und Mica aus dem Wohnzimmer und da es das bei uns nur höchst selten gibt, waren die beiden ganz aus dem Häuschen. Aber ich fand es grauenvoll, dass meine Mutter einen Tag, nachdem sie ihren Mann beerdigt hatte, unsere Bedürfnisse über ihre stellen musste.

Was ich auch Dave umgehend an den Kopf warf.

»So sind Mütter nun mal«, sagte er.

»Nachdem du meine aus ihrem eigenen Haus vertrieben hast, rückst du am besten schnell mit dem raus, was du sagen willst.«

»Gibt keinen Grund, sich so aufzuführen«, entgegnete er. »Ich habe gesagt, es tut mir leid, Roxy, und das stimmt wirklich. Es war ein großer Fehler. Und ich schwöre, dass ich dir davor noch nie, kein einziges Mal untreu war. Das mit Julie hatte ...«, er verstummte, »keine Bedeutung.«

»Für mich schon.«

»Das verstehe ich«, erklärte Dave. »Echt. Ich habe mich wie ein Arschloch verhalten. Es tut mir leid.«

Er sah tatsächlich so aus, als täte es ihm leid. Er klang auch so. Ich nahm es ihm ab.

»Ich bin maßlos wütend und schockiert, dass dir so was überhaupt in den Sinn kam«, knallte ich ihm vor den Latz.

»Ich war betrunken.«

»Und das entschuldigt deinen Seitensprung?«

»Nein. Aber es erklärt ihn, ansonsten hätte ich mich nicht mit ihr abgegeben.«

Unvermittelt tat mir Julie leid, deren Ehe nach wenigen Jahren zerbrochen war, weil ihr Mann mit einer Kollegin eine Affäre hatte. Doch dann unterdrückte ich jegliches Mitgefühl, denn gerade sie hätte wissen müssen, wie man sich als betrogene Ehefrau fühlt.

»Komm heim«, sagte Dave, »du fehlst mir und die Kinder fehlen mir. Ich hätte mich nicht mit Julie abgegeben, wenn ich dich nicht so vermisst hätte.«

Schweigend hörte ich zu, wie er seine männliche Logik ausbreitete. Einerseits geriet ich ins Wanken, verstand ihn sogar. Andererseits wäre ich nach fünf Tagen Alleinsein nicht mit einem anderen Mann ins Bett gehüpft. Und wenn man Daves Erklärungen Glauben schenken konnte, hatte Julie die gesamte Nacht bei uns verbracht und sie hatten es zweifellos schon miteinander getrieben, bevor ich nach Hause kam. Also hatten sie mehr als einmal miteinander geschlafen. Vielleicht hätte ich ihm ein Mal verzeihen können. Aber zwei Mal? Eventuell sogar drei? Das war kein Ausrutscher mehr.

Das Pendel schwang in Richtung Schlussmachen.

»Ich kann nicht heimkommen«, entgegnete ich, »dazu bin ich viel zu wütend.«

»Verständlich, dass du etwas Zeit brauchst«, sagte er, »aber die Kinder brauchen ihren Vater.«

»Daran hättest du früher denken sollen.«

»Was soll ich tun, Roxy?«, fragte er. »Ich mache alles. Wirklich alles.«

Auch das nahm ich ihm ab. Dave ist ein guter Mensch. Er hatte einen Fehler gemacht. Für den er bezahlen sollte; doch laut einem der Artikel über untreue Ehemänner ist zwar der Wunsch nach Bestrafung verständlich, aber nicht unbedingt die Lösung.

Das Pendel schwang in Richtung Vergeben und Vergessen.

»Ich brauche Zeit«, erklärte ich.

»Bitte nicht zu lange«, sagte er.

Und dann ging er.

Zwei Tage lang hörte ich nichts. Dann schickte er mir eine lange, weitschweifige Nachricht (wahrscheinlich aus dem Pub um die Ecke), wie sehr er mich liebe und dass er Julie Halpin seitdem nicht mehr gesehen habe und wenn sie ihm doch über den Weg laufen sollte, werde er sie links liegen lassen und es täte ihm unendlich leid.

Er erwähnte nicht mehr, dass ich heimkommen solle, doch als er am Samstag die Kinder bei Mum abholte, um mit ihnen den Tag zu verbringen, hatte er einen gigantischen Strauß dabei.

»Die Blumen sind für dich. Ich gehe mit den beiden zum Fußballspielen in den Park«, sagte er, als er mir das Gebinde in die Hand drückte. »Die Kinder können heute bei mir übernachten. Könntest du auch, wenn du möchtest.«

Ich vergrub das Gesicht in den Blumen, keine gute Idee, denn ich fing sofort an zu niesen.

»Für eine Nacht?« Ich legte den Strauß weg und schnäuzte mich.

»Vielleicht verändert die alles.«

Ich schüttelte den Kopf. Er nahm die Kinder mit, und ich blieb bei meiner Mutter. Sie verteilte die Blumen auf drei Vasen.

Das ist der Stand der Dinge seit der Rodeonacht. Tag für Tag schickt er mir Nachrichten, wie leid es ihm tut. Alle beinhalten ein traurig dreinguckendes Emoji und ein Halbdutzend Herzchen. Manchmal gibt es obendrein ein kitschig-romantisches Video. Er bittet mich, heimzukommen. Ich lösche Nachrichten und Videos, antworte, dass ich noch Zeit brauche. Er erklärt, ich könne mir so viel Zeit nehmen, wie ich benötigte, aber er brauche mich. Er brauche auch die Kinder um sich herum, wir sollten heimkommen. Er versichert mir, nie wieder werde er sich mit einer anderen Frau allein in einem Raum aufhalten. Er sagt, er liebe mich sehr. Und ich schreibe jedes Mal zurück, dass ich mehr Zeit brauche. Wie viel, hat er bisher nicht gefragt. Früher oder später wird er das tun. Früher oder später wird es ihm nicht mehr leidtun, er wird mir keine Videos mehr schicken, sondern sauer auf mich sein. Mir würde es nicht anders gehen. Was bedeutet, dass ich das Pendel nicht ewig in Bewegung halten kann. Ich muss eine Entscheidung fällen.

Doch egal, wie gut ich angeblich beim Treffen von Entscheidungen bin, diese will ich noch nicht fällen.

Meine beste Freundin Debs bemüht sich, die Sache unvoreingenommen zu betrachten, meint, alle Männer seien Dummköpfe, Dave gehöre jedoch zu den besseren Exemplaren dieser Gattung, auch wenn er eine absolute Dummheit begangen habe. Natürlich hat sie recht. Doch ich komme nicht darüber hinweg, wie sehr er mich enttäuscht hat. Und obwohl ich ihm verzeihen möchte, bin ich noch nicht dazu bereit.

Ich starre weiterhin auf das Foto, das meine Kinder mit ihrem Vater zeigt. Sie gehören ebenso sehr zu ihm wie zu mir. Kinder brauchen beide Elternteile. Unentschlossen schweben meine Finger über der Tastatur, soll ich ihm die Nachricht »Ich komme heim« schicken?

Warum kann ich nicht akzeptieren, dass Dave einen schwachen Moment hatte? Warum sitze ich jedes Mal, wenn ich glaube, ich hätte den Vorfall ad acta gelegt, erneut wutbebend da? Warum kann ich ihm nicht einfach vergeben? Aber warum sollte ich? Schließlich hat er mir das Herz gebrochen.

Früher war mein Leben wohlgeordnet, zwar nicht besonders glamourös oder aufregend, aber rundum gut. Doch binnen weniger Wochen habe ich die beiden Männer verloren, die mir am meisten bedeuteten. Alles, was mein Leben ausmachte, ist zusammengebrochen, und ich hocke verlassen und verwirrt da. Ich bin nicht mehr die, die ich war. Im Augenblick weiß ich nicht, wer ich überhaupt bin.

Die Ankündigung, dass ein Flug Verspätung hat, reißt mich zurück in meine Arbeitswirklichkeit. Ich werfe einen Blick auf meine Armbanduhr und überprüfe Ginas Flugstatus.

Ihr Flugzeug ist gelandet; in fetten Großbuchstaben tippe ich »GINA HAYES« auf mein iPad und stelle mich in die bereits ziemlich volle Ankunftshalle.

»Roxy, Schätzchen, wie geht's, wie steht's?«

Ich habe mich bis zur Schranke durchgeschlängelt, wo mich Eric Fallon, ein anderer Fahrer begrüßt. Passagiere am Flughafen abzuholen, gehört zum täglich Brot, bei dem man nach und nach die anderen Fahrer kennenlernt. Einmal verspäteten sich aufgrund eines gewaltigen Gewitters sämtliche Flüge nach Dublin, weshalb ich mit Eric fast drei Stunden gemeinsam im Café verbrachte. Es war eine meiner ersten Fahrten nach Dads Diagnose, und Eric, fast im selben Alter, war freundlich und verständnisvoll.

»Gut«, antworte ich. »Auf welchen Flug wartest du?«

»Den um neun aus Paris«, sagt er. »Schlipsträger.« Er hält mir sein iPad hin, auf dem »Ivo Lehane« steht. »Will zum Kongresszentrum. Irgendeine Veranstaltung zum Thema neue Geschäftsmodelle.« Er schnaubt.

Ich lächle ihn an. Wie mein Vater findet Eric, dass sich Großunternehmen und Ethik ausschließen. Er misstraut jedem Schlipsträger zutiefst, ebenso jedem, der ihm Anlagetipps geben will. In der Finanzkrise 2008 geriet Eric schwer unter die Räder. Seitdem ist er gegen das Establishment, weil sich das seiner Meinung nach um Menschen wie ihn einen Dreck schert.

Ich stimme ihm zumindest teilweise zu. Die einfachen Leute werden vom System missachtet und manipuliert. Wir haben nichts zu melden. Reiche verabschieden Gesetze für Reiche, und wir können nichts dagegen unternehmen. Ich bin keinesfalls so radikal wie Eric, der den Großteil der Rezession auf Protestmärschen gegen die Sparpolitik verbrachte und kurzzeitig sogar einer neugegründeten Partei beitrat. Doch auch mir geht der Hut hoch, wenn Politiker andeuten, man wäre selbst schuld, wenn es einem schlecht gehe. Ich mache mir Sorgen, was wohl passiert, sollten die Kinder und ich nicht zu Dave zurückkehren, denn damit wäre ich alleinerziehend. Wie könnte ich mir da ein eigenes Haus leisten? Es ist ein Fiasko, an dem ich nicht schuld bin. Bestimmt gibt es aber Menschen, die mir trotzdem gern die Schuld an dieser Lage gäben.

Die Schiebetüren gleiten auf, und ein Passagierstrom schwappt in die Ankunftshalle. Eric und ich halten unsere iPads hoch. Weder Gina Hayes noch Ivo Lehane sind bei der ersten Gruppe dabei, und wir lassen unsere Tablets sinken. Nach einer kurzen Pause kommt der nächste Schwung, darunter ein großgewachsener Mann im anthrazitfarbenen Anzug, der auf Eric zugeht und sich als Ivo vorstellt. So ein Glück wie Eric möchte ich auch mal haben, ein Kunde, der aussieht wie Patrick Dempsey in seinen besten Zeiten. Dr McDreamy ist an Eric völlig verschwendet. Ich muss über mich selbst lachen, als spielte es eine Rolle, ob meine Kunden wie Fernsehstars aussehen. In aller Regel nehmen sie von mir keine Notiz. Zumindest nicht, wenn sie erst einmal eingestiegen sind.

»Hier entlang, Mr Lehane«, sagt Eric. Und zu mir gewandt: »Bis bald, Schätzchen. Fahr vorsichtig.«

Gemeinsam mit seinem Schlipsträger verlässt er das Terminal-gebäude. Ich halte weiterhin mein iPad hoch und warte auf meine zweite Kundin des Tages.

3. *Kapitel*

Gina Hayes ist Kundin einer PR-Firma, für die Dad viel arbeitete. Als Grady PR ihn zu ihrem Fahrer auserkor, war er hocherfreut, denn obwohl die Firma klein ist, verfügt sie über eine beeindruckende Kundenliste.

Die Sache mit Dads Geschäft ist ein weiteres Pendel, das in meinem Kopf hin und her schwingt. Wie schon gesagt, Fahren ist für mich Therapie. Ich machte damit weiter, nachdem ich wieder zu Mum gezogen war, unter anderem damit ich mich nicht in die Misere mit Dave hineinsteigere (der gewünschte Effekt bleibt eindeutig aus), aber auch, weil ich ihr so nicht den ganzen Tag im Weg bin und es Geld einbringt, obwohl sie sich hartnäckig weigert, etwas anzunehmen.

Mittlerweile geht das Chauffieren für mich jedoch weit darüber hinaus. Seit Jahren mache ich zum ersten Mal wieder etwas Eigenes, was ich trotz der Umstände genieße. Erst als ich Dads Nachfolge antrat, fiel mir auf, wie lange es her war, dass ich etwas nur für mich getan hatte. Man hat mir noch nie besonderen Ehrgeiz vorwerfen können. Mein einziger Wunsch war es, zu heiraten und Kinder zu bekommen. Arbeit, welcher Art auch immer, war lediglich Mittel zum Zweck. Meine ganze Welt dreht sich um Haushalt und Familie. Seit Tom auf der Welt ist, hatte ich beruflich nichts weiter gemacht, lediglich die eine oder andere Fahrt für Dad übernommen und seine Buchhaltung erledigt, aber das waren Aushilfsjobs, die nicht viel Zeit in Anspruch nahmen. Fast fünf Jahre lang war ich als Tagesmutter im Einsatz gewesen, die Familie zog jedoch vor achtzehn Monaten in ein anderes Viertel und obwohl in der Beechgrove-Siedlung immer jemand auf der Suche nach einer Kinderbetreuung ist, wollte ich eine kleine Auszeit. Dann wurde Dad krank, und ich hatte anderes zu tun. Wahrscheinlich hat sich Dave in der traditionellen Rolle des Haushaltsvorstands gesehen, während ich … keine Ahnung, was ich bin. Jedenfalls abhängig von ihm. Mittlerweile kann ich mich des Gedankens nicht erwehren, dass Dave mich betrog, weil er den Respekt vor mir verloren hat. Weil er fand, dass ich nicht genug beitrug.

Julie Halpin arbeitet als Büroleiterin. Zwar mag sie keinen Ehemann mehr haben, fährt aber täglich in ihrem blauen Sportwägelchen zur Arbeit, geht in den Urlaub, wann immer ihr danach ist, und trägt stets die neueste Mode. Und ich … ich bin mehr oder weniger genau diejenige, die ich vor gut zwanzig Jahren war, als Dave und ich anfingen, miteinander zu gehen, nur dass ich jetzt zusätzlich etliche Dehnungsstreifen habe.

Falls wir wieder zusammenkommen sollten – und das ist immer noch ein großes Falls –, muss sich etwas ändern. Ich muss den Teil von mir wiederfinden, von dem mir nicht klar war, wie wichtig er ist. Die rebellische Roxy. Die Roxy, die auf dem Fußballplatz kämpfte. Die Roxy, die zuerst an sich und dann erst an andere dachte (auch wenn das nun nicht mehr möglich ist). Mit dem Mercedes Kunden herumzukutschieren, ist ein Anfang. Leider ist es nicht so einfach, Dads Unternehmen fortzuführen, so maßgeschneidert es auch für mich ist. Die Arbeitsstunden sind unregelmäßig, was einen hohen Organisationsaufwand bei der Kinderbetreuung erfordern würde. Und trotzdem ist das Fahren das Einzige, was mich in den Wirren der letzten Wochen geerdet hat, weil es eine Aufgabe ist. Überdies ist es tröstlich, im Wagen Dads Anwesenheit zu spüren und mag sie noch so vage sein.

Weitere Menschen strömen in die Ankunftshalle, doch es dauert noch eine Viertelstunde, bis die Ernährungsberaterin auftaucht. Ich erkenne sie sofort. Gina Hayes hat eine Ausstrahlung, von der ich nur träumen kann, auch wenn sie nicht für einen Fernsehauftritt herausgeputzt ist. Sie ist großgewachsen und gepflegt, die glänzenden haselnussbraunen Locken reichen ihr knapp über die Schultern. Sie trägt eine bunte Umhängetasche und einen leichten Regenmantel in Zartrosa, darunter Skinny Jeans und ein weißes T-Shirt sowie hochhackige Stiefel. Kurioserweise ist der Regenmantel Ginas Signature Look, denn ihre Sendung fand anfangs im Freien statt, wo dieses Kleidungsstück zweckmäßig schien. Mittlerweile ist sie in ein gläsernes Studio umgezogen, trägt den Regenmantel aber immer noch. Hört sich albern an, funktioniert aber.

Ich habe keinen Signature Look. Es sei denn, der dunkelblaue Hosenanzug, die weiße Bluse und die winzigen Goldohrringe fallen darunter, ein Outfit, das definitiv zu Roxy im Arbeits-, nicht im Freizeitmodus gehört. Die Roxy im Freizeitmodus mag leuchtende Farben, viele Accessoires und hochhackige Schuhe; nach einem Tag als Chauffeurin werfe ich mich allerdings gleich nach dem Heimkommen in Jeans, T-Shirt und Turnschuhe. Und »werfen« ist wörtlich zu nehmen. Im Gegensatz zu Gina style ich mich nicht, ich trage einfach Klamotten.

Ich halte mein iPad hoch. Gina entdeckt ihren Namen und schreitet durch die Ankunftshalle auf mich zu.

»Ich bin Gina Hayes.« Sie hält mir die Hand hin. »Sie sind meine Fahrerin?«

»Roxy McMenamin. Freut mich, Sie kennenzulernen.«

Wieder bringe ich Thea Ryans Schirm zum Einsatz, als ich Gina zum Parkplatz führe – es ist nicht weit, doch ich bin nicht sicher, ob der Designerregenmantel dem irischen Niesel gewachsen ist, der einen bis auf die Haut durchnässt, ehe man überhaupt bemerkt, dass es regnet. Zudem darf ihr kunstvoll gestyltes Haar nicht nass werden. Irgendwie geht durch den exotischen Schirm etwas von Theas kiloweise vorhandenem Selbstvertrauen, ihrer Ausstrahlung auf mich über, so dass mich Gina Hayes, die Powerfrau, weniger einschüchtert.

»Ich hatte noch nie eine Fahrerin«, meint Gina, während sie im Fond des Mercedes Platz nimmt. »Und mir ist nie in den Sinn gekommen, dass es welche gibt. Eine sehr unfeministische Sichtweise, höchst ärgerlich.«

»Ich bin nicht Fahrerin, um etwas zu beweisen«, erkläre ich, »sondern weil es mein Beruf ist.«

»Trotzdem schön, wenn Frauen traditionell männliche Berufe ausüben«, sagt Gina.

Bitte um diese frühe Uhrzeit keine Unterhaltung über Gleichberechtigung, bitte nicht. Bei einem Blick in den Rückspiegel sehe ich, dass sich Gina glücklicherweise ihrem Handy widmet.

»Zuerst geht es für Ihr Fernsehinterview zum Sender«, fasse ich den Ablauf des heutigen Tages zusammen, »wo Sie Ihre PR-Agentin treffen. Dann zum Signieren in die Buchhandlung. Und anschließend fahre ich Sie nach Belfast, wo ich Sie nach Beendigung Ihres Programms am Flughafen absetze.«

»Gut.« Sie ist völlig in ihr Handy vertieft. Ob sie wohl leicht eingeschnappt ist, weil ich mich einem Gespräch über Feminismus verweigert habe? Ich bin absolut für Gleichberechtigung und Frauenrechte, kann aber Leute nicht ausstehen, die pausenlos darüber schwadronieren. Wenn ich für Dad einsprang, sah ich mich nicht als Frau, die in eine männliche Domäne einbricht, sondern die einfach Kunden chauffiert. Und trotzdem muss ich zugeben, geht mir durch den Kopf, als wir den Flughafen verlassen, dass sich unter den mir bekannten Fahrern keine einzige Frau befindet. Bestimmt gibt es welche, auch wenn ich noch keine getroffen habe. Vielleicht bin ich also ungewollt eine Galionsfigur des Feminismus.

Schon beim bloßen Gedanken muss ich lachen. Niemand in meinem Umfeld, am wenigsten mein Mann, hält mich für eine Galionsfigur, egal auf welchem Gebiet. Dad machte nie Aufhebens davon, dass ich in seinem Unternehmen mitfuhr, er sah die Sache ganz nüchtern. Er benötigte Unterstützung, und ich sprang ein. Man hilft sich innerhalb der Familie. Schlicht und einfach.

Auf der Autobahn beschleunige ich. Gina blättert in einem Ordner, den sie aus ihrer Umhängetasche geholt hat. Ob sie wohl wegen des Interviews aufgeregt ist? Aber warum sollte sie? Sie ist es gewohnt, im Fernsehen aufzutreten. Ihre Gesundheitssendung ist höchst beliebt und ihr Kochbuch wird garantiert ein Bestseller. Unwillkürlich beneide ich sie. Wie großartig muss es sein, alles im Griff zu haben. Genau zu wissen, was man vom Leben will und es sich einfach zu nehmen. Gina Hayes ist sieben Jahre jünger als ich. Aber sie scheint viel erwachsener.

Als wir beim Studio eintreffen, hat sie ihre Unterlagen schon längst weggelegt und widmet sich wieder ihrem Handy. Ich steige aus, öffne den Wagenschlag und sage, dass ich auf sie warte. Ohne einen Blick zurück verschwindet sie im Gebäude.

Ich fahre zu dem kleinen Café, meinem üblichen Wartesaal, wenn ich jemanden zum Fernsehstudio gefahren habe. Warten gehört zum Beruf des Chauffeurs. Ebenso Kaffeetrinken. Ich könnte den nächsten Koffeinschub vertragen, und Hunger habe ich auch schon wieder. Mir verschlägt es bei seelischen Problemen leider nicht den Appetit. Seit ich Dave verlassen habe, habe ich fast ein Kilo mehr auf den Rippen. Es braucht keine Gina Hayes, um mir zu sagen, dass Frustessen nicht gut ist. Aber es hilft.

Nachdem ich mich mit Kaffee und Scone niedergelassen habe, schicke ich Mum eine Nachricht mit der Frage, ob die Kinder bereits aufgestanden sind.

Tom duscht. Mica frühstückt. Alles gut. Wie geht's Dir?

Auch gut. Alles planmäßig.

Wie ist Gina Dingens so?

Bisschen einschüchternd. Aber in Ordnung.

Meine Tochter lässt sich von niemand einschüchtern. Dahinter ein wutgesichtiges Emoji.

Meine Antwort besteht aus einem lachenden Gesicht und ein paar Herzchen, und ich füge hinzu, ich hielte sie auf dem Laufenden. Gina Hayes muss am Spätnachmittag für eine Fernsehsendung in Belfast sein, und obwohl die Zeitplanung großzügig bemessen ist, habe ich gern einen Puffer für Unvorhergesehenes.

Ich vertiefe mich in eine der vielen Zeitungen, die im Café ausliegen. Als ich bei den Leserbriefen angekommen bin, piepst mein Handy. Mein Herzschlag beschleunigt sich, doch dann sehe ich, dass es keine Nachricht von Dave ist, auch wenn der Absender mit D anfängt.

Dir kommt wegen der Benefizveranstaltung morgen hoffentlich nichts dazwischen? Dicker Drücker, D.

Es geht um die Benefizveranstaltung unseres Fußballvereins, Debs gehört dem Komitee an. Da sowohl Mica als auch Tom Mitglieder sind, nehme ich immer an den Veranstaltungen teil und habe diesmal für die Tombola einen Tag Chauffeurdienst gestiftet. Ich wollte nicht hingehen, denn ich war nicht in der Stimmung, mit Leuten in einem Raum zu sitzen, für deren Klatschbedürfnis ich ein gefundenes Fressen wäre. Nicht, dass es unbedingt gehässige Kommentare hageln würde, aber Thema wäre ich so oder so. Doch Debs wischte sämtliche meiner Einwände beiseite. Ich müsse stark sein, meinte sie, und schließlich willigte ich zermürbt ein. Ein Beweis, dass meine angebliche Stärke und Unverwüstlichkeit nichts als Illusion sind.

Ich bin rechtzeitig bei dir.

Freu mich auf einen schönen Abend, schreibt Debs.

Ich antworte mit einem Daumen-hoch-Emoji. Ziemlich traurig, dass für uns beide die Vorstellung eines schönen Abends eine Benefizveranstaltung im Gemeindezentrum ist. Früher zogen wir in einer solchen Nacht durch die Clubs und kamen nicht vor vier Uhr früh heim. Heutzutage stehe ich manchmal um vier Uhr auf.

Ich trinke meinen Kaffee aus und kehre zum Parkplatz des Senders zurück. Im Auto hole ich mein iPad heraus und suche im Internet die Live-Sendung, in der Gina Hayes auftritt. Ich habe mich rechtzeitig eingeschaltet. Souverän unterhält sich die Ernährungsexpertin mit der Moderatorin, spricht darüber, wie positiv sich gesundes Essen auf Körper und Seele auswirkt.

»Dazu muss man keine Quantenphysikerin sein«, sagt sie, »das ist schlicht gesunder Menschenverstand. Um in Bestform zu sein, sich mit und in seinem Körper wohlzufühlen, muss man ihn mit den besten Nahrungsmitteln versorgen.«

Das mag schon sein, aber mit zwei Kindern, die oft Phasen haben, in denen für sie nur eine einzige Sache essbar und akzeptabel ist (bei Tom sind das momentan weiße Bohnen in Tomatensauce, zur Not auch ein Curry), und einem Mann, der einen ausgesprochen konservativen Geschmack hat, ist es vergebene Liebesmüh, Neues zu servieren – was der Bauer nicht kennt, frisst er nicht. Keine Ahnung, ob Gina Kinder hat, wenn ja, kommen diese garantiert ebenfalls einmal in eine Das-ess-ich-nicht-Phase und dann spielt es überhaupt keine Rolle, welche hübsch angerichteten Leckereien sie auf den Tisch bringt: Die haben sowieso keine Chance gegen Spaghetti Bolognese oder Fischstäbchen. Und ebenso garantiert wird sie letztlich nachgeben, denn niemand hat die Energie, sich gegen ein Kind durchzusetzen, das hartnäckig das Essen auf seinem Teller verschmäht. Oder gegen einen Ehemann, der sich hartnäckig weigert, eine fleischlose Mahlzeit als Mahlzeit anzuerkennen.

Vielleicht liegt es doch an mir. Vielleicht bin ich eine ebenso schlechte Mutter wie Ehefrau.

Ein paar Minuten später verlässt Gina in Begleitung ihrer PR-Agentin das Gebäude, und die beiden unterhalten sich, während ich den nächsten Programmpunkt ansteuere, die Buchhandlung. Die Leute stehen bereits Schlange, um sich ihr Exemplar von *Eat Neat* signieren zu lassen. Ich besitze keine Kochbücher, auch Mum hat nie einen Blick in eines geworfen. Sie gehört zur Fraktion »Kochen liegt mir nicht«, und ich meinerseits bemühe mich zwar, meine Kinder halbwegs vernünftig zu ernähren, aber dieser Kochbuchhokuspokus ist mir zuwider. Debs andererseits verfügt über ein ganzes Regal Kochbücher, von Delia bis Nigella, alle randvoll mit prächtigen Fotos und bildschönen Küchen, in denen Frauen, die aussehen wie Gina Hayes, perfekte Mahlzeiten verspeisen und ein perfektes Leben samt perfektem Mann führen, dem nicht einmal im Traum der Gedanke käme, die Nachbarin zu vögeln.

Ich habe meinen persönlichen Tagesablauf um Ginas Programm herumgestrickt. Sie wird sich eine Stunde lang in der Buchhandlung aufhalten, was mir die Gelegenheit zum Shoppen bietet. Leider nicht für mich, obwohl ich durchaus ein paar neue Sachen zum Anziehen benötigte, da sich fast meine gesamte Sommergarderobe in Beechgrove Park befindet. Die könnte ich zwar während Daves Arbeitszeit holen, aber ich bringe es nicht über mich, das Haus zu betreten. Jedenfalls noch nicht. Ich gehe für Tom und Mica einkaufen, da zwar der Großteil ihrer Kleidung mittlerweile bei Mum eingezogen ist, weil sie von jedem Besuch bei ihrem Vater etwas mitgebracht haben, aber die beiden entwachsen ihren Klamotten in atemberaubender Geschwindigkeit.

Mittlerweile hat der kräftige Nieselregen aufgehört, der Himmel ist teilweise bedeckt, doch es ist wärmer geworden und mein Gang durch die Henry Street angenehm. Überall gibt es Sonderangebote, und ich ergattere etliche nette Oberteile für beide. Als kleines Geschenk obendrauf erstehe ich für Mica rot-gelbe Haarspangen und für Tom ein Batman-T-Shirt.

Gina wäre von Mica angetan, die bereits seit Kleinkindtagen eine tiefe Abneigung gegen rosa Glitzer hat und so sportlich ist wie ihr Bruder, zudem um Längen ehrgeiziger. Sie ist ein höchst unabhängiges Kind und hält mit ihrer Meinung nicht hinterm Berg. Zweifellos ist Tom der sanftmütigere meiner beiden Sprösslinge. Doch mit der Zeit mag sich das ändern. Vielleicht entdeckt er unvermittelt den Mann in sich, und Mica fühlt sich verpflichtet, Rosa zu mögen. Und dann wird sie sich für Jungs interessieren, und dann werden ihre Unabhängigkeit und ihr Selbstbewusstsein einen Knacks bekommen, wie es immer der Fall ist, wenn Jungs mit im Spiel sind.

Auch ich war ein selbstbewusstes Kind. Erst als ich in die Pubertät kam und das andere Geschlecht ein Thema wurde, veränderte ich mich. Plötzlich war es wichtig für mich, was Jungs von mir dachten. Dass man beim Fußballspielen dreckig wurde, fand ich auf einmal auch doof. Allmählich legte ich Wert auf meine Kleidung, auf meine Frisur und hundert lächerliche Kleinigkeiten. Und dann ging ich mit Dave McMenamin, und es zählte einzig und allein, dass er mich genauso liebte wie ich ihn.

Mein Handy vibriert. Ginas PR-Agentin Melisse kündigt an, dass sie in zehn Minuten fertig seien, daher verstaue ich rasch meine Einkäufe im Auto und fahre zurück zur Buchhandlung.

Gina und Melisse sind begeistert, wie gut die Veranstaltung gelaufen ist, und unterhalten sich fast die gesamte Fahrt nach Belfast darüber. Auch wenn ich mich bemühe, das Gespräch auszublenden, erfahre ich doch mehr über das Verdauungssystem, als mir lieb ist. Statt irgendwo für einen Imbiss Halt zu machen, besteht Gina darauf, direkt zum Studio zu fahren und holt, während ich parke, aus ihrer Umhängetasche zwei kleine Behälter. Einen bietet sie Melisse an.

»Diese Mischung verleiht einem wieder Energie – mein eigenes Rezept«, sagt sie. »Viel besser als ein Sandwich oder ein Wrap, die industriell hergestellt sind. Tut mir leid«, sie beugt sich zu mir vor, »dass ich nicht daran gedacht habe, für Sie auch etwas mitzubringen.«

»Keine Sorge«, versichere ich, »ich kaufe mir auf dem Heimweg ein Sandwich.«

»Nein, nein!« Gina ist entsetzt. »Nehmen Sie einen von meinen Riegeln«, sie reicht mir ein abgepacktes Quadrat, das aus gepressten Nüssen besteht. »Ich arbeite mit einem Unternehmen zusammen, das sie kommerziell herstellt«, ergänzt sie. »Keine Kompromisse zu machen ist dabei das Wichtigste.«

Ich bedanke mich und betrachte skeptisch den mundgerechten Snack, der eine unappetitliche dunkelbraune Farbe hat.

»Während Sie warten, holen Sie sich wohl besser etwas Nahrhafteres«, murmelt mir Melisse beim Aussteigen zu. »Nachdem wir Gina am Flughafen abgesetzt haben, fahren wir sofort nach Dublin zurück. Ich muss unbedingt vor sieben in Sandymount sein.«

»Ich dachte, Sie bleiben in Belfast«, sage ich. »Mir war nicht klar, dass ich Sie zurückfahren soll.«

»Ich bin mit meiner Arbeit fertig, was soll ich noch hier?«, meint Melisse.

Das mag zwar sein, aber als ich die Fahrt für diesen Tag annahm, war keine Rede davon, dass Melisse nach Dublin zurückgefahren werden möchte. Natürlich fahre ich ohnehin heim, aber wenn ich sie nach Sandymount chauffiere, verlängert sich mein Arbeitstag um ungefähr eine Stunde. Ich wollte nach dem Gina-

Hayes-Auftrag so rasch wie möglich nach Hause, damit Mum sich mal ausruhen und ich Zeit mit meinen Kindern verbringen kann. Ich muss sie informieren, dass ich später komme.

Trotz Ginas Energieriegel (der ehrlich gesagt furchtbar schmeckte) brauche ich einen Kaffee. Ich hole Theas Schirm aus dem Kofferraum, denn es hat wieder angefangen zu regnen. Vielleicht liegt es an der fröhlichen Bespannung oder ihm haftet immer noch die Ausstrahlung der Schauspielerin an, aber ich fühle mich damit tatsächlich ein, zwei Zentimeter größer.

Beim erstbesten Café kehre ich ein und verzichte auf Wrap oder Sandwich, bestelle mir stattdessen ein Stück Schokoladenkuchen. Mittlerweile bin ich etwas müde, was wohl bedeutet, dass ich unterzuckert bin, und kippe daher, Schokoladenkuchen hin oder her, auch noch ein halbes Zuckertütchen in meinen Cappuccino. Die innere Stimme, die eindringlich darauf hinweist, Zucker seien leere Kalorien, ignoriere ich geflissentlich.

Ich schicke Mum eine Nachricht über meinen geänderten Zeitplan. Sie hat sich die Morgensendung mit Gina Hayes angesehen und meint, diese mache einen durchaus netten Eindruck. Ich antworte, die Frau sei die verkörperte gesunde Ernährung und ich käme mir neben ihr wie ein Hefekloß vor. Beim Senden der Nachricht vermeide ich den Blick auf den Schokoladenkuchen.

Das bist du nicht, antwortet Mum sofort.

Ich muss ein paar Pfunde abnehmen.

Unsinn.

Ich habe immer noch einen Rest Babybauch.

Darauf solltest Du stolz sein, schreibt Mum zurück. *Der ist der Beweis, dass Du zwei tolle Kinder geboren hast.*

Ich muss lächeln. Ob Babybauch oder nicht, die Kaiserschnittnarben werden mich stets daran erinnern. Immer noch lächelnd, nehme ich den Anruf an, als mein Handy erneut vibriert.

Es ist Eric, den ich morgens getroffen habe.

»Wie geht's, wie steht's?«, frage ich.

»Bestens, bestens. Du, Herzchen, falls du morgen noch nicht ausgebucht bist, könntest du mir einen Gefallen tun? Erinnerst du dich an den Schlipsträger, den ich heute früh abgeholt habe?«

»Ja.«

»Der hat seine Pläne geändert. Er will morgen beim *Gibson* abgeholt und nach Kildare gefahren werden. Ich bin leider schon voll. Hast du Luft?«

Ich hätte morgens zwei Flughafenfahrten, erkläre ich.

»Mein Kandidat muss erst am Nachmittag aufgesammelt werden. Ist das für dich machbar? Wenn nicht, keine Sorge, ich finde jemand anders. Ich habe halt als Erstes an dich gedacht.«

»Kildare hin und zurück?«, hake ich nach. »Muss ich dort auf ihn warten?«

»Nein, nur Hinfahrt.«

Ich möchte ungern einen Auftrag ablehnen. Kildare ist gut machbar – die Fahrt dauert ungefähr eine Stunde und ich wäre nachmittags so rechtzeitig daheim, dass ich Zeit für die Kinder hätte.

»Okay«, sage ich. »Wo ist er gleich noch untergebracht?«

»Im *Gibson*.«

Das *Gibson* ist ein modernes Hotel im Hafenviertel.

»Alles klar. Schick mir seine Telefonnummer.«

»Mach ich. Danke, Schätzchen.«

Tausendmal habe ich versucht, Eric davon abzubringen, mich Schätzchen, Mäuschen oder Herzchen zu nennen, vergeblich. Wahrscheinlich fällt es ihm nicht einmal auf, dass er diese Kosenamen benutzt. Kurz darauf erscheint auf meinem Handy seine Nachricht mit der Abholzeit und der Telefonnummer des Kunden, die ich in den Kontakten speichere. Dann meldet sich Melisse; Gina ist mit ihrem Termin fertig und kann zum Flughafen gebracht werden.

Ich verschlinge den restlichen Schokoladenkuchen und eile auf die Toilette, um sicherzugehen, dass mir kein verräterisches Krümelchen im Gesicht klebt. Rasch mache ich mich frisch, richte mein Haar und sause zum Studio zurück.

Dad machte ständig solche Touren, doch ich muss mich noch daran gewöhnen, an einem Tag so oft hinter dem Steuer zu sitzen. Ebenso an die Gespräche auf dem Rücksitz.

»Dein Auto ist wie ein Beichtstuhl auf Rädern«, erklärte er mir, als ich das erste Mal für ihn einsprang. »Denk immer daran. Was im Wagen passiert, dringt nicht nach außen. Die Leute unterhalten sich über alles Mögliche, verdrängen völlig, dass du mithören kannst. Was du nicht tust. Du verschließt die Ohren, lässt sie reden und vergisst alles sofort.«

»Was, wenn es um ein Verbrechen geht?«, fragte ich.

»Grundgütiger, Kind, was glaubst du denn, wer bei mir im Wagen sitzt?«, wollte er wissen. »Da redet keiner über Verbrechen. Meistens geht's um Sex.«

»Dad!« Ich verdrehte die Augen, und wir lachten.

Gina und Melisse reden nicht über Sex. Erneut beglückwünschen sie einander zu einem gelungenen Tag, und ich möchte ihr Geplapper unbedingt ausblenden, denn es geht einzig um Ginas Bücher, ihre Fernsehsendung und Werbeverträge. Ich bekomme Minderwertigkeitsgefühle.

»Wie fanden Sie ihn?«, fragt Gina mich unvermittelt.

»Wie bitte?« Ich werfe einen Blick in den Rückspiegel.

»Den Bite Boost«, erklärt sie. »Waren Sie danach satt?«

Ich kontrolliere mein Spiegelbild, ob auch wirklich kein hartnäckiger Krümel an meinen Lippen hängt.

»Er war sättigend«, bemühe ich mich um Diplomatie. »Aber ich bin mir nicht sicher, ob er eine Mahlzeit ersetzt.«

»Soll er nicht«, sagt Gina, »sondern eine Zwischenmahlzeit wie Kuchen oder Kekse.«

Ich habe das Gefühl, als wäre auf meiner Stirn das Wort Schokoladenkuchen tätowiert.

»Er hilft einem über die Runden«, meine ich.

»Na also.« Mit einem zufriedenen Seufzer lehnt Gina sich zurück. »Ich werde der breiten Masse schon noch gesundes Essen näherbringen.«

Ein zwiespältiges Gefühl, dass ich offenbar Teil der breiten Masse bin. Obwohl das aus Ginas Sicht genau zutrifft.

Ich setze den Blinker und biege zum City Airport ab.

»Das ging ja schnell«, meint Gina.

»Belfast ist klein.« Ich halte vor dem Terminalgebäude und steige aus, um ihr den Wagenschlag zu öffnen.

»Haben Sie alles – Ausweis, Handy, Kreditkarten?«, wiederhole ich die Frage, die ich am Morgen Thea und Desmond stellte.

»Natürlich«, sagt Gina.

»Auch keine Werbematerialien vergessen?«

»Ach ja.« Gina holt vom Rücksitz ein Exemplar *Eat Neat*, zu dem es offenbar eine Spritztülle gibt. »Das darf ich nicht vergessen«, sagt sie. »Natürlich verwende ich niemals herkömmliche Glasur. Allerdings habe ich einen tollen veganen Zuckerguss im Repertoire.«

Hoffentlich entgeht ihr, dass ich erschaudere.

»Eigentlich ...« Nach kurzem Zögern drückt sie mir das Buch in die Hand. »Behalten Sie es. Vielleicht trägt es zu Ihrer Ernährungsumstellung bei.«

»Das ist lieb von Ihnen, aber –«

»Sie sehen müde aus«, meint Gina. »Ich wollte das vorhin nicht ansprechen. Keine Ahnung, was Sie während unseres Termins gegessen haben, besonders gesund war es sicherlich nicht. Lesen Sie das Buch. Es wird Ihnen helfen.«

Hat mich soeben ein Promi beleidigt?

»Es sind Rezepte drin, die schmecken auch Ihren Kindern«, sagt Gina. »Sie haben doch welche?«

»Sehe ich so erschöpft aus?« Ich ringe mir ein Lächeln ab.

»Ja«, erwidert Gina. »Lesen Sie die Kapitel über Schlaf und gesunden Lebenswandel. In diesem Buch geht es nicht nur um Rezepte, sondern wie man das Beste aus seinem Leben macht.«

»Also ...«

»Gern geschehen.« Gina holt aus ihrer Umhängetasche einen Filzstift und signiert das Buch schwungvoll. »Wenn wir uns das nächste Mal sehen, werden Sie Jahre jünger aussehen.«

Das ist jetzt definitiv eine Beleidigung, auch wenn sie es nicht so meint. Und wie soll ich das Beste aus meinem Leben machen, wenn mein Mann mich gerade betrogen hat?

Ich warte, während Melisse Gina ins Terminalgebäude bringt. Als sie zurückkommt, bin ich etwas kribbelig.

»Alles erledigt«, sagt Melisse, als ich ihr die Wagentür öffne. »Wenn es Ihnen nichts ausmacht, ich muss noch einiges aufarbeiten. Viel Unterhaltung können Sie von mir also nicht erwarten.«

Ich bin baff, wie viel Zeit jemand an seinem Mobiltelefon verbringen kann. Ab dem Augenblick, an dem wir am Belfaster Flughafen losfahren, bis wir den Port Tunnel am Ende der M1 in Dublin erreichen, tippt Melisse ununterbrochen. Sie bringe Ginas Social-Media-Kanäle auf den neuesten Stand, erklärt sie zwischendrin kurz, poste auf Twitter und Facebook die Fernsehauftritte und teile mit, dass in der Buchhandlung signierte Exemplare von *Eat Neat* erhältlich seien.

»Aus solchen Veranstaltungen muss man alles rausholen«, meint sie, als wir in den Tunnel fahren.

Ich benutze den Tunnel liebend gern, manche Kunden hingegen bitten ausdrücklich um eine andere Route – sie werden bei knapp fünf Kilometer unterirdischer Strecke klaustrophob. Melisse sagt nichts. Bestimmt ist sie froh, dass sie aufgrund der Zeitersparnis schneller nach Hause kommt.

»Nicht nur mein Zuhause, sondern auch mein Büro«, erklärt sie, als wir bei dem unterkellerten Bungalow anlangen. »Unten ist das Büro, oben die Wohnung.«

Vielleicht könnte man mein Haus (oder vielmehr das meiner Mutter) auch als mein Büro bezeichnen. Oder Dads Auto.

»Viele meiner Kunden stammen aus der Kreativbranche«, erklärt Melisse ungefragt. »Musikerinnen, Schriftstellerinnen, Künstlerinnen. Ich arbeite gern mit ihnen zusammen. Die mischen sich nicht ein. Zumindest die meisten.«

»Haben Sie viele Mitarbeiterinnen?« Obwohl ich unbedingt heim möchte, muss ich mich, da sie unvermittelt gesprächig geworden ist, interessiert zeigen.

»Eine für den Bürokram sowie eine Praktikantin«, sagt sie. »Sie haben mit Jess gesprochen, sie hat die Buchung vorgenommen.«

Jess, die unerwähnt ließ, dass ich ihre Chefin nach Hause fahren soll.

»Wir waren uns nicht sicher, ob wir Sie kontaktieren sollten – nachdem wir das von Christy, äh, Ihrem Vater erfuhren«, bemerkt Melisse und sammelt ihre Unterlagen zusammen, die auf dem Rücksitz verstreut sind. »Wir kamen gut miteinander aus. Ein netter Mann.«

Ich nicke.

»Es lief heute reibungslos, Sie haben das sehr professionell gemacht. Wir werden Sie wieder buchen.«

»Danke.« Ein kleines Lob tut gut.

»Einen schönen Abend.«

Ein kurzes Winken, und dann eilt sie die Stufen zum Kellergeschoss hinunter. Erleichtert atme ich tief durch und will losfahren, da fällt mir ein, ich sollte lieber nochmals nachsehen, ob sie etwas vergessen hat. Auf dem Sitz liegt nichts, aber aus der Tasche, die hinten am Beifahrersitz angebracht ist, lugen Prospekte hervor. Ich lasse das Fenster herunter und rufe ihr nach.

»Tut mir leid.« Sie öffnet die Hintertür und nimmt die Broschüren an sich.

»Kein Problem.«

Ein zweiter vergewissernder Blick von mir nach hinten, doch offenbar hat Melisse nun tatsächlich sämtliche ihrer Habseligkeiten an sich genommen, daher fahre ich los. Bei einem Ampelhalt rufe ich Mum auf dem Festnetz an. Mica nimmt ab.

»Gleich bin ich da«, sage ich. »Hattet ihr einen schönen Tag?«

»Emma und Oladele waren da und wir haben im Garten gespielt«, erklärt Mica. »Tom war mit Andrew unterwegs.«

»Super«, sage ich. »Ich kann's kaum erwarten, bis ich daheim bin und euch von oben bis unten abknutschen kann.«

»Mum!« Mica klingt entsetzt.

»Na gut, zwei Knutscher.«

»Einen.«

»Abgemacht«, willige ich ein. »Ist Gran da?«

Mica geht meine Mutter holen, die einige Sekunden später den Hörer in die Hand nimmt.

»Ich bin auf dem Heimweg. Soll ich was vom Chinesen mitbringen?«

»Würdest du das tun?« Mum ist angetan. »Für die Kinder habe ich schon Fischstäbchen und weiße Bohnen in Tomatensauce gemacht, weil mir klar war, dass sie nicht durchhalten, bis du kommst.«

Was wohl Gina Hayes zu einem solchen Abendessen sagen würde? Aber immerhin bestand es aus Fisch und ... und ... Hülsenfrüchten. Obwohl – zählen Bohnen in Tomatensauce überhaupt zu den Hülsenfrüchten oder handelt es sich dabei nur um Scheinbohnen? Keine Ahnung. Ja, ich bin definitiv eine beschissene Mutter, die die Erziehung der Kinder ihrer Mutter überlässt, während sie sich von Kaffee, Schokoladenkuchen und Takeaway vom Chinesen ernährt.

4. Kapitel

Als ich endlich das Haus betrete, ist es nach sieben.

Mum nimmt mir die Tüte mit dem Essen ab, und ich gehe nach oben, wo ich zuerst Toms Zimmertür öffne. Von ihm ist nichts zu sehen, daher steuere ich den Dachboden an. Dort sitzen mein Sohn und meine Tochter und lesen. Ein erfreulicher Anblick: Beide haben statt eines elektronischen Geräts ein Buch in der Hand, auch wenn man fairerweise sagen muss, dass die beiden gedruckte Bücher immer gemocht haben. Mica sagt, sie fasst das Papier gern an und weiß gern, wie viel von der Geschichte noch übrig ist. Und Tom ist sowieso ein richtiger Bücherwurm, zu Hause hat er ein ganzes Regal voll. Zu Hause in Baldoyle natürlich, nicht hier. Einen Teil seiner Sammlung hat er mitgebracht, die füllt allerdings nur einen Bruchteil des Regals in seinem hiesigen Zimmer.

»Mum!« Mica sieht als Erste hoch und lächelt mich an. Tom lässt sein Buch fallen und springt auf, um mich zu umarmen. Sofort löst sich in mir die Anspannung des Tages. Nichts Schöneres auf der Welt, als von seinem Kind unbefangen und vorbehaltlos umarmt zu werden. Ich drücke Tom fest an mich und küsse Mica auf den Scheitel.

»Das ist einer«, konstatiert sie.

»Noch ein Knutscher?«

Sie muss grinsen. »Ja.«

Und auch sie umarmt mich, und wir drei halten uns umschlungen. Da dringt Mums Stimme nach oben, die verkündet, Essen stehe auf dem Tisch.

»Vom Chinesen«, teile ich meinen Kindern mit.

»Hast du uns auch was mitgebracht?«, fragt Tom.

»Pommes mit Currysauce.«

»Ich hab dich dolle lieb«, erklärt er vehement und ist im nächsten Augenblick vom Dachboden verschwunden.

»Dir habe ich eine Frühlingsrolle mitgebracht«, sage ich zu Mica, die Pommes mit Currysauce nicht mag.

»Mit Sauce?«

»Natürlich.«

»Ich hab dich genauso dolle lieb wie er.« Und sie gibt mir noch einen Kuss.

»Das sind schon drei!«, rufe ich aus.

Kichernd rennt sie ebenfalls nach unten.

Ich gehe in mein altes Kinderzimmer, schlüpfe aus meinem Claire-Danes-Outfit und in ein knallgelbes T-Shirt und Leggings. Noch ein zweites Paar Ohrringe und ich fühle mich sofort wieder mehr wie ich. Andererseits, auch wenn sie mit meinem wahren Ich nicht viel zu tun hat, bin ich gern die Roxy, die dunkelblaue Hosenanzüge und weiße Blusen trägt. Sie mag zwar ebenfalls ein gebrochenes Herz haben, hat jedoch die Dinge im Griff, was auf die Freizeit-Roxy eindeutig nicht zutrifft.

Wir haben uns alle im Wohnzimmer versammelt. Tom und Mica hocken auf dem Sofa, und Mum sitzt in dem Sessel, in dem sich für gewöhnlich Dad niederließ, ich in ihrem. Der Fernseher läuft, eine Wiederholung von *Gogglebox*. Meiner festen Überzeugung nach sollten sich alle Politiker diese Serie ansehen, dabei würden sie mehr über ihre Wähler erfahren als bei sämtlichen Haustürgesprächen zu Wahlkampfzeiten.

Während des Essens lachen wir über die Familien, in deren Leben und Fernsehgewohnheiten man bei *Gogglebox* Einblick erhält. Gina Hayes wäre alles andere als begeistert, wie und was wir in uns hineinspachteln, aber das ist mir schnurz. Wir sind zusammen, nur das zählt.

Später, als Mica und Tom im Bett sind, nimmt Mum einen großen Umschlag vom Büfett und kippt den Inhalt auf den Wohnzimmertisch. Es sind die Gedenkkarten für Dad; ihr Anblick zieht mir das Herz schmerzhaft zusammen. Ich nehme eine in die Hand. Vorn ein Bild meines Vaters vor dem Hintergrund eines Sonnenuntergangs und darunter die Worte »In liebendem Andenken an Christopher (Christy) Carpenter«. Mum hat das Bild ausgewählt, ein Urlaubsfoto, auf dem mein braungebrannter Dad glücklich und gesund aussieht. Auf der Rückseite steht ein Gedicht über Tod und Horizont, das durchaus tröstlich ist. Doch davon wird mein Vater nicht wieder lebendig.

»Er fehlt mir«, ihre Stimme bebt, »was ich nicht gedacht hätte. Besonders abends fehlt er mir.«

»Wie bist du auf die komische Idee gekommen, dass er dir nicht fehlen könnte?«, frage ich schockiert. »Du warst mehr als vierzig Jahre mit ihm verheiratet.«

»Schon, aber er war so oft weg«, antwortet sie. »Machte Nachtfahrten, und ich blieb allein daheim. Man gewöhnt sich daran.«

»Aber das ist was anderes«, protestiere ich.

»Ich weiß.« Sie lächelt zerknirscht. »Offenbar bin ich weniger robust als angenommen. Weißt du, Roxy, ich habe gedacht, ich bin innerlich darauf vorbereitet. Wenn man in unser Alter kommt, wird einem immer bewusster, dass das Ende mit jedem Tag näher rückt. Dein Großvater, der Vater deines Vaters, wurde nur fünfundfünfzig, seine Mutter neunundfünfzig. Deshalb hielt ich ihn für genetisch vorbelastet. Nachdem er die sechzig überschritten hatte, entspannte ich mich ein bisschen. Aber der Gedanke schwirrte mir immer durch den Kopf. Damit es mich nicht unvorbereitet erwischt. Aber letztlich kann man sich auf diese Endgültigkeit nicht vorbereiten.«

Mir fehlen die Worte. Dad war für mich nie alt. Auch meine

Mutter ist in meiner Vorstellung nicht alt. Natürlich ist sie kein junger Hüpfer mehr, schließlich ist sie über sechzig, aber sie sieht sehr gut aus – besser als früher, denn mittlerweile hat sie mehr Zeit für sich. Sie lässt sich regelmäßig die Haare machen und benutzt teure Kosmetika. Einen Monat vor Dads Tod ging sie zu Arnotts, wo sie sich am Charlotte-Tilbury-Stand schminken ließ. Sie sah hinreißend aus und verließ das Kaufhaus mit einer Riesentüte erstklassiger Lidschatten, Rouges und Lippenstifte. Jeden Tag während Dads Krankheit legte sie Make-up auf. Seit er gestorben ist, macht sie sich die Mühe jedoch nicht mehr.

»Ich weiß, es hört sich verrückt an«, sagte sie damals zu mir, »aber ich muss mich schminken, damit es mir besser geht.«

Gelegentlich habe ich ebenfalls zu billigen Produkten gegriffen, die durchaus gut sind. Aber manchmal geht es weniger um das Make-up an sich, sondern darum, sich etwas Gutes zu tun. Auch wenn mir die Werbung einzureden versucht, dass ich es mir wert bin, habe ich an dieser Aussage gediegene Zweifel. Aber Mum soll sich wirklich etwas Gutes tun, das hat sie verdient, denn sie ist das Band, das die gesamte Familie zusammenhält. Sie vergisst keinen Geburtstag (und erinnert uns andere daran), postet auf Facebook alte Familienfotos, die uns zum Schmunzeln bringen und ... sie ist immer für uns da. Egal, was passiert. Selbst wenn man mit einem Koffer bei ihr anrollt und verkündet, man müsse für eine Weile bei ihr unterschlüpfen, weil sich der eigene Mann als ehebrecherisches Arschloch herausgestellt hat.

Ich versuche, sie als Menschen zu sehen, nicht nur als meine Mutter. Es gelingt mir nicht immer.

»Wie dem auch sei«, fährt sie fort, als ich nicht antworte, »dein Vater fehlt mir, aber ich muss darüber hinwegkommen und mein Leben leben, das wäre sein Wunsch.«

Ich umarme sie und sage, sie solle sich Zeit lassen, kein Grund, die Dinge zu überstürzen. Aber ich weiß, was sie meint. Das Leben geht weiter. Und wir mit ihm. Ich auch, selbst wenn ich noch nicht weiß, wohin. Ich zwinkere die Tränen weg, die mir in die Augen gestiegen sind, denn ich will nicht weinen. Nicht, wenn Mum so stark und gefasst ist.

»Leg eine ins Auto«, Mum deutet mit einer Kopfbewegung auf die Karten.

Ich nehme eine und stehe auf.

»Ich habe nicht gemeint, dass du das sofort tun sollst.«

Doch ich gehe nach draußen und schiebe die Karte in die Tasche der Sonnenblende. Die Vorstellung, sie immer bei mir zu haben, gefällt mir.

Als ich ins Wohnzimmer zurückkehre, hat Mum die restlichen Gedenkkarten wieder im Umschlag verstaut. Auf dem Wohnzimmertisch steht stattdessen eine große Schachtel. Ich erkenne sie sofort, es ist die Schachtel mit den alten Familienfotos aus der Zeit, bevor es Smartphones gab. Manche sind sogar noch in Schwarzweiß, aber meistens handelt es sich um verblasste Farbbilder. Mum nimmt den Deckel ab. Während wir die Fotos durchsehen, müssen wir häufig schmunzeln. Es gibt viele von Aidan als Baby, von mir weniger (laut Mum typisch beim zweitgeborenen Kind, Dad und sie seien weniger besessen gewesen, jeden kleinsten meiner Fortschritte zu dokumentieren). Trotzdem tauche ich hübsch herausgeputzt auf vielen Kommunions- und Firmungsbildern auf.

Verdutzt betrachte ich einen eselsohrigen Schnappschuss, der meinen Bruder und mich Arm in Arm am Strand zeigt. Ich weiß nicht mehr, wo die Aufnahme gemacht wurde, aber es muss ein heißer Tag gewesen sein – am azurblauen Himmel ist kein Wölkchen zu sehen und ich trage einen knallgelben Badeanzug. Ein fröhliches Foto aus glücklichen Tagen. Aus der Handtasche hole ich mein Mobiltelefon und zeige meiner Mutter ein nahezu identisches Foto von Mica und Tom.

»Wow«, meint sie.

Wir sind alle miteinander verbunden, geht mir durch den Kopf. Ich und Mum und Dad. Meine Kinder. Ihr Vater. Eine unauflösbare Verbindung.

»Darf ich fragen, wie eure Pläne aussehen?« Sie sieht mich an, vielleicht hat sie ähnliche Gedanken.

»Du meinst Dave und mich?«

»Wie ihr euch die Zukunft vorstellt«, präzisiert sie.

»Ich weiß es momentan nicht.«

»Du kannst so lange bleiben, wie du magst«, versichert sie, »aber du solltest trotzdem Pläne machen.«

Das ist mir bewusst, aber es wäre mir sehr lieb, wenn das jemand anders übernähme. Sich mit dem ganzen Schlamassel auseinandersetzte. Mir versicherte, irgendwie werde alles gut. Wie schön wäre es, wenn sie einen Plan hätte, der mein Leben wieder in Ordnung bringt – schließlich ist sie meine Mutter. Doch zaubern kann sie leider nicht.

»Du musst dir darüber klar werden, ob du ihm vergeben kannst«, sagt sie.

Das schwingende Pendel. Vergeben und vergessen. Oder Schluss machen.

»Was meinst *du*?«, frage ich.

»Das kannst nur du entscheiden«, entgegnet Mum. »Du musst abwägen. Einerseits ein Augenblick der ... was immer es auch war, auf der anderen Seite eure vielen gemeinsamen Jahre. Eine wirklich gute Ehe. Zwei Kinder. Deine Zukunft. Das Leben ist so kurz, mein Schatz. Das sollte man nicht mit Bedauern verschwenden.«

Langsam schwingt das Pendel hin und her. Was ich wohl mehr bedauern würde?

»Wir alle machen Fehler«, fügt sie hinzu.

»Nicht mit der verdammten Nachbarin«, halte ich dagegen. »Nicht in meinem Bett.«

»Diese Wochen waren emotional sehr aufwühlend.« Ihre Stimme klingt sachlich.

»Für mich auch!«, rufe ich. »Doppelt aufwühlend sogar, als ich mit ansehen musste, wie der fette Arsch dieser Frau auf und ab hüpfte!«

»Roxy!«

»Stimmt doch. Du warst nicht dabei. Es war demütigend!«

»Viele von uns müssen mit Demütigungen fertigwerden.«

»Heißt das, ich soll nach Hause und Tür an Tür mit ihr leben, als wäre nichts passiert?«

»Ich entschuldige Daves Verhalten keineswegs«, sagt sie, »aber manchmal läuft eine Situation aus dem Ruder.«

Ich betrachte das Strandfoto von Aidan und mir. Und das von Mica und Tom. Ich überlege, welche Optionen ich habe.

»Dave tut die Sache wirklich leid«, schiebt Mum hinterher.

»Hat er dir das gesagt?«

Ihr Ja überrascht mich.

»Hast du Kontakt zu ihm?«

»Er hat mich angerufen und wollte wissen, wie es dir geht. Er ist am Boden zerstört, Roxy.«

»Nicht halb so sehr wie ich.« Insgeheim jedoch freue ich mich. Es tut gut zu wissen, dass er unglücklich ist. Das hat er auch wahrlich verdient. Mir geht auf, dass ich ihn bestrafen will. Geht es darum? Will ich heim, aber vorher sichergehen, dass er leidet? Sollte das tatsächlich so sein, bin ich eine grässliche Person.

»Wenn du so etwas wegstecken kannst, macht euch das unter Umständen stärker«, meint Mum.

Und ich hatte immer gedacht, wir wären bereits ein starkes Paar.

Bis sich das als Illusion herausstellte.

»Ich denke die nächsten Tage ernsthaft darüber nach, versprochen«, erkläre ich. »Hoch und heilig.«

»Du hättest nicht ausziehen sollen«, sagt sie unvermittelt.

»Wie bitte?«

»Du hättest mit den Kindern dableiben und ihn rauswerfen sollen, wenn dir an einer Trennung gelegen ist.«

»Das Haus ist Teil des Problems«, erkläre ich. »Ich kann da nicht bleiben, nicht nachdem Julie ... das geht einfach nicht.« Ich erzähle nicht, dass ich, nachdem Dave zur Arbeit gefahren war, durch sämtliche Zimmer ging und mir bei der Vorstellung, diese Frau hätte meine Sachen angefasst, körperlich schlecht wurde. Und dass ich das Schlafzimmer beinahe nicht betreten konnte, um ein paar Kleider einzupacken, weil ich Julie immer noch riechen konnte.

»Ich bin auf deiner Seite, Roxy, egal was passiert«, sagt Mum, »das weißt du.«

Ich kann über dieses Thema jetzt nicht reden, das geht einfach nicht. Mit einem Kloß im Hals wende ich mich wieder den Fotos zu und stoße auf ein überbelichtetes Exemplar, das meinen Vater und eine mir unbekannte junge Frau zeigt. Lange, dunkle Haare fallen ihr ins Gesicht, sie ist barfuß und trägt ein weißes T-Shirt sowie ausgestellte Jeans. Lachend reckt sie die Arme hoch. Auch Dad trägt ausgestellte Jeans, das Haar reicht ihm fast bis zu den Schultern und ein Bart wuchert seine Wangen entlang.

Ich halte Mum das Foto hin. Eine ganze Palette an Gefühlen lässt sich auf ihrem Gesicht ablesen.

Eingehend betrachtet sie das Bild. »Christy war auf seine Koteletten mächtig stolz. Die waren in den Siebzigern der letzte Schrei.«

»Und wer ist die Frau?«, stelle ich die viel wichtigere Frage.

Mum schweigt. Sie dreht das Foto hin und her, und ich sehe ihr die Anspannung an.

»Wer ist die Frau?«, wiederhole ich.

Sie schweigt weiterhin, und mich überkommt langsam ein mulmiges Gefühl.

Gerade als ich mich damit abgefunden habe, dass ich keine Antwort bekomme, legt sie das Foto auf den Tisch zurück. »Seine allererste Freundin.«

Die erste Liebe vergisst man nicht. Obwohl nicht jeder, ganz im Gegensatz zu mir, sie heiratet. Kaum überraschend, dass Mum angesichts des Schnappschusses etwas merkwürdig reagiert. Ich würde Dave den Schädel einschlagen, wenn er das Foto einer anderen bei uns zu Hause im Nachttisch aufbewahrte. Es überrascht mich, dass Dad das getan hat.

»Kanntest du sie?«, will ich wissen. »Gehörte sie zu eurem Freundeskreis?«

»Nein«, lautet ihre Antwort. »Es war eine kurze Geschichte. Eine Sommerliebe.« Sie hat sich wieder gefangen und zuckt die Achseln. »Ich wusste gar nicht, dass er es behalten hat. Sentimentaler Kerl.«

Ich nehme ihr das Foto aus der Hand und betrachte es genau. Hinter dem Haargewuschel ist das Gesicht der Frau nur schwer zu erkennen, aber ihr ist das Glück des Augenblicks deutlich anzusehen. Dad vor Mums Zeit. Schwer vorstellbar.

»Hat er dir gesagt, wie sie heißt?«

Wieder habe ich mich beinahe damit abgefunden, keine Antwort zu bekommen, da sagt sie: »Estelle.«

»Wie haben die beiden sich kennengelernt?«, frage ich, noch bevor mir aufgeht, dass es keinen Grund gibt, weshalb meine Mum überhaupt etwas über das Mädchen wissen sollte, in das Dad vor ihr verliebt war.

Sie starrt in die Ferne, als reiste sie in der Zeit zurück.

»Dein Dad fuhr mit ein paar Freunden zelten«, erzählt sie. »Sie war mit ihren Eltern, die ein Wohnmobil hatten, ebenfalls auf dem Campingplatz. Die beiden trafen sich bei einer Art Disco. Es war Liebe auf den ersten Blick. Jedenfalls laut Christy.«

»Eine Sommerliebe.«

»Nicht ganz.«

»So?« Jetzt ist meine Neugier geweckt.

Mum zögert, als wollte sie das Thema abbrechen. Doch dann holt sie tief Luft und erzählt weiter.

»Für deinen Dad war es absolut Liebe auf den ersten Blick, und ich kann es ihm nicht verdenken. Sie war so hübsch. Allerdings stellte sich heraus, dass sie überhaupt nicht in die Disco hätte gehen dürfen. Ihre Eltern waren sehr streng. Sie hatte sich aus dem Wohnmobil geschlichen.«

»Wahrscheinlich sind sie dahintergekommen und haben sie ordentlich zusammengestaucht. Haben sie dafür gesorgt, dass aus den beiden nichts wurde? War es buchstäblich ein One-Night-Stand?«

»Nicht ganz.« Wieder betrachtet Mum das Foto. »Ein paar Mal trafen sie sich noch heimlich. Aber die Sache war von Anfang an zum Scheitern verurteilt.«

»Was ist passiert?«

»Eines Abends bemerkten ihre Eltern, dass sie nicht im Wohnwagen war, und suchten nach ihr. Sie fanden sie und deinen Dad in einem der Schuppen.«

Mein Dad (den ich nie mit langem Haar und Koteletten erlebt

habe) in einem Schuppen mit einem hübschen Mädchen? Ich versuche, das Bild zu verdrängen.

»Und?«

»Ihr Vater prügelte deinen fast krankenhausreif«, sagt Mum. »Er solle sich von seiner Tochter fernhalten und sie nie wieder anfassen.« Sie greift nach einem anderen Foto von Dad und hält es mir hin. »Erinnerst du dich an die Narbe in seinem Gesicht?« Ich nicke. Es handelte sich um eine hauchdünne Zickzacknarbe, die quer über seine Stirn lief und ihm in meinen Augen etwas Verwegenes verlieh. »Tja, das ist eine Erinnerung an die damalige Abreibung«, erklärt Mum.

»Aber das ist ja schrecklich«, rufe ich aus. »Er ist hoffentlich zur Gardaí gegangen?«

Mum schüttelt den Kopf. »Er hatte Angst, dass er damit die Sache für Estelle nur noch schlimmer machen würde. Offenbar scheute ihr Vater nicht davor zurück, seine Tochter zu vermöbeln.«

»Er hätte etwas sagen sollen. Sie auch!« Ich rege mich stellvertretend für die beiden auf.

»Es waren andere Zeiten«, sagt Mum. »Vor allem, was Mädchen betraf. Sie kam vom Land. Eine Bauerntochter.«

»Trotzdem ...« Ich versuche mir vorzustellen, wie Dave Mica wegen etwas verprügelt, glücklicherweise versagt da meine Phantasie. Und nicht weil sich die Zeiten geändert haben, sondern weil es himmelschreiendes Unrecht ist, wenn ein Mann eine Frau schlägt. Oder sogar die eigene Tochter.

»Am nächsten Tag sind sie abgereist«, sagt Mum. »Dein Vater war am Boden zerstört. Er hat es immer bereut, dass er nicht zur Polizei gegangen ist.«

»Was für eine schreckliche Geschichte.« Mir tun beide sehr leid. »Haben sie sich später nochmals gesehen?«

»Wie ich schon sagte, es waren andere Zeiten. Als er nach ihr suchte, hatten sie bereits zusammengepackt und waren weggefahren. Es gab keine Möglichkeit, sie zu erreichen.«

»Wusste er denn nicht, wo sie wohnte? Hätte er sie nicht anrufen können?«

»Er wusste nur, dass sie in Carlow oder Kilkenny, irgendwo in dieser Gegend lebte«, sagt Mum. »Sie hatten keine Telefonnummern ausgetauscht.«

Schwer vorstellbar, eine Welt, in der man jemand nicht finden kann. Durch Social Media und das Internet ist es um einiges schwieriger abzutauchen, als gefunden zu werden.

»Einerseits eine Tragödie«, ich lege Estelles Foto auf den Stapel, »auf dem Bild sieht sie so glücklich aus. Andererseits hat Dad dich gefunden, also ist alles doch noch gut ausgegangen.«

Mum bejaht und nimmt das Foto in die Hand. Sie betrachtet es lange mit entrücktem Gesichtsausdruck.

Ich stelle mir meinen Vater vor, der einer schönen Frau hinterherjagt, die nicht meine Mutter ist, und verdränge den Gedanken sofort wieder. Obwohl es schlimm ist, was Estelle passiert und wie ihr weiteres Leben möglicherweise verlaufen ist, bin ich froh, dass mein Vater sich nicht weiter mit ihr eingelassen hat. Denn hätte er es getan, gäbe es mich nicht. Und auch wenn mein Leben gerade kompliziert ist, einer Sache zumindest bin ich mir sicher. Egal was kommt, Dave wird mir oder den Kindern gegenüber nie gewalttätig werden.

5. Kapitel

Auch am nächsten Morgen stehe ich früh auf, um diverse Kunden vom Flughafen abzuholen, und fahre anschließend zum *Gibson*, um Erics Schlipsträger einzusammeln. Ich bin zehn Minuten zu früh dran und rechne mit Wartezeit – wichtige Geschäftsleute lassen einen meistens warten –, doch Patricks Doppelgänger steht bereits vor der Glastür und als ich halte, kommt er schon auf mich zu.

Als ich aussteige, stutzt er.

»Fahren Sie mich?«

»Ivo Lehane? Nach Kildare?«, frage ich pro forma.

Er bejaht.

»Dann sind Sie bei mir richtig.« Ich öffne den hinteren Wagenschlag.

Er steigt ein, und ich setze mich wieder hinters Steuer.

»Die genaue Adresse in Kildare?«, frage ich.

»Banville Terrace«, sagt er, »Nummer 2.«

Ich bin erstaunt, weil ich davon ausgegangen war, dass er in einem Hotel absteigen würde. Doch vielleicht hat er Freunde oder Familie, bei denen er wohnen kann. Denn wenn er auch mit Mid-Atlantic-Accent spricht, dieser Mischung aus britischem und amerikanischem Englisch, hört man doch den Iren heraus.

Ich gebe die Adresse ins Navi ein und fahre los.

Ivo Lehane hat weder Handy noch Tablet oder Akten herausgeholt, sondern sitzt einfach schweigend auf dem Rücksitz.

In ungefähr einer Stunde werden wir die angegebene Adresse erreichen. Ich habe nichts dagegen, die Fahrt schweigend zu absolvieren, möchte ihm aber Gelegenheit zum Reden geben, falls ihm danach ist.

»Ich nehme den Port Tunnel«, erkläre ich, »dann die Autobahn. Das ist der schnellste Weg.«

»Was immer Sie für richtig halten«, sagt er.

»Möchten Sie Musik hören?«, frage ich.

»Ruhe ist mir lieber«, antwortet er.

Wahrscheinlich meint er damit nicht nur die Musik, sondern auch mich. Also halte ich die Klappe und konzentriere mich ganz auf die Straße. Obwohl meine Gedanken natürlich abschweifen. Zu Mums Aussage gestern Abend, ich müsse Pläne machen. Sie hat recht. Aber warum sollte ich das jetzt schon tun? Ich brauche Zeit, um mit der Situation klarzukommen.

Seit der Rodeonacht war ich mit Dave kein einziges Mal allein. Unsere Kommunikation – seine Entschuldigungen und meine Entgegnung, ich könne ihm noch nicht verzeihen – lief ausschließlich über Textnachrichten. Wir haben uns lediglich kurz gesehen, wenn er die Kinder abholte, und da war immer Mum dabei. Ich war höflich, aber kühl und beschränkte die Unterhaltung aufs Nötigste – nur über nichts Wichtiges reden. Weder habe ich die Kinder zu uns nach Hause gefahren oder dort abgeholt. Es ist mir viel zu unangenehm in der Beechgrove-Siedlung gesehen zu werden. Ich kann mir lebhaft vorstellen, wie in einem solchen Falle die gesamte Anwohnerschaft hinter den Vorhängen hervorlugt und die Handynachrichten hin und her fliegen, ich sei wieder zurück. Das wäre nämlich der Fall. Als Johnny Maguire Brenna und die drei Kinder verließ, liefen jedes Mal die Buschtrommeln heiß, wenn er vor seiner Türschwelle auftauchte. Die ganze Nachbarschaft schrieb sich dann wie wild Textnachrichten, und kaum war er verschwunden, schrieben wir Brenna, um zu hören, ob es ihr gutging. Wir hielten uns für solidarisch, aber wahrscheinlich zuckte sie bei jeder unserer gutgemeinten Nachrichten peinlich berührt zusammen.

Vielleicht hat Mum recht, und ich hätte Dave sagen sollen, er müsse ausziehen. Aber möglicherweise hätte er das nicht getan. Man kann schlecht jemand rausschmeißen, weil er einen mit der Nachbarin betrogen hat. Dave hat das Recht, weiterhin in unserem Haus zu wohnen. Das weiß ich, weil Brenna nach der Trennung Johnnys gesamte Habe in den Vorgarten warf und er einfach alles wieder ins Haus brachte. Und Brennas Anwalt teilte ihr mit, sie könne nichts dagegen unternehmen, weil von seiner Seite keine Gewalttätigkeit drohte. Fast sechs Monate lang teilten sie sich den Wohnraum, bis sich Johnny endlich zum Auszug entschloss. Juristisch gesehen rechtens, aber das ist doch kein Leben. Mir zumindest ist das nicht möglich. Ich könnte nicht wieder mit Dave zusammenleben, wenn ich mich von ihm scheiden lassen sollte. Außerdem haben wir kein Gästezimmer. Wo soll ich denn schlafen? Etwa auf dem Sofa? Als ob diese vertrackte Situation meine Schuld wäre? Denn ich kann unmöglich in unserem Schlafzimmer schlafen, und nicht einmal im Traum käme ich auf die Idee, Tom und Mica zu bitten, sich ein Zimmer zu teilen.

Meine Hände umklammern das Lenkrad.

Wenn ich doch bloß an jenem Morgen nicht nach Hause gefahren wäre. Wenn ich die beiden doch bloß nicht zusammen gesehen hätte. Wenn doch alles so wäre wie früher.

Das Navi lotst mich in eine kleine Straße am Stadtrand. Die wenigen niedrigen Häuser zu beiden Seiten wirken heruntergekommen, vermutlich wurden sie in den Vierzigern oder Fünfzigern erbaut. Ich halte vor dem ersten Haus auf der linken Seite. Wie die anderen ist es schmal, mit einem winzigen Vorgarten. Die grüne Farbe der Haustür blättert ab und die Gardinen sind altersgrau.

Überraschend, dass ein Mann wie Lehane dort unterkommt.

Er sitzt reglos da, und ich überprüfe mit einem Blick in den Rückspiegel, ob er etwa eingeschlafen ist. Doch er sieht aus dem Fenster.

»Alles in Ordnung?«, frage ich.

»Ja.« Er sammelt sich, und ich höre, wie er tief Luft holt.

Ich kenne diese Reaktion, dieses Einatmen, wenn man sich gegen Unschönes wappnet. Ob Ivo Lehane wohl in der Banville Terrace aufgewachsen ist? Falls ja, hat er sie weit hinter sich gelassen und die Rückkehr schmeckt ihm ganz und gar nicht.

Ich steige aus, um ihm die Autotür zu öffnen. Oft warten meine männlichen Fahrgäste diese Höflichkeitsgeste nicht ab. Wie Desmond Ryan fühlen sie sich unwohl, wenn ihnen eine Frau die Tür öffnet – zumindest anfangs. Aber Ivo bleibt sitzen, während ich neben dem geöffneten Wagenschlag stehe. Es dauert kurz, bis er aussteigt.

»Danke schön«, sagt er, »die Fahrt war sehr angenehm.« Er schenkt mir den Hauch eines Lächelns, das sein Gesicht völlig verändert und ihn um Jahre jünger aussehen lässt. Ich bin grottenschlecht, wenn es darum geht, das Alter von Menschen zu schätzen, aber Ivo müsste ungefähr so alt sein wie ich. Höchstens Anfang Vierzig. Er wirkt weniger gestylt als die meisten der aalglatten Geschäftsmänner, die das Gros meiner Klientel darstellen. Das stoppelige Kinn sieht eher nach entfallener Rasur aus, weniger nach sorgfältig getrimmtem Dreitagebart. Sein Haar ist verwuschelt, doch das liegt daran, dass er sich auf der Fahrt ständig mit den Händen hindurchfuhr. Und in seinen blauen Augen liegt eine gewisse Härte.

Das hört sich an, als würde ich ihn genauestens inspizieren, was nicht der Fall ist. Ich nehme Menschen wahr, in meinem Beruf eine nützliche Angewohnheit.

»Falls Sie mich wieder einmal benötigen sollten, meine Nummer haben Sie«, sage ich.

»Ja. Danke.« Er zieht sein Portemonnaie aus der Anzugtasche und reicht mir einige Scheine. Ich zähle das Geld und gebe ihm dann fünfzig Euro mit der Bemerkung zurück, er habe zu viel gezahlt.

»Nein, stimmt so«, sagt er.

»Das kann ich wirklich nicht annehmen.«

»Echt jetzt.« Sein Blick schweift hinüber zum Haus. »Es ist doch bloß ein Trinkgeld.«

»Aber –«

Mit einer abwehrenden Handbewegung würgt er meine Einwände ab und marschiert auf das Haus zu.

»Eine schöne Zeit in Kildare«, rufe ich ihm nach, immer noch perplex über die Summe, die mir diese Fahrt eingebracht hat.

Aber schön wird seine Zeit hier nicht, so viel ist klar.

6. Kapitel

Zu Hause angekommen, koche ich unser aller Lieblingsessen, Spaghetti Bolognese, und wir sitzen zu viert am Tisch, Mum, Mica, Tom und ich. Niemand daddelt am Handy oder Tablet, auch der Fernseher bleibt schwarz, also müssen wir uns unterhalten. Tom ist nicht nur das nachdenklichere meiner Kinder, sondern auch das gesprächigere und redet vom Fußballverein, weil ich später zur Benefizveranstaltung gehe.

»Hoffentlich kriegen wir eine neue Ausrüstung«, sagt er, »das wär cool.«

»O ja.« Mica sieht begeistert aus. »Mein Trikot hat nämlich ein Loch.«

»Jetzt schon?«

»Das ist passiert, als Shannon Wilson mir den Ball abnehmen wollte«, erklärt Mica. »Böses Foul, aber sie hat nicht mal 'ne Karte dafür gesehen.«

Wenn sie über Fußball spricht, klingt sie wie ihr Vater. Ich lächle sie an.

»Vielleicht können sie ihr das im Ferienlager abgewöhnen«, meint Mum.

»Nö.« Mica schüttelt den Kopf. »Sie foult, weil sie keine Ballabnahme hinkriegt.«

»Möglicherweise lernt sie das noch.«

Mica sieht wenig begeistert drein. Sie ist bei weitem das beste Mädchen in ihrer gemischten U12-Mannschaft, und offenbar gefällt ihr die Vorstellung nicht, dass Shannon besser werden könnte. Ich sage, es wäre doch gut, wenn alle besser würden.

»Schon.« Sie nickt, schüttelt aber dann den Kopf. »Bei Shannon glaube ich das nicht. Sie ist nicht schnell genug.«

»Mica ist schnell«, unterstützt Tom sie. »Bestimmt ist sie im Ferienlager die beste.«

Seine Schwester umarmt ihn, und ich bin stolz, dass meine Kinder einander unterstützen. Manchmal denke ich, ich bin eine schlechte Mutter, aber eigentlich mache ich meine Sache gar nicht so übel. Dann nimmt sich Mica das letzte Stück Knoblauchbrot, und Tom rastet aus. Die beiden liefern sich ein Brüllgefecht, und ich stelle meine Selbstbeweihräucherung ein.

»Wenn ihr nicht sofort ruhig seid, fährt keiner von euch ins Ferienlager!« Ich muss schreien, damit mich die beiden hören. Sofort ist Ruhe. Seit Ferienbeginn freuen sich die beiden auf das Trainingslager, das in knapp zwei Wochen beginnt. »Danke schön«, sage ich ins Rund.

»Ich bin fertig.« Tom stopft sich das halbe Stück Knoblauchbrot, das Mica ihm abgegeben hat, in den Mund und steht auf.

»Darf ich bitte den Tisch verlassen?«, souffliert Mum und sieht ihn an.

»Ja«, antwortet er, und meine beiden Sprösslinge brüllen vor Lachen. Ich muss auch lachen.

Mum stimmt ebenfalls ein.

Es ist gar nicht so schlimm, wieder bei ihr zu wohnen.

Heute gehe ich zum ersten Mal, seit ich Dave verlassen habe, abends weg. Das Gemeindezentrum liegt in Mums Viertel, nicht in Baldoyle, wo Dave und ich unser Haus haben, aber alle Anwesenden werden voll im Bild sein, denn wir kennen die Leute in Abbeywood unser ganzes Leben lang. Die Frauen werden ziemlich sicher auf meiner Seite sein. Viele von ihnen sind alte Freundinnen, darunter etliche, die nach der Schule aus Abbeywood wegzogen und nach der Heirat zurückgekehrt sind. Das war auch mein Traum. Allerdings nicht ins Elternhaus. Und nicht ohne Dave.

Im Morgenmantel stehe ich vorm Schrank und frage mich, was verflixt nochmal ich anziehen soll. Kurz bevor ich vor Mums Haustür stand, hatte ich einfach nach den nächstbesten Klamotten gegriffen und sie in einen Koffer geworfen. Und dabei das luftige, geblümte Kleid vergessen, das ich anfangs des Sommers gekauft hatte sowie fast sämtliche Sandalen und leichten Schuhe. Wie ärgerlich, dass ich dieses Kleid nicht eingepackt habe, denn es macht ein bezauberndes Dekolleté. Ebenso ärgerlich, dass die neuen rosaroten Sandaletten zurückgeblieben sind, die ich noch kein einziges Mal getragen habe. Ob ich zurückflitzen und die Sachen holen soll? Doch dazu fehlt mir der Mut, und ich gehe meine Garderobe durch, als könnten wie durch Zauberhand neue Kleider auftauchen.

Schließlich entscheide ich mich für einen Retro-Country-Look im Landhausstil, eine Mode, die ich als Teenager und Fan von Shania Twain ziemlich häufig trug und in der ich keine schlechte Figur machte. Das ist jetzt gut zwanzig Jahre her und mittlerweile ist Country-Mode wieder in. Ich hüpfe unter die Dusche und wasche mir das Haar; beim Föhnen benutze ich den Diffusor, damit Volumen reinkommt und es sich leicht wellt. Dann lege ich frisches Make-up auf, nehme diesmal den glitzernden silbergrauen Lidschatten statt der zurückhaltenderen Variante für die Arbeit. Dazu noch blauen Lidstrich und blaue Wimperntusche, wie damals in meinen Zwanzigern. Ich schlüpfe in eine rotschwarz-karierte Bluse und einen ziemlich kurzen Jeansrock. Funkelnde Ohrringe, eine fette Kette und vorn offene Stiefeletten vervollständigen den Look. (Was habe ich mir bloß dabei gedacht, Schmuck statt Kleidung einzupacken? Zudem es sich um Modeschmuck handelt, den ich jederzeit hätte ersetzen können.)

Mein Outfit lässt mich jünger aussehen, finde ich und drehe mich vorm Spiegel hin und her. Aber wenn ich mich so genau daran erinnere, früher schon einmal mehr oder weniger das Gleiche getragen zu haben, heißt das nicht, dass ich jetzt zu alt dafür bin? Mache ich mich lächerlich? Während ich überlege, ob ich nicht doch meine Businesshose aus dem Schrank ziehen und mit einem schlichten T-Shirt kombinieren sollte, piepst mein Handy. Debs erkundigt sich, wo ich denn bliebe, sie sei nämlich fertig.

Bin gleich bei Dir, schreibe ich zurück.

Ich zaudere immer noch. Vielleicht sollte ich statt des Rocks Jeans tragen, doch dann denke ich mir, pfeif drauf, wen interessiert es schon, was ich anhabe. Ich ziehe mich für mich an, für sonst niemanden. Als ich meine Zimmertür zufallen lasse, bemerke ich, dass ich immer noch sowohl Verlobungs- als auch Ehering trage. Mir ist nicht einmal der Gedanke gekommen, ich könnte sie ablegen.

»Toll siehst du aus, Mum!«, sagt Tom, als ich das Wohnzimmer betrete.

Mica nickt anerkennend, meine Mutter jedoch zieht die Augenbrauen hoch.

»Was?«, frage ich.

»Nichts.«

»Ich komme nicht allzu spät heim. Danke, dass du auf sie aufpasst.«

»Nicht ich passe auf sie, sondern sie passen auf mich auf«, sagt sie.

»Genau«, meint Mica. »Granny ist nämlich eine Hinterbliebene.«

Sie hat das Wort auf Dads Beerdigung aufgeschnappt und benutzt es nun ständig.

»Absolut«, grinst Mum.

Zum ersten Mal seit Dads Tod sieht sie ehrlich belustigt aus. Ich lächele sie an.

»Ich komme wirklich nicht spät heim, Ehrenwort.«

»Mach dir keinen Kopf«, sagt sie, »amüsier dich.«

Ich lasse die drei mit dem Fernseher allein und gehe zu Debs' Haus, in dem früher ihre Eltern wohnten, die mittlerweile im Haus daneben wohnen. Wie viele Dubliner bekamen sie während des Wirtschaftsbooms die Erlaubnis, sich auf ihrem Grundstück ein zweites Haus zu bauen. Ihr erstes Eigenheim verkauften sie an Debs und ihren Mann zum Selbstkostenpreis. Debs sagt immer, was für ein Glück das sei, aber bisher fand ich die Vorstellung, Tür an Tür mit meiner Mutter zu wohnen, immer beklemmend. Nie wäre mir der Gedanke gekommen, ich könnte wieder bei ihr einziehen.

»Roxy!« Debs reißt die Tür auf, noch ehe ich klingeln kann. »Komm rein. Ich hab dir schon eingeschenkt.«

Seit ich bei Mum eingezogen bin, habe ich so gut wie keinen Alkohol getrunken. Nicht dass sie etwas dagegen hätte, sie trinkt abends selbst gern ein Glas Wein, sondern weil zumindest eine Person bei wachem Verstand sein sollte, falls einem der Kinder etwas zustößt. Komischerweise kam mir mit Dave dieser Gedanke nie. Am Wochenende trank ich ein, zwei Gläser, selbst wenn er sich ein Bier genehmigte. Aber wir waren zu zweit und es war anders. Jetzt, auch wenn ich mich auf Mum verlassen kann, habe ich das Gefühl, allein zu sein. Außerdem habe ich so oft Fuhren am frühen Morgen, dass Alkohol am Abend davor keine gute Idee ist.

»Aber morgen hast du frei«, sagt Debs, als ich darauf hinweise, dass ich schon nach einem Drink in Schieflage gerate. »Also hau rein.«

Der Wodka ist mild, und ich mag das Bitzeln des Alkohols. Trotzdem werde ich später nichts mehr trinken. Das ist es nicht wert.

Debs war die Erste, die sich nach dem Vorfall mit Julie Halpin bei mir meldete. Sie schrieb mir eine Textnachricht, ob es wahr sei, dass Dave ins Nachbarhaus gezogen sei. Als wir uns dann trafen, klärte ich sie über den Sachverhalt auf, damit sie im Bekanntenkreis das Missverständnis ausräumen konnte.

»Diese Schlampe.« Sie biss in einen Muffin. »Wer's mit dem Nachbarn treibt, schneidet sich ins eigene Fleisch.«

Ich nickte.

»Was für Gefühle hast du Dave gegenüber?«, fragte Debs.

Natürlich wollte sie ihn nicht in die Pfanne hauen für den Fall, dass ich ihm verzieh. Wenn sie jetzt übel über ihn herzog, könnte das später peinlich werden.

Ich erklärte, ich wüsste weder, welche Gefühle ich für Dave hätte, noch, was ich tun sollte, Julie Halpin aber sei definitiv eine Schlampe.

»Eigentlich ist Dave ein guter Mensch.« Debs wiederholte, was ich, was Mum und alle anderen dachten. »Du solltest nichts überstürzen, auch wenn er sich wie ein absolutes Arschloch benommen hat. Du hast ihn jetzt da, wo du ihn haben willst«, ergänzte sie, »lass ihn dafür zahlen.«

Natürlich dachte ich genauso. Problematisch nur, dass dann auch ich und die Kinder dafür zahlen müssen.

Mick, Debs' Mann kommt in die Küche und begrüßt mich. Wir sollten heute Abend nichts tun, was er nicht auch täte, mahnt er, und Debs zieht eine Grimasse und meint, da gäbe er uns aber eine lange Liste mit auf den Weg. Lachend sagt Mick, er wisse schon, wie »wir Mädels« uns benähmen, wenn wir zusammensteckten, und mit diesen markigen Worten verschwindet er.

Debs erkundigt sich auch diesmal nach Dave, worauf ich erwidere, ich hätte wirklich keinen Nerv, über ihn zu reden und ob wir das Thema heute nicht außen vor lassen könnten? Und Debs, weil sie seit hundert Jahren meine beste Freundin ist, ist nicht sauer, sondern umarmt mich und sagt: »Aber klar doch.«

Als wir eintreffen, ist schon jede Menge los. Die Veranstaltung besteht aus einer Modenschau, gefolgt von Karaoke. Debs hat gefragt, ob ich gern bei der Modenschau mitmachen wolle, weil ich das schon mal getan hatte. Ich lehnte ab. In meinem derzeitigen Zustand brächte ich es nicht fertig, vor einem Haufen Menschen über den Laufsteg zu stolzieren. Außerdem war ich damals jünger und hübscher. Und hatte keinen Kummerspeck.

Im Raum sind ungefähr dreißig Tische aufgebaut. An unserem Tisch sitzen bereits Michelle und Alison, ebenso Rachel, eine andere alte Schulfreundin. Was für eine Erleichterung, von Menschen umgeben zu sein, die ich fast schon mein ganzes Leben kenne. Die Mädels schicken mir, seit sie von Daves großem Fehltritt erfahren haben, häufig aufmunternde Nachrichten.

»Roxy, wie geht's?« Michelle steht auf und umarmt mich, der Startschuss für allgemeine Umarmungen rundum.

Wir setzen uns, und ich erkläre, es gehe mir gut, wie es ihnen denn gehe. Sie sollen über sich, nicht über mich reden.

»Ich bin erschöpft«, sagt Michelle. »Darragh sitzt wegen seines Abschlusszeugnisses wie auf Kohlen. Bei uns war die Prüfungszeit übel und das ist sie immer noch.«

Wir alle nicken.

»Hoffentlich bekommt er genug Punkte, damit er Maschinenbau studieren kann«, ergänzt sie. »Er ist eigentlich ziemlich klug, aber das Gerangel um die Studienplätze ist heftig und ich mache mir Sorgen, dass es sein Selbstwertgefühl völlig zerlegt, wenn er nicht aufgenommen wird.«

Rundum aufmunternde Kommentare. Michelle ist die Einzige

unter uns, deren Kind schon die Schule verlässt. Sie ist alleinerziehend, Darraghs Vater hatte damals – sie waren beide neunzehn – nichts von einem Kind wissen wollen. Aber Michelle hat
vor Darragh nie schlecht über Brendan gesprochen und mittlerweile existiert eine halbwegs gute Vater-Sohn-Beziehung. Brendan ist verheiratet und hat aus dieser Ehe zwei Kinder. Michelle
und Darragh leben bei Michelles Eltern. Ihre und meine Mutter
sind gut befreundet. Beides starke Frauen, die sich um ihre Töchter kümmern, deren Partnerwahl eher suboptimal war.

Rachel muss sich dieses Jahr ebenfalls mit Prüfungsangst herumschlagen, denn ihre Tochter Avery macht gerade ihr Junior
Certificate. Sie und Michelle unterhalten sich über Schule und
Klausuren, Debs, Alison und ich über Sommerurlaub. Alison, die
einzig Kinderlose unter uns (Debs hat wie ich einen Jungen und
ein Mädchen) war gerade zwei Wochen auf Mallorca.

»Puerto Pollensa«, erzählt sie, »es war himmlisch. Herrliches
Wetter und das Hotel war toll.«

Vor einigen Jahren waren Dave und ich mit Daves Bruder und
dessen Frau auf Mallorca, es war traumhaft. Doch in letzter Zeit
war das Geld etwas knapp, daher entschieden wir uns für Ferien
auf Balkonien. Vergangenes Jahr mieteten wir uns ein Häuschen
in Cork. Es regnete durchgehend. Ich würde gerade rasend gern
einen Urlaub in der Sonne machen. Am liebsten allein. Ein schöner Traum.

»Wie geht's deiner Mum?«, fragt Alison in einer Gesprächs-
pause.

»Einigermaßen«, antworte ich. »Natürlich ist es schwer für sie.«

»Selina ist eine starke Frau.« Alison spricht meine Gedanken
aus.

»Es war beeindruckend, wie sie, als wir klein waren, zwei Jobs
zugleich hatte und sich auch noch um euch alle kümmerte.«

Damals arbeitete Mum morgens im kleinen Supermarkt bei uns um die Ecke und zweimal die Woche nachmittags in einer Zahnarztpraxis. Später hatte sie eine Teilzeitstelle als Sekretärin, die sie aufgab, als Dad krank wurde. Mich würde es nicht wundern, wenn sie sich was Neues suchte. Herumsitzen ist nichts für sie.

»Deine Mum ging auch arbeiten«, erinnere ich Alison.

»Bei einer Friseurin ist das was anderes«, sagt Alison. »Als Selbständige konnte sie sich die Termine frei einteilen, und außerdem hatte sie keinen Salon, sondern besuchte die Kundinnen zu Hause.«

»Alle Mütter sind wunderbar.« Debs steht auf, um zur Bar zu gehen. »Einschließlich uns. Außer dir, Alison, und ich weiß nicht, ob du damit unter uns die Gold- oder die Pechmarie bist.« Sie grinst, um klarzumachen, dass es sich um einen Scherz handelt. »Was kann ich euch mitbringen?«

Auf meinen Mineralwasserwunsch reagiert sie bissig, versucht aber nicht, mich zu überreden. Ehrlich gesagt habe ich vom Wodka bereits leichte Kopfschmerzen. Ob ich wohl demnächst zu denen gehöre, die gar keinen Alkohol vertragen? Wäre wahrscheinlich gar nicht so schlecht. Allerdings trinke ich zum Abendessen oder wenn ich anschließend vorm Fernseher sitze gern ein Glas Wein. Dieses Gläschen könnte ich mir nur schwer verkneifen.

Als Debs mit den Getränken zurückkommt, steht Callum Phelan auf, der Präsident des Fußballvereins, und begrüßt die Anwesenden. Anschließend eröffnet seine Frau Tash, die Vorsitzende des Komitees, die Modenschau. Die Kleider stammen sämtlich aus hiesigen Läden, und die Models rekrutieren sich aus Komiteemitgliedern sowie deren Freundinnen. Frauen mit normaler Kleidergröße führen Mode vor, ein schöner Anblick. Endlich weiß man, wie sie an einer durchschnittlichen Frauenfigur wirkt. Es sind mehrere entzückende Outfits darunter, und da ich nicht völlig abgeneigt bin, mir etwas zu gönnen, verspreche ich mir selbst einen Einkaufsbummel in naher Zukunft. Seit Ewigkeiten habe ich mir nichts Neues gekauft. Meine letzte Erwerbung war das geblümte Sommerkleid, das ich nicht mitgenommen habe.

Wir applaudieren den Frauen, die zeigen, was sie als Amateurmodels draufhaben, und ich erinnere mich, in welchen Rausch mich mein eigener Auftritt vor etlichen Jahren versetzte. Anfangs war ich sehr nervös, doch sobald ich den Laufsteg betreten hatte, trieb mich die Stimmung im Raum zur Bestleistung an und ich tänzelte und warf mich in Pose, als wäre ich Kate Moss persönlich.

Als wir danach heimkamen, riss Dave mir praktisch die Kleider vom Leib. Es habe ihn total erregt, sagte er, mich da oben so herausgeputzt zu sehen, im Wissen, dass ich ihm gehörte. Der Sex war toll. Sex mit Dave ist immer toll.

Die Modenschau dauert eine halbe Stunde, und dann geht's los mit Karaoke.

»Ich trage unsere Namen in die Liste ein«, sagt Debs.

»Nein«, protestiere ich, »ich kann nicht.«

»Wir singen immer«, widerspricht Debs. »Du kannst nicht kneifen.«

»Normalerweise bin ich schon halbbesoffen, wenn es dazu kommt«, betone ich.

»Da können wir nachhelfen.«

»Bitte nicht.«

»Ich trage uns trotzdem ein.« Sie schnappt sich Stift und Zettel, die vorhin auf unserem Tisch deponiert wurden.

Ich schweige. Ich will mich nicht mit ihr streiten. Wenn wir aufgerufen werden, stehe ich einfach nicht auf.

Aber als Tommy Clarke, zuständig für den Karaoke-Teil der Veranstaltung, unsere Namen aufruft und Debs mich bei der Hand packt, folge ich automatisch. Tosender Applaus. Die Musik setzt ein. Unsere Nummer – wie auch unsere Freundschaft – geht zurück auf unsere Schulzeit, als wir die Hauptrollen in der Aufführung von *Grease* ergatterten. Ich bin nicht die weltbeste Sängerin, aber die beste aus dem höchst mittelmäßigen Haufen, der in jenem Jahr für die Theater-AG antrat. Und mit meinem Blondhaar und der Pfirsichhaut hatte ich sowieso von Anfang an gute Chancen gehabt, Sandy zu spielen. Frank Phelan war Danny. Debs verkörperte Rizzo.

Bei unserem Duett heute Abend ist sie jedoch Danny, und wir singen »You're the One That I Want«. Ich verliere mich im Gesang, werde Sandy, genau wie damals, als ich sechzehn war. Mein gelocktes Haar und der kurze Rock passen zwar nicht zum Musical, aber durchaus zum Lied. Das Publikum klatscht und johlt, und auf einmal fühle ich mich wieder jung und unbeschwert. Natürlich verlangen sie eine Zugabe, von der die meisten wissen, was es sein wird, denn unser Repertoire besteht lediglich aus zwei Liedern. Es ist »Islands in the Stream«, einer von Dads Lieblingssongs.

Wir sind bei der letzten Strophe angelangt und geben alles, da sehe ich eine Bewegung im Publikum. Mir versagt die Stimme, so dass Debs allein weitersingen muss. Völlig verdattert sieht sie mich an, aber ich bringe kein Wort heraus. Denn hinten im Saal steht Dave, an die Wand gelehnt, und beobachtet mich.

Und unvermittelt reißt es mich aus der Trance zurück ins Hier und Jetzt.

7. Kapitel

Debs bringt das Lied zu Ende, und unter weiterem Applaus zerre ich sie von der Bühne zu unserem Tisch.

»Wusstest du, dass er kommt?«, zische ich.

»Wer?«

»Dave!« Ich deute mit dem Kopf in seine Richtung, und sie wirft einen Blick durch den Raum.

»Großer Gott, nein«, sagt sie. »Aber da es eine Benefizveranstaltung für den Fußballverein ist …«

»Er war seit dem Jahr, an dem ich an der Modenschau teilnahm, nicht mehr dabei«, rufe ich ihr ins Gedächtnis.

Sie sieht leicht bedröppelt drein.

»Was?«, will ich wissen.

»Er hat sich danach erkundigt«, gesteht sie. »Nicht bei mir«, fügt sie eilig hinzu, »aber er unterhielt sich neulich mit Belinda Danaher im St. Anne's Park, die was vom heutigen Abend schwafelte. Ich bin ihr im Supermarkt begegnet, und sie hat es mir erzählt. Ich habe dir nichts gesagt, aus Angst, du kommst dann nicht. Ich hätte wirklich nicht gedacht, dass er kommt, ehrlich.«

Belinda gehört ebenfalls zu meinen früheren Schulkameradinnen. Überdies gehört sie dem Wohltätigkeitskomitee an und ist eine Klatschtante ersten Ranges. Bestimmt war sie hochentzückt, dass sie die Gelegenheit bekam, herauszufinden, wie es zwischen Dave und mir steht.

»Hat sie ihm erzählt, dass ich komme?«, frage ich leicht verärgert, weil Debs mich nicht gewarnt hat.

»Null Ahnung«, erwidert Debs, »aber du kennst ja Belinda.«

In der Tat. Wir waren nie befreundet; sie konnte mich früher schon nicht leiden, und in den letzten zwanzig Jahren hat sich daran wenig geändert. Manchmal wünschte ich, Dave und ich wären in London geblieben, weit weg von allen.

»Hör mal, das ist doch egal«, sagt Debs. »Du wolltest heute Abend Spaß haben, ignorier ihn einfach.«

Natürlich ist es nicht egal, wie kann ich Spaß haben, wenn sich mein untreuer Ehemann im selben Raum befindet? Wie kann ich ihn ignorieren? Wetten, das tut der Rest des Saals auch nicht!

Wir gelangen zu unserem Tisch, und ich setze mich.

»Toll habt ihr gesungen«, lobt Alison. »Selbst wenn du gegen Schluss verstummt bist, Roxy. Das Gleiche noch mal?« Sie deutet mit dem Kinn auf die Getränke.

Wir bejahen alle, und sie erkundigt sich, ob ich gern etwas anderes als Mineralwasser hätte. Obwohl ich nach einem zweiten Wodka giere, bleibe ich beim Wasser, denn ich möchte einen klaren Kopf behalten.

Ich habe Dave in der Menge aus den Augen verloren. Ein mir Unbekannter singt Johnny Cash und macht seine Sache gar nicht schlecht. Unter anderen Umständen würde ich mich amüsieren. Aber meine Gedanken kreisen einzig um Dave. Und ständig sehe ich ihn vor meinem inneren Auge mit Julie. Immer und immer wieder.

Ob wohl mit mir was nicht stimmt? Viele Frauen haben Eheprobleme – ob die sich auch so reinsteigern wie ich? Ob sie auch jedes Mal Herzrasen bekommen, wenn sie an ihren Mann denken? Gehen sie bestimmte Ereignisse wieder und wieder durch? Mache ich mich lächerlich, aus einer Mücke einen Elefanten? Natürlich war Julies Arsch kein Elefantenarsch. Aber trotzdem ...

Johnny Cash hat zu Ende geschmettert, und Tommy Clarke kündigt den nächsten Kandidaten an.

»Eeeeeelvis Presleeeeey!«

Wer auf die Bühne kommt, ist Dave. Er nimmt das Mikro, und die Musik setzt ein.

Dave kann gut singen, aber wir haben uns nie gemeinsam beim Karaoke versucht. Ich singe immer mit Debs. Und er tritt gern allein auf. Er hat ein Lieblingslied, und ich weiß genau, welches. Er stimmt es jetzt an und schlendert über den Laufsteg, der immer noch aufgebaut ist, bis er zu unserem Tisch gelangt.

Er hockt sich hin, wie Elvis es zu tun pflegte, und beugt sich zu mir vor, während er den Liedtext ändert.

»I will always ... be madly in love ... with you.«

Er sieht mir direkt in die Augen, und ich möchte den Blick abwenden, doch ich kann nicht. Ich starre ihn an und erinnere mich an die schöne gemeinsame Zeit.

»Take my hand«, singt er und streckt mir seine entgegen.

Es wäre schön. Es wäre vielleicht sogar das Richtige. Aber ich kann nicht.

»Na, los!« Michelle versetzt mir einen kleinen Stoß.

Wortlos schüttle ich den Kopf.

Dave berührt meine Wange und steht dann auf.

»Schüchtern, die Dame«, sagt er und singt weiter.

Was für eine Demütigung. Mein Herz hämmert und meine Wangen glühen. Warum hat er das getan? Uns vor dem gesamten Saal blamiert? Als wenn er das nicht schon genug getan hätte. Ich stehe vom Tisch auf und gehe zur Damentoilette, wo ich mich in einer Kabine einschließe, bis mein Herzschlag wieder halbwegs normal ist.

Was wohl die Leute denken? Vielleicht halten sie mich für ein kaltes, nachtragendes Miststück, denn Dave hat mir eine Liebeserklärung gemacht und ich habe ihn vor versammelter Mannschaft enttäuscht. Aber er hat mich schließlich auch enttäuscht.

Warum sollte ich ihm verzeihen – bloß weil er sich in aller Öffentlichkeit lieb Kind bei mir macht?

Im selben Moment, in dem ich die Kabinentür aufmache, betritt Debs die Damentoilette.

»Bist du okay?«, fragt sie.

Ich nicke.

»Ich hätte echt nicht gedacht, dass er so eine Show abzieht«, sagt sie. »Was für ein Idiot.«

»Definitiv.«

»Komm mit rein, trink noch was«, schlägt sie vor.

Ich schüttle den Kopf. »Ich mach mich auf den Heimweg. Mir reicht's.«

»Ich komm mit.«

»Nein«, sage ich. »Bleib bei den Mädels, mach dir einen netten Abend. Ich melde mich nächste Woche bei dir.«

»Nein, Roxy, wenn du gehst, gehe ich auch.«

»Dann hätte ich ein schlechtes Gewissen.«

»Bist du sicher?«

»Absolut.«

Nach kurzem Zögern umarmt sie mich. »Pass auf dich auf.«

»Du auch.«

Ich verlasse die Damentoilette und das Gebäude. Noch ist es nicht völlig finster und obwohl es halbwegs warm ist, ziehe ich meine Jacke enger um mich. Als ich durch das Tor des Gemeindezentrums gehe, höre ich meinen Namen.

»Roxy! Warte bitte.«

Kurz spiele ich mit dem Gedanken, ihn zu ignorieren und weiterzulaufen, bleibe aber stehen und drehe mich um.

»Wohin gehst du?«, fragt Dave.

»Nach Hause.«

»Nach Hause wohin?«

»Nach Hause zu meiner Mutter.«

»Das ist nicht dein Zuhause. Dein Zuhause ist Beechgrove Park.«

»Hast du deshalb mit einer anderen Frau dort geschlafen?« Schon als ich die Worte ausspreche, klingen sie sehr melodramatisch. Mein Leben hatte bisher so gar nichts Melodramatisches. Natürlich gab es schwierige Phasen, aber alles im Rahmen. In den letzten Wochen hatte ich allerdings das Gefühl, ich wohne in der Coronation Street.

»Süße, wir müssen uns mal zusammensetzen und reden.« Dave bemüht sich um einen nüchternen Tonfall. »Ich weiß, ich habe etwas ganz Furchtbares getan, und du kannst dir nicht vorstellen, wie unendlich leid mir das tut, auch wenn ich dir das mindestens tausendmal gesagt habe. Aber so kann's nicht weitergehen. Ich habe versucht, es heute Abend wiedergutzumachen, aber du hast mich enttäuscht.«

»Ich habe dich enttäuscht!« Meine Stimme ist lediglich ein Krächzen. »Ich bin nicht diejenige, die ... die ...«

»Ich bemühe mich, dir zu zeigen, wie sehr ich dich liebe«, sagt er. »Um das zu beweisen, war ich bereit, mich vor allen lächerlich zu machen. Und ich *habe* mich vor versammelter Mannschaft zum Affen gemacht. Bitte, komm heim.«

»Warum?«

»Weil ich dich liebe. Ich habe dich immer geliebt und werde dich immer lieben.«

»Du hast eine komische Art, das zu zeigen.«

Offenbar höre ich mich weniger verbittert an, als ich mich fühle, denn mit einem kleinen Lächeln greift er nach meiner Hand, bevor ich überhaupt reagieren kann. Und ich mache mich nicht los, weil ich weiß, dass es ihm leidtut und er die Dinge wieder in Ordnung bringen will. Einerseits wäre das schön. Dave ist mein Mann, und er hat einen Fehler gemacht, aber bei einer Ehe muss man sich im Klaren sein, dass man dem anderen Fehler verzeihen muss. Im Vertrauen darauf, dass der andere den gleichen Fehler nicht noch einmal macht. Aber ich habe darauf vertraut, dass Dave diesen einen bestimmten Fehler erst gar nicht begeht. Kann ich ihm vertrauen, dass er ihn nicht wiederholt?

»Ich bin immer noch wütend«, erkläre ich. »Ich bin noch nicht bereit, heimzukommen.«

»Aber du kommst heim?« Er drückt meine Hand.

»Ich ... au, das tut weh, Dave.«

»Ich wünschte, ich könnte es rückgängig machen.« Er seufzt. »Sie war nicht einmal besonders gut.«

»Sie war oben«, sage ich. »Du magst es überhaupt nicht, wenn ich oben bin.«

»Es war bloß ... ach, darum geht's doch gar nicht. Es geht darum, dass die Sache nie hätte passieren dürfen. Ich habe mich zum Idioten gemacht und alles aufs Spiel gesetzt. Es tut mir unendlich leid.«

Seine Reue ist echt. Ich sollte ihm jetzt und hier verzeihen. Umgekehrt würde ich auch wollen, dass er mir verzeiht. Aber andererseits habe ich nie einen anderen Mann in unser Bett geschleift.

»Ich brauche Zeit.« Mehr kann ich ihm momentan nicht entgegenkommen.

»Wie lange?«

»Ich weiß nicht. Ein paar Wochen vielleicht.«

»Ein paar Wochen!« Er sieht entsetzt drein. »Du hattest schon ein paar Wochen Zeit.«

»Möglicherweise tut uns das gut«, sage ich. »Eine Auszeit. Damit wir unsere Gedanken ordnen können.«

»Meine Gedanken sind bestens geordnet«, entgegnet er.

»Meine nicht«, sage ich. »Auch wegen Dad.«

»Natürlich.« Seine Stimme wird weich, und er lässt meine Hand los, legt den Arm um mich. Wieder mache ich mich nicht los, obwohl ich das sollte. »Durch Christys Hinscheiden bist du sehr viel verletzlicher als sonst.«

Hat er psychologische Ratgeber gelesen? Oder dieselben Webseiten ergoogelt wie ich? Ich habe noch nie zuvor die Worte »Hinscheiden« oder »verletzlich« aus seinem Mund gehört. Außer er redet über die Abwehr von Arsenal.

»Ich muss los«, sage ich. »Mum wartet auf mich.«

»Jetzt doch noch nicht«, hält Dave dagegen. »Komm mit nach Hause. Wenn du nicht übernachten magst, kein Problem. Aber du fehlst mir so. Ich möchte es wiedergutmachen, Roxy.«

Er fehlt mir auch. Und das wohlige Gefühl seines Arms um mich, sein vertrauter Duft, sind warm und tröstlich. Doch derzeit gibt es nichts, womit er die Sache wiedergutmachen kann.

»Nein«, sage ich.

»Roxy ...«

»Ich werde über alles nachdenken, versprochen. Wir reden demnächst darüber. Aber nicht heute Abend.«

Ich spüre, wie er verkrampft. In seinen Augen blitzt Verärgerung auf. Dann zuckt er die Achseln und drückt meine Schulter.

»In Ordnung«, sagt er. »Ich gebe dir noch ein bisschen Zeit. Doch du musst begreifen, dass mir die Sache mit Julie Halpin nichts bedeutet hat. Es ist dämlich und falsch gewesen, aber für unser Leben unerheblich. Wir können darüber hinwegkommen.«

»Stimmt.«

»Ich liebe dich«, sagt er. »Ich habe dich immer geliebt und werde dich immer lieben. Das weißt du, Roxy, das weißt du ganz genau.«

Ich schenke ihm ein halbes Lächeln, antworte aber nicht mit »ich liebe dich auch«.

»Morgen hole ich die Kinder ab.«

Er ist ein zuverlässiger Vater. Auch letzten Samstag waren sie bei ihm, übernachteten in Beechgrove Park. Er tut alles ihm Mögliche, um die Dinge wieder geradezubiegen. Und trotzdem fühlt sich mein Herz wie ein Eisklotz an.

»Dann sehen wir uns da«, sage ich.

»Sollen wir uns ein Taxi teilen?« Er holt sein Handy heraus und öffnet die App.

»Schon in Ordnung«, erkläre ich, »sind nur ein paar Schritte.«

»Wie du willst.«

»Dave ...«

»Was?«

»Wir sehen uns morgen.«

»Ich habe dich erst viel später zurückerwartet.« Mum klappt ihr iPad zu, als ich ins Wohnzimmer komme.

Es ist elf Uhr. So früh nun auch wieder nicht.

»Ich hatte genug«, erkläre ich.

»Alles in Ordnung?«

»Alles gut.«

»Sicher?«

»Klar.«

Sie weiß, dass nicht alles in Ordnung ist. Sie möchte, dass ich mich ihr anvertraue. Aber ich möchte mich nicht schon wieder über das allgegenwärtige Thema unterhalten.

»Ich bin außer Übung«, sage ich. »Ich gehe ins Bett.«

»Möchtest du noch einen Absacker?«, fragt sie. »Oder eine heiße Schokolade?«

Ich lächle sie an. »Danke, aber es geht mir gut. Ehrlich. Bin bloß müde.«

»Du kannst morgen ausschlafen«, sagt sie.

»Ich weiß und darauf freue ich mich auch schon.«

»Ich mache ein großes Frühstück mit allem Drum und Dran – Spiegeleier, gebratene Tomaten, Speck, Würstchen, Blutwurst und White Pudding.«

Ein großes Frühstück mit allem Drum und Dran wird in der Carpenter-McMenamin-Familie nur zu besonderen Festtagen aufgetischt, an Weihnachten beispielsweise, zu Ostern oder am St Patrick's Day.

»Das wäre wunderbar«, sage ich.

»Du siehst müde aus.« Mum mustert mich kurz. »Ich weiß, du stehst unter Stress und –«

»Bitte keine Diskussionen jetzt«, beharre ich, »sonst kann ich nicht einschlafen.«

»Ist gut.«

»Also gute Nacht, Mum.«

»*Sleep well* –«

»*In your* Bettgestell«, vollende ich den Satz.

Wir müssen beide lachen. Das Zusammenleben mit Mum läuft besser als gedacht. Aber ich kann sie nicht dauerhaft als Stütze missbrauchen. Ich muss mein Leben wieder in den Griff bekommen und ausziehen. Oder wieder einziehen.

Als der Wecker am nächsten Morgen schrillt, bin ich völlig verdattert, denn ich hatte ihn gar nicht gestellt. Ich blinzele mehrmals und sehe Sonnenlicht durch den Vorhangspalt zwinkern. Es klingelt weiter, aber es ist gar nicht der Wecker, sondern ein Anruf.

»Lehane« steht auf meinem Handydisplay. Keine Ahnung, wer Lehane ist und warum er oder sie mich anruft, und zwar um … sechs Uhr morgens! Verdammte Sch…

»Hallo«, melde ich mich.

»Hi, spreche ich mit Roxy McMenamin? Der Fahrerin?«

»Ja.« Ich reibe mir den Schlaf aus den Augen.

»Hier ist Ivo Lehane.«

»Ich …«

»Sie haben mich gestern nach Kildare gefahren.«

Ivo Lehane. Der Schlipsträger, jetzt fällt es mir wieder ein.

»Mr Lehane.« Ich bemühe mich um einen geschäftsmäßigen Ton, finde jedoch, dass ich um sechs Uhr an einem Samstagmorgen durchaus leicht verpeilt klingen darf. »Was kann ich für Sie tun?«

»Sie sagten, ich könne anrufen, wenn ich Ihre Dienste wieder benötige«, sagt er. »Und das ist der Fall.«

»Ich … Gut. Wann?«

»Jetzt«, sagt Ivo Lehane.

Einen Augenblick lang bringe ich kein Wort heraus, denn im Halbschlaf denkt es sich nicht besonders schnell.

»Verstehe ich Sie richtig, dass ich nach Kildare kommen und Sie abholen soll?«, fasse ich schließlich zusammen.

»Ja, wenn es nicht zu viele Umstände macht.«

»Na ja …«

»Mir ist klar, dass es sehr kurzfristig und heute Samstag ist. Natürlich werde ich Ihnen die Fahrt entsprechend vergüten, ich zahle das Doppelte des normalen Preises.«

Jetzt bin ich wach. Doppelt so viel Geld für eine Fahrt samstagmorgens nach Kildare, wenn wenig Verkehr herrscht, hört sich gut an.

»Wohin müssen Sie?«, frage ich.

»Zum Flughafen.«

Natürlich. Wahrscheinlich hat er ein dringendes Geschäftstreffen, das seine Anwesenheit umgehend erfordert, selbst wenn Wochenende ist.

»Es dauert ungefähr eine Stunde, bis ich bei Ihnen bin«, erkläre ich.

»Verstanden. Ich halte mich bereit.«

Wahrscheinlich typisches Geschäftsmanngebaren. Kommt gleich auf den Punkt.

»Also gut«, sage ich.

»Vielen Dank.«

Ich beende das Gespräch und stehe auf. Nach einer schnellen Dusche ziehe ich meine »Arbeitsuniform« an und schleiche auf Zehenspitzen nach unten. Auf dem Tisch hinterlasse ich eine Nachricht für Mum, die in diesem Augenblick im Schlafanzug mit ihrem iPad in die Küche kommt.

»Was ist los?«, fragt sie.

»Ein Auftrag.«

»Um diese Zeit? An einem Samstag?«

Ich erkläre ihr die Sachlage, und schulterzuckend meint sie, solche Kunden seien, wenn auch anspruchsvoll, eine feine Sache. Ich stimme ihr zu und mache mir einen Kaffee, den ich in meinen Thermosbecher gieße.

»Heute Morgen kein heißes Wasser mit Zitrone?«, erkundigt sie sich, als ich mir einen Frühstücksriegel in den Mund schiebe.

»Nein. Vielleicht willst du mir ja was von deinem Knäckebrot abgeben?«

Sie schneidet mir eine Grimasse. Ich grimassiere zurück. Dann gibt sie mir einen Kuss auf die Wange, und ich verlasse das Haus.

Ich steige ins Auto. Bevor ich den Motor anlasse, werfe ich einen raschen Blick auf Dads Gedenkkarte.

Er war ein guter Mann.

Hätte ich doch nur jemanden wie ihn geheiratet.

8. Kapitel

Ich stelle den Tempomat auf fünf Kilometer unter der erlaubten Höchstgeschwindigkeit ein und freue mich darüber, wie bequem und leistungsstark der Mercedes ist. Einigermaßen verblüfft dämmert mir, dass mir dieser Teil meines Lebens sehr gut gefällt. Natürlich habe ich immer noch ein gebrochenes Herz und weiß nicht, wie es mit meiner Ehe weitergeht, aber das Chauffieren macht mir Spaß. Tat es schon, als ich für Dad einsprang, aber eigenverantwortlich zu fahren, gibt mir ... ich weiß nicht, ob Selbstvertrauen das richtige Wort ist oder Mut, jedenfalls wirkt es aufbauend und macht mich glücklich. Nicht immer lerne ich meine Kunden näher kennen, aber ich finde es spannend, die unterschiedlichsten Menschen herumzukutschieren. Die, mit denen ich mich unterhalte – wie Thea Ryan – sind meist lustig und interessant. Doch selbst die, die schweigend dasitzen, erlauben mir einen winzigen Blick in eine andere Welt. Wohingegen meine eigene Welt im Laufe der letzten zehn Jahre ständig kleiner geworden ist. Es geht immer um Dave und die Kinder, was für sie das Beste ist. Es ist nicht so, dass ich meine eigene Person darüber völlig vergessen habe, aber ich habe definitiv vergessen, wie es sich anfühlt, arbeiten zu gehen und nicht an die Familie zu denken.

Entschlossen, das Beste aus meinem Alleinsein rauszuholen, schalte ich das Radio ein. In der Stadt höre ich am liebsten Unterhaltungs-, auf der Autobahn Countrymusik. Es läuft Dolly Parton. Ich liebe Dolly. Sie ist klug, frech und hat sich nie von jemandem was gefallen lassen. Was sie wohl getan hätte, wenn sie ihren Mann in flagranti erwischt hätte? Egal welche Entscheidung sie getroffen hätte, diese wäre endgültig gewesen. Sie hätte sie im Nachhinein nicht ständig hinterfragt.

Was würde Dolly tun? Das sollte mein Mantra sein. Ich muss über mich selbst lachen, aber die Liedzeile, dieses blonde Dummchen lässt sich von niemandem für dumm verkaufen, geht mir nicht mehr aus dem Kopf. Verkauft Dave mich für dumm? Wäre es dumm, ihm zu vergeben? Oder dumm, es nicht zu tun?

Obwohl ich wild entschlossen gewesen bin, Dave aus meinen Gedanken zu verdrängen, kreisen sie nun doch wieder um ihn. Wie die Countrysängerinnen, die über ihr gebrochenes Herz sinnieren, kann ich nicht damit aufhören.

Das Handy klingelt.

»Roxy?«

»Ja.«

»Ivo Lehane hier. Könnten Sie mich woanders abholen?«, fragt er.

»Kein Problem. Wo denn?« Ich verziehe das Gesicht. Ich kenne mich in Kildare nicht sehr gut aus und hatte Banville Terrace ins Navi eingegeben.

»Monasterevin Road«, sagt er. »Gegenüber Tesco.«

Eine solide Orientierungshilfe ist immer hilfreich. Ich teile ihm mit, dass ich in ungefähr zwanzig Minuten da bin.

Zum Glück gibt es ein Hinweisschild für den Tesco, das vereinfacht die Sache. Ich biege in die Straße ein und sehe ihn mit seiner Ledertasche in der Hand vor dem Supermarkt stehen. Kaum habe ich gehalten, steigt Ivo Lehane auch schon hinten ein und lässt die Tasche auf den Boden fallen, ich hatte nicht mal Zeit den Motor abzustellen und ihm die Tür aufzuhalten.

»Alles gut?«, erkundige ich mich.

»Selbstverständlich, warum sollte es das nicht?«

»Ich meinte eigentlich, ob Sie angeschnallt sind.«

»Ah. Ja, danke.«

Ich fahre los in Richtung Autobahn.

Ehrlich gesagt macht mich dieser Ivo Lehane neugierig. Seine Fahrt zur Banville Terrace. Der Anruf in aller Herrgottsfrühe, dass er abgeholt werden will. Die leichte Verärgerung, mit der er seine Tasche auf den Boden plumpsen ließ. Ich möchte unbedingt wissen, was da los ist, aber das kann ich natürlich nicht fragen. Wenn er doch bloß so gesprächig wäre wie Thea Ryan. Sie würde es mir garantiert erzählen.

Aber er gehört nun mal zur schweigsamen Sorte. Er lehnt sich zurück und sieht aus dem Seitenfenster, als wäre das Patchworkgrün der Landschaft draußen höchst interessant. Mittlerweile ist der Verkehr dichter geworden, aber immer noch nicht der Rede wert und wir erreichen den Flughafen innerhalb einer guten Stunde.

»Welches Terminal«, frage ich, als ich in den Kreisverkehr einbiege.

»Zwei.«

Ich halte vor dem Gebäude und schaffe es diesmal, vor ihm aus dem Auto zu steigen, allerdings bin ich nicht schnell genug zum Türöffnen.

Ivo Lehane bedankt sich. »Äh, nehmen Sie auch Kreditkarten?«

»Selbstverständlich.«

Dad war hinsichtlich IT auf dem neuesten Stand. Er bat dazu einen Kumpel meines Bruders Aidan um Hilfe. Christy's Chauffeurs hat sogar eine App.

»Wie gesagt, ich zahle den doppelten Tarif«, sagt Ivo. »Vielen Dank, dass Sie mich zu so früher Stunde abgeholt haben.«

»Keine Ursache.« Ich lächle ihn an. »Gehört mit zum Service.«

Er bezahlt und holt dann aus seinem Geldbeutel fünfzig Euro.

»Sie haben mir doch gestern schon ein Trinkgeld gegeben.«

»Das war für gestern, das ist für heute.«

Da er bereits ein ordentliches Sümmchen berappt hat, kann ich unmöglich ein so großes Trinkgeld nehmen.

»Das geht absolut in Ordnung«, wischt er meinen Protest beiseite. »Sie sind klasse. Kein Small Talk.«

»Ich kann auch Small Talk«, erkläre ich, »aber nur wenn es der Kunde wünscht. Ich habe nur meine Arbeit gemacht, und Sie haben bereits den doppelten Betrag berappt, deshalb stecken Sie den Schein bitte wieder ein.«

Erneut verwandelt ihn das Lächeln in einen anderen Menschen.

»Vielleicht nehme ich eines Tages Ihre Dienste wieder in Anspruch, und dann möchte ich mich unterhalten«, er steckt die 50 Euro zurück in den Geldbeutel. »Aber einstweilen war das Schweigen Gold wert. Sollte ich also wieder nach Irland kommen, kann ich Sie im Voraus buchen?«

»Selbstverständlich.«

Ganz Old School überreiche ich ihm eine Visitenkarte, die er ebenfalls in sein Portemonnaie schiebt.

»Nochmals danke«, sagt er.

»Einen schönen Tag noch.« Ich steige ins Auto und fahre los. Als ich in den Rückspiegel sehe, ist er verschwunden.

Bei meiner Heimkehr sind Tom und Mica immer noch im Schlafanzug. Sie sitzen im Wintergarten auf dem Boden und sind in ein Brettspiel vertieft, für das sie sich neue Regeln ausgedacht haben. Als ich hereinkomme, springen sie auf und umarmen mich. Ich drücke sie fest an mich im Bewusstsein, dass ich meine Kinder bedingungslos liebe. Und sie mich.

Mum – die mir immer ihre bedingungslose Liebe bewies, sogar während meiner übelsten Pubertätsphasen – fragt mich, ob ich gern einen Kaffee hätte, worauf die Antwort ein lautes Ja ist.

Ich muss meinen Koffeinkonsum wirklich drosseln. Doch mit dem Duft von Frischgebrühtem in der Nase ist das jetzt nicht der richtige Moment, damit anzufangen.

Mum bringt mir eine Tasse mitsamt einem in einer Serviette eingewickelten Plunderstück.

»Ich hatte vergessen, dass ich die gestern gekauft habe«, sagt sie. »Iss es, solange es noch einigermaßen frisch ist.«

Die Fahrt hat mich bereits einigermaßen munter gemacht, aber der Kaffee und das Gebäck beleben mich zusätzlich. Ich scheuche die Kinder unter die Dusche, und Mica darf mein Molton-Brown-Duschgel verwenden. Meine Tochter, die den Duft liebt, ist entzückt.

Mit glänzenden Augen und frischgewaschenem Haar kommen die beiden aus dem Badezimmer.

Ich liebe sie. Mehr als alles andere. Und ich möchte ausschließlich ihr Bestes.

Eine halbe Stunde später klingelt es, und mein Herz beginnt zu rasen, weil ich weiß, es ist Dave, der die beiden abholen kommt. Ich höre sie die Treppe runterpoltern und ihr aufgeregtes Plappern, als sie die Tür aufreißen und er hereinkommt. Er fehlt ihnen.

Er ist ein guter Ehemann gewesen.

Der einen Fehler begangen hat.

Ich sollte ihm verzeihen.

Aber es war ein fürchterlicher Fehler. Ich kann nicht.

Wild schwingt das Pendel hin und her, während ich mich fürs Hinuntergehen wappne.

»Hi, Roxy«, begrüßt er mich, als ich in den Flur komme. »Schick siehst du heute Morgen aus. Gestern Abend hast du allerdings noch besser ausgesehen.«

Ich bin immer noch in Hosenanzug und Bluse, habe jedoch mittlerweile Flipflops statt der eleganten Ballerinas an den Füßen.

»Habt ihr eure Rucksäcke?«, ignoriere ich ihn und wende mich stattdessen an meine Kinder. »Zahnbürsten, Schlafanzüge, Boxershorts und Socken?«

»Mum!« Mica wirft mir einen empörten Blick zu. »Bei einem Mädchen kannst du doch nicht von Boxershorts reden.«

»Dann halt Schlüpfer«, verbessere ich mich.

»Mum!« Sie ist noch empörter. »Das kannst du auch nicht laut sagen.«

Ich grinse, und sie schüttelt den Kopf. Vielleicht ist das der Anfang vom Ende ihrer bedingungslosen Liebe. Vielleicht erreichen wir allmählich den Punkt, an dem sie mich peinlich findet.

»Warum kommst du nicht mit uns heim?«, fragt sie. »Wir können morgen wieder bei Granny übernachten.«

»Weil Granny mich heute braucht«, lüge ich.

»Weil sie eine Hinterbliebene ist?« Nachdenklich mustern mich Micas blaue Augen.

»Ja.«

»Und wann hört sie auf zu trauern?«

»Das kann ich dir nicht sagen.«

Sie senkt die Stimme. »Ich weiß, dass sie uns braucht, aber Daddy braucht uns auch.«

»Du hast recht«, pflichte ich ihr bei. »Wir finden bald eine Lösung.«

»Ich möchte, dass du mitkommst«, sagt Mica.

»Heute nicht.« Ich kann sie nicht anlügen.

»Los, gehen wir.« Tom ist es wurscht, ob ich dabei bin oder nicht, und ich bin ihm dankbar, dass er dem immer unangenehmer werdenden Gespräch ein Ende macht.

Dave scheucht die beiden durch die Haustür, und sie steigen in den Lieferwagen, in dem sie liebend gern mitfahren. Viel abenteuerlicher als ein normales Auto, selbst als Dads Mercedes. Dave dreht sich zu mir um und beteuert, er habe gestern Abend jedes Wort ernst gemeint. Sowohl den Liedtext als auch das, was er später sagte. Dann holt er aus der Jackentasche ein in Geschenkpapier verpacktes Schächtelchen.

»Für dich.« Er drückt mir einen Kuss auf die Wange und folgt den beiden.

Ich winke ihnen nach und packe dann Daves Geschenk aus, ein Flakon Happy – seit zehn Jahren mein Parfüm. Er weiß genau, wie er mit mir umgehen muss.

Ich gehe nach oben und stelle das Fläschchen in meinem Zimmer ab, bleibe noch einige Minuten auf der Bettkante sitzen, ehe ich nach unten gehe. In der Küche inspiziert Mum einen der Hängeschränke.

»Suchst du was Bestimmtes?«

»Nein«, antwortet sie. »Dank dir haben wir jede Menge Vorräte.«

In den letzten Wochen habe ich die Besorgungen übernommen, und anders als meine Mutter warte ich nicht bis auf den letzten Drücker, sondern bin eine eifrige Verfechterin der Strategie, jedes »Zwei zum Preis von einem«-Angebot mitzunehmen. Seit Jahren waren die Schränke nicht so voll.

»Das ist das Mindeste«, sage ich.

»Früher oder später muss ich wieder selbst in die Läden. Aber ich bin nicht … jetzt noch nicht.«

Seit Dads Tod hat sie das Haus nicht allein verlassen.

»Wenn du so weit bist«, sage ich. »Du musst nichts überstürzen.«

Sie nimmt mich in den Arm. »Du bist ein gutes Kind, Roxy.«

Ich gebe ihr einen Kuss auf die Wange. »Weißt du was? Warum gehen wir heute nicht mittagessen?«

Nach kurzem Zögern nickt sie.

»*Avoca*?«, schlage ich vor.

»Das in Malahide?«

»Klar.«

Avoca ist ein entzückendes Städtchen in Wicklow, wo es ein Café gleichen Namens gibt, zu dem ein skurriles Lädchen gehört. Dieses Café hat eine Filiale auf dem Gelände von Malahide Castle, einer hiesigen Touristenattraktion. Mit dem Auto brauchen wir nur fünfzehn Minuten, und ich gehe häufig mit den Kindern dorthin, auch wenn wir nicht jedes Mal das Café besuchen, dessen Kuchen köstlich sind. Gina Hayes würde deren Qualität gutheißen, wäre aber gleichzeitig entsetzt über Rocky Road und Karamellschokoladentarte, deren großzügig bemessene Portionen intensiv süß sind.

Ich schlüpfe in Jeans und ein fast nagelneues geblümtes T-Shirt, das ich glücklicherweise bei der Flucht aus Beechgrove Park eingepackt habe. Mittlerweile strahlt die Sonne, und ich schiebe mir eine von Mums Sonnenbrillen auf die Nase, denn selbstverständlich dachte ich nicht an Sonnenbrillen, als ich Dave verließ. Mum sagt, sie werde fahren, da ich heute schließlich schon gut zweihundert Kilometer heruntergerissen hätte. Ich bin einverstanden, auch wenn ich eine schlechte Beifahrerin bin und automatisch mitbremse, wenn sie zu dicht auffährt.

Wenig überraschend herrscht viel Verkehr Richtung Malahide. Das hübsche Küstenstädtchen ist ein Magnet für Touristen wie Dubliner, vor allem an einem Tag wie diesem. Es sind noch genügend Parkplätze vorhanden, obwohl sich bereits Menschenmassen auf dem weitläufigen Gelände tummeln. Man würde nie vermuten, dass das Stadtzentrum nur fünfzehn Kilometer entfernt ist, denn neben dem wunderschönen Garten ist das Schloss auch von Sportanlagen umgeben. Ich liebe diese grüne Oase.

»Spaziergang oder Mittagessen?«, frage ich.

»Lieber zuerst einen kleinen Spaziergang«, antwortet Mum. »Dann können wir uns ohne schlechtes Gewissen ein Stück Sahnetorte gönnen.«

Grinsend hake ich mich bei ihr ein, und wir schlendern los.

Ich erwarte, dass sie wieder von Dave anfängt, aber stattdessen plaudert sie davon, wie sie mit Dad herkam und wie sehr es ihm hier gefiel und wie froh er war, dass die Anwohner Zutritt zu dem Grundstück hatten, das früher nur den Steinreichen vorbehalten war.

»Die Vorstellung, das alles könnte mir gehören, übersteigt meine Phantasie«, ich lasse meinen Blick über die hügelige Parklandschaft gleiten. »Es muss phantastisch gewesen sein.«

»Aber ungerecht«, wendet Mum ein. »Dein Vater hatte recht. Wie auch immer man zu denen steht, die heutzutage reich geworden sind und Grundstücke kaufen, immerhin wurde es ihnen nicht einfach bloß vermacht so wie damals.«

Meine Eltern sind der felsenfesten Überzeugung, dass ererbter Reichtum schlecht ist. Selbst wenn mir Dad seinen Wagen hinterlassen hat.

»War ihre Familie reich?«, frage ich unvermittelt.

»Wessen Familie?«

»Estelles. Die Bauerntochter, in die Dad verliebt war. War die Farm groß? Waren sie deshalb gegen eine Verbindung? Weil er ein einfacher Arbeiter aus Dublin war?«

Seit ich das Foto gesehen habe, denke ich immer mal wieder an Estelle und Dad. Sie sah so lebensfroh aus; schwer vorstellbar, dass ihr eigner Vater Hand an sie legte. Dieser Gedanke nagt an mir. Auch dass Dad verprügelt wurde und nichts dagegen unternahm. Ich wünschte, Mum hätte erzählt, er sei zur Polizei gegangen. Ich wünschte, er hätte Estelle beschützt.

»Keine Ahnung«, sagt Mum.

Ihr Tonfall macht deutlich, dass das Thema damit für sie beendet ist, und genau deswegen glaube ich, es gibt noch einiges dazu zu sagen. Aber für sie ist offensichtlich das letzte Wort gesprochen, und ich dringe nicht weiter in sie. Während unseres Spaziergangs unterhalten wir uns über Belanglosigkeiten und beschließen unsere Runde beim Besucherzentrum.

»Diese Sahnetorten haben wir absolut verdient«, meint Mum, als wir im Café vor der (wahrlich sündhaften) Kuchenvitrine stehen.

Nachdem wir in uns gegangen sind, entscheiden wir uns jedoch für Gemüsequiche und teilen uns ein Stück Rocky Road. Im hehren Gefühl der Tugendhaftigkeit tragen wir unsere Tabletts zu einem der wenigen Tische am Fenster und setzen uns.

Es ist Ewigkeiten her, seit ich mit meiner Mutter etwas unternommen habe. In den letzten Monaten drehte sich alles um die Besuche im Krankenhaus und im Hospiz, und keiner von uns war anschließend nach einem Stadtbummel oder einem Cafébesuch zumute. Mit diesem Ausflug haben wir einen wichtigen Schritt getan.

Ein gutes Gefühl.

Gerade als wir das Stück Rocky Road aufteilen, hören wir ein Kreischen und ein kleiner Tornado wirbelt um Mum herum.

»Granny!«, ruft Tom. »Hast du uns einen Platz frei gehalten?«

An unserem Tisch sind noch zwei Stühle frei.

»Aber klar.«

Mum bleibt beim Anblick meines Sohnes völlig ungerührt, ich jedoch sehe mich besorgt um und mein Blick fällt auf Dave und Mica, die ihm folgen. Dave trägt ein übervolles Tablett.

»Was dagegen, wenn wir uns dazusetzen?« Er stellt das Tablett ab, bevor wir protestieren können. Hätte ich ohnehin nicht getan, denn Tom hat sich bereits auf den Stuhl neben mir gesetzt. Mica nimmt gegenüber Platz und Dave schnappt sich einen leeren Stuhl von einem anderen Tisch.

»Das ist ja toll«, sagt er. »Ich habe nicht geahnt, dass wir euch hier treffen.«

»Wusstest du, dass wir kommen, Mum?« Micas Augen sind weit aufgerissen, und in ihrer Stimme liegt der Wunsch, ein Ja von mir zu hören.

»Ich war mir nicht sicher.« Etwas anderes kann ich nicht sagen, sonst müsste ich sie anlügen.

»Habt ihr schon was gegessen?«, fragt Dave. »Oder ist das alles?« Er deutet mit dem Kopf auf den zweigeteilten Rocky Road, und Mum erklärt, wir hätten schon Quiche gehabt. Tom verzieht das Gesicht, und Dave lacht.

»Ein herrlicher Tag«, sagt er. »Vorhin waren wir auf dem Spielplatz. Seht mal.« Er holt sein Handy heraus und zeigt uns seine heutige Fotoausbeute. Auf den meisten sind die Kinder zu sehen, aber es gibt auch ein Selfie von den dreien, das er auf Facebook posten will. Ich bin vorsichtig, was Fotos unserer Kinder auf Facebook betrifft und poste nur selten welche, aber seit ich ausgezogen bin, postet Dave immer eins, wenn sie bei ihm sind.

»Du siehst jetzt gar nicht wie eine Hinterbliebene aus, Granny«, meint Mica. »Geht's dir gut?«

»Fast, Schätzchen«, erwidert Mum. »Wenn ihr drei noch ein bisschen länger bei mir wohnt, komme ich bestimmt wieder ganz ins Lot.«

Es ist nicht fair, dass sie solche Fragen beantworten muss. Daran bin ich schuld, ich egoistische Kuh.

»Ich wohne gern bei Granny«, sagt Tom, der sich hingebungsvoll einem riesigen Stück Schokoladenkuchen widmet, von dem er sich mindestens so viel in Haar und Gesicht geschmiert wie verspeist hat.

»Ich auch«, pflichtet Mica ihm bei. »Aber es ist nur für die Ferien. Während sie hinterblieben ist.«

»So ist es«, sage ich.

Dave greift über den Tisch hinweg nach meiner Hand.

»Ich kann es gar nicht erwarten, dass ihr alle wieder dort seid, wo ihr hingehört«, sagt er.

Mica beobachtet mich, daher schenke ich ihm ein wortloses Lächeln, das jedoch nicht meine Augen erreicht.

Mein Magen ist viel zu aufgewühlt, um den Rocky Road zu essen, daher wickle ich ihn in eine Serviette und sage zu Mum, ich höbe mir mein Stück für später auf.

»Wir sollten los«, sagt Mum, »ich muss noch einiges erledigen.«

»Können wir helfen?«, fragt Tom.

»Nein, mein Herz, hab du einen schönen Tag mit deinem Dad. Wir sehen uns morgen.«

»Ich bringe sie ein bisschen früher vorbei als sonst«, erklärt Dave. »Ich muss nachmittags noch weg.«

Ich hätte gern gewusst, weshalb, verkneife mir die Frage aber.

»Bis bald.« Ich küsse die beiden.

Wie albern, sich so von seinen eigenen Kindern verabschieden zu müssen. Wenn ich Dave jedoch verlasse, ist das die Zukunft. Da mag ich mich noch so als Geschäftsfrau fühlen, nichts wird das aufwiegen.

Hastig verlasse ich das Café.

Erst im Wagen lasse ich meinen Tränen freien Lauf, zum ersten Mal seit Dads Tod.

9. Kapitel

Mum verliert kein Wort über meine Tränen, auch zu Hause nicht.

An diesem Abend sehen wir uns Thea und Desmond Ryan an, die über ihre neue Fernsehserie reden, und ich bin stolz darauf, dass ich ihre Fahrerin bin und das Geschäft gut läuft. Es ist meine Art, Dad zu ehren und die Erinnerung an ihn lebendig zu halten.

»Du musst das nicht tun, nicht für Christy«, sagt Mum, als ich eine entsprechende Bemerkung mache. »Er würde es verstehen.«

Als ich erkläre, es gehe dabei mindestens so sehr um mich wie um ihn, sieht Mum besorgt aus.

»Meinst du, die Misere mit Dave hat damit zu tun, dass du sein Geschäft weiterführst?«, fragt sie.

»Wie bitte?«

»Schatz, seit du das Geschäft deines Vaters übernommen hast, hast du deinen Mann mehr oder weniger aufs Abstellgleis geschoben«, erinnert sie mich. »Und in deiner spärlichen Freizeit hast du dich um mich gekümmert, weil ich wie gelähmt war. Du weißt nicht, wie dankbar ich dir bin, aber Christy würde auf keinen Fall wollen, dass du aufgrund seiner Krankheit Schwierigkeiten hast. Er wusste, du übernimmst den Fahrservice, um ihn zu unterstützen. Aber wenn du deine Ehe retten willst, musst du dich davon verabschieden.«

Zu dieser Erkenntnis bin ich mehr oder weniger auch schon gekommen, möchte aber davor die Augen verschließen, denn das Geschäft ist für mich sehr wichtig geworden. Es spielt keine Rolle, dass ich es anfänglich nur übernommen habe, um Dad bei guter Laune und Zuversicht zu halten. Und es spielt keine Rolle, dass ich es aus einer Vielzahl von Gründen weiterführe, von denen keiner wirklich finanzieller Natur ist. Sondern weil es mir Selbstvertrauen und ein gutes Gefühl gibt – das ist mehr, als man von Dave in letzter Zeit sagen kann.

»Man kann nicht alles haben«, sagt Mum, während ich blicklos auf den Fernseher starre. »Ich gehöre einer Generation an, der man das einredete, aber wir wussten, dass es nur ein frommer Wunsch war. Auf etwas wird man immer verzichten müssen. Ehemänner wollen der wichtigste Teil deines Lebens sein. Und wenn nicht ...«

Mein gesamter Körper verkrampft sich, als ich nach der Fernbedienung greife und den Ton ausschalte.

»Meine Abwesenheit sei schuld am Sex mit Julie Halpin, behauptet Dave«, vertraue ich ihr an. »Und nun stößt du in dasselbe Horn. Als ob es zu viel verlangt wäre, dass ein Mann sich mal zurückhält, wenn er bei seiner Frau nicht ständig im Mittelpunkt steht. Das ist doch Wahnsinn.«

»Natürlich ist das ungerecht«, sagt Mum. »Aber so sind Männer nun mal. Und Dave ist ein typischer Mann.«

»Es kostet mich große Mühe, zu glauben, dass du nicht auf seiner Seite stehst«, ich bekomme die Worte kaum heraus. »Herrgott, er hat mich mit der Nachbarin betrogen. Und ich soll jetzt so tun, als wäre das eigentlich kein Problem.«

»Absolut nicht«, sagt Mum. »Und ich stehe keinesfalls auf seiner Seite. Ganz und gar nicht. Als du mit deinem Koffer dastandest, hätte ich ihm offen gestanden am liebsten die Eier abgerissen.«

Was ich mir lebhaft vorstellen kann. Mum kann durchaus zur Furie werden.

»Trotzdem glaube ich, dass es ihm von Herzen leidtut. Er weiß, wie arschlochmäßig er sich verhalten hat. Er betet dich und die

Kinder an. Wenn du ihm nicht verzeihen kannst, ist das deine Entscheidung, die ich hundertprozentig unterstützen werde. Wenn du es aber doch fertigbringst, findest du nicht, es wäre für Tom und Mica besser, ihr zieht unter diese Sache einen Schlussstrich und seid wieder eine Familie?«

»Komische Art zu zeigen, dass er mich anbetet.« Noch während ich spreche, fällt mir Micas ängstlicher Gesichtsausdruck von heute Mittag ein. Mum hat, was die Kinder betrifft, völlig recht.

»Man kann nicht alles haben, Roxy«, sagt Mum. »Leider nicht. Jeder von uns muss Kompromisse machen.«

Zu welchen Kompromissen bin ich bereit, um meine Ehe zu retten, frage ich mich später im Bett. Und könnte ich damit leben? Mit ihm leben?

Was würde Dolly tun?

Wahrscheinlich einen Song schreiben und ein Vermögen machen. Ein Weg, der mir nicht offensteht.

Am Montagmorgen stehe ich früh auf, um den Wagen für die nächste Fahrt vorzubereiten. Ich hole eine junge Frau namens Leona Lynch ab und fahre sie zu einem Fotoshooting. Leona ist eine sogenannte Influencerin; sie postet wöchentlich auf ihrem Vlog und hat eine phänomenale Anzahl Follower auf YouTube und Instagram. Das weiß ich nur, weil ich sie gegoogelt habe.

Mica allerdings war enorm beeindruckt, als sie erfuhr, dass ich Leona chauffieren werde, und hat mir das Versprechen abgerungen, ein Selfie mit ihr zu machen. Ich habe nicht angenommen, dass Mica Leona kennt, aber die ist offenbar ein großer Star bei elf- bis vierzehnjährigen Mädchen. Meine Tochter hat mich auch angefleht, ich solle ihren Star weder belästigen noch uncool sein.

Ich öffne eine der hinteren Wagentüren und tausche die alten

Zeitschriften in den Sitztaschen gegen neue aus. Obwohl die meisten Leute die Zeit im Fonds mit ihren elektronischen Geräten verbringen, möchte ich ihnen zumindest eine alternative Lektüre anbieten. Ungefähr alle zwei Wochen stecke ich in die eine Tasche die neueste *Hello*-Ausgabe und in die andere ein Wirtschaftsmagazin. In die Becherhalter stelle ich Wasserflaschen.

Ich wische die Ledersitze feucht ab und fahre mit dem Handstaubsauger in die Ritzen, poliere Armaturenbrett und Fenster. Gerade will ich die alten Zeitschriften in die Recycling-Tonne werfen, da flattert ein Kärtchen heraus und mir vor die Füße.

Als ich es aufhebe, stellt sich heraus, es ist gar keine Karte, sondern ein altes Foto, auf dem ein kleiner Junge den rechten Fuß auf einen Fußball, die linke Hand in die Hüfte stützt. Er trägt den Trainingsanzug der irischen Nationalmannschaft. Angesichts des grauenvollen Modestils stammt die Aufnahme vermutlich aus den Achtzigern. Die übergroße Fliegersonnenbrille, die in dieser Zeit populär war, ist ein weiteres Indiz. Sein Gesicht ist halb von einer dunklen Haartolle verdeckt und der Ausdruck, soweit man das beurteilen kann, ist eine Mischung aus Unsicherheit und Trotz. Tom sieht genauso aus, wenn er etwas tun soll, was ihm widerstrebt.

Heutzutage sind Kinder daran gewöhnt, dass jede Sekunde ihres Lebens digital festgehalten wird. Bei diesem Jungen habe ich das Gefühl, er wollte nicht fotografiert werden. Als ich so alt war wie er (schätzungsweise ist er jetzt ungefähr in meinem Alter), wollte man nicht für eine blöde Aufnahme stillstehen.

Ich kenne den Jungen nicht, fühle mich ihm aber unvermittelt verbunden, uns eint wenn auch nicht dieselbe Vergangenheit, so doch dieselbe Epoche. Und ich habe Mitleid mit ihm, denn trotz Fußball und Trainingsanzug deutet sein Gesichtsausdruck darauf hin, dass sein Unglück nicht nur darin besteht, für ein Foto stillhalten zu müssen, sondern tiefer reicht. Oder vielleicht spielt mir meine allzu lebhafte Phantasie wie so manches Mal einen Streich.

Welcher Kunde das Bild wohl vergessen hat? Unglaublich, was die Leute so alles im Wagen zurücklassen. (Einmal fuhr Dad einen Kunden, der sein Gebiss vergaß!) Normalerweise kann ich die vergessenen Gegenstände rasch mit ihren Eigentümern zusammenführen, denn entweder finde ich sie so schnell, dass eine Zuordnung möglich ist, oder die Kunden melden sich. Ein Foto ist allerdings kniffliger und wer weiß, wie lange es schon mitfährt, denn nur weil es sich zwischen den Seiten von *Hello* befand, kann es durchaus schon länger in der Tasche gesteckt und sich erst später in der Zeitschrift verfangen haben.

Ich drehe das Bild herum, doch die Rückseite gibt keinerlei Aufschluss, wer es zurückgelassen haben könnte. Wahrscheinlich keiner der vielen Geschäftsleute, die ich zu ihren Meetings gefahren oder abgeholt habe. Die haben eventuell Fotos von Frau und Kindern im Geldbeutel, aber ich kann mir nicht vorstellen, dass einer von ihnen ein altes Bild von sich selbst herumschleppt. Unwahrscheinlich auch, dass es eines der Mädchen hat fallen lassen, deren Eltern mich bezahlen, um sie zu einer Geburtstagsparty zu chauffieren und anschließend heimzubringen. Eventuell das Paar, das ich nach Waterford fuhr? Sie waren alt genug, dass der Junge auf dem Bild ihr Sohn sein könnte. Oder vielleicht gehört es Melisse Grady? Die wurschtelte im Fonds mit haufenweise Papier herum und hätte beinahe die Hälfte davon vergessen. Gehört das Foto einem ihrer Kunden – einem Autor, der an einer Biographie arbeitet und ihr einige Bilder zur Begutachtung geschickt hat? Thea Ryan wäre auch eine Möglichkeit, die bei weitem die schussligste in meinem Kundenkreis ist. Durchaus vorstellbar, dass sie sich hinten alte Fotos ansah. Sie hat einen

Sohn, doch ich bin mir nicht sicher, ob er im richtigen Alter für den Jungen auf dem Foto ist.

Bei der nächsten Fahrt zeige ich es Thea, und in der Zwischenzeit schicke ich Melisse und dem Waterford-Paar eine Nachricht. Mal sehen, was sich ergibt.

Nachdem ich ein Foto davon gemacht und an zwei Textnachrichten angehängt habe, stecke ich das Original in die kleine durchsichtige Mappe, in der ich Quittungen und Ähnliches aufbewahre, und verstaue sie im Handschuhfach.

Und dann vergesse ich das Foto.

Leona Lynch wohnt in einer Vorstadtsiedlung, vermutlich bei ihren Eltern. Ich stelle sie mir in einer ultraschicken Wohnung vor, umgeben von den allerneusten Kosmetiktrends und Gadgets und was immer sie sonst noch zur Vermarktung auf ihrem Vlog zugeschickt bekommt. Fairerweise muss man sagen, dass es sich um eine junge Frau handelt, die in Drogheda wohnt, sicherlich ein nettes Städtchen, aber garantiert nicht der letzte Schrei, wenn es um modernes Wohnen geht.

Ich halte vor einem Haus mit adrettem Rasen davor sowie zwei Autos in der Auffahrt und sende eine Nachricht, dass ich vor der Tür stehe. Keine zwei Sekunden später geht die Tür auf, und ein Mädchen mit Turnschuhen, zerrissener Jeans und olivgrüner Bluse mit hochgekrempelten Ärmeln eilt heraus. Ihr Haar bildet eine entzückende rotblonde Lockenwolke um das ovale Gesicht. Als sie näher kommt, kann ich sehen, dass ihr T-Shirt zur Augenfarbe passt und die helle Haut sommersprossig ist. Leona Lynch ist die fleischgewordene Inkarnation der keltischen Maid. Sie ist sehr hübsch.

»Hallo«, grüßt sie. »Sie sind hoffentlich Roxy? Sonst würde ich zu einem wildfremden Menschen ins Auto steigen, und davor hat mich meine Mutter immer gewarnt. Andererseits sind Sie eine Frau, also kein Grund zur Sorge, was?«

»Ich bin tatsächlich Roxy McMenamin«, sage ich. »Und ja, ich bin heute Ihre Chauffeurin.«

»Cool«, meint Leona.

»Wir fahren zum Killawley House«, bestätige ich den Auftrag, »und nach dem Fotoshooting fahre ich Sie heim.«

»Genau.« Leona lässt sich im Fonds nieder.

Killawley House, von dem ich noch nie gehört hatte, liegt ungefähr eine Stunde Fahrzeit Richtung Westen, ein altes Landhaus, das, nach der Webseite zu urteilen, liebevoll restauriert wurde. Auf den Fotos ist ein Steingebäude zu sehen, an dessen Mauern rosafarbene und rote Rosen emporklettern und das über einen großen Obstgarten verfügt. Die meisten Innenaufnahmen sind im Winter gemacht worden, jede Menge loderndes Kaminfeuer in gemütlichen Zimmern. Keine Ahnung, wie es im Sommer aussieht.

Zum Niederknien lautet die Antwort. Als wir eine Stunde später durchs Tor fahren, spendet uns eine Kirschbaumallee Schatten – leider ist die Blüte vorbei, doch die Blätter leuchten fröhlich grün. Das Haus steht inmitten eines ausgedehnten Gartens voller Blumen und sieht beeindruckend hochherrschaftlich aus.

Wie wohl mein Leben verlaufen wäre, wenn meine Vorfahren wohlhabende Gutsbesitzer und keine Bauern gewesen wären? Dabei weiß ich gar nicht, ob sie überhaupt Bauern waren, doch da sie keine Prachtvilla wie diese besaßen, ist das mehr als wahrscheinlich. Wenn Dads Nachname einen Anhaltspunkt bildet, waren sie höchstwahrscheinlich Zimmerleute. Vielleicht haben sie damals für solche Gutsbesitzer gearbeitet. Vielleicht sogar an diesem Haus?

Während ich das Auto abstelle, begrabe ich meinen Traum vom blaublütigen Leben. Ein kleiner Glatzkopf kommt angerannt und umarmt Leona, ihr Agent, wie ich erfahre. Die beiden tauschen sich angeregt über »das Produkt« aus, wo und wobei sie fotografiert wird. Dem Gespräch entnehme ich, dass es sich anders als angenommen nicht um Modeaufnahmen handelt, sondern um eine Werbeanzeige.

Da man mich gebeten hatte, vor Ort zu bleiben, falls sie aus unerfindlichen Gründen eine Fahrerin benötigten, schlendere ich durch die sorgfältig manikürte Gartenanlage. Automatisch geht mir durch den Kopf, dass Leona Lynch mit ihren zwanzig Jahren erfolgreicher ist, als ich es je sein werde. Sogar meine eigene Tochter bewundert sie. Mica klärte mich auf, dass Leona Markenbotschafterin sowohl für eine ganze Reihe von Haarpflegeprodukten ist (wenig überraschend bei ihrer herrlichen tizianroten Mähne) als auch für eine Kinderhilfsorganisation. Mit zwanzig arbeitete ich in einem Autohaus. Auch wenn es ein Jaguar-Showroom war.

Vor einem hübschen Sommerhäuschen bleibe ich stehen und hole mein Handy heraus. Leona hat bereits einige Fotos auf Instagram gepostet, auf denen sie auf der Treppe des Hauses steht und völlig unangestrengt und natürlich umwerfend aussieht, sogar in Jeans und Bluse. Es ist nicht nur ihr Aussehen, das sie so anziehend macht, sondern die Begeisterung und die pure Lebensfreude, die sie ausstrahlt.

Vielleicht sollte ich mir auch einen Instagram-Account zulegen, auf dem ich Bilder von den Orten poste, die ich anfahre. Natürlich wären unverhältnismäßig viele Flughafenfotos darunter. Aber ich könnte welche von Dubliner Ecken machen, die den Touristen normalerweise verborgen bleiben. Wäre gut fürs Geschäft – unter der Voraussetzung, dass ich ein paar Follower gewinne. Keine Ahnung, wie genau man das macht. Ich könnte Mica fragen.

Sie ist elf. Aber sie könnte meine Marketingchefin sein, denn sie kennt sich bei diesen Dingen zweifellos sehr viel besser aus als ich.

Leona hat mich für einen halben Tag gebucht, mittlerweile überziehen sie allerdings und ich werde unruhig, weil ich Thea und Desmond Ryan um sieben Uhr abholen muss. Von Drogheda zum Flughafen dauert es nur dreißig Minuten, aber ich wäre gern frühzeitig da, denn die Ryans sollen keinesfalls auf mich warten müssen. Das wäre nicht professionell und Professionalität ist für mich als Chauffeurin oberstes Gebot.

Endlich taucht Leona auf.

»Bis bald, Danny«, verabschiedet sie sich von ihrem Agenten, während sie wartet, dass ich ihr den Wagenschlag öffne. »Danke für alles.«

Sie schlägt ihm gegenüber einen äußerst geschäftsmäßigen Ton an und erinnert mich sowohl an Gina Hayes als auch an Thea Ryan. Alle drei Frauen finden ihren Erfolg gerechtfertigt, weil sie hart dafür gearbeitet haben, weil sie wissen, was sie wollen und sich nicht scheuen, ihr Ziel zu verfolgen. Sie sind stark, frech und haben keinerlei Angst, ihre Meinung lautstark zu äußern. Ich muss mir an ihnen ein Beispiel nehmen. Ich muss ... feministischer sein.

»Hatten Sie einen schönen Tag?«, frage ich.

»Lustig war's«, sagt Leona. »Ich weiß nicht, ob ich das ständig machen möchte – zu viele Leute, die Anweisungen geben und mir sagen, wie ich aussehen und was ich sagen soll. Aber die Bezahlung ist klasse, und meine Mum war strikt dagegen, dass ich den Auftrag ablehne.«

Ich lache. Egal, wie stark, entschlossen und feministisch frau ist – das mütterliche Wort hat enormes Gewicht.

»Die Cover sind jedenfalls gut, daher musste ich mich nicht

völlig verbiegen«, meint Leona. »Aber in Zukunft bleibe ich wohl bei Besprechungen.«

»Cover?«, frage ich.

»Ach, ich dachte, Sie wüssten Bescheid. Es ging heute um eine Kampagne für Handycover und -hüllen. Hier.« Sie gräbt in ihrer Tasche und reicht mir ein paar. Ich lege sie auf den Beifahrersitz. Sie sind nichts Besonderes, aber fröhlich bunt und am Hüllenrand funkeln rundum kleine Kristalle.

»Hübsch.«

»Auf allen sind meine Initialen drauf.« Leona kann ihren Stolz nicht ganz verbergen. »Initialen statt Unterschrift.«

»Bestimmt platzt Ihre Mum vor Stolz?«

Leona lacht. »Sie findet das alles völlig gaga. Deshalb soll ich so viel Geld wie möglich machen, damit ich mir mein eigenes Haus kaufen kann, ehe die Sache schiefläuft und es mir leidtut, dass ich das College ohne Abschluss verlassen habe. Wahrscheinlich hat sie recht.«

Ich meinerseits hätte das College wahrscheinlich gehasst, denn ich bin nicht der akademische Typ. Aber nachdem Dave nach London gezogen war, kam das ohnehin nicht mehr in Betracht.

Als wir vor Leonas Haus halten, nehme ich die Handyhüllen vom Beifahrersitz und gebe sie ihr zurück.

»Behalten Sie die ruhig«, meint sie. »Ich hab Tonnen davon.«

»Sicher?«

»Absolut.«

»Meine Tochter wird begeistert sein.« Ich lächle. »Ach ja, das ist natürlich völlig blöd und wenig professionell, aber sie hat mich gebeten, ein Selfie mit Ihnen zu machen. Ich bin hundsmiserabel, was Fotos betrifft und es ist mehr als peinlich, aber ...«

»Mach ich doch gern.« Leona nimmt mein Handy, wuschelt

sich durchs Haar und neigt den Kopf zu mir. Bei Selfies stelle ich mich völlig ungeschickt an, weshalb meistens mein Finger ins Foto ragt, aber Leona ist Vollprofi und das Bild ist toll geworden.

»Wie heißt Ihre Tochter?«, fragt sie.

Nachdem ich ihr den Namen verraten habe, tippt sie was ein und zeigt mir das Bild nochmals, auf dem jetzt zu lesen ist: »Für Mica – Deine goldige Mum und ich! Dicker Drücker. Leona Lynch.«

»Das ist so lieb von Ihnen. Mica wird völlig aus dem Häuschen sein. Und ich muss mich reinfuchsen, so was zu machen.« Ich erzähle ihr von meinen Instagram-Plänen.

»Super Idee«, sagt sie. »Ich folge Ihnen sofort.«

»Großer Gott, so weit ist es noch nicht. Ich muss erst mal lernen, wie man anständige Fotos macht.«

Leona fragt, ob sie meine heutige Ausbeute sehen kann, fummelt gefühlte zehn Sekunden an meinem Handy herum, ehe sie es mir zurückgibt. »Ich habe Filter benutzt«, erklärt sie. »Schauen Sie mal ...« Und dann gibt sie mir eine Blitzeinführung zur Bildbearbeitung. Ich bin nicht völlig von gestern, ich weiß, dass alle damit arbeiten, habe mir bisher bloß nie die Mühe gemacht. Aber der Unterschied ist verblüffend.

»Vielen, vielen Dank.«

»Keine Ursache.« Sie grinst. »Und denken Sie dran, ich abonniere Sie. Also strengen Sie sich an.«

»Ich werde mein Bestes geben«, erwidere ich. »Es hat Spaß gemacht, Sie zu fahren.«

»Es war nett, von Ihnen gefahren zu werden«, sagt sie. »Sie sind nett. Mica hat Glück mit so einer Mutter.«

»Vielen Dank.«

»Und ich finde toll, dass Sie in diesem Beruf arbeiten. Eine Chauffeurin.« Sie ballt die Faust. »*Girl power.*«

»*Girl power.*« Auch ich balle meine Faust. Leona scheint einen coolen Einfluss auf mich zu haben.

Vielleicht bin ich doch eine kleine Feministin, geht mir beim Wegfahren durch den Kopf.

10. Kapitel

Ich schaffe es rechtzeitig zum Flughafen, um Thea und Desmond abzuholen, die mich mit Geschichten von ihren Londoner Heldentaten überschütten. Hoffentlich bin ich in ihrem Alter genauso fit und interessiert am Leben wie sie, was ich Thea auch sage, als die beiden vor ihrem Haus aussteigen. Lachend meint sie, das sei bestimmt der Fall und ich solle ihren bunten Schirm behalten, falls es das nächste Mal regne, wenn ich sie abholte. Der Gedanke, es könnte ein nächstes Mal geben, macht mich froh. Sie ist definitiv meine Lieblingskundin.

Mir fällt das Foto des Jungen ein, und ich frage, ob einer von ihnen es vergessen habe. Ich hole es aus der Mappe und reiche es ihr.

Kopfschüttelnd betrachtet Thea das Bild. Desmond, der ihr über die Schulter sieht, schüttelt ebenfalls den Kopf.

»Wahrscheinlich ein Andenken«, meine ich, »deshalb würde ich es gern dem Eigentümer oder der Eigentümerin zurückgeben. Erstaunlich, dass es nicht vermisst wird.«

»Jungs und ihr Fußball«, Thea dreht das Foto um, um die leider leere Rückseite in Augenschein zu nehmen. »Sein Gesicht ist nicht gut zu erkennen, auch wenn er Butler ein wenig ähnelt, als er klein war. Aber unser Sohn interessierte sich mehr für Lyrik als für Leibesertüchtigung, was damals durchaus problematisch war.« Sie lächelt. »Und das fanden wir mal schick, du lieber Himmel! Dieser Trainingsanzug. Diese Frisur. Diese Sonnenbrille.«

Ich lache. »Mein Vater hatte auch so eine.«

»Wenn es wichtig ist, meldet sich der- oder diejenige bestimmt.« Thea gibt mir das Foto zurück. »Besonders wenn es sich um ein Erinnerungsstück handelt.«

Schweigend denken wir drei kurz an den Jungen, wer er wohl sein mag und was aus ihm geworden ist.

»Und wenn sich niemand meldet, machen Sie sich nichts draus«, sagt Desmond. »Es ist nicht Ihre Aufgabe, die Eigentümer sämtlicher in Ihrem Wagen vergessenen Gegenstände aufzuspüren.«

Was ich normalerweise jedoch tue.

»Wenn ich wieder einen Wagen benötige, melde ich mich bei Ihnen«, sagt Thea.

Ich bedanke mich bei den beiden für ihre Treue, verstaue die Mappe im Handschuhfach und warte, bis sie im Haus verschwunden sind, ehe ich losfahre.

Mittlerweile herrscht Feierabendverkehr, und ich brauche eine halbe Ewigkeit, um über den Fluss zu gelangen. Wieder einmal rufe ich Mum an und schlage vor, dass ich was zum Essen mitbringe und wieder einmal sagt sie, Tom und Mica hätten bereits gegessen, sie selbst würde sich jedoch alle zehn Finger nach einem Garnelencurry vom Chinesen lecken. Ich brächte ihr eins mit, verspreche ich, innerlich hoffend, dass sie den Kindern nichts allzu Ungesundes aus der Tiefkühltruhe aufgetischt hat, und schwöre mir hoch und heilig, demnächst etwas Ordentliches vorzukochen. Mir ist bewusst, dass ich die Tochter meiner Mutter und daher wenig Kochtalent habe, aber meine Eintöpfe sind durchaus essbar. Mir fehlt bloß die Zeit.

Zwei Nachrichten blinken auf dem Bildschirm des Armaturenbretts auf, die erste ist von Melisse Grady; das Foto gehört ihr nicht, aber sie hat es an Gina weitergeleitet.

Die zweite stammt von Dave, der einen neuen Auftrag hat, die Ausstattung eines Hotels in Wexford. Er werde zwei bis drei Wochen benötigen und höchstwahrscheinlich dort übernachten, weil die Pendelei extrem stressig und zeitaufwändig sei und sowieso niemand zu Hause auf ihn warte. Tom und Mica könne er an den betreffenden Wochenenden nicht nehmen.

Ich weiß nicht, was ich davon halten soll. Dave hatte schon früher Aufträge, bei denen er gelegentlich übernachten musste. Allerdings nie mehr als einige Tage. Heißt das, er ist derjenige, der über unsere Zukunft entscheidet, nicht ich?

Bei der Antwort nutze ich die Spracherkennung, erkläre, ich sei gerade unterwegs. Er weiß, dass er mich nicht im Auto anrufen soll, weil ich trotz Kopfhörer ungern private Anrufe annehme, wenn ich Kunden habe. Anrufe lenken ab, und das kann ich nicht brauchen. Der Auftrag höre sich gut an, sage ich, er müsse sich wegen der Kinder keine Sorgen machen. Wir sollten uns später darüber ausführlich unterhalten, füge ich hinzu.

Zu Hause angekommen, sehe ich verblüfft, dass Mum von weißen, schwarzen und lilafarbenen Wollknäueln umgeben am Tisch sitzt.

»Was machst du denn da?«, frage ich, als sie rasch den ebenfalls auf dem Tisch befindlichen iPad zuklappt und die Wolle wegräumt, damit ich uns das Curry servieren kann.

»Sie macht Kraken«, ruft Tom, der die Treppe heruntergepoltert kommt.

»Für Frühbabys«, ergänzt Mica, die ihm auf den Fersen folgt. »Hast du ein Selfie mit Leona Lynch gemacht?«

Als ich es ihr zeige, verfällt sie in Jubelgeschrei und besteht darauf, dass ich ihr das Foto sofort weiterleite. Beim Anblick der Handycover, die ich auf den Tisch lege, flippt sie schier aus vor Begeisterung.

»Du musst auch eine nehmen«, beharrt Mica, nachdem sie ihr Mobiltelefon in die himmelblaue Hülle gesteckt hat. Ich nehme die in Knallrosa, was meinem Handy ziemlich gut steht.

»Hast du was zu essen mitgebracht?« Tom ist an Handyhüllen null interessiert.

Ich verteile Frühlingsrollen an meine Kinder und schwöre mir, dass ich ab nächster Woche meine Familie zu gesunder Ernährung bewegen werde. Was es denn nun mit der Wolle auf sich habe, frage ich.

»June rief heute an«, erzählt Mum. »Sie beteiligt sich an einem Projekt für die Entbindungsklinik und fragte, ob ich auch mitmachen will. Früher war ich ziemlich gut im Häkeln. Kannst du dich noch an die Jacke erinnern, die ich dir gemacht habe?«

Und ob. Hellblau mit Muschelmuster. Ich muss ungefähr fünf gewesen sein und kam mir darin zutiefst elegant vor.

»Es geht um Frühchen«, sagt Mum. »Die Säuglingsschwestern legen ihnen einen kleinen Häkelkraken in den Brutkasten. Offenbar erinnern die Fangarme sie an die Nabelschnur. Man muss genau nach Vorlage häkeln. Sieh mal.« Sie reicht mir ein Informationsblatt, das ich interessiert durchlese. Die kleinen Häkelfiguren scheinen eine beruhigende Wirkung auf Babys zu haben, wer hätte das gedacht.

»Tolle Idee«, sage ich.

»Wäre nett, was Nützliches zu machen«, meint Mum. »Ich möchte ... na ja, wieder in den Sattel.«

»Was für ein Sattel?«, erkundigt Mica sich. »Eine Krake braucht doch keinen Sattel.«

»Es geht nicht um einen echten Sattel.« Ich verbessere den Artikel von Krake nicht, denn vielleicht ist das Tentakelvieh doch weiblich. »Es ist eine Redewendung«, erläutere ich, »die bedeutet, dass man wieder nach vorn schaut.«

»Bist du jetzt keine Hinterbliebene mehr, Granny?«, fragt meine Tochter.

»Es geht mir allmählich besser«, sagt Mum.

»Super«, meint Mica, die sich die letzte Frühlingsrolle in den Mund stopft. »Das heißt, wir können heim.«

Aber geht das? Wenn Daves Nachricht nicht gewesen wäre, hätte Mica mir die Entscheidung abgenommen. Sie hat dem Pendel einen Schubs in Richtung Vergeben und Vergessen versetzt, wo ich es gern anhielte, weil ich im tiefsten Inneren weiß, das wäre das Beste für meine Familie. Plötzlich habe ich Angst, dass ich die Entscheidung zu lange hinausgezögert habe.

Ich gehe ins Wohnzimmer und rufe meinen Mann an, der nicht rangeht. Ob er mich jetzt bestrafen will? Ist unser Leben eine Abfolge von Scharmützeln geworden? Ich habe ihn vorübergehend verlassen. Er verlässt mich vorübergehend. Will er, dass ich ihn auf Knien anflehe, es nicht zu tun?

Während ich auf einen Anruf oder eine Nachricht von ihm warte, melde ich mich bei Instagram an. Dann lade ich die heute geschossenen Fotos hoch, die richtig gut aussehen. Ich gehe zu Leonas Seite, die das Selfie mit mir zeigt, einem der besten Fotos, das je von mir gemacht wurde, mit dem Kommentar darunter, ich sei eine super Fahrerin und ein Vorbild sowie *#girlpower #ladydriver #inspiration*. Dabei handelt es sich eindeutig um dichterische Freiheit, denn ich inspiriere niemanden, aber gut tut es trotzdem. Ich hebe den »Gefällt mir«-Daumen und folge ihr umgehend. Fast sofort wird sie meine erste Followerin und dann taggt sie mich in ihrem Foto und ehe ich's mich versehe, habe ich zehn weitere Follower. Richtig aufregend ist das, allerdings werde ich wohl leider nicht genügend tolle Fotos haben, um für Leona Lynchs Follower auf Dauer interessant zu sein. Trotzdem betrachte ich dies als neuen Zweig meines gewaltigen Geschäftsimperiums!

Ein Blick aufs Handy – ich habe keinen Anruf von Dave verpasst. Auch keine Nachricht.

Wenn er seine Meinung über uns geändert hat, wenn er mich gar nicht mehr zurückhaben will, was mache ich dann? Nicht nur, was mein Privat-, sondern auch mein Berufsleben betrifft. Wie kriege ich das gewuppt? Das Zusammenleben mit Mum läuft wie geschmiert – wir streiten uns nie, sie unterstützt mich und springt mir bei, so wie ich es umgekehrt ebenfalls versuche. Ich muss sie nie um etwas bitten, sie macht es automatisch. Sie geht einfach davon aus, dass alles, was ich tue, notwendig und wichtig ist – das ist der große Unterschied zum Leben in Beechgrove Park. Sie richtet sich mit ihrem Tagesablauf nach mir. Nicht, dass sie in der ersten Zeit nach Dads Tod so wahnsinnig viel zu tun gehabt hätte, aber bei allem, was sie tut, stehe ich an erster Stelle. Natürlich ist das typisch Mutter, ich mache das ebenso, aber trotzdem ist es schön. Allein zurechtzukommen, wäre etwas völlig anderes. Obwohl ich die letzten Wochen viel darüber nachgedacht habe, erschreckt mich die Vorstellung.

Es wäre unmöglich, Berufstätigkeit und Muttersein unter einen Hut zu bringen, viel zu aufreibend. Obwohl ich, während sich die Likes für meinen Instagram-Post vermehren, schon ein wenig stolz auf meine Arbeit bin. Zudem liegt eine betriebsame Woche vor mir, denn ein multinationaler Konzern hat mich exklusiv beauftragt, seine ausländischen Geschäftspartner zu diversen Meetings und Konferenzen quer durch die Stadt zu kutschieren. Ich war über diesen Auftrag hocherfreut. Schön, dass das Unternehmen mich als Botschafterin unseres Landes geeignet findet – was ich, als einer der ersten Menschen, denen diese Geschäftsleute hier begegnen werden, gewissermaßen bin. Dad betonte das oft. Dass er für ausländische Kunden, die er am Flughafen oder sonst wo abholte, möglicherweise der erste Ire ihres Lebens sei. Er wollte immer einen guten Eindruck machen, und ich eifere ihm nach.

»Was machst du?«, fragt Mum, die mit ihrer Häkelnadel und einem lilafarbenen Wollknäuel ins Wohnzimmer kommt.

»Arbeiten. Schau mal.« Ich öffne Instagram.

»Die sind großartig«, sie mustert die Fotos eingehend. »Sehen sehr professionell aus. Wirst du damit weitermachen, wenn – falls – du zu Dave zurückgehst?«

Ich erzähle ihr nichts von Daves Auftrag in Wexford, der die Sachlage weiter verkompliziert. Trotz meiner Zweifel, ob Berufstätigkeit und Muttersein zusammenpassen, habe ich das Gefühl, Fortschritte zu machen, mein Leben allmählich in den Griff zu bekommen. Entschlossenheit macht sich in mir breit. Egal, was passiert – ich schaffe das. Daher erkläre ich, alles stehe zur Diskussion.

Sie gibt keinen Kommentar ab, sondern geht in die Küche und macht uns einen Tee.

Dave ruft erst spät zurück. Ich erkundige mich nach dem Auftrag in Wexford, wie lange dieser voraussichtlich dauern werde.

»Bin mir nicht sicher«, sagt er. »Das Hotel ist groß, und wir hatten Glück, dass wir den Auftrag überhaupt bekommen haben. Jimmy Corcorans Familie hat in der Nähe ein Ferienhaus, wo wir unterkommen. Schätzungsweise mindestens drei Wochen. Es wird schön sein, mitten im Hochsommer aus Dublin rauszukommen, ans Meer. Da kann man nach der Arbeit gut entspannen.«

»Hast du überhaupt vor, zurückzukommen?«, frage ich.

»Gibt es denn etwas, weswegen es sich zurückzukommen lohnt?«

»Oh, Dave ...« Unvermittelt schnürt sich mir der Hals zu. »Natürlich.«

Er schweigt.

»Es tut mir leid«, sage ich, »es tut mir leid, dass ich so lange gebraucht habe, um zu begreifen, wohin ich gehöre.«

»Heißt das, du willst heimkommen?«, fragt er.

»Ja.«

Schon als ich das Wort ausspreche, frage ich mich, wie es plötzlich kommt, dass ich das Gefühl habe, ich hätte den Fehltritt begangen, mir müsste verziehen werden.

Wieder Schweigen am anderen Ende der Leitung.

»Dave?«

»Du hast mich verletzt, Roxy«, sagt er. »Mir ist klar, dass ich dich auch verletzt habe, aber mich einfach so sitzenzulassen, ohne mir eine Chance zu geben … und bei der Benefizveranstaltung hast du mich bloßgestellt, obwohl ich dir lediglich zeigen wollte, wie leid es mir tut …«

»Ich weiß.«

»Ich muss diesen Auftrag abwickeln«, erklärt er, »der Vertrag steht, und es gibt jede Menge Geld. Aber«, und dabei klingt er fröhlich, »ich komme an den Wochenenden heim.«

»Super.«

»Hast du … hast du vor, schon heute Abend heimzukommen?«

»Zuerst muss ich noch einiges mit Mum klären«, sage ich. »Ich kann nicht einfach alles fallen lassen und gehen. Wann geht's bei dir los?«

»Sonntagnachmittag. Aber diese Woche wird es abends immer spät, weil ich unseren aktuellen Auftrag noch abarbeiten muss. Vielleicht können wir es bis dahin aufschieben?«

Plötzlich will er gar nicht mehr, dass ich zurückkomme? Oder gehört das zum Spiel dazu? Ich bin komplett verwirrt und weiß nicht mehr, wer von uns was will.

»Ich bin froh, dass du heimkommst.« Seine Stimme wird weich. »Wo du hingehörst.«

»Ich weiß«, sage ich. »Ich liebe dich.«

»Ich dich auch.«

Mum umarmt mich, als ich es ihr erzähle, und Debs, mit der ich mich an diesem Abend treffe, meint, sie sei glücklich, wenn ich glücklich sei. Trotzdem will sie wissen, ob ich mir hundertprozentig sicher sei.

»Ja«, antworte ich. »Was Dave getan hat, war schrecklich, aber er ist kein schrecklicher Mensch, und er ist der Vater meiner Kinder. Ich lasse es ihm durchgehen, weil es eine einmalige Sache und eine Ausnahmesituation war und ... na ja ...«

»Würdest du das tun?«

»Was?«

»In einer Ausnahmesituation einmalig mit jemand ins Bett hüpfen?«

»Ich wollte nie mit jemand anders ins Bett hüpfen als mit Dave«, sage ich. »Du auch nicht – mit jemand anders als mit Mark ins Bett steigen, meine ich natürlich. Ich gehe mal davon aus, dass du nicht mit Dave schlafen willst.«

Süffisant zieht sie die Augenbrauen hoch, und eine Schrecksekunde lang rechne ich mit dem Geständnis, dass sie das bereits getan hat, und spüre, wie ich den Boden unter den Füßen verliere.

»Natürlich habe ich mit keinem anderen als mit Mick geschlafen«, sagt sie, »aber einmal war ich sehr nahe dran.«

Erstaunt lausche ich ihrer Geschichte. Es begab sich vor einigen Jahren während eines Frankreichurlaubs. Sie und Mick hatten ein Haus in der Provence gemietet, wo sie die Ferien mit Micks Schwester, seinem Bruder und deren Familien verbrachten. Damals war ich höllisch neidisch, denn der Sommer in Irland war nass und deprimierend, und ständig schickte Debs mir

Fotos des traumhaften Bauernhauses, das inmitten herrlicher Weinberge und riesiger, blühender Lavendelfelder lag. Aus Debs' Sicht jedoch erlitt die Herrlichkeit einen schweren Dämpfer, als sie stolperte und sich den Knöchel verknackste. Sie war voll des Lobs über den französischen Arzt, der ihr den Verband anlegte, musste aber einige Tage unter einem Sonnenschirm im Garten verbringen, das Bein auf einen Korbstuhl gelegt. Auch davon bekam ich jede Menge Fotos.

»Der Eigentümer des Bauernhauses wohnte in einem kleinen Cottage am anderen Ende des Weinbergs«, erzählt sie jetzt. »Immer wenn Mick und die anderen loszogen – was völlig in Ordnung war, denn ich wollte sie nicht die ganze Zeit um mich herumschwirren haben –, brachte er mir hausgemachte Limonade. Und Wein von seinem Weinberg. Er war ein Prachtexemplar, Roxy, wie man sich den typischen Südfranzosen vorstellt, groß, dunkel, glutäugig.«

Über ihn hatte sie bisher nie ein Wort verloren.

»Am dritten Tag, als alle zum Strand abgezogen waren, sah er nach mir und brachte ein entzückendes Schälchen mit Obst, Wein und zwei Gläser mit. Ich kam mir vor wie in einem Film, als er die Flasche öffnete und sich mir gegenübersetzte. Sein Englisch war nicht toll, aber ganz okay. Und du kennst mich ja, völlig sprachunbegabt. Fünf Jahre Französisch in der Schule, und ich kann immer noch kein Wort. Natürlich wurde sehr viel gestikuliert, denn es gab keinen abgefahrenen Soundtrack, der das Reden übernommen hätte.«

Ich lächle. »*Can't Speak French.*« Den Girls-Aloud-Song liebten wir alle, damals als wir beiden Pärchen, Dave und ich, Debs und Mick, oft gemeinsam unterwegs waren. Wir tanzten ziemlich ordinär dazu. Ich sehe Debs an, die in Schweigen verfallen ist.

»Und?«, will ich wissen.

»Dann stand er auf, stellte sich hinter mich und fing an, mir die Schultern zu massieren. Es war göttlich, er wusste wirklich, wie man das richtig macht. Und bevor ich noch wusste, was vor sich ging, schob er mir die Hand in die Bluse, und da wäre ich, ich schwöre hoch und heilig, Roxy, beinahe auf der Stelle gekommen.«

»Debs!«

»Er küsste mich und wollte mich gerade ins Haus hineintragen, da kam ich zur Besinnung und erklärte, ich sei verheiratet und könne das nicht, was ihn zum Lachen brachte. Er sagte, ich sei verheiratet, aber mein Mann amüsiere sich anderswo und ich solle mich auch amüsieren. Sehr französisch.«

»Aber du hast es nicht getan?«

»Nein«, sagt Debs. »Ich wollte Mick nicht betrügen. Aber worauf ich eigentlich hinauswill, manchmal geht es einfach nur um den Kitzel und ich weiß, der Sex wäre sensationell gewesen, und manchmal bereue ich, dass ich es nicht getan habe.«

Ich bin schockiert. Und frage mich, ob Dave den Sex mit Julie sensationell fand.

»Warum hast du mir damals nach der Rückkehr aus dem Urlaub nichts davon erzählt?«, frage ich Debs.

»Ich hab's zu verdrängen versucht«, gesteht sie. »Ich hatte so ein schlechtes Gewissen, einerseits, weil ich es zugelassen hatte und andererseits, weil ich mir ausmalte, wie toll es gewesen wäre, weiterzugehen. Manchmal«, fügt sie hinzu, »manchmal, wenn ich mit Mick schlafe, denke ich an diesen Typ und dann ist der Sex immer extrem geil.«

Mir fehlen die Worte. Seit ich mit Dave zusammen bin, habe ich einen anderen Mann nicht einmal angesehen. Wenn ein Wildfremder mir die Hand in die Bluse schöbe, würde ich keine Sexphantasien haben, sondern ihm eine verpassen.

»Es war die ganze Situation«, sagt Debs. »Die Sonne, die Hitze, der Wein und sein Akzent. Verdammt sexy. Irgendwie hatte ich das Gefühl, was in der Provence passiert ist, bleibt ein Geheimnis – obwohl eigentlich gar nichts passiert ist.«

Dave kann sich nicht auf Sonnenhitze, Wein und erotischen französischen Akzent herausreden. Er war daheim. Und Julie stammt aus Donaghmede, das zu Fuß zehn Minuten entfernt liegt. Habe ich die richtige Entscheidung getroffen?, frage ich mich. Doch dann führe ich mir vor Augen, dass es das Beste für mich und meine Familie ist.

»Ich will damit nur sagen, dass man sich hinreißen lassen kann«, meint Debs, als ich schweige. »Deshalb ist man noch lange kein notorischer Fremdgänger. Ich bin nicht stolz auf mein Verhalten«, ergänzt sie. »Aber zehn Minuten lang war es die reinste Magie.«

Mein Handy klingelt, und ich bin erleichtert, weil mir partout keine passende Erwiderung einfallen will. Ich kann verstehen, dass man sich hinreißen lässt, ehrlich. Vielleicht habe ich den Bezug zur Realität verloren, wenn ich finde, ein Ehegelübde bedeutet, sich nie in eine Situation hineinzubegeben, in der man sich hinreißen lassen könnte. Nicht einmal für zehn Minuten.

Ivo Lehane steht auf meinem Display, und diesmal weiß ich genau, um wen es sich handelt.

»Mr Lehane.« Ich spreche etwas lauter, um den Geräuschpegel der Bar zu übertönen. »Was kann ich für Sie tun?«

»Hätten Sie morgen Zeit, mich nach Kildare zu fahren?«, fragt er. »Und am Samstag dort abzuholen? Und wenn ja, könnten wir das die nächsten paar Wochen zur Dauereinrichtung werden lassen?«

Noch eine Entscheidung, die ich treffen muss. Wenn ich wieder zu Hause einziehe und Dave nicht da ist, wie kann ich dann mein

»Geschäftsimperium« am Laufen halten? Das Einzige, was mich in letzter Zeit aufrecht hielt? Wie kann ich das sausen lassen? Vor allem, nachdem ich einen Instagram-Account eingerichtet und viele Follower habe. Ich muss über mich selbst lachen. Mir Unbekannte, die mich weder kennen noch sich was aus mir machen, sollten keinen Einfluss auf meine Zukunft haben. Ich muss schleunigst wieder auf den Boden der Realität zurück.

Andererseits sieht die Realität so aus, dass ich weiterhin als Chauffeurin arbeiten kann, für wie unüberwindlich ich die Hindernisse auch halten mag, wenn ich es nur will. Immerhin kommt Dave an den Wochenenden heim, ist Freitagabend und Samstagmorgen da und kann auf die Kinder aufpassen. Außerdem gefällt mir die Vorstellung, dass Ivo Lehane mein Stammkunde wird. Er war herrlich unkompliziert.

Ich atme tief durch und erkläre Ivo, ich würde ihn liebend gern fahren. Wann er im *Gibson* abgeholt werden wolle?

»Holen Sie mich bitte am Flughafen ab«, sagt er und gibt mir seine Flugdaten durch. Ich bitte ihn, sie mir sicherheitshalber auch als SMS zu schicken.

»Bis morgen«, verabschiede ich mich. »Vielen Dank, dass Sie sich für Christy's Chauffeurs entschieden haben.«

Allerdings braucht mein Geschäftsimperium dringend einen peppigeren Namen.

»Willst du weiterhin als Fahrerin arbeiten, wenn du wieder daheim eingezogen bist?« Debs sieht erstaunt aus.

Ich weihe sie in meine Gedankengänge ein. »Ich werde bei den Kunden wählerischer sein«, ergänze ich. »Auch hinsichtlich der Einsatzzeiten. Aber ich muss arbeiten, Debs. Ich muss wieder ich sein.«

»Genauso habe ich mich in Frankreich gefühlt«, sagt sie. »Zehn Minuten lang war ich nicht Debs Moriarty, zweifache Mutter,

Mädchen für alles und Problemlöserin. Ich war Debs McDonald, und alles schien möglich.«

Ich nicke langsam und verständnisvoll. Wenn ich im Auto sitze (nicht dass Mercedesfahren auch nur im mindesten heißem Sex mit einem französischen Weingutbesitzer ähnelt), fühle ich mich wieder wie Roxy Carpenter. Und alles scheint möglich.

Wir kommen nicht mehr auf ihren erotischen Sommermoment zu sprechen, sondern reden über meine Pläne. Netterweise erwähnt sie nicht, was mir plötzlich dämmert – wenn ich bei den Kunden wählerischer bin, könnte das Geschäft nicht mehr profitabel sein, selbst wenn einer von ihnen mehr als den üblichen Tarif berappt. Aber das erwähne ich nicht, sondern betone lediglich erneut, wie sehr mir die Arbeit Spaß macht.

»Kein Wunder, bei all den glamourösen Showbizkunden, die du in letzter Zeit fährst«, stellt sie fest, nachdem sie eine weitere Runde bestellt hat. »Die Ryans, Gina Hayes, Leona Lynch. Du führst ein ganz schön exklusives Leben.«

»Wenn dem nur so wäre.« Ich angle ein paar Chips aus der offenen Tüte, die auf dem Tisch liegt. »Ich bin nur Zaungast. Aber das geht in Ordnung. Die leben ihr exklusives Leben, ich mein normales.«

»Dir macht es wirklich richtig Spaß, stimmt's?«

»Absolut«, bestätige ich. »Vielleicht war Daves Seitensprung im Endeffekt ein Segen. Ich wurde dadurch zum Nachdenken gezwungen. Mit dem Ergebnis, dass mir meine Familie zwar alles bedeutet, ich aber mehr auf mich achten und meine Wünsche umsetzen werde.«

»Nur zu!« Debs grinst.

»Lachst du mich etwa aus?«

»I wo«, sagt sie. »Ich meine es todernst. Du hast einen Tiefpunkt deines Lebens in etwas Positives verwandelt.«

»Stimmt irgendwie«, pflichte ich ihr bei. »Und es wäre schön, wenn ich als ich erfolgreich wäre. Als Roxy Carpenter.«

Nachdenklich mustert Debs mich. »Gehört dazu, dass du deinen Mädchennamen wieder annimmst?«

»Nein!« Entsetzt sehe ich sie an. Ich bin gern Roxy McMenamin. »Du hast ganz recht, frau muss wieder sie selbst werden. Als Roxy Carpenter trug ich lediglich Verantwortung für mich selbst. Nun bin ich eine ganze Ansammlung verschiedener Roxys, die jede Menge unterschiedlichster Verantwortung trägt, und dabei habe ich mich selbst verloren.«

»Noch lange kein Grund, sich Zukunftssorgen zu machen.« Sie hebt ihr Glas und stößt mit mir an. »Deine Welt ist wieder in Ordnung.«

»Gott sei Dank«, sage ich. Da gibt mein Handy einen Ton von sich, und ich trage Ivo Lehanes Flugdaten in meinen Kalender ein.

11. Kapitel

Die Kinder sind hocherfreut, dass wir nach Hause zurückkehren. Mica sieht erleichtert aus.

»Ich hatte Angst, dass wir hierbleiben, weil du Daddy weniger liebhast als Granny«, gesteht sie.

»Ach, Mäuschen.« Ich drücke sie an mich und darf sie sogar umarmen. »Natürlich nicht.«

»Es ist ein bisschen komisch«, meint sie. »Ich weiß, dass Granny eine Hinterbliebene ist, aber Dad ist ohne dich sehr einsam.«

»Ich weiß«, sage ich. »Jetzt ist alles gut.« Dann erkläre ich, Dave werde wegen eines Auftrags einige Wochen weg sein. Sie sieht betroffen drein.

»Aber das ist geschummelt!«, ruft sie. »Ihr müsst beide gleichzeitig zu Hause sein.«

»Werden wir«, verspreche ich ihr.

Die Skepsis in ihren Augen schmerzt mich.

»Ganz bestimmt«, versichere ich. »Dad hat schon öfter auswärts gearbeitet, das weißt du doch.«

»Ich mag das nicht«, sagt sie. »Ich mag nicht, dass alles anders ist.«

»Bald wird es wieder sein wie früher«, beruhige ich sie.

»Ehrenwort?«

»Ehrenwort.«

Das scheint sie zufriedenzustellen.

Da ich an diesem Tag nur den einen Auftrag habe – Ivo Lehane nach Kildare zu bringen und weil er erst nachmittags am Flughafen eintrifft –, gehe ich mit den Kindern in den St Anne's Park, wo sie sich beim Fußballspiel mit einigen Freunden verausgaben.

Die Jungen spielen gegen die Mädchen, was sich unfair anhört, aber die Mädchen haben den Vorteil, dass sie älter und schneller sind. Außerdem haben sie Shannon im Team, die Mannschaftskameradin, von der Mica meint, sie kämpfe mit harten Bandagen. Meine Tochter hat nicht unrecht, geht mir durch den Kopf, als Shannon Tom mit einem späten Tackling zu Boden reißt. Er rappelt sich auf und läuft weiter, aber sein Schuss wird von Micas Freundin Emma abgeblockt, die ein Freudengeheul ausstößt. Dann versenkt Mica, sehr zum Missfallen der Jungen, auf der gegnerischen Seite den Ball im Tor.

»Unfassbar, wie ähnlich sie dir ist«, meint Audrey, Emmas Mutter, als die Mädchen Mica auf die Schulter klopfen. »Du warst auf dem Spielfeld auch so ein Satansbraten.«

Stimmt. Und auch in anderen Belangen war ich das: Ich blieb nachts lange weg, klatschte mir zu viel Make-up ins Gesicht, rauchte und trank auch manchmal Alkohol. Nur weil ich keine dieser langweiligen Streberinnen sein wollte, die von allen geschnitten wurden. Und trotzdem, geht mir durch den Kopf, während Oladele einen weiteren Schuss ins Tor knallt und die Jungs alt aussehen lässt, freundete ich mich mit Alison King an, die fleißig und zielstrebig war und erst mit siebzehn zum ersten Mal einen Jungen küsste. Vielleicht hätte ich auch zurückhaltend und fleißig sein können, wenn mir das wirklich wichtig gewesen wäre.

»Wie geht's dir denn?«, fragt Audrey, als sich die Jungen wieder einmal zum Angriff formieren. »Wenn du nicht darüber reden willst, kein Problem.«

Mir gehe es gut, erkläre ich, demnächst würde ich wieder in Beechgrove Park einziehen. Überraschung blitzt in ihren Augen auf.

»Hoffentlich kommt Selina ohne dich zurecht«, sagt sie.

Ob die anderen Frauen in der Siedlung das wohl auch so sehen?

Dass ich bei meiner Mum wohnte, weil Dad gestorben war, nicht weil ich Dave mit Julie Halpin erwischte. Mir ist diese Fassung der Ereignisse durchaus recht. Also erkläre ich, Mum schlage sich tapfer und es sei an der Zeit, heimzugehen, auch wenn ich nur ungern ginge. Wir seien ein gutes Team gewesen, Mum und ich.

Girl power.

Auf dem Spielfeld wird euphorisch gejubelt, als die Jungen einen Gegentreffer erzielen. Tom, der die Vorlage geliefert und Andrew, der das Tor geschossen hat, feiern frenetisch, müssen aber ihren Freudentanz unterbrechen, um einen schnellen Konter von Emma abzuwehren.

Am Ende gewinnen die Mädchen fünf zu drei, und alle drängen sich selig in die Autos. Glücklicherweise sind wir mit dem Toyota da, der binnen Sekunden durch dreckige Fußballschuhe eingesaut wird. Mit einem Hupen verabschiede ich mich von Audrey und fahre heim.

Mica und Tom rennen ins Haus, wo Mum Eis verteilt, und ich gehe mich verwandeln, von zweifacher Mutter im Freizeitdress zur eleganten, kompetenten Chauffeurin.

»Schick siehst du so aus«, sagt Mum, als ich in der Küche die Autoschlüssel hole.

»Danke.«

»Dein Vater wäre stolz auf dich. Er war stolz auf dich«, verbessert sie. »Wie ich.«

»Danke«, sage ich zum zweiten Mal, gerührt durch den Ernst in ihrer Stimme.

»Du bist eine starke Frau«, sagt sie. »Auch dass du zu Dave zurückkehrst, ist ein Zeichen der Stärke, nicht der Schwäche.«

»Ich wäre gar nicht auf die Idee gekommen, das anders zu sehen.«

Ich gebe ihr einen Kuss, schnappe mir den Schlüssel, rufe den Kindern einen Abschiedsgruß zu und steige in den Mercedes.

Was für ein himmelweiter Unterschied zum Toyota. Obwohl Cherry (so hat Tom mein Auto getauft, als ich es bekam) kein schlechtes Auto ist, aber sie ist eine Familienkutsche und müffelt nach einem Tag wie diesem nach Kinderschweiß und Schlamm. Der Mercedes hingegen riecht frisch und sauber. Ich lasse meinen Country-Hits-Mix laufen und fahre los.

Ich erreiche den Flughafen im selben Augenblick, als Ivo Lehanes Flieger aus Brüssel landet, und entdecke ihn kurz darauf, noch bevor er mich sieht – hochgewachsen und schlaksig durchquert er die Ankunftshalle, sein dunkles Haar ist ordentlicher frisiert als bei unserer letzten Begegnung. Er macht insgesamt einen gepflegteren Eindruck, trotz Stoppelkinn und den Jeans, zu denen er ein legeres Sakko trägt. Die Ähnlichkeit mit Dr McDreamy ist immer noch vorhanden!

»Hi«, begrüßt er mich. »Das iPad wäre nicht nötig gewesen. Ich kann mich an Sie erinnern.«

Ich lächle.

»Die einzige Frau unter den Fahrern.«

Die Leute scheinen besessen davon, dass ich als Frau diesen Beruf ausübe. Aber es gibt viele Frauen, die Taxi fahren. Ich bin selbst häufig von einer gefahren worden.

»Es gibt durchaus Kolleginnen«, erkläre ich.

»Ich hätte Sie trotzdem erkannt.«

Heute ist er gesprächiger, besserer Laune und bedeutend freundlicher.

»Nächstes Mal brauchen Sie nicht reinzukommen«, sagt er, als wir über die Straße zum Parkplatz gehen. »Sie können ruhig draußen warten.«

Der Dubliner Flughafen eigne sich denkbar schlecht, jemanden abzuholen. Es gebe keine richtige Wartezone und man müsse die Anfahrt geradezu mit militärischer Präzision timen, erläutere ich.

»Lassen Sie uns das von Fall zu Fall entscheiden«, meint er.

Beim Auto angekommen, öffne ich ihm die hintere Tür. Erfreulicherweise scheint er sich daran nicht zu stören, denn das bedeutet, dass er mich in meinem Beruf ernst nimmt. Alison (die während unserer Schulzeit nie einen Freund abbekam) arbeitet bei einem Finanzunternehmen und muss gelegentlich Kunden zum Abendessen ausführen. Manchmal legt der Kellner die Rechnung ihrem männlichen Gast vor, obwohl Alison darum gebeten hat und auch bezahlt. Meistens macht der Gast einen Witz darüber, aber sie ärgert sich jedes Mal sehr über den Kellner. Angeblich sind wir Frauen in vielerlei Hinsicht gleichberechtigt, aber komischerweise sind es diese Kleinigkeiten, die uns klarmachen, dass zur kompletten Gleichberechtigung noch viel fehlt. Einmal habe ich bei Dave dieses Thema angeschnitten, der mich in leicht beleidigtem Ton fragte, ob ich es lieber hätte, wenn er mir zukünftig nicht die Türen aufhielte oder mir beim Einstieg in den Bus nicht den Vortritt lasse, ob er gleich sämtliche Kaviersgesten fallen lassen solle. Ich verstehe ihn durchaus. Aber es geht um die jeweilige Situation. Nicht die Handlung an sich.

Auf dem Rücksitz hat Ivo Lehane inzwischen sein Handy herausgeholt. Gerade als wir auf die M50 fahren, erhält er einen Anruf und wechselt sofort ins Französische. Wahrscheinlich ein langweiliges Geschäftstelefonat, aber es klingt trotzdem höchst erotisch.

Dann spricht er Englisch.

»Natürlich tut es mir leid, dass ich heute Abend nicht dabei sein kann«, sagt er, »ich wünschte, es wäre anders. Aber ich habe mein Wort gegeben.«

Schweigen, während er dem Teilnehmer am anderen Ende zuhört.

»Es geht hier nicht darum, was ich lieber täte«, erklärt er, »ich habe Verpflichtungen.« Sein Ton ist versöhnlich und wenig geschäftsmäßig. Wahrscheinlich ein Privatgespräch.

Wieder wechselt er ins Französische und hört sich weicher und definitiv privater an als zuvor. Aber selbst wenn er aus dem Telefonbuch vorläse, klänge es verführerisch. Kein Wunder, dass Debs bei ihrem französischen Weingutbesitzer fast schwach geworden ist.

Ich werfe einen Blick in den Rückspiegel.

Zwar ist Ivo kein knackiger Weingutbesitzer, aber mit Sicherheit einer meiner attraktiveren Kunden.

Ich hole tief Luft.

Wahrscheinlich ein Glück, dass im Auto kein abgefahrener Soundtrack läuft.

Als wir die Banville Terrace erreichen, fängt es an zu regnen. Ivo wartet nicht, bis ich ihm die Tür aufhalte, sondern springt aus dem Wagen und sagt: »Bis morgen früh.«

»Hier oder beim Tesco?«, frage ich.

»Tesco«, sagt er nach kurzem Zögern.

»Schicken Sie mir einfach eine Nachricht, falls Sie es sich anders überlegen sollten«, meine ich.

Ich fahre los. Im Rückspiegel kann ich ihn im Regen vor dem Haus stehen sehen.

Er ist einer der attraktivsten Kunden, die ich je gefahren habe, und einer der entspanntesten obendrein, aber auch einer der schrägsten – und davon gab's jede Menge. Aber wie Dad zu sagen pflegte: »Der Wagen ist ein Beichtstuhl auf Rädern«, daher verdränge ich Ivos Verschrobenheit und schalte das Radio ein. Auf dem gesamten Heimweg trällere ich im Duett mit Dolly, Shania und Taylor.

Mum hat Pizza bestellt, die fast gleichzeitig mit mir eintrifft. Sie bringt die Schachteln in die Küche (die mittlerweile aussieht, als würde hier ein Film mit dem Titel »Invasion der Kraken« gedreht, denn die Wolltierchen haben sich auf jeder verfügbaren Fläche ausgebreitet), schenkt uns beiden ein Glas Wein ein, ehe wir reinhauen. Wie üblich streiten Tom und Mica, wer das größte Stück bekommen hat, wer die meisten Pommes und wer die Wassergläser nachfüllen muss.

Unvermittelt tut mir Dave leid, der allein zu Hause hockt, während wir uns aufführen wie eine dieser glücklichen Familien im Fernsehen, bei denen am Abendbrottisch ständig gelacht und gescherzt wird. Ich lecke mir die Finger sauber, hole mein Handy heraus und rufe ihn an.

Es dauert, bis er rangeht, und dann höre ich im Hintergrund Geklapper und jemand lacht lauthals.

»Wo bist du denn?«

»Im Pub«, antwortet er. »Mit Jimmy. Auf ein Feierabendbier. Heute war ein stressiger Tag.«

»Aha. Alles klar.«

Der Pubbesuch ist ihm zu gönnen, denn ich kann wohl kaum erwarten, dass er zu Hause bleibt, wenn dort lediglich die Einsamkeit auf ihn wartet.

»Alles in Ordnung?«, fragt er.

»Ja, klar. Ich habe überlegt … wir sitzen hier alle zusammen und essen Pizza und ich dachte, vielleicht magst du vorbeikommen.«

»Lieber nicht.« Er klingt bedauernd. »Ich hatte schon ein Bier.«

Dave würde nicht mal im Traum daran denken, ein Auto zu lenken, sobald er einen Schluck Alkohol intus hat. Mein Mann ist

ein guter Mensch. Ein guter Vater. Ich habe mich dämlich verhalten. Ich stehe auf und gehe ins Wohnzimmer.

»Schade«, sage ich. »Du fehlst mir.«

Schweigen am anderen Ende der Leitung.

»Dave?«

»Du fehlst mir auch«, sagt er. »Jetzt tut's mir echt leid, dass ich
auf ein Bier hierher bin. Aber warum kommst du nicht zu mir?
Nur du und ich, ohne die Kinder.«

Ungefähr eine Minute lang wäge ich seinen Vorschlag ab. Ich
würde schon gern und habe nur ein halbes Glas Wein getrunken.
Aber ich bin Berufsfahrerin, und selbst ein Schluck ist zu viel.
Also gestehe ich, dass ich ebenfalls etwas getrunken habe und
daher leider ablehnen muss. Ein Taxi kann ich mir nicht nehmen,
weil ich morgen früh Ivo Lehane abholen muss, auch wenn ich
das Dave verschweige. Er soll nicht denken, dass mir die Arbeit
wichtiger ist als er. »Wir sehen uns bald«, sage ich stattdessen
und wie froh ich sei, heimzukommen.

»Ich auch«, sagt Dave.

»Schade, dass du wegen des Auftrags wegmusst.«

»Ist nicht zu ändern.« Seine Stimme klingt fröhlicher. »Aber
immerhin bist du da, wenn ich wiederkomme.«

»Ich liebe dich«, erkläre ich.

»Ich dich auch.«

Es ist schön, geliebt zu werden. Noch schöner, wenn man den
Menschen, der einen liebt, ebenfalls liebt.

Es regnet die ganze Nacht durch, und als ich am nächsten Morgen aufwache, regnet es immer noch. Im Haus ist es still, und als
ich nach unten komme, ist Mum ausnahmsweise einmal nicht
vor mir in der Küche, was mich freut. Sie braucht ihren Schlaf.

Ich fülle Kaffee in meinen Thermosbecher und schlüpfe so

leise wie möglich aus dem Haus. Der Tag ist trüb, die Wolken hängen tief und die Straßen sind rutschig. Die Felder leuchten heute nicht smaragdgrün, sondern sind stumpf dunkelgrün und die Blätter der Bäume werden von der Sintflut niedergedrückt, die vom schweren, grauen Himmel fällt.

Ivo meldet sich nicht, also fahre ich zum vereinbarten Treffpunkt, dem Tesco, der noch nicht geöffnet hat. Er steht bereits da, hat sich untergestellt und die Jacke bis zum Kinn hochgezogen.

Ich halte neben ihm, und auch diesmal wartet er nicht, bis ich ihm die Tür aufhalte, sondern steigt einfach ein.

»Hoffentlich mussten Sie nicht allzu lange warten«, meine ich.

»Keine fünf Minuten.«

Warum ist er zehn Minuten durch den strömenden Regen zu einem Supermarkt marschiert, statt im Haus zu warten, bis ich ihn dort abhole? Was geht in seinem Leben bloß vor?

»Tut mir leid, dass ich Sie an einem solchen Tag aus dem Haus scheuche«, sagt er.

»Kein Problem.«

»Trotzdem – es ist noch sehr früh, und Sie wären bestimmt lieber im Bett geblieben.«

Ich werfe einen Blick in den Rückspiegel. Er sieht mich an.

»Ich gehöre zu denen, die gern früh aufstehen.«

Was beinahe stimmt. Wenn ich mal wach bin, bin ich wach. Das Aufstehen selbst ist dann kein großes Drama.

»Gut«, sagt Ivo.

Heute Morgen gibt es keine verführerische Unterhaltung auf Französisch, als er sein Handy zückt, denn er fängt sofort an zu tippen. Erst als wir uns dem Flughafen nähern, meldet er sich mit der Information, er fliege von Terminal 1 ab.

»Der erste Flug nach Paris ist mit Ryanair«, ergänzt er, als wäre dies eine Zumutung.

Wenn ich fliege – was natürlich eher selten vorkommt –, dann mit Ryanair. Ich glaube nicht, dass ich je mit einer anderen Fluggesellschaft unterwegs war.

»Ausweis, Handy, Kreditkarten?« Bisher hatte ich ihm meine Standardfrage nicht gestellt, weil ich sie unnötig fand, aber heute kommt sie automatisch.

»Ja«, antwortet er. Und flucht dann.

»Gibt's ein Problem?« Ich drehe mich zu ihm um.

»Mir ist gerade eingefallen, dass ich etwas ziemlich Dummes gemacht habe«, sagt er.

»Aha.«

»Ich habe auf dem Hinflug Parfüm für Annabel gekauft. Eine limitierte Edition, die sie sich schon seit längerem wünscht.«

Bestimmt ist Annabel die Frau, mit der er sich gestern Abend auf Französisch unterhielt. Mir ist nicht klar, warum ein Parfümkauf ein Fehler sein soll. Und dann begreife ich. Es gibt immer noch Einschränkungen, was die Mitnahme von Flüssigkeiten im Handgepäck betrifft. Die Leute vergessen das ständig.

»Über hundert Milliliter?«, erkundige ich mich.

»Locker. Der Flakon ist riesig und wird ums Verrecken nicht in diesen wiederverschließbaren Plastikbeutel passen.«

»Sie könnten Ihr Handgepäck einchecken«, schlage ich vor.

»Ich möchte meinen Koffer nicht aus den Augen lassen.«

Wenn es sich um Geschäftsunterlagen handelt, die könnte er doch bestimmt herausnehmen.

»Mein Laptop befindet sich im Handgepäck«, stellt er klar.

»Können Sie den Laptop nicht so mitnehmen?«, frage ich, woraufhin er den Kopf schüttelt.

»Ich habe keine Tasche dafür.«

Ich persönlich würde mir das Teil unter den Arm klemmen – oder etwas im Duty-Free-Shop kaufen, damit ich eine Plastiktüte bekäme. Vielleicht gehört Ivo Lehane jedoch zu den Menschen, die Plastiktüten unter ihrer Würde finden.

»Dann kaufen Sie heute eben noch einen Flakon und den hier nehmen Sie nächste Woche mit, wenn Sie Gepäck aufgeben«, schlage ich vor. »Bis dahin kann ich das Parfüm verwahren. Sie können ihr die zweite Flasche ja zu einer anderen Gelegenheit schenken.«

Er schüttelt nachdenklich den Kopf.

»Ich bezweifle sehr, dass ich in Dublin dieses Parfüm bekomme«, sagt er. »Eine Sonderedition. Aber wenn es Ihnen nichts ausmacht, wäre es toll, wenn Sie den Flakon so lange aufbewahren.«

»Ich passe darauf auf wie auf meinen Augapfel«, versichere ich ihm. »Sie könnten ihr im Flugzeug auch einen Atomiseur kaufen. Die fassen meist 100 Milliliter, dann kann sie sich das Parfüm umfüllen und jederzeit mit ins Flugzeug nehmen.«

Er lächelt plötzlich. »Daran hätte ich denken sollen. Danke für den Tipp.«

Wie kann es sein, dass er einen so anspruchsvollen Job hat (was eindeutig der Fall ist, denn er steigt ins Flugzeug wie ich in den Bus) und gleichzeitig so ahnungslos ist, was Reisehacks betrifft.

Er holt das Parfüm aus seinem Handgepäck. Die Schachtel ist gewaltig, ebenso der jadegrüne Glasflakon, der ein wenig wie eine Urne geformt und goldverziert ist. Auf der Urne sitzt ein großer Deckel mit Goldrand. Das Gesamtgebilde sieht unglaublich dekadent und wunderschön aus.

»Ich lasse es im Auto«, erkläre ich, »damit ich es keinesfalls vergesse.«

Er bedankt sich nochmals. »Das ist sehr nett von Ihnen.«

»Was soll ich sagen, Sie sind eben ein guter Kunde.« Ich grinse. »Da geht so ein Sonderservice in Ordnung.«

»Apropos.« Er gibt mir seine Kreditkarte zum Scannen. »Bis nächste Woche«, verabschiedet er sich. »Ich melde mich bei Ihnen, sobald ich weiß, ob ich aus Brüssel oder Paris komme.«

»Okay. Guten Flug.«

Und dann steigt er aus und strebt zum Terminal.

Ich betrachte das Parfüm und überlege, wie teuer es wohl war, ehe ich es ins Handschuhfach stecke, wo es mit Mühe und Not hineinpasst. Ich führte kein exklusives Leben, sondern sei nur Zaungast, habe ich Debs erklärt, aber eine Nanosekunde lang fühlt es sich an, als wäre ich mittendrin.

Mum hat am Sonntag ein Mittagessen zur Feier der Familienzusammenführung angesetzt (zum Glück ist das Wetter schön, deshalb gibt es kalten Hühnchensalat, der keine großen Anforderungen an ihre Kochkünste stellt).

Um Mica und Tom bei Laune zu halten, bis ihr Vater kommt, schlage ich vor, einen Kuchen zu backen. Das Rezept fiel mir ins Auge, als ich durch Gina Hayes' Buch blätterte, wahrscheinlich das einfachste Gericht darin. Es handelt sich um einen »gesunden Zitronenkuchen«, und Mum hat die meisten Zutaten ohnehin im Küchenschrank – auch wenn das Mehl schon einen Monat über dem Mindesthaltbarkeitsdatum ist, was bedeutet, dass sie es vor Jahren gekauft hat. Die fettarme Milch ist hoffentlich ein einigermaßen brauchbarer Ersatz für die von Gina angegebene Sojamilch und statt echter Zitronenschale muss ein Spritzer Zitronensaftkonzentrat reichen. Ich habe sämtliche Zutaten aufgebaut, als es klingelt und Mica und Tom aus der Küche ihrem Dad entgegensausen.

»Wir kommen nach Hause!«, brüllt Tom begeistert. »Ist das Trampolin auch nicht kaputt?«

Er liebt das Trampolin, das er letztes Jahr zu Weihnachten bekommen hat, heiß und innig.

»Es wartet auf dich«, versichert Dave, als wäre Tom nicht erst letzte Woche noch darauf herumgehüpft.

»Hüpfen wir mal gemeinsam?«, fragt Tom.

Dave zuckt zusammen, nickt aber. Mir fällt auf, dass seine Augen blutunterlaufen sind. Bestimmt ist es letzten Abend im Pub nicht bei einem Feierabendbier geblieben. Nicht dass ich mit Steinen werfen könnte. Mum und ich haben den Rotwein weggeputzt – zu unserer Entschuldigung sei allerdings gesagt, dass es nur eine halbe Flasche war, die irgendjemand an Dads Begräbnis ins Haus schleppte.

Ich backe den Kuchen allein, während Dave und die Kinder im Garten herumkicken. Der Duft nach Gebackenem, der allmählich durchs Haus wabert, lockt Mum in die Küche.

»Du wirst mir fehlen«, sagt sie.

»Ich dachte, du bist froh, wenn du mich von hinten siehst.«

»Unsinn. Es war wunderbar, dich und die Kinder hier zu haben. Aber du musst zurück zu deinem Mann, und ich muss wieder ins Lot kommen.«

Sie erzählt, dass das Hospiz, in dem Dad seine letzten Tage verbrachte, nach Freiwilligen sucht, die den Patienten vorlesen, und sie überlegt, sich zu melden.

»Das hört sich wunderbar an«, sage ich. »Aber wird es dich nicht hart ankommen, nach so kurzer Zeit dorthin zurückzukehren? Mir würde es so gehen.«

Sie schüttelt den Kopf. »Ich glaube nicht. Das Personal war mir während der schrecklichen Zeit ein Trost, sie waren so lieb. Dafür würde ich mich gern revanchieren.«

»Und deine Kraken hast du auch noch.« Ich grinse.

»Ja, genau. Die zu häkeln, macht richtig Spaß. Ehrlich gesagt, wäre es nett, einen Teilzeitjob zu haben, aber ich fürchte, ich bin den meisten zu alt.«

Obwohl sie zarte Fältchen um Augen und Lippen hat und ein paar Runzeln mehr, als ihr lieb ist, ist sie immer noch eine attraktive Frau. Vor Dads Krankheit hätte ich sie eher auf fünfundvierzig geschätzt, jetzt sieht man ihr durch Verlust und Trauer das Alter eher an.

»Wer dich als Angestellte hat, kann sich von schreiben«, erkläre ich.

»Für eine Weile belasse ich es mal beim Häkeln und ehrenamtlicher Tätigkeit im Hospiz.«

Sie lehnt sich gegen die Arbeitsplatte, während ich die Backspuren beseitige. »Und du hast recht«, sagt sie so unvermittelt, dass ich sie verwirrt ansehe. »Dass du weiterhin als Fahrerin arbeiten willst«, stellt sie klar. »Mir ist erst klar geworden, wie wichtig das für dich ist, als ich sagte, dass ich gern arbeiten gehen würde. Jeder sollte etwas nur für sich tun. Und wann immer ich auf Tom und Mica aufpassen soll, sag es einfach.«

Mir zerreißt es vor Liebe fast das Herz, und gerade als ich sentimental werden will, da meldet sich die Herduhr und ich hole den Kuchen heraus. Er ist nicht so hoch aufgegangen wie bei Gina Hayes und hat irgendwie Schlagseite.

»Bestimmt schmeckt er trotzdem lecker.« Mum beäugt mein Produkt skeptisch.

Ich spare mir den veganen Guss und stopfe den Spritzbeutel, den es kostenlos zum Buch gab, in den Schrank zurück.

»Wir zwei sind hoffnungslose Fälle«, konstatiere ich. »Vielleicht sollten wir gemeinsam einen Kochkurs besuchen. Ich könnte so mein Repertoire aus Spaghetti Bolognese und Hühnercurry aus dem Glas erweitern, und du könntest anschließend köstliche Singlemahlzeiten zaubern.«

»Wahrscheinlich hätte ich einen Kurs besuchen sollen, als du und Aidan klein wart«, gibt Mum zu. »Jetzt muss ich zugeben, dass ich von der Auswahl, die Marks & Spencer anbietet, extrem angetan bin. Wenn ich sämtliche Zutaten kaufen müsste, um deren Fertiggerichte nachzukochen, würde ich durchdrehen. Außerdem gibt es ja Butler's Pantry und *Avoca*, wenn ich mir was Besonderes gönnen will. Aber du hast recht, ich könnte mich ein bisschen mehr anstrengen und über meinen eigenen Suppentellerrand schauen.«

»Gina Hayes hat mich ins Grübeln gebracht, wie ich für Dave und die Kinder gesünder kochen könnte«, sage ich. »Aber sie lieben weiße Bohnen in Tomatensauce, Spaghetti Bolognese und Currys und quasi alles, was mit Pasta und Reis serviert werden kann. Und absolut gesundheitsschädlich ist nichts davon. Und du kennst Dave – der würde ausrasten, wenn ich ihm mit Tofu komme.«

Erneut blättere ich in Ginas Kochbuch.

»Shiitake und Zuckerschoten mit Quinoa«, Mum sieht mir über die Schulter. »Kwinoa oder Kinoa?«

»Kinoa, glaube ich.«

Sie nimmt mir das Kochbuch aus der Hand und blättert weiter. »Räucherlachsomelett mit roten Zwiebeln«, sagt sie und betrachtet das ganzseitige Foto eines Eierkuchens, der keinerlei Ähnlichkeit mit dem hat, was ich bisher aus der Pfanne gehoben habe. »Mach du nur, wenn du denkst, Dave ist begeistert, wenn er nach einem Tag auf der Baustelle lediglich ein Omelett bekommt.«

Ich lache und nehme sie in den Arm. Wir drücken uns, bis Mica angerannt kommt und etwas zu essen haben möchte.

12. *Kapitel*

Nach einem vergnügten Mittagessen, bei dem ich mich wieder wie ich fühle, über Daves Witze lache, während wir wie üblich guter Bulle, böser Bulle spielen, wenn die Kinder bockig werden. Ich bin immer der böse Bulle, was mir nichts ausmacht. Jemand muss diese Rolle übernehmen.

Den Mercedes habe ich bei Mum gelassen und bin mit dem Toyota hinter Daves Lieferwagen heimgefahren. Er schließt die Tür auf, und Tom und Mica stürmen ins Haus, rennen die Treppe rauf in ihre Zimmer. Ich betrete mein Heim langsamer. Ich weiß nicht, ob uns jemand ankommen sah, aber garantiert läuft das Buschtelefon bereits heiß. Das geht in Ordnung. Ich habe das Pendel angehalten und lasse die Vergangenheit Vergangenheit sein. Die Leute können sich ruhig das Maul zerreißen, mir egal.

Im Haus riecht es durchdringend nach Air Wick Meeresbrise, wahrscheinlich hat Dave während der vergangenen vierundzwanzig Stunden die Sache etwas übertrieben. Das Wohnzimmer ist aufgeräumt, die Küche ebenso, ziemlich erstaunlich, weil mein Mann die Küche normalerweise als Fortsatz seines Lieferwagens betrachtet und ich ständig Dichtungsringe, Wasserhähne und Rohrstücke aus dem Weg räumen muss. Doch der Tisch ist frei von Klempnerwerkzeug und Essensresten, und ich drehe mich lächelnd zu ihm um.

»Sieht alles bestens aus«, lobe ich.

»Ich bin mit Staubtuch und Besen durchgesaust. Ich habe sogar meine Schürze getragen.« Er grinst mich an.

»Irgendwie muss ich dich dazu bringen, so was öfter zu machen«, necke ich ihn. »Vor allem mit Schürze.«

Er wirft einen Blick auf die Küchenuhr. Es ist fast halb drei.

»Ich habe Jimmy versprochen, ihn vor drei abzuholen«, sagt er entschuldigend. »Aber ich will dich nicht verlassen.«

»Schon gut«, sage ich. »Ich bin noch hier, wenn du zurückkommst.«

Er küsst mich so intensiv, wie ich es seit der Rodeonacht nicht mehr zugelassen habe, zieht mich an sich. Ich spüre seinen kräftigen Körper und nicht nur den, als er sich an mich drängt. Ich presse mich an ihn und wünschte, die Kinder wären nicht im Haus. Genau den gleichen Gedanken flüstert er mir ins Ohr, und wir lösen uns voneinander, beide ein wenig atemlos durch die unerwartete Lust.

»Halt das Bett warm«, sagt er.

Ich nicke.

Im Flur steht seine Werkzeugtasche. Er ruft die Treppe hinauf, und die Kinder kommen heruntergerast, um sich zu verabschieden. Er umarmt uns alle und steigt in den Lieferwagen. Mit einem Hupen fährt er rückwärts aus der Einfahrt.

Tom und Mica rennen nach oben. Ich folge ihnen langsam ins Haus. Die Nachbarn sollen mich ruhig sehen, sollen ruhig wissen, dass ich wieder da bin.

Ich schalte den Wasserkocher ein, als ich aber meine Lieblingstasse aus dem Schrank holen will, stelle ich fest, dass kein Geschirr da ist. Ich klappe die Spülmaschine auf und verziehe das Gesicht. Sie ist übervoll, aber noch nicht gelaufen. Der Geschirrspüler ist ein ewiger Zankapfel zwischen Dave und mir, nie räumt er ihn systematisch ein, sondern stopft alles irgendwie rein. Und vorm Ausräumen drückt er sich ebenfalls gern. Wenn er etwas benötigt, nimmt er nur das heraus und den Rest lässt er einfach drin. Nachdem er das Gerät angeschlossen hatte, sank sein Interesse daran gegen null.

Ich lege einen Spültab ein und lasse die Maschine laufen, hole mir aus dem Schrank eine andere Tasse und mache mir einen Kaffee. Mit etwas kritischerem Blick als zuvor betrachte ich die Küche, aber gerechterweise muss ich sagen, dass dies die einzige unangenehme Überraschung ist.

Am Kaffee nippend, öffne ich die Tür zum Garten, um zu lüften, und reiße auch im Wohnzimmer die Fenster auf. Dann gehe ich mit meinem Koffer die Treppe hoch.

Er hat das Bett mit meiner weißen Lieblingsgarnitur bezogen, nicht mit der Streublümchenbettwäsche, in der ich ihn mit Julie Halpin erwischte. Das Schlafzimmer riecht nicht mehr nach ihr, nur nach Dave. Ein Hauch seines Lieblingsaftershaves liegt in der Luft.

Mica kommt hereingerannt und fragt, ob sie zu Emma gehen dürfe.

»Du bist doch gerade eben erst heimgekommen«, wende ich ein, »willst du tatsächlich schon wieder weg?«

»Ja.«

»Na gut. Aber sei um sechs zurück.«

Sie schaut auf ihre blau-gelbe Flik-Flak-Armbanduhr und nickt.

»Was macht dein Bruder?«

»Der liest.«

Ich gehe in Toms Kinderzimmer, wo er zusammengerollt auf dem Bett liegt, vertieft in eines seiner vielen Bücher über Drachen.

»Geht's dir gut?«, frage ich, und er nickt, nimmt mich kaum wahr.

Ich beziehe das Bett neu. Dave hat die Streublümchen gewaschen, halbherzig zusammengelegt und in den Schrank gestopft. Ich nehme die Wäschestücke, gehe die Treppe hinunter und entsorge sie in die Mülltonne vor dem Haus.

Da öffnet sich die Haustür nebenan, und Daina Gadrim kommt

heraus. Seit Daina vor sechs Jahren aus Litauen nach Irland kam, ist sie unsere Nachbarin. Sie ist verheiratet, Mitte zwanzig und arbeitet im Call-Center in Blanchardstown. Ihr Englisch ist nahezu perfekt, ihre Aussprache klar.

»Hallo, Roxy.« Sie strahlt mich an. »Schön, dich zu sehen. Wie geht's deiner Mutter?«

»Ganz gut«, antworte ich. »Aber es ist immer noch schwer für sie.«

»Natürlich«, sagt Daina. »Das braucht Zeit.«

Ich nicke.

»Bei dir alles in Ordnung?«, fragt sie.

»Mehr oder weniger«, erwidere ich.

»Wenn du was brauchst, melde dich einfach, ja?«

»Klar. Danke.«

Daina ist weder eine Klatschtante noch jemand, der einem Löcher in den Bauch fragt. Ich bin froh, dass sie meine Nachbarin ist. Und dann, während ich noch vor dem Haus stehe, sehe ich Julie Halpin die Straße entlanggehen. Mir wird übel. Immer wieder habe ich in Gedanken durchgespielt, was ich ihr an dem Tag sagen würde, an dem ich sie wiedersähe, denn dieser Tag würde unweigerlich kommen, aber so bald habe ich nicht damit gerechnet und inmitten der Panik, die mich überkommt, fällt mir kein einziger meiner vorbereiteten witzigen und gleichzeitig giftigen Sätze ein. Ich möchte mich umdrehen und reingehen, bevor sie an unserem Haus vorbeikommt, aber ich bin wie festgenagelt und öffne daher den Deckel der Mülltonne. Als Julie vorbeigeht, studiere ich unseren Abfall, als gäbe es auf der Welt nichts Spannenderes.

Erst als ich sicher bin, dass sie hinter ihrer Tür verschwunden ist, lasse ich den Deckel fallen und gehe ins Haus.

Mein Herz rast und mein Kopf platzt beinahe. Ich bin wütend

auf mich, weil ich sie nicht zur Rede gestellt habe, aber mir fällt immer noch kein einziger griffiger Satz ein außer: »Halt dich ja von meinem Mann fern, du Schlampe.« Aber der taugt nichts, damit würde ich mich nur lächerlich machen. Stattdessen hätte ich sie vielleicht herrufen sollen und fragen, ob auch ihr Daves merkwürdige Angewohnheit aufgefallen ist, sich zu räuspern, bevor er kommt. Doch das hieße, freiwillig etwas mit Julie zu teilen. Obwohl ich das unfreiwillig schon getan habe.

Den restlichen Tag verbringe ich mit Putzen, um die Spannung abzubauen, die sich seit dem Augenblick aufgebaut hat, in dem ich Julie sah. Zudem waren Daves lobenswerte, hausmännische Bemühungen doch eher oberflächlich. Vor allem aber kommt es mir vor, als machte ich mir das Haus durch das Putzen wieder zu eigen. Seit ich hereingekommen bin, kann ich mich nicht des Eindrucks erwehren, dass sich etwas verändert hat und nicht nur, weil Dave manches nicht an seinen gewohnten Platz gestellt hat. Es ist eher, als wäre *ich* am falschen Platz, und das, obwohl mein Haus immer mein Zufluchtsort war. Natürlich sind das nur Hirngespinste, und so schrubbe und poliere ich, bis ich völlig erledigt bin. Dennoch schlafe ich, als ich an diesem Abend ins Bett gehe, sehr lange nicht ein. Und dann träume ich wieder, wie Julie Halpin obenauf sitzt.

Am nächsten Morgen facetimen wir mit Dave, der uns auf eine virtuelle Besichtigungstour durch Jimmy Corcorans luxuriöses Ferienhaus mitnimmt. Es ist viel größer als vermutet, und ich ziehe ihn auf, dass er jetzt ein exklusives Leben führe.

Er geht mit dem Handy nach draußen und zeigt uns den Meerblick. Ob Jimmy uns wohl das Haus für den diesjährigen Sommerurlaub vermietet? Noch behalte ich den Gedanken für mich, speichere ihn aber für später ab.

Anschließend nehme ich mir meinen Terminkalender vor, um meine Aufträge mit der Betreuung für Mica und Tom zu koordinieren. Ich kann mich eines leichten Schuldgefühls nicht erwehren. Bisher war ich nie der Typ Mutter, der seinen Nachwuchs in die Obhut anderer gibt. Auf die WhatsApp-Gruppe der Beechgrove-Park-Mütter habe ich nur in Notfällen zurückgegriffen. Mum hat angeboten, sich diese Woche bei uns daheim um Mica und Tom zu kümmern, statt dass ich die beiden bei ihr abliefere, denn die Kinder sollen nicht das Gefühl haben, die Versöhnung zwischen Dave und mir wäre nur inszeniert.

Später gehe ich bei ihr vorbei, weil ich den Mercedes abholen muss. Sie führt mich in den Wintergarten, der mittlerweile fest in der Hand der Kraken ist.

»Hast du die Nacht durchgehäkelt?«, erkundige ich mich. »So viele waren das gestern doch nicht. Das sieht hier ja aus wie Marine World.«

Sie lacht. »Die sind nicht alle von mir. June hat die Exemplare vorbeigebracht, die sie bei den anderen Häkeldamen eingesammelt hat. Ich bringe den ganzen Schwung heute Nachmittag im Krankenhaus vorbei.«

»Da bin ich erleichtert«, gestehe ich. »Ich hatte schon die Vision, wie du zum verrückten alten Mütterlein wirst, das manisch die ganze Zeit stricken muss. Vielmehr häkeln.«

»Häkeln ist sehr therapeutisch«, sagt sie. »Nebenbei höre ich mir Hörbücher an, eine prima Kombination – ich bin auf dem Laufenden, was Neuerscheinungen betrifft, und mache nebenher was Sinnvolles.«

»Es bekommt dir«, konstatiere ich. »Ich glaube wirklich, dass die Kinder und ich dich gebremst haben. Du siehst heute toll aus.«

Sie trägt ein rosafarbenes Oberteil zu einer Jeans, die ihrer

Figur schmeichelt, und es sieht ganz so aus, als hätte sie sich das Haar wieder färben lassen. Und sie hat etwas Make-up aufgelegt.

Leicht verlegen bedankt sie sich für das Kompliment.

»Wie geht's dir sonst?«, frage ich.

»Gut.«

»Fühlst du dich nicht ein bisschen einsam?« Ich greife nach dem iPad, das neben ihr liegt, doch sie kommt mir zuvor und reißt es an sich. Erstaunt sehe ich sie an.

»Entschuldigung, ich habe gerade ein Hörbuch darauf angehört«, sagt sie. »Ich lebe zum ersten Mal allein«, beantwortet sie dann meine Frage, »und es fühlt sich merkwürdig an. Aber bestimmt gewöhne ich mich noch daran.«

»Vielleicht hätten wir diese Woche noch bei dir bleiben –«, fange ich an, doch sie unterbricht mich.

»Du musst dein eigenes Leben führen, Roxy«, sagt sie. »Ich kümmere mich um meins.«

»Wir haben alles im Griff«, versichere ich ihr, »ich will nur sichergehen, dass es dir auch gutgeht.«

»Natürlich bin ich traurig und trauere. Und natürlich wird es dauern, bis ich nicht mehr erwarte, dass dein Vater ins Zimmer kommt. Aber ich komme zurecht.«

Sie ist eine starke Frau. Definitiv stärker als ich.

Sie räuspert sich. »Apropos Christy … ich wollte dir etwas sagen. Hätte ich wohl damals schon tun sollen.«

Fragend sehe ich sie an.

»Es geht um das Foto.«

Kurz denke ich, dass sie von dem Bild des Jungen spricht, das jemand im Mercedes vergessen hat, und wundere mich, denn ich habe es ihr gegenüber nie erwähnt, doch dann wird klar, sie meint das von Dads erster Freundin Estelle.

»Da steckt mehr dahinter, als ich dir bisher erzählt habe«, sagt Mum. »Nicht, dass es wichtig wäre, aber ich ... ich habe es nicht erwähnt, weil mich das Foto ein bisschen aus der Fassung gebracht hat. Aber ich finde, du solltest es wissen.« Sie verstummt, und ich warte schweigend.

»Estelle hat sich bei Christy nochmals gemeldet«, fährt sie schließlich fort. »Sie hat ein Kind bekommen.«

Ich ahne, was kommt, obwohl ich es nicht wahrhaben will.

»Sie sagte, es sei von deinem Vater. Aber ...«

Es gibt ein Aber? Dad hatte eine Beziehung mit dieser Frau, und sie bekam anschließend ein Baby. Ich glaube nicht, dass es da ein Aber geben kann.

»Christy hat immer steif und fest behauptet, es sei unmöglich«, sagt Mum. »Die Daten würden nicht stimmen, meinte er. Estelle sagte, das Baby sei eine Frühgeburt gewesen.«

»Wann hat sie ihn damit konfrontiert?«, frage ich. »Hast du davon gewusst, als ihr zusammenkamt?«

Mum schüttelt den Kopf. »Sie ist erst aufgetaucht, als wir verheiratet waren. Genau genommen kurz nach Aidans Geburt.«

»Oh, Mum!«

Die Welle des Mitleids spült die Erkenntnis hinweg, dass dort draußen ein Halbbruder herumlaufen könnte, den Aidan und ich nie gesehen haben. Oder eine Halbschwester.

»Ich war noch im Krankenhaus, daher habe ich nichts mitbekommen.«

Arme Mum. Sie hatte gerade ihr erstes Kind bekommen, und nun sagte diese Estelle, Dad habe bereits ein Kind. Sie muss am Boden zerstört gewesen sein.

»Warum hat sie gewartet, bis das Baby auf der Welt war? War es ein Junge oder ein Mädchen? Was wollte sie von Dad?« Meine Fragen überstürzen sich.

»Es war ein Junge«, antwortet Mum. »Sie war mit dem Kind von zu Hause ausgerissen und brauchte Hilfe.«

»Ihre Eltern waren bestimmt alles andere als begeistert von der Schwangerschaft«, sage ich, »nach dem, was du mir von ihnen erzählt hast, wundert mich, dass ihr Vater Dad nicht mit vorgehaltener Schrotflinte zum Traualtar gezwungen hat.«

»Er wäre garantiert mit einer Schrotflinte bei deinem Vater aufgetaucht, hätte er gewusst, dass Estelle zu ihm geflohen war«, meint Mum. »Aber aus anderen Gründen. Als sie das Baby bekam, war sie bereits verheiratet.«

Und wieder komme ich mir wie eine Anwohnerin der Coronation Street vor.

»Offenbar ging sie schon eine Weile mit einem Jungen, ehe sie auf dem Campingplatz deinen Dad traf«, erklärt Mum. »Sie waren nicht verlobt, aber es gab eine gewisse Übereinkunft ...«

»Gott der Gerechte«, rufe ich aus. »Ich weiß, es ist vierzig Jahre her, aber ihr lebtet doch nicht im Mittelalter. Wenn sie sich anders entschied, war das ihre Sache. Unfassbar, dass es damals noch ›Übereinkünfte‹ gegeben haben soll.«

»O doch«, widerspricht Mum. »In der Stadt vielleicht weniger, auf dem Dorf schon. Außerdem war sie eine Bauerntochter.«

»Estelle sollte mit jemandem verheiratet werden, weil er ein paar Morgen Land hatte?« Ich ringe um Fassung.

»Mehr oder weniger.«

»Und dass sie von einem anderen schwanger war, spielte keine Rolle?«

»Das ist der Knackpunkt«, sagt Mum. »Alle glaubten, das Kind wäre von ihrem Verlobten.«

»Wenn das so war, warum flüchtete sie dann zu Dad?«, frage ich. »Sie war verheiratet, damit war die Affäre doch wohl begraben. Nicht ideal, weil das Kind nicht von ihrem Mann war, aber die Fassade blieb gewahrt. Warum beließ sie es nicht dabei?«

»Weil der Mann, den sie heiratete, gewalttätig war wie ihr Vater. Und er hatte den Verdacht, dass das Baby nicht von ihm war. Weil Estelle Angst hatte, er könnte dem Kind etwas antun, lief sie davon. Estelle wusste, dass dein Dad im Baugewerbe tätig war, und spürte ihn schließlich auf.«

Ich hatte immer geglaubt, das Leben meiner Eltern wäre völlig ereignislos verlaufen. Genau genommen hatte ich nie überlegt, was vor meiner Zeit passiert war. Für mich waren sie immer einfach nur Mum und Dad. Immer da. Immer ineinander verliebt. Ich vergaß, dass sie auch noch Christy und Selina waren. Nun versuche ich mir vorzustellen, wie Dad reagierte, als eine Frau aus seiner Vergangenheit mit einem Baby auftauchte, von dem sie behauptete, es sei seins. Diese Frau muss ganz schön findig gewesen sein, um ihn zu einer Zeit aufzustöbern, als es weder Smartphones noch Social Media gab.

»Hoffte sie, Dad würde dich verlassen und mit ihr zusammenziehen?«, frage ich. »Glaubte sie, er liebe sie immer noch? Sagte sie, dass sie ihn immer noch liebe?«

»Da sie hartnäckig darauf bestand, er sei der Kindsvater, erhoffte sie sich sicherlich etwas von ihm«, meint Mum. »Als sie herausfand, dass er verheiratet und soeben selbst Vater geworden war, änderte das die Lage.«

»Offensichtlich«, murmle ich.

Bei Dad und Estelle handelt es sich nicht mehr nur um eine Liebesgeschichte, sondern um eine tragische Liebesgeschichte. Sie befand sich in einer schrecklichen Lage, und Dad konnte ihr nicht helfen.

»O doch«, erklärt Mum, als ich meine Gedanken laut äußere.

»Wie?«

»Er gab ihr Geld. Geld, das er ihr nicht hätte geben müssen. Es war die Anzahlung für unser Haus.«

»Nein!« Ich bin entsetzt. »Hast du dem zugestimmt?«

»Ich wusste nichts davon«, sagt Mum. »Lange Zeit nicht. Wenn wir uns Häuser ansahen, hatte dein Vater immer Ausreden, und ich glaubte, er bereue, mich geheiratet und Aidan bekommen zu haben. Das nahm mich sehr mit. Erst als ich wieder zu meiner Mutter zog, beichtete er mir die Geschichte.«

Fassungslos sehe ich sie an. Das ist so ganz anders als die Erzählung, die wir als Kinder zu hören bekamen, in der Mum und Dad sich kennenlernten, ineinander verliebten und glücklich waren bis an sein seliges Ende. Einzig die Art und Weise, wie sie einander kennenlernten, war nicht märchenhaft, sondern höchst unromantisch. Er reparierte die Toiletten in ihrer Firma. Sie witzelten stets, ihre Blicke seien sich über einem Schwimmerhahn begegnet. Nie war die Rede von früheren Freundinnen, Babys und hohen Geldbeträgen.

Mum muss am Boden zerstört gewesen sein.

»Einerseits schäumte ich vor Wut«, sagt sie. »Er beharrte hartnäckig darauf, das Baby sei nicht von ihm. Sie hätten verhütet, und auch wenn sie behauptete, es wäre ein Frühchen, versteifte er sich, dass sie sich geirrt habe. In diesem Fall hätte er keinerlei Verpflichtungen ihr gegenüber gehabt, und doch hat er ihr Geld gegeben, das mir ebenso gehörte wie ihm. Aber wenn es doch sein Baby war, auch wenn er das Gegenteil behauptete … wenn er das glaubte … dann hatte er eine gewisse Verantwortung. Aber nicht auf Kosten unseres Eigenheims.«

»Was hat er denn zu dir gesagt?«

»Er hätte am liebsten alles ungeschehen gemacht«, sagt Mum. »Er wiederholte ständig, so habe er sich sein Leben nicht vorgestellt.«

Typisch Mann. Wenn es dumm läuft, suchen Männer einen Schuldigen. Schon ein kleiner Schlag in die Magengrube, dass mein Vater, der immer mein Held war, genau wie andere Männer war.

»Aber Dad wollte doch nicht etwa mit ihr statt mit dir zusammen sein? Auch wenn sie seine erste Liebe war, oder?«

»Das wäre so oder so sehr schwierig geworden«, erklärt Mum. »Immerhin war sie verheiratet und Scheidung war unmöglich – die wurde erst gut sechzehn Jahre später gesetzlich erlaubt. Wenn ihre erste Begegnung nicht so etwas Romeo-und-Julia-haftes gehabt hätte, hätte er wahrscheinlich keinen weiteren Gedanken an sie verschwendet. Eine Sommerliebe, die unglücklich endete. Als die ganze Sache herauskam, schwor dein Dad hoch und heilig, er liebe mich, ausschließlich mich. Ich glaubte ihm, obwohl er das Geld weggegeben hatte.«

»Also bist du zu ihm zurückgekehrt«, resümiere ich. »Wie ging es mit ihr weiter?«

»Soweit ich weiß, zog sie nach England. Jedenfalls hat er nie wieder von ihr gehört.«

»Und nie herausgefunden, ob es tatsächlich sein Baby ist?«
Sie schüttelt den Kopf.

Schweigend verdaue ich die Neuigkeit. Ich weiß nicht, ob ich der Version meines Vaters glauben kann, so sehr ich es möchte. Vielleicht tue ich ihm unrecht. Doch es könnte auch einen Jungen geben – einen Mann –, einen mir Unbekannten, mit dem ich verwandt bin. Der nichts von unserer Familie weiß oder von seinem Vater. Eine unbegreifliche Vorstellung. Aber ganz verwerfen kann ich sie nicht.

Unvermittelt fällt mir das Foto aus dem Auto ein, und mein Herzschlag beschleunigt sich. Was, wenn der Junge darauf das Baby von damals ist? Wenn Estelle Dad das Bild geschickt hat, damit er weiß, wie sein Sohn aussieht? Beim ersten Blick erinnerte mich das Kind entfernt an Tom, aber ich dachte, das hätte mehr mit dem Gesichtsausdruck zu tun. Zudem hatte ich eine vage Verbundenheit gespürt. Aber was, wenn es tatsächlich eine Verbindung gibt und mich das Foto deshalb an meinen Sohn erinnerte, weil es seinen Onkel zeigt?

»Was ist los?« Mum sieht mich verwundert an.

Soll ich ihr davon erzählen? Sollte sie Bescheid wissen? Ich möchte sie nicht verletzen, aber ich darf es ihr auch nicht verheimlichen. Genauso wenig wie ich es verdrängen darf. Der unbekannte Junge könnte tatsächlich mein Halbbruder sein. Was bedeuten würde, dass mein Vater, den ich immer für den geradlinigsten aller Menschen hielt, Geheimnisse vor uns hatte.

»Bin gleich wieder da.« Ich gehe zum Auto und hole das Foto aus dem Handschuhfach. Ich gehe ins Haus zurück und lege das Bild zwischen uns auf den Tisch.

»Was ist das?«

Ich erkläre, dass ich das Foto im Auto gefunden hätte.

»Könnte es womöglich Estelles Sohn sein?«, frage ich. »Hat sie Dad womöglich ein Foto geschickt, und er hat es behalten, weil er dachte, es wäre sein Sohn? Ich weiß, es ist sonderbar und gruselig, aber als ich das Bild zum ersten Mal sah, hatte ich ein Gefühl der Verbundenheit. Wenn er Dads Sohn *ist* …«

»Oh, mein Gott.« Sie starrt das Foto an. »Aber Roxy, das Kind ist mindestens sechs Jahre alt. Wenn dieses Foto deinem Vater gehörte, dann heißt das, dass er mit Estelle noch Kontakt hatte, nachdem sie das Geld bekam. Oder dass sie später den Kontakt wieder aufnahm.« Ihre Stimme zittert.

»Ich weiß.« Ich lege ihr den Arm um die Schulter. »Ich … ich kann nicht wirklich glauben, dass er das getan hat. Andererseits ergibt es irgendwie Sinn.«

»Er hat nie etwas gesagt.« Mum dreht und wendet das Foto hin und her. »Kein Wort. Aber ...« Verwirrt sieht sie mich an. »Du hast gesagt, es fiel aus einer Zeitschrift, die in der hinteren Sitztasche steckte. Christy kann es also dort gar nicht hingesteckt haben. Er saß seit Monaten nicht mehr in dem Auto.«

Sie hat recht, diese Unstimmigkeit war mir auch schon aufgefallen. »Vielleicht ist es ihm irgendwo herausgerutscht, und ein Fahrgast hat es aufgehoben und in die Tasche geschoben«, versuche ich eine Erklärung. »Und dann ist es irgendwie in die Zeitschrift geraten.«

»Aber das würde bedeuten, dass er das Foto fast vierzig Jahre lang mit sich herumtrug, ohne mir etwas zu sagen.« Mum sieht bestürzt aus.

Ich hätte es ihr nicht sagen sollen. Ich hätte den Mund halten sollen, egal, wie sehr mich das schlechte Gewissen geplagt hätte, dass ich es ihr verschwiegen habe. Vor allem, weil ich völlig danebenliegen und der Junge gar nichts mit Dad zu tun haben könnte. Ich bin wütend auf ihn, weil er eventuell Geheimnisse vor uns hatte, aber plötzlich wird mir klar, warum er das getan haben könnte.

Mum holt die große Schachtel heraus, die wir vor kurzem durchsahen. Sie findet Estelles Bild, der Rest sind Familienfotos. Strand. Schule. Garten. Kommunion. Firmung. Hochzeiten. Normale Sachen eben. Keine unbekannten Gesichter. Niemand, der nichts darauf zu suchen hatte.

»Wahrscheinlich zählen wir zwei und zwei zusammen und bekommen fünf heraus«, sage ich, als wir alles durchgesehen haben. »Mein erster Gedanke war richtig. Ein Andenken, das ein Kunde verloren hat. Irgendwann fällt es demjenigen vielleicht auf, und sie oder er meldet sich bei mir.«

»Ich würde es gern für einen Zufall halten.« Mum umklammert das Foto des Jungen mit einer gewissen grimmigen Entschlossenheit. »Nachdem Christy mir die Sache mit der Anzahlung für unsere Immobilie erzählte, schwor er, er werde mir nie wieder etwas verheimlichen. Und ich dachte immer, dieses Versprechen hätte er gehalten.«

»Dad war kein Lügner.« Ich bin mir nicht sicher, wen ich überzeugen möchte – sie oder mich.

»Ein verdammter Heiliger war er aber auch nicht«, murrt Mum, als sie die Fotos in die Schachtel zurücklegt und den Deckel schließt. »Auch wenn du das gern hättest, ich weiß schon.«

»Das stimmt nicht«, widerspreche ich. Aber ganz unrecht hat sie nicht. Ich glaubte immer, dass mein Dad alles richtig machte – möchte ich immer noch. Daher soll dieser Junge bitte nichts mit unserer Familie zu tun haben.

»Weiß Aidan von der Geschichte mit Estelle?«, frage ich.

Sie schüttelt den Kopf.

Ich gestehe, dass ich bereits ein Handyfoto des Bilds gemacht habe, das ich ihm schicken werde.

»Warum?«, fragt Mum.

»Vielleicht hat Dad mit ihm geredet, von Mann zu Mann.«

Sie sieht entsetzt drein. »Hoffentlich nicht«, sagt sie. »Was für eine Vorstellung, dass Aidan ebenfalls was vor mir verheimlicht! Bitte schick es ihm nicht, Roxy. Schick es mir. Ich leite es an ihn weiter. Es ist nicht fair, dass du das tun musst.«

»Bestimmt ist es irgendein Fremder«, sage ich, während ich ihr das Foto vom Foto sende. »Und ich mache aus einer Maus einen Elefanten.«

»Hoffentlich.«

Aber ich könnte nicht sagen, ob sie tatsächlich daran glaubt. Oder ich.

Ich habe die erste Woche, in der Dave nicht da ist, absichtlich keine Aufträge angenommen (nur Ivo Lehane am Freitag), weil ich möglichst viel Zeit für Tom und Mica freihalten will. Wie sich herausstellt, verbringen die beiden den Großteil ihrer Tage im Garten, in ihrem Zimmer mit Freunden oder bei anderen. Daher verwandele ich mich in eine Teilzeitputzfee und widme mich anschließend anderen Aspekten meines Geschäftsimperiums wie zum Beispiel Kalkulationstabellen und Buchhaltung. Ich lade etliche Fotos, die ich auf Malahide Castle gemachte habe, auf Instagram hoch, wo ich trotz schnöder Vernachlässigung weitere Follower gewonnen habe.

Ich folge meinerseits einigen Leuten, einschließlich einer Frau, die alte Fotografien postet, Porträts, Städte, Landschaften. Wenn ich das Foto des Jungen auf Instagram einstellte, würde die versammelte Schwarmintelligenz von Social Media herausfinden, um wen es sich handelt? Doch ich verwerfe den Gedanken umgehend, denn obwohl derjenige jetzt ein Mann mittleren Alters sein muss, handelt es sich um das Foto eines Kindes und mir ist nicht wohl, es aller Welt zu präsentieren. Wenn sich jedoch der Eigentümer nicht bei mir meldet, wird es wohl für immer ein Rätsel bleiben, wer der Junge ist.

Die alten Fotos auf der Instagram-Seite dieser Frau sind gestochen scharf. Ob es wohl eine Möglichkeit gibt, meines nachzubessern? Ich suche nach entsprechenden Apps, lade auch einige herunter, aber keiner der Versuche führt zu einer echten Verbesserung. Nach einer Weile stelle ich meine Bemühungen ein und gehe in die Küche, wo ich mich von der Putzfee in eine Küchengöttin verwandle und nach Gina Hayes easy-peasy Rezept Ofenkartoffeln fürs Abendessen mache. Als wir nachher alle am Tisch sitzen, beglücken mich Tom und Mica mit einem euphorischen Daumen-hoch-Zeichen.

Später am Abend kommen Debs, Michelle und Alison mit Wein

und Chips für eine spontane Willkommensfeier vorbei. Selbstverständlich dreht sich das Gespräch meist um mich, aber es gelingt mir, meine Freundinnen von der Rodeonacht abzulenken und meinen Plan, Dads Geschäft weiterzuführen, auf den Tisch zu bringen.

»Was sagt Dave dazu?«, fragt Michelle.

Warum wollen alle wissen, was Dave davon hält, wenn ich über meine ureigensten Pläne meine Person betreffend rede?

»Das tut nichts zur Sache«, sagt Alison. »Roxy kann ihre eigenen Entscheidungen treffen.«

»Nicht ganz.« Ich nehme mir eine Handvoll Chips. »Er muss meinen Plan unterstützen, und ich muss dafür sorgen, dass ich genügend Zeit für Tom und Mica habe. Die nächsten paar Wochen ist er weg, das vereinfacht die Sache nicht gerade.«

Sie wechseln Blicke.

»Da braucht ihr gar nichts hineinzugeheimnissen!«, rufe ich. »Er war schon öfter beruflich mehrere Wochen weg.«

»Eigentlich gar nicht schlecht«, meint Alison. »Du kannst dich in aller Ruhe wieder in deinem Heim einleben und hast Zeit, dir genau zu überlegen, wie du Christy's Chauffeurs weiterführst.«

»Das Unternehmen bekommt einen anderen Namen«, erkläre ich.

»Aha – welchen?«

»Das weiß ich noch nicht«, gebe ich zu.

»Wofür du dich auch entscheidest, versuch bitte nicht, Superwoman zu spielen«, sagt Debs. »Dave muss geschäftlich ebenfalls flexibel sein. Aber bestimmt kümmert sich Lauren gern um die Kinder, wenn du Hilfe brauchst. Sie möchte sich mit Babysitten Geld verdienen.«

Lauren ist Debs' Tochter, drei Jahre älter als Mica, die sie anhimmelt.

»Wenn du Rat brauchst, kann ich dich mit einem Kollegen aus meiner Firma verdrahten, der sich auf KMU spezialisiert hat.«

»KMU?«

»Kleine und mittelständische Unternehmen«, erläutert sie.

»Ich bin nicht mal ein kleines Unternehmen«, erkläre ich, »lediglich selbständige Chauffeurin.«

»Trotzdem ein Unternehmen.« Sie schenkt uns allen nach. Obwohl ich heute Abend für die Kinder verantwortlich bin, erhebe ich keinen Einspruch. Ausnahmsweise möchte ich mal abschalten.

»Chauffeurin der Stars!« Lachend erklärt Debs den anderen: »In Roxys Auto saßen schon einige Berühmtheiten. Thea Ryan und Gina Hayes.«

Michelle ist beeindruckt. Sie ist ein großer Fan von *Clarendon Park*, der Soap, in der Thea gelegentlich mitspielt.

»Und Leona Lynch«, ergänze ich. »Zum Zeichen, dass ich auch mit der jungen Promigeneration zurechtkomme.«

»Wer um Himmels willen ist Leona Lynch?«, fragt Alison.

Debs klärt sie auf, und ich erzähle, dass ich dem Post auf Leonas Instagram etliche Follower meines eigenen brandneuen Accounts verdanke, worauf die Mädels zu ihren Handys greifen, um sich die Sache anzusehen.

»Sieht sie nicht hinreißend aus?« Michelle versucht, nicht neidisch zu klingen. »Was würde ich dafür geben, so eine Haut zu haben. Sieht sie in Wirklichkeit tatsächlich so aus? Oder hat sich jemand mit Photoshop ausgetobt?«

Leona sei reizend und sehr lieb, sage ich, und verdiene mit ihrem Vlog, mit Werbung und anderem richtig viel Kohle.

»Wow, vielleicht sollten wir das auch machen.« Michelle kichert. »Wir könnten uns *Frauen im besten Alter* nennen. Frauen im besten Alter mit Wein. Würde sich bestimmt binnen Sekunden viral verbreiten.«

Wir lachen alle, und Alison meint, es sei phantastisch, dass Frauen es zu was brächten, und ich solle ja weitermachen mit Chauffeurdienst und Instagram. Vielleicht könne ich ja auch einen Blog schreiben.

»Wenn der Tag achtundvierzig Stunden hätte«, sage ich, »denn da sind die Kinder, der Haushalt und noch zig andere Dinge.«

»Trotzdem ist es wichtig, dass du was Eigenes machst«, sagt sie. »Fahren wäre nicht meins, aber zu dir passt es absolut. Ich bin froh, dass du das durchziehst, Roxy. Seit Ewigkeiten stehst du hinter Dave zurück.«

Soll ich meiner Freundin eins auf den Deckel geben, weil sie sagt, ich stünde hinter Dave zurück? Kann ich wohl schlecht, wenn sie recht hat. Aber sie wird keinesfalls in diesem Ton mit mir reden.

»Ich will nicht auf dir herumhacken«, verteidigt sie sich, als ich ihr das sage. »Ich wollte nur sagen … du machst bei ihm Zugeständnisse, bei dir selbst nie. Du musst stärker sein und dich mehr behaupten, Roxy. Das ist jetzt eine gute Gelegenheit, ihm nicht jeden Scheiß durchgehen zu lassen.«

»Du findest also, dass er mich wie Scheiße behandelt?« Meine Stimme ist bedrohlich leise.

»Nein!« Sie schüttelt den Kopf. »Aber du lässt dich von ihm wie ein Fußabstreifer behandeln. Du bist nach kurzer Zeit wieder zu ihm zurück, obwohl er dich nicht verdient. Und wetten, dass du völlig ungerechtfertigt seine Arbeit über deine stellst?«

Möglich, dass mir das selbst alles schon durch den Kopf gegangen ist, aber sie hat trotzdem nicht das Recht, so mit mir zu sprechen. Debs sagt ihr das auf den Kopf zu, mir hat der Ärger die Worte verschlagen.

»Du lässt ihn zu leicht davonkommen, mehr wollte ich nicht sagen«, erklärt Alison.

»Findest du, ich hätte nicht zu ihm zurückgehen sollen?«

»Das habe ich nicht gesagt.«

»Aber das denkst du doch?«

Sie seufzt. »Jeder Mensch ist anders. Ich kann auf mehr Trennungen als warme Abendessen zurückblicken. Ich bin nie zu einem Mann zurückgegangen. Aber du bist netter als ich.«

Stimmt wahrscheinlich. Alison kann sehr kalt sein. Vielleicht liegt es daran, dass sie früher die Streberin war, die nirgendwo dazugehörte. Trotzdem werde ich mich nicht mit ihr streiten. Sie will mir nur helfen, auch wenn die Aussage, ich hätte meinen Mann verlassen sollen, keine große Hilfe ist, wo wir doch gerade meine Rückkehr ins gemeinsame Haus feiern.

Die Weinflasche ist leer. Ich stehe auf und hole aus der Küche Nachschub. Als ich zurückkomme, sitzen die drei schweigend da.

»Schon gut«, sage ich zu Alison, während ich die Flasche öffne. »Du wolltest nur deine Sicht auf die Dinge klarmachen.«

»Ich hätte es mir verkneifen sollen«, entgegnet sie. »Es ist dein Leben, und ich stecke nicht in deiner Haut.«

»Das willst du auch gar nicht.« Ich sehe an mir herunter. »Ich trage Größe 40 und du 36.«

Die Anspannung im Wohnzimmer lässt geradezu spürbar nach, und wir wechseln zum Thema Mode. Ein viel unverfänglicheres Thema als Ehemännerfehltritte, das uns beschäftigt, bis meine Freundinnen den Heimweg antreten.

13. *Kapitel*

Am Freitag kommt Mum und passt auf die Kinder auf, denn ich hole Ivo Lehane ab, bevor Dave heimkommt. Tom und Mica stürzen sich auf sie.

»Ihr habt mir gefehlt«, sagt sie.

»Du mir auch, Granny«, sagt Tom.

»Wie geht's dir?«, fragt Mica. »Bist du immer noch eine Hinterbliebene?«

»Es braucht Zeit, aber es geht mir besser, Schätzchen«, sagt Mum.

»Schrittchenweise«, erklärt Mica. »Das sagt unsere Lehrerin immer, wenn was Zeit braucht. Schrittchenweise vorgehen.«

»Genau.« Mum küsst sie auf den Scheitel. Da sie jetzt ohnehin unten sind, nehmen meine zwei Kinder Kurs aufs Wohnzimmer, wo sie den Fernseher einschalten. Ich habe nichts dagegen, schließlich waren sie fast den ganzen Tag draußen.

»Hat sich jemand wegen des Fotos gemeldet?«, fragt Mum, während ich in der Küche den Wasserkocher einschalte, da ich noch rasch eine Tasse Tee trinken will, bevor ich losmuss.

Ich schüttle den Kopf und erkläre, ich hätte keine Zeit gehabt, die Sache weiterzuverfolgen. »Die in Frage kommenden Kunden habe ich bereits gefragt, es gehört keinem von ihnen«, ergänze ich, »und ich möchte das Foto nicht Leuten schicken, die ich nur ein- oder zweimal gefahren habe.«

»Was, wenn einer von ihnen dieser Junge ist und uns auf diese Weise kontaktieren will?«

»Ein Foto in einem Auto zu verstecken, ist wohl kaum eine besonders praktikable Art, Kontakt aufzunehmen.« Ich stelle ihr eine Tasse Tee hin und schütte ein paar Kekse auf einen Teller.

»Er oder sie hätte doch nur fragen müssen. Oder eine Telefonnummer auf die Rückseite schreiben. Ich bereue, dass ich dir das Foto gezeigt habe.«

»Ich habe es Aidan geschickt«, sagt sie. »Dein Dad hat nie mit ihm über einen weiteren Sohn gesprochen, und Aidan meint, selbst wenn es wahr wäre, hätte Christy mir dieses Foto nie jahrzehntelang verheimlicht. Er meint auch, ich sei sehr dumm, wenn ich befürchtete, dass er nach unserer Hochzeit immer noch mit dieser Frau rumgemacht hätte, denn Dad sei hundertprozentig vertrauenswürdig gewesen, das wisse jeder.«

Wahrscheinlich hat mein Bruder recht. Trotzdem hat Dad mit den Ersparnissen der beiden Estelle geholfen. Damit hat er Mums Vertrauen erschüttert. Daher kann ich ihn jetzt nicht völlig freisprechen, wenn es um geheimnisvolle Fotos geht.

Rasch kippe ich den Tee herunter, den ich eigentlich gar nicht wollte, schnappe meine Handtasche und teile Mum mit, dass ich einen bunten Salat fürs Abendessen vorbereitet habe.

»Er reicht für alle«, füge ich hinzu, »aber wenn du willst, kannst du noch Ofenpommes dazu machen.«

»Bunter Salat? Schlägt Gina Hayes wieder zu?«, fragt sie.

»Bunter Salat ist momentan in«, informiere ich sie, »und keine Erfindung von Gina. Das Rezept stammt allerdings aus ihrem Buch.«

Rezept hört sich etwas großspurig an, wenn es sich um nichts anderes als haufenweise kleingeschnippeltes Gemüse und Kopfsalat auf einer Servierplatte handelt. Anrichten wäre zutreffender als Kochen.

»Du nimmst dir diese gesunde Lebensweise wirklich zu Herzen«, konstatiert Mum.

Ich denke an den Wein und die Chips, die ich mir gestern mit Debs, Michelle und Alison einverleibt habe, und muss lachen. »Ich mache oft Salat«, sage ich, »meistens ohne die Zutaten so klein zu schneiden, aber das sieht richtig gut aus.«

»Wenn alles mal in deinem Magen gelandet ist, spielt das keine Rolle mehr«, wiederholt Mum einen von Granny Carpenters Lieblingssprüchen, während sie ihre Häkelarbeit aus der Handtasche holt. Womöglich findet sie, dass ich die gesunde Lebensweise etwas übertreibe, aber so viele Frühchen kann es in Irland gar nicht geben, wie sie Kraken anfertigt.

»Danke, dass du gekommen bist«, sage ich.

»Gern geschehen.« Sie sieht sich um. »Hast du geputzt, oder hat Dave das Haus derart in Schuss gehalten?«

Ich strecke ihr die Zunge heraus. Zugegeben, was den Haushalt anbetrifft, kann ich durchaus manisch sein. Abgesehen vom Chaos, das Kinder unweigerlich mit sich bringen, ist mein Haus immer picobello. Unordnung ertrage ich nicht. Wenn um mich herum Durcheinander herrscht, bin ich innerlich ebenfalls durcheinander.

»Er ist ein Idiot«, sagt sie. »Aber auch gute Männer können Idioten sein.«

Sie hat völlig recht, sage ich mir beim Einsteigen ins Auto. Auch wenn ich im Auto rasch wieder das vertraute Gefühl der Gelassenheit empfinde, bohrt doch die Frage in mir, ob Dad in jungen Jahren nicht ebenfalls etwas völlig Idiotisches getan hat.

Auf dem Weg zum Flughafen muss ich mir eingestehen, dass es mir leidtut, den Auftrag angenommen zu haben, denn es bedeutet, ich bin nicht da, wenn Dave aus Wexford zurückkommt. Dessen ungeachtet könnte sich Ivo zu meinem profitabelsten Kunden entwickeln und es wäre unklug, ihm abzusagen. Dank ihm und Daves Wexford-Auftrag bringen wir diesen Monat ordentlich Geld nach Hause. Vielleicht ist gegen Sommerende doch ein Familienurlaub im Ausland drin. Oder alternativ könnten wir in ein Hotel in Wexford, wenn das Ferienhaus nicht frei ist.

Ich verlasse den Kreisverkehr beim Flughafen, als eine Nachricht auf dem Bildschirm erscheint.

Verlasse soeben das Flughafengebäude. Wir treffen uns davor.

Ich fahre am Parkplatz vorbei und drossle bei der Drop-off-Zone – wo ich Ivo paradoxerweise abhole – das Tempo und lasse den Blick über die Menschenmenge gleiten. Da steht er, ganz weit hinten. Ich halte an, und noch bevor ich aussteigen kann, schwingt er sich bereits auf den Beifahrersitz.

»Sie wollen doch nicht bei den Politessen in Ungnade fallen«, er legt den Sicherheitsgurt an. »Die haben die Autofahrer verscheucht, als gäb's kein Morgen.«

»Völlig bescheuert«, sage ich. »Es sollte Kurzzeitparkplätze geben, damit man die Leute abholen kann.«

»Das wird wohl nix. Das hier ist schließlich Irland.«

Ich schenke ihm ein halbes Lächeln und fädle in den Abendverkehr ein.

Obwohl ich es nicht besonders mag, wenn die Kunden auf dem Beifahrersitz Platz nehmen, fühle ich mich von Ivo Lehane nicht bedrängt, der sich gegen die Tür lehnt und so jede Menge Platz zwischen uns lässt. Trotzdem entsteht, wenn der Kunde neben einem sitzt, eine Intimität, die meinem Bestreben, ihn oder sie in »luxuriöser Ruhe« (so steht es auf Dads Visitenkarten) zu befördern, widerspricht. Zur Sicherheit steckt im Ablagefach der Fahrertür eine kleine Dose Pfefferspray, falls ein Fahrgast die Intimität zu weit treiben möchte. Bisher kam es nicht zum Einsatz, aber besser man ist gewappnet.

»Haben Sie das manchmal nicht satt?« Ivo schiebt sein Handy in die Anzugtasche und starrt auf den Verkehr vor uns.

Ich werfe ihm einen Blick zu und hebe fragend eine Augenbraue.

»Dieses ständige Stoßstange an Stoßstange.«

»Selbstverständlich«, antworte ich. »Aber so ist es ja nicht immer. Ich liebe freie Straßen, auf denen ich richtig Gas geben kann.«

»Sie fahren gern schnell?«

»Wer nicht?«

»Äh, ich möglicherweise.«

»Fahren Sie nicht gern Auto?«

»War nie mein Ding«, sagt er. »Und in Brüssel brauche ich kein Auto.«

»Leben Sie schon lange dort?«

»Seit zehn Jahren«, antwortet er.

»Und gefällt es Ihnen?«

»Es ist okay, vor allem bin ich gern auf dem europäischen Festland. Ich nehme oft den Zug, das ist mir viel lieber als Fliegen.«

»Weniger stressig«, bemerke ich.

»Ja. Und man bekommt Orte zu sehen, die man sonst nicht sehen würde.«

»Wo fahren Sie denn so hin?« Wenn er sich unterhalten will, kein Problem.

»In Belgien bin ich viel unterwegs«, sagt er, »aber ich fahre oft nach Paris, wo ich auch eine Zeitlang gelebt habe.«

Das hört sich romantisch an – ich fahre oft nach Paris.

Can't speak French ...

»Oder nach Amsterdam«, ergänzt er. »Frankfurt. Wien. Berlin ...«

»Ich war noch in keiner dieser Städte«, sage ich. »Halt, in Paris schon, wegen Disneyland.«

»Disneyland stand bis jetzt nicht auf meiner Liste.«

»Kann ich mir auch schwer vorstellen.«

Ich spüre seinen Blick.

»Warum können Sie sich nicht vorstellen, dass ich Disneyland besuche?«

»Das ist was für Kinder«, sage ich. »Und ich habe Sie nicht für einen Familienvater gehalten, tut mir leid, wenn ich mich geirrt habe.«

»Sie haben sich nicht getäuscht«, sagt er. »Ich bin weder verheiratet, noch habe ich Kinder.«

Aber eine Freundin. Annabel. Die ich mir als große, gertenschlanke Blondine vorstelle. Pfirsichhaut. Lange Beine. Sexy. Sehr anspruchsvoll.

»Meine Kinder haben Disneyland geliebt«, verrate ich. »Sie waren regelrecht krank vor Aufregung, als wir dorthin fuhren.«

»Wie viele Kinder haben Sie?«

»Zwei.« Ich schmunzle. »Obwohl ich immer drei sage. Ein großes Kind – mein Mann, Dave. Und dann Mica, elf, und Tom, sieben.«

»Waren Sie schon oft dort?«

»Sind Sie wahnsinnig? Ein einziges Mal, das war unser Urlaub.«

»Klar. Entschuldigung.«

»Was würden Sie empfehlen?«, frage ich.

»Wie meinen?«

»Welche Stadt für eine Städtereise. Paris, Wien oder Frankfurt?«

»Haben Sie viel von Paris gesehen, als Sie Disneyland besuchten?«

»Kein bisschen«, erkläre ich.

»Es ist wunderschön«, sagt er, »wirklich wunderschön. Da sollten Sie zuerst hin.«

Romantisches Paris, denke ich. Die Stadt der Liebe und Leidenschaft. Beides nicht in Disneyland erhältlich.

»Fahren Sie oft hin?«

»Ja, ist schließlich nur anderthalb Zugstunden von Brüssel entfernt. Brüssel bedeutet Arbeit, Paris Spaß.«

Ach, wenn man doch einfach mit dem Auto von Dublin aufs Festland fahren könnte. Eine wunderbare Vorstellung, hier loszufahren und in Paris, Rom oder Madrid zu landen, auszusteigen und um sich herum eine fremde Sprache zu hören, von der man kein Wort versteht.

Quel dommage. Aus dem Nichts fällt mir dieser Ausdruck ein, den Mrs Behan, unsere Französischlehrerin, von sich gab, als ich beim Abschlussexamen in Französisch eine hundsmiserable Note bekam. *Quel dommage.* Wie schade. Tatsächlich jammerschade, dass ich in ihrem Unterricht nicht besser aufgepasst habe.

»Als was sind Sie tätig?« Normalerweise stelle ich diese Frage nicht. Normalerweise interessiert es mich nicht.

»Früher habe ich für die EU gearbeitet«, sagt Ivo Lehane. »Mittlerweile bin ich in der freien Wirtschaft.«

Mir fällt ein, dass er, als Eric ihn abholte, auf dem Weg zu einer Konferenz war.

»Für einen Pharmakonzern«, präzisiert er.

»Ich habe Sie für einen Banker gehalten.«

»Da lagen Sie falsch. Aber ich bitte Banken um Kredite.« Sein Ton ist nüchtern.

Obwohl unser Gespräch einigermaßen förmlich ist, plaudert es sich ganz nett mit ihm. Er ist so anders als die Schlipsträger, die ich für gewöhnlich herumkutschiere. Sehr wohlüberlegt ist er, scheint jedes Mal nachzudenken, bevor er den Mund aufmacht. Aber er strahlt auch Wärme aus und mögen unsere Leben noch so grundverschieden sein, ich fühle mich in seiner Gesellschaft seltsam wohl.

»Sind Sie gleich nach dem Studium zur EU?«, frage ich.

»Mehr oder weniger«, lautet seine Antwort. »Ich mochte die Arbeit, sie war interessant. Dann ergab sich dieses Jobangebot.«

»Ich habe früher in London gearbeitet«, erzähle ich, »aber ich hatte Heimweh.«

»Aha.«

»Haben Sie manchmal Heimweh?«

Er verneint mit einer Endgültigkeit, dass ich verstumme und mich auf die Straße konzentriere.

Anderthalb Stunden nachdem wir den Flughafen verlassen haben, erreichen wir die Banville Terrace. Nicht nur der Engpass zur N7, sondern auch bei der Autobahnausfahrt staut es sich. Und der Verkehr durch Kildare ist zähflüssig.

»Bestens«, sagt er, als ich anhalte.

»Wann soll ich Sie morgen abholen?«, frage ich.

»Um sieben.«

»Hier oder beim Tesco?«

»Beim Tesco«, sagt er.

»Sind Sie sicher?«

»Absolut.«

»Geht in Ordnung«, sage ich.

»Bis dann.«

Ich kann sehen, wie er seine Schultern strafft. Tief Luft holend, greift er nach seinem kleinen Koffer und steigt aus.

Als ich heimkomme, ist Dave schon da. Er sieht im Wohnzimmer fern, Mica und Tom liegen gemütlich auf dem Boden. Mica ist schwer mit ihrem Handy beschäftigt. Tom liest. Mir wird bei ihrem Anblick warm ums Herz.

»Hi, Schatz, ich bin daheim!« Ich lächle ihn an, und er wirft einen Blick auf seine Armbanduhr.

»Ich hatte dich viel früher erwartet.«

»Freitagnachmittagsverkehr«, erkläre ich.

»Und morgen bringst du ihn wieder zum Flughafen?«

»Ja, aber sehr früh.« Ich lasse mich neben ihm aufs Sofa fallen.

»Ich wollte was zum Essen bestellen, habe aber damit auf dich gewartet.«

»Es ist noch Salat für dich da«, sage ich.

»Den habe ich gegessen, als ich heimkam. Aber das ist ja wohl kein richtiges Essen.«

Rasch werfe ich einen Blick auf Mica und Tom, die beiden sollen nicht denken, dass bunter Salat keine vollwertige Mahlzeit ist. Zum Glück hören sie uns nicht zu.

»Wonach ist dir?«

»Hühnchencurry«, sagt er wie aus der Pistole geschossen. »Mit Reis und extra Pommes.«

Ich greife zum Handy und gebe die Bestellung auf.

Dave schlägt vor, sich früh aufs Ohr zu legen. Seit meiner Rückkehr schlafe ich schlecht. Mein eigenes Bett fühlt sich immer noch fremd an. Automatisch muss ich daran denken, dass Julie Halpin hier gelegen hat. Den Kopf auf mein Kissen legte. Sich in meine Bettdecke kuschelte. Mit meinem Mann schlief. Damit das mit uns funktioniert, muss ich diese Gedanken aus meinem Kopf verbannen.

Als Dave mich an sich zieht, gelingt mir das.

Wie erwartet wache ich zehn Minuten vor dem Klingeln auf und stelle den Wecker aus, damit Dave nicht aufwacht. Nach dem Duschen ziehe ich mich so leise wie möglich an und verlasse das Haus.

Es regnet.

Auf den Straßen hat sich ein Wasserfilm gebildet, aber sie sind fast leer, daher ist die Fahrt nicht stressig. Kurz bin ich davor, Ivo mit dem Vorschlag anzurufen, ihn in der Banville Terrace abzuholen, weil er auf dem zehnminütigen Weg zum Tesco völlig nass werden wird, entscheide mich aber letztlich dagegen. Er ist der Kunde. Wenn er eine Planänderung wünscht, wird er mich schon anrufen.

Ich komme pünktlichst an, doch von ihm ist kein Anzugzipfel zu sehen. Ich warte im Auto, sehe zu, wie der Regen auf die Windschutzscheibe prasselt und alles verschwimmen lässt. Ich sitze da und denke über meinen Kunden nach, seine wöchentlichen Besuche in Kildare, über seine Pendelei zwischen Brüssel und Paris, seine Reisen durch Europa. Ist er glücklich? Wird er seine französische Freundin heiraten? Werden sie ein Leben in Luxus führen, zwischen Brüssel, Paris und weiß der Himmel wo? Wird Geld sie vor den Alltagsproblemen bewahren, die an einer Beziehung nagen können? Hilft es, in einem anderen Land zu leben?

Wenn ich doch nur eine Zeit in Frankreich oder Spanien oder Deutschland verbracht hätte, ehe ich Dave nach London folgte. Das wäre eine großartige Erfahrung gewesen, obwohl ich mich allein in einem fremden Land bestimmt schwergetan hätte. Ich wäre unfähig gewesen, die Sprache zu lernen, Freundschaften zu schließen und hätte meine Familie ganz schrecklich vermisst. Insgesamt muss ich mir eingestehen, nicht besonders viel aus meinem Leben gemacht zu haben. Im Vergleich zu Ivo Lehanes Leben ist es banal. Auch im Vergleich zum Leben vieler meiner anderen Kunden, die ewig aktiv, zielstrebig und dynamisch sind. Ich hingegen habe mich von den Ereignissen immer bloß mitreißen lassen, nur reagiert, nie selbst gestaltet, bin nie aus dem Schema ausgebrochen.

So in Gedanken verloren bin ich, dass ich den über die Straße aufs Auto zuhastenden Ivo fast übersehe. Ich lasse den Motor an und fahre ihm entgegen. Kaum habe ich angehalten, springt er auch schon herein, lässt mir wieder einmal keine Zeit, auszusteigen und ihm die Tür zu öffnen.

»Tut mir leid, dass Sie warten mussten.« Er fährt sich mit der Hand durchs feuchte Haar. »Was für ein Schmuddelwetter.«

»Ich hätte Sie gern vorm Haus abgeholt«, sage ich, »dann wären Sie nicht nass geworden.«

»Mir ist es hier lieber.«

Warum? Selbstverständlich frage ich das nicht laut, aber warum bloß marschiert er lieber zehn Minuten durch den strömenden Regen, statt einigermaßen gemütlich im Trockenen auf den Wagen mit Chauffeurin zu warten, für den er ein Vermögen hinlegt?

»Menschen sind merkwürdig«, höre ich Dad sagen. »Machen verrückte Sachen. Zumindest kommt uns das so vor. Aber wer weiß, was im Hintergrund vor sich geht.«

Was geht im Hintergrund von Ivo Lehanes Leben vor sich? Was bringt ihn jeden Freitagabend nach Kildare? Und was treibt ihn jeden Samstagmorgen so eilig davon? Am Handy sprach er einmal von einer Verpflichtung, also kann es sich nur um eine familiäre handeln. Aber eindeutig eine Verpflichtung, der er nur widerwillig nachkommt. Natürlich haben wir alle familiäre Verpflichtungen, die nicht immer leicht sind, aber sich so hastig aus dem Staub machen? Geradezu unvorstellbar für mich. Unsere Familie hält sehr zusammen, ist eng verbunden. Wir kümmern uns umeinander. Wir setzen uns füreinander ein. Deshalb blieb ich bei Mum, während Dad im Sterben lag. Deshalb verzeihe ich Dave. Und wenn auch mein Leben vergleichsweise langweilig sein mag, ist es trotzdem harte Arbeit. Teil einer Familie zu sein, ist nicht einfach.

»Heute zum Terminal 2.« Anders als gestern Abend hat Ivo die Fahrt über geschwiegen. Ich habe ihn nicht einmal gefragt, ob er Musik hören möchte. Die ganze Strecke bis zum Flughafen haben wir keinen Ton gesagt.

Ich nehme die entsprechende Ausfahrt zum Terminal, und gerade als Ivo aussteigen will, erinnere ich mich.

»Das Parfüm!«, rufe ich. »Ich wollte es Ihnen schon gestern zurückgeben.«

Und dann sehe ich, dass er wieder keine separate Tasche für seinen Laptop dabeihat.

»Ich war nicht daheim, daher habe ich nicht an die Laptoptasche gedacht«, gesteht er. »Und einen Zerstäuber habe ich auch nicht gekauft.«

Ich empfehle ihm, wegen des Zerstäubers bei Boots vorbeizugehen.

»Mach ich«, sagt er, »würden Sie in der Zwischenzeit den Flakon weiterhin aufbewahren?«

»Gern.« Mir kann es egal sein, aber trotzdem finde ich es schade, dass das Parfüm in meinem Handschuhfach ruht, wenn bei ihm zu Hause jemand geradezu darauf wartet.

»Ich habe ihr stattdessen eine Kette gekauft«, erklärt er ungefragt. »Aus ihrer Sicht wahrscheinlich das bedeutungsvollere Geschenk.«

»Gab es einen besonderen Anlass?«

»Ihren Geburtstag.«

»Ach, und Sie haben ihr das Parfüm gekauft, das sie sich wünschte. Wie ärgerlich aber auch!«

»Wünschte, nicht brauchte«, sagt Ivo. »Außerdem war das Parfüm nicht das eigentliche Geschenk, mehr eine Zugabe.«

»Hoffentlich hatte sie so oder so einen schönen Tag«, sage ich.

Er schweigt, und ich glaube allmählich, dass seine Freundin

noch anspruchsvoller ist als anfänglich gedacht und sauer war, weil sie das Parfüm nicht bekam, und den gesamten Abend über schmollte.

»Ich habe ihren Geburtstag verpasst«, gesteht er, »der war am Freitag, und ich habe die Party verpasst.«

»War es ein wichtiger Geburtstag?«, erkundige ich mich.

»Der dreißigste.«

Für meinen dreißigsten hatten wir den Gemeindesaal gemietet. Es war eine Riesenmeute – meine Freundinnen, Daves Freunde, gemeinsame Freunde und Freundinnen, seine Familie, meine Familie ... Mein Bruder Aidan bezahlte die Band, und Dave lieh eine Karaoke-Maschine aus. Ich war zwei Tage lang verkatert, was ich darauf schob, dass die Feier kurz nach Toms Geburt stattfand und ich kaum Alkohol vertrug.

»Wo fand die Party statt?«

»In einem separaten Raum in einem Pariser Restaurant«, erwidert Ivo, »den sie schon vor einem Jahr gebucht hatte. Wir waren davon ausgegangen, dass ich frei habe.«

»Bestimmt hatten Sie keine andere Wahl. Haben Sie sie zum Ausgleich in ein besonderes Restaurant ausgeführt?«

»Ins *Plaza Athénée*«, sagt er.

Das sagt mir nichts, daher kommentiere ich nur, dass es sicherlich wunderbar und sie bestimmt begeistert war. Ich werde gern zum Essen ausgeführt. Es ist herrlich, wenn jemand anders die ganze Arbeit macht.

»Ich glaube nicht, dass es ein richtiger Ersatz war«, gesteht Ivo.

Seine Freundin Annabel ist eindeutig höchst anspruchsvoll. Aber warum sollte er keine anspruchsvolle Freundin haben? Ein Mann, der einen Chauffeurdienst in Anspruch nimmt, ist selbst ziemlich anspruchsvoll. Dieser Gedankengang lässt mich lächeln.

»Was?«, fragt er.

»Wie bitte?«

»Warum lächeln Sie?«

»Über nichts Besonderes.« Jetzt ist mein Lächeln rein professionell. Er soll nicht fälschlicherweise denken, dass ich ihn auslache.

»Worüber würden Sie sich zum Geburtstag freuen?«, will er wissen.

»Ein Abendessen«, antworte ich, »ich kenne das Pariser Restaurant nicht, von dem Sie reden, aber letztes Jahr hat mich Dave ins *Roly's* in Ballbridge ausgeführt. Es war sensationell.«

»Und das war's?«, fragt er. »Keine weiteren Geschenke?«

Ich grinse. »Haare färben. Ich bekomme einen Gutschein für meinen Lieblingsfriseur.«

»Er weiß offenbar, was Sie mögen.«

»Definitiv. Ich sage ihm, was ich mir wünsche. Abendessen. Dann Haarefärben, Maniküre oder eine Gesichtsbehandlung. Was Besonderes halt. Mehr will ich nicht.«

»Sie sind sehr pflegeleicht«, meint Ivo.

Das ist wohl der Unterschied zwischen Menschen wie ihm und mir. Er gehört Kreisen an, in denen man sich überschlagen muss, um jemanden zu beglücken. Und ich bewege mich in Kreisen, in denen das größte Geschenk darin besteht, sich nicht ums Kochen und Abwaschen kümmern zu müssen. Ehrlich gesagt habe wohl ich das bessere Los gezogen.

»Können Sie mich nächsten Freitag abholen?«, fragt er. »Ich komme mit dem gleichen Flug.«

»Klar.«

»Bis dann.«

Er steigt aus und schließt die Autotür. Dann macht er sie wieder auf.

»Gibt's im Flughafen einen Boots?«, erkundigt er sich.

»Ja«, antworte ich.

»Danke.« Er schließt die Tür, und ich fahre durch den Regen davon.

14. Kapitel

Als ich heimkomme, sitzen Dave und die Kinder beim Frühstück. Auf dem Küchentisch stehen drei verschiedene offene Packungen Frühstücksflocken und auf einem Teller in der Mitte stapeln sich die Toastscheiben.

Ich küsse Dave auf den Kopf, gehe nach oben und tausche meine Chauffeurinnenuniform gegen Sweatshirt, Caprihose und blaue Skechers.

»Willst du heute was Besonderes unternehmen?«, frage ich.

»Einfach nur abhängen«, sagt er. »Die Woche in Wexford war stressig.«

»Ich weiß, dass wir bei Granny gewohnt haben, weil sie hinterblieben ist.« Mica hört auf, sich Rice Krispies in den Mund zu stopfen. »Aber du hast mir gefehlt, Daddy.«

»Und du mir!« Er hebt sie hoch und wirbelt sie durch die Luft. Tom springt auf und möchte ebenfalls herumgewirbelt werden. Kurz darauf hüpfen alle im Garten hinten auf dem Trampolin herum, obwohl es immer noch nieselt und die Kinder im Schlafanzug sind. Ich sehe ihnen vom Küchenfenster aus zu, und mein Herz zerspringt beinahe vor Liebe.

Ich schreibe Mum eine Nachricht, frage wie es ihr geht und lade sie morgen zum Mittagessen ein, sie soll nicht allein daheim herumhocken. Sie antwortet beinahe postwendend, es gehe ihr bestens, lehnt aber die Einladung ab, denn ich müsse auch Zeit allein mit meiner Familie verbringen. Natürlich hat sie recht, daher dränge ich sie nicht. Aber ich schreibe Aidan, schlage ihm vor, dass stattdessen er sie einlädt. Aidan lebt mit seiner Frau Kerry und den beiden Kindern ungefähr eine halbe Stunde entfernt in Dunboyne. Während Dads Krankheit hat er sich wunderbar eingebracht, aber in letzter Zeit war er nicht oft bei ihr – wenig erstaunlich, weil ich bei Mum wohnte. Da ich nun wieder zu Hause eingezogen bin, wird er sich etwas mehr um sie kümmern müssen.

Ungefähr zehn Minuten später bekomme ich die Antwort, dass Mum morgen zum Mittagessen bei ihnen sein wird. Er erwähnt auch das Foto, das Mum ihm schickte, und stellt mich in den Senkel, weil ich es ihr gezeigt habe. Es könne unmöglich mit Dad zu tun haben. Ich schneide dem Smartphone eine Grimasse, schreibe allerdings, womöglich hätte ich bei dem Foto überreagiert, und bedanke mich, dass er Mum zum Mittagessen einlädt. Danach bin ich entspannter, weil ich mich Dave und den Kindern widmen kann, ohne mir Sorgen um meine Mutter zu machen. Sie würde mich dafür rügen, aber ich kann nicht anders. Zwar hat sie sich die Haare schneiden lassen und trägt wieder Make-up, doch das sind lediglich Äußerlichkeiten. Es zählt, wie sie sich fühlt. Mir fällt ein, wie sie immer ihr iPad bei sich hat, und mich springt der Gedanke an, dass sie sich womöglich die ganze Zeit Fotos von Dad ansieht. Ich spüre einen Kloß im Hals.

»Jetzt würde ich gern deine Gedanken lesen können«, sagt Dave, den ich nicht einmal in die Küche habe kommen hören.

»Ich denke an Mum. Hoffentlich kommt sie zurecht.«

»Natürlich tut sie das. Deine Mutter ist eine zähe, alte Lady.«

»Sie würde sich schön bedanken – alte Lady«, rüge ich ihn. »Sie ist erst zweiundsechzig.«

»Ich habe das liebevoll gemeint«, sagt er, und ich lache.

Da springt Tom ungeschickt vom Trampolin und brüllt auf vor Schmerz. Binnen Sekunden sind wir beide neben ihm – das Elternteam *in action.*

»Mein Knöchel tut weh!«, schreit er.

Mica sitzt auf dem Rand es Trampolins und sieht zu, wie ich

vorsichtig über den Knöchel meines Sohns streiche und Dave ihm den Kopf tätschelt.

»Es ist nichts gebrochen«, tröste ich ihn, »alles halb so wild.«

»Du hast dich erschreckt, Sohnemann«, sagt Dave, »kein Wunder, dass du weinen musst. Aber wenn deine Mum sagt, alles ist in Ordnung, dann ist auch alles in Ordnung.«

»Es tut weh!«, schnieft Tom.

»Das glaube ich dir sofort«, sage ich. »Lass uns reingehen, und ich lege dir einen Eisbeutel drauf.«

Die gesamte Mannschaft marschiert ins Haus, und ich schaufle Eiswürfel in einen Gefrierbeutel, den ich in ein Geschirrtuch wickle und Tom um seinen Knöchel packe. Er und Mica bekommen eine Portion Eis, und unverzüglich kehrt Ruhe ein. Als Eltern hangelt man sich von Krise zu Krise. Umschifft Katastrophen. Hofft, dass am Ende alles gut wird.

Was meist der Fall ist. Das Eis wirkt um vieles schneller als die Eispackung. Zehn Minuten später rennt Tom schon wieder im Garten herum.

»Es sind tolle Kinder«, sagt Dave, während wir den beiden beim Spielen zusehen. »Und sie kommen gut miteinander aus. Das hast du klasse hingekriegt, Roxy.«

»Wir beide«, sage ich. »Zumindest bis jetzt. Der Knackpunkt kommt, wenn sie Teenager sind, die die ganze Nacht lang wegbleiben wollen und ich die Probleme nicht mehr mit Eis und Umarmungen lösen kann.«

»Du wirst immer eine Lösung für sämtliche Probleme finden«, sagt er. »Darin bist du einsame Spitze. Roxy, die Problemlöserin.«

Ja, so bin ich, ich löse Probleme. Ich meistere Aufgaben. Ich bin immer für meine Kinder da. Für ihn. Mit Ausnahme der letzten Wochen.

»Im Ernst.« Er klingt tatsächlich ziemlich ernst. »Du bist eine gute Mutter und eine gute Frau, und ich sage das jetzt zum letzten Mal: Was passiert ist, tut mir wahnsinnig leid.«

Ich nicke, schweige aber, weil ich befürchte, dass mir die Stimme versagt. Denn obwohl ich ihm verziehen habe, tut die Wunde immer noch weh. Ebenso das nagende Gefühl, er könnte zum Wiederholungstäter werden. Trotzdem tun mir seine Worte gut.

Er nimmt mich in die Arme und zieht mich eng an sich. Seine Hand gleitet in meinen Blusenausschnitt und umfasst meine Brust. Ich schließe die Augen. Er hat mir gefehlt. Das hat mir gefehlt.

Es war richtig, das Pendel bei Vergeben und Vergessen anzuhalten. Hier ist mein Platz.

Später am Abend, als Dave und ich uns in unserem Ehebett lieben, denke ich nicht an Julie Halpin. Ich denke einzig daran, dass mein Mann und ich wunderbar harmonieren, es immer taten und immer tun werden. Er weiß, was ich mag, und wir tun instinktiv das Richtige. Und als ich den Höhepunkt erreiche, klammere ich mich an ihn und schreie heraus, dass ich ihn liebe.

Unmittelbar danach schläft er ein. Manchmal nervt mich das, heute Abend kuschle ich mich an seinen Rücken und lege den Arm um ihn.

Wie gut, dass morgen Sonntag ist. Denn obwohl ich ausnahmsweise nicht an Julie Halpin denke, kann ich noch lange nicht einschlafen.

Das restliche Wochenende vergeht wie im Flug. Dave fährt nicht, wie angenommen, am Sonntagabend nach Wexford, sondern bleibt zu Hause und düst am Montagmorgen um sechs Uhr los. Die Kinder schlafen noch, können sich daher nicht verabschieden, aber ich stehe in meinem Herzchenschlafanzug in der Haustür, bis der Lieferwagen um die Ecke verschwunden ist.

Später ruft Melisse Grady an und fragt, ob ich am Donnerstag einen pensionierten US-General und seinen Freund, einen PGA-Golfspieler, zum *Mount Juliet* fahren könne? Das *Mount Juliet* ist ein Luxushotel mit Golfplatz in Kilkenny, ungefähr zwei Autostunden von Dublin entfernt.

»Wir haben für ihn etliche Events organisiert«, erklärt Melisse, »aber am Golfen liegt ihm besonders viel. Sie müssten ihn am Donnerstagnachmittag hinfahren und am Freitagmittag abholen.«

Dave und ich sprachen am Wochenende so gut wie gar nicht über meine Geschäftspläne. Ich erzählte, dass ich weiterhin einige Aufträge annähme, woraufhin er stirnrunzelnd erklärte, das sei wohl nicht besonders praktikabel, nachdem ich wieder daheim sei. Ausweichend sagte ich, es gehe teilweise darum, dass sich Mum, wenn sie sich um die Kinder kümmere, gebraucht fühle. Dazu nickte er, und wir ließen das Thema fallen, das aber demnächst ausführlich auf den Tisch kommen muss.

Mein vager Businessplan konzentriert sich auf einen ausgewählten Kundenstamm, zu dem der pensionierte US-General nicht passt. Aber ich möchte sowohl gern einmal das *Mount Juliet* sehen als auch eine Kundin wie Melisse nicht verprellen, schließlich will ich weitere Aufträge von ihr. Also sage ich freundlich zu, und sie sendet mir die Handynummer des Generals a. D., mit der Bitte, ihn und seinen Begleiter Donnerstagmorgen um zehn Uhr beim *Westbury Hotel* abzuholen. Ich schicke eine Bestätigung und speichere die Generalsnummer ab.

Ich habe mich, auch wenn ich das Dave gegenüber anders darstellte, dagegen entschlossen, Mum zu fragen, ob sie diese Woche während meiner Arbeit auf die Kinder aufpassen kann. Zwar hat sie erklärt, sie springe jederzeit gerne ein, aber ich habe sie bisher nicht als ständige Babysitterin missbraucht und werde damit jetzt nicht anfangen. Stattdessen bezahle ich Natalie Hughes, die gegenüber wohnt. Bevor sie ihr drittes Kind bekam, arbeitete Natalie bei einer Bank. Jetzt stellt sie zu Hause Duftkerzen her und verkauft sie als Luxusartikel übers Internet. Viel verdiene sie damit nicht, gesteht sie, aber die Beschäftigung bewahre sie davor, durchzudrehen. Und als schöner Nebeneffekt riecht ihr Haus immer wie eine frischgemähte Wiese.

Glücklicherweise sind Mica und Tom gern bei Natalie. Und bis auf den General und seinen Freund stehen diese Woche fast ausschließlich Stadtfahrten auf dem Programm, daher kann ich notfalls jederzeit zu Hause vorbeischauen.

Ich bin sehr zufrieden damit, wie ich alles unter Kontrolle habe und unter einen Hut bringe.

Als Dave abends anruft, erzähle ich ihm von dem Auftrag in der Annahme, er wäre begeistert, dass ich einen pensionierten General durch die Gegend kutschiere. Falsch gedacht. Stattdessen wiederholt er, ich könne unmöglich auf Dauer als Chauffeurin arbeiten.

»Verständlich, dass es wichtig war, als dein Dad noch lebte«, räumt er ein. »Aber jetzt ist es zu viel Organisationsaufwand. Außerdem wollte dein Dad immer, dass du das Auto verkaufst.«

»Das stimmt nicht.«

»Natürlich wollte er das. Du glaubst doch nicht, dass es in seinem Sinn ist, wenn du mit Fremden auf der Rückbank durch die Gegend flitzt. Er hat erwartet, dass du den Mercedes mit ordentlich Gewinn verkaufst und dir damit das Leben versüßt.«

Es steht Dave nicht zu, mir Dads Absichten zu erklären.

»Ich möchte das Geschäft weiterführen«, erkläre ich ihm. »Ich bin eine leidenschaftliche Autofahrerin.«

»Aber das geht nicht«, sagt er, »vor allem nicht, wenn ich beruflich weg bin.«

»Aber du bist nie lange weg«, bemerke ich, »außerdem bekomme ich das prima organisiert.«

»Hör mir mal zu, Roxy.« Dave wird energisch. »Für den Wagen bekommen wir einen schönen Batzen Geld. Davon können wir uns einen Superurlaub gönnen, in dem wir dankbar das Glas auf Christy erheben. Die Karibik«, schiebt er hinterher, »wäre das nicht der Knaller?«

Klar klingt das wunderbar. Aber ich möchte Dads Auto trotzdem nicht verkaufen.

Die Vision, wie wir auf Barbados, Antigua oder Jamaika am Strand liegen, verschwimmt. Vielleicht hat mein Wunsch, weiterhin den Fahrservice am Laufen zu halten, weniger mit einem neu erwachten Ehrgeiz zu tun, sondern weil ich die Verbindung zu meinem Vater nicht kappen möchte.

»Ich möchte unbedingt weiterhin den Kunden fahren, der regelmäßig nach Kildare muss«, sage ich. »Er zahlt gut und es wäre verrückt, ihn an die Konkurrenz weiterzureichen. Was die anderen betrifft, jongliere ich mit den Einsatzzeiten so, dass niemand großartig darunter leiden muss. Wie ich bereits sagte, es geht lediglich um einen ausgewählten Kundenstamm. Ihn, Melisse Gradys Klienten. Und Leute wie Thea Ryan. Dad mochte sie sehr.«

»Es ist unsinnig, wegen ein, zwei Kunden ein teures Auto zu behalten, egal wie viel sie zahlen, egal wie wählerisch du bei deiner Klientel bist«, gibt Dave zu bedenken. »Oder aus Sentimentalität, weil Christy eine nette Tattergreisin ans Herz gewachsen war.«

Jemand weniger Tattergreisinnenhaftes als Thea Ryan ist kaum vorstellbar. Aber seinen anderen Argumenten habe ich wenig entgegenzusetzen. Offenbar spürt er genau, was in mir vorgeht, denn schließlich seufzt er. »Schon gut, schon gut. Wie wär's, wenn du weitermachst, bis ich den Auftrag in Wexford abgeschlossen habe, und dann reden wir mal ausführlich? Ich kann mir nicht vorstellen, dass du besonders scharf darauf bist, im Winter zu fahren«, fügt er hinzu. »Alles schön und gut, wenn es morgens hell ist und abends unterwegs zu sein, wenn es immer noch hell ist, aber wenn die Tage kürzer werden, änderst du deine Meinung bestimmt.«

Ich stoße ihn nicht mit der Nase darauf, dass ich so oder so früh aufstehe, auch im Winter.

Welche Argumente Dave auch anbringen mag, die Entscheidung treffen nicht wir. Sondern ich. Der Mercedes gehört mir. Und ich bestimme, was wann damit geschieht.

Es ist eine unterhaltsame Fahrt mit dem General und seinem Freund zum *Mount Juliet*. Bestimmt hätte auch Dave seinen Spaß am Gespräch mit ihnen gehabt. Nachdem ich die beiden beim Hotel abgesetzt habe, mache ich für meinen Instagram-Account mehrere Fotos der atemberaubenden Landschaft drum herum. Nichts kommt Irland gleich, wenn die Sonne scheint: Die Felder und Wiesen leuchten tatsächlich in *»Forty Shades of Green«* (danke, Johnny Cash) und gelber Ginster blitzt an den Hängen. Diesmal brauche ich keinen Filter, die Bilder sind prächtig und nachdem ich sie hochgeladen habe, bekommen sie sofort ein Like von Leona Lynch. Über die letzten Tage hat sich die Anzahl meiner Follower verdoppelt, was mich mit Stolz erfüllt. Von Leonas Zahl bin ich natürlich meilenweit entfernt, aber dennoch ist es die Bestätigung, dass ich das Richtige tue.

Mit einem letzten Blick auf das efeuüberwachsene Herrenhaus steige ich ins Auto und fahre zurück nach Dublin. Als ich die N7 erreiche, fällt mir Ivo Lehane ein. Vielleicht sollte ich ihm das *Mount Juliet* als geeignetes Domizil für ein romantisches Wochenende mit seiner anspruchsvollen Freundin empfehlen. Ich

habe das Restaurant gegoogelt, das er für ihr Nachgeburtstags-
abendessen ausgesucht hat. Jeder Hauptgang kostet mindestens
hundert Euro, und ich rieb mir buchstäblich die Augen, weil ich
angenommen hatte, es wäre der Preis für das gesamte Menü.
Aber nein. Nur für ein einziges Gericht. Mir ist schnuppe, welcher
Gourmetkoch am Herd steht – kein Fischfilet der Welt ist hundert Euro wert.

Da klingelt mein Handy, und – wenn man an den Teufel denkt –
es ist Ivo.

»Hi«, meldet er sich. »Ich wollte lediglich sagen, ich komme
morgen Abend eine Stunde später an, und zwar aus London. Ich
schicke Ihnen die Flugnummer. Hoffentlich bringt das Ihre Pläne
nicht allzu sehr durcheinander.«

»Überhaupt nicht.« Im Gegenteil, ich bin froh darüber, so habe
ich mehr Zeit für die Rückfahrt des Generals a. D.

»Am Samstagmorgen bleibt es bei der üblichen Uhrzeit«, schiebt
er hinterher.

»Kein Problem.«

Er bedankt sich.

»Bis dann«, verabschiede ich mich und lege auf, ehe mir ein-
fällt, dass ich ihn hätte erinnern können, seinen Laptop in eine
extra Tasche zu packen. Oder ihn fragen, ob er den Zerstäuber
gekauft hat. Nicht, dass dies meine Aufgabe ist, aber ich biete
meinen Kunden gern einen kleinen Extraservice und außerdem
kann ich nicht ewig das Parfüm für die Anspruchsvolle im Handschuhfach spazieren fahren.

15. Kapitel

Zu Hause finde ich eine missgelaunte Mica vor, die sich mit Emma und Oladele gestritten hat, weil keine von ihnen zum Spielen zu Natalie wollte. Ich werde mich nicht einmischen, die Mädchen sind seit dem ersten Schultag befreundet, beruhige Mica aber, alles werde sich wieder einrenken. Sie weint sich an meiner Schulter kurz aus und verzieht sich nach oben, um sich den neuesten Vlog-Post von Leona Lynch anzusehen. Hoffentlich irre ich mich nicht, und die Mädchen regeln das tatsächlich unter sich, meine Tochter kann nämlich ganz schön dickköpfig sein, wenn sie sich im Recht glaubt.

Tom rennt raus zum Trampolin, und ich mache mir einen Kaffee. Ich nippe an meiner Tasse und verschlinge eine halbe Packung Schokoladenkekse, ohne es zu registrieren. So viel zu meiner neuen gesunden Lebensweise! Mit einem tiefen Seufzen ziehe ich Gina Hayes' Kochbuch aus dem Regal. Heute gibt's wieder bunten Salat. Laut Mum mochten die Kinder ihn. Aber bei ihr gab es auch Pommes dazu ...

Ich lege das Buch auf die Arbeitsplatte und schaue durchs Fenster. Tom hüpft immer höher, und mir schwirrt, da er vor einigen Tagen so unglücklich aufgekommen ist, der Satz »das wird noch mit Tränen enden« durch den Kopf.

Doch er springt fröhlich vor sich hin, kein Grund zur Sorge. Trotzdem kann ich das beklommene Gefühl nicht abschütteln, das mich seit meiner Rückkehr nach Beechgrove Park begleitet. Das unerklärliche Gefühl, als betrachtete ich mein eigenes Leben von außen, als wäre alles Schwindel, nichts echt.

Kopfschüttelnd gehe ich in den Garten, streife meine Schuhe ab und hüpfe mit meinem Sohn auf dem Trampolin. Ich überhöre das Klingeln meines Handys und stelle erst eine knappe Stunde später fest, dass Dave angerufen hat.

»Hallo«, sage ich, als ich zurückrufe. »Tut mir leid, dass ich deinen Anruf verpasst habe. Ich war auf dem Trampolin.«

»Ich habe mir schon Sorgen gemacht«, sagt er, »ich dachte, du hättest vielleicht einen Unfall gehabt.«

Diese Sorge hat Dave bisher nie geplagt.

»Du hast gesagt, du fährst heute zum *Mount Juliet*«, schiebt er nach.

»Es war bezaubernd!« Ich erzähle ihm, wie höflich und charmant der General a. D. war, und Dave schnaubt.

»Bestimmt hat er Menschen in den Tod geschickt«, sagt er. »Höflich, so ein Quatsch.«

»Zu mir war er höflich«, gebe ich zurück. »Und ich freue mich darauf, die beiden morgen abzuholen.«

»Mein Tag war der reinste Alptraum.« Dave erzählt von dem Problem, das sein Team mit den alten Rohrleitungen des Hotels hat. Ich höre ihm nicht richtig zu, sondern überlege, um welche Uhrzeit ich zum *Mount Juliet* rausfahren muss, ob das Wetter so schön bleibt wie heute, Mica sich wieder mit Emma und Oladele verträgt und ich Mum später anrufen soll.

»Was meinst du?«, fragt er, und ich zögere mit der Antwort, weil ich nicht weiß, worauf sich seine Frage bezieht.

»Wofür du dich auch entscheidest, ich bin damit einverstanden«, sage ich schließlich.

»Super«, meint Dave. »Du, ich muss los, die Jungs und ich gehen zum Abendessen ins *Dicey's*.«

Dicey's ist, wie ich erfahren habe, der Pub, der dem Ferienhaus am nächsten liegt und mittlerweile ihre inoffizielle Kantine geworden ist.

»Alles klar«, sage ich. »Einen schönen Abend und wir sehen

uns morgen. Vergiss nicht, dass ich einen Kunden am Flughafen abholen und nach Kildare fahren muss. Mum ist morgen nicht hier, deshalb sind die Kinder bei Natalie.«

»Hat Natalie nicht genug mit ihren eigenen Kindern zu tun, ohne dass du ihr unsere auch noch aufhalst?«

Ich habe ihm nicht erzählt, dass ich sie dafür bezahle, denn es geht ihn eigentlich nichts an. Es sei für sie kein Problem, erkläre ich und reiche ihn noch kurz an Tom und Mica weiter.

Die Fahrt am nächsten Tag ist herrlich. Die Sonne steht so hoch am Himmel, dass sie mich nicht stört, und ich gondle entspannt, weil sich der Verkehr ordentlich gelichtet hat, durch die groß-artige Landschaft um Carlow und Kilkenny. Ich schalte meinen Countrymusik-Sender ein und singe lauthals im Chor mit Dolly und Shania, die mir beide die gleiche Botschaft übermitteln: Män-ner taugen eigentlich nichts, aber als Frau kann man auch nicht ohne sie leben. Da könnten die Damen recht haben.

Ich erreiche das Golfresort vor der verabredeten Uhrzeit, aber der General und sein Freund sind abreisefertig und warten schon. Sie lassen mich ihre Golfschläger nicht im Kofferraum verstauen, bestehen darauf, das eigenhändig zu übernehmen.

»Wo ich herkomme, *ma'am*«, sagt der General, »übernimmt der Mann die schwere Arbeit.«

Irgendwie ist er süß. Für einen Mann, der Armeen herumkom-mandiert und Leute in den Tod geschickt hat.

Nachdem ich sie bei ihrem Hotel in Dublin abgesetzt habe, schicke ich Mum eine Nachricht, dass ich auf dem Heimweg bei ihr vorbeischaue. Es wird nett sein, sie ohne die Kinder zu sehen, nur Mutter und Tochter. Erst als ich vor ihrem Haus halte, ploppt ihre Antwort auf meinem Handy auf – sie sei auswärts beim Mittagessen, aber hoffentlich vor mir wieder daheim.

Natürlich habe ich einen Hausschlüssel, klingle aber trotzdem. Ihre Schritte sind im Flur zu hören, und dann geht die Tür auf. Sie wirkt leicht durcheinander.

»Ich bin eben erst heimgekommen«, sagt sie.

»Tut mir leid, wenn du dich meinetwegen abgehetzt hast. Ich dachte, es wäre schön, vorbeizukommen, wenn du mal nicht auf meine Kinder aufpasst«, erkläre ich und küsse sie auf die Wange. »War dein Mittagessen nett?«

»Sehr.«

Ihr Gesicht ist gerötet, was bedeutet, dass sie ein Glas Wein getrunken hat. Offenbar hatte sie ein paar nette Stunden, was mich freut.

Ich mache mir einen Kaffee, während sie ihre Häkelnadel zückt und mit einem neuen Kraken anfängt.

»Du bist die reinste Oktopusfabrik«, sage ich.

»Mir macht das richtig Spaß«, gesteht sie. »Ich hatte ganz vergessen, wie gern ich häkle und stricke. Vielleicht sollte ich mich an etwas anderem versuchen. Jackie könnte die Sachen verkaufen.«

Jackie ist eine von Mums Freundinnen und beschäftigt sich viel mit Design und solchen Dingen. Sie präsentiert ihre Ergebnisse auf Kunsthandwerksmärkten landauf, landab. Keine Ahnung, ob sie davon leben kann.

»Gute Idee.« Ich nehme einen der niedlichen Kraken in die Hand, dessen gedrehte Tentakel ideal in Babyhändchen passen. »Vielleicht sollte ich auch mitmachen«, überlege ich laut, »andererseits hat mir häkeln oder stricken nie viel Spaß gemacht.«

»Du würdest schnell den Dreh rauskriegen«, versichert Mum. »Und es wäre gut, wenn du etwas hättest, bei dem du zur Ruhe kommst. Ich mache mir Sorgen, dass du Raubbau an deiner Gesundheit treibst.«

»Tu ich doch gar nicht.« Ich wickle mir einen der Fangarme um den Finger. Das wirkt sogar auf Erwachsene ziemlich beruhigend. »Das letzte Mal war ich abends weg zum Benefizabend und der ist ewig her!«

»Zum *Mount Juliet* und zurück, dann Kildare und zurück und alles an einem Tag«, sagt sie. »Das ist viel Zeit hinterm Steuer.«

»Eigentlich nicht«, widerspreche ich. »Beide Strecken sind problemlos zu fahren und insgesamt nicht mehr als fünfhundert Kilometer.«

»Wie viele Stunden sitzt du im Auto?«

»Wahrscheinlich sechs«, gebe ich zu. »Aber sieh es mal so, Mum. Die meisten verbringen acht Stunden am Stück im Büro, und Daves Arbeitstage sind, je nach Auftrag, manchmal zwölf Stunden lang. Im Vergleich dazu schiebe ich eine ruhige Kugel.«

»Aber du bist nicht da, wenn er heimkommt.«

»Ich bin doch keine kleine Hausfrau, die angetan mit Schürze und Häubchen den lieben langen Tag nur auf seine Rückkehr wartet«, protestiere ich. Obwohl ich bis vor kurzem mehr oder weniger genau das gewesen bin. Ohne Schürze und Häubchen natürlich.

»Nein, natürlich nicht«, gibt sie zu. »Aber es ist trotzdem eine Umstellung.«

»Er wird sich schon dran gewöhnen.«

Eine Weile konzentriert sie sich aufs Häkeln und flucht dann leise.

»Das wird nichts.« Sie schüttelt den Kopf und bestätigt meinen Verdacht, dass es zum Mittagessen ein Glas Wein gab.

»Wo warst du?«, frage ich.

»Im *Bay*.«

Das ist eines ihrer Lieblingsrestaurants, wo sie sich mit ihren

Freundinnen trifft, weil es dort lustig und lebhaft zugeht und man einen schönen Ausblick auf die Küste hat. Bevor Dad krank wurde, ging sie häufig hin, heute war es das erste Mal seit seinem Tod. Ich freue mich darüber. Auch dass sie ein Glas Wein hatte.

»Mit wem warst du dort? June und Jackie?«

»Nein, diesmal nicht.«

Mein Mobiltelefon piepst, und ich hole es aus meiner Handtasche. Es ist eine Benachrichtigung über Ivo Lehanes Flug, der offensichtlich eine halbe Stunde später landet.

»Da wirst du im Stau stecken«, ist Mums Kommentar.

»Der Fluch aller Fahrer.« Ich trinke meinen Kaffee aus und stehe auf. »Ich gehe heim, sage den Kindern hallo und düse dann gleich zum Flughafen.«

»Fahr vorsichtig.« Sie zieht die Nadel aus der Wolle. Heute wird bestimmt nicht mehr gehäkelt, jede Wette.

Fünfzehn Minuten bevor Ivos Flieger landet, sitze ich im Flughafencafé. Ich habe meinen üblichen Kaffee durch einen Smoothie ersetzt, von dem ich ein Foto mache. Nachdem ich das Bild mit einem Filter bearbeitet habe, lade ich es auf Instagram hoch mit der Unterschrift »Chauffeurin beim Boxenstopp«. Umgehend bekommt es einige Likes.

Eine Benachrichtigung auf dem Handy informiert mich, dass das Flugzeug gelandet ist, also Schluss mit Social Media. Ich schicke Ivo eine SMS, dass ich in der Ankunftshalle auf ihn warte. Zwanzig Minuten später taucht er auf, marschiert groß und selbstbewusst durch die Menge.

»Hi«, begrüßt er mich. »Tut mir leid, dass Sie wegen der Verspätung schon wieder herumsitzen mussten.«

»Kein Problem.«

Wir gehen zu den Parkplätzen, und er setzt sich auf den Beifahrersitz. Er hat eindeutig beschlossen, nicht mehr zur Fraktion der Rückbankgäste zu gehören. Vorsichtig setze ich das Auto zurück und steuere die M50 an. Wortlos sitzt Ivo neben mir. Sein Handy rührt er nicht an, sondern starrt in die Ferne. Dieses Schweigen könnte unangenehm sein, was aber nicht der Fall ist. Und ich fühle mich auch nicht durch seine Anwesenheit neben mir bedrängt.

In Ivos Gegenwart bin ich so entspannt wie bei keinem anderen meiner Fahrgäste. Das liegt wahrscheinlich daran, dass er, wenn er sich denn mit mir unterhält, nicht die üblichen Banalitäten von sich gibt.

Während der letzten Stunde ist der Verkehr dichter geworden und man kommt langsamer voran als sonst, es könnte ein nasses Winterwochenende sein, kein Sommerabend. Aber immerhin bewegen wir uns.

»Ist wie auf der M25 in London«, sagt Ivo unvermittelt.

Da hat er recht. Hier wie dort wird die Höchstgeschwindigkeit zu manchen Tageszeiten eher angestrebt als überschritten.

»Haben Sie in London gelebt?«, frage ich.

»Ein Jahr lang«, antwortet er. »Meine Firma hatte dort eine Forschungseinrichtung. Danach kam Paris und anschließend Brüssel.«

»Sie kommen ordentlich rum«, bemerke ich.

»Sie aber auch.« Er grinst. »Vielleicht nicht so wie ich, aber Sie fahren ganz offensichtlich viel durch die Gegend.«

»Definitiv ein anderes Herumkommen als bei Ihnen.« Ich wechsle die Spur, um einen Tankwagen zu überholen.

»Ist Ihre Arbeit okay für eine berufstätige Mutter?«, erkundigt er sich. »Lässt sie Ihnen genügend Flexibilität?«

»Eigentlich sollte es keine Rolle spielen, ob es sich um eine berufstätige Mutter oder einen berufstätigen Vater handelt«, überrasche ich mich selbst mit meiner Antwort. »Entschuldigung, Sie haben natürlich recht.«

Eindeutig ist dies der Einfluss meiner Klientinnen Thea Ryan, Gina Hayes und Leona Lynch, und ich bin nun doch zur bekennenden Feministin geworden.

»Man hat eine gewisse Flexibilität«, unterbreche ich das Schweigen, das sich auf uns gelegt hat, »aber dazu braucht es ein Umfeld, das einen unterstützt.«

»Und das ist bei Ihnen offensichtlich der Fall.«

»Na ja …« Ich zucke mit den Schultern. »Meine Mutter unterstützt mich. Und – ach, Scheiße!« Der langsam dahinkriechende Verkehr kommt an der Kreuzung Blanchardstown endgültig zum Erliegen. Das in der Ferne blinkende Blaulicht eines Polizeiwagens verrät mir, dass es einen Unfall gegeben hat. Ich stöhne.

Ivo sieht das Warnlicht ebenfalls und wirft einen Blick auf seine Armbanduhr.

»Bestimmt löst sich der Stau schnell auf.« Meiner Stimme ist anzuhören, dass ich meinen Worten selbst nicht glaube.

»Können wir irgendwo abfahren?«, fragt Ivo.

Ich schüttle den Kopf. »Die nächste Ausfahrt kommt erst drei, vier Kilometer nach dem Unfall. Wir können nur darauf setzen, dass sie die Straße zügig freigeben. Und natürlich hoffen, dass niemand schwer verletzt ist.«

Ich hasse Unfälle auf der Autobahn. Ehrlich gesagt, erstaunt mich, dass sich nicht mehr ereignen. Erstaunlich viele Leute haben keine Ahnung, wie man sich auf der Autobahn verhält. Sie wechseln wild die Fahrspur, überholen, und alles nur, um ein paar lächerliche Sekunden einzusparen und … ich muss über mich selbst lächeln, weil ich mich anhöre wie Dad, der sich ständig über die vielen Trottel hinterm Steuer beschwerte.

»Musik?« Ich werfe einen Blick auf Ivo.

»Könnte helfen«, antwortet er.

»Sie können gern Ihr Handy mit dem System koppeln«, biete ich ihm an.

»Ich bin mit allem einverstanden, was Sie spielen«, sagt er. »Es sei denn, Sie sind Heavy-Metal-Fan.«

Ich schalte die Anlage ein, da ich mir aber nur schlecht vorstellen kann, dass Ivo Lehane von meinem Countrymusik-Sender begeistert ist, wähle ich eine Playlist mit gängiger Klassik. Ich bin zwar selbst kein großer Fan, aber beim ersten Hören der Liste erkannte ich viele der Stücke aus diversen Werbespots. Daher sehe ich, als die Musik das Auto erfüllt, vor meinem geistigen Auge Leute, die einkaufen, an ihrem Rechner sitzen, ihre Kreditkarte einsetzen oder schnelle Autos fahren. Die Wirkung ist jedenfalls beruhigend und das haben wir nötig, denn wir bewegen uns seit zwanzig Minuten keinen Millimeter voran. Ich kann Ivos Unruhe förmlich spüren. Auch wenn ich keinen weiteren Termin habe, werde ich ebenfalls unruhig. Ivo hat die Fahrt bezahlt, und ich bin für ihn da, bis ich ihn am Ziel abgesetzt habe.

»Das ist doch absurd!« Ivo holt sein Handy heraus und tätigt einen Anruf, den ich zu ignorieren versuche, auch wenn er lediglich sagt, er stehe seit Ewigkeiten auf der Autobahn im Stau, die Verspätung sei nicht beabsichtigt, er bemühe sich, schnellstmöglich zu kommen, und rufe erneut an, sobald es weitergehe.

Doch als zehn Minuten später sein Handy klingelt, stehen wir immer noch.

»Wir haben uns nicht vom Fleck bewegt«, sagt er, »tut mir leid.« Schweigend hört er sich die Gardinenpredigt am anderen Ende der Leitung an. Zwar verstehe ich nichts, kann aber am Tonfall der Stimme erkennen, dass die Frau alles andere als zufrieden ist.

»Vielleicht möchtest du mit meiner Fahrerin sprechen«, sagt er. »Hilft dir das?«

Zum Glück möchte die Furie nicht mit mir reden, und Ivo steckt sein Mobiltelefon wieder ein.

Nach fast vierzig Minuten Stillstand gibt die Polizei die Straße frei. Ich schalte auf D, und wir arbeiten uns vorwärts, wenn auch langsam. Ivo holt das Handy aus der Tasche, doch bevor er noch wählen kann, klingelt es. Er lauscht und unterbricht dann mit den Worten, die Straße sei wieder frei.

»Ich bin da in ...« Er wirft mir einen Blick zu und ich sage: »Ungefähr einer halben Stunde.« Eine wahrscheinlich optimistische Schätzung, aber Optimismus haben wir jetzt nötig. Er gibt die Information an seine Gesprächspartnerin weiter. »Herrgott noch mal!«, sagt er verärgert. »Nach alldem hier! Ich bin auf dem Weg ...« Er verstummt und sagt dann in einem Tonfall »Na gut«, der dem Telefonat sofort ein Ende setzt.

»Nehmen Sie bitte die nächste Ausfahrt«, sagt er.

»Sind Sie sicher?«

»Ja. Und fahren Sie zurück in die Stadt.«

Ich widerspreche nicht. Wenig überraschend hat sich an der Anschlussstelle ein kleiner Stau gebildet. Ivo telefoniert schon wieder, reserviert sich ein Zimmer für die Nacht.

»Zum *Crowne Plaza*«, verkündet er anschließend.

Ich kenne das Hotel gut, weil ich dort schon viele Kunden abgeholt oder hingebracht habe.

»Tut mir leid, dass Ihre Pläne über den Haufen geworfen worden sind«, sage ich, als wir schließlich das Ende der Ausfahrt erreicht haben.

»Früher oder später musste etwas schiefgehen, das war klar«, erwidert er. »Es war von Anfang an ein Fehler, den Forderungen meiner Schwester nachzugeben.«

Wie ich mir schon gedacht habe – es geht um eine Familienan-
gelegenheit. Wenn ich es irgend vermeiden kann, spreche ich mit
meinen Kunden nicht über ihre Familie. Meine eigene macht mir
schon Kummer genug, da muss ich mir nicht auch noch anderer
Leute Probleme anhören.

Ich fahre in der entgegengesetzten Richtung wieder auf die
Autobahn, und bald darauf erreichen wir das Hotel. Genau genommen wäre Ivo ziemlich rasch in der Banville Terrace gewesen,
nachdem wir uns erst einmal in Bewegung gesetzt hatten, doch
er scheint glücklich, dass er sich nicht die Mühe machen muss.

»Hätten Sie gern einen Kaffee?«, fragt er, als ich vor dem Haupteingang halte. »Sie sind garantiert genauso müde und angefressen wie ich.«

»Nur keine Sorge, das gehört zum Job.«

»Bitte.« Er dreht sich mir zu. »Ich habe ein schlechtes Gewissen ... Sie mussten sich die Gespräche zwischen Lizzy und mir
anhören, und ich hätte ein besseres Gefühl, wenn Sie ... Bestimmt
würde Ihnen was Warmes guttun.«

In der Tat hätte ich rasend gern einen Kaffee. Und wenn ich
seine Einladung annähme, wäre es ihm wohl weniger unangenehm, dass die Fahrt anders als geplant verlaufen ist. Aber es
wäre nicht sehr professionell. Anderseits müsste ich auch dringend auf die Toilette. Also sage ich ja und erkläre, ich käme nach,
sobald ich geparkt hätte.

Er geht ins Hotel, und ich finde eine Parklücke. Als ich zur Rezeption komme, hat er bereits eingecheckt. Ich bedeute, dass ich
kurz verschwinden muss, und er nickt.

Nachdem ich mir die Hände gewaschen habe, betrachte ich
mein Spiegelbild. Ich hole aus meiner Handtasche eine Bürste
und obwohl er tadellos sitzt, binde ich meinen Pferdeschwanz
neu. Auch den Lippenstift frische ich auf und dufte mich mit

Clinique Happy ein. Unvermittelt schießt mir durch den Kopf, Ivo Lehane könnte glauben, ich hätte mich seinetwegen restauriert, komme aber zum Schluss, dass es ihm nicht einmal auffallen wird. Denn egal, wie nett die Kundin, der Kunde ist, man wird von ihnen nicht als Person wahrgenommen. Man ist die Fahrerin und gehört zum Inventar.

Als ich zurückkomme, steht er immer noch an der Rezeption.

»Dort drüben gibt es eine Bar«, sagt er.

Die Bar unterscheidet sich nicht von anderen Hotelbars und ist hauptsächlich von Geschäftsleuten bevölkert.

»Kaffee?«, fragt Ivo, nachdem wir einen Sitzplatz gefunden haben. »Oder lieber was anderes?«

»Kaffee ist wunderbar, danke.«

Er geht zur Bar, kommt aber mit leeren Händen zurück. »Sie servieren uns den Kaffee am Tisch.«

»Okay.«

»Tut mir leid wegen heute«, sagt er.

»Ist ja nicht Ihre Schuld.« Ich zucke mit den Schultern. »So was kommt vor.«

»Aber für Sie ist es eine enorme Zeitverschwendung.«

»Überhaupt nicht.« Ich lächle ihn an, während der Kellner uns den Kaffee hinstellt. »Sie haben das Auto gemietet. Ob es sich bewegt oder nicht, spielt keine Rolle.«

Er lacht, ein netter Anblick, denn während wir im Stau standen, machte er ein Gesicht wie zehn Tage Regenwetter.

»So habe ich das noch gar nicht gesehen«, meint er. »Ich habe angenommen, dass Sie tatsächlich lieber in Bewegung sind.«

»Na klar«, bestätige ich. »Aber wenn das Fahren der Beruf ist, muss man hinnehmen, dass es Tage wie diesen gibt. Mir tut es leid, dass Sie es nicht nach Kildare geschafft haben und Ihre ganze Reise umsonst war.«

»Das ist egal.« Kurz ziehen die Regenwolken erneut über sein Gesicht, während er sich das unrasierte Kinn reibt. »Es war ein Fehler, überhaupt herzukommen. Aber ich wurde dazu gedrängt und ...« Unvermittelt sieht er mich entschuldigend an. »Und ich bin kein Stück besser, habe ich Sie doch unverschämterweise zu einer Tasse Kaffee gezwungen. Sie lehnten ab, und ich habe darauf bestanden. Tut mir leid. Wahrscheinlich möchten Sie nach Hause.«

Ich werfe einen Blick auf meine Armbanduhr. »Ich wäre ohnehin noch nicht aus Kildare zurück«, beruhige ich ihn. »Und ich bin jederzeit für einen Kaffee oder drei zu haben. Meine große Schwäche. Machen Sie sich keinen Kopf.«

»Ganz sicher?«, fragt er.

»Definitiv.« Der Kaffee ist herrlich – stark und aromatisch – und er hat eine belebende Wirkung.

»Warum haben Sie sich entschieden, Berufsfahrerin zu werden?«, unterbricht Ivo unser kurzes Schweigen.

Ich gebe eine kurze Zusammenfassung, bei der ich die intimeren Details wie Daves Nacht mit Julie Halpin auslasse, die letztlich den Ausschlag für meine weitere Chauffeurinnenkarriere gegeben hat.

»Herzliches Beileid zum Tod Ihres Vaters«, sagt Ivo. »Hört sich an, als wäre er ein toller Mensch gewesen.«

»Wir standen uns sehr nahe«, erkläre ich. »Er fehlt mir furchtbar.« Plötzlich habe ich einen Kloß im Hals, und zum ersten Mal seit langem stehen mir Tränen in den Augen. Schnell zwinkere ich sie weg, hoffentlich hat er nichts bemerkt, obwohl er mich direkt ansieht.

Er schweigt. Alles ist Ruhe und Frieden. Ich kann mich nicht erinnern, wann ich das letzte Mal friedlich in einer Bar saß. Stundenlang könnte ich hier sitzen.

Ich genieße den Augenblick. Unvermittelt erkundigt er sich nach Mica und Tom, worauf ich aus meiner Gedankenverlorenheit auftauche, ihm ein bisschen von den beiden erzähle und nebenbei geht mir auf, dass die sonst übliche Situation auf den Kopf gestellt ist, ich rede die ganze Zeit und er hört sich banales Muttergeschwätz an. Ich verstumme.

»Sie können sich glücklich schätzen, eine so nette Familie zu haben«, sagt er.

»Das stimmt«, pflichte ich ihm bei und schiebe hinterher, dass sich die Probleme mit seiner Schwester bestimmt bald klären.

Die unterschiedlichsten Gefühle lassen sich von seinem Gesicht ablesen.

»Ich hätte nie auf Lizzy hören sollen«, sagt er. »Stattdessen habe ich mich manipulieren lassen, eine ganz neue Erfahrung, denn normalerweise bin ich derjenige, der manipuliert.«

Wie soll ich darauf reagieren? Schließlich murmle ich, ich hätte ihn nicht verärgern wollen.

Er lächelt kurz. »Haben Sie nicht«, beruhigt er mich. »Ich habe gelernt, mit meinem Ärger umzugehen. Mir ging nur durch den Kopf, wie sehr sich unsere Familienerfahrungen unterscheiden.«

Da kann ich ihm nur zustimmen, er mit seinem anspruchsvollen Job und der ebenso anspruchsvollen Freundin. Ich mit meinem Ein-Frau-Fahrservice, mit Dave und den Kindern.

»Ach, irgendwann hat jeder familiäre Probleme«, sage ich bemüht heiter. »Bestimmt lösen sich Ihre bald.«

Geistesabwesend klopft Ivo mit seinem Kaffeelöffel gegen die Untertasse. Seine Familie sichere dem Therapeuten ihres Vertrauens seit Jahren ein gutes Auskommen, meint er. Ich weiß, dass Therapie recht verbreitet ist, kenne aber niemanden, der wegen familiärer Probleme eine macht. Die meisten Menschen, die ich kenne, entscheiden sich für »mach einfach weiter«. So wie ich auch. Wäre es besser gewesen, ich hätte, nachdem ich Dave und Julie Halpin in flagranti erwischt hatte, eine Therapie gemacht? Wahrscheinlich hätte das auch nichts geändert.

Ivo Lehane scheint die Therapie auch nicht geholfen zu haben, da er offensichtlich immer noch familiäre Probleme hat. Er beschuldigt seine Schwester der Manipulation, gibt aber gleichzeitig zu, selbst manipulativ zu sein. Und diese ganze Geheimniskrämerei, dass er nicht in der Banville Terrace abgeholt werden will, ist definitiv seltsam.

Hoffentlich komme er über das hinweg, was die Therapie notwendig gemacht habe, sage ich.

»Mein Vater und ich haben, hatten uns entfremdet«, erzählt er. »Entfremdet« ist ein hübsch altmodisches Wort für »wir hatten einen Riesenkrach und sprechen nicht mehr miteinander«. Was in Familien andauernd passiert. »Ich bin von zu Hause weg, als ich aufs College ging, und bis vor kurzem nie wieder dort gewesen.«

Das ist eine lange Zeit. Vielleicht denkt er, der Krach wäre seine Schuld gewesen.

»Ich will Sie nicht mit Einzelheiten langweilen«, fährt er fort. (Schade, denn die langweiligen Einzelheiten der Probleme anderer Leute sind meistens am interessantesten.) »Anfang des Jahres hatte er einen Schlaganfall und lag mehrere Monate im Krankenhaus. Schließlich kam er nach Hause, und meine Schwester nahm unbezahlten Urlaub, um ihn zu pflegen, was natürlich sehr anstrengend ist. Ich habe angeboten, für ein oder zwei Wochen ein Pflegeheim zu bezahlen, damit sie in Urlaub fahren kann. Aber sie hatte sich das anders vorgestellt, wollte jede Woche einen freien Abend.«

»Kommen Sie deshalb nach Kildare?«, frage ich. »Damit sie einmal eine Nacht zu Hause verbringen kann?«

»Mehr oder weniger«, erwidert Ivo. »Ich hätte jemanden bezahlt, aber sie sagt, Dad will keine Fremden im Haus.«

»Das kann ich verstehen«, sage ich. »Ältere Menschen mögen es nicht, wenn sich an ihrem Tagesablauf etwas ändert. Aber bestimmt hat sich Ihr Vater gefreut, Sie zu sehen, egal, worüber Sie sich damals gestritten haben.«

Ivo schweigt.

»Blut ist dicker als Wasser«, schiebe ich nach. Nur weil es ein Klischee ist, ist es noch lange nicht falsch.

»Lizzy hat immer darauf gedrängt, dass wir uns versöhnen. Vermutlich hat sie gehofft, wenn ich häufig genug käme, würden wir eines Tages so eine warmherzige, liebende Familie werden wie Ihre. Da kann sie lange drauf warten!« Abweisend zuckt er die Achseln, und ich wünschte, er erzählte mir die langweiligen Einzelheiten. Da er das nicht tut, frage ich nach seiner Mutter, die in der Schilderung bisher keine Rolle spielt.

»Sie starb, als ich klein war.« Die Endgültigkeit dieser Aussage lässt mich verstummen. Im Stillen frage ich mich, ob sie trotzdem eine Rolle im Zerwürfnis zwischen Ivo und seinem Vater spielte.

»Verständlicherweise ist es schwierig für Sie, nach so langer Zeit heimzukehren und sich um Ihren Vater zu kümmern, vor allem, weil Sie immer deswegen herfliegen müssen. Aber es ist nur eine Nacht pro Woche, ansonsten übernimmt Ihre Schwester den Löwenanteil der schweren und belastenden Arbeit.«

»Sie sind auf ihrer Seite.«

»Ich ergreife für niemanden Partei«, sage ich so sanft wie möglich. »Ich weise lediglich darauf hin, dass sie ihn die ganze Zeit über betreut, was schwierig genug sein muss.«

»Muss sie doch nicht«, widerspricht Ivo, »wie gesagt, ich wäre durchaus bereit, für seine Betreuung zu bezahlen.«

»Manchmal geht es nicht um Geld«, fahre ich ihm in die Parade.

»Sicher, dass ihr beiden nicht heimlich befreundet seid?«, fragt er. »Genau das hat sie nämlich auch gesagt. Sie hat mir das Gefühl vermittelt ...« Er verstummt, ringt sichtlich nach adäquaten Worten.

»Er ist Ihr Vater«, sage ich. »Egal, welche Schwierigkeiten Sie in der Vergangenheit miteinander hatten, er ist Familie.«

Er holt scharf Luft. »Manches kann ich nicht verzeihen.«

»Wenn die Sache so furchtbar war, müssen Sie das auch nicht«, erkläre ich, »es reicht, wenn Sie anwesend sind.«

»Vielleicht.« Er greift nach seiner Kaffeetasse, stellt sie jedoch ab, ohne genippt zu haben. »Unfassbar, dass ich eingeknickt bin. Garantiert hätte mein Vater sich irgendwann mit einer Betreuung abgefunden.«

»Vielleicht möchten Sie sich tief im Inneren doch mit ihm versöhnen«, mutmaße ich.

»Sicher nicht.«

Ich bin etwas bestürzt, weil aus seinen Worten keinerlei Zweifel herauszuhören ist.

»Wenn Sie weiterhin Ihren Vater besuchen, sollten Sie das aber«, sage ich. »Es ist völlig sinnlos, wenn Sie sich jedes Mal darüber ärgern. Das tun Sie nämlich«, ergänze ich, noch bevor er etwas sagen kann. »Das ist zu spüren, sobald Sie ins Auto steigen.«

Ivo sieht mich skeptisch an.

»Ganz ehrlich, ich wusste, es liegt was im Argen«, sage ich.

»Ich dachte, ich käme cool rüber.«

»Das war auch der Fall«, versichere ich. »Aber möglicherweise anders als geplant.«

Er lacht, und die Stimmung hellt sich beträchtlich auf.

»Lizzy sagt oft, ich könne einem tüchtig auf den Wecker gehen«, sagt er.

»Das würde ich über einen Kunden nie sagen.«

»Gehe ich Ihnen auf den Wecker?«

»Nein«, antworte ich. »Sie sind ein prima Kunde und machen einen anständigen Eindruck. Hat Ihnen die Therapie im Hinblick auf den Streit geholfen?« Die Frage rutscht mir einfach so heraus.

Er schüttelt den Kopf. »Da ging es mehr um die Kindheit.« Mittlerweile klingt er ruhiger – er wird mir nicht anvertrauen, worum es ging. »Es hat funktioniert. Immerhin habe ich es geschafft, nach fast zwanzig Jahren zum ersten Mal wieder zurückzukommen, wenn auch gegen große innere Widerstände. Vielleicht ist es mir leichter gefallen, weil ich nicht in der Banville Terrace aufgewachsen bin. Es sind keine Erinnerungen damit verbunden.«

»Da könnten Sie recht haben«, pflichte ich ihm bei. »Schauen Sie, Ivo – es hat sich doch alles zum Guten für Sie gewendet. Sie haben einen tollen Job und eine wunderbare Lebensgefährtin ...«

»Woher wollen Sie das wissen?« Er sieht belustigt aus.

»Weil Sie sich das alles sonst gar nicht leisten könnten. Und Sie lieben Annabel ganz eindeutig ... Sie führen sie in Nobelrestaurants und kaufen ihr teure Geschenke.« Auf einmal fühle ich mich wieder befangen. Wer bin ich, dass ich ihn über seine Familie belehre oder ihm erzähle, wen er liebt. Rasch leere ich meine Tasse und stehe mit den Worten auf, ich müsse gehen. Einen Augenblick lang glaube ich, er bittet mich zu bleiben, doch auch er steht auf. Seinen Kaffee hat er immer noch nicht angerührt.

»Ich danke Ihnen für heute«, sagt er. »Tut mir leid, dass ich Sie bis fast nach Kildare und wieder zurückgescheucht habe. Und auch, dass ich Ihnen mit meinen Problemen das Ohr abgekaut habe, die doch angesichts der großen Probleme der Welt lächerlich sind.«

»Die eigenen Probleme wiegen für jeden von uns schwer«, sage ich.

»Wahrscheinlich.« Er lächelt. »Es ist noch nicht entschieden, ob ich wiederkomme. Ich habe all das so satt.«

Am liebsten hätte ich gesagt, das heute sei lediglich ein Sturm im Wasserglas gewesen, beiße mir jedoch auf die Zunge.

»Ich gebe Ihnen natürlich Bescheid. Tut mir leid, wenn Ihnen das Unannehmlichkeiten macht.«

»Überhaupt nicht«, entgegne ich. »Es gibt genügend Kunden, die Ihren Platz einnehmen.« Ich werfe ihm einen entschuldigenden Blick zu. »Das hört sich grässlich an. Als ob ich Sie wegen jemand anders mit Kusshand abservierte. So war es nicht gemeint, sondern dass Sie sich wegen meines Geschäfts keine Sorgen machen müssen.«

»Offenbar nicht«, meint er.

»Es wäre schade, wenn Sie nicht wiederkommen«, füge ich hinzu. »Ich fahre gern nach Kildare.«

»Es muss sehr stressig gewesen sein, mich samstags in aller Herrgottsfrühe abzuholen.« Er runzelt die Stirn. »Ich wollte keine Sekunde länger bleiben als nötig, das war der Grund. Aber bestimmt haben Sie samstags genug mit Ihren Kindern zu tun und eine Fahrt im Morgengrauen ist so ungefähr das Letzte, was Sie brauchen können.«

»Ich bin gern im Morgengrauen unterwegs«, sage ich. »Auf menschenleeren Straßen fährt sich's am besten.«

»Trotzdem gedankenlos von mir.«

»Sie sind der Kunde!«, erinnere ich ihn. »Sie bezahlen mich für meine Zeit. Da brauchen Sie nicht rücksichtsvoll zu sein. Außerdem haben Sie immer mehr gezahlt als vereinbart, was ich sehr zu schätzen weiß. Ich würde es wirklich bedauern, wenn wir uns nicht mehr sehen würden.«

»Das ist nett.« Er holt sein Mobiltelefon aus der Hosentasche, wirft einen Blick darauf und legt es auf den Tisch.

»Brauchen Sie mich morgen früh, oder würden Sie lieber den Flughafenshuttle nehmen?«, frage ich.

»Ich nehme den Shuttle«, sagt er.

»Okay.« Plötzlich fällt mir etwas ganz anderes ein. »Also, wenn Sie nicht wiederkommen, sollten Sie das Parfüm an sich nehmen.«

»Das Parfüm?«

»Das Sie Ihrer Freundin zum Geburtstag gekauft haben? Das ich seit zwei Wochen in meinem Handschuhfach für Sie aufbewahre?«

»Ach ja, das Parfüm.« Er überlegt kurz und zuckt die Achseln. »Behalten Sie's.«

»Das geht unmöglich.«

»Bitte«, sagt er. »Ich werde sicher nicht wegen eines Parfüms mein Gepäck einchecken, und außerdem habe ich auf Ihren Vorschlag Annabel zu einem luxuriösen Abendessen ausgeführt. Und ihr eine Kette geschenkt. Und einen Gutschein für ein absurd teures Wellnesshotel und obendrein noch eine bestimmte Hermès-Tasche, die sie sich schon seit ewigen Zeiten wünscht. Daher bin ich wieder halbwegs in Gnaden aufgenommen, und sie hat mir meine Abwesenheit beim Geburtstagsessen verziehen. Das Parfüm wäre des Guten zu viel.«

»Wäre es nicht.«

»Ich halte nichts von übertriebenen Geburtstagsfeierlichkeiten«, sagt Ivo. »Wir haben ihn gefeiert, das war's jetzt.«

»Das Parfüm könnte ein Einfach-so-Geschenk sein.«

»Einfach so?«

»Einfach so, weil Sie sie lieben.« Ich grinse. »Man sollte nicht nur an Geburtstagen oder Weihnachten an andere denken und sie beschenken, sondern einfach so.«

»Hm. Sie sind eindeutig um einiges großzügiger als ich.«

Stimmt nicht, denn ich habe noch nie jemanden zu einem Abendessen eingeladen, bei dem der Hauptgang hundert Euro kostet!

Ivos Augen leuchten auf.

»Begreifen Sie das Parfüm als Einfach-so-Geschenk.« In seiner Stimme schwingt leiser Triumph mit. »Weil Sie heute so geduldig mit mir waren und sich voller Mitgefühl anhörten, wie ich absoluten Schwachsinn über meine Familie verzapft habe. Ein Dankeschön meinerseits.«

Soll ich, darf ich ein Kundengeschenk annehmen? Ich kann mich nicht entsinnen, ob Dad das je getan hat. Obwohl, Gina Hayes' Buch habe ich angenommen. Und von Leona Lynch die Handyhüllen. Und Thea Ryans wunderhübschen Schirm habe ich als Dauerleihgabe. Also wäre es nichts völlig Ungewöhnliches, wenn ich das Parfüm akzeptierte. Trotzdem fühlt es sich genauso an.

»Ich möchte es Ihnen wirklich gern schenken«, betont er.

»In diesem Fall bedanke ich mich sehr herzlich«, sage ich.

»Gern geschehen.«

Er kommt näher, und für eine Nanosekunde glaube ich, er küsst mich gleich. Mein Herz macht einen Purzelbaum. Doch er hält mir seine Hand hin, die ich ergreife.

»Auf Wiedersehen, Mr Lehane«, verabschiede ich mich.

»*Au revoir,* Mrs McMenamin«, sagt Ivo.

Can't speak French, aber das verstehe ich.

Vielleicht meint er damit, dass er doch wiederkommt.

Eine erstaunlich aufmunternde Vorstellung.

16. Kapitel

Durch die Kaffeepause werde ich ungefähr zur anvisierten Zeit daheim sein. Noch nie habe ich mit einem Kunden Kaffee getrunken und daher leichte Gewissensbisse. In dem Moment kam es mir richtig vor, aber bei näherem Nachdenken wäre ich sauer, wenn Dave mit einer Kundin auf einen Kaffee ginge. Warum, frage ich mich – weil ich ihm nicht mehr traue? Oder weil Klempner normalerweise mit ihren Kunden nicht Kaffee trinken? Zumindest nicht in Nobelhotels.

Mir geht Ivos Beziehung zu seinem Vater nicht aus dem Kopf. Was da wohl schiefgelaufen ist? Ich kenne niemanden, der sich auf Dauer seiner Familie entfremdet hat, auch wenn es gelegentlich hitzige Streitereien und vorübergehende Funkstille gibt. Trotzdem legen wir alle irgendwann, irgendwie unsere Differenzen bei. Zwischen Ivo und seinem Vater muss etwas äußerst Gravierendes vorgefallen sein, sonst hätten sie nicht so lange Zeit keinen Kontakt gehabt. Und dann hat Lizzy ihn zur Heimkehr bewogen. Am Ende sind es immer die Frauen, die es richten.

Ich bin fünf Minuten von Beechgrove entfernt, als mein Handy läutet. Kurz denke ich, es ist Ivo Lehane, der es sich anders überlegt hat und doch nach Kildare möchte. Im Geiste drehe ich schon um und überlege, was ich Dave sagen soll, da sehe ich, dass es Thea Ryan ist. Es sei leider ziemlich kurzfristig, meint sie, aber ob ich sie nächsten Freitag zu einem Charity-Lunch fahren könne, bei dem sie als Gastrednerin auftritt. Abholen müsse ich sie nicht, ergänzt sie, heimgefahren werde sie von ihrer Tochter, die sich bei der Osteoporose-Wohltätigkeitsorganisation engagiert.

Selbst wenn sich Ivo umentscheiden und nächste Woche seinen Vater besuchen sollte, habe ich genügend Zeit, Thea zu ihrem Mittagessen zu fahren, und bestätige den Termin. Die nächste Anfrage, die knapp fünf Minuten später eintrifft, mehrere Geschäftsleute am Dienstagabend von der Heuston Station abzuholen, lehne ich allerdings ab. Ich muss zu Hause bei meinen Kindern sein.

Gerade als ich vor unserem Haus vorfahre, klingelt das Handy zum dritten Mal. Unglaublich, wie gefragt ich auf einmal bin. Doch es ist Alison, die sagt, ihr Steuerberaterfreund hätte am Montagmorgen Zeit für mich. Mir war nicht klar, dass sie gleich einen Termin vereinbart. Obwohl mich die Vorstellung nervös macht, einem Geschäftsmann nicht als Fahrerin, sondern als Kundin gegenüberzutreten, will ich ihn zumindest fragen, was rentabler ist – den Wagen zu verkaufen oder das Unternehmen weiterzuführen. Mit diesen Informationen kann ich dann eine fundierte Unterhaltung mit Dave führen. Heute Abend werde ich den Termin jedoch nicht erwähnen.

Als ich die Küche betrete, sitzt er mit Mica und Tom am Tisch bei Pizza und Pommes, obwohl ich einen bunten Salat vorbereitet hatte, der im Kühlschrank wartet. Emma und Andrew, die Freunde unserer Kinder, sind auch anwesend, und schmettern mir ein »Hallo, Mrs McMenamin« entgegen, ehe sich alle vier zum Fernsehen ins Wohnzimmer verziehen. Glücklicherweise vertragen sich die Mädchen wieder. Wenn das bei Erwachsenen doch auch nur so unkompliziert wäre.

»Willst du auch was?«, fragt Dave, der die Pizzaschachtel aufklappt, in der noch ein einsames Stück liegt.

Es duftet verführerisch, und ich bin kurz vorm Verhungern, hole aber den Salat aus dem Kühlschrank. Ich schalte den Wasserkocher für einen Tee ein, obwohl mir immer noch der Kaffee, den ich mit Ivo hatte, im Magen herumschwappt.

»Wie war dein Tag?«, fragt Dave und knallt das letzte Pizza-stück auf seinen Teller.

»Nicht schlecht.«

»In den Nachrichten kam was von einem Unfall auf der M50«, meint er.

Ich nicke. »Es gab einen Riesenstau.«

Er wirft einen Blick auf die Wanduhr. »Aber du bist zu einer vernünftigen Zeit zu Hause.«

Ich nicke erneut und verschweige den Kaffee mit Ivo Lehane. Das ist nicht relevant.

»Wir müssen uns ernsthaft über diese Taxisache unterhalten.« Dave nimmt aus dem Küchenschrank eine Schachtel Mr-Kipling-Küchlein, öffnet sie und legt sich eins auf einen Teller.

Unter Garantie werde ich diese Unterhaltung erst führen, wenn ich Alisons Bekannten getroffen habe. Doch ich kann es mir nicht verkneifen, Dave zum wiederholten Mal zu korrigieren, dass ich Chauffeurin und keine Taxifahrerin sei und er sich bereits damit einverstanden erklärt habe, dass ich fahren könne, bis sein Auf-trag in Wexford abgewickelt sei.

»Ich weiß, was ich gesagt habe«, gibt er zurück. »Aber ich halte es ehrlich gesagt für ein Ding der Unmöglichkeit, dass du wäh-rend der Schulferien deine Aufträge mit der Kinderbetreuung ver-einbaren kannst.«

»Bisher habe ich das gut hinbekommen.«

»Aber reicht hinbekommen?«, fragt er. »Die Kinder haben doch bestimmt mehr verdient. Ich will mich nicht querstellen«, schiebt er hinterher. »Ich möchte nur das Beste für uns alle.«

Das ist sicherlich so, aber falle ich unter alle? Denn wenn ich gern weiterhin als Chauffeurin arbeiten möchte, stellt er sich da nicht quer, wenn es um meine Wünsche geht? Zählen die nicht? Oder bin ich himmelschreiend egoistisch?

»Ich möchte, dass du es einfach hast im Leben«, sagt Dave, als ich schweige. »Die ganze Zeit zum Flughafen hin und zurück, in aller Herrgottsfrühe raus und nach Kildare – das kompliziert das Leben doch nur.«

»Übrigens fahre ich morgen früh nicht nach Kildare«, verkünde ich. »Mr Lehane braucht mich nicht.«

»Das sind doch mal gute Nachrichten.« Dave grinst breit. »Mir fallen diverse schöne Möglichkeiten ein, wie man sich die Zeit stattdessen vertreiben kann!« Dave lehnt sich über den Küchentisch und küsst mich.

Während ich den Kuss erwidere, fällt mir ein, dass ich ihm gleich zwei Dinge verschwiegen habe, die sich heute ereigneten: die Terminvereinbarung mit dem Steuerberater und den Kaffee mit einem Kunden. Normalerweise verheimliche ich nichts vor Dave. Das scheint sich geändert zu haben.

Obwohl ich nicht früh aufstehen muss, öffnen sich meine Augen genau zu dem Zeitpunkt, an dem ich hätte aufstehen müssen, wenn ich Ivo abgeholt hätte. Durch den Vorhang kann ich erkennen, dass die Sonne bereits aufgegangen ist. Dave schläft wie ein Murmeltier, doch ich bin hellwach und schlüpfe aus dem Bett. Leise schleiche ich nach unten und werfe als Erstes einen Blick in die Kinderzimmer. Wie ihr Vater schlafen Tom und Mica tief.

Zur Abwechslung entscheide ich mich für Tee statt Kaffee. Während ich an meiner Tasse nippe, sehe ich in den Garten hinaus, wo ein Rotfuchs wagemutig über die schmale Trennmauer zwischen unserem und Julie Halpins Haus balanciert. Kurz treffen sich unsere Blicke, seine Augen sind orangebraun wie sein Fell. Dann scheint er die Achseln zu zucken, ganz als wäre ich nicht interessant genug, und klettert die andere Seite der Mauer hinab. Hoffentlich sitzen vor dem Haus die Deckel auf den Mülltonnen richtig drauf, damit er nicht darin herumstöbern kann. Ich gehe ins Wohnzimmer und werfe einen prüfenden Blick hinaus – die Tonnen sind fuchssicher. Angesichts des Mercedes fällt mir ein, dass ich Ivo Lehanes Parfümgeschenk im Handschuhfach vergessen habe. Aber jetzt kann ich es nicht holen, denn das Klappen der Haustür würde wahrscheinlich einen der drei Schläfer wecken. Ich mache mir einen Knoten ins geistige Taschentuch.

Ich kehre zu meinem Tee zurück, öffne mein iPad und sehe nach, was sich bei meinem Instagram-Account getan hat. Leona Lynch hat die Fotos von *Mount Juliet* mit einem »Gefällt mir« bedacht samt dem Kommentar, sollte sie dort je übernachten, könne ich sie hinfahren. Im Gegenzug bekommt ihr Kommentar von mir einen Daumen hoch. Während ich durch Leonas aktuelle Fotos scrolle, fällt mir Gina Hayes ein und ich checke, ob sie ebenfalls bei Insta ist. Natürlich ist sie das. Auf den meisten ihrer Fotos ist fabelhaft köstlich angerichtetes Essen zu sehen, darunter der bunte Salat, der zu einer Säule meines neuen gesunden Lebenswandels geworden ist. Ich gebe dem Post mit dem bunten Salat einen Daumen hoch und schreibe dazu, dass er sehr lecker schmeckt. Als Dave, zerzaust und mit verschlafenen Augen, in die Küche kommt, sehe ich mir immer noch Food-Fotos an.

»Warum bist du schon dermaßen früh auf?«, will er wissen.

»Innerer Wecker.« Ich klappe mein iPad zu. »Mittlerweile bin ich daran gewöhnt, samstagmorgens nach Kildare zu fahren.«

»Das war doch nur ein paar Mal«, wendet er ein.

»Schon, aber du weißt doch, wie ich bin. Mein innerer Wecker merkt sich so was sofort.«

»Komm wieder ins Bett.«

»Tom und Mica wachen bald auf.«

»Bald, aber nicht gleich. Komm wieder ins Bett. Ich hatte doch schon erwähnt, dass ich einiges mit dir anstellen will.« Er schlingt die Arme um mich und seine Hand schiebt sich in den Ausschnitt meines Shirts.

Ich lege das iPad weg und gehe mit ihm hoch ins Schlafzimmer. Doch selbst als er einiges in der Tat sehr Lustvolles mit mir anstellt, muss ich an Instagram-Filter denken und wie ich meine Posts interessanter gestalten kann.

Als die Kinder später aufstehen, sind sie überrascht, dass ich zu Hause bin.

»Warum bist du nicht mit Ivo unterwegs?«, fragt Mica.

»Ivo?« Dave sieht mich fragend an.

»Das ist der Name des Kunden, den ich nach Kildare fahre«, erkläre ich.

»Mum hat Granny erzählt, dass er seltsam ist.«

»Seltsam? Inwiefern?« Dave sieht mich besorgt an.

»Nicht seltsam«, sage ich, »nur … komisch.«

»Herrschaftszeiten, Roxy, was genau soll das heißen?«

»Alles ganz harmlos.« Ich werde Dave nicht Ivos Lebensgeschichte erzählen. »Hauptsächlich Familienprobleme. Und Mica …« Ich wende mich an meine Tochter, die von ihrem Handy aufsieht. »Wir unterhalten uns nie und unter keinen Umständen über Kunden. Ihr Privatleben ist tabu.«

»Du hast dich mit Granny über ihn unterhalten«, gibt sie zu bedenken.

»Das ist was anderes.«

»Weshalb?«

»Deshalb.«

»Was für Familienprobleme?«, will Dave wissen.

»Nichts Dramatisches«, antworte ich. »Zuerst fand ich es etwas merkwürdig, dass er, der so wohlhabend ist, in ein ziemlich heruntergekommenes Viertel gefahren werden will, aber sein Vater wohnt dort.«

»Wie heruntergekommen?« Dave lässt nicht locker.

»Eigentlich eher vernachlässigt als heruntergekommen«, korrigiere ich mich.

»Hast du den Vater kennengelernt?«

»Natürlich nicht!«, rufe ich aus. »Ich fahre die Leute an die von ihnen gewünschte Adresse. Ich lerne weder ihre Freunde noch ihre Familie kennen.«

»Was hast du gesagt, macht der Typ beruflich?«

»Er arbeitet für einen Pharmakonzern.«

Dave schenkt sich Tee nach.

»Was für Pharmazeutika?«

»Woher soll ich das wissen?«, frage ich.

»Weil ...« Er senkt die Stimme, aber Mica und Tom sind ohnehin schon mit ihren Müslischüsseln im Wohnzimmer verschwunden. »Was sind Pharmazeutika, Roxy?«

»Hä?«

»Drogen«, sagt er theatralisch. »Hast du schon daran gedacht, dass er Drogendealer sein könnte?«

Ivo Lehane ein Drogendealer? Lächerlich. Ivo ist ein erfolgreicher Geschäftsmann, der sich mit seinem Vater zerstritten hat, ihn aber trotzdem regelmäßig, wenn auch widerwillig besucht. Mehr steckt nicht dahinter. Dann fällt mir sein offensichtlicher Reichtum ein und seine Weigerung, sein Gepäck einchecken zu lassen, und ein Hauch von Zweifel beschleicht mich. Trotzdem rüge ich Dave, er solle keinen Unsinn schwafeln.

»Jede Woche hin und zurück«, sagt Dave. »Es könnte ein Netzwerk sein. Er könnte ein Muli sein.«

»Das glaube ich echt nicht.« Ich schüttle den Kopf. »Er ist Geschäftsmann.«

»Irgendwas stimmt da nicht«, beharrt Dave. »Und ich bin mir nicht sicher, ob es klug ist, wenn du darin verwickelt bist.«

»Jetzt mach aber mal 'nen Punkt!« Allmählich werde ich sauer. »Er ist ein Kunde, er bezahlt mich weit über dem sonst üblichen Betrag ...« Ich verstumme, denn vielleicht bezahlt er mich deshalb so gut, *weil* er Drogendealer ist und alles, was er mir erzählt hat, ist eine glatte Lüge.

Dave beobachtet mich aufmerksam.

»Er ist Geschäftsmann«, wiederhole ich. »Alles im grünen Bereich, ehrlich, Dave. Er ist ein anständiger Mensch. Und dass er sich offensichtlich am eigenen Schopf aus dem Herkunftssumpf gezogen und Erfolg hat, macht ihn noch lange nicht zum Kriminellen.«

»Hm. Also mir gefällt das Ganze nicht«, sagt Dave. »Ich weiß, ich habe gesagt, du kannst weiterhin Chauffeurin spielen, bis der Wexford-Auftrag abgeschlossen ist, aber das überlege ich mir wohl lieber nochmals.«

Ich brauche Daves Genehmigung nicht. Ich bin nicht sein Eigentum.

»Und du solltest sowieso spätestens um fünf Uhr mit der Fahrerei fertig sein«, sagt er. »Es ist nicht gut, dass du so spät noch unterwegs bist.«

Ich unterdrücke meine Verärgerung. Er sorgt sich um mich, das ist alles.

Aber das ist unnötig. Ich kann auf mich selbst aufpassen.

17. Kapitel

Das Büro von James Mallon, Alisons Steuerberaterkollegen, befindet sich in den Docklands, eine Gegend, die ich gut kenne, denn hier sind viele Unternehmen ansässig und ich habe etliche Führungskräfte vor den diversen Glasbauten eingesammelt. Auch das *Gibson Hotel* liegt in der Nähe, vor dem ich Ivo Lehane zu unserer ersten gemeinsamen Fahrt abgeholt habe. Allerdings war ich noch nie in einem der Bürogebäude und bin daher etwas überwältigt vom Empfangsbereich von Hunter Crowe, dem Unternehmen, für das James und Alison arbeiten. Vom riesigen Innenhof dringt natürliches Licht ins mit Pflanzen und Ledersesseln möblierte Foyer. Der Teppichflor ist so hoch, dass meine Absätze Spuren hinterlassen. Im Zentrum steht ein futuristischer Springbrunnen, dessen LED-Lichter das Wasser in unterschiedlichen Farben schillern lassen. Die Glaswände ermöglichen einen Blick auf das geschäftige Treiben in sämtlichen Stockwerken.

Eine bis in die manikürten Nagelspitzen gepflegte Rezeptionistin erklärt, James werde gleich Zeit für mich haben, daher nehme ich auf der Kante eines Ledersessels Platz, froh, dass ich meinen neuesten dunkelblauen Hosenanzug trage sowie die weiße Bluse mit den eleganten Silberknöpfen und die Schuhe mit den höchsten Absätzen. Es tut gut, sie wieder mal zu tragen, auch wenn ich etwas aus der Übung bin. Diese Extrazentimeter verleihen mir zusätzliches Selbstvertrauen.

Der Aufzug gibt einen Ton von sich, und ich sehe hoch. Ein rotblonder Mann, der zu seinem anthrazitfarbenen Anzug ein weißes Hemd und eine rote Krawatte trägt, steigt aus und kommt auf mich zu.

»Roxy McMenamin?«, fragt er. »Ich bin James Mallon.«

Ich schüttle ihm die Hand und folge ihm zum Aufzug, der uns in den vierten Stock katapultiert. Wir betreten einen großen Besprechungsraum mit Blick über die Liffey.

»Möchten Sie einen Kaffee?«, fragt er, und ich bejahe, obwohl ich, höchstwahrscheinlich zum ersten Mal im Leben, gar keinen möchte.

Auf einem Sideboard steht eine Maschine, und er macht zwei Tassen, reicht mir eine davon.

»Also«, fängt er an, »Alison King meinte, ich soll mich um Sie kümmern.«

Überwältigt von dieser mir so fremden Welt nicke ich lediglich.

»Und was Alison will, kriegt sie auch.« Sein Lächeln ist freundschaftlich entspannt, und ich fange wieder an, normal zu atmen.

Vor ein paar Tagen habe ich Alison Infos über Christy's Chauffeurs samt einigen Kalkulationstabellen geschickt, Unterlagen, die James Mallon nun aus einer Mappe zieht und vor sich auf dem Tisch ausbreitet.

»Ihr Vater und Sie haben dieses Geschäft gemeinsam geführt?«, hakt er nach.

Ich schildere ihm den Sachverhalt; er nickt und macht sich gelegentlich Notizen. Je länger ich rede, desto gelassener werde ich, desto mehr habe ich das Gefühl, James hört mir tatsächlich zu. Nachdem er einige Fragen gestellt hat, schiebt er die Unterlagen zusammen.

»Mein Mann meint, es könnte vorteilhafter sein, das Auto zu verkaufen und das Geld für andere Dinge zu verwenden«, sage ich. »Ich versuche herauszufinden, ob er recht hat.«

»Das sind zwei Paar Schuhe«, stellt James klar. »Einerseits

reden wir davon, ein bestehendes Geschäft fortzuführen. Andererseits von dessen Auflösung, bei der der wichtigste Aktivposten verkauft wird.«

Er spricht mit mir, als wäre ich eine gewiefte Geschäftsfrau, aber er erklärt die juristischen und steuerlichen Details so haarklein, dass ich ihm bestens folgen kann.

»Letztlich liegt es ganz bei Ihnen«, sagt er, nachdem wir die Zahlen durchgegangen sind. »Ich kann nicht sagen, welches die bessere Option für Sie und Ihre Familie wäre, nur ob das Geschäft weiterhin profitabel geführt werden kann.«

Ich nicke.

»Sie haben einige gute Kunden sowie etliche gute Kontakte«, ergänzt er, während er meine Liste durchgeht. »Grady PR ist ein renommiertes Unternehmen, Hegarty Construction dito.«

Hegarty Construction gehört einem Mann, der gemeinsam mit Dad aufwuchs und während des hiesigen Wirtschaftsbooms in den 1990ern ein Vermögen machte.

»Sie haben also hervorragende Geschäftsbeziehungen«, sagt er, »und sind sehr gefragt.«

Da hat er recht. Für den Termin mit ihm habe ich vier Anfragen abgelehnt.

»Kann Christy's Chauffeurs rentabel geführt werden?«, erkundige ich mich.

»Der Jahresumsatz ist solide«, sagt James. »Sie müssen sich überlegen, ob Sie weiterhin die dafür nötige Stundenzahl leisten können. Außerdem müssen Sie sich im Klaren sein, dass das Auto mit der Zeit an Wert verliert. Der Verkauf würde Ihnen einmalig ein nettes Sümmchen einbringen.«

Ich möchte den Mercedes nicht abstoßen, so viel ist sicher. Aber ich verstehe auch, weshalb Dave es für eine Schnapsidee hält, dass ich weiterhin arbeiten möchte. Denn angesichts der

Zahlen und der sich daraus ergebenden benötigten Arbeitsstunden ist es genau das.

»Wenn Sie das Geschäft weiterführen möchten, gibt es noch einigen Papierkram zu erledigen«, erläutert James. »Ich könnte das für Sie zu einem reduzierten Stundensatz übernehmen.«

»Von welcher Summe reden wir?«, erkundige ich mich und frage auch nach dem Prozedere im Fall einer Namensänderung, obwohl mir noch kein Ersatz für Christy's Chauffeurs eingefallen ist.

Er rechnet kurz und nennt eine Summe, bei der ich mich frage, wie hoch denn um Himmels willen der reguläre Stundensatz ist. Die haben es echt geschafft, diese Leute, die in ihren gläsernen Büros sitzen und den lieben langen Tag nichts anderes tun, als Unterlagen von einer Tischseite zur anderen zu schieben.

»Selbstverständlich stelle ich Ihnen den heutigen Termin nicht in Rechnung«, sagt James, »das war ein Gefallen für Alison. Aber wenn Sie eine Zusammenarbeit wünschen – um den Papierkram in Ordnung zu bringen, werden Gerichtskosten anfallen, das treibt die Kosten nach oben.«

Kann man mir das Entsetzen darüber vom Gesicht ablesen?

»Geht in Ordnung«, versichere ich.

»Sie müssen sich nicht hier und jetzt entscheiden«, sagt er. »Denken Sie in Ruhe darüber nach. Besprechen Sie sich mit Ihrem Mann.«

Sagt er das, weil er glaubt, Dave wäre derjenige, der das Heft in der Hand hat? Oder den besseren Überblick hat?

»Danke für das Gespräch«, sagt er. »Wenn Sie am Ball bleiben, bin ich äußerst zuversichtlich, dass Sie erfolgreich sein werden.«

Seine Worte rühren mich unerwartet, ich muss die Tränen wegzwinkern, die mir in die Augen steigen. Hoffentlich bemerkt er nichts. Bestimmt heulen die Geschäftsleute in ihren Nobelbüros eher selten.

»Alison hat mich gebeten, ihr mitzuteilen, wenn wir fertig sind«, sagt er.

Er nimmt den Hörer ab und wählt. Ich kann Alisons Stimme hören, er solle mich bitte zu ihr bringen. Wir verlassen den Besprechungsraum und gehen in die nächste Etage, wo er mich zu einem am Flurende gelegenen Büro geleitet, an dessen Tür Alisons Name steht. Noch bevor er klopfen kann, öffnet sie und strahlt mich an. Sie bedankt sich bei James, dass er sich um mich gekümmert hat, und er zieht von dannen.

»Wie lief's?« Sie bugsiert mich zu einem Ledersessel.

»Es war aufschlussreich.« Ich setze mich. »Mensch, Alison, ich hätte nie vermutet, dass du in einem Gebäude wie diesem arbeitest. Dass du ein Büro hast, an dem dein Name steht. Dass du so ... so wichtig bist.«

»Ich bin nicht sehr wichtig«, sagt sie wegwerfend.

»Oh, doch!«, rufe ich. »Als James über dich gesprochen hat, geschah das voller Respekt. Arbeitest du oft mit ihm zusammen?«

»Ich bin seine Chefin«, gesteht sie.

Verblüfft betrachte ich meine Freundin. Alison liebt ihre Arbeit und hat Karriere gemacht, klar, aber mir war bisher nie bewusst, wie steil diese verlaufen ist. Sie erzählte zwar irgendwann, sie sei befördert worden und habe die Abteilung gewechselt, aber ich wäre nie auf die Idee gekommen, dass sie die Vorgesetzte vieler meiner männlichen Kunden sein könnte. Und somit zu dem Personenkreis gehört, der für gewöhnlich meine Fahrdienste in Anspruch nimmt. Warum ist mir nie in den Sinn gekommen, dass sie enorm erfolgreich sein könnte?

»Alles relativ«, meint sie.

»Alison King! Du hast ein großes Büro in einem supercoolen Gebäude. Du bist die Vorgesetzte des Mannes, der mich geschäftlich berät. Und ...«, ich mustere sie von oben bis unten, »du trägst ein sauteures Kostüm, das ich noch nie an dir gesehen habe.«

»Na ja, ich zieh so was ja nicht zu einem Mädelsabend an.« Sie grinst. »Viel zu businessmäßig. Aber im Büro muss ich mich nun mal in seriöse Klamotten werfen.«

»Das sehe ich. Mir ist bis zu diesem Moment nicht klar gewesen, wie superklug du bist.«

»Jetzt übertreib mal nicht«, sagt sie.

»Das ist die reine Wahrheit. Und vielleicht bin ich einfach dämlich, weil ich im Gegensatz zu allen anderen bisher nicht kapiert habe, wie megaerfolgreich du bist.«

»Erfolgreich ist immer eine Frage des Blickwinkels, Roxy.«

Genau das hat auch Debs zu mir gesagt. Aber Debs arbeitet bei B&Q, und ein Baumarkt ist nun mal weitaus weniger beeindruckend als das hier.

»Du hast es aus sämtlichen Blickwinkeln geschafft«, erkläre ich. »Wer sollte anderer Meinung sein?«

»Meine Mutter zum Beispiel.« Alison verzieht das Gesicht. »Meine Mutter wünscht sich sehnlichst, dass ich heirate und ihr ein Enkelchen schenke.«

»Sie hat doch bereits acht«, protestiere ich.

Alison hat vier Brüder, die alle verheiratet sind und Kinder haben.

»Das ist für meine Mutter etwas anderes«, sagt Alison. »Sie findet, für mich ist das wichtiger als für die Jungs.«

»Das ist gaga.«

»Tja, so ist meine Mutter.«

Wir lachen beide. Ich mag Alisons Mum, die früher die Kinder aus der gesamten Nachbarschaft in ihrem Garten spielen ließ und uns im Sommer mit Limonade und Eis verwöhnte. Aber ihre Einstellung ist extrem altmodisch.

»Sie glaubt, ich erfülle meine Rolle als Frau nicht.«

»Echt jetzt?«

»Echt jetzt. Bis zu dem Tag, an dem die verheiratete Alison schwanger ist, bin ich in ihren Augen nicht erfolgreich.«

»Bestimmt bist du –«

»Bin ich nicht.« Alison klingt grimmig. »Als ich ihr letztes Jahr erzählte, ich hätte tolle Neuigkeiten, wollte sie sofort wissen, ob ich endlich schwanger sei. Meine Beförderung war ihr völlig schnuppe.«

»Und wie gut, dass du nicht schwanger warst!«

Damals lebte Alison mit Peter Brandon zusammen, die beiden waren seit zwei Jahren ein Paar. Mittlerweile sind sie getrennt.

»Das hätte sie vermutlich nicht gestört. Ich hätte dann zwar keinen Vater zum Kind, aber immerhin ein Kind.«

»Da irrst du dich bestimmt, Ally.«

»Leider nicht.« Alison seufzt. »Manchmal kommt es einem so vor, als hätten wir Frauen in den letzten fünfzig Jahren keinerlei Fortschritte gemacht. Wir reden zwar viel, aber solange unsere Mütter wollen, dass wir ebenfalls Mutter werden, gehören wir für den Rest der Welt nicht zu den Menschen, denen eigene Entscheidungen zugestanden werden.«

»Deine Mum ist bestimmt sehr stolz auf dich«, sage ich.

»Stimmt. Aber sie wäre gern aus anderen Gründen stolz auf mich. Wie auch immer ...«, Alison lächelt, »ich bin Geschäftsführerin einer Firma, die zweihundert Angestellte hat, und selbst ziemlich stolz auf mich, was das Wichtigste ist.«

»Zweihundert!« Ich schnappe nach Luft. »Unter dir arbeiten zweihundert Leute?«

»Die arbeiten nicht alle für mich«, antwortet sie, »meine Abteilung hat fünfzig Mitarbeiterinnen und Mitarbeiter.«

Zum zweiten Mal bin ich ganz Ehrfurcht. »Ich wünschte, du hättest das schon früher mal erwähnt.«

»Was hätte ich sagen sollen? He, Mädels, seht mich an, unter mir arbeiten fünfzig Leute?«

»Ja, absolut«, beantworte ich die rhetorische Frage. »Ich fahre die ganze Zeit Geschäftsleute durch die Gegend, die andauernd damit angeben, wie toll sie sind. Oder welche Superdeals sie abgeschlossen haben. Oder wem sie am liebsten ein Messer reinrammen würden.«

»Ehrlich? Erzähl mehr.«

Plötzlich fällt mir Dads Geschäftsmotto ein.

»Der Wagen ist ein fahrender Beichtstuhl«, sage ich, »aber glaub mir, manchmal ähnelt er eher einem Kampfgebiet.«

Alison lacht und will wissen, wie es mit Christy's Chauffeurs weitergeht.

»Vor dem Termin hielt ich mich schon für eine Art Geschäftsfrau«, gestehe ich, »mittlerweile aber –«

»Du *bist* Geschäftsfrau.« Unvermittelt wird ihr Tonfall ernst, schon hat sie sich in eine Frau verwandelt, die definitiv die Chefin von fünfzig Leuten ist. »Ich habe mir deine Kalkulationstabellen ebenfalls angesehen, Roxy. Du machst das gut mit deinem Business.«

»Das war hauptsächlich Dad«, sage ich. »Ich bin nicht sicher, ob ich das Umsatzniveau halten kann.«

»Warum nicht?«

Wegen Dave, denke ich, spreche es aber nicht aus. Wegen Dave und Mica und Tom.

»Wie läuft's zu Hause?«, erkundigt sie sich, als von mir keine Antwort kommt. »Wie geht's Dave?«

»Gut«, antworte ich. »Wir verstehen uns ziemlich gut. Aber was das hier betrifft, würde er den Mercedes lieber verkaufen.«

»Aber du würdest gern weiterhin als Chauffeurin arbeiten?«

Nur um ganz sicherzugehen, denke ich nochmals kurz nach.

»Ja«, antworte ich.

»Dann solltest du das auch tun«, sagt meine Freundin, die erfolgreiche Geschäftsfrau.

»So einfach ist das nicht.«

»Nichts ist einfach.«

Ich sehe mich in ihrem Wahnsinnsbüro mit den riesigen Panoramafenstern um. Irgendwie habe ich angenommen, dass die Mädels und ich – Abbeywood Girls nannten wir uns früher – alle mehr oder weniger ein ähnliches Leben führen. Auch wenn Alison nicht verheiratet ist, hätte ich nicht gedacht, dass ihres so anders ist.

»War das hier schwierig für dich?«, frage ich.

»Ja.«

»Warum?«

»Aus all den Gründen, die du bereits aufgeführt hast.« Sie zuckt mit den Schultern. »Der Egoismus. Die Deals. Die Intrigen.«

»Hat man oft gegen dich intrigiert?«

»Unzählige Male.«

»Echt?«

»Ja. Aber aufstehen, Krönchen richten, weitermachen.«

»Du bist echt zäh.« Als wir klein waren allerdings nicht. Wenn wir uns über ihre Sommersprossen lustig machten, über ihre Unsportlichkeit oder dass sie als Einzige von uns keine Valentinskarte bekam, heulte sie los. Auch wenn sie steif und fest behauptete, der Valentinstag sei doch reine Verarsche.

»Dass ich knallhart bin, verdanke ich euch«, sagt sie, als ich sie an früher erinnere.

»Wir waren echte Biester.«

»I wo.« Sie umarmt mich. »Wir waren Freundinnen. Und sind es noch.« Sie verstummt für einen Augenblick und sieht mich dann prüfend an. »Wir veranstalten Workshops für Start-ups«, sagt sie. »Bald findet wieder einer statt. Nächste Woche, falls ich mich nicht irre. Du solltest teilnehmen. Ich erkundige mich nach dem genauen Termin.«

»Das geht doch nicht«, protestiere ich. »Mit Dads Auto herumfahren ist doch kein richtiges Geschäft.«

»Sehr wohl«, widerspricht Alison. »Außerdem ist es mittlerweile nicht mehr das Auto deines Vaters, sondern deins. Und aus dir das Beste herauszuholen, bist du dir selbst schuldig.«

Ich starre sie an, Alison, die Geschäftsfrau, in ihrem sauteuren Kostüm, ihrem Nobelbüro. Sie hat das Beste aus sich herausgeholt.

Ich erkläre mich bereit, an dem Workshop teilzunehmen.

Anschließend fahre ich zu Mum, komme mir stark und wie eine erfolgreiche Geschäftsfrau vor. Sie passt wieder auf Mica und Tom auf, aber als ich ankomme, erzählt sie, die beiden seien nebenan bei den Slevins, wo sie sich mit ihren Freunden einen Film ansähen.

»Wie lief's?« Sie räumt einen Platz am Küchentisch frei, auf dem sich immer noch die lilafarbenen Kraken häufen.

»Wirst du die eigentlich irgendwann mal im Krankenhaus abgeben?«, antworte ich mit einer Gegenfrage.

»Wollte ich heute, hab's aber auf morgen verschoben.«

»Entschuldige, dass ich deine Pläne über den Haufen geworfen habe«, sage ich.

»Ist doch egal, an welchem Tag ich die vorbeibringe«, erklärt sie, »schließlich gibt es keinen Abgabetermin für Kraken.«

»Trotzdem ...«

»Entspann dich, Roxy«, sagt sie, »und beantworte meine Frage.« Sie greift nach der Häkelnadel und arbeitet an einem Oktopus weiter. Ich erzähle, wie erfolgreich Alison ist und wie erstaunt ich war, dass sie über ein riesiges Einzelbüro und viele Mitarbeiter verfügt.

»Sie war immer die Ehrgeizigste von euch«, bemerkt Mum.

»Mir war nicht klar, wie erfolgreich sie ist«, sage ich, »Wahnsinn.«

»Solange sie glücklich ist«, sagt Mum.

»Natürlich ist sie glücklich. Warum denn nicht?«

»Sie hat sich nie gebunden.« Mum breitet die Fangarme des Kraken aus, an dem sie arbeitet, und mustert sie kritisch. »Flattert von einem Mann zum nächsten wie ein verwirrter Schmetterling.«

»Das stimmt doch gar nicht.« Ich bin stellvertretend für meine Freundin beleidigt. »Sie hat die eine oder andere Affäre, aber sie war mit Michael McGuirk mehr als ein Jahr lang verlobt und mit Peter Brandon hat sie zwei Jahre lang zusammengelebt.«

»Eventuell ist sie nie darüber hinweggekommen, dass Michael die Verlobung löste.«

»Es war Alison, die sich von ihm getrennt hat«, erinnere ich meine Mutter. »Sie hatte die Möglichkeit, einige Monate in Portugal zu arbeiten, und Michael wollte nicht, dass sie ohne ihn geht.«

»Verständlich«, sagt Mum. »Michael hatte eine gute Stelle und es wäre geradezu Irrsinn gewesen, die aufzugeben. Wenn du dich erinnerst, du hast Dave auch nicht allein nach London gehen lassen.«

Vielleicht hätte ich das tun sollen, geht mir durch den Kopf. Ich nehme einen der kleinen Kraken in die Hand und wickle mir die

Tentakel um die Finger. Vielleicht wäre es für ihn und für mich besser gewesen, wenn wir eine Zeitlang getrennt gewesen wären. Aber ich liebte ihn viel zu sehr, die Vorstellung, nicht bei ihm zu sein, war unerträglich. Bis ich, während Dads Zeit im Hospiz, zu Mum zog, waren die einzigen Nächte, die wir nicht gemeinsam verbrachten, die gewesen, als ich die Kinder bekam und im Krankenhaus lag.

Aber ich behalte meine Gedanken für mich.

»Das heißt nicht, dass Alison nicht auch allein glücklich sein kann«, bricht Mum das Schweigen. »Ich will damit nur sagen, wenn man den richtigen Menschen gefunden hat, verdoppelt sich das Glück.«

Mein Glück hatte sich vertausendfacht, als ich Dave kennenlernte. Unsere Liebe gab mir innere Stärke. Eine innere Stärke, die immer noch existiert. Aber ich habe nicht ganz verwunden, dass sie auf die Probe gestellt wurde. Und ich kann mir nicht helfen – mein Vertrauen in ihn ist nicht mehr dasselbe.

»Möchtest du einen Tee?« Mum legt die Häkelarbeit beiseite.

»Ich mach schon«, sage ich, aber sie besteht darauf, dass ich in den Wintergarten vorgehen soll. Ich lasse sie in der Küche allein und betrete den sonnendurchfluteten Raum, schiebe ihr iPad beiseite, damit ich mich auf die wärmste Stelle des Rattansofas setzen kann. Anders als bei meinem, ist der Bildschirm nicht gesperrt, daher kann ich sehen, welche Webseite sie im Browser geöffnet hat.

Diese zeigt das Foto eines grauhaarigen Mannes, der in orangefarbener Regenjacke und hautengen Leggings in derselben Farbe neben einem Mountainbike steht.

Mein Name ist Dean, steht darunter. *Ich bin 65 Jahre alt, geschieden, immer noch fit und dynamisch. Ich bin auf der Suche nach einer humorvollen Frau zum Pferdestehlen, die naturverbunden ist*

und das Leben liebt. Fühlen Sie sich angesprochen? Bevorzugtes
Alter: 45-55.

Ich lese die Bildunterschrift mindestens fünfmal, bis mein Hirn
begreift, dass meine Mutter sich offensichtlich bei Tinder angemeldet hat.

Als sie mit dem Tee (und ein paar Keksen) hereinkommt, spreche
ich sie sofort darauf an, bemühe mich, nicht schockiert zu klingen. Natürlich soll sie das Leben wieder genießen, aber Dad ist
noch nicht lange tot und sie sucht schon einen Neuen. Ich bin
fassungslos.

»Das ist nicht Tinder!« Protestierend nimmt sie mir das iPad
weg. Deshalb war sie also so nervös, als ich das Tablet vor einigen Tagen in die Hand nahm. Sie hat nicht wehmütig alte Fotos
betrachtet, sondern wollte bloß nicht, dass ich ihr auf die Schliche
komme. »Das ist eine Webseite für ältere Menschen, die Kontakt
suchen. June hat mir davon erzählt, und ich wollte mir das mal
ansehen.«

»Hast du ernsthaft vor, dir einen Freund zu suchen?«

»Darum geht es nicht unbedingt«, wehrt sie ab, »es kann auch
eine lose Bekanntschaft sein.«

Sicher doch.

»Hast du dich schon mit jemandem getroffen?«, will ich wissen.

Sie wird rot.

»Mein Gott, Mum!«, rufe ich. »Ich hab ins Schwarze getroffen!
Du ... War es das Mittagessen neulich?«, hake ich nach. »Als du
im *Bay* warst?«

»Ich bin erwachsen, Roxy«, sagt sie. »Ich habe sehr wohl das
Recht, mit jemandem mittagessen zu gehen.«

Ich bin sprachlos.

»Doch um dich zu beruhigen, am fraglichen Tag war ich zwar zum Mittagessen, aber mit Donie Haughton.«

Donie Haugthon ist ein Uraltfreund von Dad. Er war dreißig Jahre lang verheiratet, dann verließ er seine Frau, weil er schwul ist. Ich bin ein klein wenig erleichtert, dass Mum mit ihm verabredet war.

»Schon ein bisschen erstaunlich, dass du dich bei einem Dating-Portal angemeldet hast«, sage ich. »Es kommt mir arg früh vor, sich nach Männern umzusehen. Etwas ... etwas respektlos Dad gegenüber«, füge ich verlegen hinzu.

»Ich sehe mich nur um, mehr nicht«, erwidert sie. »Ich sondiere nur mal das Terrain, was so an Männern unterwegs ist. Ein bisschen Marktforschung, bevor ich mich wieder aufs Spielfeld wage.«

Verblüfft sehe ich meine Mutter an.

»Ich bin zweiundsechzig«, erinnert sie mich, »da kann ich nicht viel Zeit verschwenden.«

»Möchtest du wieder heiraten?« Ich kriege das partout nicht in meinen Kopf. Meine Eltern führten eine innige Ehe. Natürlich habe ich nicht erwartet, dass Mum bis in alle Ewigkeit trauert, aber einen anderen Mann heiraten – ich bin fassungslos.

»Aha, daher weht der Wind.« Sie schneidet mir eine Grimasse. »Da bist du sehr voreilig, Roxy. Ich bin mir nicht sicher, ob ich je wieder heiraten will. Aber gelegentlich männliche Gesellschaft wäre nett.«

Ist »männliche Gesellschaft« nicht bloß ein anderer Ausdruck für »Sex«? Doch das zu fragen, getraue ich mich nicht. Zudem bin ich zu beschäftigt damit, die Vorstellung zu verdrängen, wie meine zweiundsechzigjährige Mutter mit einem Fünfundsechzigjährigen in orangefarbener Radlerhose ins Bett steigt.

»Das Problem ist, dass all diese Männer nach einer zwanzig

Jahre jüngeren Frau suchen«, sie wischt Deans Foto weg. »Diese Webseite ist für über Fünfzigjährige gedacht, aber egal, wie alt sie sind, die wollen alle vierzigjährige Frauen.«

Sie hat absolut recht, stelle ich fest, als wir die Kandidaten durchgehen. Tom (66) sucht eine Frau zwischen vierzig und fünfzig. Des (68) ebenfalls. Maurice (72) auch. Keiner der potenziellen Kandidaten ist eine Schönheit. Glauben die echt, dass eine Fünfundvierzigjährige an ihnen interessiert ist? Wahrscheinlich schon, schließlich sehen sie das tagtäglich im Fernsehen. Ein angegrauter alter Schauspieler bekommt die hinreißende junge Schönheit ab. Bestimmt glaubten die, im echten Leben sei das genauso, sage ich zu Mum.

»Keine Ahnung, was denen durch den Kopf geht.« Mum grinst. »Du bist auch fast vierzig, würdest du auf einem Dating-Portal nach Männern suchen, die so alt sind wie dein Vater?«

Ich schneide eine Grimasse und erinnere sie daran, dass ich erst siebenunddreißig bin.

»Eine Siebenunddreißigjährige wäre denen bestimmt noch lieber.« Sie klingt etwas bissig.

»Wahrscheinlich.« Ich gehe weitere Männer durch, und nicht einer – nicht einmal Reg (78) – sucht eine Frau über sechzig.

»Ich sage mir immer wieder, dass es Seniorendiskriminierung ist, wenn ich die Kerle für zu alt für eine Vierzigjährige halte«, sagt Mum. »Andererseits diskriminieren die mich ja auch! Mir war bisher nicht bewusst, dass man mich als Frau eindeutig aufs Abstellgleis abgeschoben hat.«

»Ach, Mum.« Ich nehme sie in den Arm und drücke sie fest. »Das stimmt doch nicht. Diese Typen – na ja ...« Ich halte bei Henry (69) inne. Sein etwas unscharfes Foto – anhand des komischen Winkels unschwer als Selfie zu erkennen – wurde in seiner Küche gemacht. Auf der Arbeitsplatte hinter ihm stehen schmutziges Geschirr und eine offene Packung Rice Krispies, daneben liegt ein Brot. Er beschreibt sich als *locker und optimistisch, brauche aber eine Frau in meinem Leben.* Ob er nicht vielmehr eine Putzfrau sucht? Oder eine Pflegerin, sinniere ich laut.

»Manche von denen wahrscheinlich schon«, pflichtet Mum mir bei. »Sie werden alt und klapprig, da brauchen sie eine fitte junge Grazie, die ihren Rollstuhl Richtung Zukunft schiebt.«

Ich muss laut lachen.

»Wie sie allerdings mit solch grauenhaften Fotos eine an Land ziehen wollen, ist mir schleierhaft«, sagt sie. »Ich war beim Friseur und habe mich zudem schminken lassen, bevor ich meins hochgeladen habe.«

»Ich dachte, du stalkst die Herren nur?«, frage ich.

»Schon, aber man muss sich mit Foto und Beschreibung anmelden«, erklärt sie. »Bisher habe ich noch mit niemandem Kontakt aufgenommen.«

»Und umgekehrt?«

»Ich habe ein paar Likes bekommen«, gesteht sie.

»Diese Männer von dir auch?«

»Nein, so verzweifelt bin ich nicht.«

»Zumindest ist das der Beweis, dass die Altersvorstellung dieser Männer eher ein Näherungswert ist«, meine ich. »Wenn sie bloß an Fünfundvierzigjährigen interessiert wären, würdest du keine Likes bekommen.«

»Das machen sie wahrscheinlich erst, wenn sie total verzweifelt sind«, spekuliert Mum. »Nachdem sie von allen Fünfundvierzigjährigen zurückgewiesen wurden.«

Ich bekomme einen Lachkrampf und es dauert, bis ich wieder zu Atem komme.

»Hat dir denn gar keiner gefallen?«

Sie seufzt. »Nein. Ehrlich gesagt, Schätzchen, wenn ich überhaupt auf der Suche wäre, dann nach jemandem wie deinem Vater. Und die Wahrscheinlichkeit, so jemand zu finden, ist verschwindend gering.«

»Bestimmt gibt es andere gute Männer.« Mir fällt auf, dass ich meine Meinung geändert habe und sie nun ermutige.

»Die haben aber alle ihr Päckchen zu tragen«, erklärt sie.

»Das nennt man Lebenserfahrung«, protestiere ich.

Sie legt das iPad außerhalb meiner Reichweite auf den Glastisch. »Ich will doch bloß jemanden, mit dem ich hin und wieder zum Abendessen gehen kann. Damit will ich nicht die Erinnerung an deinen Vater beschmutzen. Wir haben darüber geredet, bevor er starb. Er wollte, dass ich mich wieder unter Menschen begebe.«

Das hört sich ganz nach Dad an, der ganz bestimmt nicht wollte, dass Mum mutterseelenallein zu Hause hockt und nie wieder ausgeht.

»Erwiesenermaßen kommen Frauen mit dem Alleinsein besser zurecht als Männer«, sagt sie. »Wir haben einen größeren Freundeskreis. Wir sind weniger abgeneigt, in die Welt hinauszugehen und Neues auszuprobieren. Deshalb sind die Männer auf dem Dating-Portal wahrscheinlich so verzweifelt. Die brauchen eine Frau, die sie aus dem Haus rausscheucht. Frauen trauern um den geliebten Menschen, Männer ersetzen ihn, habe ich kürzlich gelesen.«

Ich denke an Henry in seiner Küche, hinter sich dreckiges Geschirr und eine Packung Rice Krispies. Dann an Dave allein zu Haus, während ich bei Mum wohnte. Es dauerte nur fünf Tage, da hatte er mich durch Julie Halpin ersetzt, wenn auch nur vorübergehend.

Hoffentlich ersetzt er mich nicht auch in Wexford.

Nachdem Tom und Mica im Bett sind, rufe ich ihn an. Zuerst verschweige ich mein Treffen mit James Mallon, da es aber das Highlight des Tages für mich war, erzähle ich ihm schließlich doch davon. Er ist schockiert, dass ich ohne ihn einen Termin vereinbart habe. Ich kann ihm die Verärgerung anhören.

»Du bist in Wexford«, rufe ich ihm in Erinnerung. »Wie hättest du das schaffen sollen?«

»Ich weiß gar nicht, ob es mir überhaupt recht gewesen wäre, dass du da hingehst«, kontert er. »Auch wenn es extrem unpraktisch ist, kannst du fahren, bis ich mit dem Auftrag fertig bin, so lautet unsere Vereinbarung. Von Terminen mit sogenannten Experten, bei denen es um die Zukunft geht, war nie die Rede.«

»Dass ich nur noch fahre, bis du wieder zu Hause bist, war dein Vorschlag, keine gemeinsame Vereinbarung«, halte ich dagegen.

»Du bist in dieser Sache absolut unrealistisch, Roxy.« Ich spüre seine Empörung geradezu durch die Leitung fließen.

»James Mallon findet, mein Geschäft sei solide. Und Alison hat mir einen Platz in einem Workshop für Start-ups angeboten.«

»Das darf doch nicht wahr sein!«, schnauft er. »Du brauchst doch keinen Berater, der dir sagt, dass das Geschäft gut läuft. Dafür hat dein Vater fast jede Stunde gearbeitet, die der Herrgott werden ließ. Und du brauchst auch kein Seminar, in dem man dir erzählt, wie du Fahrgäste abholst und ihnen deine Leistung in Rechnung stellst. Aber du brauchst mich, damit ich dich erinnere, dass das auf Dauer keine gute Sache ist.«

»Wenn die Kinder wieder in der Schule sind, wird es einfacher«, erkläre ich. »Außerdem arbeite ich gern und –«

»Dann such dir doch einen Teilzeitjob für den Vormittag. Momentan gibt es viele Stellenangebote. Du könntest vielleicht in

240

einem Einkaufszentrum arbeiten. Oder irgendwo an der Kasse. Frag doch mal Debs, ob bei B&Q was frei ist.«

Ich will nicht an der Kasse sitzen. Oder als Aushilfe in einem Einkaufszentrum arbeiten. Das habe ich früher mal gemacht, da habe ich in den Schulferien im Café des Clarehall Shopping Centre gejobbt. Ich habe Sandwiches geschmiert und Tische abgeräumt, es war ganz okay, aber wahrlich kein Beruf. Ich möchte mehr tun, etwas, was mir das Gefühl vermittelt, etwas Wichtiges zu tun – und wichtig genommen zu werden. Ich erkläre Dave, dass ich nicht einfach irgendeinen Job will; ich möchte fahren, und zwar – beinahe rutscht mir »Dads Auto« heraus, aber mir fällt rechtzeitig ein, dass ich Geschäftsfrau bin, und ich sage stattdessen »den Mercedes«. Dave bekommt es trotzdem mit.

»Ist es nicht eher so, dass du Christy noch nicht ganz gehen lassen kannst?«, fragt er.

»Ich hab es satt, dass die Leute das denken«, sage ich. »Das war am Anfang der Fall und es ist schön, sein Unternehmen weiterzuführen, aber ich mache das für mich, nicht für ihn.«

»Funktioniert aber nur, wenn alle mithelfen«, sagt Dave. »So wie in letzter Zeit. Aber du kannst nicht erwarten, dass deine Mutter ständig einspringt. Und Natalie hat selbst genug am Hals. Deine Kinder müssen richtig versorgt werden.«

»Unsere Kinder«, korrigiere ich ihn.

»Du weißt, wie ich es meine, Roxy. Spiel jetzt nicht Männer gegen Frauen aus.«

Doch genau darum geht es. Dads Geschäft ist ein richtiges Geschäft. Er hat damit den Lebensunterhalt für sich, für meine Mutter, meinen Bruder und mich bestritten. Es ist nicht bloß ein Zeitvertreib. Und schlagartig, nur weil ich es übernommen habe, ist es plötzlich weniger wert, nicht mehr wichtig. Weniger wichtig als Daves Klempnerei. Die natürlich auch ein gutes, solides Unter-

nehmen ist, und Dave arbeitet hart für unser aller Lebensunterhalt. Aber in den Anfangsjahren wäre ihm das ohne mich und
das Geld, das meine Arbeit einbrachte, nicht möglich gewesen.
Warum soll ich jetzt ein schlechtes Gewissen habe, weil ich etwas Eigenes haben möchte?

»Wir werden schon eine Lösung finden«, meint Dave, als ich
schweige.

Sein Wort in Gottes Ohr.

18. *Kapitel*

Am nächsten Tag rufe ich James Mallon an und bitte ihn, den nötigen Papierkram zu erledigen. Wir einigen uns auf den neuen Namen StyleDrive, doch bis der registriert ist, läuft das Unternehmen weiterhin unter Christy's Chauffeurs. Mittlerweile hat mir Alison den Link zum Start-up-Seminar geschickt, das zwar subventioniert wird, aber trotzdem noch dreihundert Euro kostet. Ich finde, das Geld ist gut angelegt, und melde mich an.

Diese Woche habe ich hauptsächlich Stadtfahrten, die weniger Spaß machen als längere Strecken. Zudem fängt das Ferienlager an, daher muss ich mir um Mica und Tom keine Sorgen machen. Jeden Morgen bringe ich sie zum St Anne's Park, und Grace, Oladeles Mutter, holt sie abends ab, was ideal ist. Mum holt sie am Freitag ab, denn an dem Tag muss Oladele zum Zahnarzt; Mum hat sich ziemlich gefreut, als ich sie fragte, denn sie hat die beiden die ganze Woche nicht gesehen.

»Du bist also wild entschlossen?«, meint sie, als ich zwischen zwei Fahrten zum Flughafen kurz bei ihr vorbeischaue.

»Wild entschlossen zu was?«

»Das Unternehmen weiterzuführen.«

»Ja«, sage ich.

»Gib Dave bloß nicht das Gefühl, dass du ihn vernachlässigst.« Sie wirft mir einen mahnenden Blick zu, und ich muss mir die Bemerkung verkneifen, wenn er arbeite, mache er sich auch keine Sorgen, ob ich mir vernachlässigt vorkäme. Derzeit lebe er wie Gott in Wexford, erinnere ich sie. Ob Mum früher wohl Angst hatte, Dad könnte eine andere finden, wenn sie nicht immer brav zu Hause saß, wenn er heimkam? Befürchtet sie, Dave könnte sich erneut in Julie Halpins Arme stürzen, wenn ich unterwegs bin?

»Dave hat seine Lektion gelernt«, antwortet sie, als ich meine Gedanken laut ausspreche. »Und was deinen Vater betrifft, da habe ich mir nie die geringsten Sorgen gemacht. Es lag an seinen verrückten Arbeitszeiten, und wenn ich morgens arbeiten ging, lag er meistens noch im Bett. Außerdem war ich gern zu Hause, wenn er daheim war.«

Als Taxifahrer hatte Dad oft Nachtschicht. Wenn wir uns morgens für die Schule fertigmachten, mussten wir das mäuschenstill tun, damit wir ihn nicht aufweckten.

»Was macht dir größere Sorgen«, will ich wissen, »dass ich zu viel arbeite oder dass Dave sauer ist?«

»Weder noch!« Ihre Stimme wird weicher, verständnisvoller. »Du sollst dich nicht übernehmen, nur weil du beweisen willst, dass du alles unter einen Hut bekommst, das ist alles.«

»Ich will gar nichts beweisen.«

»Früher bist du nur gelegentlich gefahren, für Christy eingesprungen«, sagt sie. »Erst seit Dave ... du weißt schon ... sprichst du davon, Vollzeit zu arbeiten, was dir bisher nie ein Bedürfnis war.«

»Mum, das hat absolut nichts mit Daves Fremdgehen zu tun«, stelle ich klar. »Es geht um mich. Ich möchte mich selbst verwirklichen, darum geht es und um nichts anderes. Ganz sicher.«

»Solange du weißt, was du tust«, meint sie.

Das ist der Fall. Und das teile ich ihr unmissverständlich mit.

Genau in dem Augenblick, als ich am Freitag ins Auto steige, um Thea Ryan für den Charity Lunch abzuholen, tritt Julie Halpin vor die Haustür. Ich habe bereits in ihre Richtung geschaut und möchte nicht wegsehen, als könnte ich ihrem Blick nicht begegnen. Auch sie sieht nicht weg und daher liefern wir uns ein Blickduell, das eine gefühlte Ewigkeit dauert.

Ich habe sämtliche lässigen oder vernichtenden Sätze vergessen, die ich ihr an den Kopf werfen wollte, und befürchte, wenn ich den Mund aufmache, rutscht mir so was wie »scheiß Schlampe« heraus. Was eventuell kathartisch, aber weder lässig noch vernichtend ist. Schließlich ergreift Julie als Erste das Wort.

»Hör her, Roxy. Dave und ich, das war eine einmalige Sache. Du brauchst dir keine Sorgen zu machen. Ich hab jemand anders.«

»Wie schön für dich.« Abrupt finde ich meine Sprache wieder und, ohne nachzudenken, sage ich: »Soll ich seiner Frau Bescheid sagen?«

Dann steige ich ein und schließe die Autotür. Beim Anlassen des Motors sehe ich, wie meine Hände zittern. Ich fahre aus der Einfahrt und sehe im Rückspiegel Julie, die noch immer in ihrem Garten steht und mir nachsieht.

Ich hole tief Luft. Und dann lächle ich. Unbewusst habe ich das riesige Bedürfnis gehabt, Julie Halpin etwas, irgendetwas an den Kopf zu knallen. Und nachdem das nun passiert ist, kann ich diese Frau allmählich hinter mir lassen, so wie ich nach und nach Daves Untreue verarbeitet habe.

Als ich vor Thea Ryans Haus anhalte, bin ich ziemlich zufrieden mit mir. Thea bemerkt es und meint, ich sähe heute sehr fröhlich aus. Natürlich sage ich nicht, dass ich heute endlich der Frau in die Augen gesehen habe, die mit meinem Mann geschlafen hat, sondern erkläre, mein Tag verlaufe besser als angenommen.

»Das ist bei mir hoffentlich auch der Fall.« Im Auto probt sie laut ihre Rede für die Veranstaltung der Osteoporose-Gesellschaft. Die ist gleichzeitig lustig und ernst und kommt bestimmt sehr gut an. Ich nehme mir vor, Mum zur Knochendichtemessung zu überreden, sicher ist sicher.

»Ich soll Sie nachher wirklich nicht abholen?«, frage ich, als wir beim Hotel angekommen sind und ich ihr den Wagenschlag öffne.

Sie schüttelt den Kopf. »Hinterher habe ich noch ein Meeting mit den Organisatoren, und anschließend bringt mich meine Tochter heim.«

Ich weiß, dass ihre Tochter im Vorstand der Organisation ist, denn das hat sie mal erwähnt. Theas andere Kinder sind ebenfalls erfolgreich.

»Bestimmt wunderbar, wenn man zu so einer begabten Familie gehört«, sage ich.

»Nicht immer«, entgegnet Thea. »Wie alle anderen haben auch wir Probleme. Manchmal fühlt sich die eine oder der andere zurückgesetzt. Aber ich bestärke alle meine Kinder und jetzt auch meine Enkelkinder nach Kräften darin, sich selbst zu verwirklichen. Ist sonst nicht alles sinnlos? Wer will denn ein Leben voller Reue und Versäumnisse führen? Mir gefällt auch, wie Sie Ihr Ding durchziehen, Roxy. Ich fahre sehr, sehr gern mit Ihnen.«

»Ehrlich?«

»Und wie. Abgesehen davon, dass es nett ist, wenn eine Frau chauffiert, sind Sie eine hervorragende Autofahrerin. Was sind Sie für ein Sternzeichen?«

»Wie bitte?«

»Ihr Sternzeichen«, wiederholt Thea.

»Steinbock.«

»Ich wusste es!« Triumphierend sieht sie mich an. »Steinböcke können sich ihre Kräfte gut einteilen, sind Realisten und praktisch veranlagt. Passt alles auf Sie. Und deshalb sind Sie eine gute Chauffeurin.«

Hat sie recht? Vielleicht. Ich habe mich nie mit Astrologie befasst. Aber wenn ich mich beschreiben sollte, treffen es realistisch und praktisch veranlagt ganz gut. Obwohl eine künstlerische Ader auch ganz schön wäre.

»Und Sie?«, frage ich.

»Ich bin Fisch«, sagt sie. »Eine Träumerin. Ideal für die Schauspielerei, weniger talentiert hinterm Lenkrad.«

Ich lache.

»Nun denn.« Sie zieht ihren leichten Kaschmirschal enger um die Schultern. »Dann setze ich mal mein Pokerface auf und gehe rein. Man darf mir die nervliche Anspannung nicht ansehen.«

»Sie sehen gar nicht nervös aus«, beruhige ich sie.

»Das liegt daran, dass ich eine gute Schauspielerin bin.« Sie zwinkert mir zu und betritt mit selbstbewusstem Schritt das Gebäude.

Garantiert hätte sie an meiner Stelle Julie Halpin in der Luft zerrissen.

Die nächsten vierzehn Tage sind grandios und beängstigend zugleich.

Für Alisons zweitägiges »Start-up for Success«-Seminar, das im Convention Centre am Hafen stattfindet, kaufe ich mir ein neues Kleid. Ich hatte gefragt, was ich anziehen soll, und sie meinte, mein Hosenanzug sei absolut geeignet, aber wenn ich mich etwas mehr in Szene setzen wolle, solle ich meinen Look ruhig etwas aufpeppen. Bei Arnotts sei gerade Ausverkauf, dort fände ich bestimmt etwas Hübsches.

Bingo. Nachdem ich Dutzende verschiedene Sachen anprobiert habe, komme ich mit einem perfekt sitzenden Tupfenkleid nach Hause, das um mehr als die Hälfte reduziert ist und von Joseph Ribkoff stammt. Die schwarzen Tupfen sind unregelmäßig auf einem creme-blassrosafarbenen Hintergrund verteilt, das Teil steht mir ausgezeichnet. Weil es ärmellos ist, musste ich mir auch noch eine Jacke kaufen. Genau genommen zwei, eine schwarze und eine in Altrosa, die klasse dazu passt. Die Jacken waren ebenfalls ein Schnäppchen und sind sehr vielseitig einsetzbar. Auch sensationelle, schleifenverzierte Pumps von Nine West habe ich erstanden, zum regulären Preis zwar, aber sie sind jeden Cent wert. Als ich meine PIN eingab, war ich stolz, dass ich mir das alles leisten konnte, weil ich schwer dafür gearbeitet habe.

Zu Hause führe ich mein neues Outfit Mum und den Kindern vor, die hin und weg sind.

»Supertoll«, sagt Mica, »gar nicht wie meine Mum.«

»Das ist hoffentlich ein Kompliment«, meine ich.

»Du musst das für dein Geschäft auf Insta einstellen«, sagt sie und macht umgehend ein Foto, das sie mir weiterleitet. Vielleicht kann sie zukünftig ihr Taschengeld als meine Social-Media-Beraterin aufbessern!

»Du bist wieder ganz du selbst«, konstatiert Mum. »Du siehst großartig aus.«

»Genauso fühle ich mich auch«, sage ich und lade das Foto samt der Unterschrift »Chauffeurin wirft sich in Schale« hoch. Leona gibt sofort ein Daumen hoch und kommentiert mit »Wow!!!«.

Am Morgen des Workshops lege ich meine Lieblingsohrringe an (das zweite Paar lasse ich weg) und ein silbernes Armband. Außerdem trage ich mehr perlgrauen Lidschatten auf als sonst. Beim Blick in den Spiegel finde ich, dass ich definitiv wie eine aufstrebende Unternehmerin aussehe. Zwar verlasse ich selbstbewusst und gutgelaunt das Haus, doch beim Betreten des futuristischen Glasbaus werde ich nervös. Kaum zu glauben, dass ich da jetzt ein Meeting habe. Auf den Bildschirmen im riesigen Foyer schaue ich nach, wo ich hinmuss, und fahre mit der Rolltreppe in die entsprechende Etage. Der Raum ist lichtdurchflutet und wie ein Sitzungssaal eingerichtet; von den fast bodentiefen Fenstern kann man auf die Liffey sehen. Auf den Tischen stehen Wasserflaschen, und an jedem Platz liegen Notizblock und Kugelschreiber. Alles wirkt wichtig und seriös, und genauso fühle ich mich auch. Mein Herz hämmert erwartungsvoll.

An dem Kurs nehmen noch zwei andere Frauen teil. Harriet entwickelt einfach zu bedienende technische Geräte für Senioren, Miriam macht irgendwas mit Leasing. Miriam ist bei weitem die Selbstbewussteste von uns, und ihr von Kopf bis Fuß rotes Outfit scheint ihr noch zusätzlich Autorität zu verleihen. Was für ein Glück, dass ich Alisons Rat befolgt und mir Kleider gekauft habe, die mir eine gewisse Souveränität verleihen. Noch immer machen Kleider Leute. Die ungefähr zwanzig männlichen Kursteilnehmer tragen selbstverständlich Anzug.

Ich habe keine Vorstellung, was mich an diesem Tag erwartet. Nach einer kurzen Einführung durch die Kursleiterin werden wir in Gruppen aufgeteilt, die unterschiedliche Projekte bearbeiten müssen. Anfänglich mag ich gar nichts sagen, doch dann finde ich meine Sprache wieder und obwohl Brian, der Sprecher unserer Gruppe, ständig plappert, gelingt es mir, etliche Vorschläge einzubringen, die von allen gutgeheißen werden. Ich bin ziemlich stolz auf mich.

Beim Mittagessen komme ich mit vielen Teilnehmern ins Gespräch. Erstaunlich, auf welche Geschäftsideen die Leute kommen. Aber Harriets Technikspielereien sind klug durchdacht und auch etliche andere haben gute Produkte. Ich sollte Natalie von diesem Kurs erzählen. Vielleicht bekommt sie hier weitere Ideen, wie sie ihr Kerzenimperium ausbauen kann. Mittlerweile betrachte ich alle unsere Unternehmen als Imperien – und meine es nicht einmal ironisch.

Am Ende des Workshops habe ich volles Vertrauen in mich und meine Fähigkeiten, Christy's Chauffeurs – oder vielmehr StyleDrive – neu auszurichten. Natürlich werde ich weiterhin meine Kunden fahren, das ändert sich ja nicht, aber ich habe viele Ideen hinsichtlich Marketing (unsere Kursleiterin ist begeistert von meinen Instagram-Posts), Werbeaktionen und Kundenfeedback.

Ich tausche mit allen Teilnehmern Kontaktdaten aus, und einige sagen, dass sie in Zukunft bestimmt meine Dienste in Anspruch nehmen werden. Sofort schicke ich ihnen Aktionscodes, mit denen sie bei der ersten Fahrt einen Sonderrabatt bekommen. Mit Harriet und Miriam habe ich mich zum Kaffee verabredet, damit wir unsere Erfahrungen austauschen können.

Ich schwebe auf einer Wolke der Begeisterung nach Hause.

Als Dave aus Wexford kommt, ist er wortkarg, was meine Pläne anbelangt.

»Schmeiß nicht noch mehr Geld raus«, sagt er, und ich weiß nicht, ob er über meine geplanten Rabatte oder das Tupfenkleid redet, das ihm offenbar nicht gefällt. Ich habe ihm verschwiegen, dass der Kurs nicht kostenlos war.

»Wenn du wissen willst, wie man ein Unternehmen führt, kannst du mich fragen.«

»Wenn es nicht funktioniert, bin ich die Erste, die es zugibt«, sage ich. »Versprochen. Unsere Familie soll nicht darunter leiden. Außerdem, sieh mal her.« Ich klappe meinen Laptop auf und zeige ihm meine Gewinn-und-Verlust-Rechnung. »Ich verdiene gutes Geld. Allerdings brutto«, ergänze ich. »Ich muss Benzin und Abschreibung berücksichtigen sowie –«

»Ich weiß, wie das läuft«, unterbricht er mich. »Ich habe auch ein Unternehmen, Roxy.«

»Entschuldige«, sage ich. »Für mich ist das alles ziemlich aufregend.«

»Du fährst ein Auto. Mehr ist es nicht.«

Ich suche nach meinem Handy, damit ich einen Datenabgleich mit dem Laptop machen kann und die genauen Zahlen für diese Woche bekomme. Es ist nicht auffindbar, daher bitte ich Dave, mich anzurufen. Aber kein Klingeln ist zu hören, und mich überkommt Panik. Das Handy ist für meine Arbeit unersetzlich. Es muss irgendwo sein.

Mica und Tom helfen mir, das Haus auf den Kopf zu stellen, aber es ist und bleibt unauffindbar.

»Vielleicht ist es im Auto«, schlägt Mica vor. Gerade will ich sagen, das kann nicht sein, weil es mein obligatorischer Handgriff vorm Aussteigen ist, das Mobiltelefon vom Ladegerät zu nehmen. Doch dann fällt mir ein, dass ein Kunde sein Handy aufladen musste und ich ihm anbot, er könne meins herausnehmen. Entweder hat er es behalten – absolute Katastrophe! – oder hoffentlich ins Fach der Beifahrertür gelegt. Er saß neben mir, denn bei dieser Tour waren es drei Fahrgäste.

»Ich sehe nach«, sagt Dave, was mir guttut, denn es gibt mir das Gefühl, als brächte er sich bei StyleDrive ein und sähe die Sache weniger negativ. Mir ist klar, dass es auch für ihn eine große Veränderung ist, aber er muss begreifen, dass es für uns beide eine positive Veränderung sein kann.

Er bleibt länger draußen als gedacht, und ich werde panisch. Der Verlust eines Handys ist in vielerlei Hinsicht ein Alptraum. Dann kommt er ins Wohnzimmer und wirft mir das Mobiltelefon zu.

»Vielen Dank«, sage ich. »Da bin ich aber erleichtert.«

»Und was ist das?«, will er wissen und hält die Schachtel mit dem Parfüm hoch, das Ivo Lehane mir geschenkt hat.

Ich wollte es schon mehrmals mitnehmen, aber weil ich normalerweise meine Sachen in der Ablage unter der Armlehne oder im Seitenfach der Tür verstaue, klappe ich nur selten das Handschuhfach auf. Wahrscheinlich habe ich es auch verdrängt, denn obwohl das Parfüm ein Geschenk ist, fühlt es sich falsch an, es zu behalten. Vielleicht habe ich unbewusst gehofft, dass er mich anruft, ich solle ihn am Flughafen abholen, und auf der Fahrt den Duft zurückverlangt.

Ich erkläre Dave das Vorhandensein des Parfüms. Seine Augen verengen sich.

»Dieser Typ hat dir, einer ihm unbekannten Frau ein sauteures Parfüm geschenkt?«

»Gerade habe ich es dir erklärt. Er hat es für seine Freundin gekauft, aber die Flasche ist zu groß fürs Handgepäck«, wiederhole ich.

»Er hätte sein Gepäck einchecken können.«

Ich erzähle von Ivos Laptop und warum er seinen kleinen Koffer nicht eincheckt. Dave sieht mich skeptisch an.

»Er hat dir das Parfüm geschenkt«, wiederholt er. »Das ist ... das ist –«

»Was hätte er sonst damit machen sollen?«, unterbreche ich ihn. »Er hat nicht vor, zurückzukommen ... was hätte er tun sollen?«

»Es jedenfalls nicht der Frau eines anderen schenken.«

»Herr im Himmel!« Ich werfe ihm einen entnervten Blick zu. »Es war die pragmatischste Lösung. Außerdem werde ich ihn ohnehin nie wiedersehen.«

»Gut«, sagt Dave. »Sonst hätte ich es dir verbieten müssen.«

Ich muss lachen, ich kann nicht anders. »Du kannst mir nichts verbieten. Das ist nicht das neunzehnte Jahrhundert.«

»Ich fand ihn immer irgendwie dubios«, sagt Dave. »Und jetzt bin ich mir sicher.«

»Du hast ihn irrtümlich für einen Drogendealer gehalten«, erinnere ich ihn. »Und ebenso wenig versucht er, mir –« »an die Wäsche zu gehen« wollte ich sagen, da sehe ich Mica in der Tür stehen, die nach oben gegangen war, als Dave das Handy gefunden hatte. »Er versucht gar nichts«, beende ich den Satz. »Und wie schon gesagt, es ist höchst unwahrscheinlich, dass er meine Dienste nochmals braucht.«

Dave nimmt die Fernbedienung und schaltet den Fernseher ein. Er sagt keinen Ton mehr.

19. Kapitel

Als Dave am nächsten Wochenende heimkommt, ist er mit dem Auftrag in Wexford fertig. Ich hatte gehofft, wir könnten anschließend dort ein gemeinsames Wochenende verbringen, aber Jimmys Familie hat sich auf den Weg zum Haus am Meer gemacht und da das Wetter plötzlich traumhaft wurde, bekamen wir leider keine Unterkunft. Daher müssen unsere Urlaubspläne bis zu den nächsten Ferien warten, denn gleich nach dem Ferienlager geht's für die Kinder wieder in die Schule.

Seine Heimkehr feiern wir beim Chinesen, es wird ein lustiger Abend, ganz wie früher. Es war wichtig, dass ich Zeit für mich hatte, aber jetzt, nachdem Dave wieder daheim ist, können wir die verschiedenen Dinge angehen, die wir uns vorgenommen haben. Bisher haben wir uns gewissermaßen in einer Warteschleife befunden, doch jetzt nehmen wir unser normales Leben wieder auf.

Meine Fuhren habe ich penibel geplant, so dass ich immer vor ihm zu Hause bin, er quasi von meiner Arbeit kaum etwas mitbekommt. Wann immer es die Zeit erlaubt, will ich mich außerdem zur Küchengöttin aufschwingen. Gina Hayes' Kochbuch kommt weiterhin zum Einsatz, aber den Quinoa, der fester Bestandteil vieler ihrer Rezepte ist, werde ich durch Pommes ersetzen, und nicht mehr ganz so oft den bunten Salat servieren. Mit Kohlenhydraten kann ich Dave, der nur vom »Kochbuch des Horrors« spricht, hoffentlich bei guter Laune halten. Und es funktioniert anscheinend, denn in der ersten Woche nach seiner Rückkehr meckern weder er noch die Kinder über die schleichende Umstellung zur gesünderen Ernährung, auch nicht darüber, dass Pizza fast komplett vom Speiseplan gestrichen ist. (Ein weiterer Vorteil der Küche à la Gina Hayes: Obwohl ich seit Ewigkeiten an keiner Schlank-siegt-Runde teilgenommen habe, wiege ich drei Kilo weniger! Ich bin weiterhin Kaffeejunkie, es gibt aber keine Muffins oder Croissants dazu. Alles in allem läuft es gut bei mir.)

Auch zwischen Dave und mir läuft es ganz gut, resümiere ich beim Einräumen der Spülmaschine. Klar, es knirscht da und dort ein wenig im Gebälk, doch das Schlimmste haben wir überstanden.

Mein Handy meldet sich. Eine SMS.

Hallo. Könnten Sie mich wieder fahren? Diesmal handelt es sich um eine komplexere Sache, und ich habe volles Verständnis, wenn Sie ablehnen. Ich habe Termine bei diversen Pharmaunternehmen, dazu müssten Sie mich nächsten Mittwoch vom Flughafen abholen und nach Arklow bringen. Am nächsten Tag ginge es nach Tipperary und anschließend nach Cork. Es wäre gut, wenn Sie in Cork übernachten könnten, weil ich am Samstag von Shannon in die USA fliegen muss. Selbstverständlich komme ich für die Übernachtungskosten auf. Wenn Ihnen das alles zu umständlich ist, wäre es nett, wenn Sie mir jemanden empfehlen könnten.

Ivo Lehane schlägt einen Preis für die Gesamttour vor, der bei weitem die Summe betrifft, die ich genannt hätte.

Ich starre die Nachricht an. Natürlich gibt es hunderttausend Gründe, den Auftrag nicht anzunehmen, allen voran, dass Dave mir wie ein absolutistischer Herrscher verboten hat, Ivo Lehane je wiederzusehen. Aber das war sicher nur der Macho in ihm. Wenn er hört, wie viel ich damit verdiene, ändert er sicherlich seine Meinung. Andererseits könnte ich verstehen, wenn er ausrastet, weil ich bei diesem Auftrag über Nacht wegbleibe. Nicht, dass er etwas zu befürchten hätte, aber es wäre eine neue Erfahrung für ihn. Was Tom und Mica betrifft – ich war noch nie nachts von ihnen getrennt. Will ich das?

Und trotzdem, trotzdem. Der Betrag ist überwältigend, die Tour hört sich interessant an und ich möchte Ivo gern wieder fahren. Von allen Kunden ist er mir der liebste, und nicht nur, weil er mir von seinem Vater, seiner Familie erzählt und mir das Gefühl gegeben hat, dass wir fast befreundet sind. Natürlich sind wir das nicht. Aber ihn herumzukutschieren, ist, wie mit einem Freund herumzufahren. Und eine Absage wäre, als ließe ich einen Freund im Stich. Ich lasse meine Freunde nie im Stich.

Binnen dreißig Sekunden habe ich mich selbst überredet, den Auftrag anzunehmen. Doch ich werde nicht sofort zurückschreiben. Es soll so aussehen, als hätte ich mir die Sache äußerst gründlich überlegt.

Ich warte zehn Minuten. *Natürlich. Sehr gern. Schicken Sie mir Ihre Flugverbindung.*

Ich drücke auf Senden.

Weil ich an diesem Tag erst nachmittags heimkomme, ist Mum da, als ich das Haus betrete. Von Tom und Mica ist nichts zu sehen, sie sind bei Andrew beziehungsweise bei Emma. Ich habe ein schlechtes Gewissen, weil ich die beiden verpasst habe, obwohl ich weiß, dass ihre Freunde auch sehr viel Zeit bei uns verbringen. Bereits jetzt mache ich mir Sorgen, wie sie es aufnehmen werden, dass ich über Nacht weg bin. Ivo hat mir seine Flugdaten geschickt, die ich mit einem vorfreudigen Kribbeln gespeichert habe. Trotzdem sollte meine Familie an erster Stelle stehen.

Die Workshop-Leiterin sprach von der Work-Life-Balance. Sie sagte auch, es werde Zeiten geben, da müssten wir uns entscheiden und diese Entscheidungen könnten schwierig sein. Stattdessen hätte sie sagen sollen, eine Entscheidung zu treffen sei einfach, damit leben aber schwierig.

Ich schicke Mica eine SMS, dass ich wieder daheim bin, und

informiere Andrews Mutter, damit sie die Nachricht an Tom weitergibt. Zum Glück wohnen die Freunde der Kinder um die Ecke.

»Du siehst müde aus«, meint Mum, als ich mit meinem SMS-Verkehr fertig bin, meinen Pferdeschwanz aufgemacht und mein Haar ausgeschüttelt habe.

»Zweimal komplett die M50 rundum, da ist frau nicht mehr ganz dynamisch.« Ich schalte den Wasserkocher ein. »Auch eine Tasse Tee?«

Fleißig weiterhäkelnd nickt sie. Auf dem Tisch liegen drei Polypen, alle anderen haben es endlich ins Krankenhaus geschafft.

»Ich werde schneller«, meint sie auf meinen Kommentar hin, »und es ist ein schönes Gefühl, was Gutes zu tun.«

»Das ist großartig.« Neulich gab es über die Häklerinnen einen Beitrag im Fernsehen sowie einen Artikel in der Wochenendausgabe der Zeitung. June tauchte in beiden auf, Mum nicht.

»Ich halte mich lieber im Hintergrund«, sagte sie. »Ich brauche keine Publicity.«

Lachend meinte ich, für ihr Dating-Portal sei das doch gar nicht schlecht, und sie gab (ziemlich pikiert) zurück, das sei kein Dating-Portal. Und dann lachte sie auch, vielleicht würden die alten Männer sie ja aufgrund ihres neugewonnenen Promistatus den fünfundvierzigjährigen Hüpfern vorziehen.

Mir fällt Leona Lynch ein – ob sie wohl einen Videopost über die Tintenfische machen könnte? Die meisten ihrer Follower werden wohl keine häkeln, eventuell aber ihre Mütter und Omas. Ich mache Mum einen entsprechenden Vorschlag, und sie meint, sie werde mit der Gruppe darüber reden und ja, es wäre sensationell, wenn eine so junge und bekannte Frau wie Leona beim Projekt mitmachte.

»Ich sollte vielleicht doch auch damit anfangen.« Ich gieße

uns Tee ein, stelle aber keine Kekse auf den Tisch. »Häkeln wäre ein viel sinnvollerer Zeitvertreib, während ich auf meine Kunden warte, statt auf meinem iPad herumzudaddeln.«

»Wie läuft's mit deinem Geschäft?«, fragt Mum, die sehr interessiert daran ist, was ich beim Workshop gelernt habe, und seitdem ganz begeistert von StyleDrive ist.

»Viel besser, als ich es mir hätte träumen lassen«, erwidere ich. »Dad hatte so viele Kontakte, die mir alle gern Aufträge erteilen. Außerdem hatte ich etliche Fuhren für jemanden, den ich im Convention Centre kennengelernt habe. Und ich könnte einen Exklusivvertrag mit einer High-Tech-Firma in Leopardstown abschließen, doch dann müsste ich ausschließlich für die fahren, also lasse ich das lieber.«

»Wäre das nicht besser als das, was du jetzt machst?«, fragt sie. »Hättest du dann nicht eine gewisse Sicherheit und könntest deine Zeit besser einteilen?«

»Das kann ich jetzt auch.« Nachdenklich sehe ich sie an, innerlich ganz bei nächster Woche mit der Ivo-Lehane-Tour. »Mute ich dir zu viel zu? Dann planen wir um.«

»Ich verbringe liebend gern Zeit mit meinen Enkeln«, sagt Mum, »das ist doch keine Zumutung, Roxy. Mir geht es einzig darum, dass du glücklich bist bei dem, was du tust.«

»Das bin ich.« Ich umarme sie. »Jetzt zu dir. Wie entwickelt sich die Partnersuche, auch wenn du nicht im Fernsehen warst?«

Sie lässt sich auf den Themenwechsel ein und verzieht das Gesicht. »Ich habe dir doch schon gesagt, dass ich keinen Partner, sondern nur gelegentlich Gesellschaft suche, einen Begleiter gewissermaßen. Für alles andere ist es viel zu früh. Daran denke ich nicht mal.«

»Wie entwickelt sich also die Suche nach einem Begleiter?«, formuliere ich meine Frage um.

»Ich habe mich mit jemandem getroffen«, gesteht sie.

»Ah ja? Mit einem der Typen, die wir uns angesehen haben? Hoffentlich nicht der mit der unaufgeräumten Küche!«

»Bist du des Wahnsinns fette Beute?«, ruft sie aus. »Nein. Es ist ein älterer Herr, der gezielt nach einer älteren Dame gesucht hat. Der ist mit Angeboten bestimmt nur so zugeschüttet worden«, ergänzt sie. »Hat sich erst nach Tagen auf meine Nachricht gemeldet.«

»Wie war er? Wo seid ihr hin? War es nett?«

»Es war extrem vornehm«, erzählt Mum. »Er hat mich zum Afternoon Tea ins *Merrion* eingeladen.«

Das *Merrion* gehört zu Dublins absoluten Luxushotels. Amerikanische Urlauber lieben es ebenso wie einheimische und ausländische Politiker. Ich habe schon etliche Kunden dort abgeholt oder abgesetzt.

»Natürlich ist es abstrus teuer für ein paar zurechtgeschnittene Sandwiches, Scones und Törtchen«, fährt sie fort. »Aber die Umgebung ist wunderschön und alles ist sehr elegant.«

»Wie heißt der Mann? Was macht er? Triffst du ihn wieder?« Ich löchere sie mit weiteren Fragen.

»Diarmuid. Er ist Rentner. Wahrscheinlich.« Sie hakt die Antworten an den Fingern ab.

»Wie alt ist er?«

»Neunundsechzig.«

»Ein Jungspund, soso.« Ich grinse. »Ach Mum, ist das aufregend.«

»Wir werden sehen, ob er sich wieder bei mir meldet«, wehrt sie ab. »Wahrscheinlich ist er so umworben, dass er nicht zweimal aus demselben Brunnen trinken muss. Das ist nicht zum Lachen«, rügt sie, als ich vor mich hin kichere. »Das da draußen ist das reinste Minenfeld.«

Wenn ich nicht zu Dave zurückgekehrt wäre, befände ich mich jetzt in der gleichen Situation. Jeder Erwachsene schleppt Altlasten mit sich herum. Natürlich haben wir alle eine Vergangenheit, aber die Vorstellung, zu den eigenen Problemen zusätzlich fremde aufgebürdet zu bekommen, ist entmutigend. Zumindest empfände ich das so. Wenn ich mich damit beschäftigen müsste, was zum Glück nicht der Fall ist.

20. Kapitel

Wie erwartet flippt Dave aus, als ich ihm von Ivo Lehanes Auftrag erzähle.

»Ich habe dir gesagt, ich will nicht, dass du diesen Mann nochmals fährst!«, schreit er. »Dass du ihn vom Flughafen abholst, wäre schon schlimm. Aber jetzt quatschst du davon, die Nacht mit ihm zu verbringen? Hast du den Verstand verloren? Oder glaubst du, ich hab meinen verloren und erlaube dir das? Was, wenn er dich als Tarnung für einen seiner Drogendeals benutzt?«

»Erstens verbringe ich nicht die Nacht mit ihm, wie du zu formulieren beliebst«, sage ich. »Ich muss übernachten, ja. Aber das ist was völlig anderes, als mit dem Mann zu schlafen«, stelle ich überflüssigerweise klar. »Und was seine angebliche Tätigkeit als Drogenhändler betrifft – jetzt reiß dich mal zusammen, Dave.«

»Reiß du dich zusammen«, gibt er zurück. »Du hältst mich wohl für einen Volltrottel? Was läuft da zwischen euch?«

»Absolut nichts«, sage ich, »außer, dass noch nie ein Kunde so gut gezahlt hat.«

»Was soll das denn für ein Kunde sein?« Aus Daves Stimme trieft das Gift nur so. »Er zahlt überdurchschnittlich gut. Schenkt dir Parfüm. Fragt, ob du über Nacht bleibst. Ich habe das Recht zu wissen, was genau da läuft.«

Möglicherweise könnte Ivos Großzügigkeit tatsächlich falsch ausgelegt werden. Aber zwischen uns ist nichts. Rein gar nichts.

»Dann erkläre ich es dir so, dass du es verstehst, okay?«, sage ich. »Du wirst nie in meine Lage kommen und mich mit ihm in unserem Bett erwischen. Denn die Beziehung zwischen Ivo und mir ist rein geschäftlich. Und weil ich, anders als du mir, dir nie dein blödes Herz brechen werde.«

»Wirst du das von nun an bei jedem Streit aufs Tapet bringen?«
Daves Stimme bebt vor Zorn. »Egal, worum es geht. Egal, was
du getan hast. Nichts wird je so schlimm sein wie dieser eine
Fehltritt.«

»Ich bringe es nicht immer aufs Tapet«, sage ich, »nur wenn
du mich fälschlicherweise des gleichen Vergehens beschuldigst.«

»Du wirst diesen Auftrag *nicht* annehmen«, sagt Dave.

»Und ob.«

»Das wird dir leidtun.«

»Mir wird es mehr leidtun, wenn ich ihn nicht annehme. Und
dir auch. Es ist leichtverdientes Geld, Dave.«

»Das Auto zu verkaufen, so wie es dein Dad gewollt hat, wäre
viel leichter«, sagt er. »Und unser Leben wäre wie früher, nur
besser.«

»Genau das will ich nicht!«, schnaube ich. »Ehrlich gesagt, mein
Leben ist jetzt um einiges besser als früher.«

»Herzlichen Dank auch«, sagt Dave. »Die ganzen Jahre, die
ganze Zeit, die ich mich für die Kinder und dich krummgelegt
habe, zählen nicht?«

Der Schmerz in seiner Stimme versetzt mir einen Dämpfer.
Ich kann verstehen, warum er aufgebracht ist. Aber warum kann
er mich nicht verstehen?

»Ich sage dir, tu's nicht«, erklärt Dave. »Ein zweites Mal sage
ich es nicht.«

Keine dreißig Sekunden, und der Dämpfer ist verpufft.

»Du hast mir gar nichts zu sagen, Dave McMenamin. Du kannst
mich um etwas bitten, das ja.«

»Verdammte Scheiße!«

Und damit verzieht er sich in den Pub, obwohl es Samstagnachmittag ist und er Tom zu seinem Fußballspiel fahren sollte.

Ich sollte Ivo Lehane anrufen und ihm absagen, tue es aber nicht. Nachdem ich Tom zu seinem Match gefahren, ihn vom Spielfeldrand aus angefeuert und anschließend Mica vom Ballettunterricht abgeholt habe (es ist ihre zweite Stunde und obwohl sie anfänglich nicht interessiert war, gab das verführerische Tutu erstaunlicherweise den entscheidenden Ausschlag), schauen wir bei Mum vorbei.

Die Kinder gehen zum Duschen nach oben, während ich mich ins Wohnzimmer setze und ihr beim Häkeln zusehe. Aber sie spürt, dass etwas nicht stimmt, legt die Arbeit beiseite und erkundigt sich. Ich hole tief Luft und erzähle ihr von Ivos Anfrage.

»Über Nacht!« Mum sieht sehr erstaunt drein. »Er bezahlt dir eine Übernachtung!«

»Jetzt hörst du dich an wie Dave«, sage ich. »Er bezahlt meine Unterbringung, erwartet aber nicht, dass ich dafür mit ihm schlafe.«

»Woher willst du das wissen?«, erkundigt sie sich.

»Herrgott, weil er mir die Reiseroute geschickt hat.« Aus meiner Tasche hole ich den Ausdruck mit den genauen Daten für Arklow, Tipperary, Cork, Shannon und reiche ihn ihr. »Da bleibt keine Zeit für heimlichen Sex.«

»Das muss gar nichts bedeuten«, sie wirft einen Blick auf das Blatt und gibt es mir zurück. »Echt, Roxy, in meinen Augen bist du unglaublich naiv.«

»Er hat eine Freundin!«, rufe ich aus.

»Na und?«

»Warum denkst du sofort, dass es sich um eine wilde Affäre handelt?«, frage ich. »Warum kannst du nicht einfach akzeptieren, dass es nur ein sensationell gut bezahlter Auftrag ist.«

»Weil Männer Männer sind«, sagt sie. »Sogar die guten.«

»Wie Dave, meinst du?«, frage ich. »Der gute Ehemann, der mit der Nachbarin geschlafen hat? Oder wie Dad, der mit eurem Geld eine Frau abfand, der er möglicherweise ein Kind gemacht hat.«

Mum presst die Lippen zusammen.

»Das war unnötig«, sagt sie.

»Das finde ich nicht.« Ich greife nach einem der kleinen Kraken und spiele mit seinen Fangarmen. »Dave hat getan, was er getan hat. Dad ebenso. Und aus diesem Grund bist du bereit, mein Urteilsvermögen komplett abzuqualifizieren und zu behaupten, dass mein Kunde mich hinters Licht führen will. Das zeugt nicht von großem Vertrauen in deine Tochter.«

Schweigend sieht Mum mich an, ich spiele weiterhin mit dem Häkeltierchen.

»Entschuldige bitte«, sagt sie schließlich. »Du hast recht. Ich habe nur ihn gesehen, nicht dich. Ich kenne dich, und ich vertraue dir absolut.«

Es gelingt mir nicht, die Tränen wegzuzwinkern. Mum reicht mir ein Papiertaschentuch. Ich lege den Oktopus auf den Tisch, tupfe mir die Augen ab und schnäuze mich. »Ivo ist ein anständiger Kerl und ein guter Kunde«, erkläre ich. »Und ich möchte diese Tour machen.«

»Das sehe ich.«

»Dave ist sauer, weil er denkt, ich würde die harte Arbeit, die er all die Jahre geleistet hat, nicht respektieren«, sage ich, nachdem ich mir nochmals die Nase geputzt habe. »Aber ich habe ihn immer respektiert. Er respektiert mich nicht.«

»Soll ich zu euch rüberkommen, während du weg bist?«, fragt sie.

»Vielleicht sollten Tom und Mica zu dir kommen«, schlage ich vor. »Was immer Dave am wenigsten auf die Palme bringt.«

Es ärgert mich, dass ich auf seine Gefühle Rücksicht nehmen muss.

Aber wie gut, dass Mum auf meiner Seite ist.

Dave und ich verlieren das restliche Wochenende sowie die darauffolgende Woche kein Wort über das Thema. Im Haus herrscht eine angespannte Stimmung, die ich durch hysterische Fröhlichkeit zu übertünchen versuche.

»Geht's dir gut, Mum?«, erkundigt sich Mica am Vorabend meiner Tour.

»Ja, klar, was soll denn sein?«

»Du lachst die ganze Zeit«, sagt sie. »Und nur über albernes Zeug.«

»Ah. Dann bin ich halt eine sehr alberne Mutter.« Selbst in meinen eigenen Ohren klinge ich wie eine Hyäne auf Speed.

Dave, in sein iPad vertieft, sieht nicht einmal hoch.

Zum Glück bringen weder Mica noch Tom meine Tour und den bevorstehenden Aufenthalt bei ihrer Großmutter mit meiner hysterischen Albernheit in Verbindung. Dave hingegen garantiert. Bestimmt nimmt er an, dass sie der Wiedersehensvorfreude geschuldet ist. Wenn er doch nur mit diesem Auftrag einverstanden wäre – ein vergeblicher Wunsch. Trotzdem kann ich mich nicht seinem Willen beugen.

Als Dave am Mittwochmorgen zur Arbeit geht, gibt er mir keinen Abschiedskuss. Doch statt mich darüber aufzuregen, gehe ich nach oben und ziehe eine weiße Bluse sowie meinen dunkelblauen Hosenanzug an. Gestern war ich beim Friseur, und mein Haar glänzt immer noch seidig. Ich mache mir einen Pferdeschwanz, lege meine Silberkette um und dufte mich anschließend mit Annabels teurem Parfüm ein. Ich betrachte mein Spiegelbild. Sehr *Homeland.* Sehr professionell. Und gleichzeitig sehr sittsam.

Ich verfolge Ivos Flugverlauf auf dem Handy und fahre los, kurz bevor er landet. Als ich vor dem Terminal halte, steht er bereits da und wartet auf mich. Ich steige aus.

»Roxy«, sagt er, »schön, Sie wiederzusehen.«

»Guten Flug gehabt?«, frage ich.

»Ganz okay«, antwortet er. »Herrlicher Tag.«

Und das trifft für die Jahreszeit mehr als zu. Der Himmel strahlt blau mit einigen wenigen Wolken, die Sonne ist warm, es fühlt sich eher wie Spätsommer als Frühherbst an. Ich mache den Kofferraum auf, und er legt seinen Rollkoffer hinein. Keine Ahnung, wo er sitzen möchte, aber ich finde, ich sollte höchst professionell agieren und gehe zur hinteren Tür auf der Beifahrerseite. Ivo wartet, bis ich ihm den Wagenschlag öffne.

»Musik oder Ruhe?« Ich schalte das Navi ein, das ich bereits mit der Adresse der Firma in Arklow gefüttert habe.

»Ruhe«, erklärt er, »ich muss noch einige Unterlagen durchgehen.«

»Selbstverständlich.«

Ich lasse den Wagen an, und wir fahren los.

Dave hat nicht den geringsten Grund zur Sorge. Ivo ist wieder völlig geschäftsmäßig. Ebenso wie ich. Die gut einstündige Fahrt nach Arklow ist herrlich. Auch wenn auf der N11 häufig viel Verkehr herrscht, führt sie durch eine der schönsten Landschaften Irlands, die heute in ihrer herbstlichen Pracht überwältigend ist. Das Laub schimmert kupfern und golden, die umliegenden Wiesen leuchten in kräftigem Grün. In der Ferne blitzt gelegentlich das Stahlblau der Irischen See auf. Ob das Hin und Her zwischen Brüssel, Amsterdam und Paris Ivo Lehane wohl dafür entschädigt, dass er nicht jeden Tag einen Anblick wie diesen hat? Ich bezweifle es.

Arklow ist ein hübsches Städtchen, dessen Straßen fröhlichbunte Geschäfte säumen. Das Unternehmen, mit dem Ivo einen Termin hat, liegt am Stadtrand, zu erreichen über eine kurvenreiche Landstraße, die vom Blattbaldachin einer Baumallee beschattet ist. Das Gebäude ist eine moderne Stahl-und-Glaskonstruktion, die unvermutet hinter einer Biegung inmitten der Vegetation auftaucht.

Ich halte vor dem Haupteingang und steige aus.

»Die Fahrt war herrlich, vielen Dank.«

Ich hätte nicht gedacht, dass Ivo etwas von der Landschaft mitbekommen hat, denn jedes Mal, wenn ich einen Blick in den Rückspiegel warf, war er ganz in seine Unterlagen vertieft.

»Sie übernachten sicherlich hier in der Stadt?«, mutmaße ich. »Soll ich Sie nach Ihrem Termin ins Hotel bringen?«

»Ich bin den ganzen Tag da, daher organisieren die hoffentlich einen Transport und lassen mich nicht hier hocken, wo sich Fuchs und Hase gute Nacht sagen.« Ivo grinst. »Hört sich nach Krimi an, oder? Auswärtiger Besucher wird in verlassener Fabrik umgeben von Kühen gemeuchelt.«

Lachend betrachte ich das Vieh auf den umliegenden Wiesen. Das irische Paradox – Großunternehmen und Tradition Seite an Seite.

»Ich hoffe doch, dass Sie nicht den ganzen Weg hergekommen sind, bloß um sich umbringen zu lassen. Wie würden die es wohl anstellen?«, frage ich. »Ihnen einen Hammer über den Kopf ziehen oder Ihnen eines ihrer neuesten Medikamente verabreichen?«

Er tut, als denke er darüber nach. »Sie schmeißen mich in die Jauchegrube«, er zeigt mit dem Kopf Richtung Kühe.

»Igitt.« Aber ich lache. Bis jetzt waren wir sehr geschäftsmäßig, doch nun fühle ich mich in seiner Gegenwart wie immer ganz entspannt. »Also passen Sie auf sich auf.«

»Mach ich.«

»Wo soll ich Sie morgen abholen? Und wann?«

»Wenn es geht, möglichst früh.« Er sieht leicht betroffen aus. »Vielleicht hätte ich für Sie auch eine Übernachtung organisieren sollen, aber ich hatte gedacht, Sie wollen lieber bei Ihren Kindern sein.«

»Da haben Sie völlig richtig gedacht«, bestätige ich. »Kein Problem. Wann immer Sie wollen.«

Sein Termin in Tipperary ist um zehn Uhr dreißig. Die Fahrt von Arklow dorthin dauert ungefähr zweieinhalb Stunden, das habe ich bereits überprüft. Ich schlage sieben Uhr dreißig vor, und er nickt zustimmend. Er sei in einem der neueren Hotels in der Stadt untergebracht, erklärt er und dass er gar nicht darüber nachgedacht habe, wie lange man von A nach B brauche und ob das alles für mich auch wirklich so in Ordnung gehe.

»Ivo – Mr Lehane – das ist mein Beruf«, rufe ich ihm in Erinnerung. »Wenn Sie mitten in der Nacht nach Donegal fahren wollen, ist das für mich völlig okay.«

Er grinst. »So weit kommt es hoffentlich nicht.«

Dann nimmt er seinen Koffer und rollert zum Meeting.

Der Rückweg nach Dublin dauert länger als die Hinfahrt, hauptsächlich weil so viel Verkehr stadteinwärts fließt. Doch mir macht es trotzdem Spaß, und ich singe lauthals mit Dolly und Shania mit, halte mich brav an die Höchstgeschwindigkeit und ärgere mich nicht über die Dummheit anderer Fahrer.

Ich bin gerade zurück, als Mica und Tom von der Schule heimkommen, und mache ihnen zum Mittagessen ein Pitabrot, nach einem Rezept von Gina Hayes, also gefüllt mit lauter gesunden Sachen. Anschließend packe ich oben meine Reisetasche für die Übernachtung in Cork. Allmählich begreife ich, warum Dave so verärgert ist – ich freue mich nämlich maßlos darauf, eine Nacht auswärts zu verbringen. Im Gegensatz zu seiner Befürchtung geht es mir nicht darum, eine Nacht mit einem anderen Mann zu verbringen, sondern eine Nacht für mich allein zu haben. Wenn er das doch nur verstünde.

Als Dave abends heimkommt, ist er immer noch schlecht gelaunt und obwohl ich Hühnerbrust in Zitronensauce mit Erbsen und Bratkartoffeln gemacht habe, ernte ich lediglich ein gegrunztes Danke.

Später ruft Debs an, und ich stehe vom Sofa auf (wo ich meine Beine untergeschlagen und nicht wie so oft über Daves Oberschenkel gelegt habe) und gehe zum Plaudern in die Küche.

»Was meint Dave dazu?«, fragt sie, als ich ihr von den Touren nach Tipperary und Cork erzählt habe.

Jeder will wissen, was Dave dazu meint! Ich bezweifle stark, dass seine Freunde ihn fragen, was ich davon halte, wenn er beruflich wegmuss. Es wird vorausgesetzt, dass ich es einfach so hinnehme. Was auch der Fall ist. Deshalb ist auch Daves Meinung über meine Arbeit unwichtig. Die sollte allein meine Sache sein. Aber noch während ich genau das zu Debs sage, weiß ich, dass ich unaufrichtig bin. Daves Meinung spielt eine große Rolle. Und gerade jetzt bekomme ich die Auswirkungen zu spüren – seine Gewittermiene, sein eisiges Schweigen. Doch ich behaupte, er sei einverstanden und Mum kümmere sich um die Kinder, daher wechselt sie das Thema, meint, wir sollten einen Mädelsabend mit Michelle und Alison planen. Das wäre großartig, erkläre ich, Michelle hätte ich seit einer Ewigkeit nicht gesehen.

»Wir hatten auch seit Ewigkeiten keinen Mädelsabend«, konstatiert Debs. »Wir werden alt.«

»Schließ nicht von dir auf andere«, witzle ich, und Debs sagt, ich habe recht, wir seien nicht alt, sondern lediglich vielbeschäftigt. Eine Aussage, die meine volle Zustimmung findet. Sie solle die Organisation des Mädelsabends in die Hand nehmen, bitte ich sie, ich sei auf alle Fälle dabei.

Als ich wieder ins Wohnzimmer komme, sieht Dave nicht hoch. Er hat von der Doku, die wir beide angeblich hochinteressiert anschauen, zu Darts auf Sky Sports umgeschaltet. Früher haben wir immer gescherzt, angesichts der Bierwampen mancher Spieler sei Darts gar kein Sport, und Dave meinte dann, diesen Sport würde er im Alter betreiben, worauf ich lachend erwiderte, er sei ein ganz schlechter Werfer, und er ulkte, mich könne er sich immer noch jederzeit über die Schulter werfen und ... Es ist meine Schuld, dass wir diese Art Unterhaltung nicht mehr führen.

Ich habe die alte Ordnung zerstört.

Obwohl ich nicht diejenige bin, die mit dem Nachbarn geschlafen hat.

21. Kapitel

Als ich am nächsten Morgen aufwache, krieche ich vorsichtig aus dem Bett, um den schlafenden Dave nicht zu stören. Nachdem ich mit meiner Dusche fertig bin, ist er jedoch wach.

»Völlig unchristliche Uhrzeit für eine Tour«, sagt er.

Immerhin redet er mit mir. Gestern Nacht hat er sich weggerollt, kaum dass ich unter die Bettdecke gekrochen bin.

»Ich weiß«, antworte ich, »aber was sein muss, muss sein.«

Bestimmt sagt er gleich, es müsse überhaupt nicht sein. Aber er sagt nichts dergleichen, sondern will wissen, ob Mica und Tom tatsächlich nach der Schule zu meiner Mutter gehen und auch dort übernachten.

»Ja«, bestätige ich, »und ihre Rucksäcke sind auch schon gepackt. Die beiden sind ganz aufgeregt.«

»Aha«, sagt Dave.

»Und Mum hat ihre Enkel liebend gern um sich.«

»Aha«, kommt erneut von ihm.

»Ich bin dann mal weg.« Während wir uns unterhielten, habe ich mich im Badezimmer geschminkt und angezogen.

»Fahr vorsichtig«, verabschiedet er mich, verschwindet seinerseits im Badezimmer und schließt die Tür.

Zwar ist er abweisend, spricht aber immerhin mit mir, das ist doch schon was. Auf Zehenspitzen schleiche ich mich in die Kinderzimmer, gebe Tom einen Abschiedskuss – er gibt keinen Mucks von sich – und werfe einen Handkuss Richtung Mica. Sie werden sich bei Mum pudelwohl fühlen, trotzdem muss ich das Gefühl unterdrücken, dass ich mich und meine Wünsche über alles stelle. Alles gut, beruhige ich mich selbst, die beiden werden meine Abwesenheit kaum bemerken. Aber was, wenn etwas passiert? Was, wenn sie mich brauchen? Was, wenn Mum überfordert ist? Reiner Unsinn natürlich. Mum hat Aidan und mich großgezogen. Mum ist mit den Auswirkungen von Dads Beziehung mit Estelle zurechtgekommen. Mum bewältigt jedes Problem.

Und Dave ist da. Er kann ruhig auch mal Probleme bewältigen.

Draußen ist es dunkel. Logisch. Es ist Viertel nach sechs, und die Sonne geht erst in einer Stunde auf. Ich mag die morgenstillen, von gelben Straßenlampen erleuchteten Straßen. Ich mag es, an Häusern vorbeizufahren, wo im oberen Stockwerk ein Lichtrechteck anzeigt, dass jemand aufgestanden ist. Ich mag es, mir das Leben dieser Menschen vorzustellen, was der Tag ihnen bringt. Ich mag das leuchtende Grün, Gelb und Rot der Ampeln und die perlweißen Scheinwerfer der entgegenkommenden Autos. Und ich mag meine aktuelle Playlist – Imelda May und Ciara Sidine singen über Herz und Schmerz und alles dazwischen.

Obwohl es am Horizont dämmert, ist die Sonne noch nicht aufgegangen, als ich bei Ivos Hotel eintreffe. Ich bin zu früh, aber er wartet bereits im Foyer. Heute zieren keine Bartstoppeln sein Gesicht, er sieht gepflegter aus denn je. Möglicherweise hat er seinen dunkelblauen Anzug über Nacht aufbügeln lassen, so knitterfrei und mit akkuraten Bügelfalten versehen dieser ist. Das Hemd ist makellos weiß. Eisern entschlossen und geschäftsmäßig sieht er aus, schenkt mir jedoch ein breites Lächeln.

»Guten Morgen«, sagt er, »die Fahrt war hoffentlich problemlos?«

»Hätte nicht besser sein können.« Ich lächle zurück. »Sind Sie startklar?«

Er nickt und folgt mir hinaus zum Mercedes. Diesmal wartet er nicht, bis ich die hintere Wagentür öffne, sondern steigt auf der Beifahrerseite ein. Sind wir heute wieder nicht ganz so förmlich? Hoffentlich.

»Ruhe oder Musik?«, stelle ich meine Standardfrage.

»Ich habe mich umfänglich auf das Meeting vorbereitet«, sagt er. »Musik wäre nett.«

Ich schalte die Anlage ein und Imelda und Ciara beglücken uns; als ich ihm anbiete, etwas anderes zu spielen, meint er, ihm gefiele die Musik und so hören wir kameradschaftlich die erste halbe Stunde der Fahrt den beiden zu.

»Ist das Ihre Lieblingsmusik?«, fragt er, als die Playlist zu Ende ist.

Ob ein Ja mich in seinen Augen abwertet? Wahrscheinlich ist er Klassikfan, wohingegen ich bis auf die bekannten Stücke, die ich ihm schon mal vorgespielt hatte, von dieser Musikrichtung keine Ahnung habe. Daher gestehe ich meine Vorliebe für Country & Western, worauf er lachend sagt, er sei großer Shania-Twain-Fan.

»Echt?«

»Hatte ein Poster von ihr in meinem Jugendzimmer«, beichtet er.

Ich lasse Best of Shania laufen und als sie lauthals »Man, I Feel Like a Woman« schmettert, stimmen wir mit ein, während hinter uns die Sonne aufgeht und wir uns dem ersten Anlaufpunkt des Tages nähern.

Wie in Arklow liegt das Unternehmen, in dem Ivo sein Meeting hat, außerhalb der Stadt, doch diesmal in einem grauen, gesichtslosen Gewerbegebiet. Nicht inmitten von Kuhweiden, und es gibt auch keine Bäume, deren Blätter ein Dach über der Straße bilden könnten.

»Es dauert ungefähr eine Stunde«, sagt Ivo. »Ich melde mich per SMS, wenn ich fertig bin.«

»Gut.«

Er nickt und marschiert ins Gebäude, während ich das Auto wende. Der Rock of Chashel ragt mit seinem Turm und der gotischen Kathedrale hoch über der Stadt auf, und ich nehme Kurs darauf. Ich entdecke ein Café, in dem sich Einheimische und Touristen tummeln. Bevor ich hineingehe, mache ich für meinen Instagram-Account ein Foto des Monuments. Drinnen bestelle ich einen großen Cappuccino und einen Muffin (das Tagesangebot) und rufe Mum an.

»Alles okay?«, frage ich.

»Wieso sollte es nicht?«

»Ich meinte eigentlich, ob es immer noch in Ordnung geht, dass die Kinder heute bei dir übernachten?«

»Ja, natürlich.«

»Hat sich Dave gemeldet?«

»Warum sollte er?«

»Einfach so.«

»Bei dir alles in Ordnung?«, stellt sie die Gegenfrage.

»Ja.«

»Du musstest sehr zeitig raus.«

»Ich bin gern früh unterwegs.«

»Fahr vorsichtig, Roxy«, sagt sie. »Deine Familie braucht dich.«
Will sie mir ein schlechtes Gewissen machen?

»Und viel Spaß«, fügt sie hinzu.

»Ich arbeite.«

»Weiß ich doch. Aber trotzdem viel Spaß.« Ihre Stimme klingt wärmer.

»Ich bemühe mich.«

»Hab dich lieb«, sagt sie.

»Ich dich auch.«

Ich öffne Instagram und bearbeite das Foto des Rock of Cashel.

Allmählich werde ich besser, und als ich fertig bin, sieht das Gebäude düsterer aus als in realiter, aber auch viel dramatischer. Nach dem Hochladen mache ich auch noch ein Bild von Cappuccino und Muffin, das ich ebenfalls einstelle mit der Unterschrift »Morgens halb zehn in Irland«. Während ich am Kaffee nippe und an meinem Muffin knabbere (der erste seit einer halben Ewigkeit und viel süßer als alles, was ich in letzter Zeit auf dem Teller hatte), scrolle ich durch meine Fotos. Die meisten habe ich gemacht, während ich beruflich unterwegs war und auch auf Instagram eingestellt, aber die Bilder von Tom und Mica aus den letzten paar Wochen bleiben privat. Ich hänge sehr an den Fotos meiner Kinder, die so immer bei mir sind.

Das Foto des Jungen mit dem Fußball befindet sich ziemlich weit unten. Es nagt weiterhin an mir, dass es sich um meinen Halbbruder handeln könnte. Beim Vergrößern seines Gesichts verursacht mir der Gedanke, er könnte sein gesamtes Leben über keine Ahnung von unserer Existenz gehabt haben, ein flaues Gefühl im Magen. Doch dann rufe ich mich zur Ordnung – wahrscheinlich ist das gar nicht mein Halbbruder und ich ziehe aus Mums Erzählung völlig falsche Schlüsse.

Und trotzdem habe ich das Gefühl, es gibt eine Verbindung zwischen uns, ein sehr nachdrückliches Gefühl. Oder vielleicht ist es auch nur die Sehnsucht nach der Zeit, als mein Leben unkompliziert war und ich mich nur um mich selbst kümmern musste.

Ich lasse Fotos Fotos sein und schicke Dave eine Nachricht, dass ich in Tipperary bin. Mitten im Moor, witzle ich. Wie ich ist Dave durch und durch Stadtmensch. Er antwortet nicht, kein Grund zur Sorge, denn wenn er arbeitet, ignoriert er bekanntermaßen sein Handy.

Ich trinke den Kaffee aus, gehe auf die Toilette und anschließend zur Burg. Sie ist wahrlich beeindruckend, und man kann sich leicht vorstellen, dass sie vor hunderten von Jahren eine uneinnehmbare Festung war. Ich überlege, ob wohl noch Zeit für eine kleine Erkundung ist, doch während ich noch eine der Informationsbroschüren durchblättere, meldet sich mein Handy. Er sei fertig, schreibt Ivo Lehane, also verabschiede ich mich von einer Burgtour und gehe rasch zum Wagen.

Als ich vor dem Unternehmen halte, kommt Ivo in Begleitung einer großen Dunkelhaarigen heraus, die eine beeindruckende Intellektuellenbrille trägt. Ich steige aus und positioniere mich zwischen vorderem und hinterem Wagenschlag, während die beiden höfliche Verabschiedungsformeln austauschen. Ivo bewegt sich Richtung Fond, und ich will ihm gerade die Tür öffnen, da sagt er mit einem Schulterzucken: »Vorn, wenn es Ihnen nichts ausmacht.«

Er setzt sich neben mich.

»War das Meeting erfolgreich?«, erkundige ich mich.

»Hervorragend«, sagt er. »Ich bin wirklich sehr von dem Impfstoff angetan, an dem sie arbeiten, der hat großes Potenzial. Meine Aufgabe ist es, für die weitere Finanzierung des Projekts zu sorgen.«

Ha! Impfstoff! Da hast du's, Dave McMenamin. Nicht, dass ich auch nur eine Sekunde lang an diese irre Drogenkuriertheorie geglaubt hätte, aber trotzdem.

»War das Ihre oder deren Idee?« Ich werfe ihm einen Blick zu.

»Wie bitte?«

»Ob es Ihre Idee oder die der Pharmafirma war, dass Sie hierherkommen?«

»Wir hatten Anfang des Jahres darüber gesprochen, doch ich war nicht besonders erpicht darauf. Aber das war unklug, so viel wurde mir beim Hin- und Herfliegen der letzten Wochen klar.«

»Haben Sie eigentlich wieder Kontakt zu Lizzy?«, frage ich so beiläufig wie möglich.

»Nach einer Woche hat sie mich angerufen und sich entschuldigt.«

»Geht es Ihnen jetzt besser?«

»Ehrlich gesagt, geht es mir miserabel, ich komme mir wie ein Arschloch vor«, gesteht er. »Ich hätte Sie nicht umkehren lassen sollen. Ich habe mich ihr gegenüber wie ein Rüpel benommen. Ihnen gegenüber auch.«

»Das stimmt nicht«, widerspreche ich, »Sie haben mich zum Kaffee eingeladen.«

»Ich habe Sie zum Kaffee gezwungen«, erinnert er mich. »Sie wären lieber heimgefahren.« Er seufzt. »Manchmal frage ich mich, warum ich in geschäftlichen Dingen so gut und im menschlichen Miteinander so schlecht bin.«

»Das stimmt doch gar nicht.« Ich fahre auf die Autobahn und beschleunige.

»Das ist aber die allgemeine Sichtweise«, sagt Ivo. »In der Firma habe ich den Ruf, kühl und unnahbar zu sein.«

»Wenn Sie das wissen, warum ändern Sie dann nicht Ihr Verhalten?«, frage ich.

»Ich finde mich nicht kühl und unnahbar«, erwidert er. »Aber ich ... bin nicht besonders interessiert daran, was in meinen Kollegen vor sich geht, solange sie ihre Arbeit gut machen.«

»Es ist schön, wenn man für seine Arbeit gelobt wird«, sage ich. »Und mit Sicherheit ist es angenehmer, für ein Unternehmen zu arbeiten, in dem ein freundlicher Umgangston herrscht.«

»Da haben Sie natürlich recht«, meint er. »Aber Sie sind im Dienstleistungssektor tätig, da müssen Sie nett und freundlich sein.«

»Auch ich kann kühl und unnahbar sein«, erkläre ich.

»Das bezweifle ich.« Er klingt belustigt. »Dazu sind Sie zu interessiert ... und zu interessant.«

»Und wie ich das kann«, versichere ich ihm. »Ich könnte die gesamte Reise über die personifizierte Unnahbarkeit sein, wenn das gewünscht wird.«

»Eher nein«, sagt Ivo. »Ich unterhalte mich gern mit Ihnen.«

»Oder soll ich lieber Musik auflegen?«, frage ich. »Ich hätte für Ihre Countrymusik-Ader auch Dolly Parton und Taylor Swift im Repertoire.«

Er lacht. »Können wir uns lieber unterhalten?«

»Klar.«

»Erzählen Sie mir von sich.«

»Das habe ich doch schon.«

»Sie sind verheiratet und haben zwei Kinder, so viel weiß ich«, sagt er. »Erzählen Sie mir von Ihrem Leben und Ihrer Arbeit.«

Ich erfülle ihm den Wunsch. Selbstverständlich lasse ich den Teil mit Dave und Julie Halpin aus. Auch den Teil, wo Dave fuchsteufelswild ist, weil ich Ivo fahre. Aber ich erzähle ihm von Mums Häkelobsession und ihren Erfolgen beim Online-Dating.

»Scheint eine tolle Frau zu sein, Ihre Mutter«, meint Ivo.

»Das ist sie auch«, sage ich. »Sie ist ein Stehaufmännchen, lässt sich nicht unterkriegen, schaut immer nach vorn.«

Kurz spiele ich mit dem Gedanken, ihm von Dad und Estelle zu erzählen, aber das ist Mums ureigenste Geschichte und Ivo immer noch ein Kunde. Stattdessen schildere ich, wie gern sie neben der Krakenhäkelei und dem Vorlesen im Hospiz eine richtige Stelle hätte, aber fürchtet, dass sie dazu zu alt ist.

»Und sie ist immer für mich und meine Kinder da«, sage ich. »Das alte Sprichwort, Mutterhände ruhen nie, stimmt schon.«

»Das trifft auf Sie bestimmt auch zu«, sagt Ivo.

»Wahrscheinlich.« Ich lächle ihn an. »Nein, absolut.«

»Ich könnte mich mal schlaumachen, ob unser Unternehmen die Krakenhäkelei sponsern kann ...« Unvermittelt lacht er los und hört nicht auf, steckt mich an.

»Entschuldigung«, sagt er. »ich hätte nie gedacht, dass ich mal das Wort Krakenhäkelei benutzen würde.«

»Die freuen sich bestimmt riesig über einen Sponsor«, bringe ich heraus, nachdem ich mich beruhigt habe. »Danke.«

In kameradschaftlichem Schweigen fahren wir weiter. Bei meinem nächsten Blick aufs Navi sehe ich, dass wir kurz vor Cork sind. Ivo schlägt vor, direkt das Hotel anzusteuern und einzuchecken.

»Den Großteil des Nachmittags werde ich in der Fabrik sein«, verkündet er. »Und Sie können sicher eine Ruhepause vertragen. Gehen Sie ruhig zurück ins Hotel, nachdem Sie mich zu meinem Termin gefahren haben. Ich rufe Sie an, wenn Sie mich abholen sollen – abends steht noch ein Essen mit der Geschäftsführung an.«

Wir übernachten im *Castlemartyr Resort*, das, nach der Webseite zu urteilen, schwer beeindruckend ist. Wie mittlerweile viele Hotels verfügt es über Golfplatz und Wellnessbereich, und ich habe meinen Badeanzug eingepackt, in der Hoffnung, Zeit für den Wellnessbereich zu haben, eine Hoffnung, die ich weder Dave noch Ivo gegenüber erwähnte.

Kein Wunder, dass Dave sauer auf mich ist. Bisher hat er beruflich noch nie in einem Fünf-Sterne-Hotel übernachtet.

Gleich bei unserer Ankunft taucht das erste Problemchen auf – ein Hotelangestellter fragt nach dem Autoschlüssel, damit er den Mercedes parken kann. Ich bin unsicher, ob ich beim Wagen bleiben oder Ivo in das hochherrschaftliche Gebäude folgen soll. Er übernimmt das Kommando, erklärt dem Mann, wir würden zwar einchecken, müssten anschließend aber sofort weiter, daher möge das Auto bitte in der Nähe abgestellt werden. Der Angestellte versichert, wir könnten zum Einchecken gleich hier an der Seite parken, was von Ivo mit einem gebieterischen Nicken quittiert wird.

Während ich Ivos Gepäck aus dem Kofferraum hole, spüre ich den fragend einschätzenden Blick des Mannes, in welcher Beziehung wir wohl zueinanderstehen. Mein Sinnieren wird jäh unterbrochen, denn Ivo hat mir schon seinen Koffer abgenommen und strebt ins edel gefliese Foyer. Ich haste mit meinem schon einigermaßen ramponierten Rollkoffer hinterher.

Dave und ich haben schon öfter in Hotelanlagen Urlaub gemacht – ideal, wenn man Kinder hat –, aber in so einer noch nie. Hier herrscht eine mir völlig unbekannte Atmosphäre stillen Luxus, die mich, wie eben auch der Mann vom Parkservice, einschüchtert. Ivo ist selbstverständlich unbeeindruckt, marschiert zur Rezeption und fängt an, uns einzuchecken.

In diesem Moment macht sich ein bedrückendes Gefühl in meiner Magengegend breit. Was mache ich eigentlich hier? Warum wollte Ivo Lehane von mir in so ein Hotel gefahren werden, in dem ich auch noch übernachten soll? Dave mag sich hinsichtlich Drogenschmuggels geirrt haben, hat aber vielleicht mit allem anderen recht. Und Mum möglicherweise auch. Eventuell gehört das hier zu einer ausgeklügelten Verführungsinszenierung, und ich Dussel habe das nicht erkannt. Schließlich lädt niemand seine Fahrerin in ein derartiges Nobelhotel ein. Ein hundsgewöhnlicher Geschäftsmann hätte erst gar keinen Fahrer angeheuert. Er wäre mit dem Zug gefahren, mit dem Taxi oder –

»Hier ist Ihr Schlüssel.« Ivo dreht sich um und reicht mir die Schlüsselkarte. »Wir sind beide im zweiten Stock.«

Was ist denn bloß los mit mir? Ivo Lehane möchte mich nicht

verführen, und ich möchte ihn nicht verführen. Schließlich bin ich nicht Dave.

Ivo geht zum Aufzug vor. Mir ist sehr bewusst, dass wir in dem engen Raum Schulter an Schulter stehen. Ich kann sein würziges Aftershave riechen. Ob er wohl das Parfüm erkennt, das ich trage? Annabels Parfüm.

Die Aufzugtür öffnet sich.

»Mein Zimmer ist zwei Türen weiter.« Er bleibt vor meinem Zimmer stehen und wirft einen Blick auf seine Armbanduhr. »Ist es in Ordnung, wenn wir nur das Gepäck abladen und gleich losfahren? Wir sind etwas spät dran.«

Ich nicke wortlos, schließe die Tür auf und trete ein.

Das Zimmer ist der Wahnsinn!

Der Teppich ist so hochflorig, dass ich bei jedem Schritt buchstäblich einsinke. Der Raum ist in verschiedenen Creme- und Goldtönen gehalten, es gibt ein riesiges Doppelbett mit passender Tagesdecke sowie Polsterhocker am Fußende. Auf einem Mahagonitisch vor dem bodentiefen Fenster steht ein Blumenstrauß, und beim Blick durch die Tür zum Badezimmer sehe ich etwas, das Dave begeistert hätte – Wände und Boden sind aus Marmor, es gibt ein Doppelwaschbecken und eine beeindruckende Dusche.

So leben also die oberen Zehntausend.

Und für diesen einen Tag lebe ich, Roxy McMenamin, unter ihnen.

Es klopft, und ich zucke zusammen.

Ich haste in den Hotelflur, und Ivo steht da. »Fertig?«, fragt er.

»Nur ganz kurz noch.« Ich mache ihm die Tür vor der Nase zu und gehe auf die Toilette. Die Seife duftet und schäumt herrlich, die Handtücher sind flauschig weich.

Als ich wieder im Flur stehe, entschuldige ich mich bei ihm.

Der Mann vom Parkservice erscheint wie aus dem Nichts, als wir das Foyer betreten, und reicht mir die Schlüssel des Mercedes. Das Auto steht wenige Meter vom Eingang entfernt, und eine Sekunde lang vergesse ich beinahe, Ivo den Wagenschlag zu öffnen, was eigentlich keine Rolle spielt, denn er ist kurz davor, sie selbst zu öffnen, hält sich aber zurück und wartet darauf, dass ich das übernehme.

»Ist Ihr Zimmer in Ordnung?«, will er wissen, sobald wir losgefahren sind.

»Es ist herrlich.« Ich werfe ihm einen Blick zu. »Ich weiß nicht, ob es richtig ist, dass Sie dafür bezahlen.«

»Wie meinen?« Er dreht sich mir zu. »Ich kann ja wohl kaum erwarten, dass Sie dafür aufkommen, wenn ich Sie hierherverschleppe.«

»Sie verschleppen mich doch nicht«, widerspreche ich. »Sie sind mein Kunde, daher sollten Übernachtungskosten Teil meiner Ausgaben sein. Wie Benzin.«

»Seien Sie nicht albern.«

»Oder vielleicht sollte ich in einem Hotel unterkommen, das etwas weniger ...«

»Weniger was?«

»Es ist sehr nobel hier.«

»Ein nettes Hotel«, gesteht er zu. »Aber für mich gibt es eine Regel, was Hotels betrifft – die müssen mindestens so schön wie meine Wohnung sein, die – unter uns Pfarrerstöchtern – sehr schön ist.«

»Ich mag ein genauso tolles Badezimmer haben wie daheim«, sage ich. »Da hängt die Latte sehr hoch, denn Dave ist ein Ass, was Badezimmer betrifft.«

Dave lacht. »Hoffentlich entspricht dieses hier Ihren Ansprüchen.«

»Mehr als«, versichere ich ihm. »Dieses Hotel ist rundum entzückend. Und mein Zimmer ist der absolute Hammer.«

»Freut mich. Die Aussicht ist sensationell, oder?«

Ich hatte noch keine Gelegenheit, das zu überprüfen. Mache ich später.

Wieder halte ich vor einem gesichtslosen Gebäude in einem gesichtslosen Gewerbegebiet und lasse ihn aussteigen.

»Schicken Sie mir eine SMS, wenn Sie mich brauchen«, sage ich.

»Klar. Im Grunde genommen ...« Er dreht sich zu mir und zuckt mit den Schultern. »Vergessen Sie's. Wie gesagt, ich esse mit Bob und seinen Kollegen im Hotel zu Abend. Er kann mich fahren.«

»Aber Sie wollen sich doch bestimmt frisch machen und umziehen.«

»Ich bin keine Frau.« Er grinst. »Ich ziehe ein frisches Hemd an, damit hat sich's. Ehrlich, Roxy, nehmen Sie sich eine Auszeit. Trinken Sie ein Glas Wein. Gönnen Sie sich eine Massage. Entspannen Sie sich. Sie sind heute viel gefahren.«

»Ist das für Sie wirklich in Ordnung?«

»Klar«, sagt Ivo.

»Na dann.«

»Und, Roxy ...« Er ruft mich zurück.

»Ja?«

»Lassen Sie's aufs Zimmer schreiben«, sagt er und geht.

Der Mann vom Parkservice nimmt den Wagenschlüssel in Empfang, und ich vergesse sowohl ihn als auch den Mercedes auf dem Weg zurück in mein schönes Zimmer. Ivos Bemerkung, als er bereits im Gehen begriffen war, ich solle alles aufs Zimmer schreiben lassen, lässt mich aufs Neue grübeln, ob er Hintergedanken hat, was meine Übernachtung betrifft. Aber warum sollte er? Trotzdem werde ich allmählich paranoid und weiß nicht, was ich tun soll.

Also rufe ich Debs an.

»Es ist unglaublich«, erzähle ich. »Das Hotel, das Zimmer, alles. Der komplette Fünf-Sterne-Luxus.«

»Wow, Roxy.« Sie klingt neidisch. »Mit diesem Kunden hast du echt das große Los gezogen.«

»Ich weiß«, sage ich. »Aber ...«

»Was?«

»Was erwartet er von mir als Gegenleistung?«, frage ich.

»Gut und unfallfrei gefahren zu werden?«, meint sie. Und als ich nichts sage, kommt sie zum Punkt: Ob ich glaube, dass er auf eine Bettgeschichte aus ist.

»So kommt er mir nicht vor«, antworte ich. »Natürlich hätte ich das auch von Dave nicht gedacht, bevor er mit Julie Halpin geschlafen hat.« Ich massiere mir den Nacken. »Ich kann mich des Gefühls nicht erwehren, dass dieser ganze Luxus nicht umsonst ist. Nicht dass ich zwangsläufig seine Vorstellung einer Belohnung bin«, füge ich hinzu. »Ich bin bloß noch nie so behandelt worden, dabei ist er doch der Kunde. Warum sollte er mich als Belohnung wollen, Debs? Er hat eine hinreißende Freundin.«

»Eine hinreißende Freundin ist noch lange keine Garantie, dass ein Mann nicht fremdgeht«, sagt Debs. »Ist für später noch eine große Firmensause angesagt? Wo sie haufenweise Frauen in Miniröcken für die Herren der Schöpfung ankarren? Hat er dir gesagt, du sollst was Bestimmtes zum Anziehen mitbringen?«

»Nein. Ich trage meinen Hosenanzug«, erkläre ich. »Damit wäre ich bei einem sexy Frischfleischauflauf ziemlich fehl am Platze.«

Sie lacht, und ich muss mitlachen und fühle mich sofort viel besser.

»Hast du in seiner Gegenwart ein ungutes Gefühl?« Unvermittelt wird sie ernst. »Wenn dem so ist, könntest du dich unter dem Vorwand aus der Affäre ziehen, dass du wegen dringenden Familienangelegenheiten sofort nach Hause musst. Bestimmt kommt er auch anderweitig zu seinem nächsten Termin oder wo er sonst hinmuss.«

»Ich hatte noch nie ein ungutes Gefühl bei ihm«, sage ich. »Im Gegenteil, er gehört zu den angenehmsten und umgänglichsten Kunden, die ich je hatte. Wenn er will, kann er ziemlich witzig sein. Und sehr charmant.«

»Und trotzdem machst du dir Sorgen, dass er für den Hotelluxus eine Naturalienzahlung möchte«, sagt Debs. »Was jetzt nicht so besonders charmant ist. Aber wenn dir danach ist … ich könnte es dir nicht verdenken. Rachesex mit deinem erotischen Kunden würde Dave wahrscheinlich zurechtstutzen.«

»Ich will aber keinen Rachesex«, protestiere ich und versuche gleichzeitig, das Bild eines nackten Ivo Lehane in meinem Luxushotelzimmer zu verdrängen.

»Worum geht es denn dann?«, fragt Debs.

»Ich weiß es wirklich nicht.«

»Ich will dich nicht dazu aufstacheln, Dave zu betrügen«, meint Debs, »aber was auf der Tour passiert, bleibt ein Geheimnis.«

»Ich will aber gar nicht, dass was auf der Tour passiert«, erkläre ich. »Und ich will Dave ganz bestimmt nicht betrügen.«

Sie schweigt.

»Definitiv nicht!«, bekräftige ich sehr energisch. »Ehrlich jetzt, Debs, es ist schon schlimm genug, dass Dave glaubt, es läuft was zwischen uns, da musst du mich nicht auch noch bestärken.«

»Glaubt er das wirklich?«

Ich erzähle ihr vom Parfüm.

»Uiuiui, Roxy, kein Wunder kommst du auf die Idee, dass das Nobelhotel zum großen Verführungsprogramm gehört.«

»Aber das Parfüm war reiner Zufall.«

»Ja, schon klar«, schnaubt Debs.

»Ich schwöre es hoch und heilig.«

»Zumindest ist es komisch«, sagt sie. »Ich verstehe, warum du dir Gedanken machst. Das Ganze ist eigenartig.«

Alle finden meine Beziehung zu Ivo Lehane reichlich seltsam. Sogar ich. Wir können uns doch nicht alle irren.

Und trotzdem hat sich Ivo immer untadelig benommen, sinniere ich nach Beendigung des Telefonats vor mich hin. Mein Unbehagen hat viel mehr mit mir und was mir durch den Kopf geht zu tun als mit dem Mann selbst.

Ich denke an Dave, mürrisch und wütend. Ich denke an Ivo, charmant und liebenswürdig.

Mir gefällt, wie Ivo sich um mich kümmert. Mir gefällt, wie er mich nach meiner Meinung fragt. Wie er mich gleichberechtigt behandelt.

Ich mag ihn.

Aber ich möchte nicht mit ihm schlafen.

Oder doch?

22. Kapitel

Zu meiner Überraschung schlafe ich ein, und als ich aufwache, dämmert es. Es dauert kurz, bis ich weiß, wo ich bin. Ich greife nach meinem Handy, das die Uhrzeit anzeigt: halb sieben. Weder habe ich Anrufe verpasst, noch sind Nachrichten eingegangen. Ich stehe auf und ziehe die schweren goldfarbenen Vorhänge zu. Dann rufe ich Mum an.

»Wie geht's dir?«, fragt sie. »Alles in Ordnung?«

Ich bejahe und erkläre, der Kunde sei pünktlich zu seinem Meeting verfrachtet worden. Sie erkundigt sich nach dem Hotel, von dem sie noch nie gehört hat, ahnungslos, dass ich im Luxus schwelge, während sie sich um meine Kinder kümmert, die ich im Hintergrund plappern höre.

»Tom ist echt gemein«, beklagt sich Mica, als Mum das Handy an sie weiterreicht. »Er lässt mich nicht beim Umrühren helfen.«

»Ihr kocht?«, frage ich.

»Oma hat Besuch, und wir kochen zu viert Abendessen«, erklärt Mica. »Taubes Rindfleisch.«

»Das hört sich ja dubios an.«

»Wir machen eine Daube«, erläutert Mum, als ich sie wieder am Ohr habe. »Eigentlich ein Ragout, aber höchst vornehm.«

»Dein Besuch kocht vornehm? *Diarmuid* etwa?«

»Er hat mich zum Abendessen eingeladen, und als ich ihm sagte, ich hätte keine Zeit, meinte er, dann komme er eben mit dem Abendessen vorbei.«

Ich schnappe nach Luft. Mums Stimme klingt voller Zuneigung und Wärme. Aber warum auch nicht? Er kocht für sie. Wie schön. Vor allem, weil er offenbar nebenher auch noch meine Kinder bespaßt.

»Sie verstehen sich bestens«, sagt Mum, als ich mich entschuldige, weil ich ihre Abendpläne torpediere. »Diarmuid sieht seine eigenen Enkel nicht so oft, deshalb verbringt er sehr gern Zeit mit Mica und Tom.«

»Und mit dir«, ergänze ich.

Sie lacht. »Wir sind bloß befreundet, Roxy.«

Vielleicht, geht mir nach Beendigung des Telefonats durch den Kopf, aber für mich fühlt es sich nach mehr an.

Das Thema Abendessen hat mich hungrig gemacht. Ivo hat nur ein Glas Wein erwähnt, das ich noch nicht hatte, von Essen war nicht die Rede, aber hoffentlich gibt es an der Bar ein paar Kleinigkeiten sowie Kaffee. Und vielleicht trinke ich auch tatsächlich ein Glas Wein. Obwohl ich meinen Badeanzug dabeihabe, verzichte ich auf einen Besuch im Wellnessbereich. Jetzt, da ich im Hotel bin, habe ich keine Lust auf den Pool, und garantiert werde ich keine Massage auf die Zimmerrechnung setzen.

Ich nehme einen Jeansrock sowie ein geblümtes T-Shirt aus dem kleinen Koffer, der zudem frische Unterwäsche und eine weiße Bluse für morgen enthält. Ich lege die Kleidung aufs Bett und hüpfe unter die Dusche, die geradezu göttlich ist, fast so toll wie unsere in Beechgrove Park.

Die Handtücher sind super, die kleine Bodylotion ist wunderbar cremig, meine Haut fühlt sich herrlich glatt an. Ich ziehe mich an, löse den Pferdeschwanz, schüttle mein Haar, schlüpfe in die hohen Schuhe, die ich in letzter Minute noch eingepackt habe, und sprühe mich schließlich mit Annabels Parfüm ein. Der Duft ist schwerer als mein üblicher, passt also perfekt zu dieser Umgebung.

Es ist kurz nach sieben, daher rufe ich Dave, der mittlerweile auf dem Heimweg sein müsste, auf dem Handy an. Die Mailbox springt an. Die Dave nie abhört, also schicke ich ihm eine Nachricht, dass ich ihn liebe und vermisse. Dieser Vorgang erdet mich, und als ich nach unten gehe, fühle ich mich wieder mehr wie ich selbst.

Die Rezeptionistin zeigt mir den Weg zur Bar, wo es auch etwas zu essen gibt, allerdings hauptsächlich Sandwiches, wie mir ein rascher Blick auf die Karte zeigt. Ich bestelle ein Chicken Sandwich und dazu ein Glas Weißwein.

In der Bar sitzen nur zwei weitere Personen, beides Männer, jeweils ohne Begleitung. Einer liest Zeitung, vor ihm steht ein Glas Guinness. Der andere starrt auf sein iPad und trinkt offenbar Wasser. Die Bar sieht wie ein elegantes Wohnzimmer aus, eher kein Ort, wo man sich die Kante gibt. Sie ist mit Sesseln, Tischchen und teuer wirkenden Teppichen ausgestattet. Die Decken sind stuckverziert, an den Wänden hängen goldgerahmte Gemälde und Spiegel.

Eine Kellnerin bringt mir den Wein, gleich darauf das Sandwich, das natürlich jedes ordinäre Chicken Sandwich um Längen schlägt. Genau genommen ist es eher eine richtige Mahlzeit, kunstvoll mit buntem Salat angerichtet. Gina Hayes wäre angetan. Mir läuft das Wasser im Munde zusammen, aber ich reiße mich zusammen und mache ein Foto von Sandwich und Weinglas, zuschneiden, Filter drüber und rauf auf Insta mit der Unterschrift »Chauffeurin belohnt sich«. Leona Lynch reckt fast umgehend den Daumen nach oben und kommentiert, jede Arbeit sollte hin und wieder belohnt werden. Sie fügt den Hasthag #weltbeste-chauffeurin hinzu, süß.

Im Nu habe ich das leckere Sandwich verputzt, das Glas Wein lasse ich mir aber schluckweise auf der Zunge zergehen und nachdem es dann doch leer ist, bestelle ich einen Kaffee. Anschließend mache ich mich zu einem Rundgang durchs Hotel auf, gewissermaßen eine Inspektionstour für den unwahrscheinlichen Fall, dass ich irgendwann mal auf eigene Kosten hier logiere. Unvermittelt habe ich Daves Stimme im Ohr, die zischelt, wenn wir Dads Auto verkauften, könnten wir uns einen Urlaub hier leisten, und ich bekomme ein schlechtes Gewissen, weil ich meiner Familie eine Auszeit hier verweigere, bloß weil ich als Chauffeurin arbeiten will.

Dave hat auf meine Nachricht nicht geantwortet. Ich schicke ihm noch eine, dass es zum Abendessen Chicken Sandwich für mich gegeben habe (hänge allerdings das Beweisfoto nicht an). Auch keine Reaktion. Angst überkommt mich. Das letzte Mal, als ich ihn allein ließ, hat er sich Julie Halpin in unser Bett geholt. Bringt er das nochmals fertig? Er hat versprochen, es nie wieder zu tun, aber in seiner Wut auf mich hält er eine Wiederholung womöglich für gerechtfertigt. Ich habe Debs erklärt, für mich gebe es keinen Rachesex. Was, wenn Dave das anders sieht? Die Vorstellung, dass wir beide aus Wut mit jemand anders schlafen, lässt mich freudlos auflachen. So weit ist es mit uns hoffentlich noch nicht gekommen.

Ich werfe das Mobiltelefon in meine Handtasche und gehe aufs Zimmer zurück.

Allein.

Ein Weilchen sehe ich fern, bin aber zum Stillsitzen zu aufgedreht. Außerdem fühle ich mich im Zimmer, so hübsch es ist, plötzlich eingeengt. Ich schnappe meine Tasche, schlüpfe in meine Jacke und verlasse das Hotel, um durch die weitläufigen Anlagen des alten Herrenhauses zu stromern. Meine Jacke ist nicht dick genug, die Nachtkälte dringt hindurch und ich versinke immer wieder im weichen Untergrund, aber das stört mich nicht.

Nach dem kuschligen Luxus drinnen tut die beißende Kälte des wahren Lebens gut.

Die Geschichte des Hotels ist mir unbekannt, aber bestimmt war es, wie die meisten dieser Landsitze, zu denen ich Kunden fahre, früher in Familienhand. Wieder versuche ich mir auszumalen, wie es wäre, stinkreich zu sein, nie wieder Geldsorgen zu haben, aber so weit reicht meine Phantasie nicht. Mein Ziel war es immer, genügend auf dem Konto zu haben, um die Rechnungen begleichen zu können. Wahrscheinlich will ich deshalb unbedingt arbeiten. Weil ich sichergehen möchte, dass ich, egal was passiert, meinen Lebensunterhalt verdienen kann. Unabhängig bin.

Als ich Dave heiratete, wäre ich nie auf die Idee gekommen, mir um finanzielle und sonstige Unabhängigkeit Gedanken zu machen. Hätte ich aber tun sollen, denn selbst als Teil eines grandiosen Teams braucht man Freiräume.

Ganz in Gedanken versunken habe ich das gesamte Gebäude umrundet. Mir ist jetzt richtig kalt, und der Wind hat mein Haar völlig zerzaust, daher gehe ich nur zu gern wieder ins Warme. Noch ein Kaffee an der Bar, beschließe ich, da ich noch nicht rauf ins Zimmer möchte. Ich habe genug Zeit mit mir allein verbracht.

Kaum habe ich einen Fuß in die Bar gesetzt, stellt sich diese Entscheidung als Fehler heraus. Ivo Lehane sitzt allein an einem der Tische, und bevor ich mich zurückziehen kann, schaut er auf und bemerkt mich.

»Roxy, setzen Sie sich doch zu mir.«

Ich folge seiner Einladung, fühle mich in Rock und hohen Schuhen ziemlich unprofessionell. Besser, ich hätte mich nicht umgezogen.

»Was wollen Sie trinken?«, fragt er. Vor ihm steht ein halbvolles Glas. Wahrscheinlich Gin.

»Ein Kaffee wäre schön.«

»Sind Sie sicher, dass Sie nicht lieber was anderes wollen?«, erkundigt er sich.

Und wie gern ich ein zweites Glas Wein hätte! Doch da wir Morgen um halb acht losfahren, schüttle ich bedauernd den Kopf.

»Also Kaffee«, sagt er und bestellt sofort. Dann will er wissen, ob ich auf Erkundungstour gewesen sei.

Ich nicke und versuche mein windzerzaustes Haar zu ordnen. »Tut mir leid, ich sehe etwas zerzaust aus«, sage ich mit Blick auf meine nicht ganz sauberen Schuhe.

»Aber überhaupt nicht«, sagt er. »Sie sehen …«

Ich warte.

»… weniger einschüchternd aus«, vollendet er seinen Satz.

»Einschüchternd!« Ich starre ihn an. »Ich sehe doch nicht einschüchternd aus, unmöglich.«

»Und ob.« Er grinst mich an. »Sie sind dermaßen cool und geschäftsmäßig, dass ich immer Angst habe, was Falsches zu sagen.«

Das kann er nicht ernst meinen.

»Ehrlich«, bekräftigt er. »Sie setzen sich hinters Steuer und es wirkt, als wären Sie Kapitänin oder Pilotin. Sie haben rundum alles unter Kontrolle.«

»Schön wär's.« Ich muss lachen.

»Jedenfalls konnten Sie ein Weilchen entspannen«, sagt er.

»Wie liefen Ihre Meetings?«, wechsle ich das Thema. »Wie war das Abendessen?«

»Alles hervorragend«, antwortet er. »George und Kristina sind sehr kompetent und werden unsere neuen Projekte gut umsetzen. Ich hätte sie schon früher besuchen sollen. Die anderen ebenfalls.«

»Gehören all diese Firmen zu Ihrem Unternehmen?«

»Wir sind Teilhaber«, erklärt er, »sie arbeiten nicht direkt für mich.«

»Haben Sie viele Mitarbeiter?« Ich weiß, das sind zu viele Fragen, aber es interessiert mich.

»Das Unternehmen ist groß«, sagt Ivo, »aber Sie wissen ja, wie es ist, alles ist in Abteilungen untergliedert und die Anzahl der Mitarbeiter, die einem direkt unterstellt sind, ist überschaubar. Interessieren Sie sich für Managementfragen?«, will er wissen.

»Ich bin Chauffeurin«, erinnere ich ihn. »Also eher nicht.«

Er lacht. Ein natürliches Lachen, und ich werde innerlich ruhiger.

Er entschuldigt sich. »Ich war heute den ganzen Tag mit diesem Thema beschäftigt. Ehrlich gesagt, ich würde mich nur zu gern an Forschung und Entwicklung beteiligen, aber dazu fehlt mir leider die Qualifikation.«

»Welchen Background haben Sie?«, frage ich.

Ich höre ihn von seinem beruflichen Werdegang erzählen, der sich völlig von meinem unterscheidet.

»Wollten Sie je heiraten und Kinder bekommen?« Ich bin über mich selbst erstaunt. Wir unterhalten uns über Berufliches, und auf einmal konfrontiere ich ihn mit einer persönlichen Frage. Dabei will ich unbedingt alles Persönliche vermeiden. Was ist denn bloß los mit mir?

»Ich hatte nie Zeit«, erwidert er. »Als ich jünger war, hat mich das nicht interessiert. Ich war ein absoluter Beziehungsversager, habe die Frauen schlecht behandelt.«

»Das glaube ich nicht!«

»Stimmt aber.« Er verzieht das Gesicht. »Wie schon gesagt, ich kann nicht gut mit Menschen. Hat mir wohl mein Vater vererbt. Keine Frau sollte so unglücklich sein wie meine Mutter, daher wollte ich nie eine ernsthafte Beziehung. Ich gehörte zu den Typen, die sagen, sie rufen an, es aber nie tun.«

»Soso.« Ich schneide eine Grimasse.

»Und dann war ich geschäftlich so eingespannt, dass es nie ein Thema war. Trotzdem«, fügt er hinzu, »bedauere ich das inzwischen ein wenig.«

»Noch haben Sie Zeit«, sage ich.

»Ja und nein.« Ernst sieht er aus. »Ich bin vierzig, was jung sein mag, aber nicht, wenn man eine Familie möchte. Mein Vater war in den Zwanzigern, meine Mutter auch. Möglicherweise ist es so gelaufen, wie es gelaufen ist, weil beide so jung waren. Wenn man älter wird, fallen einem Kompromisse schwerer und Kompromiss ist das Zauberwort jeder Ehe.«

Ich erzähle ihm von Mum und ihrem Dating-Portal und dass die Männer immer eine jüngere Frau wollen. Er nickt nachdenklich und bricht dann in Lachen aus.

»Was sind wir eitel, wir Männer«, sagt er. »Egal, wie alt und klapprig wir sind, jede Frau soll uns für Adonis halten.«

Ich lache mit. »Stimmt. Da hören Sie von mir kein Wort des Widerspruchs!« Und dann werfe ich sämtliche Vorsicht über Bord und erkundige mich nach Annabel.

»Sie spielt in einer ganz anderen Liga als ich«, sagt Ivo. »Sie ist promovierte Chemikerin und arbeitet in der Forschung. Sehr klug. Und schön obendrein.«

Deshalb ist sie wohl so anspruchsvoll, schlussfolgere ich.

»Die letzten Wochen waren schwierig, weil ich da meinen Vater besucht habe«, sagt er. »Unter der Woche haben wir nicht viel Zeit, daher sind die Wochenenden wirklich wichtig.«

»Sie hätten sie mitbringen können«, sage ich.

»Nein!« Er sieht entsetzt drein. »Sie hätte das nicht ... ich hätte das nicht ...« Er schüttelt den Kopf. »Nein.«

Ich warte kurz, ehe ich frage, ob er seinen Vater wieder besuchen wird. Er seufzt.

»Ich habe mich mit Lizzy versöhnt«, meint er, »aber ihn zu sehen, kommt mich hart an. Ich würde ihm gern vergeben, ehrlich. Aber trotz dieser Therapie – ich kann es einfach nicht.« Er zuckt mit den Schultern. »Aber wie Sie sagten, wahrscheinlich spielt das keine Rolle, solange ich komme. Ich hatte einen Besuch dieses Wochenende ins Auge gefasst, dann kam die Reise in die USA dazwischen. Wenn ich zurück bin, rufe ich Lizzy an und vereinbare etwas.«

»Sie sollten sie anrufen, während Sie hier sind«, meine ich. »Und ihr sagen, dass Sie sich mit ihr zusammensetzen, wenn Sie wieder zurück sind.«

Er zieht eine Augenbraue hoch, und mir wird klar, dass ich zu weit gegangen bin. Doch er meint, wahrscheinlich hätte ich recht, aber er setze sich verdammt ungern mit Familienangelegenheiten auseinander.

»Geht es Ihrem Vater besser?«, frage ich.

»Es geht ihm jedenfalls nicht schlechter«, antwortet er. »Wenn ich ehrlich bin, weiß ich nicht, ob sich sein Zustand überhaupt noch einmal großartig verbessern wird.«

Bestimmt würde er jetzt gern sagen, es sei ihm sowieso schnuppe, verkneift es sich aber, weil er meine Missbilligung fürchtet.

Er winkt der Kellnerin und bestellt sich noch einen Drink (wie vermutet Gin Tonic). Ob ich gern auch noch etwas hätte?

Ich schüttle den Kopf.

»Nicht noch einen Kaffee?«

»Nein, danke.«

»Sie sind bemerkenswert diszipliniert«, konstatiert er.

Beim Gedanken an mein chaotisches Leben schnaube ich indigniert.

»Doch, doch«, widerspricht er. »Sie fällen eine Entscheidung und ziehen die durch. Wohingegen ich mich ständig frage, ob ich das Richtige getan habe.«

Katastrophal falsche Einschätzung, doch nach kurzer Überlegung muss ich ihm innerlich rechtgeben. Wenn ich mich für etwas entscheide, bleibt es auch dabei. Deshalb arbeite ich trotz Daves Widerstand immer noch als Chauffeurin. Und bin immer noch bei ihm, obwohl er mir das Herz gebrochen hat. Aber Ivo hat unrecht mit seiner Annahme – ich hinterfrage meine Entscheidungen ständig. Nicht was das Chauffieren betrifft. Nicht was Dave betrifft. Oder doch? Rasch lasse ich mir die derzeitige Situation mit Dave durch den Kopf gehen, die untrennbar mit der beruflichen verknüpft ist. Ich wünsche mir so sehr, dass beides funktioniert, aber derzeit kann ich offenbar nur das eine oder das andere haben. Da ich weiterhin mein Kleinunternehmen betreibe, heißt das, ich habe im Grunde meines Herzens gegen Dave entschieden? Egal, was ich mir einzureden versuche?

»Ich möchte Sie nicht mit meinen Problemen langweilen«, Ivos Stimme bringt mich zurück ins Hier und Jetzt.

»Das tun Sie gar nicht«, sage ich. »Ich habe nur über das nachgedacht, was Sie über mich gesagt haben. In gewisser Weise haben Sie recht. Ich halte an meinen Entscheidungen fest, bloß weiß ich nicht, ob das auf Dauer gut ist. Vielleicht liegt es auch daran, dass ich im tiefsten Inneren ein sturer Esel bin.«

»Seien Sie nicht zu harsch mit sich.« Er lächelt mich an.

»Dave nennt mich manchmal einen sturen Esel«, sage ich. »Und wahrscheinlich hat er recht.«

»Sturheit kann durchaus eine Stärke sein«, sagt Ivo. »Oder eine Schwäche, zugegeben. Aber vielleicht sollten Frauen gelegentlich sturer sein.« Kurz sieht er zweifelnd drein. »Oder vielleicht auch nicht. Möglicherweise geraten Lizzy und ich deshalb so oft aneinander.«

»Aber sie scheint ein sehr netter Mensch zu sein.«

»Ist sie auch.« Ivos Stimme klingt warm. »Und sie hatte recht, mich zur Heimkehr zu zwingen. Offenbar hat sie sämtliche Empathiegene abbekommen, ich hingegen habe Dads schlechteste Eigenschaften geerbt.«

»Selbst dann müssen Sie nicht zwangsläufig werden wie er«, sage ich.

Nachdenklich starrt Ivo in seinen Gin Tonic, ehe er mich ansieht. Die Maske des erfolgreichen Geschäftsmanns ist gefallen, und in seinen Augen liegt eine mir unbekannte Verletzlichkeit. »Ich habe eine Riesenangst, dass es eines Tages doch so kommt«, gesteht er.

»Das brauchen Sie nicht.« Ich widerstehe dem Impuls, ihm beruhigend die Hand auf den Arm zu legen. Das ginge wirklich zu weit. »Sie sind sein Sohn, aber nur weil Sie Teile seiner DNA geerbt haben, heißt das nicht, dass Sie wie er sind.«

»Danke.« Er nimmt einen Schluck Gin Tonic und stellt das Glas ab. »Ich sollte nicht trinken, das macht mich so selbstbezogen.«

»Und ich sollte keinen Kaffee trinken, denn dann mische ich mich in Dinge ein, die mich nichts angehen.« Ich stehe auf. »Ich gehe lieber.«

»Bleiben Sie noch«, sagt Ivo. »Ich will noch nicht aufs Zimmer, und allein sein mag ich auch nicht.«

Das ist ein Befehl. Er benimmt sich wie mein Chef.

Auch ihm fällt es auf.

»Herrgott, ich bin so ein Arsch«, sagt er. »Kommandiere Sie herum. Tut mir sehr leid, Roxy. Wir sollten beide gehen. Ich habe genug getrunken, bin schon ganz rührselig.«

»Schon gut«, sage ich.

»Überhaupt nicht gut«, sagt Ivo.

Auch er steht auf.

Schweigend steigen wir nebeneinander die Treppe hoch. Auch während wir über den Flur zu unseren Zimmern gehen, fällt kein Wort. Ich bleibe vor meiner Tür stehen und hole meine Schlüsselkarte aus der Handtasche. Er steht dicht neben mir. Wieder rieche ich sein Aftershave.

»Gute Nacht«, sage ich, »bis morgen früh.«

»Ja.« Ivo zögert.

Ich kann das Knistern zwischen uns spüren. Etwas zieht uns zueinander hin. Und es wird stärker. Ich halte die Karte vor das Türschloss. Es blinkt grün. Ivo steht direkt hinter mir. Ich kann seinen Herzschlag ahnen, höre seinen Atem. Mein Herz schlägt schneller.

Und dann piepst mein Handy. Ivo macht einen Schritt zurück. Ich hole tief Luft, unbewusst habe ich den Atem angehalten.

»Das muss Dave sein.« Ich betrete das Zimmer und drehe mich zu ihm um. »Gute Nacht, Mr Lehane.«

»Gute Nacht, Mrs McMenamin«, sagt er.

Ich schließe die Tür.

Entgegen meiner Aussage habe ich keine Ahnung, wer mir geschrieben hat, doch wie sich herausstellt, ist es tatsächlich mein Mann, der wissen will, wie der heutige Tag gelaufen ist. Momentan bin ich zu keiner Antwort fähig, denn möglicherweise könnte die Handytastatur meinen Verrat übermitteln. Als könnte Dave dahinterkommen, egal, was ich schreibe, dass ich in dem Moment, als das Türschloss klickte, wünschte, Ivo würde mir in mein Zimmer folgen. Und wie ich mir das gewünscht habe. Auch wenn ich Dave noch so oft versichert habe, ich würde ihm nie so wehtun wie er mir, hätte ich Ivo nicht zurückgewiesen. Meine moralische Überlegenheit ist völlig im Eimer. Ich glühe vor Scham.

Was für ein Glück, dass mich mein Mann vor mir selbst gerettet hat.

Ich schlüpfe aus den Schuhen, setze mich auf den Polsterhocker am Bettende und massiere meine schmerzenden Füße, ehe ich ihn anrufe.

»Es ist sehr luxuriös hier«, sage ich und bin schockiert, wie gelassen ich klinge. »Ich bin ehrlich gesagt nicht sicher, ob ich mich inmitten so viel Luxus wohlfühle.«

»Mach das Beste draus«, sagt Dave. »Lass dir was vom Room Service kommen.«

»Dafür ist es ein bisschen spät.«

Zudem hatte ich noch vor wenigen Minuten eine ganz andere Art Room Service im Sinn.

»Wann fahrt ihr morgen früh los?«, will er wissen.

»Gegen sieben.«

»Du wirst todmüde sein.«

»Ach, wird nicht so schlimm, ich gehe gleich ins Bett.«

»Es gefällt mir nicht, wenn du nicht daheim bist.«

»Ich weiß, tut mir leid.« Das ist gelogen, es tut mir kein bisschen leid. Denn obwohl ich vor einigen Minuten beinahe den größten Fehler meines Lebens begangen hätte, genieße ich es, weg zu sein. Genieße den Aufenthalt in diesem Nobelhotel. Genieße es, für meine Arbeit gelobt zu werden.

Schon öfter haben Debs und ich uns darüber unterhalten, wie leicht es Männern fällt, die verschiedenen Lebensbereiche getrennt zu halten. Wie sie persönliche Probleme beiseiteschieben und sich anderem widmen können. Und Frauen das nicht so leichtfällt. Aber ich bin eine Frau in einem von Männern dominierten Beruf. Also kann ich das auch.

»Du bist meine Frau, und ich liebe dich«, sagt Dave. »Ich möchte, dass du hier bei mir bist, nicht in irgendeinem Hotel in Cork.«

»Morgen bin ich wieder da.«

»Dann gehen wir abends essen«, schlägt Dave vor. »Es gibt Steak und Pie.«

Unser Pub um die Ecke bietet an bestimmten Wochentagen abends ein besonderes Gericht an. Mexikanisch. Indisch. Steak und Pie mögen wir besonders.

»Super«, sage ich. Allerdings wird das nicht gehen, denn die Kinder waren bereits zwei Abende ohne mich, da möchte ich sie am dritten nicht einem Babysitter übergeben. Aber das behalte ich vorläufig noch für mich.

»Schlaf gut«, sagt er.

»Gleichfalls.«

Ich ziehe mich aus, lege Rock und T-Shirt zusammen und putze meine dreckigen Schuhe, ehe ich alles ins Köfferchen packe. Anschließend kuschle ich mich in den riesigen Bademantel, der im Schrank hängt, und komme mir ein wenig wie Julia Roberts in *Pretty Woman* vor, als sie durch Richard Geres Wohnung schlendert. Obwohl das hier nur ein einziges Zimmer ist. Und sich außer mir niemand darin befindet.

Ich warte darauf, dass es klopft.

Vergebens.

Ich bin so eine Idiotin.

23. *Kapitel*

Ich wache auf und habe so gut geschlafen wie seit Monaten nicht. Dabei hatte ich erwartet, dass ich mich die ganze Nacht hin und her wälzen würde, stattdessen schlief ich ein, kaum hatte mein Kopf das Kissen berührt. Ich schlief so tief, dass selbst wenn Ivo Lehane gegen die Tür gehämmert hätte, ich ihn wahrscheinlich nicht gehört hätte.

Keine Ahnung, warum ich heute Morgen so quietschvergnügt bin, jedenfalls gehe ich nach dem Duschen gleich nach unten. Mir ist nicht klar, ob sich meine Buchung inklusive Frühstück versteht, aber ich brauche ohnehin nicht mehr als Kaffee und ein, zwei Scheiben Toast, doch beim Anblick des wohlbestückten Büfetts wächst mein Appetit und ich nehme noch etwas frisches Obst. Und einen Minimuffin, ich kann nicht anders, denn er sieht dermaßen lecker aus. Außerdem ist er bio, mit Kleie, der muss gesund sein! Ivo ist nicht zu sehen. Vielleicht frühstückt er auf dem Zimmer, denn auch als ich fertig bin, ist er noch nicht aufgetaucht. Ich hole mein Gepäck und warte im Foyer auf ihn.

Genau um die verabredete Uhrzeit steigt er im Maßanzug aus dem Aufzug, elegant und geschäftsmäßig wie immer, zieht seinen Rollkoffer hinter sich her.

»Gut geschlafen?«, fragt er fröhlich.

»Ja, danke.«

»Ich auch. Muss die Landluft sein.« Er lächelt mir zu, geht zur Rezeption und checkt uns aus.

Der Mann vom Parkservice – ein anderer als gestern – taucht mit dem Autoschlüssel auf, der Mercedes steht vor der Tür. Er besteht darauf, Ivos Gepäck im Kofferraum zu verstauen und hält, in klarer Erwartung, dass ich dort einsteige, die Beifahrertür auf und ist überrascht, als Ivo dies tut. Beim Überreichen der Schlüssel entschuldigt er sich bei mir.

Als wir losfahren, ist es immer noch dunkel, dunkler als in Dublin, wo Bürogebäude, Wohnhäuser und Straßenlampen mit ihrem künstlichen Licht dafür sorgen, dass es nie vollkommen finster ist.

»Musik?«, frage ich, doch Ivo meint, so früh am Morgen vertrage er keine Geräusche.

Also herrscht die erste halbe Fahrtstunde Ruhe. Dann klingelt sein Handy, und er unterhält sich auf Französisch. Diesmal eher lebhaft, nicht in diesem verführerischen Tonfall. Ober er und Annabel sich gestritten haben? Vielleicht macht er jetzt und hier gerade mit ihr Schluss? Dad erzählte mir einmal von einer Frau, die ihren Mann um die Scheidung bat, während er die beiden zu einer Hochzeit chauffierte.

»Was hat er geantwortet«, fragte ich.

»Er sagte unumwunden ja«, sagte Dad. »Dann ließ er mich anhalten und stieg aus, brüllte ihr zu, sie könne allein auf diese scheiß Hochzeit gehen, auf die er sowieso keinen Bock habe, und wie froh er sei, dass er sie los sei.«

Was die Frau wohl heute macht?

Ivo klingt allerdings nicht wütend, sondern zackig geschäftsmäßig. Vielleicht telefoniert er gar nicht mit Annabel.

Und dann abrupt, weich und zart: *»Je t'aime.«*

Jeder weiß, was das heißt. Sogar die unter uns, die *Can't Speak French.*

Schließlich ist Französisch die Sprache der Liebe.

Als ich auf die Autobahnauffahrt nach Limerick abbiege, ist es fast hell. Vor mir ein Pick-up, der mit Traktorreifen und Heuballen beladen ist und einen Schweif aus Halmen hinter sich herzieht.

Ich mag den Anblick von Heuballen, der mich daran erinnert, dass nicht allzu weit entfernt von jeder Stadt eine andere Welt existiert.

Wahrscheinlich ahne ich schon, dass gleich etwas passieren wird, denn ich halte größeren Abstand zum Pick-up. Plötzlich löst sich die Ladeklappe aus ihrer Verriegelung, und die Reifen springen nacheinander auf die Straße. Groß und schwarz rollen sie direkt auf den Mercedes zu, aber ich habe bereits den Gegenverkehr im Blick, fahre trotz der weißen Doppellinie auf die andere Spur und beschleunige energisch. Nur um Zentimeter verfehlt einer der Reifen die Beifahrerseite, als ich kurz vor dem Pick-up einschere, um einem blauen Ford Kuga auszuweichen, der verärgert die Lichthupe bedient. Im Rückspiegel sehe ich, wie er abrupt abbremst, um den mitten auf der Straße liegenden Traktorreifen auszuweichen, ins Schleudern gerät und in die Leitplanke knallt.

»Großer Gott!« Ivo umklammert den Haltegriff. »Das war knapp!«

Ich halte auf dem Seitenstreifen und steige aus. Ivo ebenfalls. Ich begutachte den Mercedes, kann aber keinen Schaden erkennen. Auch der Kuga scheint relativ unbeschädigt, aber die Airbags sind ausgelöst worden und einige Leute laufen hinüber, um zu sehen, ob die Insassen Hilfe benötigen.

»Soll ich die Polizei rufen?« Ivo steht neben mir.

»Das hat schon jemand getan.« In der Ferne ist Sirengeheul zu hören. Mindestens ein halbes Dutzend Autos ist auf der mit Reifen übersäten Straße zum Stehen gekommen, eines davon direkt hinter dem Mercedes. Beim Gedanken, dass es beinahe in uns hineingefahren wäre, schaudert mich. Was dann passiert wäre, möchte ich lieber nicht wissen.

Ivo geht zum Pick-up und fotografiert mit dem Handy den Unfallort. Der Fahrer steht neben seinem Wagen, der Fahrer eines grauen Volvos kommt dazu. Einige Leute kümmern sich um die Insassen des Kugas, ein Mann und eine Frau, die mittlerweile ausgestiegen sind. Mir zittern die Knie. Ich lasse mich auf den Fahrersitz fallen und lehne den Kopf gegen das Lenkrad. Eine Minute später ist Ivo neben mir.

»Geht es Ihnen gut?«

Ich nicke.

»Ganz sicher?«

Wieder nicke ich.

»Die Polizei ist gleich da«, bemerkt er überflüssigerweise. Die Sirene wird immer lauter. »Der Pick-up-Fahrer hat natürlich einen Schock. Er hätte die Reifen festmachen müssen.«

»Warum ist die Ladeklappe aufgegangen?«, frage ich.

Ivo zuckt die Schultern. »Keine Ahnung. Der gute Mann wird ein paar Fragen beantworten müssen.«

»Sollen wir auf die Polizei warten?« Dürfen wir uns überhaupt vom Unfallort entfernen? Schließlich sind wir Zeugen, aber wenn wir zu lange bleiben, verpasst Ivo womöglich seinen Flieger.

Die Entscheidung wird ihm abgenommen, denn der Garda-Wagen braust heran, sie stellen Absperrungen auf und befragen uns. Meine Aussage nimmt ein sehr junger Mann auf, der kaum alt genug für einen Schulabschluss scheint. Dann spricht Ivo mit ihm, erklärt, er habe Fotos gemacht, die allerdings mehr oder weniger den jetzigen Zustand zeigten, teilt dem jungen Garda seine Kontaktdaten mit und im Handumdrehen dürfen wir weiterfahren. Da wir fast eine Stunde am Straßenrand verbracht haben, wird es spannend, ob wir rechtzeitig den Flughafen erreichen.

»Sind Sie ganz sicher, dass Sie wieder fahren können?«, fragt Ivo und schnallt sich an.

»Natürlich.« Auch wenn ich immer noch etwas daneben bin und ständig das Bild vor Augen habe, wie die Reifen vom Pick-up springen, werde ich das garantiert nicht zugeben.

Ich lasse den Motor an und gebe Gas, bis wir fast die erlaubte Höchstgeschwindigkeit erreicht haben, ehe ich den Tempomat einschalte. Immer noch versuche ich, das Bild des ersten Reifens, der vom Truck auf die Straße und direkt auf uns zusauste, zu verdrängen. Er hätte genauso gut die Motorhaube treffen und über den Wagen springen können, rede ich mir halbherzig ein. Ich atme tief ein und aus, bemühe mich, meinen Herzschlag unter Kontrolle zu bekommen.

Ivo schließt sein Handy an das Audiosystem an, und klassische Gitarrenmusik erfüllt das Auto. Ich werde ein wenig ruhiger. Keiner von uns beiden sagt ein Wort, bis wir am Flughafen sind. Wahrscheinlich schließt der Abflugschalter gerade, aber wenn er sich beeilt, sollte er es noch schaffen. Wie gewöhnlich steige ich aus, um ihm die Tür zu öffnen, doch er kommt mir zuvor.

»Danke vielmals«, sagt er. »Wie immer fürs Fahren und natürlich ganz besonders für Ihre schnelle Reaktion vorhin.«

»Geschah ganz automatisch«, gestehe ich.

»Das sind oft die allerbesten Reaktionen.« Er lächelt. »Ich bin sehr froh, dass Sie meine Fahrerin sind. Auch wenn ich ein Horrorkunde bin, der nichts als Ärger einbringt.«

»Ich hatte schon schlimmere.« Ich lächle zurück, aber aus heiterem Himmel fängt meine Unterlippe zu zittern an und ich muss Tränen wegblinzeln.

Im Nu ist er auf meiner Wagenseite, und ehe ich es mich versehe, nimmt er mich in den Arm.

»Hey, hey. Sie haben einen Schock. Den müssen Sie erst einmal verdauen.«

Ich lehne meine Stirn an seine Schulter, während er mich drückt und meint, ich solle mir Zeit lassen.

»Mir geht's wieder gut.« Ich hebe den Kopf. »Es war bloß ... es war –«

»Ein Schock«, wiederholt er, und ich nicke.

Besorgt betrachtet er mich.

»Mir geht's wieder gut«, sage ich nochmals, diesmal mit festerer Stimme.

»Trotzdem bin ich mir nicht sicher, ob Sie wieder hinters Lenkrad sollten.«

»Ich habe uns heil hergebracht, da komme ich auch sicher wieder nach Hause.«

»Aber da war ich bei Ihnen«, meint er. »Jetzt sind Sie allein im Auto. Das ist mir nicht geheuer.«

Erneut treten mir Tränen in die Augen, die ich heftig wie nie wegzwinkere. Ich bin Geschäftsfrau, ich heule mich nicht an der Schulter eines Kunden aus. Normalerweise.

»Ach, ist das bescheuert von mir«, sage ich. »Ich gehöre eigentlich nicht ...«

Er hält mich weiterhin tröstend im Arm, und ich fühle mich geborgen. Sicher. Nur ungern mache ich mich los, aber er muss seinen Flieger erwischen.

»Geben Sie mir Bescheid, wenn Sie daheim sind«, sagt er, »damit ich weiß, dass alles in Ordnung ist.«

»Ich werde gesund und munter zu Hause ankommen. Und Sie sind zu dem Zeitpunkt hoffentlich in der Luft«, erkläre ich, löse mich von ihm und fahre mir mit der Hand über die Augen.

»Sind Sie sicher? Ganz sicher?«

»Definitiv. Nun gehen Sie schon. Sie wollen doch nicht Ihr Flugzeug verpassen.«

»Sie sind wichtiger als dieser Flug«, sagt er mit den Händen immer noch auf meinen Schultern und betrachtet mich besorgt.

»Mir geht es gut. Ehrlich.«

Er lächelt, beugt sich zu mir vor. Da ich mich in diesem Augenblick ebenfalls bewege, landet der Kuss, der definitiv für meine Wange bestimmt war, irgendwo zwischen Mund und Kinn.

»Entschuldigung!«, keuche ich.

Reglos sehen wir uns in die Augen. Seine tiefblauen Augen bohren sich in meine, und es kommt mir vor, als bände uns eine unsichtbare Macht aneinander. Was ihm wohl durch den Kopf geht? Ich meinerseits überlege, wie wohl ein richtiger Kuss gewesen wäre. Hart und fordernd? Weich und sanft? Lang und lustvoll? Oder ganz anders? Oder alles zusammen? Solange wir so beieinanderstehen, kann ich meine Phantasie spielen lassen. Kann mich gegen alle Vernunft nicht losreißen.

Aber Ivo kann und tut es.

»Passen Sie auf sich auf, Roxy.«

»Sie auch.« Ich bringe kaum ein Wort heraus.

Sanft drückt er meine Schulter und haucht, ehe er sich umdreht und zum Terminalgebäude strebt, einen Kuss auf meine Wange.

Den ganzen Heimweg über denke ich an das, was beinahe passiert wäre. Nicht an die Reifen, die uns auf dem Weg zum Flughafen Shannon entgegensprangen, sondern Ivos Beinahekuss, der meine Lippen streifte, die immer noch brennen. Die federleichte Berührung auf meiner Wange spüre ich ebenfalls noch. Ebenso den flüchtigen Abschiedskuss, der landete, wo er sollte. Den ich dennoch nicht erwartet habe. Denn Kunden verabschieden sich von ihrer Chauffeurin nicht mit einem Küsschen. Und Kunden halten nicht die Schultern der Chauffeurin umfasst, sehen ihr tief in die Augen und geben ihr das Gefühl, die Welt um sie herum existiere nicht.

Aber Ivo ist ein ganz besonderer Kunde.

Ich habe ihn in mehrfacher Hinsicht falsch eingeschätzt, fand ihn seinem Vater gegenüber gefühllos, der Schwester gegenüber unbeherrscht, wenn in Wahrheit eine schwierige Kindheit dahintersteckt, die schwer zu verarbeiten ist. Hielt seine anspruchsvolle Lebensgefährtin für ein schönes Anhängsel, dabei hat sie einen Doktor in Chemie. Glaubte, er habe bei der gemeinsamen Übernachtung im Hotel Hintergedanken, dabei war es hinsichtlich seines Reiseplans reiner Pragmatismus. Und meine Gedanken wandern zu Daves Nachricht, die mich gestern gerettet hat. Meine gesamte Einschätzung Ivos entsprang meiner überhitzten Phantasie. Ausgelöst vom Konsum zu vieler Vorabendserien und Klatschzeitschriften. Ivo Lehane ist ein guter Mensch. Und im Moment sehnt sich mein Herz wahnsinnig nach ihm. Denn während unsere Blicke ineinander verhakt waren, lautete mein einziger Gedanke: Küss mich richtig. Weil ich wollte, dass er mich eng an sich drückte, mich beschützte, liebte.

Nach ungefähr einer Stunde Fahrt muss ich an einer Tankstelle anhalten, die unerfindlicherweise den Namen Barack Obama Plaza trägt, denn unvermittelt haben meine Hände unkontrolliert angefangen zu zittern und die Tränen strömen mir über die Wangen. Ob es am nachträglichen Schock wegen des Beinaheunfalls liegt oder am unerklärlichen Verlangen nach Ivo Lehane, weiß ich nicht.

Gestern hatte ich den ganzen Tag über befürchtet, er wolle mich ins Bett kriegen. Heute habe ich den ganzen Tag über den Wunsch, er hätte es getan. Genau die Frau, die geschworen hat, ihren untreuen Ehemann nie zu betrügen, bedauert, dass sie ihn nicht betrogen hat. Was für ein Lied Dolly darüber wohl schreiben würde?

Ich tanke und kaufe mir einen Kaffee, den ich im Stehen trinke. Versuche den imaginierten Geschmack von Ivos Lippen auf den meinen durch den gerösteter Arabica-Bohnen zu ersetzen. Mittlerweile ist es sonnig geworden, daher scheint jeder, der die Barack Obama Plaza betritt, die Sonne im Herzen zu tragen. Ich hingegen, die Hände um die Kaffeetasse gelegt, bin verwirrt wie noch nie in meinem Leben.

Wie kann ich mir wünschen, Ivo Lehane hätte mitten in der Nacht an meine Hotelzimmertür geklopft und mich stundenlang leidenschaftlich geliebt? Wieso wäre ich, wenn er vorgeschlagen hätte, im Flughafen eine Abstellkammer zu suchen, um dort heißen Sex zu haben, ohne Zögern mitgegangen?

Dabei streiften seine Lippen lediglich meine – aus Versehen?

Was bin ich nur für ein Mensch?

Mein Handy piepst.

Mein Herz überschlägt sich fast.

Deine Fahrt war hoffentlich problemlos. Bis später.

Ich starre auf Daves Nachricht und schicke als Antwort ein Daumen-hoch-Emoji.

Siedend heiß fällt mir ein, dass ich heute Morgen die Kinder nicht angerufen habe. Es gab zwar keinen passenden Zeitpunkt, aber ich hätte meine Regel brechen können, keine persönlichen Anrufe zu tätigen, während Kunden im Auto sitzen. Ivo hätte es sicher nicht gestört. Ihm gefällt es, wenn ich von Tom und Mica erzähle. Ihm gefällt, dass ich ein glücklicheres Familienleben habe als er.

Ein Leben, das ich für einen Quickie mit ihm aufs Spiel gesetzt hätte.

Ich bin schlimmer als Dave.

Ich bin wie Julie Halpin.

Ich hasse mich.

Ich schalte das Radio ein, um mich abzulenken, kann mich aber nicht auf die Diskussion über das Gesundheitswesen konzentrieren, die mich normalerweise sehr interessiert hätte. Stattdessen frage ich mich, ob das, was mir passiert ist, auch Dave und Julie passiert ist, nur mit anderem Ausgang. Überkam ihn das ununterdrückbare Verlangen, zu wissen, wie es mit einer anderen Frau war? Dem er einfach nicht widerstehen konnte? Hatte ihn der gleiche Wahnsinn überkommen wie mich bei Ivo Lehane?

Als wir anfingen, miteinander zu gehen, erzählte Dave, er habe mit einem anderen Mädchen vor mir geschlafen. Nur einem. Wir waren beide Teenager, und obwohl viel geknutscht und gefummelt wurde, war es damals eine ganz große Sache, wenn man mit jemandem schlief. Es ist geradezu lächerlich, dass Dave der einzige Mann ist, mit dem ich im Bett war, aber bisher hat mir das nie was ausgemacht. Im Gegenteil, ich war stolz darauf.

Jetzt kann ich mich des Gefühls nicht erwehren, dass unsere Unerfahrenheit ein Fehler war.

Ich parke vor Mums Haus. Ihr Auto steht nicht da, also ist sie bereits losgefahren, um die Kinder von der Schule abzuholen. Ich schließe auf und warte. Als sie ein paar Minuten später kommen, wirft sich mir Tom mit den Worten, ich habe ihm gefehlt, in die Arme. Mica ist weniger enthusiastisch.

»War deine Geschäftsreise schön?« Sie klingt ernst.

»Sehr schön«, erkläre ich.

»Hast du uns vermisst?«

»Ganz schrecklich.«

»Hast du uns was mitgebracht?«, will Tom wissen.

Ich verteile die Süßigkeiten, die ich zusammen mit meinem Kaffee im Barack Obama Plaza erstanden haben. Strahlende Gesichter. Mica bekommt auch die kleine Shampooflasche aus dem Hotelbadezimmer sowie das Schächtelchen mit Nagelfeile und Wattepads. Entzückt verpasst sie mir ein paar Küsse.

»Esst nicht alles auf einmal«, mahne ich. Aber Tom hat seine Süßigkeitentüte bereits auf dem Weg ins Wohnzimmer aufgerissen. Mum folgt mit den Sandwiches, die sie schon vorbereitet hat, und ich hoffe inständig, dass meine zwei mehr davon essen als vom Zuckerkram.

»Wie war's?«, will sie wissen, als sie zurückkommt.

»Anstrengend«, antworte ich.

»Du siehst furchtbar aus.«

Nur eine Mutter kann so was sagen, ohne dass man sofort eingeschnappt ist. Auch wenn es ein Schlag ist.

»Musste früh raus.«

»Und bist wohl spät ins Bett? Ich habe mir übrigens dein Hotel angeschaut. Sehr protzig«, sagt sie.

»Eher edel als protzig«, korrigiere ich.

Sie zieht eine Augenbraue hoch.

»Seine Firma hat die Übernachtung übernommen«, erkläre ich.

»Das ist großzügig.«

»Eher pragmatisch.«

»Hat es dir gefallen?«

»Das wird wahrscheinlich mein einziger Aufenthalt in einem derart teuren Hotel sein. Ja, es hat mir gefallen.«

»Und er gefällt dir offenbar auch.«

»Ich mag viele meiner Kunden. Leona Lynch. Und Thea Ryan.«

»Aber du warst mit keiner über Nacht weg.«

»Würde ich wahrscheinlich, wenn's nötig wäre.«

»Alles in Ordnung?«, fragt Mum.

»Natürlich«, lüge ich. »Was soll sein?«

»Ja, was eigentlich«, sagt sie.

Ich sammle die Kinder ein und fahre heim. Der vertraute Geruch im Haus umfängt mich.

»Was gibt's zum Abendessen?«, fragt Tom.

»Du hattest bei Oma Sandwiches«, erinnere ich ihn.

»Aber ich bin am Verhungern«, heult er.

Also mache ich Heinz Spaghetti Hoops auf Toast, die sie sofort verputzen. Als sie aufstehen, umarme ich beide so fest, dass sie sich beschweren.

»Ihr habt mir halt gefehlt«, sage ich.

»Du hättest nicht wegfahren sollen«, meint Mica. »Dann hätten wir dir nicht gefehlt.«

Sind das ihre eigenen Gedanken? Oder hat Dave sich entsprechend geäußert?

Er kommt gegen sieben heim, und wie bei mir kommen die Kinder zur Begrüßung angestürzt.

»Wie geht's meinem Mann im Haus?«, fragt er Tom und wuschelt Mica durchs Haar, was sie normalerweise hasst. »Wie geht's meinem Lieblingsmädchen?«

Bei Oma sei es ganz toll gewesen, berichten sie, und ich hätte ihnen Süßigkeiten mitgebracht. Er sieht mich an.

»Ich dachte, sämtlicher Zuckerkram ist verboten?«, sagt er.

»Nicht immer.«

»Nur wenn ich was mitbringe, oder?«

»Dave, bitte.«

Er umarmt die Kinder nochmals und geht in die Küche.

»Gibt's was zu essen für mich?«, fragt er.

»Spiegeleier, gebratene Tomaten, Speck, Würstchen?«, schlage ich vor.

»Hört sich gut an.«

Ich koche für ihn, aber nicht für mich, setze mich ihm mit einer Tasse Kaffee gegenüber. Er erkundigt sich nicht, ob ich bereits gegessen habe, nach der Reise allerdings schon.

»Anstrengend«, wiederhole ich die Antwort, die bereits Mum bekam.

»Das war mir klar.«

»Tut mir leid, ich hätte die Sache besser durchdenken sollen.«

Er sieht mich perplex an.

»Es war erstaunlich stressig«, erkläre ich. »Hätte ich so nicht gedacht.«

»Und wie war das Hotel?«

»Ebenfalls erstaunlich«, sage ich leichthin. »Und dann heute Morgen ...« Ich schildere ihm den Vorfall mit den Reifen.

»Verdammt, Roxy.« Er ist ehrlich betroffen. »Du hättest tot sein können.«

»Quatsch«, sage ich. »Aber es war trotzdem ein Schreckmoment.«

»Kein Wunder, dass du aussiehst, als hättest du ein Gespenst gesehen.«

»Ich gehe heute besser früh ins Bett.«

Er nickt. »Ich bin froh, dass du wieder daheim bist.«

»Ich auch.«

Nachdem ich die Küche aufgeräumt habe und die Kinder im Bett sind, sitzen wir gemeinsam im Wohnzimmer auf dem Sofa. Dave sieht sich einen dieser alten Kriegsfilme an, für die er ein Faible hat. Er ist ganz begeistert vom Oxbridge-Englisch der Darsteller. Ich hole mein Handy heraus.

Bin daheim, tippe ich. *Alles gut. Bei Ihnen hoffentlich auch.*

Ungefähr eine Stunde später kommt die Antwort.

Grüße aus New York. Bin froh, dass Sie heil angekommen sind.

Ich bin ebenfalls froh, dass Sie sicher gelandet sind. Passen Sie auf sich auf.

Automatisch sage ich jedes Mal, wenn Dave oder die Kinder das Haus verlassen, sie sollen auf sich aufpassen. Aber mir ist es ernst damit. Nicht auszudenken, wenn ihnen etwas zustieße.

Ich stecke das Mobiltelefon zurück in meine Handtasche und gähne.

»Du musst damit aufhören.« Dave stellt den Ton ab und sieht mich an.

»Womit?«

»Mit dem Fahren natürlich«, sagt er. »Wie hätte ich es verkraften sollen, wenn du heute gestorben wärst? Und die Kinder erst?«

Hättest du um mich getrauert oder mich ruck, zuck ersetzt, frage ich mich.

»Dir darf nichts zustoßen, du bist zu wichtig für die Familie«, fährt er fort.

Bestimmt soll es sich nicht so anhören, als wäre ich lediglich ein Rädchen in der Familienmaschine, aber genau das tut es.

»Das heute war eine Ausnahme«, entgegne ich. »Sowohl die Übernachtung als auch der Unfall.«

»Es ist zu gefährlich.«

Hätte ich ihm doch bloß nichts erzählt. Aber dieser Vorfall schien geeignet, ihn von Ivo Lehane abzulenken.

»Genauso gut hätte dir so etwas passieren können«, werfe ich ein. »Du bist jeden Tag mit dem Lieferwagen unterwegs. Manchmal große Strecken. Du kannst mich nicht in Watte packen, Dave.«

»Ich muss dich beschützen, das ist meine Aufgabe«, erklärt er. »Ich sage ja nicht, dass du ein für alle Mal damit aufhören musst, aber du solltest eine Auszeit nehmen.«

Offenbar sieht er mich mit neuen Augen. Aber wenn ich jetzt eine Auszeit nehme, war es das. Unmöglich, ich hätte bereits Aufträge angenommen, erkläre ich.

»Die kannst du ja erfüllen«, sagt er. »Aber dann hör auf. Du brauchst eine Pause, Roxy. Du treibst Raubbau mit deiner Gesundheit.«

Mum ist der gleichen Meinung. Aber die beiden haben unrecht. Ich mache jetzt das, was ich liebe.

»Die Familie ist wichtiger, als ein Geschäft es je sein kann«, erinnert er mich.

Da hat er recht.

»Also sind wir uns einig«, sagt er, als ich schweige. »Gut.«

Er wartet meine Antwort nicht ab, sondern stellt den Ton wieder an und widmet sich seinem Film.

Ich gehe nach oben. Obwohl ich erschöpft bin, lasse ich mir Zeit im Bad. Dann schlüpfe ich ins Bett. Ich liege da im stillen Dunkel und versuche mich zu überzeugen, dass Dave recht hat und meine Arbeit als Chauffeurin unnötig und belastend ist. Es wäre wohl besser für uns alle, wenn ich nachgäbe und das Auto verkaufte. Vielleicht wäre dann alles wieder in Ordnung.

Ich bin noch wach, als er hereinkommt und sich auszieht. Er schlüpft ins Bett, legt den Arm um mich und zieht mich an sich. Heute Nacht ist mir nicht danach, aber ich bin erleichtert, dass es ihm trotz unseres Streits vorhin anders geht.

Hinterher schläft er sofort ein.

Ich nicht.

24. *Kapitel*

Ich gebe übers Wochenende mein Bestes als Supermum und übe mich in der folgenden Woche in Zurückhaltung. Zum Glück sind sämtliche Fahrten tagsüber, und ich bin zu Hause, wenn Dave heimkommt. Ich erwähne meine Kunden mit keinem Wort, und auch beim Essen erfülle ich die Wünsche meiner Familie, daher kommt kein einziges Rezept aus dem »Kochbuch des Horrors« auf den Tisch.

Es fühlt sich an, als ginge ich auf rohen Eiern. So habe ich mich in meinem eigenen Haus noch nie gefühlt. Auch hatte ich nie das Gefühl, vor Dave etwas verbergen zu müssen. Obwohl ich einige zeitlich nicht kompatible Anfragen abgelehnt habe, werde ich andere annehmen. Und damit wird das Problem immer größer.

Von Ivo Lehane habe ich nichts gehört, er absolviert seine Geschäftstermine in den USA und hat mich garantiert komplett vergessen. Aber ich denke unwillkürlich darüber nach, ob er weiterhin seinen Vater besuchen möchte. Und wenn ja, ob er weiterhin mit mir fahren will? Selbst wenn Dave nicht fände, dass ich eine Auszeit nehmen soll, ich kann unmöglich mit Ivo im selben Auto sitzen. Ich würde mir selbst nicht über den Weg trauen. In meiner Vorstellung bin ich mittlerweile eine untreue Ehefrau.

Mir vor Augen zu führen, dass mein Mann tatsächlich untreu war, während ich nur davon träume, hilft leider nicht.

Mum kommt am Mittwochnachmittag vorbei, kurz nachdem die Kinder von der Schule zurück sind und sich im Garten auf dem Trampolin austoben, obwohl es spürbar Herbst geworden ist. Ich belade die Waschmaschine, und Mum wartet, bis ich fertig bin, und wir gehen gemeinsam in die Küche. Die Kinder kommen zur Begrüßung hereingerannt, und jedes bekommt von ihr zwei Pralinen.

»Wir haben dich lieb, Oma!«, rufen sie, ehe sie wieder nach draußen verschwinden.

»Ich bemühe mich, dass sie zwischen den Mahlzeiten weniger essen«, teile ich ihr mit, während wir ihnen beim Hüpfen und Springen zusehen. »Mir kann es auch nicht schaden.«

»Ehrlich gesagt, die paar Pfunde weniger stehen dir. Aber übertreib's nicht«, bemerkt sie.

»Keine Gefahr, zwischen den einzelnen Fahrten gönne ich mir immer noch einen Snack. Seit ich mich gesünder ernähre, habe ich mehr Energie. Ich hätte Gina Hayes' Ernährungsvorschlägen weniger ablehnend gegenüberstehen sollen.«

»Das warst du nicht«, sagt Mum. »Du hast sie beneidet.«

»Möglicherweise um ihren Erfolg und ihr gutes Aussehen.«

»Du musst dich nicht hinter ihr verstecken«, sagt Mum, loyal wie alle Mütter.

»Lieb von dir.«

»Es ist die Wahrheit.« Sie grinst. »Was ganz anderes: Ich habe einen Anschlag auf euch vor.«

»So?« Ich fülle den Wasserkocher, und sie setzt sich an den Tisch.

»Ich möchte, dass ihr alle am Sonntag zum Mittagessen kommt«, sagt sie.

»Alle?«

»Du und Dave und die Kinder. Aidan, Kerry und die Kinder. An diesem Tag hätte dein Vater Geburtstag.«

Natürlich! Wie hatte ich das bloß vergessen können?

»Ich habe ja nach seinem Tod keine Seelenmesse lesen lassen«, erinnert sie mich, »dazu bin ich nicht der Typ. Doch ich fände es schön, wenn wir seinen Geburtstag feierten.«

Dad war nicht im mindesten religiös, und Mum steht der katholischen Kirche ebenfalls nicht sehr nahe, daher wäre ich nie auf die Idee gekommen, sie könnte diesen typisch irischen Brauch einhalten. Aber die Vorstellung, Dads Geburtstag zu feiern, fände ich schön, sage ich.

»Gut.« Sie lächelt mich an. »Seit der Beerdigung waren wir nicht mehr alle zusammen. Es wird schön sein, wenn ihr alle zu einem fröhlicheren Anlass um mich seid.«

Ob es ohne Dad so besonders fröhlich wird, wage ich zu bezweifeln, aber ich gebe mir das Versprechen, für Mum so fröhlich und positiv wie möglich zu sein. Momentan sieht sie selbst sehr fröhlich und positiv aus. Sie hat Make-up aufgelegt und sich offenbar neu eingekleidet.

»Ich habe ein paar neue Sachen gebraucht«, erklärt sie, als ich ihr ein Kompliment für die Bluse mache. »Die ganze Zeit in Jogginghose und T-Shirt herumlaufen, wäre zwar sehr bequem, aber ich muss mich zusammenreißen, sonst ist das der Anfang vom Ende.«

Unwillkürlich sehe ich an mir herunter, mein Jogginganzug hat einen Dreckstreifen am Ärmel und ich trage nicht einmal den Hauch eines Make-ups. Es trifft mich schwer, dass meine zweiundsechzigjährige verwitwete Mutter mondäner aussieht als ich.

Sie lacht über meine entsprechende Bemerkung. Als berufstätige Mutter könne man unmöglich mondän aussehen, meint sie. Manche schon, widerspreche ich, worauf sie den Kopf schüttelt und unvermittelt fragt, ob ich »diesen Mann« nach unserem zweitägigen Ausflug wieder nach Kildare fahren werde.

Ich bücke mich, um eines von Micas Pralinenpapierchen aufzuheben, das unter dem Küchentisch liegt. Als ich aufstehe, habe ich einen roten Kopf.

»Dave und ich liegen im Clinch wegen meiner Arbeit«, sage ich.

»Oh, Roxy.« Sie sieht besorgt drein. »Will er, dass du aufhörst?«

»Begeistert war er von Anfang an nicht«, sage ich. »Er möchte immer noch das Auto verkaufen und mit dem Geld in Urlaub fahren. Und er hat mich gebeten, eine Auszeit zu nehmen, obwohl er im Grunde genommen eher sagen will, ich soll ein für alle Mal damit aufhören.«

»Es gibt Schlimmeres, oder?«, meint Mum.

»Klar. Aber ich mag meine Arbeit sehr.«

Mum ist offenbar hin- und hergerissen, einerseits möchte sie mich glücklich wissen, andererseits hat sie das Gefühl, dass Dave recht hat.

»Außerdem habe ich den ganzen Behörden- und Papierkram erledigt, damit Christy's Chauffeurs mir gehört«, ergänze ich. »Ich habe den Workshop besucht. Ich habe neue Kunden gewonnen. Es läuft sehr gut.«

»Ich verstehe dich, ehrlich. Aber wenn du deswegen nachts nicht zu Hause bist –«

»Das war eine einmalige Sache«, betone ich. »Aber ... ach Mum, es tut mir einfach gut, hinterm Steuer zu sitzen.«

»Hmm. Sieht man dir nicht an. Du bist ganz blass und hast tiefe Augenringe.«

Seien wir uns nicht einig gewesen, dass berufstätige Mütter oftmals wie durch den Wolf gedreht aussähen, sage ich, außerdem werde ein Friseurbesuch gefolgt von einer guten, entspannenden Massage das Malheur beheben.

»Na, dann sieh zu, dass du bis Samstag wieder strahlst«, sagt sie. »Denn da möchte ich dich in Topform sehen.«

Kaum hat Mum das Haus verlassen, ruft Thea Ryan an, ob ich sie morgen zu einem Interview bei RTÉ fahren könne. Ich sage nie nein zu Thea, und die Fahrt schließt sich gut an die Abholung mehrerer Geschäftsleute von der Heuston Station an, die ich zu ihrem Hotel bringen soll, das ganz in der Nähe von Theas Haus liegt. Anschließend kann ich die Kinder pünktlich von der Schule abholen. Ganz begeistert von meinem Zeitmanagement trage ich Theas Fahrt in meinen Kalender ein. Damit verstoße ich gegen Daves ausdrückliche Anweisung, keine weiteren Aufträge anzunehmen. Das wird eher früher als später auf eine richtiggehende Machtprobe hinauslaufen.

Vorläufig braucht er aber nichts davon zu wissen.

Dave freut sich, als ich ihm vom bevorstehenden Mittagessen bei Mum erzähle. Trotz ihrer bekanntermaßen mangelhaften Kochkünste bringt sie einen guten Sonntagsbraten zustande, den es bestimmt auch diesmal gibt. Er besorge eine gute Flasche Wein als Gastgeschenk, meint mein Mann, und ich nicke zustimmend, mache mir einen Knoten ins geistige Taschentuch, Blumen zu besorgen. Wenn wir doch nur letztes Jahr Dads Geburtstag gefeiert hätten, da war er nämlich noch nicht so krank. Nach der großen Party zu seinem Sechzigsten wurde nicht mehr groß gefeiert. Damals hatten wir den Nebenraum im hiesigen Pub angemietet und ihn damit überrascht. Viele Freunde, die er seit Jahren nicht mehr gesehen hatte, kamen – es war ein toller Abend. Mums Sechzigster wurde in kleinerem Rahmen begangen, denn sie fand fälschlicherweise, so kurz danach wäre es für eine zweite große Sause zu früh. Wir hätten auch zu diesem Anlass die Sau rauslassen sollen. Ein weiterer Knoten ins geistige Taschentuch: Zukünftig feiern wir jeden unserer Geburtstage. Denn man weiß nie.

Als ich die Geschäftsleute abhole, bin ich von meinen Zeitmanagementfähigkeiten nicht mehr ganz so angetan, denn mittlerweile regnet es wieder und der Verkehr ist ein Alptraum. Nachdem ich die Herren bei ihrem Hotel abgesetzt habe, mogle ich mich um die schlimmsten Stellen herum und bin begeistert, dass ich bei Thea Ryan lediglich fünf Minuten zu spät eintreffe.

Aus dem Kofferraum schnappe ich mir ihren Regenschirm und laufe zur Haustür, verwundert, dass sie noch nicht dasteht, denn trotz ihrer Zerstreutheit ist sie extrem pünktlich und ich habe bereits mit einer Standpauke wegen der fünf Minuten Verspätung gerechnet.

Drinnen ist wütendes Gebell zu hören. Dass auf mein Läuten keine Thea erscheint, macht mich unruhig. Ich hole mein Handy heraus und rufe sie an, worauf es in der Diele klingelt. Ich knie mich hin und linse durch den Briefkastenschlitz, kann aber niemanden sehen. Sie hat mir erzählt, dass Desmond einen Freund trifft, deshalb ist er natürlich nicht da. Aber wo ist Thea?

»Ms Ryan!«, rufe ich durch den Briefkastenschlitz. »Alles in Ordnung bei Ihnen? Können Sie mich hören?«

Erneut wütendes Gebell, und ich schimpfe mit dem Hund, der gegen die Tür springt.

»Sei still!«, zische ich. »Wo ist dein Frauchen? Wo ist Thea?«

Er bellt wieder, rennt ein Stück den Flur zurück und bleibt stehen. Mir läuft es kalt den Rücken hinunter. Will mir der Hund mitteilen, dass Thea bewusstlos auf dem Boden liegt? Oder noch Schlimmeres passiert ist? Und dann höre ich sie.

»Roxy?« Ihre Stimme klingt gedämpft. »Sind Sie das?«

»Ja!«, brülle ich. »Wo sind Sie? Geht es Ihnen gut?«

»Natürlich!« Sie klingt verärgert, nicht als ob sie Schmerzen hätte. »Ich bin eingeschlossen, sonst nichts.«

»Wo?«

»In der unteren Toilette.«

Ich bin mehr als erleichtert, dass sie sich nicht bei einem Sturz die Hüfte gebrochen hat oder noch Schlimmeres passiert ist, und muss lachen.

»Sind Sie noch da?«, ruft sie.

»Ja.«

»Dann gehen Sie zur rechten Hausseite, Himmel Herrgott!«

Mit aufgespanntem Regenschirm folge ich ihrer Anweisung und entdecke eine schmale Milchglasscheibe, über der sich ein kleines Klappfenster befindet. Wahrscheinlich besagte Toilette.

»Ms Ryan?«, frage ich zögernd.

Das Klappfenster, das sich waagerecht öffnet, geht ein Stück hoch, und ich sehe Theas Hand winken.

»Ich fasse es nicht, dass mir das passiert ist.« Ihre Stimmung schwankt zwischen Besorgnis, Wut und Verlegenheit. »Ich wollte mich kurz frisch machen, bevor Sie kommen, und jetzt klemmt das Türschloss. Ich sitze fest.«

»Das Fenster ist zu schmal, als dass ich mich durchquetschen könnte«, sage ich.

»Das würde sowieso nichts bringen, außer dass wir dann beide hier drinnen festsitzen«, weist mich Thea zurecht.

Unwillkürlich muss ich erneut lachen.

»Das ist nicht lustig«, sagt sie.

»Ich weiß«, stimme ich bei. »Hat einer Ihrer Nachbarn einen Ersatzschlüssel?«

»Die Mulcahys, Hausnummer 6, haben einen für die Haustür«, erklärt Thea. »Aber ich weiß nicht, ob Fiona daheim ist, und selbst wenn, wie bekommen wir diese Tür auf?«

»Wenn wir erst im Haus sind, fällt uns bestimmt etwas ein.«

Ich laufe zurück. Glücklicherweise öffnet auf mein Klingeln bei den Mulcahys eine Frau in ungefähr meinem Alter, die darauf besteht, mitzukommen.

»Die Arme«, sagt sie, als wir die Haustür aufschließen. »Sie ist bestimmt verzweifelt.«

Ich finde, Thea ähnelt eher einer fauchenden Katze. Erfolglos fummeln Fiona Mulcahy und ich am altmodischen Türknauf der Toilette herum.

»Das ist echt der Gipfel«, ruft Thea. »Wahrscheinlich sitze ich hier den ganzen Tag fest. Ich muss RTÉ anrufen, dass ich nicht kommen kann. Wenn ich doch bloß mein Handy dabeihätte. Nicht dass es mein Traum ist, ein Interview auf der Toilette zu geben. Vielleicht ...« Sie verstummt kurz. »Vielleicht könnten Sie mir mein Handy durchs Fenster reichen. Das wäre doch die Lösung.«

»Aber keinesfalls ideal«, ich untersuche immer noch den Türknauf, »denn das ändert ja nichts daran, dass Sie in der Toilette feststecken. Ich probier mal, ob ich Sie befreien kann. Könnten Sie von der Tür weggehen?«

»Sie werden sie doch nicht aufbrechen wollen?«, ruft sie. »Die Tür ist schwer, Roxy, dazu ist ein kräftiger Mann nötig.«

»Schon, aber das Problem ist nicht die Tür, sondern das Schloss. Und da habe ich eine Idee.«

»Was denn für eine?«, will Fiona wissen.

»Vor ein paar Jahren befand sich meine Tochter bei meinen Eltern in einer ähnlichen Lage«, sage ich. »Mein Vater hat sie befreit. Es ist durchaus brutale Gewalt vonnöten, daher ist es gut, dass wir zu zweit sind, aber das Timing ist genauso entscheidend.«

»Aha.« Zweifelnd sieht sie mich an.

»Sind Sie zur Seite getreten, Ms Ryan?«, frage ich.

»Ich habe mich hinter die Toilette gequetscht.« Thea klingt bissig, und ich grinse.

»Okay«, wende ich mich an Fiona. »Wenn ich sage ›Jetzt‹, rammen wir gemeinsam mit der Schulter gegen die Tür, einverstanden?«

Sie nickt.

Ich drehe den Türknauf so weit es geht nach rechts und ziehe ganz fest daran. Zugleich brülle ich »Jetzt«, und Fiona und ich werfen uns energisch gegen die Tür, die abrupt aufknallt. Wir taumeln in den Raum und klammern uns am Waschbecken fest, um nicht hinzufallen. Zwischen Toilette und Wand steht Thea Ryan, die uns erstaunt und entzückt zugleich ansieht.

»Meine Güte, Roxy, Sie haben's geschafft!«, ruft sie aus.

»Ohne Fiona hätte es wahrscheinlich nicht geklappt«, sage ich. »Dazu war mehr Wumms als eine Schulter nötig.«

»Das war beeindruckend.« Fiona lächelt. »Ich kann es gar nicht erwarten, meinem Mann zu erzählen, dass ich heute eine Tür eingetreten habe.«

»Der Trick besteht darin, den Knauf möglichst weit zurückzudrehen und dann mit Körperkraft den Rest zu erledigen.« Ich reibe mir die Schulter, die später ein einziger blauer Fleck sein wird.

»Ich bin jedenfalls enorm beeindruckt.« Thea tritt in den Flur hinaus. »Fiona, Liebes, vielen Dank für Ihre Hilfe.«

»Sehr gern«, meint diese. »Ich behalte Ihren Ersatzschlüssel, ja?«

»Definitiv«, nickt Thea. »Sie sind eine Nachbarin, wie man sie sich wünscht. Nochmals vielen Dank.«

Fiona geht, und ich warte, bis Thea in einen royalblauen Mantel geschlüpft und sich einen lilafarbenen Hut mit blauer Feder aufgesetzt hat. Dann halte ich schützend den Schirm über sie, und wir gehen zum Auto.

»Wie geht es Ihnen?«, frage ich.

»Ich komme mir blöd vor«, erwidert sie. »Extrem blöd.«

»*Well, nobody's perfect*«, zitiere ich tröstend einen der Lieblingssprüche meines Vaters in solchen Situationen, und Thea lächelt.

Schweigend bringen wir den restlichen Weg nach Donnybrook hinter uns, ich parke vor dem Sender und geleite sie die Treppe zum Foyer hoch. Mittlerweile pocht meine Schulter heftig; wenn ich heimkomme, muss ich tüchtig Arnikasalbe draufschmieren.

Irgendwann dringt Theas Stimme über den Äther. Bei dem Interview geht es um Liebe – offenbar sind sie und Desmond seit fünfzig Jahren verheiratet und die Moderatorin fragt sie nach dem Geheimnis ihrer glücklichen Ehe.

»Vertrauen«, antwortet Thea ohne zu zögern. »Vertrauen und Respekt. Ich respektiere meinen Mann für seinen Charakter und seine Arbeit. Ich vertraue seinen Gefühlen für mich, vertraue ihm im Alltag. Und ich hoffe – ich bin mir sicher –, dass er mir ebenfalls vertraut.«

Bei ihren Worten wird mir heiß und kalt. Vertrauen und Respekt sind bei Dave und mir Mangelware, egal, was wir einander auch beteuern mögen. Seit der Rodeonacht vertraue ich ihm nicht mehr richtig und habe auch nicht das Gefühl, dass er mich oder meine Bedürfnisse respektiert. Doch angesichts meiner erotischen Phantasien über Ivo Lehane kann ich mich wohl kaum weit aus dem Fenster lehnen. Gut, ich habe diese Phantasien nicht umgesetzt, aber wenn ich die Chance gehabt hätte, hätte ich es getan. Und das ist genauso schlimm.

Was ist nur mit uns passiert? Alles war gut und jetzt entgleitet uns unsere Ehe. Hatte sie schon Schieflage, bevor Dave mit Julie schlief? Ich glaube nicht, aber damals war ich auch noch mit meinem Leben zufrieden, glaubte es zu sein, jetzt hätte ich gern vieles anders. Früher teilten wir alles, mittlerweile existiert eine unsichtbare Mauer zwischen uns, ich erzähle ihm nicht mehr alles und bin mir ziemlich sicher, auch er behält manches für sich. Wo stehen wir also? Werden wir wieder zusammenfinden? Werden wir fünfzig Jahre zusammen sein wie Thea und Desmond? Oder eher nicht?

Theas Interview ist beendet, und ich fahre vor, um sie abzuholen. Das Interview sei toll gewesen, gratuliere ich ihr, und sie lächelt.

»Ich hatte Glück«, sagt sie. »In den Kreisen, in denen wir uns bewegten, hätte Desmond über die Jahre hinweg viele andere Frauen haben können. Ich andere Männer. Aber ungeachtet der Versuchungen, die unseren Weg kreuzten, wussten wir beide, dass uns etwas Besonderes verband, das wir nicht aufs Spiel setzen wollten. Es geht nicht nur darum, wie wir als Ehepaar sind«, ergänzt sie, »sondern auch als Menschen.«

So habe ich auch Dave und mich gesehen. Dass wir einander vertrauen konnten.

»Müssen Sie gleich wohin?«, fragt Thea, als ich vor ihrem Haus halte. »Wenn nicht, wäre es schön, wenn wir zusammen einen Kaffee trinken würden. Wenigstens ein kleines Dankeschön für Ihren Rettungseinsatz vorhin.«

»Ach, das ist doch nicht nötig …«

»Wenn Sie zu tun haben, will ich Sie natürlich nicht drängen«, sagt Thea.

Ich verkehre eigentlich nicht privat mit meinen Kunden. Diese Grenze habe ich jedoch überschritten, als ich mit Ivo Lehane Kaffeetrinken war und man sieht ja, wohin das geführt hat. Aber Kaffee mit Thea Ryan ist etwas ganz anderes. Und noch muss ich nicht nach Hause. Also willige ich gern ein und sitze einige Minuten später in ihrer warmen, gemütlichen Küche, während sie eine höchst beeindruckend aussehende Maschine einschaltet.

»Die hat Desmond letztes Weihnachten gekauft«, sagt sie. »Er trinkt viel zu viel Kaffee.«

»Ich auch.«

»In seinem Fall handelt es sich um ein Prokrastinationsvehikel«, bemerkt Thea. »Damit er nicht zu arbeiten anfangen muss. Bei Ihnen ist es wohl genau umgekehrt.«

Ich habe das Gefühl, ich sollte mich nützlich machen, aber sie wehrt mein Angebot mit den Worten ab, ich wäre wohl eher im Weg als eine Hilfe. Das ist hoffentlich nur eine Floskel.

Sie serviert mir den Kaffee in einer großen blauen Porzellantasse mit passender Untertasse, kippt einen Schwung winziger Kekse auf einen hellgrünen Teller, den sie zwischen uns auf den Tisch stellt. Für ihren Kamillentee hat sie eine Tasse mit Blümchenmuster und Goldrand genommen. Alles sieht sehr nach Miss Marple aus.

»Wie geht's Ihrer Mutter«, fragt sie und setzt sich mir gegenüber.

»Ganz gut.« Ich erzähle ihr von den Kraken, eine bezaubernde Idee, findet sie und meint, so etwas sollte sie auch tun.

»Früher habe ich viel gehäkelt«, erzählt sie. »Wenn ich nicht selbst auf der Bühne stand, saß ich mit Wolle und Nadel in den Kulissen. Ich habe mehr gehäkelte Mützen, als ich zu meinen Lebzeiten je auftragen kann. Die waren in den Siebzigern der letzte Schrei. Es wirkte beruhigend und half mir gleichzeitig, mich zu konzentrieren.«

»Wenn Sie wollen, schicke ich Ihnen den Link«, biete ich ihr an. »Oder googeln Sie nach ›Häkelkrake‹.«

»Ich google danach«, sagt sie. »Und ich werde definitiv zur Häkelnadel greifen. Was für eine reizende Idee.«

»In Mums Haus wimmelt es nur so von winzigen Wollpolypen.« Ich lächle.

»Ich kann mir vorstellen, dass diese Beschäftigung sie ablenkt«, sagt Thea. »Ist sie seit der Beerdigung viel unter Leute gekommen?«

»Genau genommen ...« Ich nehme einen Schluck Kaffee, stelle meine Tasse zurück auf die Untertasse, »hat sie jemanden kennengelernt.«

»Tatsächlich!« Thea sieht zugleich erstaunt und beeindruckt aus. »Wie schön für sie.«

Ich erzähle vom Dating-Portal und den Männern, die auf der Suche nach zwanzig Jahre jüngeren Frauen sind, und Mums Verblüffung, als sich Diarmuid bei ihr meldete.

»Ich habe ihn noch nicht kennengelernt«, sage ich abschließend. »Aber es hört sich an, als ob er nett wäre. Es sei nur Freundschaft, meint Mum, was mich beruhigt, denn Dads Tod ist noch nicht so lange her, aber wie sie selbst sagt, ist sie in einem Lebensabschnitt, in dem sie nicht zu Hause herumhocken und warten kann, bis ...« Ich stocke, denn ich muss wieder an Dave und mich denken. Was uns wohl in den kommenden Jahren bevorsteht?

»Geht es Ihnen gut?« Thea sieht mich fragend an. »Sie wirken auf einmal etwas verwirrt.«

Und dann, wahrscheinlich nur, weil sie zu jenen Menschen gehört, denen man sich anvertraut, platze ich mit der ganzen Geschichte heraus.

»Ach, Liebes.« Theas blaue Augen sind voller Mitgefühl. »Ich kann mir vorstellen, wie verletzend das war.«

Komischerweise habe ich nie groß Gedanken daran verschwendet, ob ich verletzt war. Ich war wütend, gedemütigt und enttäuscht, aber es stimmt, all diese Emotionen waren nur Ausdruck der Verletzung. Vielleicht kann ich den Vorfall, sosehr ich mich bemühe, deshalb nicht ad acta legen.

»Wir vertrauen jemandem und wenn dieser Mensch unser Vertrauen missbraucht, lässt sich das nicht im Handumdrehen reparieren«, bemerkt Thea. »Es ist wie mit der passenden Tasse zu der, aus welcher Sie gerade trinken.«

Ich sehe sie verwirrt an.

»Es war ein Paar«, erklärt sie. »Ich habe eine der Tassen fallen lassen und der Henkel brach ab. Meine Tochter Juno, die sehr praktisch veranlagt ist, hat ihn wieder angeklebt. Ganz wunderbar hat sie es gemacht, man sieht nichts mehr. Aber ich weiß es und habe Angst, der Henkel könnte abgehen und der Tee mich verbrühen.«

Ich stelle meine Tasse auf die Untertasse zurück.

»Die hat nichts abbekommen.« Thea lächelt. »In die habe ich völliges Vertrauen.«

Sie hat recht, genau dieses Gefühl habe ich bei Dave. Ich bin mir sicher, dass er Julie Halpin niemals wieder auch nur einen Blick schenkt. Aber in mir ist ein Körnchen des Zweifels gesät, dass etwas – oder jemand – seine Entschlossenheit unterminieren könnte. Es muss ja nicht Julie sein.

Thea steht auf und nimmt die zweite blaue Tasse aus dem Küchenschrank. Sie kippt den Kamillentee von der geblümten Tasse in diese.

»Aber manchmal muss man ein Risiko eingehen.« Sie nimmt einen Schluck und zwinkert mir zu. »Wie läuft Ihr Unternehmen?«

Gut, erkläre ich und füge hinzu, dies sei ein weiterer Streitpunkt zwischen Dave und mir.

»Es steht mir nicht zu, Ihnen Ratschläge zu geben«, sagt sie. »Meine Kinder sagen ständig, dass ich damit viel zu großzügig sei und die meisten ohnehin nichts taugten. Aber ...«, sie zuckt mit den Schultern, »wenn man so lange gelebt hat wie ich, warum sollte man seine Erfahrungen nicht weitergeben?«

»Sehr richtig.«

»Eine Frau muss Geld und ein Zimmer für sich allein haben«, sagt Thea.

Erneut sehe ich sie verwirrt an.

»Ein Zitat von Virginia Woolf«, erklärt sie. »Zwar geht es dabei um das Verfassen von Literatur, aber das trifft ebenso auf alle Aspekte des Lebens zu. Eine Frau braucht Freiraum und eigenes Geld, um sie selbst zu sein.«

Das Auto ist mein Zimmer. Das Geld, auch wenn es auf unserem gemeinsamen Konto landet, ist auch meins. Virginia Woolf hat recht. Womöglich ist Dave deshalb so gegen mein kleines Unternehmen. Er ist zwar kein Kontrollfreak, hat aber gern das Sagen, bestimmt gern, ob wir uns dieses oder jenes leisten können oder nicht. Er ist gern der Herr im Haus.

Sind alle Männer so? Müssen sie sich ständig wichtig vorkommen? Ist das so elementar für sie?

Nachdenklich betrachtet Thea mich, während sie aus der geklebten Tasse ihren Kamillentee trinkt. Ich muss ihr die ganze Wahrheit erzählen.

»Es liegt nicht nur an Dave«, sage ich.

»Aha?«

»Ich wollte mit einem anderen Mann schlafen, der mich aus Versehen geküsst hat, und ich wünschte, es wäre Absicht gewesen, und jetzt muss ich dauernd an ihn denken.«

So formuliert, hört sich die Sache lächerlich an. Thea schenkt sich nach und fragt, ob ich noch einen Kaffee möchte. Ich nicke.

»Was ist passiert?«

Ich schildere den Vorfall, und sie sieht nachdenklich drein. »Weshalb sind Sie so aufgewühlt? Weil Ihr Mann mit dieser Frau geschlafen hat oder weil Sie plötzlich Gefühle für diesen anderen Mann haben?«

»Ich war moralisch im Recht, aber das ist jetzt nicht mehr der Fall, das macht mich wohl besonders fertig.«

»Sie haben es sich doch nur vorgestellt«, sagt Thea und stellt mir die zweite Tasse Kaffee hin. »Jeder von uns hat erotische Phantasien. Bei mir war das häufig bei den Kollegen der Fall, mit denen ich auf der Bühne stand. Das ist wohl kaum als richtiges Fremdgehen zu werten.«

»So fühlt es sich aber an«, erkläre ich. »Ivos Kuss war freundschaftlich gemeint. Aber jedes Mal, wenn ich daran denke, male ich mir aus, wie es gewesen wäre, wenn ich den Kuss erwidert hätte. Und wünsche mir, ich hätte es getan. Und wünsche mir, er wäre am Abend zuvor in mein Hotelzimmer gekommen. Das ist doch schrecklich.«

»Es ist trotzdem nur eine Phantasie«, widerspricht Thea. »Wenn ich meine Kollegen küsste, war das echt. Manchmal war es schwierig, Thea und die Figur auseinanderzuhalten, die auf der Bühne ihren Liebhaber küsste.«

Was mir passiert sei, sei etwas ganz anderes, versuche ich, ihr begreiflich zu machen.

»Das stimmt so nicht«, sagt sie. »Wenn Sie Roxy, die Chauffeurin sind, spielen Sie eine Rolle. Diesen Mann treffen Sie auf einer Bühne, die nicht Teil Ihres normalen Lebens ist. Sie hatten Gefühle für ihn, vielleicht wollten Sie diese ausleben. Was Sie nicht getan haben. Anders als Ihr Mann. Dem Sie vergeben haben, was sehr großzügig ist.«

»Rein theoretisch ist mir das klar. Es ist … lange her, dass ich solche Gefühle hatte. Aber ich sollte es besser wissen. Schließlich bin ich diejenige, die erwachsen ist.«

»Ihr Mann nicht?«

»Er ist Dave«, sage ich. »Ich passe auf ihn auf, sorge dafür, dass es ihm gutgeht.«

»Roxy!«, ruft sie aus. »Er ist erwachsen und kann auf sich selbst aufpassen.«

Ich schlage die Hände vors Gesicht. Warum habe ich das bloß gesagt? Ich weiß, dass Dave ein erwachsener Mann ist. Ich weiß, dass er für sich selbst sorgen kann. Aber wenn es um uns als Familie geht, bin ich diejenige, die alles zusammenhält. Und deshalb fällt Daves Verhalten nicht so ins Gewicht, denn ich kann die Dinge wieder ins Lot bringen, indem ich ihm vergebe. Wie es mir dabei geht, ist etwas ganz anderes, denn mir selbst kann ich nicht vergeben.

»Warum gehen Sie so hart mit sich ins Gericht?«, fragt Thea. »Wenn Sie sich lediglich vorstellen, wie es mit einem anderen Mann wäre, aber nicht vorhaben, diesen Schritt zu gehen, warum sind Sie dann so aufgewühlt?«

Weil ich diesen Schritt gehen wollte, wenn auch nur ein einziges Mal. Ich wollte wissen, wie es sich mit einem anderen Mann anfühlt. Vielleicht war das Daves Beweggrund, mit Julie zu schlafen. Mittlerweile glaube ich ihm, dass es ihm nichts bedeutete. Mit Ivo hätte es mir ebenfalls nichts bedeutet, aber es wäre wunderbar gewesen.

»Sie sind ein guter Mensch, Roxy«, sagt Thea. »Was immer Sie auch tun, tun Sie, weil Sie ein guter Mensch sind. Das ist meine ehrliche Meinung.«

»Ich weiß, es ist bescheuert«, sage ich, »aber ich kann ihn nie wieder fahren.«

Thea nickt langsam.

»Vielleicht hat Dave ja recht, was meine Fahrerei betrifft«, sinniere ich. »Geld und ein Zimmer für sich allein sind gut und schön, aber die Ehe ist ein Geben und Nehmen.«

»Ist Dave womöglich ein klein wenig eifersüchtig?«, fragt Thea ganz nebenbei und erntet einen erstaunten Blick von mir.

»Eifersüchtig? Auf mich? Natürlich nicht. Warum auch?«

»Weil Sie klug und einfallsreich sind und die geschäftliche Gelegenheit, die sich Ihnen bot, erfolgreich beim Schopf gepackt haben. Sie sind gut in Ihrem Job, und bestimmt mögen Ihre Kunden Sie sehr. Ich mag Sie sehr. Und wie ich bereits sagte, Sie sind eine hervorragende Fahrerin.«

»Aber nicht sehr professionell.« Ich seufze. »Ich bin scharf auf einen Kunden und sitze hier bei Kaffee und Keksen mit einer anderen Kundin zusammen, der ich mein Herz ausschütte. Das hat rein gar nichts mit der Stellenbeschreibung einer Chauffeurin zu tun.«

»Meine Toilettentür aufzubrechen, stand da auch nicht drin, trotzdem haben Sie's zum Glück gemacht«, sagt Thea. »Seien Sie nicht so streng mit sich.«

»Bin ich nicht.«

»Doch. Wie sagte Ihr Vater: *Well, nobody's perfect*. Man kann nur sein Bestes geben, und genau das haben Sie getan. Also seien Sie nachsichtiger mit sich, vergessen Sie um Himmels willen dieses Küsschen, das Sie nach einer Extremsituation bekamen, und seien Sie gelassener.«

»Sind das die Ratschläge, die Sie Ihren Töchtern geben?«, lächle ich leicht schief.

»Absolut«, grinst sie. »Doch da sie meine Töchter sind, hören sie so gut wie nie auf mich. Bei Ihnen ist das hoffentlich anders.«

25. Kapitel

Ich freue mich auf das sonntägliche Mittagessen bei Mum und hoffe, dass durch die versammelte Familie mein Leben wieder einen Anstrich von Normalität bekommt. Auch hoffe ich, dass wir im Miteinander Dads Verlust besser verarbeiten können. Vielleicht hat Dave doch recht und ich will deshalb unbedingt den Mercedes fahren, weil ich so meinem Vater näher bin. Vielleicht kennt er mich besser als ich mich selbst.

Dad und Dave verstanden sich gut. Gelegentlich gerieten sie sich wegen irgendwelcher Banalitäten in die Haare, aber diese Auseinandersetzungen waren meist kurzlebig. Dad gefiel Daves Arbeitsmoral. Mein Mann werde immer in der Lage sein, für mich zu sorgen, sagte er, womit er recht hatte. Obwohl wir in den Anfangsjahren mein Gehalt benötigten, um über die Runden zu kommen, und finanziell nie ganz abgesichert gewesen sind, habe ich Dave in dieser Hinsicht immer blind vertraut. Er arbeitet hart, und im Gegensatz zu anderen Ehemännern mäkelt er nie daran herum, wofür ich unser Geld ausgebe. Er mag in vielerlei Hinsicht ein Traditionalist sein, aber ein guter Traditionalist.

Dave besteht darauf, dass wir ein Taxi zu Mum nehmen, damit wir beide ein Glas Wein trinken können. Kaum drin im Taxi, fangen Tom und Mica an zu streiten und als ich sage, sie sollen bitte ruhig sein, fragen sie, ob ich das auch zu meinen Fahrgästen sage. Das sei etwas ganz anderes, antworte ich, worauf sie wissen wollen, warum, und Dave steuert die Information bei, die meisten Taxifahrer wären nicht nächtelang von zu Hause fort. Ich kenne den Mann hinterm Lenkrad nicht, aber er denkt bestimmt, wir haben alle ein Rad ab. Ich fordere meine Kinder nochmals auf, sich ruhig zu verhalten, woraufhin beide beleidigt sind und ich seufzend hoffe, dass der restliche Tag friedlicher verläuft.

Tom springt als Erster aus dem Auto und rennt zum Haus, um zu läuten, doch Mica jagt hinter ihm her und sie zanken sich, wer die Türklingel drücken darf. Also betätige ich die Türglocke. Mum öffnet geradezu strahlend in einem eleganten, lilafarbenen Kleid und dazu passenden Pumps. Sie trägt goldene Ohrringe und die hübsche Goldkette, die Dad ihr vor einigen Jahren zu Weihnachten schenkte.

Sie lächelt die Kinder an, die sich plötzlich bestens benehmen. Erleichtert atme ich auf.

»Da riecht was gut und das bist nicht nur du, Selina«, sagt Dave, als wir eintreten. Er hat recht, köstlicher Bratenduft wabert durchs Haus und ich bekomme sofort Hunger. Mum scheucht uns ins Wohnzimmer, wo bereits Aidan und Kerry sitzen, er mit einem Bier in der Hand, sie mit einem Glas Wein.

Es gibt ein großes Hallo, und Mica nimmt ihre dreijährige Cousine Sheryl auf den Arm. Deacon und Tom, die beinahe gleichalt sind, fangen sofort an, miteinander zu boxen, und Kerry sagt, sie sollen mit den Albernheiten aufhören.

Aidan bietet Dave ein Bier an, und nachdem er ihm eine Flasche Bud gebracht hat, unterhalten sich die beiden über Sport.

Kerry macht mir ein Kompliment über mein Aussehen, obwohl ich mir neben ihr – eine schlanke Frau mit kastanienfarbenen Locken, schokoladebraunen Augen und Wangenknochen, für die ich viel geben würde – meist blass und uninteressant vorkomme. Heute jedoch fühle ich mich in meinem Tupfenkleid stark und selbstbewusst. Sogar Dave, der meine Neuerwerbung bisher nur mäßig gut gefunden hat, meinte, als ich daheim die Treppe herunterkam, ich sähe schick aus.

»In fünf Minuten steht das Essen auf dem Tisch.« Mum kommt mit erhitztem Gesicht ins Wohnzimmer, und ich biete an, ihr beim Auftragen zu helfen.

»Nein, nein«, wehrt sie ab. »Ich mache heute alles selbst.«

Als wir alle ins Esszimmer traben, bleibt mir fast die Spucke weg. Der Tisch ist wunderschön dekoriert mit der Leinentischdecke, die in meinen Kindertagen nur zu Weihnachten benutzt wurde. An jedem Platz liegen Leinenservietten sowie eine Menükarte, auf der vorn Dads Bild prangt.

»Oma, das sieht toll aus!«, ruft Mica. »Ultrahübsch. Wie bei einer Party.«

»Danke dir, Schätzchen.« Mum sieht zufrieden drein.

»Du hast dich selbst übertroffen.« Ich nehme eine der Karten in die Hand. »Was für eine reizende Idee.«

Laut Menü gibt es als Vorspeise Krabbenterrine, Schweinebraten mit Rosmarin und Knoblauch als Hauptgericht und zum Nachtisch Zitronentörtchen. Garantiert stammt davon nichts aus dem »Kochbuch des Horrors«.

»Ich hatte Hilfe«, gesteht Mum. »Aber tut einfach so, als wäre dies alles mein Werk.«

»Wer hat dir denn geholfen?«, fragt Aidan, aber sie verweigert kopfschüttelnd die Antwort.

Bisher gab es bei Mum noch nie Krabben, und ich weiß, dass Dave sie nicht besonders mag, aber er isst die Vorspeise tapfer, die ihm laut Kompliment an Mum offenbar sogar schmeckt. Selbst die Kinder hauen begeistert rein.

»Ich helfe dir beim Abräumen«, verkünde ich, als alle Teller leer sind. Kurz sieht es aus, als wollte sie ablehnen, nickt dann aber. Ich trage mehrere der kleinen Auflaufförmchen in die Küche, die neu sind und die ich noch nie im Leben gesehen habe.

»Was ist denn hier los?«, murmle ich, als sie ein Tranchiermesser aus der Schublade holt. »Hast du einen Kochkurs gemacht? Du bist ja eine zweite Nigella.«

»Ach, das ist bloß Hausmannskost«, entgegnet sie. »Ich war beeindruckt, was du in den letzten Wochen auf den Tisch gebracht hast, und dachte, ich probier's auch mal.«

»Wie oft hast du das schon gemacht?« Ich hole die Teller heraus, die sie zum Anwärmen in den Ofen gestellt hat.

»Mein erster Versuch«, gibt sie zu. »Aber das Krabbendings konnte ich gestern vorbereiten und Braten bleibt Braten – Rosmarin und Knoblauch dienen bloß der Verfeinerung.«

Ich stecke einen Metallspieß in eine der Kartoffeln. Mum und Bratkartoffeln (sogar die tiefgefrorenen), das war immer ein Risiko, aber diese hier sind perfekt.

»Diesmal habe ich auf die Garzeiten geachtet«, sagt sie nicht ohne Stolz.

Ich bin perplex. Ich habe meine »Kochen liegt mir nicht«-Einstellung von ihr geerbt, und jetzt sieht es so aus, als könnten wir beide Nigella Lawson und Jamie Oliver Konkurrenz machen.

Wir stellen den Braten auf den Tisch. Dave gibt anerkennende Geräusche von sich, mein Bruder stimmt ein.

»Kann mich nicht erinnern, dass es so was gab, als wir klein waren«, bemerkt er, und wahrscheinlich hat Kerry ihn unterm Tisch getreten, denn er verschluckt sich beinahe an einer Karotte.

»Wie läuft das Geschäft?«, fragt Dave ihn, nachdem er sich erholt hat.

»Nicht schlecht.« Wie mir liegt Aidan das Fahren im Blut. Allerdings war er nie interessiert daran, Menschen zu kutschieren. Er bevorzugt leblose Gegenstände. Er besitzt eine Möbelspedition, befördert aber nicht nur Möbel – er transportiert alles, was transportierbar ist.

»Die Wirtschaft zieht wieder an«, bemerkt Dave. »Bestimmt hast du jede Menge Aufträge.«

Aidan nickt. Dave macht eine Bemerkung über die zahlreichen Neubauten und die Anzahl der Leute, die ihre Badezimmer renovieren. Die beiden Männer kommen ins Gespräch über ihre Unternehmen und was die Regierung tun sollte, um ihnen die Arbeit zu erleichtern, und dass die steuerlichen Abgaben einen immer noch in den Ruin trieben. Genau über solche Themen hätte Dad auch geredet, wenn er noch unter uns wäre, und es schmerzt mich, dass er nicht da ist und wie üblich verkündet, wie einfach sie es hätten und wie anders die Dinge gewesen wären, als er jung war. Hätte er doch nur seine Zeit als Rentner genießen können. Wenn er denn tatsächlich in Rente gegangen wäre. Denn er fand immer was zu tun.

Ich stelle ihn mir als Mann in Aidans und Daves Alter vor, und unwillkürlich fällt mir Estelle ein. Ich sollte mich mit meinem Bruder nochmals über dieses Thema unterhalten. Wenn es stimmt, wäre das Wissen über Estelles Sohn wie der Blick in eine andere Welt. In der sie und Dad zusammengeblieben, eine Familie gewesen wären. Logischerweise würde es dann Aidan und mich nicht geben, aber wäre Dads Leben mit Estelle an seiner Seite so verlaufen wie mit Mum? Oder ganz anders?

Wie ist das Leben mit ihrem Sohn umgegangen? Ist Estelle mit ihm nach Irland zurückgekehrt? Habe ich tatsächlich einen mir unbekannten Halbbruder?

Ich kann das nicht glauben. Und doch halte ich es für nicht unmöglich.

Die Unterhaltung wird immer lebhafter, kreist um unterschiedlichste Themen. Mum serviert die Zitronentörtchen, die gleichzeitig süß und säuerlich sind, ein absoluter Genuss. Ihr ganzes Leben hat sie ihre verborgenen Talente als Köchin vernachlässigt, wahrlich eine Tragödie.

Auf meine entsprechende Bemerkung meint Mum: »Ach, heutzutage ist das mit diesen YouTube-Editorials viel einfacher. Und natürlich haben die Lebensmittelläden mittlerweile eine enorm große Auswahl.«

»Das stimmt«, sagt Kerry. »Das Essen war köstlich, Selina, vielen Dank.«

»Von null auf hundert, bravo, Mum«, sage ich, und sie strahlt stolz.

Aidan nickt zustimmend. »Das hast du klasse gemacht. Dad wäre stolz auf dich.«

Bei der Erwähnung von Dad wird es schlagartig still am Tisch. Mum steht auf, das Glas in der Hand.

»Wir feiern heute den Geburtstag des Mannes, der nicht mitfeiern kann«, sagt sie. »Doch wir werden ihn nie vergessen. Du bleibst die Liebe meines Lebens. Alles Gute zum Geburtstag, Christy.«

Gerührt heben wir alle die Gläser. Die Kinder fegen um den Tisch herum, stoßen mit ihren Plastikbechern an und verhindern damit, dass einer von uns in Tränen ausbricht. Aber weinen ist in Ordnung, denke ich und fahre mir über die Augen. Und es ist in Ordnung, dass Dad mir fehlt. Ich sehe über den Tisch hinweg Aidan an, der mir ein kleines Lächeln schenkt. Ich glaubte immer, ich hätte eine besondere Beziehung zu Dad, aber auch er und Aidan standen sich nahe. Dad gab ihm Geld, damit er sich seinen ersten Lieferwagen kaufen konnte. Er war ein guter Mann.

Wir begeben uns wieder ins Wohnzimmer. Mum lässt eine von Dads Playlisten laufen, Musik aus den Siebzigern und Achtzigern, viel Donna Summer und Crystal Gayle. Ich fühle mich in meine

Kindheit zurückversetzt, als er diese Musik auf einer riesigen tragbaren Stereoanlage abspielte, während er in der Auffahrt am Auto herumschraubte. Leider erwähne ich das, denn daraufhin dreht sich das Gespräch um Dads Zeit als Taxifahrer und später als Chauffeur und dann geht es ärgerlicherweise um mich und wie meine Pläne aussehen.

»Ich dachte, du machst das nur für Dad«, meint Aidan. »Unfassbar, dass du immer noch Aufträge annimmst.«

»Nicht mehr lange«, sagt Dave. »Sie nimmt eine Auszeit. Aber schlussendlich werden wir das Geschäft abwickeln und das Auto verkaufen.«

Wusste ich's doch – dieses ganze Gerede über eine Auszeit war eine Hinhaltetaktik.

Erstaunt sieht Mum mich an. »Bist du doch zu dem Schluss gekommen, dass es jetzt gut ist?«

»Nein, aber ich«, sagt Dave.

»Dave ist angefressen«, erkläre ich meinem Bruder. »In der letzten Zeit wurde ich mit Aufträgen überhäuft, darunter einer, bei dem ich auswärts übernachten musste.«

»In einem sehr protzigen Hotel.« Dave klingt säuerlich. »Jetzt ist unsere Roxy auf den Geschmack gekommen, hat hineingeschnuppert in ein Leben in Saus und Braus.«

»Hast du denn nicht genug zu tun?«, fragt Kerry. »Ich würde nur zu gern wieder arbeiten, bin aber mit den Kindern völlig ausgelastet und habe weder Zeit noch Energie.«

»Mir macht es Spaß«, sage ich. »Und natürlich sind meine zwei etwas älter als Deacon und Sheryl.«

»Aber damit muss jetzt Schluss sein.« Dave öffnet die nächste Flasche Bier.

Ich bin stocksauer, weil er unsere privaten Probleme vor allen ausbreitet und zum Gesprächsthema macht. Ich brauche keine

Ratschläge von anderen. Vor allem, wenn die Wasser auf Daves Mühlen sind.

»Kommt dabei finanziell was rum?«, erkundigt sich Aidan.

»Ja«, antworte ich. »Sogar ein ordentliches Sümmchen.«

»Ich hätte mir die Bilanzen ansehen sollen, bevor sie anfing, dann könnten wir das richtig beurteilen«, sagt Dave. »Der Freund einer Freundin hat ihr ein paar Tipps gegeben, aber man sollte sich in solchen Sachen lieber an die Familie wenden.«

»Er ist ein Freund von Alison King«, widerspreche ich, »er macht das beruflich. Und ich bin durchaus in der Lage zu sehen, dass ich mit meinem Unternehmen Geld verdiene.«

»Dave hat trotzdem recht. Der Familie ist immer am meisten an deinem Wohlergehen gelegen«, sagt Aidan, und ich würde ihm am liebsten was über den Kopf hauen.

»Roxy fährt für ihr Leben gern Auto.« Mum ergreift das Wort, als klar ist, dass sich sonst niemand äußern wird.

»Das weiß ich doch«, sagt mein Mann. »Aber es war immer nur eine vorübergehende Sache. Entscheidend ist, das Geschäft zum richtigen Zeitpunkt abzuwickeln und das Auto zu verkaufen, bevor es zu viel an Wert verliert. Es war sehr großzügig von Christy, dass er es ihr hinterlassen hat. Doch er ist bestimmt nicht davon ausgegangen, dass sie sein Unternehmen am Laufen hält. Er wollte, dass wir es verkaufen, damit wir uns was gönnen können. Wir könnten Weihnachten in der Karibik verbringen.«

»Dave!« Ich werfe ihm einen entsetzten Blick zu. »Wir feiern Weihnachten hier. Mit Mum.«

Ins betroffene Schweigen hinein sind die Bellamy Brothers zu vernehmen, die sich fragen, ob ich es ihnen übelnähme, wenn sie mir ein Kompliment über meine gute Figur machten.

»Roxy findet problemlos auch eine andere Beschäftigung«, sagt Dave. »Davor war sie schließlich auch ganz glücklich.«

Beinahe rutscht mir ein »Vor was?« heraus. Wann war ich glücklicher? Vor meiner Heirat? Vor den Kindern? Vor Dads Erkrankung? Vor seinem Tod? Bevor mich mein Mann mit der Nachbarin betrog? Und was soll »ganz glücklich« heißen? Ist das nicht nur ein Scheinglück, bei dem man aus einer schlechten Situation das Beste macht? Ja, ich war ganz glücklich. Aber reicht das? Sollte ich nicht schlicht und einfach glücklich sein? In mir brodelt Wut auf Dave und meinen Bruder hoch – warum reden die über mich, als wäre ich nicht anwesend? Oder als wüsste ich nicht, was ich tue?

Mum sieht vom einen zum anderen und nimmt das Gespräch in die Hand.

»Wir sind hier, um Christy zu feiern«, sagt sie, »nicht um über Roxy zu reden.«

»Ganz richtig«, sagt Aidan. Er holt sein Handy heraus und zeigt uns Fotos von sich und Dad, die er gescannt hat. Lächelnd schwelgen wir in Erinnerungen an Dad, während Aidan von einem Foto zum nächsten wischt. Bei einem hält er kurz inne, es zeigt ihn im Garten, den Fuß auf einen Fußball gestellt. Dad muss es aufgenommen haben; es ist fast identisch mit dem Foto aus dem Auto, dem Foto, das ich auf meinem Handy habe. Ich sehe Aidan an, aber er ist bereits beim nächsten Bild.

Weder er noch Mum wollen glauben, dass Dad ein weiteres Kind haben könnte. In meinen Augen zwar eine faszinierende Vorstellung, gleichzeitig wäre es aber auch mir lieber, wenn dieses Kind nicht existierte und überhaupt ist dieses Gedankenspiel Zeit- und Gefühlsverschwendung. Ich sollte das digitale Foto von meinem Handy löschen und das Papierfoto vernichten.

Mache ich. Am Tag, an dem ich mit Fahren aufhöre.

Keiner hat es eilig, aufzubrechen. Dave ist bierselig und mit vollem Magen im Sessel eingenickt. Mica, Tom und Deacon spielen im Wintergarten. Aidan schraubt in der Waschküche neue Glühbirnen ein. Mum, Kerry und ich unterhalten uns über Fernsehsendungen. Kerry fragt, ob wir die Serie mit Thea Ryan kennen, und Mum nickt begeistert. Sie fügt hinzu, dass ich Ms Ryans Chauffeurin sei. Kerry macht große Augen.

»Ich bin nicht bei ihr angestellt«, erläutere ich. »Sie ruft mich an, wenn sie irgendwohin gefahren werden muss.«

»Und sie hat diese prominente Ernährungsberaterin gefahren, die ebenfalls eine eigene Sendung hat, diese Gina Hayes.« Mum klingt stolz, und unwillkürlich bin ich ebenfalls stolz. Vor allem als sie erwähnt, dass auch die quirlige Leona Lynch meine Kundin ist. »Es ist gut, dass auch der Nachwuchs sie mag«, meint Mum, und ich muss lachen.

»Dave hat schon recht mit dem Leben in Saus und Braus«, sagt Kerry. »Ich fasse es nicht, du bist wahrhaftig eine Promichauffeurin.«

»Das trifft es nur am Rande«, sage ich. »Aber es ist nett, wenn ab und zu eine Berühmtheit im Auto sitzt.«

»Du solltest eine Webseite haben, auf der die Promis aufgelistet sind«, schlägt Kerry vor.

»Ich bin mir nicht sicher, ob denen das recht wäre«, sage ich. »Aber ich habe seit neuestem einen Instagram-Account und Leona Lynch folgt mir. Mittlerweile habe ich fünfhundert Follower.« Ich hole mein Handy heraus und präsentiere meinen Account. »Ginas PR-Firma ist auch darunter, und sie haben mich für einige ihrer Autoren gebucht. Nächsten Monat werde ich Kieran Kelly fahren.« Kieran Kelly ist der heiße irische Schauspieler, der im Augenblick in Hollywood Furore macht. Man munkelt von einer Golden-Globe-Nominierung, eventuell gar einem Oscar. Ich war ganz aus dem Häuschen, als Melisse mich anrief.

»Ooooh!« Kerry ist gleichfalls aus dem Häuschen. »Jetzt verstehe ich, warum du weiterhin fahren willst. Wer hätte nicht gern einen sexy Kerl wie Kieran Kelly auf dem Rücksitz.«

Ich lache. »Solche Männer sind eher die Ausnahme. Normalerweise sitzen dort langweile Businesstypen. Aber trotzdem ... schon irgendwie cool.«

»Aber Dave meint, du nimmst eine Auszeit.« Sie senkt die Stimme, obwohl mein Mann drüben in der Ecke leise vor sich hin schnarcht. »Und er verlangt, dass du das Auto verkaufst.«

»Ach, weißt du.« Ich zucke mit den Schultern. »Ich glaube, ich kann ihn umstimmen. Es geht hauptsächlich um Zeitmanagement. Dass die Kinder nicht vernachlässigt werden.«

»Männer wollen das Gefühl haben, dass *sie* nicht vernachlässigt werden, darum geht's doch«, sagt Kerry.

Meine Mum hat es ähnlich formuliert, und sie hat recht. Dave will das Gefühl haben, dass er das Wichtigste in meinem Leben ist, sich alles um ihn dreht. Und das tut es ja meist auch. Bevor Dad krank wurde, nahm ich immer Rücksicht auf die Pläne meines Mannes, bevor ich etwas ausmachte. Die Wochenenden wurden um seine Bedürfnisse herumgestrickt. Er ging davon aus, ich hätte unter der Woche genug Zeit für mich. Aber damals war meine Zeit genauso verplant, wie sie es jetzt mit meinen Fahrten ist. Eine Gemeinsamkeit gibt es jedoch: Alles dreht sich darum, dass Dave glücklich ist. Nicht nur ganz glücklich.

Dieser bedrückende Gedanke macht sich unangenehm breit in mir. Es ist nicht falsch, die Bedürfnisse der Familie über die eigenen zu stellen. Genauso wenig ist es falsch, etwas nur für sich zu wollen. Wenn dem aber so ist, warum habe ich ein schlechtes Gewissen, weil ich beides tue?

Kerry redet unterdessen von einer anderen Berühmtheit, einer Beauty Bloggerin, von der ich noch nie gehört habe.

»Wenn du sie jemals fährst, Roxy, bitte frag sie nach Pröbchen«, sagt sie. »Die hat garantiert Unmengen, die sie selbst nie aufbrauchen kann.«

Da piepst mein Handy und weckt Dave auf, der tut, als hätte er gar nicht geschlafen. Leona Lynchs Agentin schreibt, ob ich Leona am nächsten Wochenende zum Trinity College fahren kann, wo sie auf einem Tech-Event als Gastrednerin auftritt.

Dave hat allen verkündet, dass ich eine Auszeit nehme und meine Fahrten reduziere. Und obwohl ich Kerry versicherte, ich könne ihn umstimmen, bin ich mir dessen nicht sicher. Aber zu Leona Lynch kann ich nicht nein sagen und nehme die Tour an, ohne dass jemand auch nur das Geringste davon mitbekommt.

Manchmal ist Technik was Großartiges.

»Wir sollten allmählich los.« Kerry wirft einen Blick auf ihre Armbanduhr. »Ich sehe mal nach, was Aidan macht.« Sie verlässt das Zimmer.

Dave steht ebenfalls auf und streckt die Arme über den Kopf.

»Klasse Essen, Selina«, sagt er. »Schwer beeindruckend. Ich rufe ein Taxi.«

Alle wuseln durcheinander. Mum und ich sind für einen Augenblick allein im Wohnzimmer.

»Das Mittagessen war phantastisch«, lobe ich nochmals. »Du sagtest, du hättest Hilfe gehabt. Das war nicht zufälligerweise Diarmuid?«

Errötend zuckt Mum resigniert mit den Schultern.

»Er hat mir ein paar Tipps gegeben«, gesteht sie.

»Also hat er dich bisher noch nicht gegen eine jüngere Ausgabe ausgetauscht?«, necke ich sie. »Wie hältst du ihn bei der Stange?«

»Pst, um Himmels willen, sei leise«, zischt sie. »Ich habe dir davon erzählt, weil … ach, ich weiß auch nicht, warum.«

»Seid ihr jetzt richtig zusammen?« Ich freue mich für sie, aber die Vorstellung, dass Mums Freund ihr bei der Vorbereitung des Festessens für den Geburtstag meines verstorbenen Vaters geholfen hat, ist eigenartig.

»Nein«, sagt sie. »Ich habe es dir doch schon gesagt. Es geht darum, dass man Gesellschaft hat, einen Begleiter.«

»Wie oft seht ihr euch?«

»Er hat mich zum Essen eingeladen. In ein richtig gutes Restaurant«, weicht Mum aus. »Und dann hat er mich heute beraten. Er kocht gut, Roxy. Er steht gern in der Küche.«

Das ist was ganz Neues.

»Niemand wird deinen Vater je ersetzen können«, sagt Mum. »Versprochen.«

»Mum, du bist eine erwachsene Frau. Deine Kinder sind ebenfalls erwachsen. Du sollst dein Leben genießen.« Ich finde mich sehr weise, auch wenn mir innerlich plötzlich elend zumute ist.

Sie nimmt mich in den Arm. »Mir ist egal, wie erwachsen du bist, mein Herz. Du wirst immer mein kleines Mädchen sein«, sagt sie und küsst mich auf die Wange. »Und eines noch«, fügt sie hinzu, »es hat sich nicht so angehört, als würde ich da auf deiner Seite stehen, aber wenn du weiterhin fahren willst, dann mach das, egal, was Dave sagt. Ich unterstütze dich jederzeit und passe auf Mica und Tom auf.«

Mein Mann kommt mit meiner Jacke herein und hält sie mir so hin, dass ich in die Ärmel schlüpfen kann. Ich löse mich aus der mütterlichen Umarmung und ziehe meine Jacke an.

Dave wirft einen Blick auf sein Handy und legt den Arm um mich.

»Das Taxi ist da«, sagt er mit autoritärer Stimme. »Zeit zum Aufbruch.«

Also brechen wir auf.

26. *Kapitel*

Ich warte auf den geeigneten Augenblick, um Dave mitzuteilen, dass ich Leona fahren werden. Das wird ihn garantiert verärgern, zumal es sich um ein Wochenende handelt. Außerdem muss ich so tun, als wäre die Tour schon seit längerem geplant, sonst kriegen wir nur wieder Krach wegen meiner sogenannten Auszeit. Als er am Dienstagabend bester Stimmung heimkommt, weil seine Firma den Zuschlag für einen sehr lukrativen Auftrag bekommen hat, ist der geeignete Zeitpunkt gekommen. Er kann sich nicht über gute Aufträge meines Unternehmens beschweren, wenn er selbst welche abschließt.

Natürlich sage ich nichts, solange die Kinder noch herumhüpfen, aber als sie im Bett sind und wir nebeneinander auf dem Sofa sitzen, bin ich bereit für meine Rede, die ich in den letzten zwei Tagen geübt habe. Doch bevor ich etwas sagen kann, zieht er mich an sich und küsst mich leidenschaftlich und ich denke, so soll es sein, wir sind Mann und Frau und wollen beide nur das Beste für den anderen. Und ich will ehrlich nur das Beste für Dave. Für uns. Alles andere ist nebensächlich.

»Hoffentlich wachen die Kinder –«

»Halt die Klappe«, sagt er und küsst mich erneut.

Ich halte die Klappe.

»Das sollten wir öfter machen«, meint er hinterher.

»Normalerweise guckst du doch Fußball.«

»Ich würde dich Arsenal jederzeit vorziehen.« Er grinst. »Vor allem, wenn sie so spielen wie in letzter Zeit.«

»Das ist ja sehr beruhigend.« Ich schneide ein Gesicht, und er küsst mich wieder.

»Ich habe nachgedacht«, sagt er nach einer Weile.

Ich sehe ihn erwartungsvoll an.

»Es war zugegebenermaßen eine schwierige Zeit, und vielleicht habe ich nicht immer genügend Verständnis für dich.«

Meint er jetzt Dads Tod oder sich und Julie?

»Die Dinge sind aus dem Gleichgewicht geraten«, sagt er, »manchmal ist es schwer, die Balance wiederzufinden.«

Er hat eindeutig nachgedacht. Ein Zeichen, dass ihm unsere Ehe ebenso sehr am Herzen liegt wie mir, sehr gut. Hoffentlich können wir uns wie Erwachsene darüber unterhalten und hoffentlich begreift er, wie sehr mir an meinem eigenen kleinen Unternehmen liegt.

»Was wir tun sollten ...« Er klingt ernst, und ich betrachte ihn aufmerksam. »Was wir tun sollten ... wir sollten unsere Familie vervollständigen.«

Was meint er damit? Unsere Familie ist vollständig. Es sei denn, er redet davon, einen Hund anzuschaffen, ein Wunsch, mit dem uns Tom ständig in den Ohren liegt. Bisher sind wir standhaft geblieben. Glaubt Dave ernsthaft, ein Hund könnte alles wieder ins Lot bringen?

»Wir haben bloß zwei«, fährt er fort. »Ich weiß, deine Familie ist eher klein, Roxy, aber ich komme aus einer größeren. Und ich hätte gern mehr.«

Schweigend verdaue ich das Gehörte.

»Bis vor kurzem waren wir knapp bei Kasse«, fährt Dave fort. »Durch die Rezession und ihre Folgen. Aber jetzt sieht es viel besser aus. Ich habe gute Aufträge. Du hast mit dem Fahren auch ein nettes Sümmchen verdient, und sobald wir das Auto verkaufen, haben wir ein noch dickeres Polster. Es wäre also ein guter Zeitpunkt.«

Ich weiß, worauf er hinauswill, aber ich möchte, dass er es ausspricht. Um sicherzugehen, dass ich mich nicht irre.

»Du bist eine wunderbare Mutter«, sagt Dave, »und du verdienst noch ein Baby.«

Ich liebe Mica und Tom über alles. Ich liebte sie schon, da waren sie noch nicht einmal geboren. Ich liebte, mit ihnen schwanger zu sein, sie zur Welt zu bringen, sie mit nach Hause zu nehmen und aufwachsen zu sehen. Wie es wohl wäre, all das noch einmal zu erleben? Manche Aspekte sind verlockend. Aber ich habe mit dem Kapitel Kinderkriegen abgeschlossen. Ein für alle Mal.

»Ich möchte kein drittes Kind, Dave.« Ich spüre die Anspannung in meinem Körper. »Es ist gut so, wie es ist.«

»Als Tom in die Schule kam, wolltest du noch eins«, erinnert er mich.

Das stimmt. Ungefähr einen Tag lang. Denn als ich ins leere Haus zurückkehrte, fühlte ich mich einsam und verlassen. Doch dann fing ich als Tagesmutter an. Auch dieses Kapitel ist abgeschlossen.

»Es wäre schön, wieder ein Kleines im Haus zu haben«, sagt Dave. »Auch für Tom wäre es toll.«

Ich möchte mich nicht wieder mit ihm streiten. Das haben wir zu oft getan in letzter Zeit. Stattdessen erkläre ich, das müsse sorgfältig überlegt sein.

Er drückt meine Schulter, küsst mich aufs Haar und erklärt nochmals, er liebe mich.

Eindeutig nicht der richtige Zeitpunkt, um Leona Lynch zu erwähnen, ich tue es trotzdem. Leonas Agentin hat mir weitere Informationen zu der Veranstaltung geschickt mit dem Zusatz, ich könne Freikarten haben. Die setze ich als Köder ein, erwähne, Mica sei ganz verrückt nach Leona und Technik ein wichtiger Teil unseres Lebens und es wäre gut für sie, wenn sie dieses Event besuchte und eigentlich geht es weniger darum, dass ich als Fahrerin arbeite, sondern etwas für unsere Tochter tue.

»Aber du musst dieses Lynch-Mädel erst in Drogheda abholen? Und dann heimfahren.«

»Das ist halb so wild. Sie ist eine wichtige Kundin.«

»Deine wichtige Kundin wird sich nach jemand anders umsehen müssen«, sagt er. »Außerdem fährst du sie erst seit ein paar Monaten, so wichtig kann sie also nicht sein.«

»Leona ist toll«, sage ich. »Sie hat mir gezeigt, wie ich Fotos bearbeite, damit sie auf Social Media gut aussehen. Mittlerweile hat StyleDrive ziemlich viele Follower.«

Ich löse mich aus seiner Umarmung und zeige ihm auf meinem Handy meinen Instagram-Account, auf den er noch nie einen Blick geworfen hat. Dave beschränkt sich auf Facebook.

»Was sollen diese Fotos bringen?«, fragt er. »Wie akquiriert man damit Kunden?«

Es gehe um Sichtbarkeit, erkläre ich, woraufhin er schnaubt. Ich schlage ihm vor, sein Klempnerbetrieb könnte Fotos einstellen, damit die Leute seine wunderbaren Badezimmer sehen und sich davon inspirieren lassen. Er betrachtet meine Fotos erneut und scrollt durch die Accounts, denen ich folge.

»Klick auf Leonas Insta«, sage ich.

Nach einem flüchtigen Blick verzieht er das Gesicht. »Für meinen Geschmack viel zu selbstverliebt.«

»Sie posiert ja nicht für dich, Dave«, weise ich ihn zurecht. »Sie verdient mit Bloggen und dem ganzen Drumherum jährlich eine sechsstellige Summe. Sie empfiehlt Kosmetikprodukte, und die Leute kaufen sie. Gut, ein Großteil ihrer Follower ist wahrscheinlich zu jung, um einen Wagen zu mieten oder das Badezimmer neu auszustatten, aber die Fotos werden auch von anderen gesehen.«

Abermals scrollt er durch meine Fotos, diesmal langsamer.

»Denk mal drüber nach.«

»Mal sehen«, sagt er. »Aber das ändert nichts an der Tatsache, dass du einen Auftrag fürs *Wochenende* angenommen hast, obwohl ich möchte, dass du das Fahren ganz bleiben lässt.«

»Wir kriegen das schon hin«, sage ich, auch wenn ich mir da nicht sicher bin.

»Wo ist das?«, fragt er, als er ein Bild von Castlemartyr sieht. Es wird dem Gebäude nicht gerecht, das Licht war schlecht, nicht einmal die Filter konnten viel retten. Dort hätte ich übernachtet, als ich in Cork gewesen sei, erkläre ich, und er meint, so besonders sähe das ja nicht aus. Dann kommt er zu den Fotos meines absolut sensationellen Hotelzimmers. Zu meinem großen Glück wird seine Aufmerksamkeit vom Badezimmer gefesselt, er betrachtet die Fliesen und die Dusche, und ich kann förmlich sehen, wie er sich für die Idee erwärmt.

»Also würde ich Fotos von den Badezimmern posten, die wir einbauen?«, versichert er sich.

Ich nicke. »Das würde richtig was hermachen. Du könntest den ganzen Prozess begleiten. Oder Vorher-Nachher-Bilder machen.« Ich begeistere mich mehr und mehr für Daves imaginären Instagram-Account.

»Ich lade die App runter«, sagt er.

»Spitze.«

»Und was ist das?«

Es ist das Chicken Sandwich, das ich mir in der Bar bestellte und das auf dem Foto noch besser aussieht als in echt.

»Mein Abendessen«, erkläre ich. »Ein Chicken Sandwich.«

»›Chauffeurin belohnt sich‹?«, liest er laut die Unterschrift vor.

»Es war ein extrem leckeres Sandwich«, verteidige ich mich.

»›Weltbeste Chauffeurin‹?« Jetzt liest er Leonas Hashtag laut vor.

Ich zucke die Schultern.

Dave nimmt sein Handy und lädt Instagram herunter.

Über Leona Lynch wird nicht mehr gesprochen.

Offenbar hat Mica Emma alles über das Tech-Event erzählt, denn ihre Mutter ruft mich an und möchte mehr wissen. Nachdem ich ihr den Hintergrund erklärt habe, bietet Audrey netterweise an, die beiden Mädchen zur Veranstaltung zu bringen, während ich Leona abhole.

»Nicht der Rede wert«, sagt Audrey. »Emma ist völlig aus dem Häuschen. Sie ist ebenfalls ein Riesenfan von Leona Lynch.«

Bevor ich Leona kennenlernte, war mir nicht bewusst, wie beliebt sie ist. Jetzt, da mir ihr Name geläufig ist, sehe ich ihn ständig. Audrey und ich vereinbaren die Uhrzeit, zu der sie die Kinder am Samstagmorgen abholt. Ich kläre mit Leona, um welche Uhrzeit ich sie abholen soll.

Dave hat zugesagt, Tom und seinen Freund Andrew später vorbeizubringen, doch da sie am Vormittag ein Fußballspiel haben, hat er ihnen im Anschluss einen Burger versprochen. Darauf freuten die beiden sich und er werde sie nicht enttäuschen, sagt er.

»Alles bestens«, erwidere ich mit entschlossener Fröhlichkeit. Ich werde die gute Stimmung sicherlich nicht trüben.

Die Veranstaltung macht großen Spaß, und Leona ist der absolute Star. Nach ihrer Rede wird sie begeistert umringt, jeder will ein Selfie mit ihr. Ich frage Mica, ob sie nicht auch eins möchte, aber plötzlich ist meine Tochter schüchtern und schüttelt den Kopf. Als Leona sich endlich loseisen kann, schickt sie mir eine Nachricht, ob ich mit Mica in den Aufenthaltsraum des Sicherheitspersonals kommen möchte. Mica und Emma sind völlig aus dem Häuschen.

»Hi!« Leona strahlt die beiden an, als wir hereinkommen. »Schön, euch kennenzulernen. Wer von euch ist Mica?«

Und dann plaudert sie mit ihnen, lässt sie nach Herzenslust Selfies machen und beschert ihnen einen unvergesslichen Tag.

»Vielen, vielen Dank«, sage ich, als die beiden endlich genug haben, und Audrey erklärt, sie müsse sich auf den Heimweg machen. »Das war sehr großzügig von Ihnen.«

»Gern geschehen.« Leona lächelt. »Ihre Tochter gefällt mir. Sie ist so unerschrocken.«

»Sie ist ein gutes Kind, auch wenn sie manchmal anstrengend sein kann«, erkläre ich.

»Sie erinnert mich an mich«, sagt Leona. »Weiß, was sie will.«

»Was sowohl gut als auch schlecht ist.« Ich grinse. »Sind Sie bereit für die Heimfahrt?«

Leona nickt und trinkt ihre Flasche Mineralwasser aus.

»Ich muss erst das Auto holen«, erkläre ich.

»Ich komme mit«, sagt sie.

»Sind Sie sicher?«

»Klar.«

Wir gehen über das Campusgelände. Sie hat an diesem College studiert und kennt sich hier aus.

»Ich habe den Kids erklärt, wie wichtig Bildung ist, dabei bin ich selbst Studienabbrecherin«, sagt sie in wehmütigem Ton. »Irgendwann mache ich definitiv noch meinen Abschluss.«

»Das wird Ihre Mutter sehr freuen.«

Sie lacht. »Das ist natürlich das Allerwichtigste.«

Auf der Heimfahrt nach Drogheda unterhalten wir uns nicht. Anders als beim letzten Mal tippt sie die ganze Zeit auf ihrem Handy herum. Nach ungefähr einer halben Stunde wird sie angerufen.

»Liam«, sagt sie. »Wie geht's dir?«

Wie üblich, wenn meine Kunden telefonieren, versuche ich, nicht zuzuhören, bekomme aber doch mit, dass ihr Tonfall immer gereizter wird.

»Ich hab dir gesagt, dass ich heimgefahren werde. Wir sind schon unterwegs«, sagt sie und fügt hinzu, sie müsse abends ihren Vlog aktualisieren und sich auf ein Meeting am Montag vorbereiten. Liam ist davon offenbar nicht beeindruckt.

»Das ist mein Beruf«, ruft sie irgendwann. »Verdammt, Liam, kapierst du das nicht?«

Anscheinend nicht. Ich höre noch angestrengter weg, aber sie wird immer wütender und zischt schließlich, sie habe keinen Bock mehr auf die Diskussion und legt auf.

Nimmt es jeder Mann der Frau in seinem Leben übel, wenn sie einem Beruf nachgeht? Aber bestimmt nicht in Leonas Generation. Sie sind doch damit aufgewachsen, dass Mann und Frau gleichberechtigt sind. Wir zwar irgendwie auch, wir Frauen glaubten uns im Besitz sämtlicher Möglichkeiten, und doch hatte ich das Gefühl, egal, was ich täte, es wäre nie gleichwertig mit dem, was Dave tat. Mittlerweile hat sich das geändert.

Natürlich kommentiere ich ihr Gespräch nicht. Nach einer Weile beugt sie sich vor.

»Warum glauben Männer immer, dass ihre Sachen wichtiger sind als die einer Frau?« Sie fasst meine Gedanken in Worte. »Dieses scheiß Alphamännchengehabe. Die sind wie Kinder. Was so gar nicht alphamäßig ist.«

Ich sage noch immer nichts.

»Liam wollte, dass ich nach der Veranstaltung zu ihm komme. Ich hatte ihm bereits gesagt, dass ich zu viel zu tun habe. Aber das interessiert ihn ja nicht.«

»Ist er Ihr Freund?«, frage ich.

»Mein Exfreund«, erwidert sie.

»Leona, tun Sie nichts Unüberlegtes.«

»Mit jemandem Schluss zu machen, der meine Arbeit nicht respektiert, ist nicht unüberlegt«, sagt sie. »Und das tut er nicht.«

Derzeit ist Respekt in meinem Leben offenbar ein bestimmendes Thema.

»Sie lassen sich so was von Ihrem Mann bestimmt nicht gefallen«, fügt sie hinzu.

Hm.

»Ich bewundere Sie«, meint sie. »Sie sind energisch, entschlossen und Ihre Tochter ist ein absolutes Goldstück.«

Jemand aus der Generation X bewundert mich. Oder Generation Z oder wie immer sie heißt. Jemand, der jung und bedeutend ist. Es wäre ein tolles Gefühl, wenn ich auch nur eine Sekunde lang glaubte, diese Bewunderung zu verdienen.

27. Kapitel

Am Sonntagmorgen ruft Debs an, ob ich sie zu IKEA begleiten würde. Sie braucht neue Lampen fürs Wohnzimmer, und da Mick sich weigert, auch nur einen Fuß in diesen Laden zu setzen, lässt er sie derartige Aufgaben nur zu gern übernehmen.

Dave erklärt, er werde zu Hause Fußball gucken und könne gern ein Auge auf Mica und Tom haben, während ich einkaufen ginge. Sein Tonfall ist lustig, kumpelhaft, und ich bin erleichtert, dass die Stimmung zwischen uns entspannter ist, auch wenn er sich über Leona Lynchs Auftrag geärgert hat und immer noch auf grünes Licht in Sachen drittes Kind wartet.

Je länger ich darüber nachdenke, desto klarer wird mir, dass er mit seinem Kinderwunsch zwei Fliegen mit einer Klappe schlägt – dadurch müsste der Mercedes nahezu zwangsläufig verkauft werden, denn mit einem Säugling zu Hause könnte ich unmöglich weiterhin als Chauffeurin arbeiten und ich würde wieder zu der Roxy, die ich früher war. Ich kann verstehen, warum er sich nach ihr zurücksehnt. Sie wusste, was sie wollte. Sie wusste, was andere wollten. Und sie sorgte dafür, dass beides aufs Gleiche hinauslief. Die Roxy von heute ist anders. Sie weiß nicht unbedingt, was sie will. Dafür weiß sie, was sie nicht will. Und sie ist nicht ohne weiteres bereit, sich von anderen diktieren zu lassen, wie sie ihr Leben zu führen hat.

Debs und ich folgen dem vorgeschlagenen Rundgang durch IKEA, wo es wie jeden Sonntag zugeht wie im Irrenhaus. Aber sie ergattert immerhin zwei Lampen, die ihr gefallen, und wir schlagen uns zur Markthalle durch, wo ich mich (wie immer) mit Duftkerzen und Papierservietten eindecke. Eigentlich sollte ich, wenn es um Kerzen geht, meine Nachbarin Natalie unterstützen, aber ganz ehrlich, niemand verlässt IKEA, ohne nicht wenigstens eine Kleinigkeit einzukaufen, damit der ganze Aufwand gerechtfertigt ist.

Als ich zu Hause eintreffe, steht Dave mit einem mir unbekannten Mann im Vorgarten. Die Fahrertür des Mercedes steht offen, und Dave lehnt dagegen. Wild gestikulierend, wie er es häufig tut, wenn er etwas erklärt, spricht er auf den Mann ein. Ich stelle den Toyota auf der Straße ab und steige aus.

»Hi«, sage ich, als ich unseren Garten betrete.

»Hallo«, sagt der Unbekannte.

»Die Kinder machen Theater«, begrüßt mich Dave. »Ich dreh noch durch. Schatz, schau doch mal, ob du sie zur Vernunft bringen kannst, ja?«

Ich werfe ihm einen überraschten Blick zu, überlasse die beiden Männer aber ihrer Unterhaltung. Dave hat diverse Kumpel, die gelegentlich vorbeikommen – Klempnerkollegen, Elektriker, Schreiner –, wahrscheinlich geht es hier um einen Auftrag. Finde ich gut, Dave ist ein Arbeitstier.

Ich schlichte zwischen Mica und Tom, die sich wegen der Playstation in die Haare geraten sind. Mica rauscht beleidigt ab in ihr Zimmer, und Tom pflanzt sich vor den Fernseher. Normalerweise streitet er sich mit seiner Schwester nicht um elektronisches Spielzeug, sondern gibt nach und liest stattdessen. Aber dieses Mal ist er richtig sauer.

Ich gehe nach oben. Mica liegt auf dem Bett und starrt die Decke an.

»Alles in Ordnung bei dir?«, frage ich.

»Jungs sind doof, die wollen immer, was andere haben.«

»Manchmal willst du, was Tom hat«, erinnere ich sie.

»Ja, aber wenn er was will, macht er so ein Theater, dass er es immer bekommt«, sagt sie.

Stimmt das? Tom ist von meinen Kindern das sanftmütigere. Aber vielleicht hat Mica recht. Wenn Tom sich etwas in den Kopf gesetzt hat, ist er unnachgiebig. Das kommt allerdings selten vor.

»Das blöde Spiel war mir egal«, fährt Mica fort. »Aber ich hab zuerst gespielt, und dann hat Tom behauptet, er ist dran, was aber gar nicht gestimmt hat.«

»Jungs sind manchmal ganz schön doof.« Ich setze mich neben ihr aufs Bett.

»Ich weiß.« Sie seufzt tief. »Ich glaube, ich werde nie heiraten.«

»Warum das denn?«

»Weil man dann nett zu ihnen sein muss«, erklärt sie. »Und sie dann am Hals hat.«

Ich kann mir ein Lachen nicht verkneifen.

»Ist doch wahr.« Mica klingt todernst. »Oma sagt das auch.«

Was hat meine Mutter meiner Tochter bloß erzählt?

»Wenn du dich in einen Mann verliebst, wirst du nett zu ihm sein wollen«, sage ich.

»Aber ist es das wert?« Mica wartet meine Antwort nicht ab, sondern steht auf und holt sich ein Buch aus dem Regal.

Rollentausch, geht mir durch den Kopf, als ich höre, wie Tom ziemlich laut mit der Playstation spielt. Hoffentlich nur vorübergehend.

Ich packe in der Küche meine Kerzen aus, als Dave hereinkommt.

»Welcher deiner Freunde war das?«, frage ich.

»Das war kein Freund.« Dave öffnet den Schrank, holt die Kaffeedose heraus und füllt den Wasserkocher. »Er kauft das Auto.«

Durch das Geräusch des laufenden Wassers habe ich mich bestimmt verhört. »Was?«

»Er kauft das Auto.« Dave löffelt löslichen Kaffee in einen Henkelbecher.

»Welches Auto?«

»Den Mercedes natürlich. Gestern habe ich ihn auf mehreren entsprechenden Portalen eingestellt, und dieser Typ ist interessiert.«

»Du hast was?« Ungläubig sehe ich ihn an. Und als er nicht antwortet, schiebe ich hinterher: »Du kannst das Auto nicht verkaufen, es gehört mir.«

»Wir sind verheiratet«, sagt Dave. »Was mir gehört, gehört dir und umgekehrt. So haben wir es immer gehalten, Roxy. Solange wir den Wagen haben, wirst du immer Ausreden finden, warum du Aufträge annimmst. Du wirst dein Versprechen, eine Auszeit zu nehmen, nicht halten.«

Ich habe nie gesagt, ich nähme eine Auszeit. Das war Daves Idee.

»Dieser Garrett zahlt genau das, was ich wollte«, fährt er fort. »einen Tausender unter dem von mir geforderten Preis. Du solltest dich freuen, Roxy. Alles wird wie früher, wir können ein drittes Kind haben und –«

»Du kannst den Mercedes nicht verkaufen«, wiederhole ich, »er ist auf mich zugelassen.«

Er schweigt.

»Außerdem ...« In mir kocht der Zorn hoch. »Außerdem will ich kein drittes Kind. Ich mag mein Leben als Chauffeurin, es ist abwechslungsreich.«

»Na, vielen Dank auch«, sagt Dave. »Ich habe mich extrem angestrengt, dir und den Kindern im Rahmen meiner Möglichkeiten das Beste zu bieten, und jetzt erklärst du mir, dein Leben sei langweilig.«

»Herrgott noch mal!«

»Du brauchst gar nicht so die Augen zu verdrehen«, sagt er. »In den letzten Monaten hast du mich und meine Wünsche, wo es nur ging, missachtet. Du hast meine Einstellung zum Mercedes ignoriert. Du hast einfach immer deinen Stiefel durchgezogen. Als wäre ich nicht mehr gut genug für dich. Als hättest du lieber Fremde in deinem Auto als deinen Ehemann. Obwohl, Fremde sind sie nicht alle, oder? Schenkt dir Parfüm. Bringt dich in einem teuren Hotel unter. Ich habe das Zimmer gesehen, du erinnerst dich?«

»Wie kannst du es wagen!« Eventuell hat mich Daves Anschuldigung, die fast ein Körnchen Wahrheit enthält, noch zorniger gemacht. Ob er wohl deshalb manchmal so wütend wird, wenn ich ihn beschuldige, geht mir flüchtig durch den Kopf. Weil er weiß, es ist nicht ganz aus der Luft gegriffen? »Darf ich dich daran erinnern, Dave McMenamin, dass du derjenige warst, der mit der Nachbarin rumgevögelt hat?«

»Diese Trumpfkarte ziehst du jedes Mal.« Er mustert mich empört. »Ich dachte, das hätten wir hinter uns. Du hast gesagt, du hast mir vergeben. Ich habe versprochen, dass so was nicht mehr vorkommt, und dazu stehe ich. Wir müssen zur Normalität zurückfinden, und ich strenge mich weiß Gott an. Aber du bist immer noch gekränkt und benutzt den Mercedes als Waffe. Zeit, dass ich mich wehre.«

»Dabei scheinst du zu vergessen, dass du kein Recht hast, ihn zu verkaufen.«

»Dieses Auto ist ein Symbol für alles, was bei uns schiefläuft«, sagt Dave. »Und es muss weg.«

»Aber –«

»Kein Aber. Jetzt ist Schluss, Roxy.«

»Nein!«, schreie ich. »Ich baue mir gerade ein gutgehendes Geschäft auf, und ich will weiterhin als Fahrerin arbeiten. Du hast recht – ich möchte keine Auszeit. Und ich verstehe nicht, warum du da so stur bist.«

»Bin ich nicht!« Er schnaubt. »Es geht nur darum, was *du* willst, nicht was die Kinder oder ich wollen.«

»Das stimmt absolut nicht.«

»Du bist völlig egoistisch geworden«, tobt er weiter. »Wir sind dir völlig schnuppe.«

»Auch das stimmt nicht.« Ich gerate meinerseits immer mehr in Rage. »Bevor ich einen Auftrag annehme, stelle ich jedes Mal sicher, dass jemand auf die Kinder aufpasst.«

»Ja, klar, statt dass ihre Mutter zu Hause ist, werden sie in der Nachbarschaft herumgereicht.«

Hat er damit recht? Das ist mir auch schon durch den Kopf gegangen, wenn ich die Kinderbetreuung organisierte. Aber ist es wirklich selbstsüchtig, wenn ich ein Leben jenseits von Beechgrove Park haben möchte? Warum habe ich ein derartig schlechtes Gewissen? Etwas, worunter er eindeutig nicht leidet.

»Dir ist egal, ob diese Familie vor die Hunde geht, wenn du nur deinen Willen bekommst«, wirft er mir vor.

Wir starren uns wütend über den Tisch hinweg an, und keiner von uns gibt nach.

»Entweder das scheiß Auto oder ich«, sagt er schließlich. »Du entscheidest, Roxy. Du allein.«

Und damit verlässt er die Küche.

Wäre Dave noch vor wenigen Monaten nach einem Streit aus dem Zimmer gestürmt, hätte ich ein paar Minuten gewartet und wäre ihm nachgegangen. Ich hätte versucht, die Dinge wieder ins Lot zu bringen, einen Kompromiss zu schließen. Heute nicht. Denn ein Kompromiss ist nicht möglich. Er will mir vorschreiben, was ich zu tun und zu lassen habe, und das ist falsch. Ich sollte mich nicht zwischen dem Auto und ihm entscheiden müssen. Zwischen dem Auto und den Kindern. Es darf nicht sein, dass ich diejenige bin, die mit einer geliebten Tätigkeit aufhören muss, während andere immer ihren Willen bekommen. Ich werde immer Opfer für meine Kinder bringen, denn sie sind mein Leben. Ich unternehme jedes Mal Kopfstände, um die Aufträge auf ihre Stundenpläne abzustimmen. Ich könnte von morgens bis abends unterwegs sein. Und manchmal wünsche ich mir das. Ich verdränge die Schuldgefühle, zumindest was Tom und Mica betrifft. In Bezug auf Dave habe ich nicht den kleinsten Gewissensbiss. Er hat immer getan, was er wollte. Und ich habe ihn immer unterstützt. Warum kann er nicht einmal im Leben hinter mir stehen?

Und wie kann er es wagen, Dads Auto – *mein* Auto – hinter meinem Rücken verkaufen zu wollen?

Ich steigere mich immer mehr hinein, daher ist es wohl besser, wenn ich aus dem Haus gehe. Ich schnappe meine Handtasche, brülle zu Tom und Mica hoch, ich sei bald wieder da, und schlage die Haustür hinter mir zu. Ich steige in den Mercedes und fahre nach Malahide Castle, parke das Auto und stapfe durch das Gelände, während die Wut nur so in mir brodelt.

Das letzte Mal war ich mit Mum hier, als wir zufällig Dave und die Kinder trafen. Wie beeindruckt ich damals von seinen Fähigkeiten als Vater war (die ich zu dieser Zeit nicht richtig zu würdigen wusste), und ich denke daran, wie das Pendel zu seinen Gunsten ausschwang. Damals wollte ich zu ihm zurück, glaubte, uns würde ein Neuanfang gelingen. Das ist nicht der Fall.

Ist das meine oder seine Schuld? Wenn es an ihm liegt, dann hat es mit Julie Halpin und der Machoscheiße zu tun, die er verzapft. Wenn es an mir liegt, dann weil ich meine Wünsche über die anderer stelle. Garantiert nicht, weil ich zwischendurch erotische Phantasien von Ivo Lehane hatte und mir vorstellte, wie es mit einem anderen Mann wäre. Einem Mann, für den nicht alles schwarzweiß ist, auch wenn er zugibt, dass er nicht gut mit Menschen kann. Doch die Erkenntnis, dass mir jemand anders als Dave gefiel, war ein Schock. Entweder bin ich unglaublich naiv oder einfach nur dumm.

Ich habe Lust auf einen Kaffee und gehe ins *Avoca Café*. Ein großer Cappuccino mit extra viel Zimt und ein Stück Schokoladenkuchen wandern auf mein Tablett. Cappuccino und Schokoladenkuchen gab es nicht mehr, seit ich mich an Gina Hayes' gesundem Lebensstil orientierte. Aber wenn man wütend und durcheinander ist, reicht ein Quinoariegel nicht.

Ich steuere mit meinem Tablett voller Seelennahrung auf einen Tisch zu, als ich meinen Namen höre. Ich drehe mich um.

»Mum!« Ich lächle und mache große Augen, als ich einen Mann neben ihr sehe, der mir vage bekannt vorkommt.

»Das ist Diarmuid«, stellt meine Mutter ihn vor.

Der Mann vom Dating-Portal. Der Mann, der gern mit Frauen seines Alters ausgeht. Der Mann, der ihr beim Sonntagsbraten half. Misstrauisch beäuge ich ihn.

»Schön, Sie kennenzulernen.« Wahrscheinlich sollte ich ihm die Hand schütteln, aber ich bin mit Tasche und Tablett beladen.

»Sind Dave und die Kinder auch da?«, fragt Mum. »Wollt ihr euch zu uns setzen?«

»Ich bin allein«, erwidere ich.

»Ah. Komm, setz dich.« Sie zieht einen freien Stuhl an den Tisch, und ich stelle mein Tablett ab.

»Haben die Kinder ein Spiel?«, will sie wissen.

»Nein, sie sind daheim.«

»Sie haben Ihren Mann gut erzogen.« Diarmuid grinst mich an. Wenn dem nur so wäre.

»Alles in Ordnung?«, fragt Mum, als ich schweige.

»Klar. Ich habe leichte Kopfschmerzen, daher musste ich in die frische Luft.« Ich krame in meiner Tasche nach einer überflüssigen Panadol, die ich mit einem Schluck Cappuccino hinunterspüle. Ich spüre Mums fragenden Blick, aber Diarmuid – der im echten Leben tatsächlich besser aussieht als auf dem Foto, weltweit wohl einmalig – erklärt, Mum habe ihm viel von mir erzählt.

»Nur Gutes hoffentlich.« Ich ringe um Fröhlichkeit.

»Sie sagt, Sie hätten Energie für zehn«, beruhigt Diarmuid mich. »Dass Sie ein eigenes Unternehmen haben und Promis durchs gesamte Land kutschieren sowie zwei der entzückendsten Kinder überhaupt großziehen.« Er grinst erneut. »Großes Kompliment – auch wenn ich natürlich der Meinung bin, dass meine Enkel mindestens genauso entzückend sind.«

»Vielen Dank.«

»Die Zeiten haben sich sehr geändert, seit ich ein junger Hüpfer war«, fährt Diarmuid fort. »Meine Tochter arbeitet bei einer Bank, und ihr Mann ist zu Hause.«

»Echt?« Ich weiß, dass es Hausmänner gibt, auch wenn es in meinem Freundeskreis keinen einzigen gibt.

»O ja«, sagt Diarmuid. »Sie hat eine ziemlich wichtige Position, fragen Sie mich aber bloß nicht, was sie genau macht. Ronan ist Musiker. Er gibt zu Hause Stunden, die natürlich um die Bedürfnisse ihrer eigenen Kinder herumgestrickt werden.«

»Wie alt sind die Kinder?« Ich gable ein Stück Schokoladenkuchen auf.

Intensiver Kakaogeschmack explodiert in meinem Mund, und ich werde sofort ruhiger. Wie habe ich das vermisst.

»Tuirean ist zehn und Luagh sechs«, sagt er.

»Im gleichen Alter wie meine.«

»Ja, das hat Selina mir erzählt. Ich bewundere Frauen, die alles unter einen Hut bekommen.«

»Ich glaube, das tut keine von uns«, erkläre ich. »Wir geben einfach nur unser Bestes.«

»Ich bewundere Sie trotzdem«, meint Diarmuid. »Bis Cara Tuirean bekam, war ich hoffnungslos reaktionär. Als sie mir erzählte, Ronan wolle zu Hause beim Baby bleiben, bekam ich beinahe einen Anfall. Aber ihr Gehalt war höher, und sie ist eine echte Powerfrau. Daher war die Entscheidung schon richtig, auch wenn es dauerte, bis ich das einsah. Ich dachte immer, sie stände mächtig unter Druck und er sei ein Waschlappen. Ganz und gar falsch gedacht.«

»Bei Roxy ist es etwas anders«, sagt Mum. »Sie fing mit dem Fahren an, als sie für ihren Dad einsprang.«

»Aber ich liebe das Chauffieren«, sage ich bestimmt. »Und das Geschäft läuft immer besser.« Ich hole mein Handy heraus und zeige ihm meinen Instagram-Account.

»Die Fotos sind toll«, sagt er, während er durch die Einträge scrollt. »Sie haben Talent.«

Ich erkläre ihm, wie man Filter setzt und Bilder zuschneidet, worauf er sagt, er habe keine Ahnung, wovon ich redete, aber ob ich ein Foto von Mum und ihm machen könne.

»Wenn Sie wollen.« Fragend sehe ich Mum an, die nickt, also stehe ich auf und warte, bis die beiden enger zusammengerückt sind. Ich nehme mir mehr Zeit als üblich für die Bildkomposition, wechsle in den Porträtmodus und fotografiere.

Gut sehen die beiden auf dem Bild aus. Fühlen sich sichtlich wohl miteinander. Beim Gedanken an Dad bekomme ich einen Kloß im Hals.

»Können Sie das so bearbeiten wie Ihre Fotos?«, fragt Diarmuid. »Damit es stimmungsvoller, professioneller aussieht?«

Ich experimentiere mit Filter, Bildausschnitt und zeige ihm das Ergebnis.

»Technik ist schon was Faszinierendes«, kommentiert er. »Ich kann mich noch an die Zeiten erinnern, als man die Rolle im Fotohandel abgab und hinterher erstaunt war, was auf den Bildern drauf war, weil man es ganz vergessen hatte.«

Unvorstellbar heutzutage.

»Schick mir das Foto, und ich leite es weiter«, sagt Mum, die sich mit ihrem Handy bestens auskennt.

So wird es gemacht, und Diarmuid schwärmt erneut, wie toll das Foto geworden sei.

Wir trinken unseren Kaffee aus und verlassen gemeinsam das Café.

»Alles in Ordnung?«, wiederholt Mum ihre Frage von vorhin, während Diarmuid vorausgeht.

»Klar. Was soll sein?«

»Du bist an einem Samstagnachmittag allein unterwegs.«

Ich seufze. Es hat keinen Sinn, sie anzulügen. Sie weiß immer, wenn was im Argen liegt.

»Dave und ich haben uns gestritten. Wegen des Autos«, ergänze ich, obwohl Mum sicher weiß, dass wir uns hauptsächlich darüber streiten.

»Ach, Herzchen.«

»Er versucht, den Mercedes hinter meinem Rücken zu verkaufen. Nicht dass er das tatsächlich kann. Und ich lasse das auf keinen Fall zu. Ich lasse mich doch nicht dazu zwingen, meine Arbeit aufzugeben.«

»Ist es das wert?« Mum klingt ganz sachlich.

»Mir schon.«

»Du wirst die richtige Entscheidung treffen«, sagt sie. »Ich habe es schon einmal gesagt, aber ich wiederhole es – ich bin immer für dich da, egal, was passiert. Überleg dir aber deine Entscheidung gut, überstürze nichts, lass dich in nichts hineintreiben.«

»Das ist lieb.«

»Und obwohl dein Dad es scheußlich fände, dass der Mercedes zwischen dir und Dave steht, er wäre ebenfalls auf deiner Seite.«

Ich hole ein Papiertaschentuch heraus und schnäuze mich.

Diarmuid geht einige Schritte voraus, damit wir uns ungestört unterhalten können.

»Er ist nett«, sage ich.

»Ich weiß.«

»Immer noch bloß ein Begleiter?«

Mum schweigt.

»Mum?«

»Bis jetzt«, gesteht sie. »Aber ... wir werden sehen.«

»Was immer dich glücklich macht«, sage ich.

Und meine es auch so. Obwohl es ein bisschen deprimierend ist, dass die neue Beziehung meiner Mutter um so vieles besser läuft als meine, die seit zwanzig Jahren existiert.

28. *Kapitel*

Als ich heimkomme, ist es fast schon dunkel.

Dave und die Kinder sitzen vor dem Fernseher und essen Pizza. Ich verkneife mir die Bemerkung, dass es das seit Wochen in diesem Haus nicht mehr gegeben hat.

»Mum!« Mica rappelt sich auf. »Du bist wieder da. Wo warst du?«

»Ich musste einiges erledigen.«

»Was denn?«

»Ich musste zu Oma«, erkläre ich.

»Willst du was?« Tom nimmt ein Pizzadreieck von seinem Teller und hält es mir hin.

»Danke, nein. Ich habe mit Oma Kuchen gegessen. Ich gehe nach oben und zieh mich um.«

Ich laufe die Treppe hoch. Mica folgt mir ins Schlafzimmer.

»Warum hast du uns nicht zu Oma mitgenommen?«, fragt sie.

»Ihr wart alle beschäftigt.«

»Ich hätte alles liegen lassen und wäre mitgekommen«, sagt Mica. »Ich gehe gern zu Oma.« Sie runzelt die Stirn. »Bist du ... bist du wegen was sauer? Bin ich schuld?«

»Überhaupt nicht«, beruhige ich meine Tochter. »Aber mir geht es heute nicht so gut, und deshalb musste ich Oma sehen.«

»Arme Mum.« Sie schlingt die Arme um mich. »Alles wird gut.«

»Natürlich«, bestärke ich sie munter. »Jeder von uns hat mal einen schlechten Tag.«

»So wie ich, als ich mich mit Emma und Oladele gestritten habe.«

»Genau.«

»Wir haben uns gestritten, weil sie gemein waren. War jemand gemein zu dir? Ich war's jedenfalls nicht.«

»Weiß ich doch«, sage ich.

»War es Dad?« Sie sieht besorgt drein.

»Wie kommst du denn darauf?«

»Weil er wütend war, als du gegangen bist. Und er hat gesagt, du hältst dich für Superwoman, aber nur Superwoman ist Superwoman.«

Am liebsten würde ich Dave eine scheuern.

»Auf jeden Fall bin und bleibe ich deine Mum, die dich liebt«, sage ich.

»Ich weiß.« Sie kuschelt sich an mich. »Mich stört's nicht, wenn du noch andere Sachen machst. Außer wenn ich zum Fußball oder zum Schwimmen oder sonst wohin will.«

»Gut.«

»Und ich find's toll, dass du mit Leona Lynch befreundet bist. Das ist für jemanden, der so alt ist wie du, absolut cool.«

»Danke auch.«

»Ich hab dich lieb«, sagt Mica.

»Ich dich auch.«

Später am Abend ist zwischen Dave und mir von Liebe jedoch keine Spur. Wir wechseln kein Wort, bis die Kinder im Bett sind, dann teile ich ihm mit größtmöglicher Entschiedenheit mit, er werde mein Auto nicht verkaufen. Und dass ich StyleDrive auflösen werde, wenn ich es für richtig halte.

»Weißt du was, ich glaube, es geht gar nicht ums Chauffieren«, sagt Dave. »Sondern da steckt was anderes dahinter. Du benutzt deine Arbeit als Vorwand, um ohne Nachfragen das Haus verlassen zu können. Glaub bloß nicht, dass mir das nicht aufgefallen ist, Roxy. Freitagabends, sonntagnachmittags, Übernachtungen. Ein Kunde, der dir Parfüm schenkt.«

»Nicht wieder diese Leier.« Mittlerweile bin ich extrem genervt.

»Was soll ich denn sonst denken?«

»Dass ich meine Arbeit mache.«

»Oder dass du sie als Ausrede benutzt.«

»Ich dachte, ich arbeite deshalb als Chauffeurin, weil ich angeblich meinen Vater nicht loslassen kann.«

»Das auch«, sagt Dave. »Ich habe darüber mit diversen Leuten gesprochen. Und sie sind alle der Meinung –«

»Mit welchen Leuten?«, will ich wissen.

»Freunden«, erklärt Dave. »Familie.«

»Wer genau?«

»Zum Beispiel Aidan«, erwidert Dave. »Er sagt, du bist von der Rolle, weil Selina dir erzählt hat, dass Christy vielleicht ein Kind gezeugt hat, bevor die beiden heirateten. Er sagt, deine Mum glaubt, dass dich das etwas aus der Bahn geworfen hat. Kann ich mir gut vorstellen, aber ich fasse es nicht, dass du mir nichts davon erzählt hast. Was nur ein weiterer Beweis ist, wie sehr du dich verändert hast, Roxy. Letztes Jahr wäre ich der Erste gewesen, dem du davon erzählt hättest.«

Aidan wollte mit mir nicht über Dads etwaiges drittes Kind reden, mit Dave aber schon?? Ich bekomme eine Mordswut auf meinen Bruder, der sich so illoyal verhält. Was Mum betrifft – gut möglich, dass sie vor einigen Wochen so etwas zu Aidan gesagt hätte. Aber jetzt ist sie auf meiner Seite.

»Ich war nachsichtig mit dir«, sagt Dave. »Ich war geduldig und fair. Aber meine Geduld ist am Ende, und du warst nicht fair zu mir.«

War ich. Glaube ich zumindest. Obwohl es da immer noch das Thema Ivo Lehane gibt. Allerdings handelte es sich um eine Phantasie, und die kluge Thea Ryan meinte, Phantasien seien okay.

»Also.« Dave seufzt tief. »Können wir uns darauf einigen, dass die letzten Monate hart waren und wir beide Dinge getan haben, die uns leidtun. Aber jetzt sind wir übern Berg, lassen das alles hinter uns und schauen nach vorn.«

Wie gern würde ich ja sagen. Ich möchte daran glauben, dass es besser wird. Doch leider haben wir sehr wahrscheinlich den Punkt erreicht, an dem es kein Zurück mehr gibt.

»Das Auto ist ein Symbol dessen, was alles schiefläuft zwischen uns«, behauptet Dave. »Das Angebot ist gut. Ich kann dir einen echt guten Ersatz für den Toyota besorgen, und wir hätten dann immer noch Geld für einen netten Urlaub übrig. Den haben wir uns verdient, Roxy.«

Hat er womöglich recht? Mit dem Auto? Mit allem?

»Ich muss darüber nachdenken«, sage ich.

»Und ein Baby«, ergänzt er. »Denk auch über ein Baby nach.«

Egal, wie sehr er auf mich einredet, über ein Baby als Beziehungskitt denke ich ganz gewiss nicht nach.

Am nächsten Morgen habe ich keine frühe Fuhre, doch ich stehe vor Dave auf und mache ihm einen Frühstückstoast, bevor er zur Arbeit aufbricht. Er isst schweigend und trinkt eine große Tasse Kaffee dazu. Kurz vor sieben ist er bereits verschwunden. Ich stehe unter meiner hypermodernen Dusche und mache mir Gedanken über die Zukunft.

Gleich darauf sind die Kinder wach. Anders als bei Dave, der in aller Stille gefrühstückt hat, zanken die beiden lautstark, während sie ihren Porridge essen. Da es nieselt, fahre ich sie zur Schule. Als wir ankommen, sind sie wieder beste Freunde und marschieren Hand in Hand durchs Tor. Wenn doch Erwachsene ebenfalls so unkompliziert ihren Streit beilegen könnten.

Zurück zu Hause, mache ich mir den zweiten Kaffee des Tages und will mich gerade damit hinsetzen, als sich mein Handy meldet.

Wollte Ihnen nur mitteilen, dass mein Vater gestern Nacht ge-storben ist, schreibt Ivo Lehane. *Es ist sehr kurzfristig, aber könn-ten Sie mich heute Nachmittag um drei am Flughafen abholen?*

Ich starre lange auf die SMS. Ich war entschlossen, ihn nie wieder ins Auto zu lassen, aber das ist was anderes. Natürlich würde ich ihn abholen, antworte ich, und mein allerherzlichstes Beileid. Obwohl ich mich unwillkürlich frage, ob er überhaupt trauert.

Ich rufe Mum an und erkläre ihr die Situation. Ob sie sich heute Nachmittag um Tom und Mica kümmern könne?

»Der Ärmste«, sagt sie, und ich weiß nicht, ob sie Ivo oder seinen Vater meint. »Natürlich passe ich auf die beiden auf. Ich komme zu dir, dann musst du sie später nicht bei mir abho-len.«

»Vielen Dank, Mum.«

»Gern geschehen. Ich hoffe, dass alles in Ordnung ist.«

Diesmal weiß ich nicht, ob sie mit Ivo oder mit Dave meint. Aber ich hake nicht nach.

Ich trinke meinen mittlerweile lauwarmen Kaffee und räume den Frühstückstisch ab. Dann gehe ich nach oben und ziehe den blauen Hosenanzug und eine weiße Bluse an. Am späten Vormit-tag sammle ich einen Kunden an der Connolly Station auf und kutschiere ihn quer durch die Stadt. Glücklicherweise lässt sich diese Fuhre mit Ivos Abholung vereinbaren.

Mein Kunde ist ein schweigsamer Mann, der auf der Fahrt vom Bahnhof zum im westlichen Teil der Stadt gelegenen Büropark kein einziges Wort verliert. Die beiden Wasserflaschen nimmt er allerdings mit, daher muss ich Nachschub besorgen. Ich bin mehr als rechtzeitig am Flughafen, verzichte allerdings auf den üblichen Kaffee und warte in der Ankunftshalle auf ihn.

Es dauert, aber schließlich kommt er doch durch die Tür und

überfliegt die Gesichter der Wartenden. Bei meinem Anblick lächelt er, dreht sich der Person zu, die einen Schritt hinter ihm ist, legt die Hand unter ihren Ellbogen und bugsiert sie in meine Richtung.

Sie ist fast so groß wie er, wozu ihre hochhackigen Stiefel einige Zentimeter beitragen. Ihr Haar ist silberblond, und sie trägt einen Pixie-Cut, der ihr kantiges Gesicht betont. Sie tritt ähnlich selbstbewusst auf wie Gina Hayes, und ihr weißer Mantel springt einem ebenso ins Auge wie Ginas Regenmantel. Sie zieht einen kleinen Rollkoffer hinter sich her, dessen leuchtend rote Farbe exakt zu ihrem Lippenstift passt. Sie sieht umwerfend aus.

»Danke, dass das so kurzfristig geklappt hat«, sagt Ivo zur Begrüßung.

»Tut mir leid, dass es unter solchen Umständen ist«, sage ich.

Er lächelt angespannt und stellt mich dann seiner Begleiterin vor. Nicht dass es nötig wäre.

»Annabel Mauret«, sagt er. »Meine Chauffeurin Mrs McMenamin.«

Hat er das Mrs vielleicht ein wenig zu sehr betont?

»Hallo«, sagt Annabel.

Mein Bild von der anspruchsvollen Annabel zerbricht in tausend Stücke. Ivo hat zwar erzählt, dass sie Doktorin der Chemie ist, und ich habe abgespeichert, dass sie eine steile Karriere macht, aber wow – sie ist nicht bloß die Frau an seiner Seite, sie ist eine Naturgewalt. Diese Frau war nicht aufgebracht, weil Ivo ihre Geburtstagsparty verpasste, sondern weil ihre Pläne durchkreuzt wurden. Während ich zum Auto vorausgehe, gestehe ich ihr zu, dass sie womöglich auch persönlich enttäuscht war, aber sie wirkt viel zu beherrscht und selbstsicher, um sich über Dinge aufzuregen, die sich ihrem Einfluss entziehen. Ob sie wohl das Parfüm erkennt, das ich trage, fährt es mir durch den Kopf. Ihr Parfüm.

Ich komme mir wie seine heimliche Geliebte vor.

Ich öffne eine der hinteren Türen des Mercedes, und sie rutscht durch, damit Ivo ebenfalls einsteigen kann.

»Danke«, sagt er, als ich die Tür schließe.

Ich setze mich auf den Fahrersitz und lasse den Motor an. Annabel redet auf Ivo ein. Ich erkenne zwei Wörter: *Mon cher ...*

Can't speak French.

Fast die ganze Fahrt nach Kildare unterhalten sie sich immer mal wieder. Ivo spricht mich erst wieder an, als ich die Ausfahrt nehmen will.

»Entschuldigung, ich hätte das bereits vorhin sagen sollen«, meint er. »Wir fahren zu einer anderen Adresse.«

Ich muss gestehen, dass ich mich gefragt habe, was wohl die mondäne Annabel von der Banville Terrace hält. Aber Ivo hat ihnen ein Zimmer in einer Pension gebucht, die außerhalb liegt. Erstaunlich, dass er nichts Gehobeneres gewählt hat – schließlich ist er einen Fünf-Sterne-Standard gewohnt, doch als ich vor der Pension halte, begreife ich seine Wahl. Das elegante historische Gebäude ist ihnen zweifellos gemäß, auch wenn die Banville Terrace gut zwanzig Fußminuten entfernt ist. Annabel hat hoffentlich ein Paar flachere Schuhe eingepackt.

Ivo bedankt sich, als ich ihnen die Tür öffne.

»Es tut mir so leid«, sage ich.

»Das kann ich von mir nicht unbedingt behaupten.« Von seinem Gesicht lassen sich Schuldgefühl und Resignation ablassen. »Trotzdem bin ich froh, meinen Teil beigetragen zu haben. Sie haben mir klargemacht, dass ich das tun muss, danke. Die Beerdigung ist morgen um elf«, ergänzt er. »Lizzy hat die Vorbereitungen übernommen, daher ist die Fahrt dorthin bereits organisiert. Aber übermorgen muss Annabel zum Flughafen, ich bleibe etwas länger. Mir wäre es wirklich sehr recht, wenn Sie uns beide fahren könnten.«

»Kein Problem. Sagen Sie mir einfach wann.«

»Vielen Dank«, sagt Annabel in perfektem Englisch. »Ivo hatte recht. Sie sind eine hervorragende Fahrerin.«

Ich lächle sie kurz an und steige wieder ins Auto.

Wie schön, dass Ivo mich für eine gute Fahrerin hält.

Wie schön, dass er das ihr gegenüber erwähnte.

Obwohl ich in den Feierabendverkehr gerate, bin ich noch vor Dave zu Hause. Mum sieht sich eine Folge von *Der junge Inspektor Morse* an. Als ich ins Wohnzimmer komme, drückt sie auf Pause.

»Wie geht's deinem Kunden?«, fragt sie.

»Ach, ganz gut«, antworte ich. »Wahrscheinlich kam es nicht ganz unerwartet.«

»Das heißt, die Fahrten nach Kildare fallen zukünftig weg.«

»Ich weiß. Das wird Dave gefallen. Und dir auch«, erwidere ich. »Dir war das auch nie recht.«

»Es war bloß ... ach, ich weiß nicht, du schienst ziemlich erpicht darauf, für diesen Mann zu arbeiten. Diese zweitägige Reise ...«

»Er hat mehr als das Doppelte bezahlt als meine anderen Kunden. Natürlich war ich darauf erpicht.«

»Er hat Mum Parfüm geschenkt.«

Ich zucke zusammen. Mica lugt hinter dem Sessel in der Ecke hervor.

»Was machst du denn da?«, will ich wissen.

»Lesen.« Sie hält ein Buch hoch. Ich bin begeistert, dass sie liest, aber muss es ausgerechnet jetzt und hier sein?

»Wie, Parfüm?«, fragt Mum.

Auf meine Erklärung hin runzelt sie die Stirn.

»Das ist völlig harmlos«, sage ich. »Ich wollte die Flasche nicht annehmen, aber er hat darauf bestanden, weil er zu dem Zeitpunkt nicht die Absicht hatte, zurückzukommen. Tat er dann aber doch. Mehr steckt nicht dahinter.«

»Soso.« Mum sieht zweifelnd drein.

»Hör doch auf damit!« Ich lasse meine Handtasche aufs Sofa fallen. »Ich geh hoch, mich umziehen. Willst du zum Essen bleiben oder lieber heim?«

Mum wirft einen Blick auf ihre Armbanduhr. »Wenn du's genau wissen willst, ich gehe aus.«

Ich sehe sie an.

»Diarmuid lädt mich zum Abendessen in Howth ein«, erklärt sie.

»Soso. Dann geh lieber gleich los, wenn du dich noch schönmachen möchtest.«

»Oma sieht immer schön aus«, mischt sich Mica ein.

»Ich weiß.« Ich lasse mich neben Mum aufs Sofa plumpsen und umarme sie. »Entschuldige. Ich bin müde. Und gereizt.«

»Wie ich schon sagte, du treibst Raubbau mit deiner Gesundheit.«

Trotzdem werde ich meiner gesunden Ernährung untreu und bestelle etwas beim Chinesen. Mir fehlt die Energie, um zu kochen, und wie sich herausstellt, war es eine gute Entscheidung, denn Dave trifft zur selben Zeit ein wie der Lieferservice.

»Lecker«, sagt er, während er sich aufs Hühnchen Kung Po stürzt. »Der Tag heute war stressig, und ich bin am Verhungern.«

Nach dem Abendessen bleibt er in der Küche, während ich die Spülmaschine belade. Tom und Mica verziehen sich zum Fernsehen ins Wohnzimmer.

»Hör her, ich akzeptiere, dass der Mercedes nicht verkauft wird«, sagt er unvermittelt. »Er gehört dir, und du arbeitest gern als Fahrerin. Außerdem akzeptiere ich, dass du noch ein Weilchen länger arbeiten willst. Aber *du* musst akzeptieren, dass die Familie an erster Stelle kommt.«

»Meine Familie steht immer an erster Stelle für mich.« Ich bin froh und erleichtert, dass er endlich meinen Standpunkt begreift. Mir fällt eine Last von den Schultern.

»Na dann.« Er zuckt die Achseln. »Ohne Familie sind wir nichts, Roxy. Für mich ist sie jedenfalls sehr wichtig. Schon klar, dass ich dich damit überrumpelt habe, aber ich habe lange darüber nachgedacht. Ich möchte wirklich ein drittes Kind.«

Einerseits gibt er mir also grünes Licht für meine Arbeit. Andererseits möchte er ein Kind, wodurch Ersteres unmöglich gemacht wird.

»Ich kann nicht ein Baby haben und gleichzeitig arbeiten«, sage ich.

»Denk drüber nach, Süße.« Er stellt sich hinter mich und schlingt zu meiner Überraschung die Arme um mich. »Ich will doch nur, dass alles so wird wie früher.«

Er redet weiter darüber, wie es früher war. Aber es gibt keinen Weg zurück für uns.

Und mir liegt auch nichts daran.

29. *Kapitel*

Ivo ist ein guter Kunde, daher beschließe ich, am nächsten Morgen zu Mr Lehanes Beerdigung zu gehen, das scheint mir ein Gebot des Respekts. Die Erkrankung seines Vaters war sowohl für Ivo als auch seine Schwester eine schwierige Zeit. Bevor mein Vater starb, wäre ich nicht auf die Idee gekommen, zur Beisetzung eines mir unbekannten Menschen zu gehen, doch es war uns ein großer Trost, dass so viele seiner Stammkunden in der Kirche erschienen. Ich möchte zu Ivos und Lizzys Trost beitragen. Es dauert, bis Mica und Tom bereit für den Schulweg sind, daher werde ich nicht pünktlich eintreffen, aber bestimmt ist die Kirche gerammelt voll und niemand wird mitbekommen, dass ich hineinschlüpfe, während die Messe bereits angefangen hat. Eric Fallon übernimmt netterweise meine Fuhren an diesem Tag, und für den Fall, dass ich mich verspäte, bitte ich Natalie, nach der Schule ein Auge auf die Kinder zu haben. Leider bin ich nun zwei aufeinanderfolgende Nachmittage nicht für die beiden da, aber das soll eine Ausnahme bleiben.

Auf der Autobahn reize ich die erlaubte Höchstgeschwindigkeit aus und erreiche die Kirche, als der Gottesdienst eben erst angefangen hat. Ich habe erwartet, dass alle Plätze belegt sind, sehe aber nur wenige Trauergäste. Die erste Reihe ist der Familie vorbehalten. Natürlich erkenne ich Ivo, links neben ihm Annabel, die heute eine elegante, schwarze Jacke mit Perlenstickerei trägt, rechts eine Frau mit rotbraunem Haar, bestimmt seine Schwester Lizzy. Des Weiteren sitzen in der Reihe eine ältere Frau und zwei Männer.

Über die restlichen Plätze verstreut sitzen etliche Gemeindemitglieder in fortgeschrittenem Alter, die wahrscheinlich zu jeder Beerdigung gehen. Insgesamt zähle ich nicht mehr als zwanzig Teilnehmer. Wie gut, dass ich gekommen bin.

Ich lasse mich in einer der hinteren Kirchenbänke nieder, und während ich dem Priester zuhöre, der Mr Lehane eindeutig persönlich kannte, schweifen meine Gedanken zur warmherzigen Rede Father Kaminskis über Dad: ein Familienmensch, freundlich, großzügig, von allen geliebt, die ihn kannten. Genau genommen kannte Father Kaminski Dad nicht besonders gut, er war neu in der Gemeinde und Dad kein regelmäßiger Kirchgänger, aber er besuchte ihn mehrmals im Hospiz und war laut Dad »für einen Geistlichen recht tolerant«. Seine Trauerrede enthielt sehr viel Wahrheit. Seine Familie war für ihn das Wichtigste. Alles, was er tat, tat er für uns. Alles.

Da fällt mir Estelle ein und das Geld, das er ihr gab, und ich muss mich damit abfinden, dass nicht alles, was er tat, für uns war. Ohnehin kein realistisches Vorhaben. Auch das Foto aus dem Auto fällt mir ein, das ich in den letzten Wochen verdrängt habe. Was Dad wohl sonst noch getan hat, ohne Mum davon zu erzählen? Warum gab er Estelle das Geld, wenn er nicht im tiefsten Innern glaubte, sie sage die Wahrheit? Warum behielt er das Foto, wenn er sich nicht zumindest ein klein wenig verantwortlich fühlte? Traf er sie gar an einem der Tage, an denen er in aller Herrgottsfrühe das Haus verließ und erst spätabends heimkam? Hat er gar das Kind kennengelernt?

Ich fröstle in der kalten Kirchenluft. Auch wenn es stimmt, rede ich mir selbst gut zu, spielt das nun keine Rolle mehr. Weder Estelle noch ihr Sohn haben je versucht, mit uns Kontakt aufzunehmen. Die Vergangenheit liegt hinter uns, und das ist auch gut so. Allerdings hat die Erinnerung an meinen Vater, den Menschen, wie ich ihn sah, einen Knacks bekommen. Damit ringe ich noch.

So gedankenversunken bin ich, dass ich kaum mitbekomme, wie Ivo zum Lesepult geht, um die Trauerrede zu halten, eine sehr kurze Trauerrede. Sein Vater habe sein Leben so gelebt, wie er es wollte, sagt er, er würde von vielen vermisst werden (nicht sehr vielen, wenn die wenigen Anwesenden ein Maßstab sind), und dann dankt er allen für ihr Kommen. Nach der Bestattung seien die Trauergäste ins *Kielty's*, den Pub in der Monasterevin Road, zu einem Imbiss eingeladen.

Gemeinsam mit der sehr übersichtlichen Gemeinde stehe ich auf, teilweise von der Frau vor mir verdeckt, während der Sarg aus der Kirche gerollt wird. Ich komme mir wie ein Eindringling vor. Ich bin aus Pflichtgefühl gekommen, trotzdem ist es schwer, eine Familie trauern zu sehen. Der kalte Wind pfeift durch die offene Tür, und ich wickle mir meinen grünen Schal fester um den Hals.

Gern wäre ich sofort geflüchtet, aber die Tradition nach dem Trauergottesdienst besagt, dass die Teilnehmer der Familie kondolieren, dabei lasse ich den anderen Kirchgängern, die bereits auf Ivo und Lizzy zustreben, den Vortritt. Annabel steht etwas abseits, weil sie nicht direkt zur Familie gehört und weil sie an diesem grauen irischen Tag einen Tupfer französischen Glamours darstellt. Unter der eindeutig teuren Jacke trägt sie ein elegantes, knielanges Kleid in schwarzweißem Hahnentrittmuster. Ich erkenne ihre schwarzen Schuhe mit den goldenen Pfennigabsätzen – sie sind aus der aktuellen Kollektion von Kurt Geiger; ich habe sie bei Arnotts gesehen, als ich mein Tupfenkleid kaufte.

Der Mann, der Ivo und Lizzy mit Beschlag belegt hat, entfernt sich. Das ist die Gelegenheit, zu Ivo hinüberzugehen und ihm nochmals zu kondolieren.

Er bedankt sich und stellt mich seiner Schwester vor. Sie ist sehr hübsch, hat große haselnussbraune Augen und eine offene, herzliche Art – ein starker Kontrast zu der zornigen Frau, mit der er sich telefonisch in meinem Auto stritt.

»Sehr lieb, dass Sie gekommen sind.« Sie umarmt mich. »Vielen Dank.«

»Absolut«, bekräftigt Ivo. »Das ist keineswegs selbstverständlich. Ich weiß Ihre Anwesenheit sehr zu schätzen.«

Ich weiß nicht, was ich zu den beiden sagen soll. Ihm sagen soll.

»Kommen Sie hinterher noch mit ins *Kielty's*?«, fragt Lizzy.

»Ich glaube eher ni-«

»Bitte kommen Sie doch, wenn Sie es einrichten können«, unterbricht sie mich. »Es werden nicht viele Leute anwesend sein, und ich fände es schön ... den Gedanken, dass kaum jemand da ist, finde ich grässlich.«

Wir hatten den Nebenraum von Dads Stammlokal reserviert. Er war rappelvoll. Aidan hatte eine Fotomontage zusammengestellt, die auf einem riesigen Bildschirm gezeigt wurde, der dazugehörige Soundtrack bestand aus Dads Lieblingsliedern. Später am Abend spielte Dessie, einer von Dads besten Freunden, Gitarre, und wir sangen seine Lieblingslieder.

Es wäre wirklich traurig, wenn niemand zu Mr Lehanes Leichenschmaus käme.

»Natürlich komme ich«, sage ich.

»Sie müssen nicht mit zum Friedhof«, meint Ivo. »Gehen Sie gleich in den Pub. So machen es die anderen auch.« Er nickt in Richtung des Grüppchens, das ich in der Kirche gesehen habe.

»Bis später also«, verabschiede ich mich.

Ich gehe zum Mercedes. Zwar kenne ich den Pub nicht, den Ivo meint, aber die Monasterevin Road mittlerweile recht gut. Als ich den Motor anlasse, klopft eine Frau im blauen Mantel an die Fahrerscheibe. Ich lasse sie hinunter.

»Fahren Sie ins *Kielty's*?«, fragt sie. »Können Sie uns bitte mitnehmen?«

Da kann ich schlecht nein sagen. Insgesamt drei Frauen und ein älterer Mann steigen ein.

»Sehr nett.« Sie klopft anerkennend auf die Lederverkleidung. »Kennen Sie die Familie gut?«

»Ich kenne Ivo«, antworte ich.

»Sehr mondän, die Frau, die ihn begleitet«, sagt der ältere Mann. »Wie für eine Hochzeit angezogen, nicht für eine Beerdigung.«

Ein harsches Urteil. Bestimmt hat sich Annabel ebenso wie ich aus Respekt für Ivos Vater in Schale geworfen.

»Der Pub ist ungefähr einen Kilometer die Straße runter«, erklärt er, als ich am Tesco vorbeikomme, wo ich Ivo häufig aufgesammelt habe. »Auf der rechten Seite. Parkplätze gibt's auch.«

Ich folge seinen Anweisungen und halte eine Minute später vor *Kielty's*. Meine Fahrgäste drängen ins Freie und streben schnurstracks ins Lokal. Da ich es nicht eilig habe, bleibe ich im Auto und checke meine Nachrichten. Melisse Grady möchte mich nächste Woche für einen weiteren Schriftsteller buchen. Eine Firma, für die ich viele Touren übernehme, wünscht etliche Fahrten. Baz Cadogan, den ich beim Workshop im Convention Centre kennengelernt habe, möchte zu einem Event chauffiert werden. Und ich habe eine Anfrage von einem pensionierten Richter in Howth, ob ich ihn regelmäßig zu seinen Krankenhausterminen auf der anderen Seite der Stadt bringen könne. *Ich selbst kann nicht mehr fahren*, schreibt er, *möchte es aber bequem haben, wenn ich von A nach B muss.*

Ich sage alle Termine zu und trage sie in meinen Kalender ein.

Der Himmel hat sich verdunkelt, und der Wind beutelt die Bäume, dass das verbliebene Laub nur so über den Parkplatz wirbelt. Wahrscheinlich regnet es bald, geht mir durch den Kopf, da hagelt es auch schon los, die Körner knallen auf das Dach des Mercedes und prasseln gegen die Windschutzscheibe.

An Dads Beerdigung schien die Sonne. Ich schwitzte in meinem schwarzen Kleid, über dem ich eine Jacke trug, und bekam Blasen in meinen engen schwarzen Schuhen. Vor meinem inneren Auge sehe ich Julie Halpin, die mir kondolierte, so wie ich vorhin Ivo Lehane. Und dann erinnere ich mich an ihr blaues Sommerkleid, das auf meinem Schlafzimmerboden liegt, und die Flipflops, deren Glitzersteinchen im frühen Morgenlicht funkeln.

Wäre ich an diesem Morgen nicht nach Hause gefahren, säße ich jetzt nicht hier auf dem fast leeren Parkplatz eines ländlichen Pubs, während um mich herum ein Hagelsturm tobt. Ich wäre zu Hause oder vielleicht bei Mum. Mein Leben wäre unverändert, unveränderlich. Das Drama der letzten paar Monate wäre nie passiert. Alles wäre so viel einfacher. Ich wäre die Roxy, die ich immer gewesen war. Die Roxy, die ich, wenn es nach Dave geht, bleiben soll.

Und mir geht auf: Das stimmt ja nur teilweise. Ich müsste mich immer noch entscheiden, ob ich den Mercedes fahre oder verkaufe. Und diese Entscheidung hätte unser Leben so oder so verändert. Aber im Hintergrund hätte nicht immer Daves Fremdgehen gestanden. Vielleicht hätte ich mich dann anders entschieden. Oder auch nicht und ich säße jetzt auch im Hagelsturm auf dem Parkplatz des Pubs.

Das Leben ist voller Zufälle. Und kurz. Und manchmal überrumpelt es einen.

So abrupt wie er angefangen hat, hört der Hagelsturm auf und unerwartet reißen die Wolken auf und knallblau zeigt sich der Himmel. Ich lockere meinen Schal, steige aus und betrete den

Pub. Die anderen Trauergäste sind bereits bei der zweiten Tasse Tee und essen Sandwiches.

Die vierzig Minuten, bis die Lehanes eintreffen, reichen aus, dass mir der Kopf schwirrt von dem Klatsch über den verstorbenen Mr Lehane (ein problembeladener Mensch), über Lizzy (eine Heilige) und Ivo (ein wenig größenwahnsinnig). Ich bin erleichtert, als er mit Annabel hereinkommt, hinter ihm Lizzy, die ältere Frau und die beiden Männer. Man stellt sich vor, und ich erfahre, dass die Frau und einer der Männer entfernte Verwandte sind, der andere Mann ein Nachbar ist.

Ivo wird sofort von einem meiner Fahrgäste in die Mangel genommen, der Frau im blauen Mantel. Annabel hält sich zurück und redet mit den Verwandten. Lizzy kommt mit einer Teetasse in der Hand zu mir.

»Haben Sie etwas gegessen?«, fragt sie.

Ich nicke. Obwohl ich nicht besonders hungrig war, hatte ich ein Eiersandwich zum Kaffee.

»Ivo hat mir alles über Sie erzählt«, erklärt sie, und ich frage mich, was genau das heißen soll. »Er meint, Sie seien sehr entgegenkommend gewesen, was das Abholen vom Flughafen und das Herumfahren betrifft«, ergänzt sie grinsend. »Er ist halt ein Idiot.«

»Ach, jeder Kunde hat so seine Vorlieben und Eigenarten.« Ich zucke mit den Schultern.

»Er sagte auch, es sei Ihnen zu verdanken, dass er Kontakt hielt.«

»Ich bin mir nicht sicher, ob –«

»Nach dem Wochenende, als der Unfall auf der Autobahn war und wir stritten, weil meine Pläne für den Abend über den Haufen geworfen wurden.«

Sie nippt an ihrem Tee. »Er erzählte, er hätte Sie hinterher zu einem Kaffee eingeladen und Sie hätten gesagt, er solle sich zusammenreißen.«

»So habe ich das nicht formuliert!«, rufe ich aus. »Und seitdem habe ich ihn nicht wieder nach Kildare gefahren, also ...«

Sie lächelt. »Ich gebe seine Aussage ziemlich frei wieder. Und ich weiß, dass er seitdem nicht mehr hier war, aber er hat mich jeden Tag angerufen. Sie haben ihm gutgetan. Vielen Dank.«

»Ich bin mir nicht sicher, ob ich der Grund war«, wiegle ich ab.

»Vielleicht nicht. Aber er war immerhin in der Lage, mit mir über Dads Pflege zu reden, ohne dass er seine Abneigung gegen unseren Vater durchblicken ließ.«

Rasend gern würde ich jetzt indiskrete Fragen stellen, halte mich aber zurück. Lizzy ist in Plauderstimmung. In ihren Augen bin ich als Ivos Chauffeurin offensichtlich keine Wildfremde.

»Ivo hat Dad immer für den Tod seiner Mutter verantwortlich gemacht, was zugegebenermaßen heftig ist«, sagt sie.

»Seine Mutter? Nicht auch Ihre?« Erstaunt sehe ich sie an.

Sie schüttelt den Kopf. »Meine Mutter war Dads zweite Frau. Ivo war noch klein, als die beiden heirateten.« Sie kneift die Augen zusammen. »Die erste Mrs Lehane wurde bei einem Unfall mit Fahrerflucht getötet, als er ein kleiner Junge war.«

»Oh, wie schrecklich!«, rufe ich aus. »Aber warum gibt er Ihrem Vater die Schuld? Er saß doch nicht am Steuer, oder?« Wenn doch, könnte ich verstehen, dass Ivo mit ihm Probleme hatte.

Aber Lizzy schüttelt den Kopf. »Nein, nein. Sie war zu Fuß auf einer unbeleuchteten Straße in der Nähe ihres Hauses unterwegs, als sie angefahren wurde. Der Fahrer fuhr einfach weiter.«

»Die Ärmste. Und der arme Ivo.«

»Er war am Boden zerstört. Er gab Dad die Schuld, weil sie nach einem Streit das Haus verlassen hatte.«

»Wie schrecklich.« Ich stelle mir Ivo als Jungen vor, vielleicht etwas jünger als Tom, der weiß, dass seine Mutter nie wiederkommt. Logischerweise hat er als Erwachsener Probleme, wenn er als Kind das Unglück nicht richtig verarbeitet hat. Mein Herz zieht sich mitfühlend zusammen, und ich sehe zu ihm hinüber. Er unterhält sich noch immer mit der Frau im blauen Mantel, Annabel hat sich dazugestellt. Sie hört zu, aber ihr ist anzusehen, dass sie mit den Gedanken woanders ist, wenig verwunderlich, weil Blauer Mantel von allen Trauergästen die schlimmste Klatschtante ist und ihre Unterhaltung nur so von Anspielungen auf Menschen strotzt, die für eine Ortsfremde unverständlich sind.

»Soweit ich es mitbekommen habe, war Dads erste Ehe nicht glücklich«, fährt Lizzy fort. »Ich weiß das hauptsächlich aus Ivos Schilderungen, aber er hat Dad natürlich immer im allerschlechtesten Licht dargestellt. An jedem Streit war er schuld, nie sie. Aus meiner Sicht sprach er von einem völlig anderen Menschen. Dad war immer sehr lieb zu mir und Mum, auch wenn die beiden schon etwas miteinander hatten, als Ivos Mum noch lebte, und ich verstehe völlig, dass Ivo das wehtat. Aber das macht Dad nicht zu einem schlechten Menschen«, fügt sie hinzu. »Viele Ehen scheitern.«

»Ich habe den Eindruck, dass Ivos Antipathie gegenüber Ihrem Vater sehr tief sitzt.« Unglaublich, wie offenherzig Lizzy von ihrer Familie erzählt. Im Gegensatz dazu ist Ivo ein verschlossener Safe.

»Die beiden kamen definitiv nicht gut miteinander aus«, bestätigt Lizzy. »Wie gesagt, Ivo gab Dad an den Eheproblemen die Schuld. Die beiden mussten heiraten, das war ein Grund. Sie war schwanger mit Ivo, und damals wäre ein uneheliches Kind ein großer Makel gewesen, eine Schande. Wenig überraschend also, dass Dads Beziehung zu Ivo, von der zu Ivos Mutter ganz zu schweigen, nicht unproblematisch war.«

»Aber es ist unfair, das am eigenen Sohn auszulassen«, sage ich. Und dann fallen mir Estelle und mein Vater ein. Sie wurde auch in eine Ehe gedrängt, in der sie es nicht aushielt. In früheren Zeiten wurden Frauen von der Gesellschaft für Dinge verurteilt und an den Pranger gestellt, an denen Männer ebenso die Schuld trugen. Glücklicherweise hat sich die Situation verbessert, wenn auch noch nicht so, wie es wünschenswert wäre.

Lizzy zieht eine Grimasse. »Offenbar hat er Ivo während einem Streit an den Kopf geworfen, seine Mutter habe viele Männer vor ihm gehabt, sie sei eine Frau mit lockerem Lebenswandel gewesen. Dass er sie aus Gefälligkeit geheiratet habe. Dass jeder Mann sein Vater sein könnte. Danach war in Ivo keine Liebe mehr für ihn. Ich weiß«, sagt sie, als ich etwas sagen will, »ich weiß, das war grausam und verletzend, ich verteidige ihn nicht, aber die Leute sagen aus Wut die schrecklichsten Sachen. Ich weiß nur, während der Ehe mit meiner Mutter war er ein guter Mensch. Er fuhr schnell aus der Haut, das schon«, fährt sie fort, »aber er war ganz sicher nicht das Monster, als das Ivo ihn darstellt.«

»Jeder von uns sieht die Dinge aus seiner Sicht«, sage ich, obwohl ich eigentlich ganz und gar auf Ivos Seite stehe. Was auch Lizzy zu seiner Verteidigung anbringen mag, sein Vater hört sich wie ein schrecklicher Mensch an. »Hat er die Wahrheit gesagt? Dass Ivo nicht sein Kind ist?«

Ich sehe zu ihrem Bruder hinüber. Vielmehr ihrem Halbbruder, es sei denn, der verstorbene Mr Lehane hatte recht mit seiner verletzenden Bemerkung, »jeder Mann« könne Ivos Vater sein. Andererseits haben er und Lizzy die gleiche Angewohnheit, den Kopf beim Nachdenken schief zu legen. Und wenn Lizzy lächelt, bekommt sie Lachfalten um die Augen wie er. Ihre Erzählung erklärt vieles. Ivos Widerwillen, heimzukehren. Sein Beharren, er könne nicht gut mit Menschen. Sein Wunsch, dem Vater nicht zu ähneln. Vor allem Letzteres. Er fängt meinen Blick auf und deutet, das Gesicht leicht verzogen, mit dem Kopf auf die Frau im blauen Mantel.

Lizzy schüttelt den Kopf und beantwortet meine Frage. »Soweit ich weiß nicht. Es wäre wahrscheinlich möglich, aber seine Eltern hätten der Heirat wohl nicht zugestimmt, wenn sie einen schlechten Ruf gehabt hätte.«

Jetzt gilt meine Sympathie ganz Ivos Mutter. Die Vorstellung, dass Frauen einen »schlechten Ruf« haben, während sich Männer mit ihren Eroberungen brüsten können und als toller Weiberheld gelten, hat mich schon immer zur Weißglut gebracht.

»Als Ivo dann aufs College ging, hatten wir fast keinen Kontakt mehr«, sagt Lizzy. »Erst als vor einigen Jahren meine Mutter starb, näherten wir uns wieder ein wenig an.«

»Mein Beileid«, sage ich. »Sie muss ebenfalls sehr jung gewesen sein.«

Lizzy nickt. »Krebs.«

Trotz allem tut mir Ivos Vater leid, der zwei Frauen begraben musste und im Alter allein war.

»Dad hat Mums Tod nie verwunden«, sagt Lizzy. »Er fing an zu trinken und zu spielen. Ich bekam nichts davon mit, denn mittlerweile lebte ich in Dublin. Sogar als Dad die Farm verkaufte und in die Banville Terrace zog, schöpfte ich keinen Verdacht. Die Farm war nicht groß, aber ich dachte, im Alter hätte er genug vom Leben als Bauer gehabt und ein gutes Angebot bekommen. Doch er verkaufte die Farm, um seine Schulden zu bezahlen. Online-Glücksspiel. Ein echter Fluch.« Ihre Hand zittert, und Tee schwappt in die Untertasse. »Entschuldigung«, sagt sie. »Mich macht das so wütend.«

»Wusste Ivo, dass er spielt?«, frage ich.

»Erst als Dad ihn ausfindig machte und um einen Kredit bat«, erwidert Lizzy. »Ivo lehnte ab.«

»Oje.«

»Im Nachhinein betrachtet, hatte er recht«, gesteht Lizzy. »Aber als ich damals davon erfuhr, tobte ich. Ivo hat es zu was gebracht. Er hätte Dads Schulden bezahlen können. Als wir uns deswegen stritten, sagte er, Dad werde trotzdem wieder zu spielen anfangen. Natürlich hatte er recht, aber trotzdem – einfach rundweg abzulehnen. Er weigerte sich sogar, ein richtiges Gespräch mit ihm zu führen, legte einfach mitten im Telefonat den Hörer auf. Dad stand sehr unter Druck, und schließlich hatte er einen Schlaganfall.«

»Geben Sie Ivo die Schuld daran?«, frage ich.

Sie seufzt. »Wahrscheinlich wäre es ohnehin dazu gekommen, aber es gab eine Zeit, da war ich richtig wütend auf ihn. Ich bestand darauf, dass er heimkommt und sich dem stellt, was er angerichtet hatte.«

Kein Wunder, dass Ivo mit sehr gemischten Gefühlen nach Kildare gekommen war. Das Bild des harten, lieblosen Mannes, das Lizzy von ihm zeichnet, entspricht so gar nicht dem Ivo, den ich gefahren habe. Erneut sehe ich zu ihm hinüber. Jetzt lächelt er die Frau in Blau an, hört ihr mit geneigtem Kopf zu, während sie weiterhin redet und redet. Wer wohl der wahre Ivo ist? Der Mann, der eine Therapie brauchte, um seine schwierige Kindheit zu verarbeiten? Oder der Mann, der so verhärtet ist, dass er seinem eigenen Vater nicht helfen möchte?

»Entschuldigung, ich plappere unentwegt, dabei haben Sie bestimmt Besseres zu tun, als sich fremder Leute Familiengeschichten anzuhören«, sagt Lizzy. »Es ist bloß … seit Dad krank wurde, hatte ich so gut wie keine Gelegenheit, mich mit anderen auszutauschen. Daher ist es jetzt nur so aus mir herausgesprudelt.

Ivo wäre fuchsteufelswild, wenn er davon wüsste. Er behält solche Sachen gern für sich.« Unvermittelt sieht sie besorgt drein. »Sie werden ihm doch nichts verraten? Er hält mich ohnehin schon für ein furchtbares Plappermaul. Er würde durchdrehen.«

»Gar kein Problem«, sage ich. »Manchmal tut es gut, sich einem Fremden anzuvertrauen. Außerdem werde ich ihn sowieso nicht mehr sehen. Er wird wohl kaum wiederkommen.«

»Wer wird wohl kaum wiederkommen?« Endlich hat Ivo die Frau in Blau abgeschüttelt und gesellt sich zu uns.

»Du«, sagt Lizzy. »Nach Dads Tod werde ich dich nicht mehr oft zu sehen bekommen.«

»Ich komme sicher gelegentlich her«, beruhigt er sie. »Es wäre schön, wenn wir uns dann treffen würden. Außerdem könntest du mich in Brüssel besuchen.«

»Das ist eine schöne Idee«, sagt sie.

»Roxy – Mrs McMenamin –, ob ich Ihre Dienste wohl kurz in Anspruch nehmen könnte?«, fragt Ivo.

»Natürlich.«

»Mrs Preston gab meinem Vater nach seinem Schlaganfall eine Reliquie«, erläutert er. »Die sie jetzt gern zurückhätte. Die Reliquie ist noch bei ihm daheim, und es wäre praktischer, sie zu holen und ihr zu geben. Sonst müsste sie das gute Stück ein andermal abholen.«

»Stimmt.« Lizzy wirft der Frau in Blau einen Blick zu. »Wenn sie erst mal einen Fuß in der Tür hat, werde ich die alte Neugier nur schwer wieder los.«

»Ach, es war doch nett, dass sie ihm die Reliquie überhaupt gegeben hat«, meint Ivo. »Vielleicht war sie ihm ein Trost.«

»Nicht dass ich nur im Mindesten an diesen Hokuspokus glaube«, vertraut er mir wenige Minuten später im Auto an, als wir auf dem Weg zur Banville Terrace sind.

»Und insbesondere hege ich große Zweifel, dass ein Stück einer Tunika, die einem lange verblichenen Heiligen gehört hat, irgendeine Wirkung hat. Außer vielleicht Bakterien zu übertragen.«

»Schön gesagt. Aber«, ergänze ich, »auch wenn ich ebenfalls nicht an Reliquien und Ähnliches glaube, muss ich gestehen, dass ich gelegentlich die Anwesenheit meines Vaters im Auto spüre. Und das ist sehr tröstlich.«

Ivo dreht sich um, als erwartete er, Dad auf dem Rücksitz zu sehen.

»Nicht wie einen Geist«, präzisiere ich. »Eher so … als passte er auf mich auf.«

»Das ist bestimmt ein schönes Gefühl«, sagt er. »Vielleicht kann er mir diese Ehre auch erweisen, wenn ich in Ihrem Auto sitze.«

»Das hat er bereits«, sage ich und halte vor dem Haus in der Banville Terrace. »Als wir von den Traktorreifen verschont wurden.«

Ivo lacht. »In diesem Fall, herzlichen Dank, Mr … McMenamin ja wohl kaum.«

»Carpenter.«

»Danke, Mr Carpenter, dass Sie ein Auge auf uns hatten und Ihrer Tochter Ihre großartigen Fahrkünste vererbt haben. Sie hat mir das Leben gerettet.« Er lächelt mich an und öffnet die Beifahrertür. »Warten Sie kurz hier«, sagt er. »Ich weiß, wo sich die Reliquie befindet.«

Ich bleibe also sitzen, es dauert jedoch gute fünf Minuten, bis er wieder auftaucht, in der Hand eine Doppelkarte. Im Auto klappt er sie auf und zeigt mir das kleine Stoffstück, das darin befestigt ist, auf der anderen Seite steht ein Gebet, in dem der Heilige gebeten wird, sich bei Gott für den Bittsteller zu verwenden.

»Stellen Sie sich das vor«, er legt den Sicherheitsgurt an, »all diese Heiligen, die sich bei Gott Gehör verschaffen wollen, wie Lobbyisten im Parlament, damit er sich in das Leben eines Bauern aus Kildare oder einer Krankenschwester auf den Philippinen oder eines Geschäftsinhabers in Lateinamerika einmischt. Völlig absurd. Aber«, fügt er hinzu, und in seiner Stimme schwingt sowohl Humor als auch Ernst mit, »womöglich brauchen wir gelegentlich den Trost des Glaubens. Und ich darf nicht vergessen, dass Ihr Vater auf dem Rücksitz mitfährt.«

Ich lächle ihn an, und wir verfallen, während ich zum Pub zurückfahre, in Schweigen. Als ich auf den Parkplatz biege, sehe ich, dass er sich mit Daumen und Zeigefinger den Nasenrücken massiert, was ich manchmal mache, wenn ich Tränen unterdrücken will. Beerdigungen haben diese Wirkung, einerlei, welches Verhältnis man zum Verstorbenen hatte, man wird daran erinnert, dass unsere Zeit hier endlich ist.

»Im Handschuhfach sind Papiertaschentücher, falls Sie welche brauchen.« Mein Ton ist sachlich.

Ivo schweigt. Er räuspert sich, klappt das Handschuhfach auf und kramt nach den Taschentüchern, nimmt sich eines und hält inne. Ich versuche, ihn auszublenden, damit er kurz in Ruhe trauern kann, bemerke aber aus dem Augenwinkel, dass das Fach immer noch offen steht und er etwas in der Hand hält.

»Sie haben es.« Er dreht sich zu mir, und ich sehe, dass es sich um ein Foto handelt. Das Foto des Jungen mit dem Fußball. »Sie haben es«, wiederholt er.

»Ihnen gehört es also?« Ich bin erstaunt.

»Mir war nicht klar ...« Erneut betrachtet er das Foto. »Ich glaubte, es wäre zwischen meine Unterlagen gerutscht. Ich wäre nie auf die Idee gekommen, dass ich es hier im Auto verloren habe.«

»Ihnen gehört es also«, wiederhole ich, während mir die verschiedensten Gedanken durch den Kopf jagen, in die ich eine gewisse Ordnung zu bringen versuche.

Am wichtigsten ist die Erkenntnis, die mich voller Erleichterung überkommt – wenn Ivo das Foto gehört, hat es nichts, aber auch gar nichts mit meinem Vater zu tun. Dad hatte es nicht bei sich im Mercedes, Estelle hatte es ihm nicht geschickt und er versteckte es nicht sein gesamtes Eheleben lang vor Mum. Er sagte die Wahrheit. Er ist der gute Mensch, für den ich ihn immer gehalten habe.

»Das bin ich.« Ivo, der natürlich keine Ahnung vom Aufruhr in meinem Kopf hat, sieht mich reumütig an.

Damit habe ich nicht gerechnet, hätte aber daran denken können, denn er hat natürlich genau das richtige Alter für den Jungen auf dem Foto. Allerdings besteht so gar keine Ähnlichkeit zwischen dem Ivo damals und dem Ivo heute. Niemand würde ihn wiedererkennen.

»Ich habe es vor Ewigkeiten gefunden«, sage ich. »Ich dachte, jemand hätte es fallen lassen, aber Sie zu fragen, auf die Idee kam ich nicht ... weil ich wohl angenommen habe, dass es einer Frau gehört. Und selbst wenn es ein Mann vergessen hätte, in diesem Auto sind so viele gesessen, es war ein Ding der Unmöglichkeit, alle zu kontaktieren. Außerdem«, verteidige ich mich, »sieht es Ihnen überhaupt nicht ähnlich.«

»Was wahrscheinlich gut ist.« Er betrachtet das Foto erneut, ehe er fortfährt. »Lizzy hat es mir am ersten Tag gegeben, als ich zurückkam. Dad hat es angeblich in einem Buch aufbewahrt. Das beweise, dass er mich liebe, meinte sie.«

»Ach, Ivo.«

»Ehrlich gesagt, fand ich das nicht plausibel.« Wieder räuspert er sich. »Ich ging davon aus, dass sie es in irgendeiner Schublade gefunden und sich die Geschichte ausgedacht hat, damit ich wiederkomme. Es ist nicht schlimm, dass ich es verloren habe. Es ist kein gutes Foto.«

Für mich schon. Nicht das Foto an sich, sondern wofür es steht. Estelles Kind war nicht von Dad. Er sagte die ganze Zeit die Wahrheit. Ich kann es gar nicht erwarten, Mum davon zu erzählen.

»Aber ich erinnere mich, wann es gemacht wurde«, fährt Ivo fort. »An dem Tag, als Irland bei der WM-Qualifikation gegen die Schweiz antrat. Dad hat mir den Trainingsanzug gekauft, und ich musste mit ihm das Spiel ansehen, was ich nicht wollte, denn wenn wir verloren, wurde er fuchsteufelswild und man kam besser nicht in seine Nähe. Aber wir gewannen, und er war selig.«

Ich lächle.

»Dann verloren wir in Moskau und wurden zu Hause von den Dänen haushoch besiegt«, ergänzt er. »Das war weniger schön.«

»Sie sind ja der reinste Fußballexperte.«

»Das einzige Thema, über das ich mit Dad reden konnte.« Er zieht eine Grimasse und betrachtet wieder das Foto. »An dem Tag ... hat er zur Feier des Tages Eis gekauft.«

Wie schön, dass Ivo wenigstens eine gute Erinnerung an seinen Vater hat. Wie schön, dass er heute das Foto gefunden hat.

»Wie dem auch sei.« Er schüttelt sich fast unmerklich. »Ich sollte lieber mal rein und Mrs Preston ihre Reliquie zurückgeben.« Er lächelt mich an. »Vielleicht hat sie doch ein Wunder bewirkt. Sie soll vom heiligen Antonius stammen, das ist doch der, der verlorene Sachen wiederfindet, oder?«

Wir lachen. So ist das, wenn man in Irland katholisch erzogen wurde. Auch wenn man kein Wort davon glaubt und nur zu Taufen, Hochzeiten und Beerdigungen in die Kirche geht, schreibt man es doch dem heiligen Antonius zu, wenn man etwas wiederfindet, und hat die vage Hoffnung, dass die verstorbenen Angehörigen auf einen aufpassen.

»Ich fahre jetzt«, sage ich. »Es gibt keinen Grund, weshalb ich nochmals reingehen sollte.«

»Verabschieden Sie sich doch bitte von Lizzy«, sagt Ivo. »Sie ist wirklich froh, dass Sie gekommen sind. Ich auch. Vielen Dank.«

Ich betrete hinter ihm den Pub. Er überreicht Mrs Preston die Reliquie. Sie schlägt das Kreuzzeichen darüber und verstaut das kostbare Stück in ihrer Handtasche. Ich gehe zu Lizzy, die sich mit Annabel unterhält.

»Entschuldigung, dass ich unterbreche«, sage ich, »aber ich muss los. Es war schön, dass wir uns kennengelernt haben, Lizzy. Ich wünsche Ihnen für die Zukunft alles Gute.«

»Danke«, antwortet sie. »Und nochmals danke für alles, was Sie für Ivo getan haben.«

»Ich habe gar nichts getan.«

»Sie haben uns beiden geholfen«, widerspricht Lizzy.

Annabel betrachtet mich mit ihren himmelblauen Augen.

»Sie sind nicht nur die Fahrerin«, sagt sie. »Sie sind eine echte Freundin der Familie.«

»Eigentlich nicht.« Sie soll keinen falschen Eindruck bekommen.

»Das denke ich schon«, sagt sie. »Sie sind mit allen befreundet.«

»Das gehört zum Job«, erwidere ich. »Schön, dass auch wir uns kennengelernt haben, Annabel. Wir sehen uns morgen. Ich hole Sie ab.«

»Ja«, sagt sie und entfernt sich.

»Vielleicht sehen wir uns ja mal wieder«, meint Lizzy.

»Vielleicht.« Auch wenn das höchst unwahrscheinlich ist.

Ich gehe zum Ausgang, und plötzlich ist Ivo hinter mir.

»Ich bringe Sie zum Auto.«

Wir treten hinaus in den strahlenden Sonnenschein. Nach dem Hagel von vorhin ist es richtig warm.

»Ich schicke Ihnen eine Nachricht mit Annabels Flugdaten«, sagt er, als ich den Mercedes entriegle.

»Sehr schön«, sage ich. »Und teilen Sie mir bitte auch mit, wann Sie selbst abgeholt werden müssen.«

»Annabel hat recht. Sie sind viel mehr für mich als bloß eine Fahrerin«, sagt Ivo. »Sie haben mich ... Jedenfalls kann ich Ihnen nicht genug danken.« Er nimmt sich zusammen und schenkt mir ein schiefes Lächeln. »Wenn das Gespräch, damals als ich Sie zum Kaffee zwang, nicht gewesen wäre, hätte ich sehr wahrscheinlich den Kontakt zu Lizzy wieder abgebrochen. Und das wäre falsch gewesen. Außerdem«, mittlerweile ist es fast ein richtiges Lächeln, »haben Sie mir das Leben gerettet, als wir von Killerreifen angegriffen wurden. Auch dafür ein herzliches Dankeschön.«

»Ist im Service inbegriffen«, sage ich.

Gerade als er etwas sagen möchte, kommt Lizzy auf den Parkplatz gelaufen, in der Hand meinen grünen Schal.

»Der gehört doch Ihnen«, meint sie.

»Oh, vielen Dank! Ich bin ein hoffnungsloser Schussel, was Schals betrifft.« Ich schlinge ihn mir um den Hals und lächle sie an. »Die lasse ich ständig liegen.«

Ich öffne die Fahrertür. Ivo ist ein paar Schritte zurückgetreten, aber Lizzy umarmt mich nochmals.

»Wenn Sie ihn diese Woche zum Flughafen fahren, verraten Sie nichts, ja?«, murmelt sie. »Von Dad und Stella? Von seiner Mutter? Er redet nicht gern über sie und ... wahrscheinlich wäre er wütend auf mich, wenn er denkt ...«

»Nein, natürlich nicht«, beruhige ich sie, noch bevor mir klar ist, was sie soeben gesagt hat.

Ich lasse den Motor an und verlasse im Schritttempo den Parkplatz, werfe einen Blick in den Rückspiegel. Die beiden sind, Arm in Arm, auf dem Weg zurück in den Pub. Bruder und Schwester. Halbbruder und Halbschwester. Selber Vater, andere Mutter. Andere Mutter, selber Vater.

Ivos Vater und Stella. Mein Vater und Estelle.

Fünfzig Meter später halte ich in einer Straßenbucht.

Stella. Ivos Mutter. Eine Frau, die einen ungeliebten Mann gezwungenermaßen heiratete, weil sie schwanger war. Ein Mann, der nicht glaubte, dass das Kind von ihm war. Der sie schlecht behandelte. Der seinen Sohn nicht liebte.

Estelle. Dads Jugendliebe. Eine Frau, die heiraten musste, weil sie schwanger war. Eine Frau, die nicht glaubte, dass das Kind von ihrem Mann war. Die davonlief, weil er gewalttätig war. Die Angst um ihren Sohn hatte.

Das kann doch nicht dieselbe Frau sein? Stella ging aus dem Haus und kam bei einem Unfall mit Fahrerflucht ums Leben. Estelle ging nach Dublin und bekam von meinem Vater Geld, damit sie untertauchen konnte. Aber was, wenn eine der beiden Geschichten nicht stimmt? Was, wenn Estelle nicht nach London ging, nachdem sie Geld von meinem Vater bekam, sondern nach Kildare zurückkehrte? Was, wenn sie mit ihrem Mann wegen des Sohnes einen Streit hatte? Was, wenn sie das Haus verließ und von einem Lastwagen angefahren wurde? Was, wenn es bei dem Streit darum ging, dass Ivo nicht sein Sohn, sondern der meines Vaters ist?

Was, wenn Ivo mein und nicht Lizzys Halbbruder ist?

Mir dreht sich der Magen um.

»Reiß dich zusammen, Roxy«, sage ich laut und lege den Kopf

aufs Lenkrad. Ivos Mutter und Dads Jugendliebe hatten vielleicht einen ähnlichen Namen, aber es handelt sich nicht um dieselbe Frau. Das wäre ein viel zu großer Zufall. Oder etwa nicht?

Unwillkürlich geht mir durch den Kopf, dass ich mich dem Jungen auf dem Foto verbunden fühlte, so wie ich mich auch Ivo Lehane verbunden fühle. Ich dachte, der Junge auf dem Foto könnte mit mir verwandt sein. Ich dachte, dass Ivo und ich …

Während ich die aufsteigende Übelkeit unterdrücke, führe ich mir vor Augen, dass Ivo und Lizzy sich ähnlichsehen. Weil sie denselben Vater haben. Der Mann, der heute beerdigt worden ist. Nicht mein Dad. Auf keinen Fall.

Ich hole tief Luft, lasse den Motor wieder an und fahre nach Hause.

30. *Kapitel*

Sobald ich durch die Tür trete, weiß Mum, dass etwas im Argen liegt. Sie scheucht mich in die Küche und wirft den Wasserkocher an, ehe sie nachforscht. Ausnahmsweise weiß ich tatsächlich nicht, was ich sagen soll.

»Roxy, Herzchen, war die Beerdigung sehr traurig?«, erkundigt sie sich vorsichtig, nachdem ich gefühlt stundenlang schweigend am Tisch sitze.

»Darum geht es nicht«, sage ich schließlich. »Ich habe herausgefunden, wem das Foto gehört, das im Auto vergessen wurde. Das von dem Jungen, der Dads Sohn sein könnte.«

»Ah? Das ist gut.« Sie hört sich erfreut an, aber keineswegs so aufgeregt wie erwartet.

»Interessiert es dich gar nicht?«, frage ich.

»Ich bin froh, dass du den Eigentümer ausfindig gemacht hast«, erwidert sie. »Aber ich weiß bereits, dass das Foto nichts mit deinem Vater zu tun hat.«

Erstaunt mustere ich sie. Wie kann sie etwas wissen, was ich selbst erst vor wenigen Stunden herausgefunden habe?

»Ich habe ebenfalls Nachforschungen angestellt«, erklärt sie. »Ich will ehrlich sein, Roxy. Als du mir das erste Mal davon erzählt hast, hat mich das mehr aufgewühlt, als ich zugab. Dein Dad hat mir eine Geschichte aufgetischt, die ich all die Jahre glaubte, weil ich sie glauben wollte. Aber ich wusste auch, dass mir die Sache keine Ruhe lassen würde.«

»Du hast gesagt, du willst nichts mehr davon wissen.«

»Ein Ding der Unmöglichkeit«, konstatiert Mum. »Sowie der Zweifel gesät ist, muss man hinter die Wahrheit kommen. Also habe ich Nachforschungen angestellt.«

»Wie? Wann?« Ich kann mir nicht vorstellen, dass sie, während sie wie besessen Kraken häkelt, auch noch nach dem Eigentümer des Fotos fahndet. Sie hat Ivo ausfindig gemacht, den Mann, den ich so oft herumgefahren habe!

Sie lächelt. »Bevor er in Rente ging, hatte Diarmuid eine leitende Position beim Sozialamt«, sagt sie, »was ich natürlich nicht wusste, als wir uns kennenlernten. Als wir uns unterhielten, unsere Lebensgeschichten austauschten, erzählte ich ihm von Estelle und deinem Vater. Und dem Baby. Er kennt viele Leute und bot mir seine Hilfe an.«

Ich bin wie vom Donner gerührt. Nicht nur hat sie einem Mann, den sie erst seit kurzem kennt, intime Details anvertraut, sondern er ist auch zufällig der einzige Mensch, der ihr helfen kann.

»Er hat genug herausgefunden, dass ich sicher war, es ist die richtige Person, von der er spricht.«

Ich schlucke schwer. Sie kennt Ivos Namen, der ungewöhnlich ist. Also hat sie zwei und zwei zusammengezählt, und ihr wurde klar, dass es sich um meinen Kunden handelt.

»Hat er Estelles Sohn gefunden?«, frage ich.

»Nein«, antwortet Mum, »Estelle selbst.«

Wieder jagen mir die unterschiedlichsten Gedanken durch den Kopf. Wenn Diarmuid Estelle gefunden hat, kann sie nicht Stella sein. Denn Stella ist tot. Es sei denn Estelle ebenfalls. Es sei denn, er hat ihr Grab gefunden.

»Sie lebt in Donegal.« Mum bekommt offenbar nichts von meinem inneren Aufruhr mit. »Sie ist mit einem Geschäftsmann verheiratet. Soweit Diarmuid herausgefunden hat, sind sie vor zehn Jahren von London dorthin gezogen.«

Estelle lebt. Estelle ist nicht Stella. Ivo ist nicht Dads Sohn. Nun dreht sich mir der Kopf völlig. Das ist alles zu viel für mich.

Ich falle in Ohnmacht.

Als ich die Augen wieder aufschlage, liege ich auf dem Küchenboden, meine Beine auf einem Stuhl.

»Bleib liegen.« Mum beugt sich über mich. »Nur mit der Ruhe.«

»Mir geht's gut.« Ich rapple mich in eine sitzende Position hoch und ziehe mich auf den Stuhl. »Mir geht's wirklich gut. Es war nur der Schock.«

»Es ist nicht der Schock«, widerspricht Mum, »wie ich bereits mehrmals sagte, du treibst Raubbau mit deiner Gesundheit. Ich dachte, du hättest das überwunden, aber offenbar verkraftest du momentan nicht viel.«

Als Kind fiel ich manchmal in Ohnmacht, wenn ich aufgeregt war, und natürlich habe ich das überwunden. Ansonsten wäre ich ja wohl beim Anblick von Dave und Julie umgekippt. Aber offenbar reagiert mein Körper jetzt auf die Aufregungen der letzten Monate.

»Es war ein schwieriger Tag.« Mit einer Grimasse nehme ich die Tasse mit dem gesüßten Tee entgegen, ein Kaffee wäre mir viel lieber. Aber sie steht mit entschlossener Miene vor mir.

»Trotzdem.«

»Erzähl mir alles«, bitte ich.

»Ich sage kein Wort, ehe du nicht deinen Tee ausgetrunken und einen Keks gegessen hast.« Sie schiebt mir einen Schokokeks hin. Bis zu dem Zeitpunkt, als ich Süßigkeiten aus dem Haus verbannte, hatte ich immer welche im Schrank. Jetzt habe ich Zucker dringend nötig und schlinge den Keks hinunter.

»Da gibt es nicht viel zu erzählen«, erklärt Mum. »Diarmuids Kontaktperson fand heraus, dass Estelle den Großteil ihres Lebens in Großbritannien verbracht hat, wo sie einen Iren namens David O'Shea heiratete. Er ist in der Textilindustrie tätig, und sie arbeitet als eine Art Designerin. Vor zehn Jahren zogen sie nach

Letterkenny, wo sie eine Fabrik aufmachten. Seitdem leben sie dort.«

»Und ihr Sohn?«, frage ich.

»Peter«, antwortet Mum, »arbeitet beim Auswärtigen Amt. Er ist Kulturattaché in Brasilien.«

Sie nimmt ihr iPad zur Hand und öffnet eine Webseite. Eines der Fotos zeigt den derzeitigen Außenminister samt Botschafter und Team bei einer irischen Tourismuskampagne in São Paulo. Peter O'Shea steht am Rand der Gruppe, ein kräftiger Mann mit dunklem Haar, durch das sich viel Grau zieht. Er trägt eine Hornbrille und einen blauen Anzug. Er sieht Dad nicht im mindesten ähnlich. Oder Aidan. Oder mir.

»Ich fasse es nicht, dass du das herausgefunden, aber mir nicht erzählt hast«, sage ich.

»Diarmuid hat erst gestern Abend die Details erfahren«, wiegelt Mum ab. »Und du hattest es heute Morgen eilig, deshalb wollte ich es dir heute Abend erzählen. Was ich somit getan habe. Schon komisch, dass wir beide gleichzeitig unterschiedliche Dinge über diese Sache herausgefunden haben.«

Komisch im Sinne von eigenartig, nicht lustig, finde ich. Trotzdem ist es, als wäre mir eine Last von den Schultern gefallen.

»Wer ist also der Junge auf dem Foto?«, fragt Mum.

»Der Mann, bei dessen Vaters Beerdigung ich war.«

»Ivo aus Kildare?«

Ich nicke.

»Aber wieso hast du ihn nicht erkannt?«, will sie wissen. »Ehrlich, Roxy, ich weiß, das Foto zeigt einen kleinen Jungen, aber du hättest doch die Ähnlichkeit sehen müssen.«

Diesmal schüttle ich den Kopf. »Ivo sieht dem Jungen auf dem Bild überhaupt nicht ähnlich«, sage ich. »Er ist klug und selbstbewusst. Der Junge sieht unbeholfen und ängstlich aus.«

»Ein wenig ängstlich sieht er aus, das stimmt«, meint Mum. »Aber mittlerweile hat er sich ja berappelt. Ein erfolgreicher Geschäftsmann, den meine Tochter jederzeit und überall herumfährt.«

»Nicht mehr lange«, erinnere ich sie.

Sie lässt das unkommentiert stehen, aber ich weiß, dass sie sich darüber freut.

»Geht es dir besser?«, erkundigt sie sich, als ich meinen Tee ausgetrunken habe. »Vielleicht übertreibst du es mit dieser Ernährungsumstellung à la Gina Hayes etwas. Isst zu viel bunten Salat. Du musst auf dich aufpassen.«

»Das hat damit nichts zu tun.« Ich beschließe, ihr in Ansätzen zu erzählen, was mich so mitgenommen hat. »Als Ivo sagte, das sei sein Foto, war ich sehr erleichtert. Aber seine Schwester machte eine Bemerkung, die mich denken ließ, dass doch eine Verbindung zu Dad besteht, worauf ich einige verrückte Schlüsse gezogen habe. Als du mir die Wahrheit gesagt hast, hat mich das offenbar überfordert.«

»Ich wusste nicht, dass du so ein zartes Pflänzchen bist.« Trotz aller Ironie wirkt Mum immer noch besorgt.

Ich lächle sie beruhigend an. »Wahrscheinlich haben mich die letzten paar Monate eingeholt. Wie ist das eigentlich – nachdem du jetzt über Estelle Bescheid weißt, willst du noch mehr herausfinden? Ob Peter tatsächlich auch Dads Sohn ist? Selbst wenn er keinem von uns ähnlich sieht.«

»Ich weiß nicht«, sagt Mum. »Einerseits wäre ich mir gern hundertprozentig sicher, aber dein Vater hat es immer bestritten und weshalb sollte ich ihm nicht glauben? Außerdem habe ich keine Ahnung, was Estelle dem Jungen in all den Jahren erzählt hat. Er hat wirklich etwas aus sich gemacht. Wer bin ich, dass ich mich in das Leben der beiden einmische? Christy ist tot. Es bringt nichts, etwas herausfinden zu wollen, was ohnehin keine Rolle mehr spielt. Lassen wir die Vergangenheit ruhen und versuchen, das Beste aus der Zukunft zu machen.«

Sie hat recht. Sie hat immer recht.

»Das Gleiche gilt auch für dich, Roxy. Verabschiede dich von dem Idealbild, das du dir von deinem Vater gemacht hast, ein Bild, dem niemand gerecht werden kann. Er war der ideale Mann für mich, aber perfekt war er nicht. Auch er hat Fehler gemacht, und du kannst nicht jeden Mann mit ihm vergleichen. Akzeptiere, dass er Fehler hatte. Dass Dave Fehler hat. Tu, was für dich richtig ist.«

»Das alles akzeptiere ich ja«, sage ich. »Und ich weiß, dass ich Entscheidungen treffen muss.«

»Entscheide dich fürs Glücklichsein.« Mum nimmt mich in die Arme. »Mehr will ich gar nicht für meine Kinder. Glücklich sollen sie sein.«

»Bin ich doch«, sage ich.

Ich bin glücklich, dass das Rätsel des Fotos gelöst ist.

Ich bin glücklich, dass Ivo Lehane nicht mit mir verwandt ist.

Ich bin glücklich, dass er und Lizzy sich wieder nahestehen.

Ich bin glücklich, dass Mum ihren Frieden mit Estelle gemacht hat.

Ich bin glücklich, dass Estelles Sohn etwas aus sich gemacht hat.

Ich bin über vieles glücklich.

Trotzdem habe ich das Gefühl, dass in meinem Leben noch nicht alles geklärt ist. Erst, wenn das der Fall ist, werde ich richtig glücklich sein.

Am nächsten Tag hole ich Annabel in Kildare ab. Sie steht bereits parat, als ich überpünktlich bei der Pension vorfahre. Heute trägt sie wieder ihren weißen Mantel und die hochhackigen Stiefel. Sie ist wirklich umwerfend. Ihre Ausstrahlung suggeriert, dass sie nur das Beste und Schönste verdient hat, und ich verstehe, warum Ivo sie in teure Restaurants ausführt und ihr extravagante Geschenke macht. Andererseits hat sie einen Doktor in Chemie und eine ernstzunehmende Karriere gemacht, führe ich mir vor Augen, als ich ihren roten Koffer ins Auto verfrachte. Sie braucht keinen Mann, der sie ausführt und beschenkt. Sie kann sich das alles selbst leisten.

Ivo wartet, während ich ihr die Beifahrertür öffne. Er nimmt Annabel in die Arme, und sie küssen sich flüchtig auf den Mund. Er sagt etwas auf Französisch, und sie antwortet in derselben Sprache. Dann steigt sie ein, und ich mache die Tür zu.

»Ich schicke Ihnen eine Nachricht, wenn ich zur Abreise bereit bin«, sagt Ivo. »Wenn das in Ordnung ist.«

»Wann immer es Ihnen passt«, antworte ich, »kein Problem.«

»Fahren Sie vorsichtig«, verabschiedet er sich.

»Natürlich.«

Als ob ich mit seiner mondänen Freundin an Bord anders fahren würde.

Sie schweigt die meiste Zeit, aber als wir auf die M50 fahren, erkundigt sie sich nach meiner Arbeit und den Menschen, die ich chauffiere.

»Was im Wagen passiert, dringt nicht nach außen«, sage ich.

Sie sieht mich verwirrt an, und ich erkläre, dass ich nicht über meine Kunden rede.

»*Ah, bon*«, meint sie. »Sie sind also wie der Priester im Beichtstuhl.«

Ich muss lachen, weil sie Dads Lieblingsvergleich wählt. »Aber über Ivo können Sie doch reden«, sagt sie. Mir läuft es kalt den Rücken hinab. »War er okay, als Sie ihn fuhren?«

»Okay?«, frage ich. »Wie meinen Sie das?«

»Es war schwierig für ihn«, sagt sie. »Hierher zurückzukommen. An den Ort, wo sein Vater lebte.« Ihre Stimme zittert ganz leicht. Und ich bin überrascht, dass Ivo sie in die Banville Terrace mitgenommen hat.

»Ja, es war schwierig«, gebe ich zu. »Aber er ist froh, dass er sich wieder mit seiner Schwester angefreundet hat. Alles gut also.«

»Und mit Ihnen«, sagt sie. »Mit Ihnen hat er sich auch angefreundet.«

Höre ich da eine Warnung heraus? Eine Drohung? Eine Frage? Oder einfach nur eine Feststellung?

»Wenn man viel Zeit in einem Auto miteinander verbringt, lernt man die Menschen ein wenig kennen«, stelle ich klar. »Aber das heißt nicht, dass man befreundet ist.«

»Verstehe.«

Ich bin erleichtert, als wir beim Flughafen ankommen. Ich halte vor dem Terminalgebäude.

»Ausweis? Handy? Kreditkarten?«, stelle ich meine übliche Frage.

»Ja, danke«, sagt sie.

»Guten Flug.«

»Vielen Dank, Mrs Roxy McMenamin«, sagt sie. »Es war gut, dass ich Sie kennengelernt habe.«

Und dann geht sie davon, den roten Koffer im Schlepptau.

Ivo meldet sich am Sonntagabend. Ob ich ihn am nächsten Morgen abholen könne. Selbstverständlich.

Natürlich ist Dave über Mr Lehanes Tod und meinen Einsatz rund um die Beerdigung im Bilde. Als ich ihm davon erzählte, sah er mich mit versteinertem Gesicht an und meinte, er sei froh, dass der Alte endlich den Löffel abgegeben habe, dann müsste ich den Sohn nicht mehr herumchauffieren. Worauf ich erklärte, es sei durchaus schade, einen so zahlungskräftigen Kunden zu verlieren, aber wenn es ihn glücklich mache, sei ich es auch. Da sagte Dave, er sei immer noch nicht glücklich und Garrett, der Typ, der das Auto kaufen wolle, ebenso wenig. Aber dafür würden wir auch noch eine Lösung finden.

Erleichtert steige ich nach einem Wochenende, an dem die ganze Zeit über Streit in der Luft lag, in den Mercedes. Das Wetter ist richtig winterlich geworden, der Regen ist so stark, dass sämtliche Fußballspiele abgesagt wurden, sowohl die der Kinder als auch die der Gaelic Athletic Association. Was bedeutet, dass sie die ganze Zeit zu Hause sind und nicht wissen, wohin mit ihrer Energie. Ich bekomme die beiden einfach nicht gebändigt. Unweigerlich kommt es zum Streit zwischen Mica und Tom, und selbst das von mir vorgeschlagene Brotbacken endet im Gezänk, wer den Teig in die Form füllen darf. (Ich hatte sowohl Form als auch Teigmischung im Supermarkt kaufen müssen, denn natürlich habe ich so was nicht im Schrank.) Tom fand es unter seiner Würde, mit einer Mischung zu arbeiten. Mica fand, das Endprodukt sehe nicht wie vom Bäcker aus. Und Dave streckte den Kopf in die Küche und bemerkte, das sei ja ein furchtbarer Aufwand, wenn man genauso gut das fertige Brot im Laden kaufen könne.

Ich werde nie eine Küchengöttin, egal, wie sehr ich mich anstrenge.

Aber ich bin eine gute Chauffeurin. Genau mit dem Glockenschlag treffe ich in der Banville Terrace ein.

Am Haus hängt bereits ein »Zu verkaufen«-Schild.

Die Tür geht auf, und Ivo kommt mit seinem kleinen Koffer heraus, gefolgt von Lizzy mit einem größeren. Wie sich herausstellt, fährt sie mit, möchte allerdings bei ihrer Wohnung abgesetzt werden, die in der Nähe einer Autobahnausfahrt liegt.

»Sie müssen also keinen Umweg machen«, erklärt sie, während sie auf die Rückbank rutscht.

»Für mich gibt es keine Umwege«, erkläre ich. »Ich bin Ihre Chauffeurin und fahre, wohin Sie wollen.«

Ivo setzt sich neben sie. Anfänglich sitzen sie schweigend da, doch dann plaudern sie über die letzten Wochen, das Begräbnis und die Abwicklung des väterlichen Nachlasses.

»Nicht dass viel vorhanden wäre«, meint Lizzy. »Er hat die Farm verkauft und sein Geld verspielt. Du hattest recht, ihm nichts zu leihen. Er hätte nicht seine Schulden bezahlt, sondern weitergespielt.«

»Ich weiß«, sagt Ivo.

»Ich hätte dich deswegen nicht so angehen dürfen.«

»Du hattest nicht ganz unrecht.«

»Vor allem, weil du seine Miete gezahlt hast. Das wusste ich nicht.«

Ich spüre eher, als ich sehe, dass Ivo mit den Schultern zuckt.

»Du bist ein guter Mensch, Ivo.«

»So toll nun auch wieder nicht.«

Sie lacht. Er ebenfalls.

»Alles gut zwischen uns?«, fragt sie.

»Alles gut«, bestätigt Ivo.

Ich freue mich für die beiden. Aidan und ich stehen uns nicht besonders nahe, aber ich weiß, wenn ich ihn brauche, ist er für mich da. Schön zu wissen, dass Lizzy Ivo hat. Und umgekehrt. Und dass er sich trotz allem um seinen Vater gekümmert hat.

»Annabel ist beeindruckend.« Lizzy wechselt das Thema.

»Sehr«, sagt ihr Bruder.

»Extrem intelligent.«

»Ja.«

»Und extrem umwerfend.«

»Das auch.«

»Du Glückspilz.«

Ivo lacht. »Jetzt übertreib mal nicht.«

»Tu ich doch gar nicht«, sagt Lizzy. »Ich sage ja nur, dass du dir eine Wahnsinnsfrau geangelt hast.«

»Und?«

»Sie ist allerdings ein wenig distanziert.«

»So?«

»Vielleicht sogar ... sagen wir mal voreingenommen?«

»Da kann ich mir kein Urteil erlauben«, sagt Ivo. »Ich war Dad gegenüber voreingenommen. Und dir gegenüber wohl auch.«

»Du hast aber nicht auf uns herabgesehen.«

»Das tut Annabel auch nicht.« Ivo klingt gekränkt.

»Tut mir leid«, sagt Lizzy. »Das kam falsch rüber. Ich wollte nur sagen ... na ja, sie kommt aus einer anderen Welt, oder? Habe ich das richtig mitbekommen, dass ihr Großvater ein deutscher Fürst ist? Und sie in einem Schloss aufgewachsen ist?«

»Graf«, sagt Ivo. »Und nein, sie ist nicht in einem Schloss aufgewachsen, obwohl ihre Familie ein Gut in Bayern besitzt. Annabels Mutter war ein Freigeist und zog mit siebzehn in eine Kommune in Frankreich. Sie kehrte erst nach Hause zurück, als Annabel auf der Welt war. Sie hat Annabels Vater nie geheiratet, aber die beiden sind immer noch zusammen. Sie leben in Nizza und haben eine Wohnung in Paris.«

»Wow, das hört sich alles sehr nach *Hello!* an.«

Womit sie recht hat. Und es ist durchaus möglich, dass Annabel auf die Banville Terrace und *Kielty's* herabgesehen hat.

»Sie sind sehr nett«, sagt Ivo. »Und obwohl sie stinkreich sind, führen sie kein Luxusleben.«

Luxus ist relativ, finde ich, denn mir fällt das Fischgericht für hundert Euro pro Nase ein.

»Denk nur, meine Schwägerin in spe ist adlig.« Die Süffisanz, die in Lizzys Stimme mitschwingt, bringt mich zum Lächeln.

»Du wirst mich nicht auf die Palme bringen«, kontert Ivo.

»Spielverderber. Wirst du sie heiraten?« Lizzy hat es offenbar satt, ihn aufzuziehen, und möchte eine direkte Antwort auf eine direkte Frage.

Ich ebenfalls.

»Darüber haben wir noch nicht gesprochen«, sagt Ivo.

»Ich mag sie«, meint Lizzy. »Aber ich bin nicht sicher, ob sie die Richtige für dich ist.«

»Warum nicht?«

»Ist sie nicht etwas selbstbezogen? Oder eher selbstbewusst? Oder selbstgenügsam? Du brauchst jemanden, der warm und herzlich ist. Offen. Der dich nachts im Arm hält.«

Ich schaue in den Rückspiegel. Ivos Gesicht ist ausdruckslos. Dann sieht er hoch, und unsere Blicke treffen sich. Sofort wende ich die Augen ab.

»Was ist mit dir? Was ist mit dem Mann in deinem Leben?«, will er wissen.

Einen winzigen Moment lang fühle ich mich angesprochen. Aber natürlich meint er seine Schwester.

»Wie du sehr wohl weißt, gibt es derzeit keinen«, erwidert sie. »Und das kann meinetwegen gern so bleiben.«

»Aber brauchst du niemanden, der dich nachts im Arm hält?«, fragt er trocken.

»Schon. Aber ich warte auf den Richtigen. Ich gebe dir Bescheid, sobald er auftaucht.«

Und dann lenkt sie das Gespräch wieder auf den Nachlass ihres Vaters und was alles erledigt werden muss. Sie bleiben bei diesem Thema, bis wir ihre Wohnung erreichen, die sich in einem der vielen modernen Hochhäuser in der Nähe der Autobahn befindet.

»Ich begleite dich nach oben«, sagt Ivo. »Könnten Sie warten, Roxy?«

»Selbstverständlich.«

Hoffentlich hält er die Beziehung zu seiner Schwester auch nach dem Tod des Vaters aufrecht. Ivo braucht seine Familie. Nach der schrecklichen Kindheit braucht er Menschen, von denen er weiß, dass er ihnen am Herzen liegt.

Mir liegt er am Herzen.

Das tat er schon, als er noch ein Wildfremder war. Mir lag er am Herzen, als ich meinen imaginären Flirt mit ihm hatte, und er wird mir immer am Herzen liegen.

Aus dem Augenwinkel sehe ich ihn aus dem Gebäude auf das Auto zugehen. Ich öffne eine der hinteren Türen, aber er setzt sich auf den Beifahrersitz. Ich steige wieder ein.

»Hoffentlich hat unser Gespräch Sie nicht verärgert«, meint er, als ich losfahre.

»Welches Gespräch?«

»Zwischen Lizzy und mir«, sagt er. »Sie hält es für ihre Aufgabe, sich in mein Leben einzumischen.«

»Ich bekomme die Unterhaltungen meiner Kunden nicht mit«, lüge ich. »Eine besondere Fähigkeit von uns Fahrerinnen und Fahrern.«

»Natürlich.«

Schweigend fahren wir weiter. Doch ich habe das Gefühl, als wollte er etwas sagen, aber er sagt nichts. Ich habe auch das Gefühl, als wollte ich etwas sagen, weiß aber nicht, was.

Wir sind nur wenige Minuten vom Flughafen entfernt, da klin-

gelt sein Handy. Als er Französisch spricht, ist klar, dass es Annabel ist.

»*Oui. Oui. D'accord.*« Seine Stimme klingt weich. Vergeblich
spitze ich die Ohren nach dem einen mir bekannten Satz – *je
t'aime.* Ich bin so abgelenkt, dass ich im Flughafenkreisverkehr
beinahe eine rote Ampel mitnehme.

»Scheiße«, sagt Ivo, als ich heftig bremse.

»Entschuldigung«, murmle ich.

Kurz darauf halte ich vor dem Terminalgebäude und steige aus.

»Vielen Dank. Sie waren mir in den letzten Monaten eine große
Hilfe«, sagt Ivo. »Und auch in den letzten Tagen.« Er holt seine
Kreditkarte heraus.

»Bitte nicht«, wehre ich ab. »Sie haben mich dieses Jahr so gut
bezahlt, Ihre und Annabels Fahrt zum Flughafen sind kostenlos.«

»Das kann ich unmöglich –«

»Ich habe zur Beerdigung Ihres Vaters keine Blumen mitgebracht«, erkläre ich. »Ich möchte, dass Sie stattdessen meine
Fahrdienste annehmen.«

»Das ist –«

»Bitte.«

»Also ... na gut«, gibt Ivo sich geschlagen. »Sie waren wunderbar, Roxy. Ganz wunderbar.«

»Vielen Dank.«

»Sie werden mir fehlen.«

»Dazu sind Sie garantiert beruflich viel zu eingespannt«, wiegle ich ab. »Aber Lizzy wird Ihnen fehlen, deshalb halten Sie bitte
Kontakt mit ihr.«

»Ich dachte, Sie hören bei Unterhaltungen im Auto weg.«

»Sie haben es mir bereits versprochen. Und das sollten Sie
auch tatsächlich tun. Sie ist fabelhaft.«

»Ja, sie ist ein wunderbarer Mensch.«

»Sie aber auch«, kann ich mir nicht verkneifen. »Wer wir sind, wird nicht von unserer DNA bestimmt, denken Sie daran. Sondern von unseren inneren Werten. Und Sie sind ein guter Mensch, Ivo. Sie haben, auch wenn Sie womöglich lieber anders gehandelt haben, jedes Mal das Richtige getan. Sie sind nicht Ihr Vater und werden auch nie wie er.«

Er lächelt mich an. »Es ist schön, dass Sie auf meiner Seite sind.«

»Ich bin immer auf der Seite meiner Kunden«, sage ich.

Erst da bemerke ich, dass es regnet und wir beide nass werden.

»Sie sollten los«, sage ich. »Ausweis, Handy, Kreditkarten?«

»Und Handgepäckkoffer.«

»Guten Flug.«

»Danke.«

Einen Moment lang sehen wir uns in die Augen, und dann umarmt er mich. Ich spüre seine Bartstoppeln an meiner Wange.

Diesmal löse ich mich als Erste.

»Alles Gute, Mr Lehane«, verabschiede ich mich.

»Alles Gute, Mrs McMenamin.«

Und dann verschwindet er aus meinem Leben.

31. *Kapitel*

Wieder zurück in meiner Welt, mache ich den Kindern Fischstäbchen und Bohnen in Tomatensauce zum Abendessen. Mica erzählt viel von der Schule; Tom will am Tisch sein neuestes Buch lesen, was in diesem Haus streng untersagt ist.

»Aber es ist so spannend, Mum«, beschwert er sich. »Ich will wissen, wie es weitergeht.«

Wenn mein Leben doch nur ein Buch wäre. Ich könnte ein paar Kapitel überspringen und erfahren, wie es ausgeht. Aber was, wenn mir das Ende nicht gefällt? Was dann?

Dave kommt früh nach Hause, und als ich seinen Schlüssel in der Tür höre, schiebe ich die Hühnchen-Enchiladas, die ich auf dem Heimweg im Supermarkt um die Ecke gekauft habe, in den Ofen. Sie sind scharf gewürzt, sehr aromatisch und wahrscheinlich genauso gut wie alles, was Gina Hayes vorschlägt. In den letzten Monaten habe ich mich von ihr und ihrem gesunden Lebensstil verführen lassen. Ich glaubte, wenn ich esse wie sie, werde ich wie sie. Auch von Leona Lynch, Thea Ryan und Melisse Grady und allen anderen Frauen habe ich mich verführen lassen, die anscheinend reibungslos auf der Karrierestraße unterwegs sind, ohne dass ihnen der chaotische Alltag in die Quere kommt. Ich habe mein Leben und mein Glück aufs Spiel gesetzt und wofür? Für einen Job, bei dem ich Menschen, die viel reicher und erfolgreicher sind als ich, herumchauffiere. Mehr ist es nicht.

Dave legt den Arm um mich und küsst mich. Er schlingt die Enchiladas hinunter und meint anschließend, er gehe in den Pub, um mit seinen Kumpels Fußball zu schauen. Ich rufe Debs an und frage, ob sie rüberkommen möchte.

»Klar«, sagt sie. »Mick soll mich bei dir absetzen. Mach schon mal den Wein auf.«

Wein intravenös wäre eine feine Sache, denke ich, als wir uns an den Küchentisch setzen. Der mir einen Filmriss einflößt, der die letzten paar Tage auslöscht. Tom und Mica sehen sich einen Zeichentrickfilm an, ihr Lachen dringt zu uns herüber.

»Also, was gibt's Neues?«, fragt Debs.

»Ich habe meinen zahlungskräftigsten Kunden verloren, ich habe verhindert, dass Dave das Auto verkauft und ich bin mir nicht mehr sicher, ob ich das Richtige tue«, sage ich. Und breche aus heiterem Himmel in Tränen aus.

Debs reißt einige Papiertaschentücher aus der Schachtel, die auf dem Tisch steht, und drückt sie mir in die Hand. Ich tupfe mir die Augen, schnäuze mich und nehme einen großzügigen Schluck Wein.

»Was ist denn los?«, fragt sie.

Ich erzähle von Estelle und Dad, dem Foto mit dem Jungen, der Dads Sohn hätte sein können und sich als Ivo herausstellte. Schlimmstenfalls wäre ich scharf auf meinen eigenen Stiefbruder gewesen. Bei dem Gedanken wird mir immer noch schlecht.

»Das wäre wirklich krass gewesen«, sagt Debs in ihrer gelassenen Art. »Aber er ist nicht dein Halbbruder, alles gut also. Obwohl«, fügt sie hinzu, »du hast mir erzählt, in Cork hättest du keinen Rachesex mit ihm gewollt. Hast du's doch getan?«

»Nein!«, rufe ich protestierend aus.

»Uff! Aber warum bist du dann so aufgewühlt?«

»Ich weiß es nicht.«

Und das stimmt. Es war einfach so viel los, dass ich nicht dazu kam, über die wirklich wichtigen Dinge nachzudenken. Über mich und Dave und die Julie-Halpin-Geschichte, die zwar vorbei ist, die mir gegen alle Vernunft keine Ruhe lässt. Gegenüber Ivo

Lehane hatte ich gut reden, er solle die Vergangenheit hinter sich lassen. Was für ein Jammer, dass ich unfähig bin, meinem eigenen Ratschlag zu folgen.

»Wie ist der Stand mit Dave und StyleDrive?«, fragt Debs.

»Null Ahnung«, erwidere ich. »Er hat die letzten Fahrten von und nach Kildare einigermaßen stoisch ertragen, weil er weiß, das war es mit Ivo. Und vielleicht denkt er, ohne ihn als guten Kunden wird das Geschäft weniger profitabel sein. Was ihm recht ist, er will nicht, dass es profitabel ist. Er will ein drittes Kind.« Ich trinke einen Riesenschluck Wein. »Ich habe mit dem Kinderkriegen abgeschlossen, Debs.«

»Auch mit Dave?«

Mit dieser Frage trifft sie den Nagel auf den Kopf. Habe ich das? Wenn ja, warum? Wegen Julie? Wegen seiner Einstellung zu meinem Ein-Frau-Unternehmen? Wegen seines Kinderwunsches? Wegen Ivo?

Meinetwegen?

»Du brauchst aber lange für eine Antwort«, konstatiert sie.

»Ich habe mit den Dingen abgeschlossen, wie sie früher waren«, sage ich. »Aber Dave nicht. Er will, dass alles so ist wie früher.«

»Und du nicht.« Sie schenkt Wein nach.

Hilflos zucke ich mit den Achseln. Ich war mal richtig gut darin, Entscheidungen zu treffen, wusste, was das Richtige ist. Das war einmal.

»Nancy Barrett hat erzählt, du hättest sie zum Kinnitty Castle gefahren und du wärst eine ganz wunderbare Fahrerin gewesen«, merkt Debs an.

»Nancy ist eine Freundin. Außerdem ist sie seit ihrer Hochzeit nicht mehr von einem Chauffeur herumkutschiert worden. Natürlich war sie begeistert.«

»Vielleicht. Aber sie hat mir erzählt, wie ruhig und gelassen du hinterm Steuer bist. Dass du die Fahrt zu einem Ereignis machst. Du bist richtig gut in deinem Job, Roxy. Ehrlich. Dave sollte das endlich begreifen und dich unterstützen.«

»Und wenn er das nicht tut? Wenn er weiterhin herumnölt, ich soll zu Hause bleiben und noch ein Kind kriegen?«

»Lass dich nicht in die Enge treiben«, sagt Debs.

Am Dienstag schaue ich bei Mum vorbei, nachdem ich einen Kunden vom Flughafen abgeholt habe. Sie sitzt, umringt von ihren Kraken, in der Küche, steht aber auf und schaltet den Wasserkocher ein.

»Manche sind von Diarmuid«, sagt sie, als ich die lilafarbenen Tierchen betrachte. »Ehrlich gesagt, Häkeln ist nicht seine Stärke, aber er bemüht sich nach Kräften.«

»Beeindruckend, dass er es überhaupt probiert«, meine ich. »Und es ist schön, dass er immer noch da ist und dir über diese Estelle-Sache hinweggeholfen hat.«

»Ich bin selbst ein wenig überrascht, dass er immer noch da ist.«

»Warum?«, frage ich. »Du bist eine tolle Frau. Er kann sich glücklich schätzen, dass du dich mit ihm triffst.«

Sie grinst. »Treffen. Sehr diplomatisch von dir.«

»›Mit ihm gehen‹, hört sich komisch an. Aber trifft das zu, Mum? Ist er jetzt ein Teil deines Lebens?« Ich will beileibe nicht wissen, ob sie mit ihm schläft. Keine Details, bitte.

»Ich schätze, wir sind ein Paar«, sagt sie errötend.

»Oh, Mum.« Ich gebe ihr einen Kuss.

»Immer mit der Ruhe. Es ist ja nicht … ich werde ihn nicht heiraten. Das brächte ich nicht fertig.«

»Jetzt vielleicht nicht«, gebe ich ihr recht. »Aber vielleicht irgendwann einmal.«

»Es war der Wunsch deines Vaters, dass ich wieder heirate«, verrät Mum. »Ich solle nicht auf mich allein gestellt sein, meinte er, weil er wahrscheinlich glaubte, ich käme allein nicht zurecht. Aber nach den ersten paar Wochen bin ich bestens zurechtgekommen. Er fehlt mir. Er wird mir immer fehlen. Aber ich kann auch gut allein sein. Wie ich schon früher sagte, Frauen trauern um den geliebten Menschen, Männer ersetzen ihn. Ich hätte hinzufügen sollen, dass Frauen mit ihrem Leben weitermachen. Wir sammeln die Scherben auf und leben weiter. Manche brauchen länger dazu, aber sie schaffen es.«

Will sie mir damit etwas sagen? Redet sie auch über mich und Dave, nicht nur über sich und Dad? Kann meine Mum mein Leben für mich wieder ins Lot bringen, da ich dazu nicht fähig bin?

»Nach Daves Nacht mit Julie Halpin habe ich versucht, die Scherben aufzusammeln, aber jedes Mal, wenn ich glaube, mir geht es gut, sagt er etwas, das mir das Gefühl gibt … ach, ich weiß doch auch nicht. Ich möchte, dass wir wieder gut sind, Mum. Aber ich möchte auch, dass unser Leben anders ist.«

»Er projiziert seinen Fehler, seinen Ehebruch, auf dich und das Auto«, sagt sie. »Je schuldiger du dich fühlst, weil du weiterhin als Chauffeurin arbeitest, desto weniger Schuldgefühle muss er wegen seines Fehltritts haben.«

Bass erstaunt betrachte ich meine Mutter. Mit einem einzigen Satz hat sie mir die Augen geöffnet. Sie hat recht. Wieder einmal.

»Keine einfache Sache, das ganze Leben lang mit einem Menschen zusammen zu sein«, erklärt sie. »Es wird immer Hochs und Tiefs geben. Aber letztlich müssen beide dasselbe wollen. Ist das bei dir und Dave der Fall?«

Früher ja, aber heute auch noch?

Ich habe mich verändert. Seinetwegen. Denn nach der Rodeonacht wusste ich, dass ich nicht mehr nur die Frau sein kann, die hinter dem erfolgreichen Mann steht. Aber ich war lange erfolgreich in dieser Rolle. Die ich liebte.

»Es ist ja nicht so, als ob er mich verprügelt, fünf Affären auf einmal hat oder die Kinder misshandelt«, sage ich. »Er ist ein guter Mann.«

»Aber womöglich reicht das nicht mehr«, sagt Mum.

»Wir haben es uns gelobt. In guten wie in schlechten Zeiten.«

»Ich weiß.«

»Ich habe das Gefühl, ich lasse mich selbst im Stich.«

»Du hast manchmal echt keinen Arsch in der Hose«, zürnt Mum. »Was du auch tust, du lässt niemanden im Stich.«

Keinen Arsch in der Hose! Auch Mum hat sich in den letzten Monaten verändert. Früher hätte sie so etwas nie gesagt.

»Meinst du, ich sollte ihn verlassen?«, frage ich.

»Nur, wenn du das wirklich willst«, antwortet sie. »Ich habe dir versprochen, dass ich deine Entscheidungen immer unterstützen werde, und dabei bleibt es.«

»Was wohl Dad zu alldem gesagt hätte?«, frage ich. »Er mochte Dave.«

»Ach, weißt du, je älter man wird, desto philosophischer nimmt man die Dinge«, erklärt Mum. »Man hat so vieles erlebt, erfahren, ertragen. Deinem Vater wäre dein Glück wichtig gewesen, nicht Daves.«

Das ist wohl wahr.

»Und er hätte genau das Gleiche gesagt wie ich. Dass er deine Entscheidungen immer unterstützt. Er hätte noch hinzugefügt, dass man nur ein Leben hat, aus dem man das Beste machen muss«, sinniert sie. »Er wäre stolz auf dich, Roxy, und auf das Geschäft, das du dir aufgebaut hast. Er war immer stolz auf dich. Und ich ebenso.«

»Ich wusste gar nicht, dass du so weise bist, Mum.«

»Nicht weise, ich habe nur jede Menge Lebenserfahrung.« Sie beugt sich vor und nimmt meine Hand. »So viel jedenfalls, um zu wissen, dass das Leben aus Kapiteln besteht. Und manchmal beendet man eines und fängt ein neues an.«

Ihr Handy piepst. Sie liest die Nachricht und lächelt.

»Diarmuid kommt vorbei«, sagt sie. »Er will mich zum Mittagessen ausführen.«

»Meine Mutter, die lustige Witwe.«

»Nicht immer«, entgegnet sie. »Doch ich arbeite daran. Man muss an seinem Glück arbeiten, Roxy. Es fällt einem nicht einfach in den Schoß.«

Ich stehe auf und stelle meine Tasse in die Spülmaschine.

»Mit dir zu reden, Mum, ist die reinste Therapie.«

»Mach, dass du wegkommst.« Sie umarmt mich. »Du kommst wieder auf die Beine, wie immer. Und ich auch.«

»Grüß Diarmuid von mir.« Ich greife nach dem Autoschlüssel.

»Tu, was für dich richtig ist«, sagt sie, während sie mich zur Tür bringt.

Ich liebe meine Mutter.

Sie ist großartig.

32. Kapitel

Am Donnerstag gehe ich zum ersten Mal seit Wochen wieder in meinen Zumba-Kurs. Ich hinke immer einen Schritt hinterher und bin am Ende ganz außer Puste. Anschließend gehen Debs, Alison und ich in einen Pub, trinken aber keinen Alkohol, wir wollen schließlich ein gesundes Leben führen.

»Was hat sich bei euch in letzter Zeit so getan?«, fragt Alison. »Vor allem bei dir, Roxy. Wie läuft das Geschäft?«

»Roxy ist momentan etwas überfordert«, erklärt Debs, als ich nicht sofort antworte. »Und Dave unterstützt sie nicht richtig.«

»Dave muss endlich zur Vernunft kommen«, sagt Alison. »Er hat Glück, dass er dich hat, und wenn er das nicht sieht, ist er ein Idiot.«

Normalerweise wäre ich verärgert, wenn eine meiner Freundinnen über meinen Mann lästert. Doch heute Abend ist es mir egal.

»Das Geschäft läuft großartig«, sage ich, »obwohl ich meinen besten Kunden verloren habe.«

»Was nicht unbedingt schlecht sein muss«, mischt Debs sich ein.

Alison sieht mich fragend an, und ich erzähle ihr sämtliche Einzelheiten über Ivo, einschließlich Parfüm und Tour nach Cork. Sie hebt eine Augenbraue.

»Also nicht ganz überraschend, dass Dave ausgerastet ist«, beende ich meine Erzählung.

»Warum sollte er?«, widerspricht Debs. »Roxy, du hast nichts getan!«

»Hättest du gern?«, will Alison wissen.

»Ach, ich weiß nicht«, sage ich. »Möglicherweise war ich etwas in Versuchung. Aber im Gegensatz zu meinem Mann, der offenbar allem widerstehen konnte, außer dieser Versuchung, habe ich ihr nicht nachgegeben. Und jetzt ist Ivo wieder in Brüssel, Paris oder sonst wo – ohne echten Grund, nach Irland zurückzukommen. Er hat dort eine Lebensgefährtin.«

»Du solltest alles geschäftsmäßig analysieren«, sagt Alison. »Deine Ehe, das Chauffieren, deine Beziehung zu Ivo –«

»Ich habe keine Beziehung zu Ivo«, weise ich sie zurecht.

»Die in deiner Phantasie«, korrigiert sie sich. »Nimm alles genau und sachlich unter die Lupe.«

»Wie soll das gehen?«, will ich wissen. »Dazu ist das Leben viel zu chaotisch. Sachlich, also wirklich.«

Sie schlägt vor, ich solle für alles die Vor- und Nachteile aufschreiben sowie meine Prioritäten nach Wichtigkeit auflisten, dann einschätzen, was machbar sei und wie es umgesetzt werden könne.

»Oder«, sage ich, als sie mit ihrer Beratung fertig ist, für die sie normalerweise bezahlt wird, »ich könnte mich fragen: Was würde Dolly tun?«

Die beiden sehen mich an, als hätte ich ein Rad ab. Als ich sie aufkläre, Dolly sei eine Art Mentorin für mich gewesen, brechen sie in Lachen aus und erklären, ich sei wahrhaftig verrückt. Worauf wir alle drei hysterisch kreischen. Wie damals, als wir jung und dumm waren, ich Daves Freundin war und mich für den glücklichsten Menschen auf Erden hielt.

Zwei Wochen später finde ich schließlich heraus, ob ich alles unter einen Hut bringe.

Gina Hayes sitzt im Mercedes, ich habe sie vom Flughafen abgeholt und wir fahren zum Fernsehstudio, wo sie einen Auftritt in einer nachmittäglichen Lifestyle-Sendung hat, als mein Handy klingelt. Ich muss rangehen, denn es ist Micas Rektorin.

»Sie hat sich unwohl gefühlt und erbrochen«, schildert Mrs McCrae die Lage. »Sie muss nach Hause.«

Ich bin weniger als zehn Minuten vom Studio entfernt, doch selbst wenn ich Gina Hayes auf der Autobahn aussetzte und sofort umkehrte, würde ich trotzdem mindestens eine halbe Stunde bis zur Schule brauchen.

In meinem besten Geschäftston, damit Gina das Problem ja nicht mitbekommt, versichere ich Mrs McCrae, Mica werde demnächst abgeholt. Dann rufe ich Mum an. Aber sie geht nicht an ihr Handy. Ich versuche es bei Dave, aber auch hier keine Antwort. Natalie hebt ebenfalls nicht ab. Bis ich sämtliche Anrufversuche getätigt habe, sind wir bereits beim Studio. Ich springe aus dem Auto und sage zu Gina, sie werde abgeholt, sobald sie fertig sei. Zum Glück ist sie erst in einer Stunde dran, daher habe ich genügend Zeit, ihre Abholung zu organisieren. Ich bemerke ihren verwirrten Gesichtsausdruck – ich war wohl so schroff zu ihr, dass man es als Unhöflichkeit werten könnte. Sie ist noch nicht einmal durch die Studioeingangstür, da habe ich den Parkplatz bereits verlassen und steuere zurück auf die Autobahn.

Wieder gehe ich sämtliche Nummern durch. Wieder habe ich kein Glück. Wo sind die denn alle, verdammt noch mal? Wo ist mein Netzwerk als berufstätige Mutter? Ich überhole ein Auto, das auf der mittleren Spur vor sich hin trödelt, und meine das verräterische Blitzen einer Radarkamera wahrgenommen zu haben. Nachdem ich laut geflucht habe, rufe ich Eric Mallon an. Er kann Gina Hayes nicht abholen, kennt aber jemanden, der wahrscheinlich einspringen kann.

»Du meldest dich bitte, wenn es ein Problem gibt«, sage ich. »Ich will die arme Frau nicht im Stich lassen.«

Ich brauchte mir keine Sorgen zu machen, beruhigt mich Eric, und ich entspanne mich ein ganz klein wenig.

Mein Handy klingelt abermals. Wieder Mrs McCrae, die wissen will, wann Mica abgeholt wird.

»Ich bin auf dem Weg«, sage ich, »ich stehe im Stau.«

Mrs McCrae ist ebenfalls eine berufstätige Mutter, sie sollte die alltäglichen Probleme kennen. Aber ich kann ihre Missbilligung über den Äther spüren.

Kurz bevor ich die Schule erreiche, ruft Mum an. Ich erkläre, was passiert ist, und sie sagt, sie sei in zwei Minuten da.

»Ich bin fast da«, wende ich ein.

»Ich komme auch, falls du dich verspätest«, sagt sie.

Was nicht der Fall ist, so dass wir beide gleichzeitig eintreffen. Ich marschiere direkt in Mrs McCraes Büro.

»Es wäre besser gewesen, wenn Sie eher da gewesen wären«, konstatiert die Rektorin, als wir gemeinsam eintreten.

Mica liegt zusammengerollt unter einer Decke in einem kleinen Sessel in der Ecke. Sie ist erschreckend blass, und ich mache mir sofort riesige Sorgen.

»Schatz, was ist los?«, frage ich.

Schweigend schlingt sie die Arme um meinen Hals und vergräbt den Kopf an meinem Oberkörper, als ich sie hochhebe.

»Ich warte auf Tom«, erklärt Mum.

Ich nicke ihr zu und bringe Mica zum Auto.

Als ich sie in ihr Zimmer trage und ihr beim Ausziehen helfe, wird sie etwas munterer.

»Ist dir immer noch schlecht?«, frage ich.

»Bloß ein bisschen.«

»Hast du was Falsches gegessen?«

Normalerweise hat Mica einen Pferdemagen. Nichts, was der nicht verdaut.

Kopfschüttelnd meint sie, ihr sei komisch gewesen und dann habe sie sich übergeben müssen.

»Ist eine von deinen Freundinnen krank?«, frage ich.

»Emma.« Sie sieht mich anklagend an. »Habe ich dir erzählt.«

Stimmt, und zwar gestern, woraufhin ich Audrey anrufen wollte. Was ich jetzt nachhole.

»O Gott, Roxy, es tut mir so leid. Ich habe dir heute Morgen eine WhatsApp geschickt.«

Ich habe gar nicht in WhatsApp reingesehen, ich bin in so vielen Gruppen drin und hielt es für unwahrscheinlich, dass ich was Wichtiges verpasse. Stattdessen habe ich mich auf den Termin mit Gina Hayes konzentriert sowie auf die Nachrichten von meiner Chauffeur-App.

»Als ich bei Mrs McCrae vorbei bin, hat sie nicht erwähnt, dass Emma krank ist«, sage ich. »Das wäre eine wichtige Information gewesen. Geht es ihr mittlerweile besser?«

»Ich bin heute Morgen mit ihr zu Dr. Massoud«, sagt Audrey. »Er meint, es ist wohl ein Magen-Darm-Infekt. Ich gebe ihr viel zu trinken, und jetzt geht es ihr schon wieder besser.«

»Alles klar«, sage ich. »Danke, Audrey.«

Ich rufe Eric an, der bestätigt, dass ein anderer Fahrer Gina abholen wird, dann melde ich mich bei Melisse und bringe sie auf den aktuellen Stand.

»Aber Ginas Abholung hast du geregelt?«, will sie wissen.

»Natürlich.«

»Dann ist es kein Problem.«

Währenddessen liegt Mica im Bett und hört mir mit großen Augen zu.

»Hab ich deine Arbeit durcheinandergebracht, Mum?«

»Nein. Mach dir keinen Kopf. Ich habe immer einen Reserveplan.«

Sie lächelt mich matt an.

»Und du hast immer oberste Priorität«, ergänze ich, während unten die Haustür geht und Mum und Tom hereinkommen. Ich hätte Audrey früher anrufen sollen. Ich hätte meine WhatsApp-Nachrichten checken sollen.

Ich teile Mum mit, was ihre Enkelin hat, und wir reinigen uns mit dem Desinfektionsgel, das in der Küche steht, die Hände. Anschließend öffne ich eine kleine Flasche 7 Up, damit die Kohlensäure entweichen kann. Wahrscheinlich nicht unbedingt die richtige medizinische Methode, ein spuckendes Kind mit Flüssigkeit zu versorgen, aber Mum setzte diese Limonade immer ein, wenn wir krank waren, und ich schwöre darauf.

»Kann ich rauf zu Mica?«, fragt Tom.

»Nein«, sagt Mum. »Du bleibst gefälligst hier unten, anstatt dir ihre Keime einzufangen.«

»Aber ich will ihre Keime haben«, beschwert er sich.

Mum geht zu Mica hoch, während ich Tom etwas zu essen gebe und dann die nächste Stunde damit verbringe, meinen Einsatzplan für die nächsten Tage neu zu organisieren.

»Danke, dass du da warst«, sage ich zu Mum, als sie geht.

»Ich habe dir versprochen, immer für dich da zu sein«, erklärt sie, »und dazu stehe ich.«

Dave kommt mit schlechter Laune heim, die sich nicht verbessert, als er mitbekommt, dass Mica krank ist. Und dann wird ihm, eine Stunde nach dem Abendessen, ebenfalls übel. Dave ist selten krank, aber wenn, dann könnte man den Eindruck bekommen, er hätte sich gleich fünf tödliche Krankheiten auf einmal eingefangen, denn er stöhnt und seufzt und wimmert, als stünde er auf der Schwelle des Todes. (Im Gegensatz zu seiner Tochter, die nach einer kleinen Dosis 7 Up ohne Kohlensäure friedlich schläft.)

Mir tut Dave ehrlich leid, denn Übelkeit ist furchtbar, aber jedes Mal, wenn ich nach unten gehe, um was zu erledigen, ruft er mich zurück und jammert, er müsse sich übergeben. Ich habe ihm einen Eimer neben das Bett gestellt, aber das reicht nicht, ich soll ihm die fiebrige Stirn abtupfen.

Menschen beim Übergeben zusehen, das liegt mir so gar nicht. Das war das Einzige, was ich nicht ertragen konnte, als Dad krank war: wenn ihm durch die Chemo schlecht wurde. Am liebsten würde ich Mum anrufen, sie solle sich bitte um meine dahinsiechende Familie kümmern, aber das mache ich natürlich nicht. Mittlerweile hoffe ich wider besseres Wissen, dass die Infektion Tom und mich nicht erwischt. Um mich mache ich mir weniger Sorgen. Ich habe mir noch nie einen Virus eingefangen. Mir wird nur schlecht, wenn ich mit den Mädels abends um die Häuser ziehe und zu tief ins Glas gucke. Der letzte Zwischenfall dieser Art ist allerdings schon ewig her.

Die Nacht ist verheerend. Dave rennt mindestens so oft zur Toilette, wie er sich in den Eimer übergibt. Mica wacht auf, wahrscheinlich durch das ständige Rauschen der Toilettenspülung, und übergibt sich ebenfalls wieder, wobei sie kaum mehr etwas im Magen hat, was herauskönnte. Mir bricht es beinahe das Herz, so schwach und elend ist sie.

Gegen vier Uhr kehrt endlich Ruhe ein, als sowohl sie und Dave endlich ein- und durchschlafen. Dave ist allein im Schlafzimmer, ich habe mich neben Mica gelegt, döse immer mal wieder ein, bis es halb sieben ist. Um diese Uhrzeit hätte ich Thea Ryan zum Flughafen fahren sollen. Sie ist unterwegs zu einer Freundin, nicht zu einem Engagement, und ich habe ein schlechtes Gewissen, weil sie mit einem ganz normalen Taxi fahren muss.

»Reden Sie keinen Unsinn, Roxy, das ist doch kein Problem«,

beruhigte sie mich gestern Abend. »Sie müssen sich jetzt um Ihre Familie kümmern. Natürlich lasse ich mich lieber von Ihnen chauffieren, aber ich bin durchaus in der Lage, mir ein Taxi zu rufen.«

Trotzdem, sie ist eine ältere Dame, die ich mit einem gewissen Respekt behandle – hoffentlich ist das bei jemandem, der sie nicht kennt, auch der Fall.

Auf Zehenspitzen betrete ich das Schlafzimmer, um nach Dave zu sehen. Er schläft, und erleichtert sehe ich, dass der Eimer leer ist. Tom schläft ebenfalls. Ich gehe nach unten, reinige meine Hände mit Desinfektionsgel, mache mir Tee und Toast und hoffe immer noch inständig, dass wir beide dem gefürchteten Virus entkommen.

Als sie schließlich aufwachen, geht es Dave und Mica viel besser. Ich habe bereits in der Schule angerufen, dass Mica heute nicht kommt und auch Tom daheimbleibt, der sich über den freien Tag freut. Dave freut sich weniger, denn sein aktueller Auftrag ist zeitlich sehr auf Kante genäht.

Ich übertrage Tom die Verantwortung, während ich zum Supermarkt gehe, für unsere Invaliden Hühnersuppe kaufe und dann verbarrikadieren wir uns für diesen Tag. Ich versuche, Tom von Dave und Mica fernzuhalten, obwohl ich weiß, dass diese Infektion wahrscheinlich nicht über die Luft weitergegeben wird. Es gibt mir einfach ein besseres Gefühl. Also bleiben wir beide in der Küche, während die anderen zwei in unserem Schlafzimmer oben fernsehen.

Abends sind wir über den Berg, und ich kann aufatmen. Ich checke sämtliche Mitteilungen: WhatsApp, Facebook Messenger und die Chauffeur-App. Ich kann nicht glauben, dass es so viele sind. Es gibt eindeutig zu viele Möglichkeiten, wie Leute einander kontaktieren können.

Während ich meine Nachrichten durchsehe, piepst mein Handy – ich soll Dave bitte eine Tasse Tee und Toast hochbringen.

Als ich ihm das Tablett hinstelle, nimmt sich Mica eine Scheibe Toast, hält sich aber ansonsten weiter an das 7 Up. Ich schlage vor, sie solle wieder in ihr eigenes Bett gehen, und verspreche, dass sie morgen nicht in die Schule muss.

»Ich auch nicht?«, will Tom wissen, der mir gefolgt ist.

»Du darfst auch zu Hause bleiben«, bestätige ich.

Entzückt hüpft er durchs Schlafzimmer.

Hoffentlich steckt er sich nicht an, das wäre eine herbe Enttäuschung für ihn.

Zum Glück bleibt er gesund, und Mica ist praktisch wieder ganz die Alte, daher genießen beide den unerwartet schulfreien Tag.

Dave hingegen bleibt im Bett und verbringt den Tag mit Schlafen, Daddeln am Tablet und dem Ruf nach Tee und Toast.

»Und deshalb«, verkündet er, als er mir seine leere Tasse reicht, »musst du diese Fahrerei aufgeben. Wie wären wir zurechtgekommen, wenn du arbeiten würdest?«

»Ich arbeite ja«, erinnere ich ihn, »ich habe nur all meinen Kunden abgesagt.«

»So kann man natürlich kein Geschäft führen«, Triumph schwingt in seiner Stimme mit. »Die nehmen keine Rücksicht auf kranke Kinder und Ähnliches.«

»Nein«, pflichte ich ihm bei. »Aber ich habe dafür gesorgt, dass alle versorgt sind. Ich habe jeden Einzelnen heute angerufen, um sicherzugehen, ob auch alles geklappt hat.«

Was der Fall war. Melisse Grady machte mir ein großes Kompliment, wie ich die Dinge gehandhabt hätte, und das ist auch gut so, denn ich musste nicht nur für Gina Hayes einen anderen Fahrer finden, sondern Eric Fallon übernahm heute Morgen auch einen ihrer anderen Kunden. Sie war angetan, wie reibungslos die Übergabe lief – Gina hatte sie aus dem Fernsehstudio angerufen, dass ein anderer Fahrer sie abgeholt habe, aber alles sei bestens. Ich bin Alison dankbar, dass sie auf dem kleinen Business-Workshop bestanden hat. Dadurch wurde mir klar, wie wichtig es ist, nicht nur im Privat-, sondern auch im Berufsleben stets einen Notfallplan zu haben.

Während ich Dave das erläutere, wirft er mir einen besserwisserischen Blick zu und erklärt, zukünftig werde sich Melisse wahrscheinlich gleich an Eric wenden, weil der zuverlässiger sei als ich. Unfassbar, wie sexistisch mein Mann geworden ist. Als wäre er zu dem Frauenbild der 1950er Jahre zurückgekehrt, als man das weibliche Geschlecht auf Kinder, Küche, Kirche reduzierte. Als ob diese Hausfrauen nicht sehr wohl gewusst hatten, was vor sich ging. Die waren garantiert alle blitzgescheit, allerdings gegängelt von der Zeit, in der sie lebten. Ich hingegen werde von meinem Mann gegängelt.

Ich nehme ihm das Tablett ab und stampfe die Treppe hinunter. Die restliche Woche werde ich nicht fahren, ich will sichergehen, dass Mica wieder ganz gesund ist und Tom sich nicht doch angesteckt hat, aber ich werde meinen Terminkalender für nächste Woche füllen, und wie. Und wenn Dave das nicht passt, kann er sich zum Teufel scheren.

Fünfzehn Minuten später schickt er die nächste Nachricht, er wolle Tee. Und dann piepst das Handy erneut. Vielleicht könne er dazu eine Scheibe Toast haben. Diesmal mit Butter. Woran wohl sein letzter Sklave gestorben ist, frage ich mich schlecht gelaunt. Trotzdem werde ich mich nicht mit ihm streiten, solange es ihm nicht gutgeht. Das wäre unfair.

»Nächste Woche arbeite ich wieder«, verkünde ich, als ich ihm Tee und Toast bringe. »Ich habe diverse Aufträge.«

»Roxy –«

»Und ich möchte nichts mehr von dir hören, was mit Kinder-kriegen zu tun hat, oder Autos verkaufen oder dass ich zu Hause bleiben muss.«

»Hör auf damit.« Er stöhnt. »Ich bin krank. Das überfordert mich im Moment.«

»Ich sage es dir nur, damit du dich darauf einstellen kannst.«

»Du willst mich immer noch auf Teufel komm raus bestra-fen«, sagt er. »Wenn ich die blöde Julie Halpin doch nie gesehen hätte.«

Die blöde Julie Halpin. Der Auslöser. Aber ich kann ihr nicht bis in alle Ewigkeit die Schuld geben.

Was passiert ist, ist passiert, und ja, ich kann mir sagen, dass der Großteil der Schuld bei Dave liegt (weil das verdammt noch mal auch stimmt) und vielleicht habe ich mich auf die Arbeit geworfen, um ihm zu beweisen, dass ich ohne ihn leben kann. Ich weiß jetzt, dass ich das kann. Er ist nicht an allem schuld. Ich muss einen Teil der Schuld auf mich nehmen.

Wir müssen gemeinsam unsere Ehe retten. Nicht nur ich. Und nicht nur er.

Wie ein Schlag durchzuckt es mich, als mir klar wird, dass mir nichts mehr daran liegt.

Wortlos betrachte ich ihn.

Ich habe ihn fast mein gesamtes Leben lang geliebt.

Ich liebe ihn nicht mehr.

Ich platze nicht sofort damit heraus. Erst als er wieder gesund ist. Und dann setze ich mich mit ihm zusammen und sage, dass ich mich scheiden lassen wolle.

Völlig perplex sieht er mich an.

»Warum?«, fragt er.

Ich habe darüber nachgedacht. Nicht wegen Julie Halpin, erkläre ich ihm, sondern weil ich mich verändert hätte.

»Weil du egoistisch bist«, sagt er. »Wir haben uns ein Eheversprechen gegeben, Roxy.«

»Das du gebrochen hast.«

Darauf geht er nicht ein.

»Du kannst dich doch nicht scheiden lassen wollen«, sagt er. »Du bist einfach ... Es geht immer noch um deinen Vater. Du bist immer noch durcheinander. Du brauchst Zeit. Bald ist Weihnachten. Du kannst doch nicht vor Weihnachten die Trennung wollen. Die Kinder werden dich hassen.«

Damit hat er recht.

»Du liebst mich, Roxy. Du hast mich immer geliebt. Du und ich, so war das von Anfang an.«

»Ich habe dich geliebt«, sage ich. »Du wirst mir immer wichtig sein. Aber ich möchte nicht mehr mit dir leben.«

»Was soll der Scheiß!« Jetzt wird er wütend. »Wahrscheinlich willst du, dass ich ausziehe. Du willst alles für dich. Du willst das Haus und die Kinder und den Job, und ich sage dir, warum. Du identifizierst dich mit diesen Reichen, die du rumkutschierst. Du meinst, du kannst ein Leben wie sie führen. Aber das kannst du nicht. Du bist meine Frau. Darin bist du gut. Alles andere ist doch nur Theater.«

Denkt er wirklich so? Schon immer?

»Du bist nicht Superwoman. Oder so eine Galionsfigur des Feminismus, die den Männern den Schneid abkauft. Du bist Mutter und hast einen Teilzeitjob. Sieh dich mal im Spiegel an.«

Thea Ryan hatte mich einmal gefragt, ob Dave womöglich ein klein wenig eifersüchtig auf mich sei. Vielleicht hat sie ja recht?

Ich frage ihn.

»Warum sollte ich auf dich eifersüchtig sein?«, fragt er. »Ohne mich bist du nichts.«

Und damit ist es besiegelt. Er respektiert mich nicht. Womöglich von Anfang an nicht.

»Ich lasse mich scheiden«, sage ich. »Und ich bleibe bei dieser Entscheidung.«

Schweigend sehen wir uns an. Ich hatte befürchtet, dass ich in Tränen ausbräche. Doch meine Augen bleiben trocken.

Am nächsten Tag zieht Dave aus.

Und zieht nebenan ein.

33. Kapitel

Mica hat am dritten Januar Geburtstag, was schon immer ein kleines Problem darstellte, weil er direkt auf die Feiertage folgt. Dieses Jahr organisiere ich eine Party für sie. Da es der kälteste Winter seit Menschengedenken ist, muss ich mich nicht mit diesem ganzen Hüpfburggedöns auseinandersetzen, das im Sommer mehr oder weniger ein Muss ist. Mein Plan ist ohnehin viel besser. Leona Lynch hat sich bereit erklärt, sich mit Mica und ihren Freundinnen über Klamotten, Make-up und andere Mädchenthemen zu unterhalten, aber auch über Social Media. Die Kinder sollen in ihrer Individualität bestärkt werden und nicht das Gefühl haben, sich Normen anpassen und im Internet verbiegen zu müssen. Als ich das Mica ankündige, umarmt sie mich seit langem zum ersten Mal und sagt, sie habe mich lieb.

»Und Dad auch«, fügt sie hinzu.

»Aber klar.«

Dave kommt ebenfalls zur Geburtstagsparty, was kein Problem für mich ist, aber ich habe ihm erklärt, dass ich Julie nicht im Haus haben möchte.

»Irgendwann musst du unsere Beziehung akzeptieren«, meint er.

Tue ich ja. Aber ich frage mich, ob es eine Lüge war, als er sagte, vor der Rodeonacht sei sie ihm nie aufgefallen. Ich frage mich, ob es eine Lüge war, als er erklärte, er habe anschließend nie wieder ein Wort mit ihr gewechselt. Ob es eine Lüge war, als sie sagte, sie habe einen anderen. Ich frage mich, weshalb er so schnell bei ihr einziehen konnte. Was zwischen ihnen beredet wurde. Hin und wieder denke ich darüber nach, aber es berührt mich nicht mehr. Geradezu erschreckend, wie rasch ich akzeptiert habe, dass Dave und ich kein Paar mehr sind. Er hat keine Macht mehr, mich zu verletzen. Am Tag seines Auszugs sah ich mir unsere Hochzeitsfotos an, und mich überkam das gleiche nostalgische Gefühl wie damals, als Mum und ich Dads alte Bilder durchgingen. Doch es zerriss mich innerlich nicht. Mein Herz war nicht gebrochen. Ich konnte unsere Ehe nicht retten, aber das ist nicht mehr wichtig für mich.

Allerdings wünschte ich, er wohnte nicht nebenan. Andererseits kann er so jederzeit die Kinder sehen, die bei allem an erster Stelle für mich stehen.

Als wir uns mit den Kindern zusammensetzten und ihnen die Situation darlegten, waren sie natürlich verstört. Ich bemühte mich, alles so sachlich wie möglich zu erläutern, aber Dave, wenig überraschend, sagte, ihm wäre es lieber, wir würden uns nicht trennen, aber er könne nichts machen, denn ich liebte ihn nicht mehr. An der Stelle fingen sie an zu weinen. Ausführlich erklärte ich ihnen, wie sehr ich sie liebte und dass ich auch ihren Vater liebte, wir aber übereingekommen seien, dass wir nicht mehr zusammenleben wollten.

Selbstverständlich dürfen Mica und Tom nach nebenan gehen. Doch ich bin mir nicht sicher, ob Julie die beiden tatsächlich um sich haben mag.

Wir haben uns mit unserem neuen Leben arrangiert, das nicht unbedingt perfekt, aber lebenswert ist. Und für mich der Beweis, wenn sich etwas partout nicht kitten lässt, soll man sich davon trennen.

Thea Ryan gefiel diese Formulierung sehr. Das sei der Beweis, dass ich mich selbst gefunden hätte, meinte sie. Vielleicht hat sie recht. Vielleicht habe ich mich früher, als ich allen alles immer recht machen wollte, verbogen. Und mich nicht so gegeben, wie ich wirklich bin.

Mum und Diarmuid kommen, auch wenn es ein Kindergeburtstag ist. Sie haben jetzt eindeutig eine feste Beziehung. Ich versuche, ein wenig zu verdrängen, dass Diarmuid in Dads Haus übernachtet, denn obwohl ich ihn sehr mag und Mum glücklich ist, ist mir bei dem Gedanken seltsam zumute. Womöglich habe ich unbewusst immer noch Angst, Mum könne die Erinnerung an Dad auslöschen, auch wenn das nie der Fall sein wird. Ihr Hochzeitsfoto hängt immer noch im Wohnzimmer. Das Foto aus dem letzten Urlaub, bevor er krank wurde, steht immer noch in der Küche. Sie hat ein neues Kapitel aufgeschlagen, aber ihr Leben mit Dad wird sie nie vergessen. So wie mir mein Lebensabschnitt mit Dave, der nicht mehr Teil der Zukunft der neuen Roxy ist, unvergesslich bleibt.

Emma, Andrew und Oladele treffen als Erste ein. Obwohl es Micas Feier ist, durfte Tom auch ein paar Freunde einladen. Und da Mica auch Jamie Shore und Killian O'Carroll aus ihrer Fußballtruppe eingeladen hat, tobt eine gute Mischung aus Jungen und Mädchen durchs Haus.

Als Mum und Diarmuid mit der Geburtstagstorte eintreffen, die Diarmuid selbst gebacken hat, ist die Aufregung groß. Sie hat die Form eines Fußballs, und Mica ist hin und weg. Ein paar Minuten später kommt Dave. Sein Geschenk, in Absprache mit mir, sind ein Paar Fußballschuhe. Mica besteht darauf, sie sofort anzuziehen. Ich sehe zu, wie sie hineinschlüpft und die Schnürsenkel bindet, und verkneife mir den Kommentar, dass die Stollen meinen Holzboden zerkratzen.

In den letzten Monaten hat sich meine Tochter verändert. Abgesehen von den fünf Zentimetern, die sie in die Höhe geschossen ist, strahlt sie eine ungewohnte Ernsthaftigkeit aus. Nachdem Dave ausgezogen war, hatten wir ein langes Gespräch über die Ehe und sie wiederholte ihre Einstellung, dass sie sich das nicht antun werde. Ich wandte erneut ein, sie werde sicher ihre Ansicht ändern, wenn sie jemanden liebte, woraufhin sie meinte, ich hätte ja auch jemanden geliebt, dann aber meine Meinung geändert. Wir unterhielten uns ausführlich darüber, wie sich Gefühle ändern können, dass man einen Menschen immer noch mag, aber nicht mehr liebt. Von der Rodeonacht weiß sie nichts. Und von mir wird sie auch nie davon erfahren.

Tom war anfangs still und in sich gekehrt, doch als er begriff, dass er seinen Vater trotzdem täglich sehen konnte, kam er besser zurecht. Zwei seiner Freunde sind Scheidungskinder, unbekannt ist ihm das also nicht. Aber es tut mir leid, dass er das durchmachen muss. Unwillkürlich habe ich das Gefühl, meine beiden Kinder im Stich gelassen zu haben.

Ungefähr eine Stunde nachdem der letzte Gast gekommen ist, erscheint Leona Lynch. Eric hat sie hergefahren und wird sie auch heimbringen. Mittlerweile bilden Eric und ich eine Interessengemeinschaft und springen jederzeit füreinander ein. Früher hatte ich Angst, er könnte mir Kunden abwerben, aber er erklärte, das sei Unsinn und es wäre viel klüger, wenn wir inoffiziell zusammenarbeiteten. Falls also Not am Lenkrad ist, kann ich auf Eric zurückgreifen und umgekehrt – eine große Erleichterung für mich.

Leona kann hervorragend mit den Mädchen – und auch mit den Jungen. In einem Atemzug spricht sie über Make-up, im nächsten über Technik. Die Mädchen sind an beidem interessiert, die Jungen wollen eindeutig nur über die App reden, die sie entwickelt hat. Mir ist nicht ganz klar, was sie alles kann, es hat jedenfalls mit Freunden und Gruppen zu tun und ist laut Leona außerdem inklusiv und gendergerecht. Sei's drum. Die Kinder sind überglücklich.

Dave und ich reden nicht viel miteinander. Wir gehen hinsichtlich der gemeinsamen Erziehung so pragmatisch wie möglich vor, doch er hat mir nicht vergeben, dass ich mich scheiden lassen will. Wird er wahrscheinlich nie. Wir haben die praktische Seite der Trennung noch nicht vollzogen, Stichwort Haus, und mir ist bewusst, da wird noch das eine oder andere harte Wort fallen, aber hoffentlich lässt sich alles gütlich regeln. Ich werde das nicht selbst in die Hand nehmen, Alison hat mir eine enorm kompetente Scheidungsanwältin vermittelt, die sich von niemandem über den Tisch ziehen lässt. Ich überlasse alles ihr.

Mittlerweile ist der Geräuschpegel im Esszimmer fast unerträglich. Ich überlasse Leona die Kinder und gehe nach oben, wo ich mich auf mein Bett setze und zum ersten Mal seit diesem schicksalhaften Tag nicht daran denke, wie ich Julie und Dave darin erwischte. Ich öffne meine Chauffeur-App und sehe mir den Plan für die kommende Woche an. Ich hatte angenommen, es würde nach den Weihnachtsferien ruhiger, aber ich habe mehr zu tun denn je. Trotzdem komme ich zurecht. Dank Mum, Natalie und Dave habe ich alles im Griff. Und wenn sich wieder ein Notfall wie Micas Krankheit ereignen sollte, weiß ich, dass Eric mir den Rücken freihält.

Wie eigentlich alle.

Sogar Dave.

Auch wenn meine Entscheidung richtig war, habe ich immer noch Gewissensbisse. Überraschenderweise war es Melisse Grady, die mir versicherte, dafür gebe es keinen Grund. Wir trafen uns kürzlich auf einen Kaffee, weil sie mich für etliche Fahrten buchen wollte. Keine Ahnung, wie unser Gespräch plötzlich ins Persönliche driftete, jedenfalls erzählte ich ihr von Dave und mir. Es sei meine Schuld, dass wir uns getrennt hätten, konstatierte ich, weil ich weiterhin fahren wollte. Völlig ungläubig sah sie mich an. Unsinn, widersprach sie, er sei derjenige, der mit jemand anders geschlafen habe. Er sei derjenige, der mein Vertrauen zerstört habe. Und wenn ich dadurch eine andere Seite an mir entdeckt hätte, habe er einfach Pech gehabt. Sie wurde richtig energisch, und als wir uns verabschiedeten, war ich mit mir und meinen Entscheidungen mehr im Reinen. Trotzdem ist es schwer, sich nicht als Versagerin zu fühlen, wenn die Ehe in die Brüche geht. Egal, wessen Schuld es ist.

Debs ist natürlich wie immer loyal. Michelle, Rachel und Alison ebenso. Frauenfreundschaften bestärken einen und geben einem Halt. Dave hat mich immer damit aufgezogen, wir kämen bloß zum Lästern zusammen, aber das stimmt nicht. Nur sehr gelegentlich ziehen wir über Julie her. Und selbst dann nicht bösartig.

Ich wechsle in der App zur Bilanz, doch ich weiß ohnehin, dass der Dezember sensationell gut lief. Ich habe Kunden zu Mittagessen, Abendeinladungen und Partys gefahren, alle hatten sich in Schale geworfen und freuten sich auf die Feiertage. Alle gaben ein großes Trinkgeld, obwohl die Fahrt meistens schon über die App bezahlt war und sie am Bestimmungsort einfach hätten aussteigen können.

Das großzügigste Trinkgeld bekam ich von einem Vater aus Castleknock. Er hatte seine Tochter und ihre Freundinnen zu einer Party und später zurück nach Hause chauffieren lassen. Ein raffinierter Schachzug, um sicherzustellen, dass ihnen nichts zustieß. Sie hatte ihre Schuhe im Wagen vergessen, strassbesetzte Manolos mit zehn Zentimeter hohen Absätzen. Ich hielt zum ersten Mal Manolos in der Hand. Sie waren zum Niederknien schön.

Am nächsten Tag brachte ich sie ihr vorbei, und ihr Vater, der die Tür öffnete, äußerte sich abfällig über Mädchen, die Schuhe tragen, in denen sie nicht laufen können und die sie dann auch noch im Taxi vergessen.

»Man ist nur einmal jung«, beschwichtigte ich ihn, der empört den Kopf schüttelte. Doch dann lachte er, wahrscheinlich hätte ich recht, sie sei wirklich ein liebes Mädchen, und gab mir ein Riesentrinkgeld. Das sei nicht nötig, wehrte ich ab. Als er mir sagte, wie viel die Manolos gekostet hatten, steckte ich das Geld ohne ein weiteres Wort des Protests ein.

Ich werfe einen Blick auf meine Armbanduhr. Die Geburtstagsfeier geht mindestens noch eine Stunde. Eigentlich sollte ich nach unten gehen, aber dazu genieße ich diesen Augenblick der Ruhe in meinem Schlafzimmer zu sehr. Nachdem Dave ausgezogen war, habe ich es neu gestrichen und nun sind die Wände mitternachtsblau, ein intensives Farberlebnis. Mir gefällt es. Auch meine mitternachtsblaue Bettwäsche gefällt mir. Bisher habe ich immer in hellen Räumen geschlafen, aber offenbar schlafe ich in dunkel gestrichenen besser. Allerdings wache ich immer noch zehn Minuten vor dem Weckerklingeln auf.

Ich mache ein Foto von meiner Bettwäsche, das ich auf Instagram poste. Normalerweise nicht mein Stil, Privates preiszugeben. Es bekommt die Unterschrift »Chauffeurins freier Tag«, und sofort sind die ersten Likes da.

Sonst habe ich keine Nachrichten.

Die Schul-, die Zumba-, die Mütter-WhatsApp-Gruppen rühren sich alle nicht. Bei *Schlank siegt* habe ich mich vorerst ausgeklinkt. Die verlorenen Pfunde habe ich nicht wieder aufgespeckt, mein Gewicht also auch allein im Griff.

Gerade will ich nach unten, da piepst mein Handy.

Hi, schreibt Ivo Lehane. *Sie hatten hoffentlich schöne Weihnachten. Nächste Woche besuche ich Lizzy. Und danach steht eine weitere Rundreise an – für besagtes Umstrukturierungsprojekt. Eventuell ist das für Sie nicht machbar, vor allem, weil Sie etliche Nächte weg wären, aber trotzdem die Frage: Können Sie mich fahren?*

In den letzten Wochen habe ich nicht an Ivo gedacht und schon gar nicht Debs Ratschlag befolgt, der lautete, es wäre völlig in Ordnung, wenn ich wieder von Ivo phantasierte, als ich ihr eines Abends gestand, dass mir der Sex mit Dave mehr fehle als Dave selbst. Aber er wird in meinen erotischen Phantasien keine Rolle spielen. Dazu ist er zu real.

Ich hätte nicht erwartet, dass er sich je wieder meldet.

Allerdings eine lukrative Sache, denke ich, während ich seine Nachricht lese.

Sie können ruhig ablehnen, fügt er hinzu. *Aber Sie kennen mich, ich kann nicht gut mit Menschen. Mit Fahrern, die ich kenne, komme ich besser zurecht. Aber ich will Ihnen keine Scherereien machen. Ihr Mann und Ihre Kinder stehen an erster Stelle.*

Auch diese Nachricht starre ich lange an, dann hole ich tief Luft.

Kein Problem, antworte ich. *Immer ein Vergnügen, meinen Topkunden zu chauffieren. Das Thema Ehemann hat sich erledigt. Die Kinder aber sind eine lebenslange Verantwortung.*

Es dauert lange, bis er antwortet.

Geht es Ihnen gut?, fragt er.

Allmählich ja.

Weihnachten war bestimmt schwierig.

Wir haben es überstanden, waren bei meiner Mutter. Immer sehr schön.

Er schickt ein Weihnachtsmann-Emoji. Und dann:

Lizzy hat mich an Weihnachten besucht. Auch sehr schön.

Freut mich. Gerade als ich absenden will, schreibe ich noch: *Wie geht's Annabel?*

Ruck, zuck ist die Antwort da.

Annabel hat eine Stelle in Kanada angeboten bekommen. Nächste Woche ist sie weg.

Bestimmt wird sie Ihnen sehr fehlen, schreibe ich.

Das Angebot war zu gut, als dass sie hätte ablehnen können. Sie bekommt ihr eigenes Institut. Das war immer ihr Traum.

Ich spüre, wie mein Herz bei diesen Worten schneller schlägt. Hat Annabel andere Vorstellungen vom Leben als Ivo? Ist es aus zwischen ihnen? Berührt mich das? Ich hole tief Luft. Wichtig ist momentan, dass Ivo mein bester Kunde ist und wieder nach Dublin kommt. Darauf muss ich mich konzentrieren.

Als ich ihn noch daran erinnere, mir seine Flugdaten zu schicken, lächle ich unwillkürlich.

Er schickt ein Daumen-hoch-Emoji und fügt hinzu: *Freu mich auf Sie.*

Ich warte kurz, ehe ich *Ebenso* antworte.

Dann gehe ich nach unten. Leona unterhält noch immer die Kinder. Dave spricht mit Diarmuid. Die beiden haben sich heute zum ersten Mal gesehen. Offenbar kommen sie gut miteinander aus. Aber das gehört zu Daves Eigenschaften, er kommt mit allen gut aus.

Mum kommt herüber.

»Alles gut bei dir?«, fragt sie. »Ist dir das nicht zu viel?« Sie wirft einen raschen Blick zu Dave hinüber.

»Mir geht's gut«, beruhige ich sie. »Ich komme zurecht. Alles unter Kontrolle.« Und verziehe das Gesicht, weil in diesem Augenblick Oladele aufspringt und dabei ein Glas Orangensaft und eine Schüssel Popcorn umwirft. Ich greife nach dem Küchenpapier und beseitige das Unglück, noch ehe sich jemand darüber aufregen kann.

Als ich das Papier in den Abfalleimer werfe, grinst Mum und ich grinse mit.

Wenn ich die letzten Monate etwas gelernt habe, dann dies: Das Gefühl, alles unter Kontrolle zu haben, ist reine Illusion. Jederzeit kann jemand unser Leben aus dem Gleichgewicht bringen. Manchmal zum Guten, manchmal nicht. Manchmal kommen wir damit zurecht, manchmal nicht. Und manchmal müssen andere mit den Veränderungen zurechtkommen.

Das Leben ist nie einfach, jeder von uns mogelt sich irgendwie durch.

Aber jetzt weiß ich, dass ich in der Lage bin, wieder aufzustehen, wenn ich gestürzt bin.

Danksagung

Jedes Mal, wenn ich auf die letzte Manuskriptseite »Ende« tippe, bin ich heilfroh, dass ich endlich die Geschichte aus meinem Kopf und aufs Papier bekommen habe. Und wenn ich das fertige Buch im Regal sehe, bin ich sehr stolz. So gern ich sämtliche Lorbeeren dafür einheimsen würde: Es sind viele Menschen daran beteiligt, bis meine ursprüngliche Idee in ein veröffentlichtes Buch verwandelt ist, von denen alle großen Dank verdienen.

Meine Verlegerin und Herausgeberin Marion Donaldson ist ebenso großzügig mit Ratschlägen wie zartfühlend mit Kritik, während sie mir hilft, die ersten vagen Ideen in etwas zu verwandeln, was die Leute tatsächlich lesen wollen. Die Arbeit mit ihr ist ein großes Vergnügen, und ich möchte mich bei ihr bedanken, dass sie geholfen hat, auch Roxys Geschichte zum Leben zu erwecken.

Weitere weise Worte lässt mir meine Agentin Isobel Dixon zuteilwerden, die sich für mich um die geschäftlichen Aspekte kümmert – vielen Dank, Isobel. Ein Dankeschön geht auch an Hattie, James, Daisy und alle anderen bei Blake Friedmann, die es verstehen, Arbeit und Vergnügen aufs Beste zu vereinen.

Wie immer ist ein riesiges Dankeschön an die Hachette Book Group für den Spaß bei unserer Zusammenarbeit sowie die vielen Champagnermomente fällig! Ein ganz besonderer Dank geht an die grandiose Brenda Purdue in Irland, die meine Schriftstellerinnenlaufbahn seit zwanzig Jahren begleitet und sich unermüdlich für Bücher, Autorinnen und Autoren einsetzt.

Es gibt ein altes Sprichwort, das besagt, erst sein Diener mache den Mann zum Helden. Eine moderne Version könnte lauten, dass erst die Lektorin die Schriftstellerin zur Heldin macht. Jene

Frau, die merkt, wenn Figuren Mobiltelefone weglegen, die sie nie in der Hand hatten, Zimmer verlassen, die sie nie betraten – danke schön, Jane Selley.

Dank an Jean Denihan, die Kraken für Frühchen häkelt und mir so die Idee für Selinas neue Beschäftigung eingab. Danke sowohl für deine Häkelarbeiten als auch deine langjährige Freundschaft.

Selbst nach so vielen Büchern unterstützt mich meine Großfamilie begeistert, ich kann euch nicht genug dafür danken!

Wie immer ein Riesendank an Colm, der mich erinnert, dass es mehr im Leben gibt als meinen Laptop, und dafür sorgt, dass ich die Vielfalt des Lebens genieße.

Jede Schriftstellerin ist in erster Linie auch Leserin. Es gibt nichts Aufregenderes, als ein neues Buch zu beginnen und sich in ihm zu verlieren. An alle meine Leserinnen, jene, die mich seit vielen Büchern begleiten, und jene, die neu sind: Vielen Dank, dass Sie »Ein Ehemann auf Abwegen« als Lektüre gewählt haben – an der Sie hoffentlich viel Vergnügen hatten. Es freut mich immer sehr, wenn Sie sich über meine Webseite oder meine Social-Media-Kanäle bei mir melden, ich gebe mein Bestes, um alle Ihre Fragen zu beantworten.